Das Buch

Was mit »Roter Drache« begann und bei »Das Schweigen der Lämmer« auf grausame wie faszinierende Weise fortgesetzt wurde, findet in »Hannibal« seinen vorläufigen Höhepunkt.

Sieben Jahre sind vergangen, seit Dr. Hannibal Lecter aus der Haft geflohen ist, sieben Jahre, seit die FBI-Agentin Clarice Starling ihn im Hochsicherheitstrakt der Anstalt für geistesgestörte Straftäter interviewte und dem Serienkiller im Austausch für Informationen ihre Seele offenbaren mußte. Seit dieser Zeit ging es mit ihrer Karriere beim FBI bergab und nach einer fehlgeschlagenen Drogen-Razzia steht sie endgültig vor dem Aus. Da wird sie wieder auf den in Florenz untergetauchten Psychiater angesetzt, denn Clarice Starling ist die einzige, die ihn wirklich versteht – seine musischen Neigungen, seine Vorliebe für exquisite Speisen, schnelle Autos und seltene Weine. Sie soll ihn finden, doch sie ist nicht die einzige, die fieberhaft nach Hannibal Lecter sucht. Mason Verger, von Dr. Lecter grausam verstümmelt, hat ein Kopfgeld auf seine Ergreifung ausgesetzt, und die Rache, auf die er sinnt, kann es an ausgeklügelter Grausamkeit mit dem Genie des Doktors aufnehmen.

Der Roman wurden von Meisterregisseur Ridley Scott (Blade Runner, Gladiator) mit Anthony Hopkins, Julianne Moore und Gary Oldman in den Hauptrollen verfilmt.

Der Autor

Thomas Harris begann seine Karriere als Kriminalreporter in den USA und Mexiko, ehe er sich der Schriftstellerei widmete. Seine Psychothriller »Schwarzer Sonntag«, »Roter Drache« und »Das Schweigen der Lämmer« – alle bei Heyne im Taschenbuch erschienen – avancierten zu Bestsellern und wurden verfilmt.

THOMAS HARRIS

HANNIBAL

Roman

Aus dem Amerikanischen
von Ulrich Bitz

WILHEM HEYNE VERLAG
MÜNCHEN

HEYNE ALLGEMEINE REIHE
Band-Nr. 01/20060

Die Originalausgabe
HANNIBAL
erschien 1999 im Verlag Delacorte Press
(Random House, Inc.), New York

Die Übersetzung der Gedichtzeilen von T. S. Eliot wurde mit freundlicher Genehmigung des Suhrkamp Verlages dem Band: T. S. Eliot, Ausgewählte Gedichte; Englisch und deutsch, Frankfurt am Main, 1951 entnommen.

Die Übersetzung aus »Neues Leben« von Dante Alighieri folgt der Übertragung von Karl Ferdern, Euphorion Verlag, Berlin 1921.

Umwelthinweis:
Dieses Buch wurde auf chlor- und säurefreiem Papier gedruckt.

Taschenbuchausgabe 3/2001

http://www.heyne.de
Printed in Germany 2001

Umschlagfotograph: Phil Bray
Umschlaggestaltung: Nele Schütz Design, München
Satz: Dörlemann Satz, Lemförde
Druck und Bindung: Pressedruck, Augsburg

ISBN: 3-453-18482-3

I

WASHINGTON, D.C.

1

Man sollte annehmen, daß solch ein Tag förmlich danach fiebert anzubrechen …

Clarice Starlings Mustang röhrte die Auffahrt des Bureau of Alcohol, Tobacco and Firearms in der Massachusetts Avenue hoch, ein Hauptquartier, das man aus Sparsamkeitsgründen von Reverend Sun Myung Moon angemietet hatte.

Die Wagenkolonne der Einsatzgruppe, mit einem zerbeulten Undercover-Lieferwagen an der Spitze und zwei schwarzen SWAT-Vans dahinter, stand mit laufenden Motoren in der Tiefgarage des Gebäudes.

Starling wuchtete die Tasche mit ihrer Ausrüstung aus dem Mustang und hastete zum Führungsfahrzeug hinüber, einem schmutzigweißen, geschlossenen Lieferwagen, der an den Seiten die Aufschrift »Marcell's Gourmet-Krabben« trug.

Durch die geöffneten Hecktüren beobachteten vier Männer Starlings Auftritt. Der Kampfanzug ließ sie schmal wirken. Trotz des Gewichts der Ausrüstung bewegte sie sich rasch und behende. Ihr Haar glänzte in dem gespenstischen Neonlicht.

»Frauen und Pünktlichkeit«, knurrte ein Officer.

BATF Special Agent John Brigham, für den Einsatz verantwortlich, erstickte jede Diskussion im Keim.

»Sie ist nicht zu spät – ich habe sie erst gerufen, als wir von unserem Informanten grünes Licht hatten«, sagte Brigham. »Sie mußte sich erst mal aus Quantico loseisen. – Hey, Starling, hier herüber mit der Tasche.«

»*Gimme five*, John«, begrüßte ihn Starling.

Ein kurzer Wortwechsel Brighams mit dem heruntergekommenen Undercover-Agenten, der am Steuer saß, und der Lieferwagen fuhr los, bevor die Hecktüren geschlossen waren, hinaus in den freundlichen Herbstnachmittag.

Clarice Starling, die in ihrem Agentinnenleben mehr als genug Überwachungswagen kennengelernt hatte, tauchte unter dem Okular des Periskops hinweg und suchte sich im hinteren Teil des Wagens einen Platz, möglichst nahe den 150 Pfund Trockeneis, die als Kühlung würden herhalten müssen, wenn sie mit abgestelltem Motor auf der Lauer lagen.

Der alte Lieferwagen verströmte diesen Ziegenstallgeruch aus Angst und Schweiß, dem mit keiner Putzaktion mehr beizukommen ist. Er hatte über die Jahre hinweg unzählige Firmenaufdrucke über sich ergehen lassen müssen. Die leicht angeschmutzten, verblassenden Schilder waren keine halbe Stunde alt. Die verspachtelten Einschußlöcher waren älter.

Die Rückfenster funktionierten gut getarnt wie Einwegspiegel.

Starling konnte die großen schwarzen SWAT-Vans, die ihnen folgten, gut sehen. Sie hoffte, daß sie nicht länger als absolut nötig in den Wagen zubringen mußten. Immer dann, wenn sie ihr Gesicht dem Fenster zuwandte, musterten ihre männlichen Kollegen sie mit verstohlenem Blick.

FBI Special Agent Clarice Starling machte, wie bisher noch in jedem Alter, eine gute Figur mit ihren zweiunddreißig Jahren, sogar im Kampfanzug.

Brigham griff sich seinen Klemmblock vom Beifahrersitz. »Wie kommt es eigentlich, Starling, daß du immer wieder in so einer Scheiße landest?« fragte er sie lächelnd.

»Weil du mich immer wieder anforderst«, antwortete sie.

»Für das hier brauche ich dich wirklich. Aber ich sehe doch, daß du mit den Greifern Haftbefehle vollstrecken mußt. Ohne dir zu nahe treten zu wollen, aber irgendwer in Buzzards Point muß dich hassen. Komm zu mir. Arbeite mit mir. Darf ich dir meine Leute vorstellen? Das hier sind Agent Marquez Burke und John Hare, und dort drüben sitzt Officer Bolton vom Washingtoner Police Department.«

Mehr oder weniger bunt zusammengewürfelte Einsatzgruppen aus Leuten vom Bureau of Alcohol, Tobacco and Firearms, der DEA und dem FBI waren Ausdruck der angespannten Haushaltslage in einer Zeit, wo sogar die FBI-Akademie wegen Geldmangels ihre Pforten schließen mußte.

Burke und Hare sahen wie Agenten aus. Officer Bolton machte eher den Eindruck eines Vollzugsbeamten. Er war ungefähr fünfundvierzig, übergewichtig und wirkte leicht aufgedunsen.

Der Bürgermeister von Washington, nach seiner Verurteilung wegen Drogenbesitzes sorgsam darauf bedacht, sich als Mann der harten Hand zu profilieren, legte größten Wert darauf, daß Washingtons Polizei bei jeder größeren Drogenrazzia ihren Anteil am Erfolg abbekam. Darum also Bolton.

»Die Drumgo-Clique kocht heute«, sagte Brigham.

»Evelda Drumgo, als ob ich es nicht geahnt hätte«, sagte Starling, nicht sonderlich erbaut.

Brigham nickte. »Sie betreibt unten am Fluß in der Nähe des Feliciana-Fischmarkts ein Labor. Unserem Informanten zufolge hat sie heute eine Wagenladung ›Ice‹ in Arbeit. Und sie hat für heute abend Flugtickets zu den Cayman Islands gebucht. Wir haben keine Zeit zu verlieren.«

Methamphetamin in kristalliner Form, Straßenname »Ice«, garantiert einen kurzen, heftigen Kick und macht auf der Stelle abhängig.

»Der Stoff ist Sache der DEA. Wir sind einzig und allein an Evelda und ihren illegalen Waffentransporten interessiert. Der Haftbefehl führt halbautomatische Berettas und einige MAC 10s auf, und sie weiß, wo noch mehr davon lagert. Ich will, daß du dich auf Evelda konzentrierst, Starling. Du kennst sie. Meine Leute werden dir den Rücken freihalten.«

»Wenn's weiter nichts ist«, warf Officer Bolton mit einem zufriedenen Unterton in der Stimme ein.

»Ich glaube, du solltest den Jungs noch ein paar Hintergrundinformationen zu Evelda mit auf den Weg geben, Starling«, sagte Brigham.

Starling antwortete nicht sofort, da der Lieferwagen gerade über Bahngleise rumpelte.

»Die Frau ist brandgefährlich«, sagte sie. »Sie sieht zwar nicht danach aus – schließlich war sie in ihrem früheren Leben Model –, sie wird euch aber bis aufs Blut bekämpfen. Witwe von Dijon Drumgo. Ich habe sie bereits zweimal wegen Verdachts auf Verstoß gegen das RICO verhaftet. Das erstemal zusammen mit Dijon.

Das letztemal kam sie mit einer 9-Millimeter und drei Magazinen an. Als ob das nicht gereicht hätte, hatte sie Tränengas in ihrer Handtasche und ein Butterfly-Messer in ihrem BH. Keine Ahnung, was sie heute so alles mit sich herumschleppt.

Bei der zweiten Verhaftung habe ich sie höflich aufgefordert, sich zu ergeben, was sie auch tat. In der Untersuchungshaft tötete sie eine Mitgefangene namens Marsha Valentine mit einem Löffelstiel. Man kann also nie wissen ... Die Frau ist schwer zu durchschauen. Die Grand Jury erkannte auf Notwehr.

Die Anklagen wegen Verstoßes gegen das Rauschmittelgesetz hat sie abgewehrt. Einige Anklagen wegen Waffenhandels wurden fallengelassen, da sie minderjährige Kinder hat und ihr Ehemann gerade bei einem *drive-by* in der Pleasant Avenue ums Leben gekommen war. Möglicherweise ging letzteres auf das Konto der Spliffs.

Ich werde sie auffordern, die Waffen zu strecken. Ich hoffe, daß sie das tun wird – wir geben ihr in jedem Fall Gelegenheit dazu. Aber – und nun hören Sie mir gut zu – sollten wir gezwungen sein, Evelda Drumgo zu überwältigen, dann will ich von Ihnen Einsatz sehen. Glauben Sie bloß nicht, meine Herren, Sie könnten Evelda und mich in einem Schlammringkampf bewundern.«

Es hatte eine Zeit gegeben, da hätte Starling sich diesen Männern untergeordnet. Nun hörten sie zwar nicht gern, was sie sagte, aber sie hatte zuviel erlebt, um sich darum zu scheren.

»Evelda Drumgo ist durch Dijon den Trey-Eight Crips verbunden«, sagte Brigham. »Sie steht unter dem Schutz der Crips, sagt unser Informant. Die Crips sind für die Verteilung der Ware entlang der Küste verantwortlich. Das Engagement der Crips richtet sich in allererster Linie gegen die Spliffs. Ich weiß nicht, wie sich die Crips verhalten werden, wenn sie uns sehen. Sie gehen Zusammenstößen mit uns für gewöhnlich aus dem Weg.«

»Eines sollten Sie noch wissen – Evelda ist HIV-positiv«, sagte Starling. »Das hat sie Dijon zu verdanken, mit dem sie sich die Nadel teilte. Als sie es in der Untersuchungshaft herausfand, rastete sie aus. An diesem Tag hat sie auch Marsha Valentine getötet und die Wachen angegriffen. Sollte sie nicht bewaffnet sein und trotzdem kämpfen, dann stellen Sie sich darauf ein, daß sie versuchen wird, Sie mit jeder Körperflüssigkeit, die sie absondern kann, in Berührung zu bringen. Sie wird spucken und beißen und nicht zögern, Sie anzupissen oder zuzuscheißen, wenn Sie sie in Gewahrsam nehmen wollen. Aus diesem Grund sind Handschuhe und Masken Pflicht. Falls Sie sie in einem Streifenwagen unterbringen wollen und ihr die Hand auf den Kopf legen, achten Sie auf mögliche Haarnadeln, und sorgen Sie dafür, daß ihr Fußfesseln angelegt werden.«

Burke und Hare machten sehr lange Gesichter. Officer Bolton schien irgendwie unglücklich zu sein. Mit seinem stoppeligen Kinn wies er auf Starlings Waffe, einen .45er Colt, dem man den häufigen Gebrauch förmlich ansah. Der Griff der Waffe war mit Gaffertape umwickelt. Starling trug sie in einem Yaqui-Holster hinten rechts an der Hüfte. »Laufen Sie die ganze Zeit mit gespannter Waffe rum?«

»Gespannt und verriegelt jede Minute des Tages«, sagte Starling.

»Nicht ganz ungefährlich«, sagte Bolton.

»Kommen Sie mit auf den Schießstand, und ich zeige es Ihnen, Officer.«

Brigham ging dazwischen. »Bolton, ich war Starlings Ausbilder, als sie bei den Interservice-Meisterschaften drei Jahre in Folge Champion im Pistolenschießen wurde. Starlings

Waffe ist das letzte, worum Sie sich hier Sorgen machen müssen. Die Jungs vom Geiselbefreiungsteam, die Velcro Cowboys, wie haben sie dich damals, als du sie ausgebremst hast, noch genannt, Starling? Annie Oakley?«

»Poison Oakley«, sagte sie und blickte zum Rückfenster hinaus.

Starling fühlte sich mit einemmal unter all diesen Männern um sie herum sehr einsam in dem stinkenden Überwachungswagen. Chaps, Brut, Old Spice, Schweiß und Leder. Furcht beschlich sie. Ein fader, leicht metallischer Geschmack verklebte ihr den Mund. *Ein Bild vor ihrem geistigen Auge: ihr Vater, der nach Tabak und starker Seife roch, wie er mit seinem Taschenmesser, dem die Spitze abgebrochen war, eine Orange schälte; wie er, mit ihr in der Küche sitzend, die Orange teilte. Die immer kleiner werdenden Rücklichter des Pick-ups von ihrem Vater in der Nacht, als er zur Streife aufbrach, von der er nicht lebend zurückkehren sollte. Seine Kleider im Schrank. Das Hemd, das er immer trug, wenn er zum Square dance ging. Ein paar schöne Kleider in ihrem eigenen Schrank, die sie niemals wieder würde anziehen können. Traurige Partykleider auf Kleiderbügeln, wie Spielzeug auf einem Dachboden.*

»X minus zehn Minuten«, meldete sich der Fahrer.

Brigham schaute kurz durch die Windschutzscheibe und dann auf seine Uhr. »So sieht es vor Ort aus«, sagte er. Er hatte mit Filzstift hastig auf einem Blatt Papier einen Lageplan skizziert und präsentierte eine schlechte, vom Grundbuchamt zugefaxte Kopie des Gebäudegrundrisses. »Der Fischmarkt gehört zu einer Reihe von Geschäften und Warenhäusern am Flußufer. Die Parcell Street mündet dort auf diesem kleinen Platz vor dem Fischmarkt in die Riverside Avenue.

Wie ihr seht, liegt das Gebäude des Fischmarkts unmittelbar am Wasser. Entlang der Rückseite haben sie einen Anlegesteg. Das Labor von Evelda grenzt ebenerdig an das Gebäude an. Den Eingang könnt ihr hier auf der Vorderseite neben der Überdachung des Fischmarkts erkennen. Während das Labor in Betrieb ist, wird Evelda im Umkreis von wenigstens drei Blocks ihre Leute auf Posten stehen haben. In der Vergangenheit hat ihr Frühwarnsystem perfekt funktioniert. Es ist ihr bis jetzt jedesmal gelungen, den Stoff zu entsorgen, bevor wir zuschlagen konnten. Um das zu verhindern, erfolgt der Zugriff durch Team Nr. 3 von einem Fischerboot aus genau um 15.00 Uhr. Wir können mit dem Auto näher an das Gebäude als die anderen, ein paar Minuten vor der Razzia fahren wir direkt vor der Vordertür vor. Flüchtet Evelda vorne raus, fangen wir sie hier ab. Bleibt sie im Gebäude, gehen wir rein, sobald das DEA-Team den Hintereingang gestürmt hat. Das Team aus Wagen Nr. 2 deckt die Operation, sieben Mann, die Punkt 15.00 Uhr reinkommen, wenn wir ihnen nicht vorher ein Zeichen geben.«

»Und wie kommen wir durch die Tür?« fragte Starling.

Burke schaltete sich ein. »Falls die Lage es zuläßt, nehmen wir den Rammbock. Sollten wir aber Blendgranaten oder Schüsse hören, hat Freund Avon hier das Wort.« Er tätschelte seine Schrotflinte.

Starling hatte sie schon hin und wieder im Einsatz gesehen. »Avon« ist eine mit feinpudrigem Blei geladene großkalibrige Patrone, mit der man ein Türschloß herausblasen kann, ohne eventuell dahinterstehende Personen zu verletzen.

»Eveldas Kinder? Wo sind die?« fragte Starling.

»Unser Informant hat gesehen, wie Evelda sie in der Kindertagesstätte abgeliefert hat«, antwortete Brigham. »Er hat den Überblick, ist dicht dran an der Familie, so dicht, wie man eben mit *safer sex* dran sein kann.«

Brighams Kopfhörer erwachte zum Leben. Er suchte den Teil des Himmels ab, den er durch das Rückfenster sehen konnte. Dabei sprach er in sein Kehlkopfmikro: »Gilt vielleicht nur dem Verkehr.« Zum Fahrer gewandt sagte er: »Team Nr. 2 hat gerade den Helikopter einer Fernsehstation ausgemacht. Siehst du irgend etwas?«

»Nein.«

»Hoffen wir, daß er sich wirklich nur für den Verkehr interessiert. Aufsitzen, bringen wir das Ganze hinter uns.«

Selbst 150 Pfund Trockeneis bescheren fünf Menschen an einem warmen Tag in einem engen Lieferwagen keine angenehme Temperatur, zumal wenn sie in voller Kampfausrüstung unterwegs sind. Als Bolton seine Arme hob, bewies er damit einmal mehr, daß ein Spritzer Deo nicht ganz dasselbe ist wie eine Dusche. Clarice Starling hatte in ihr Hemd Schulterpolster eingenäht, um das Gewicht der Kevlar-Weste, die ihr hoffentlich genügend Schutz bot, leichter tragen zu können. Das Gewicht der Weste fiel durch eine zusätzliche Keramikplatte am Rücken deutlich höher aus.

Tragische Erfahrung hatte den Wert einer Rückenplatte nachdrücklich vorgeführt. Sich mit einem Team, das man nicht kennt und dessen Leute über unterschiedliche Trainingsniveaus verfügen, bei einer Razzia gewaltsam irgendwo Zutritt zu verschaffen ist ein gefährliches Unternehmen. Wie schnell hat einem eine Kugel die Wirbelsäule zerschmettert, wenn man einer Gruppe vorangeht, die unerfahren und von Angst getrieben agiert.

Zwei Meilen vom Fluß entfernt bog der Wagen Nr. 3 ab, um das Team der DEA bei dem Fischerboot abzusetzen. Wagen Nr. 2 ließ sich zurückfallen und hielt von nun an diskret Abstand zu dem weißen Lieferwagen.

Die Verwahrlosung der Gegend nahm immer stärkere Züge an. Etwa ein Drittel der Gebäude war mit Brettern vernagelt. Am Straßenrand standen ausgebrannte Autowracks ohne Räder auf Kisten. Junge Männer hingen vor Bars und kleinen Läden an Straßenecken herum. Kinder tobten um eine brennende Matratze auf dem Gehweg.

Falls Eveldas Security auf Posten war, war sie auf den ersten Blick unter den Einheimischen auf dem Gehweg nicht auszumachen. In der Nähe der Schnaps- und Gemüseläden saßen Männer in geparkten Wagen und unterhielten sich.

Ein schäbiges Chevy-Impala-Cabrio mit vier jungen Schwarzen schob sich in den spärlich dahinfließenden Verkehr und folgte dem Lieferwagen. Um die Mädchen, an denen sie vorbeifuhren, zu beeindrucken, ließen die jungen Männer die Schnauze des Impalas immer wieder auf und nieder hüpfen. Der Baß ihrer Stereoanlage brachte das dünne Blech des Lieferwagens zum Vibrieren.

Starling beobachtete den Chevy Impala durch das Einwegglas des Rückfensters und erkannte, daß die Männer in dem Cabrio keine wirkliche Bedrohung darstellten – Straßenkreuzer der Crips kamen entweder als großräumige Limousinen oder Kombis daher und waren alt genug, um sich gut in die triste Umgebung einzufügen. Die Rückfenster heruntergelassen, hatten sie eine Besatzung von drei, manchmal auch vier Mann. Ein Basketball-Team in einem Buick kann bedrohlich wirken, wenn man keinen kühlen Kopf bewahrt.

Als sie an einer Ampel halten mußten, nahm Brigham die Schutzhülle vom Okular des Periskops und berührte Bolton am Knie.

»Riskieren Sie mal einen Blick. Schauen Sie sich um, ob sich irgendeine lokale Größe auf der Straße herumtreibt«, sagte Brigham. Der Kopf des Periskops war gut getarnt in einem Ventilator auf dem Dach des Lieferwagens untergebracht. Man konnte mit ihm lediglich nach rechts und links schauen.

Bolton machte einen Schwenk, hielt inne und rieb sich die Augen.

»Das Ding wackelt zu sehr bei laufendem Motor«, sagte er.

Brigham erkundigte sich über Funk nach dem Stand der Dinge bei dem Team auf dem Fischerboot. »Sie sind vierhundert Meter flußabwärts, näher kommend«, wiederholte er für seine Crew im Lieferwagen.

Einen Block von der Parcell Street entfernt wurde der Lieferwagen genau gegenüber dem Fischmarkt durch eine rote Ampel zum Halten gezwungen. Die Ampelphase schien eine kleine Ewigkeit dauern zu wollen. Der Fahrer tat so, als prüfte er den rechten Seitenspiegel, und sagte, ohne den Mundwinkel zu verziehen: »Es sieht ganz so aus, als wollten heute nicht gerade viele Leute Fisch kaufen. Wir sind da.«

Die Ampel sprang auf Grün, und um 14.57 Uhr, drei Minuten vor der X-Zeit, hielt der zerbeulte Lieferwagen direkt vor dem Feliciana Fish Market am Straßenrand. Der Platz hätte nicht besser sein können.

Im hinteren Teil des Lieferwagens hörten sie, wie der Fahrer die Handbremse anzog.

Brigham trat das Okular an Starling ab. »Schau dich um.«

Starling ließ das Periskop die Vorderfront des Gebäudes entlanggleiten. Auf dem Bürgersteig reihten sich unter einer Leinenmarkise Tische und Verkaufsstände mit feucht schimmerndem Fisch. Snapper von den Ufern Carolinas lagen, sortiert nach Größe, auf geschrotetem Eis. Krebse in offenen Kisten bewegten ihre Scheren. In einem Wassertank schoben sich Hummer übereinander. Die cleveren Fischhändler hatten feuchte Pads auf die Augen der großen Fische gelegt, damit sie bis zum Abend ihren Glanz behielten, wenn die mit allen Wassern gewaschenen Hausfrauen karibischer Abstammung zu ihrem allabendlichen Gang über den Markt eintrudelten und die Ware beäugten und an ihr schnupperten.

Das Sonnenlicht zauberte im feinen Sprühregen draußen am Tisch, wo die Fische ausgenommen und gesäubert wurden, einen Regenbogen in die Luft. Ein südamerikanisch wirkender Mann mit stämmigen Unterarmen schlitzte gerade mit einem geschwungenen Messer geschickt einen Mako-Hai auf und spülte den riesigen Fisch mit dem harten Strahl einer Spritzpistole ab. Das blutige Wasser lief in den Rinnstein, und Starling hörte es unter dem Lieferwagen glucksen.

Starling beobachtete den Fahrer dabei, wie er den Fischhändler ansprach, diesem eine Frage stellte. Der Fischhändler schaute auf seine Armbanduhr, zuckte mit den Achseln und wies mit der Hand auf ein nahegelegenes Café. Der Fahrer wanderte noch ein paar Minuten ziellos über den Markt, zündete sich eine Zigarette an und trollte sich dann in Richtung Café davon.

Irgendwo orgelte ein Gettoblaster »La Macarena«, und das mit einer solchen Lautstärke, daß es Starling noch im Lieferwagen klar und deutlich hörte. Nie wieder in ihrem Leben sollte sie dieses Lied ertragen können.

Die Tür, auf die es ankam, lag rechts von ihnen. Eine doppelte Tür aus Stahl. Davor eine Betonstufe.

Starling wollte gerade das Periskop freigeben, als sich die Tür öffnete. Ein großer Weißer, bekleidet mit einem Hawaiihemd und Sandalen, trat heraus. Mit der einen Hand hielt er einen Schulranzen vor seine Brust gepreßt. Die andere ruhte, den Blicken entzogen, dahinter. Ein drahtiger Schwarzer mit einem Regenmantel über dem Arm tauchte hinter ihm in der Türfüllung auf.

»Aufgepaßt!« zischte Starling.

Hinter den beiden Männern erschien, Nofretete gleich, Evelda Drumgo. Ihr schönes Gesicht spähte prüfend über deren Schultern.

»Soeben verläßt Evelda mit zwei Leuten das Haus. Es sieht ganz danach aus, als ob die beiden bewaffnet sind«, sagte Starling.

Sie konnte sich nicht schnell genug vom Okular lösen und krachte mit Brigham zusammen. Starling setzte ihren Helm auf.

Brigham gab über Funk durch: »An alle Einheiten, wir schlagen zu: Showdown, Showdown. Sie kommt auf unserer Seite raus. Wir gehen rein.«

»Wir schalten sie mit so wenig Aufsehen wie möglich aus«, sagte Brigham. Er lud mit einer fließenden Bewegung seine Pumpgun durch. »Das Boot trifft in dreißig Sekunden hier ein. Ab dafür.«

Starling landete zuerst auf dem Boden. Eveldas Zöpfe flogen, als sie den Kopf herumriß. Starling brüllte, die Männer mit den Waffen im Anschlag neben sich wissend: »Alles runter auf den Boden. Ich sagte, runter mit euch auf den Boden.«

Evelda schob sich zwischen die beiden Männer. Sie trug ein Wickeltuch um den Hals, in dem ein Baby lag.

»Wartet, wartet, wir wollen keinen Ärger«, sagte sie zu den beiden Männern an ihrer Seite. »Wartet, wartet.« Gemessenen Schrittes, ganz Königin, das Baby im Wickeltuch mit herunterhängender Decke hoch vor sich her haltend, trat sie auf Starling zu.

Gib ihr etwas Raum. Starling ließ ihre Waffe zurück in das Holster gleiten und streckte Evelda die leeren Handflächen entgegen. »Evelda! Ergib dich. Komm zu mir herüber.«

Hinter Starling heulte ein schwerer V8-Motor auf. Reifen

quietschten. Sie konnte sich nicht umdrehen. *Bitte, laß es die Verstärkung sein.* Evelda ignorierte Starling und schritt auf Brigham zu. Die Decke flatterte kurz auf, als das MAC 10 dahinter losging. Brigham sank getroffen zu Boden, sein Gesichtsschutz blutverschmiert.

Der schwergewichtige weiße Mann ließ die Schultasche fallen. Burke sah die Maschinenpistole und feuerte seine Schrotflinte ab. Die Avon-Patrone verpuffte harmlos in der Luft. Er griff nach der Waffe, die in seinem Holster steckte. Nicht schnell genug. Ein Feuerstoß zerriß Burke oberhalb seiner Leistengegend und unterhalb der kugelsicheren Weste. Als der Weiße seine Waffe in Richtung Starling schwang, hatte diese bereits ihre Pistole gezogen und in Anschlag gebracht. Noch bevor er feuern konnte, zerfetzten ihm zwei Schüsse das Hawaiihemd.

Schüsse hinter Starling. Der drahtige Schwarze ließ den Regenmantel, der über der Hand mit der Waffe gelegen hatte, zu Boden gleiten und zog sich in den Hauseingang zurück. Wie von einer eisernen Faust getroffen, trieb es Starling nach vorne. Sämtliche Luft entwich ihr aus der Lunge. Sie warf sich herum und sah den Straßenkreuzer der Crips quer auf der Straße stehen. Eine Cadillac-Limousine mit offenen Fenstern. Zwei Schützen saßen im Cheyenne-Stil in den Fenstern auf der Fahrerseite und feuerten über das Dach hinweg. Ein dritter nahm Starling vom Rücksitz aus unter Feuer. Mündungsfeuer und Pulverdampf aus drei Waffen. Kugeln pfiffen durch die Luft.

Starling hechtete zwischen zwei parkende Autos, sah, wie sich Burke auf der Straße wand und Brigham vollkommen regungslos dalag. Eine rote Pfütze breitete sich um seinen Helm herum aus. Hare und Bolton feuerten, zwischen parkende Autos gekauert, von irgendwoher auf der anderen Straßenseite. Ein Platzregen aus Splittern und Glas ergoß sich über die beiden. Ein Autoreifen zerplatzte mit lautem Knall. Das Feuer der automatischen Waffen nagelte sie fest. Starling, mit einem Fuß in dem noch immer Wasser führenden Rinnstein, hob kurz den Kopf, um die Lage zu sondieren.

Immer noch feuerten die beiden in den Fenstern sitzenden

Schützen über das Autodach hinweg. Der Fahrer, eine Pistole in der freien Hand, entleerte ein Magazin. Ein vierter Mann auf dem Rücksitz hatte die Tür geöffnet und zerrte Evelda mit ihrem Baby ins Auto. Sie hatte die Schultasche bei sich. Die Crips feuerten aus allen Rohren auf Bolton und Hare. Dann stieg Qualm von den Hinterreifen des Cadillacs auf. Das Auto begann sich schlingernd in Bewegung zu setzen.

Starling richtete sich auf, folgte mit der Waffe dem Wagen und erledigte den Fahrer mit einem Schuß in die Schläfe. Zwei weitere Schüsse rissen den im vorderen Fenster sitzenden Schützen brutal nach hinten weg. Sie ließ das Magazin aus dem .45er Colt fallen und hatte, ohne auch nur für den Bruchteil einer Sekunde ihre Augen vom Wagen zu nehmen, noch ehe das leere auf dem Boden angekommen war, ein neues hineingejagt.

Der Cadillac streifte eine Reihe parkender Wagen auf der gegenüberliegenden Straßenseite und kam mit einem häßlichen metallischen Knirschen zum Stehen.

Starling ging auf den Cadillac zu. Einer der Schützen saß noch immer im Rückfenster. Er verdrehte die Augen und stieß mit den Händen wild gegen das Wagendach. Sein Oberkörper war zwischen einem geparkten Wagen und dem Cadillac eingeklemmt. Seine Waffe schlidderte vom Dach herunter. Leere Hände erschienen im hinteren Seitenfenster. Ein Mann mit einem blauen Tuch um den Kopf kroch hervor. Er hob die Hände und rannte weg. Starling ignorierte ihn. Von rechts krachten Schüsse aus einem Gewehr. Der Flüchtende geriet ins Taumeln und stürzte kopfüber hin, versuchte noch, unter einen der parkenden Wagen zu kriechen. Über Starling knatterten die Rotorblätter eines Helikopters.

Irgend jemand schrie über den Fischmarkt: »Unten bleiben. Unten bleiben.« Menschen kauerten unter den Marktständen. Ein feiner Sprühregen stob von dem Tisch auf, wo Augenblicke zuvor noch der Hai ausgenommen worden war.

Starling näherte sich dem Cadillac. Irgend etwas bewegte sich im Fond des Wagens. Der Cadillac schwankte. Herzzerreißende Schreie des Babys. Gewehrfeuer. Das Rückfenster zersplitterte. Glas fiel ins Wageninnere.

Starling hob den Arm und schrie, ohne sich umzudrehen: »FEUER EINSTELLEN. Stellt das Feuer ein. Haltet die Tür im Blick. Hinter mir. Laßt bloß die Eingangstür der gottverdammten Fischhütte nicht aus den Augen.«

»Evelda.« Bewegung auf dem Rücksitz des Cadillacs. Jämmerliches Schluchzen des Babys. »Evelda, ich will deine Hände am Fenster sehen.«

Evelda Drumgo kam jetzt heraus. Noch immer schluchzte das Baby. Von irgendwoher dröhnte »La Macarena«. Evelda war ausgestiegen und ging, den schönen Kopf nach vorn gebeugt und ihre Arme um das Baby geschlungen, auf Starling zu.

Burke wand sich zwischen den beiden Frauen auf dem Boden. Seine Bewegungen waren mittlerweile langsamer geworden. Er hatte viel Blut verloren. Der Rhythmus von »La Macarena« ruckelte mit Burke dahin. Jemand hastete gebückt zu ihm, legte sich neben ihn und versuchte, die Blutung zu stillen.

Starling hielt den Lauf ihrer Waffe vor Evelda auf den Boden gesenkt. »Evelda, ich will deine Hände sehen, mach schon. Bitte, laß mich deine Hände sehen.«

Die Decke beulte sich aus. Evelda mit ihren Zöpfen und den dunklen, ägyptisch anmutenden Augen hob langsam den Kopf und schaute Starling in die Augen.

»Du also bist es, Starling«, sagte sie.

»Evelda, tu jetzt nichts Unüberlegtes. Denk an dein Baby.«

»Laß uns Körperflüssigkeiten austauschen, *bitch*.«

Die Decke flatterte kurz auf. Ein Knall zerriß die Luft. Starling schoß Evelda Drumgo durch die Oberlippe und blies ihr damit den Hinterkopf weg.

Ein stechender Schmerz an der linken Schläfe raubte Starling einen Augenblick lang die Sinne und ließ sie zu Boden gehen. Evelda saß mit seltsam weggeknickten Beinen nach vorn gebeugt auf der Straße. Blut schoß ihr aus dem Mund und ergoß sich über das Baby, dessen Schreie durch ihren Körper gedämpft wurden. Starling kroch zu Evelda hinüber und zerrte ohne Erfolg an dem Tuch. Sie fischte das Butterfly-Messer aus Eveldas BH, ließ es, ohne hinzuschauen, aufschnappen und zerschnitt das Wickeltuch. Das Baby war glitschig und rot und drohte ihr aus den Händen zu gleiten.

Starling hielt es im Arm und schaute sich mit schmerzverzerrtem Blick um. Sie sah die Wasserschleier in der Luft verwirbeln und rannte zu dem Tisch, an dem zuvor der Mann mit dem Hai gestanden hatte. Mit einer Armbewegung wischte sie Messer und Fischinnereien beiseite und legte das Baby auf das Hackbrett. Dann griff sie nach der Spritzpistole und richtete den Wasserstrahl auf das schwarze Kind, das, den Kopf des Hais neben sich, auf der weißen Unterlage vor ihr lag. Evelda Drumgos HIV-positives Blut wurde zusammen mit ihrem eigenen, das auf den Kleinen hinuntergetropft war, in einem einzigen Strom fortgespült, der so salzig war wie das Meer.

Wasser stob auf. Ein künstlicher Regenbogen stand wie ein Zeichen Gottes zitternd im Wasserschleier über dem, was wie ein Akt blinder Schicksalswut anmutete. Soweit sie erkennen konnte, hatte der kleine Mann keine äußeren Verletzungen davongetragen. Aus den Lautsprechern dröhnte noch immer »La Macarena«. Ein Blitzlicht zuckte wie ein Stroboskop, bis es Hare endlich gelang, den Fotografen wegzuzerren.

2

Kurz nach Mitternacht, eine Sackgasse in einer Arbeitergegend in Arlington, Virginia. Eine warme Herbstnacht. Es hat geregnet. Das Auffrischen des Windes kündigt eine Kaltfront an. Der Geruch von Humus und nassem Laub liegt in der Luft. Ein Heimchen zirpt. Es verstummt, als es von dumpfen Vibrationen erfaßt wird. Ein 5,0-Liter-Mustang mit stählernen Ansaugstutzen biegt in die Sackgasse ein. Ihm folgt ein Polizeiwagen. Die zwei Autos fahren die Auffahrt eines gepflegten Zweifamilienhauses hinauf und halten an. Der Mustang verröchelt im Leerlauf. Als der Motor verstummt ist, wartet das Heimchen einen Moment, dann stimmt es wieder sein Lied an, das letzte vor dem ersten Frost, das letzte in seinem kurzen Leben.

Ein Federal Marshal in Uniform steigt aus und geht um den Wagen herum. Er öffnet die Beifahrertür. Clarice Starling steigt aus. Ihr Kopf ist bandagiert. Rötliche Betaisodona-Flecken sind auf ihrem Hals über dem grünen Operationskittel verschmiert, den sie statt eines Hemdes trägt. Ihre Habseligkeiten hat sie in einer Plastiktasche mit Reißverschluß untergebracht – ein Päckchen mit Pfefferminz-Pastillen und ihre Schlüssel, ihr Ausweis als Special Agent des FBI, ein Schnell-Lader mit fünf Patronen, eine kleine Dose Tränengas. Mit der Tasche zusammen trägt sie einen Gürtel und ein leeres Holster.

Der Federal Marshal händigt ihr die Autoschlüssel aus.

»Vielen Dank, Bobby.«

»Willst du, daß Pharon und ich noch auf einen Sprung mit reinkommen und dir Gesellschaft leisten? Oder soll Sandra kommen? Sie wartet auf mich. Ich kann sie herüberfahren, für den Fall, daß du nicht allein sein willst …«

»Nein, ich werde jetzt einfach da hineingehen. Ardelia muß jeden Augenblick nach Hause kommen. Trotzdem vielen Dank für das Angebot, Bobby.«

Als er sieht, daß Starling wohlbehalten im Haus angekommen ist, kehrt der Marshal zum Polizeiwagen zurück, wo sein Partner auf ihn wartet. Der Motor springt an. Das Fahrzeug setzt sich in Bewegung.

Die Waschküche in Starlings Haus ist warm und riecht nach Weichspüler. Die Schläuche der Waschmaschine und des Wäschetrockners werden durch eine Plastikfessel zusammengehalten.

Starling legt die Tasche mit ihren Habseligkeiten auf die Waschmaschine. Die Autoschlüssel machen auf der Metalloberfläche ein lautes Geräusch. Sie entnimmt der Maschine eine Ladung Wäsche und stopft sie in den Wäschetrockner. Dann zieht sie ihre Hose aus und wirft sie in die Waschmaschine. Es folgen der Kittel und ihr blutbefleckter BH. Anschließend startet sie den Waschvorgang. Sie trägt Socken und einen Slip und einen Revolver Kaliber .38 mit abgedecktem Abzugshahn in einem Knöchelholster. Sie hat blaue Flecken auf dem Rücken, an den Rippen und eine Hautabschürfung am rechten Ellbogen. Ihr rechtes Auge und ihre rechte Wange beginnen sich bläulich zu verfärben.

Wasser gurgelt. Die Waschmaschine startet das Programm. Starling hüllt sich in ein großes Badehandtuch und tappt in das Wohnzimmer. Sie kommt mit einem halbvollen Whiskeyglas Jack Daniel's zurück. Sie läßt sich auf eine Gummimatte vor der Waschmaschine niedersinken und lehnt sich mit dem Rücken gegen die laufende Maschine. Es ist dunkel. Die Maschine, angenehm warm, gluckst und arbeitet vor sich hin. Starling sitzt mit nach oben gewandtem Gesicht auf dem Boden. Ein paar trockene Schluchzer erschüttern ihren Körper, bevor die ersten Tränen kommen. Heiße Tränen rollen ihr über die Wangen.

Ardelia Mapp kam nach einer langen Fahrt von Cape May gegen 0.45 Uhr nach Hause. Sie verabschiedete sich von ihrem Begleiter an der Tür und betrat gerade ihr Badezimmer, als sie das Wasser rauschen hörte, die Waschmaschine, die zu schleudern anfing.

Sie ging in den rückwärtigen Teil des Hauses und schaltete in der Küche, die sie sich mit Starling teilte, das Licht ein. Sie sah Starling in der Waschküche auf dem Boden sitzen, einen Verband um den Kopf.

»*Starling!* Oh, Baby.« Eilig kniete sie sich neben Starling nieder. »Was ist passiert?«

»Ich bin angeschossen worden, Ardelia. Ein Streifschuß am Ohr. Sie haben mich im Walter Reed Hospital ärztlich versorgt. Tu mir einen Gefallen und laß das Licht aus, okay?«

»Okay. Kann ich dir irgend etwas Gutes tun? Ich habe nichts mitbekommen – wir haben Tapes im Auto gehört – erzähl mir, was –«

»John ist tot, Ardelia.«

»*Nicht Johnny Brigham!*« Mapp und Starling waren beide in Brigham verliebt gewesen, als er auf der FBI-Akademie für ihre Ausbildung an der Waffe verantwortlich war. Sie hatten immer versucht, durch den Ärmel seines Hemdes hindurch sein Tattoo zu entziffern. Starling nickte und wischte sich wie ein kleines Kind die Tränen mit dem Handrücken aus den Augen. »Evelda Drumgo und die Crips. Evelda hat ihn erschossen. Sie haben auch Burke erwischt, Marquez Burke vom BATF. Wir sind alle zusammen reingegangen. Evelda muß einen Tip bekommen haben. Das Fernsehen war zum selben Zeitpunkt wie wir vor Ort. Ich sollte Evelda übernehmen. Sie wollte sich einfach nicht ergeben, Ardelia. Sie wollte einfach nicht aufgeben. Sie hat ein Baby bei sich gehabt. Wir haben aufeinander geschossen. Sie ist tot.«

Mapp hatte noch nie zuvor in ihrem Leben Starling weinen sehen.

»Ardelia, ich habe heute fünf Leute getötet.«

Mapp setzte sich neben Starling auf den Boden und legte den Arm um sie. Zusammen lehnten sie gegen die laufende Waschmaschine. »Was ist aus Eveldas Baby geworden?«

»Ich habe das Blut von ihm abgewaschen. Soweit ich erkennen konnte, hatte er keine äußeren Verletzungen. Im Krankenhaus haben sie gesagt, rein körperlich gesehen sei er in Ordnung. Sie werden ihn in ein paar Tagen in die Obhut von Eveldas Mutter entlassen. Weißt du, Ardelia, was Evelda zu mir gesagt hat, kurz bevor sie starb? Sie sagte: ›Laß uns Körperflüssigkeiten austauschen, *bitch*.‹«

»Ich mach' dir was zurecht«, sagte Mapp.

»Was?« fragte Starling.

3

Das Morgengrauen brachte die Zeitungen und die ersten Nachrichten im Fernsehen.

Mapp kam mit ein paar Muffins herüber, als sie hörte, daß Starling auf war. Zusammen schauten sie sich die Berichte im Frühstücksfernsehen an.

CNN und die anderen Stationen hatten das Filmmaterial angekauft, das von der Kamera des WFUL-Helikopters direkt über der Szene stammte. Die Bilder waren in jeder Hinsicht spektakulär.

Starling sah sie sich an. Einmal. Sie mußte mit eigenen Augen sehen, daß Evelda zuerst geschossen hatte. Sie suchte den Blick Mapps, sah den Ärger in deren braunem Gesicht.

Dann stand sie auf und rannte hinaus. Sie mußte sich übergeben.

»Das ist schwerverdauliche Kost«, sagte sie, als sie bleich und mit zittrigen Knien aus dem Badezimmer zurückkam.

Wie gewöhnlich traf Mapp den Nagel auf den Kopf. »Die entscheidende Frage, die du dir stellen solltest, lautet, was empfinde ich, Clarice Starling, angesichts des Todes dieser schwarzen Frau, die ein Kind auf dem Arm trug. Und die Antwort darauf lautet: Sie hat zuerst auf dich geschossen. Ich will, daß du das hier überlebst. Und, Starling, denk daran, wer für die wahnsinnige Politik, die hinter dem Ganzen steckt, verantwortlich ist. Vergiß nicht, welcher irrwitzigen Logik du es zu verdanken hast, daß ihr beide, du und Evelda Drumgo, an diesem traurigen Ort aufeinandertreffen mußtet, um mit Waffengewalt das Drogenproblem unter euch auszumachen. Was für ein Irrsinn! Ich hoffe, daß du dir ernsthafte Gedanken darüber machst, ob du weiterhin für die Herren der Schöpfung den Kopf hinhalten willst.«

Wie um ihrer Rede Nachdruck zu verleihen, schenkte sie Starling und sich Tee nach. »Willst du, daß ich heute bei dir bleibe? Ich kann mir den Tag freinehmen.«

»Danke. Aber das brauchst du nicht. Wenn du kannst, ruf mich von der Arbeit aus an.«

Der *National Tattler*, einer der großen Gewinner des Booms der Boulevardpresse in den neunziger Jahren, brachte eine Extraausgabe heraus, die, sogar an den eigenen Maßstäben gemessen, alles bisher Dagewesene übertraf. Jemand hatte sie am späten Vormittag gegen die Hauswand gedonnert. Starling fand sie, als sie der Ursache für den dumpfen Schlag auf den Grund gehen wollte. Sie war auf das Schlimmste gefaßt und wurde nicht enttäuscht.

»TODESENGEL CLARICE STARLING, DIE KILLERMASCHINE DES FBI«, tönte die Überschrift in 72-Punkt Gothic Railroad. Drei Fotos auf der Titelseite: Clarice Starling in Uniform, wie sie einen .45er Colt im Wettkampf abfeuert, Evelda Drumgo auf der Straße, über ihr Baby gebeugt, den Kopf geneigt wie eine Madonna von Cimabue, der jemand das Hirn weggeblasen hat, und noch einmal Starling, als sie das schwarze, nackte Baby zwischen Messer, Fischinnereien und den Kopf eines Hais auf das weiße Hackbrett legt.

Die Bildunterschrift lautete: *FBI Special Agent Clarice Starling, die den Serienkiller Jame Gumb ins Jenseits befördert hat, darf fünf weitere Kerben in ihren Colt machen. Mutter mit Kind auf dem Arm und zwei Polizisten unter den Toten einer verpfuschten Drogenrazzia.*

Die Titelgeschichte war der Drogenkarriere von Evelda und Dijon Drumgo und dem Auftauchen der Crips in dem von Gang-Streitigkeiten heimgesuchten Washington, D.C., gewidmet. Der Militärdienst des getöteten Officers John Brigham wurde kurz erwähnt, und seine Auszeichnungen waren aufgezählt. Starling kam in den Genuß einer eigenen Spalte. Unter einem Schnappschuß, der sie mit sichtlich gerötetem Gesicht und einem tief ausgeschnittenen Kleid bei einem Restaurantbesuch zeigte, stand zu lesen:

Clarice Starling, FBI Special Agent, hatte ihre fünfzehn Minuten Ruhm, als sie den Serienkiller Jame Gumb, genannt »Buffalo Bill«, vor sieben Jahren in dessen Keller erschoß. Nun sieht sie möglichen disziplinarrechtlichen Schritten und zivilrechtlichen Auseinandersetzungen entgegen, was die Begleitumstände des Todes einer Mutter aus Washington betrifft, die im Verdacht der Herstellung und des Vertriebs von Drogen stand. (Siehe die Titelgeschichte auf Seite eins.)

»Das könnte das Ende ihrer Karriere bedeuten«, war aus dem Bureau of Alcohol, Tobacco and Firearms zu erfahren. »Wir kennen zwar noch nicht alle Einzelheiten, die zu dieser Katastrophe führten, aber John Brigham könnte heute mit an Sicherheit grenzender Wahrscheinlichkeit noch am Leben sein. Sein Tod ist das letzte, was das FBI nach Ruby Ridge gebrauchen kann«, so die Quelle, die ungenannt bleiben wollte.

Clarice Starlings schillernde Karriere begann bereits kurz nach ihrem Eintritt in die FBI-Akademie. Als Absolventin der Universität Virginia in den Fächern Psychologie und Kriminologie (mit Auszeichnung) wurde sie mit der Aufgabe betraut, den berühmt-berüchtigten Dr. Hannibal Lecter zu interviewen, den Lesern unseres Blattes als »Hannibal the Cannibal« bekannt. Das FBI erhoffte sich von Lecter Aufschluß über den Aufenthaltsort von Jame Gumb, der Catherine Martin, die Tochter der ehemaligen US-Senatorin von Tennessee, entführt hatte.

Agent Starling war bei den Interservice-Meisterschaften drei Jahre in Folge Champion im Pistolenschießen, bevor sie sich aus dem Wettkampfgeschehen zurückzog. Es mutet wie tragische Ironie an, daß Officer Brigham, der im Einsatz an ihrer Seite starb, in Quantico ihr Ausbilder und bei den Wettkämpfen ihr Trainer war.

Ein Sprecher des FBI teilte mit, daß Agent Starling für die Dauer der internen Untersuchung des FBI bei voller Bezahlung von ihren dienstlichen Pflichten entbunden werde. Allgemein wird von einer Anhörung vor dem Amt für Verantwortlichkeiten im Dienst, auch »Inquisition« genannt, gegen Ende der Woche ausgegangen.

Wie von Verwandten der getöteten Evelda Drumgo zu hören ist, beabsichtigt man dort, die US-Regierung und Starling wegen rechtswidrig herbeigeführtem Tod auf Schadenersatz zu verklagen.

Der drei Monate alte Sohn von Evelda Drumgo, der auf den dramatischen Bildern im Arm seiner Mutter zu sehen ist, blieb unverletzt.

Rechtsanwalt Telford Higgins, der die Drumgo-Familie in zahlreichen Gerichtsverhandlungen vertreten hat, behauptete, daß die von Special Agent Starling benutzte Waffe, ein modifizierter halbautomatischer .45er Colt, nicht als Dienstwaffe für die Polizeieinheiten der Stadt Washington zugelassen ist. »Sie ist eine ebenso gefährliche wie todbringende Waffe, die in keinster Weise für den Polizeigebrauch geeignet ist«, sagte der bekannte Strafverteidiger. »Ihr bloßer Einsatz stellt bereits eine bewußt fahrlässige Gefährdung menschlichen Lebens dar.«

Der *Tattler* hatte Clarice Starlings nicht gelistete private Telefonnummer von einem seiner Informanten gekauft und rief Starling so lange an, bis diese den Hörer neben den Apparat legte und ihr FBI-Handy für Gespräche mit dem Büro benutzte.

Starling hatte kaum Schmerzen, jedenfalls so lange, wie sie den Verband am Ohr und die geschwollene Gesichtshälfte nicht berührte. Wenigstens pochte die Wunde nicht unangenehm. Zwei Tylenol hielten sie schmerzfrei. Sie mußte nicht auf die Percocet zurückgreifen, die ihr der Arzt für den Fall stark auftretender Schmerzen verschrieben hatte. Mit Schmauchspuren an den Händen und Spuren getrockneter Tränen auf ihren Wangen nickte sie, gegen das Kopfbrett ihres Bettes gelehnt, ein. Die *Washington Post* glitt von der Bettdecke auf den Boden.

4

Du verliebst dich in das Bureau,
aber das Bureau verliebt sich nicht in dich.
Maxime in der FBI-Trennungsberatung

Die Sporthalle im J.-Edgar-Hoover-Gebäude war zu dieser frühen Stunde beinahe leer. Zwei Männer mittleren Alters trabten gemächlich auf dem Laufband. Das Gerassel der Beinpresse in der hinteren Ecke des Raumes und die Rufe und Aufschläge eines Raquetball-Spiels hallten in dem großen Raum wider.

Die Stimmen der beiden Laufenden klangen gedämpft. Jack Crawford lief mit dem FBI-Direktor Tunberry auf dessen besonderen Wunsch hin. Sie hatten bereits zwei Meilen hinter sich gebracht und kamen langsam ins Keuchen.

»Blaylock vom BATF sitzt wegen Waco wie auf glühenden Kohlen. Es wird nicht sofort passieren, aber er ist unten durch, und das weiß er«, sagte der Direktor. »Er könnte genausogut Reverend Moon davon in Kenntnis setzen, daß er auszuziehen gedenkt.«

Die Tatsache, daß das Bureau of Alcohol, Tobacco and Firearms in Washington Büroräume von Reverend Sun Myung Moon angemietet hatte, trug beim FBI regelmäßig zur allgemeinen Heiterkeit bei.

»Und Farriday ist draußen wegen Ruby Ridge«, fuhr der Direktor fort.

»Das sehe ich noch nicht«, sagte Crawford. Er hatte in den siebziger Jahren zusammen mit Farriday in New York Dienst getan, als der Mob die Außenstelle des FBI in der Third Avenue Ecke 69th Street besetzt hatte. »Farriday ist ein guter Mann. Man kann ihn nicht dafür verantwortlich machen.«

»Ich habe es ihm gestern morgen mitgeteilt.«

»Er geht ohne Widerstreben?« fragte Crawford.

»Laß es mich so formulieren, er behält seine Vergünstigungen. Die Zeiten sind gefährlich, Jack.«

Beide Männer rannten mit hocherhobenem Kopf. Ihr Tempo erhöhte sich ein wenig. Aus den Augenwinkeln beobachtete Crawford, wie der Direktor seine körperliche Verfassung taxierte.

»Wie alt bist du jetzt, Jack, sechsundfünfzig?«

»Das ist richtig.«

»Noch ein Jahr bis zum vorgezogenen Ruhestand. Viele hören mit achtundvierzig, fünfzig auf, solange sie noch Aussichten auf einen anderen Job haben. Du hast das nie gewollt. Du hast dich nach Bellas Tod in Arbeit gestürzt.«

Als Crawford nicht sofort antwortete, begriff der Direktor, daß er einen Fehler gemacht hatte.

»Das soll nicht heißen, daß es einfach war, Jack. Gerade gestern noch sagte Doreen, wie schwer es gewesen –«

»Es gibt noch immer viel zu tun in Quantico. Wir wollen die VICAP fürs Web neu durchorganisieren, so daß jeder Polizist darauf zugreifen kann. Du hast es doch im Haushaltsplan gesehen.«

»Ist es dir eigentlich jemals in den Sinn gekommen, Direktor zu werden, Jack?«

»Der Job paßt nicht zu mir.«

»Du hast recht, Jack. Du bist kein Politiker. Du hättest nie Direktor sein können. Du hättest nie Eisenhower sein können, Jack, oder ein Omar Bradley.« Er bedeutete Crawford anzuhalten. Schwer atmend standen sie beide neben dem Laufband.

»Du hättest allerdings Patton sein können, Jack. Du könntest sie durch die Hölle führen, und sie würden dich immer noch lieben. Das ist eine Gabe, die ich nicht habe. Ich muß sie immer antreiben.« Tunberry blickte sich kurz um, nahm sein Handtuch von der Bank und drapierte es, ganz Richter, dem Todesurteile leicht von der Hand gehen, wie eine Robe um seine Schultern. Seine Augen strahlten.

Manche Leute müssen ihre Wut mobilisieren, um stark zu wirken, dachte Crawford, als er Tunberrys Mund beim Sprechen beobachtete.

»Was die Geschichte der verstorbenen Mrs. Drumgo mit ihrem MAC 10 und ihrem Crack-Labor angeht, die mit einem Baby auf dem Arm erschossen worden ist: Die Rechtsaufsicht verlangt nach einem Opfer. Frisches, blökendes Fleisch. Desgleichen die Medien. Die DEA muß ihnen einen Brokken hinwerfen. Das BATF muß es, wir müssen es. Aber in unserem Fall wären sie vielleicht auch mit einem Stück Federvieh zufrieden. Krendler meint, wir sollten ihnen Clarice Starling servieren. Dann würden sie uns in Frieden lassen. Ich stimme mit ihm überein. BATF und DEA müssen die Suppe für die Planung der Razzia auslöffeln. Starling hat abgedrückt.«

»Auf eine Polizistenmörderin, die zuerst geschossen hat.«

»Es sind die Bilder, Jack. Du begreifst es einfach nicht. Die Öffentlichkeit hat nicht gesehen, wie Evelda Drumgo John Brigham erschoß. Die Leute haben nicht gesehen, wie Evelda das Feuer auf Starling eröffnet hat. Du siehst es nicht, wenn du nicht weißt, auf was du zu schauen hast. 200 Millionen Menschen, von denen ein Zehntel zur Wahl geht, haben Evelda Drumgo auf der Straße sitzen sehen, wie sie versucht, ihr Baby zu schützen. Jemand hat ihr dabei das Hirn weggeblasen. Sag es nicht, Jack – ich weiß, daß du eine Zeitlang gedacht hast, Starling sei dein Protegé. Aber sie hat eine vorlaute Klappe, Jack, und sie ist mit gewissen Leuten von Anfang an nicht richtig warm geworden –«

»Krendler ist ein Sesselfurzer.«

»Hör mir gut zu, und unterbrich mich nicht, bis ich fertig bin. Starlings Karriere war ohnehin im Sinkflug begriffen. Die Verwaltung macht ihr den Abgang leicht. Starling nimmt in rechtlicher Hinsicht keinen Schaden. Der Papierkram wird nicht schlimmer als bei einer zeitweiligen Suspendierung vom Dienst aussehen – sie wird wieder einen Job bekommen. Jack, du hast etwas Großartiges für das FBI geleistet, du hast die Abteilung für Verhaltensforschung aufgebaut. Viele Leute glauben, daß du es mit etwas mehr Werbung in eigener Sache viel weiter als nur zum Abteilungsleiter hättest bringen können, daß du einfach mehr verdient hast. Ich werde der erste sein, der das auch öffentlich sagt, Jack. Du wirst als stellvertretender Direktor in den Ruhestand gehen. Darauf gebe ich dir mein Wort.«

»Du meinst, wenn ich mich aus dieser Sache raushalte?«

»Den normalen Gang der Ereignisse vorausgesetzt, Jack. Wenn wieder Ruhe eingekehrt ist im Königreich, wird genau das passieren. Jack, schau mich an.«

»Ja, Direktor Tunberry?«

»Das ist keine Bitte, das ist ein Befehl. Halt dich raus aus der Angelegenheit. Setz nicht alles aufs Spiel, Jack. Manchmal muß man wissen, wann es Zeit ist, wegzuschauen. Ich habe das auch schon getan. Hör zu, ich weiß, es ist hart. Glaube mir, ich weiß, wie du dich fühlst.«

»Wie ich mich fühle? Ich fühle mich wie jemand, der dringend unter die Dusche muß«, sagte Crawford.

5

Starling war eine gute, aber keine überpenible Hausfrau. Ihre Hälfte des Doppelhauses war sauber, und sie fand bei Bedarf alles. Doch Dinge hatten bei ihr die Angewohnheit, sich anzusammeln – unsortierte, saubere Wäsche, zu viele Zeitschriften an zu wenigen Orten. Ihre Wäsche pflegte sie grundsätzlich erst in allerletzter Minute zu bügeln. Auf Fragen der Kleiderordnung verschwendete sie kaum Zeit. Mit anderen Worten, sie kam gut zurecht.

Wenn sie Ordnung um sich brauchte, dann ging sie durch die gemeinsame Küche in Ardelias Hälfte. War Ardelia da, profitierte sie von ihrem Rat, was immer hilfreich war, wenn auch zuweilen treffender, als ihr lieb war. War Ardelia nicht da, durfte Starling die perfekte Ordnung von Mapps Wohnung nutzen, um nachzudenken, solange sie dort nichts von sich *zurückließ*. Und so saß sie heute hier, in einer dieser Wohnungen, die den Geist ihrer Bewohner atmen, unabhängig davon, ob diese nun zu Hause sind oder nicht.

Starling saß da und schaute auf die Police der Lebensversicherung von Mapps Großmutter, die in einem von Hand gefertigten Rahmen an der Wand hing, so wie sie auch schon in dem Farmhaus der Großmutter und während Ardelias Kindheit in der Sozialwohnung ihrer Eltern gehangen hatte. Mapps Großmutter hatte Gemüse und Blumen verkauft und sich das Geld für die Versicherungsbeiträge vom Mund abgespart. Am Ende war sie in der Lage gewesen, die Police zu beleihen, um Ardelia den Weg durchs College zu ebnen. Es gab auch ein Bild von der zierlichen alten Frau mit den dunklen, altersweisen Augen. Sie unternahm nicht einmal den Versuch zu lächeln, diese Frau mit dem weißen gestärkten Kragen und dem breitkrempigen Strohhut.

Ardelia wußte um ihre Wurzeln, bezog daraus tagtäglich ihre Kraft. Starling versuchte sich ihrer Herkunft zu vergewissern. Das Waisenhaus der Lutheraner in Bozeman hatte sie mit Kleidung und Nahrung versorgt. Ihr war dort anständiges Benehmen beigebracht worden. Aber für das, was sie jetzt brauchte, mußte sie ihr eigenes Blut befragen.

Was hat man denn schon groß vorzuweisen, wenn man wie du aus weißen Arme-Leute-Verhältnissen stammt? Wenn man in einer Gegend groß geworden ist, die noch in den fünfziger Jahren Sanierungsgebiet war. Wenn man von Leuten abstammt, die auf dem Campus als *crackers* und *rednecks* verlacht werden oder von denen herablassend als armen weißen Appalachen die Rede ist. Wenn sogar der sonst nicht gerade sicher auftretende Südstaatenadel, der schwerer körperlicher Arbeit nicht die geringste Wertschätzung entgegenbringt, von deinen Leuten nur als Hinterwäldlern spricht – welches Erbe versorgt dich dann mit Vorbildern? Daß wir ihnen das erstemal bei Bull Run eine ordentliche Tracht Prügel verpaßt haben? Daß der Ururgroßvater seine Sache bei Vicksburg gut gemacht hat? Daß eine Ecke von Shiloh auf ewig Yazoo City heißen wird?

Es liegt ungleich mehr Ehre darin und ergibt mehr Sinn, daß du aus dem, was dir geblieben ist, den gottverdammten vierzig Morgen Land und dem dreckigen Esel, etwas gemacht hast. Aber das eben mußt du erst einmal begreifen. Das wird dir niemand sagen.

Starling hatte die FBI-Ausbildung mit Bravour absolviert, weil es nichts gab, auf das sie hätte zurückgreifen können. Sie war ein Großteil ihres Lebens gezwungen gewesen, in Institutionen zu überleben, deren Regeln zu akzeptieren und sie konsequent für die eigene Sache zu nutzen. Sie war noch immer irgendwie vorangekommen, hatte ein Stipendium ergattert oder Aufnahme in das Team gefunden. Ihr Scheitern nach einem brillanten Start beim FBI war eine neue, eine zutiefst schreckliche Erfahrung für sie. Immer und immer wieder stieß sie gegen unsichtbare Wände wie ein in eine Flasche eingesperrtes Insekt.

Man ließ ihr nur vier Tage für die Trauer um John Brigham, der vor ihren Augen getötet worden war. Vor langer Zeit hatte John Brigham sie einmal etwas gefragt, und sie hatte nein gesagt. Und dann hatte er sie gefragt, ob sie trotzdem Freunde bleiben könnten, und es genauso gemeint, wie er es gesagt hatte, und sie hatte ja gesagt, und es war ihr ernst damit gewesen.

Sie mußte sich mit der Tatsache abfinden, daß durch ihre Hand fünf Menschen auf dem Feliciana-Fischmarkt umgekommen waren. Immer wieder stand ihr das Bild des Crips vor Augen, der sich, eingekeilt zwischen zwei Wagen, ans Autodach klammerte und mit ansehen mußte, wie ihm die Waffe entglitt.

Einmal besuchte sie dem eigenen Seelenheil zuliebe das Krankenhaus, um nach Eveldas Baby zu sehen. Eveldas Mutter war da und hielt ihren Enkel im Arm. Er sollte gerade entlassen werden. Sie kannte Starling von den Bildern in den Zeitungen. Sie übergab den Kleinen einer Schwester und schlug Starling, bevor diese begriff, was vor sich ging, hart ins Gesicht.

Starling erwiderte den Schlag nicht, der sie auf der bandagierten Seite des Kopfes getroffen hatte, sondern drückte die alte Frau im Polizeigriff so lange gegen die Scheibe des Schwesternzimmers, bis diese mit wutverzerrtem Gesicht klein beigab. Das Fenster war beschlagen und mit Speichel verschmiert, als sie sie losließ.

Starling rann Blut über den Hals, und der Schmerz machte sie schwindelig. Das Ohr mußte nochmals in der Notaufnahme genäht werden. Sie lehnte es ab, Anzeige zu erstatten. Ein Pfleger dort gab dem *Tattler* einen Tip und bekam dafür dreihundert Dollar.

Sie mußte das Haus noch zweimal verlassen, einmal, um das Begräbnis von John Brigham zu arrangieren, und dann, um ihm auf der nationalen Gedenkstätte Arlington die letzte Ehre zu erweisen. Brigham, dem bis auf wenige entfernte Verwandte niemand nahe stand, hatte in seinem letzten Willen verfügt, daß Starling sich um ihn und seinen Nachlaß kümmern sollte.

Der Grad seiner Gesichtsverletzungen machte einen geschlossenen Sarg erforderlich. Aber Starling hatte trotzdem, so gut sie konnte, auf sein Äußeres geachtet und ihn in seiner makellosen blauen Marineuniform mitsamt seinen Auszeichnungen zur letzten Ruhe betten lassen.

Nach den Begräbnisfeierlichkeiten übergab Brighams Anwalt Starling eine Kiste mit dessen persönlichen Dingen. Neben seinen Waffen und seiner Dienstmarke enthielt sie eine Reihe von Gegenständen, die zu seinen Lebzeiten auf seinem notorisch mit Akten überladenen Schreibtisch gestanden hatten, so auch den von Brigham so geliebten kitschigen Wettervogel aus Plastik, der aus einem Glas trank.

In fünf Tagen hatte Starling in einer Anhörung, die vielleicht das Aus für ihre Karriere bedeutete, Rede und Antwort zu stehen. Mit Ausnahme einer Nachricht von Jack Crawford war ihr Telefon stumm geblieben, und es gab nun auch keinen John Brigham mehr, mit dem sie über alles hätte sprechen können.

Sie rief ihren Rechtsbeistand bei der für das FBI zuständigen Berufsgenossenschaft an. Der einzige Rat, den sie von ihm zu hören bekam, war, keine auffälligen Ohrringe oder offene Schuhe bei der Anhörung zu tragen.

Tag für Tag kochten die Zeitungen und das Fernsehen die Geschichte von Evelda Drumgos Tod in immer neuen Variationen hoch.

Hier, in der perfekten Ordnung von Mapps Haus, versuchte Starling, mit sich und ihrer Situation ins reine zu kommen.

Das, was dich früher oder später zerstören wird, ist die Versuchung, in den Chor deiner Kritiker mit einzustimmen, um sich deren Wohlwollen zu erkaufen.

Ein Geräusch drang an ihr Ohr.

Starling versuchte sich genau an ihre eigenen Worte im Lieferwagen zu erinnern. War es mehr als das bloß Notwendige gewesen? Das Geräusch drang noch immer an ihr Ohr.

Brigham forderte sie dazu auf, die anderen mit der Vorgeschichte Eveldas vertraut zu machen. Hatte sie so etwas wie Feindseligkeit zum Ausdruck gebracht, irgend etwas –

Das Geräusch begann lästig zu werden.

Sie hielt inne und begriff, daß die Klingel nebenan schrillte. Wahrscheinlich ein Reporter. Oder die Zustellung der Vorladung. Sie schob den Vorhang des Fensters zur Straße ein wenig beiseite und spähte hinaus. Sie sah, wie sich der Postbote umdrehte, um zu seinem Wagen zurückzugehen. Sie öffnete Mapps Eingangstür und fing ihn ab. Sie drehte sich mit dem Rücken zum auf der anderen Straßenseite parkenden Fahrzeug der Presse. Belauert von einem Teleobjektiv, unterschrieb sie die Empfangsbestätigung und erhielt einen edlen, mit Seidenpapier gefütterten malvenfarbenen Umschlag ausgehändigt. Obwohl sie durch die Ereignisse der letzten Tage unkonzentriert und psychisch angeschlagen war, erinnerte sie der Umschlag dunkel an etwas. Wieder im Haus, den neugierigen Blicken entzogen, schaute sie auf die Adresse. Eine feingeschwungene, gestochen scharfe Handschrift.

Trotz des grauenhaften Dröhnens in Starlings Schädel schlug etwas Alarm in ihr. Sie fühlte, wie ihre Bauchdecke zu zittern anfing, so als ob sie von etwas Kaltem berührt worden wäre.

Starling nahm den Umschlag an den Ecken und trug ihn in die Küche. Dort entnahm sie ihrer Handtasche ein paar weiße Handschuhe zum Sicherstellen von Beweismitteln. Sie preßte den Umschlag auf die harte Oberfläche des Küchentisches und befühlte ihn sorgfältig. Obwohl das Papier steifer war als bei gewöhnlichen Umschlägen, hätte sie die durch eine Uhrenbatterie verursachte Verdickung gefühlt, deren ein C-4-Blatt zur Explosion bedurfte. Sie wußte, der Umschlag gehörte eigentlich vor ein Fluoroskop. Wenn sie ihn einfach so öffnete, würde sie möglicherweise Schwierigkeiten bekommen. Schwierigkeiten? Richtig. Krampf!

Sie schlitzte den Umschlag mit einem Küchenmesser auf und entnahm ihm ein einzelnes, seidenmatt schimmerndes Blatt. Sie wußte, noch ehe sie einen Blick auf die Unterschrift geworfen hatte, von wem der Brief war.

Meine liebe Clarice,

mit Aufmerksamkeit und Interesse habe ich Ihr In-Ungnade-Fallen und die erniedrigende Diskussion um Ihre Person in der Öffentlichkeit mitverfolgt. Die um meine Person hat mich nie sonderlich beeindruckt, sieht man von den Unannehmlichkeiten ab, die eine Inhaftierung so mit sich bringt. Aber Ihnen dürfte für dererlei der Blick fehlen.

Bei unseren Diskussionen im Kerker drängte sich mir der Eindruck auf, daß Ihr Vater, der tote Nachtwächter, eine besondere Stellung in Ihrem Wertesystem einnimmt. Ich denke, die Beendigung von Jame Gumbs Karriere als Couturier hat Sie deswegen mit so großer Befriedigung erfüllt, weil Sie sich der Vorstellung hingeben durften, Ihr Vater hätte es an Ihrer Statt getan.

Gegenwärtig genießen Sie beim FBI keinen sonderlich guten Ruf. Haben Sie sich eigentlich immer Ihren Vater als Ihren Vorgesetzten ausgemalt, haben Sie ihn sich etwa als Abteilungsleiter oder – besser sogar als Jack Crawford – als DEPUTY DIRECTOR vorgestellt, der voller Stolz über Ihr Fortkommen wacht? Und wie ist es jetzt? Sehen Sie ihn beschämt und erniedrigt durch Ihre Schande? Ihr Versagen? Das ach so bemitleidenswerte Ende einer so vielversprechenden Karriere? Sehen Sie sich selbst schon die niederen Dienste tun, auf die Ihre Mutter verwiesen war, nachdem die Drogensüchtigen Ihrem DADDY das Lebenslicht ausgeblasen hatten? Hmmmm? Wird sich Ihr Scheitern auf Sie auswirken, werden die Menschen auf ewig fälschlicherweise glauben, daß Ihre Eltern in Wohnwagen hausender weißer Abschaum waren, einzig und allein auf der Welt, um Tornados als Köder zu dienen? Sie dürfen sich mir ruhig anvertrauen, Special Agent Starling.

Denken Sie für einen Augenblick einmal ernsthaft darüber nach, bevor wir weitergehen.

Erlauben Sie mir nun, daß ich Ihnen eine Qualität vor Augen führe, über die Sie verfügen und die Ihnen helfen wird: Sie sind nicht blind vor Tränen, Sie haben die Zwiebeln dazu, um weiterzulesen.

Hier nun eine kleine Übung, die sich unter Umständen als nutzbringend für Sie erweisen wird. Ich möchte, daß Sie für mich hier und heute folgendes tun: Haben Sie eine gußeiserne schwarze Bratpfanne? Sie sind ein Bauernmädchen aus dem Süden. Ich kann mir nicht vorstellen, daß Sie keine haben. Stellen Sie sie auf den Küchentisch. Schalten Sie die Deckenlampe ein.

Mapp hatte von ihrer Großmutter eine Bratpfanne vererbt bekommen, die sie oft benutzte. Sie verfügte über eine glänzende schwarze Oberfläche, die niemals mit Seife in Berührung kam. Starling stellte die Bratpfanne vor sich auf den Tisch.

Blicken Sie in die Bratpfanne, Clarice. Beugen Sie sich über sie, und schauen Sie hinein. Wenn das die Pfanne Ihrer Mutter wäre, und so, wie es aussieht, könnte sie es ja durchaus sein, dann hätte sie zwischen ihren Molekülen all die Gespräche bewahrt, die in ihrer Gegenwart geführt wurden. All die Wortwechsel, die kleinen Streitigkeiten, die todlangweiligen Offenbarungen, die platten Ankündigungen von Katastrophen, die Grunzer und poetischen Momente der Liebe.

Setzen Sie sich an den Tisch, Starling. Schauen Sie in die Pfanne. Wenn sie sorgsam gepflegt worden ist, dann gleicht sie einer schwarzen Lache, habe ich recht? Fast könnte man meinen, man schaue in einen schwarzen Brunnen. Ihr genaues Ebenbild will sich auf dem Grund einfach nicht zeigen, aber Sie selbst rücken sich dort unten bedrohlich näher. Das Licht hinter sich, erscheinen Sie dort unten als das schwarze Gesicht Ihrer selbst, mit einer Corona, als ob Ihr Haar in Flammen stünde.

Wir alle sind nur elaborierter Kohlenstoff, Clarice. Sie und die Pfanne und Daddy tot in der Erde, kalt wie die Pfanne. Es ist alles noch immer da. Hören Sie. Wie haben sie wirklich geklungen und gelebt – Ihre sich abmühenden Eltern? Die konkreten Erinnerungen sind es, nicht die Imagines, die Ihnen das Herz so schwer machen. Warum war Ihr Vater kein Sheriff mit einem guten Draht zur Meute am Gericht? Warum hat Ihre Mutter auch dann noch in Motels saubergemacht, um Sie zu ernähren, als sie damit scheiterte, Sie beide zusammenzuhalten, bis Sie erwachsen geworden waren? Was ist Ihre lebhafteste Erinnerung an die Küche? Nicht ans Krankenhaus, an die Küche.

Meine Mutter, wie sie das Blut aus dem Hut meines Vaters wäscht.

Was ist Ihre schönste Erinnerung an die Küche?

Mein Vater, wie er mit seinem alten Taschenmesser mit der abgebrochenen Spitze Orangen schält und uns die Schnitze reicht.

Ihr Vater, Clarice, war ein Nachtwächter. Ihre Mutter war ein Zimmermädchen.

War eine große Karriere im Dienst des Staates Ihre Hoffnung oder die Ihrer Eltern? Wie sehr hätte Ihr Vater in einer vermufften Bürokratie gebuckelt, um vorwärtszukommen? Wie vielen Leuten hätte er den Arsch geleckt? Hatten Sie ihn je in Ihrem Leben speichelleckend und katzbuckelnd vor Augen?

Folgen Ihre Vorgesetzten in ihrem Handeln ethischen Grundsätzen, Clarice? Wie steht es mit Ihren Eltern, verfügten sie über moralische Prinzipien? Für den Fall, daß ja, gleichen diese denen Ihrer Vorgesetzten?

Blicken Sie in das Eisen, dem Lug und Trug fremd sind, und erzählen Sie es mir. Haben Sie vor den Augen Ihrer toten Familie versagt? Würden die es wollen, daß Sie alles schlucken? Welche Auffassung vom Schicksal hatten sie? Sie können genau so stark sein, wie Sie es sich wünschen.

Sie sind eine Kriegerin, Clarice. Der Feind ist tot. Das Baby in Sicherheit. Sie sind eine Amazone.

Die stabilsten Elemente des Periodensystems, Clarice, stehen in der Mitte, ungefähr zwischen Eisen und Silber.

Zwischen Eisen und Silber. Das genau denke ich, ist Ihnen angemessen.

Hannibal Lecter

P.S. Sie schulden mir, wie Sie wissen, noch immer eine Auskunft. Erzählen Sie mir, ob Sie immer noch vom Schreien der Lämmer hochschrecken. Plazieren Sie an einem beliebigen Sonntag in der Seufzerspalte der inländischen Ausgabe der Times, *der* International Herald Tribune *und der* China Mail *eine Anzeige. Geben Sie als Empfänger A. A. Aaron an, damit sie als die zuoberst plazierte Anzeige erscheint, und zeichnen Sie mit Hannah.*

Während sie las, glaubte Starling das Geschriebene von derselben Stimme gesprochen zu hören, die sie verspottet und durchbohrt hatte, die in ihr Leben eingedrungen war und die sie in dem Hochsicherheitstrakt der Nervenheilanstalt durchleuchtet hatte, als sie gezwungen gewesen war, Hannibal Lecter ihr Innerstes im Austausch gegen dessen alles entscheidende Wissen über Buffalo Bill preiszugeben. Das metallische Kratzen dieser selten gebrauchten Stimme erklang noch immer in ihren Träumen.

An der Küchendecke hatte in einer Ecke eine Spinne ein neues Netz gesponnen. Starling starrte es an, während sich ihre Gedanken überschlugen. Dankbar und traurig, traurig und dankbar. Dankbar für die Hilfe, dankbar sah sie einen Weg der Heilung für sich. Dankbar und traurig, daß Dr. Lecters Remailing Service in Los Angeles billige Aushilfskräfte angeheuert haben mußte – sie hatten eine Frankiermaschine benutzt. Jack Crawford wie auch die Postbehörde und das Labor würden entzückt sein von dem Brief.

6

Der Raum, in dem Mason sein Leben zubringt, ist ruhig, hat aber seinen eigenen gedämpften Pulsschlag, das Zischen und Ächzen des Sauerstoffapparats, der es ihm erlaubt, Atem zu schöpfen. Es ist dunkel, mit Ausnahme des Lichtscheins, der von dem großen Aquarium ausgeht, in dem sich ein exotischer Aal, dem Zeichen für Unendlichkeit gleich, in endlosen Achten windet. Die Bewegungen des Tieres zaubern ein Schattenspiel an die Decke, das an im Wind flatternde Seidenbänder erinnert.

Masons Haar liegt, zu einem dicken Zopf geflochten, eingerollt auf dem Gehäuse des Atemgeräts auf seiner Brust. Der Kopfteil des Bettes ist leicht angewinkelt. Eine Vorrichtung, die wie eine Panflöte aussieht, schwebt vor seinem Gesicht.

Masons lange Zunge gleitet zwischen seinen Zähnen hervor. Sie umschlingt das Ende eines der Röhrchen. Mit dem nächsten Schub des Sauerstoffapparats pustet er hinein.

Sofort meldet sich aus einem Lautsprecher an der Wand eine Stimme: »Ja, Sir.«

»Den *Tattler, bitte.*« Der Anfangsbuchstabe *B* ist verlorengegangen, ansonsten klingt die Stimme tief und voll, eine Radiostimme.

»Auf Seite eins steht –«

»Lies es mir nicht vor. Auf den Schirm damit.« Die Buchstaben *m* und *v* haben sich aus Masons Rede verflüchtigt.

Der große Bildschirm, der im Raum zu schweben scheint, beginnt zu knistern. Sein bläulich-grünes Glühen geht ins leicht Rötliche über, als das rote Impressum des *National Tattler* erscheint.

»TODESENGEL CLARICE STARLING, DIE KILLERMASCHINE DES FBI«, liest Mason während dreier langsamer Atemzüge seines Geräts. Er kann die Bilder zoomen. Nur einer der beiden Arme liegt auf der Bettdecke. Er ist in der Lage, einige Bewegungen mit seiner Hand auszuführen. Wie eine bleiche Spinnenkrabbe tastet sie sich mehr durch die Bewegung der Finger als mit Hilfe des unbrauchbaren Armes vorwärts. Da Mason seinen Kopf nicht weit drehen kann, um etwas zu sehen, berührt er die Dinge mit Zeige- und Mittelfinger wie mit Fühlern, während der Daumen, der Ringfinger und der kleine Finger die Hand hin und her bewegen. Er findet die Fernbedienung, mit der er zoomen und die Seiten umblättern kann.

Mason liest langsam. Von der Schutzvorrichtung über dem ihm verbliebenen Auge ertönt zweimal pro Minute, wenn sie Feuchtigkeit auf den lidlosen Augapfel sprüht, ein kaum vernehmbares Zischen. Immer wieder beschlägt dadurch die Linse. Er braucht zwanzig Minuten, um den Leitartikel und die Spalte über Starling zu lesen.

»Wirf das Röntgenbild auf den Schirm«, sagte er, als er mit dem Lesen des Artikels fertig war.

Es dauerte einen Augenblick. Das großformatige Röntgenbild benötigte einen Leuchttisch, um auf dem Bildschirm einigermaßen gut erkennbar zu sein. Man sah eine menschliche Hand, offenkundig verletzt. Dann gab es noch eine andere Aufnahme, die die Hand und den ganzen Arm zeigte. Ein Pfeil auf dem Röntgenbild markierte etwa in der Mitte zwischen Ellbogen und Schulter einen verheilten Bruch des Oberarmknochens.

Mason schaute sich das Bild viele Atemzüge lang an. »Den Brief«, sagte er schließlich.

Meine liebe Clarice, las Mason, *mit Aufmerksamkeit und Interesse habe ich Ihr In-Ungnade-Fallen und die erniedrigende Diskussion um Ihre Person in der Öffentlichkeit mitverfolgt. ...* Allein der Rhythmus der Stimme beschwor in ihm Erinnerungen, die ihn schwindeln ließen, die sein Bett, seinen Raum wie einen Kreisel drehten. Sie strudelten das Unsagbare aus seinem Unterbewußtsein empor, ließen sein Herz rasen. Die Maschine registrierte seine Erregung und versorgte seine Lunge verstärkt mit Sauerstoff.

Die Atemfrequenz schmerzhaft erhöht, las er den ganzen Brief, las ihn wie auf einem Pferderücken über die sich hebende und senkende Maschine hinweg. Mason konnte sein Auge nicht schließen, aber als er mit der Lektüre fertig war, driftete sein Geist von seinem Auge weg. Er dachte einen Moment lang nach. Die Beatmungsfrequenz der Maschine verlangsamte sich. Dann blies er in das Röhrchen.

»Ja, Sir.«

»Schaff mir den Kongreßabgeordneten Vellmore ans Telefon. Bring mir den Kopfhörer, und schalte den Lautsprecher aus.«

»Clarice Starling«, sagte er zu sich selbst mit dem nächsten Atemzug, den ihm die Maschine gestattete. Der Name hatte keine Verschlußlaute, also konnte er ihn einigermaßen gut aussprechen. Nichts von seinem Klang ging verloren. Während er auf das Telefonat wartete, nickte er für einen Augenblick ein. Der Schatten des Aals kroch über die Bettdecke, sein Gesicht und das geflochtene Haar.

7

Buzzards Point, die für Washington und den Distrikt Columbia zuständige Außenstelle des FBI, ist nach einem Platz benannt, an dem sich während des Bürgerkrieges in der Nähe eines Lazaretts die Geier versammelten. Die Versammlung, die sich heute eingefunden hatte, bestand aus Bürokraten unterschiedlichster Couleur. Beamte aus dem Mittelbau der Drug Enforcement Administration, des Bureau of Alcohol, Tobacco and Firearms saßen mit Vertretern des FBI zusammen, um über das berufliche Schicksal von Clarice Starling zu befinden.

Starling stand allein auf dem dicken Teppich im Büro ihres Chefs. Sie konnte ihren Puls unter dem Kopfverband pochen hören. Jenseits des Pulsschlags in ihrem Ohr vernahm sie Männerstimmen, die durch die Milchglasscheibe der Tür zu einem angrenzenden Konferenzraum gedämpft wurden.

Das berühmte Siegel des FBI mit dem Motto »Treue, Tapferkeit und Rechtschaffenheit« zierte in Blattgold das Glas.

Der Pegel des Stimmengewirrs hinter dem Siegel hob und senkte sich je nach dem Grad der Leidenschaft, die im Spiel war.

Von Zeit zu Zeit konnte Starling ihren Namen heraushören.

Das Büro bot eine schöne Aussicht auf den Yachthafen von Fort McNair, wo man die des Attentats auf Lincoln angeklagten Verschwörer gehängt hatte.

Vor Starlings geistigem Auge tauchten Fotos von Mary Surratt auf, wie sie hinter ihrem Sarg her schreitet und den Galgen von Fort

McNair besteigt. Wie sie mit der Kapuze über dem Kopf auf der Falltür steht, die Röcke um die Beine gebunden, um ja keiner Schamlosigkeit Vorschub zu leisten, wenn sie nach unten rauscht, in das laute Knirschen und die ewig dunkle Nacht.

Stühlerücken im Raum nebenan. Starling hörte, wie sich die Männer erhoben. Im Gänsemarsch betraten sie das Büro. Einige der Gesichter kannte sie vom Sehen. Unglaublich, da war ja auch Noonan, der A/DIC der ganzen Investigation Division.

Und, wie hätte es auch anders sein können, ihre Nemesis in Gestalt von Paul Krendler aus dem Justizministerium. Mit seinem langen Hals und den hoch am Schädel angesetzten rundlichen Ohren sah er aus wie eine Hyäne. Krendler war ein Aufsteiger, die graue Eminenz, die dem General Inspektor soufflierte. Seit sie den Serienkiller Buffalo Bill vor sieben Jahren gefaßt, ihm gewissermaßen vor der Nase weggeschnappt hatte, hatte er nichts unversucht gelassen, um ihr berufliches Fortkommen zu verhindern.

Keiner dieser Männer war je mit Starling im Einsatz gewesen, hatte mit ihr einen Haftbefehl vollstreckt, geschweige denn sich Kugeln ausgesetzt oder Glassplitter aus dem Haar gekämmt.

Anfänglich wichen die Männer ihrem Blick aus. Dann, wie auf ein geheimes Kommando, richteten sie ihre geballte Aufmerksamkeit auf sie. Das Ganze hatte etwas von einem umherstreunenden Rudel, das sich plötzlich gegen ein krankes Mitglied in seiner Mitte wendet.

»Nehmen Sie Platz, Agent Starling.« Ihr Boß, Special Agent Clint Pearsall, fuhr sich über das fleischige Handgelenk, als ob seine Uhr ihn schmerzte.

Ohne ihr in die Augen zu schauen, wies er auf einen Armstuhl gegenüber der Fensterfront. Der Stuhl in einem Verhör ist nicht der Ehrenplatz.

Die sieben Männer blieben stehen. Schwarze Silhouetten vor der hellstrahlenden Fensterfront. Starling konnte ihre Gesichter nicht erkennen, aber unterhalb der spiegelnden Fläche sah sie ihre Beine und Füße. Fünf von ihnen trugen diese dicksohligen, mit Quasten verzierten Slipper, wie sie von Provinzlern bevorzugt wurden, die den Sprung nach Washington geschafft hatten. Ein Paar Thom-McAn-Budapester mit Corfam-Sohlen und einige Florsheim-Budapester rundeten das Ganze ab. Ein Geruch von Schuhwichse, angewärmt von Schweißfüßen, begann sich auszubreiten.

»Für den Fall, daß Ihnen nicht alle der hier Versammelten bekannt sein sollten, Agent Starling, das hier ist Direktor Noonan; ich bin mir sicher, daß Sie wissen, wer *er* ist; das sind John Eldredge von der DEA und Bob Sneed vom BATF; dort drüben steht Benny Holcomb, Assistent des Bürgermeisters, und Larkin Wainright hier ist Mitarbeiter unserer Dienstaufsichtsbehörde«, sagte Pearsall. »Paul Krendler – Sie kennen doch Paul – ist dankenswerterweise vom Büro des GI im Justizministerium auf einen Sprung vorbeigekommen, inoffiziell, versteht sich. Er ist hier und doch nicht hier. Er hilft uns, juristische Untiefen zu umschiffen, wenn Sie verstehen, was ich meine.«

Starling kannte die Gerüchte. Einer wie Krendler tauchte auf dem Schlachtfeld nur auf, wenn die Schlacht bereits geschlagen war. Er war für die Beseitigung der Verwundeten mit dem Bajonett zuständig.

Ein paar der Silhouetten deuteten mit einem Nicken des Kopfes so etwas wie einen Gruß an. Die Männer reckten die Hälse und musterten die junge Frau, über die sie zu Gericht saßen. Für einen Moment herrschte vollkommene Stille in dem Raum.

Bob Sneed brach das Schweigen. Starling hatte ihn als den *spin doctor* des BATF in Erinnerung, der das Desaster in Waco für die Öffentlichkeit mundgerecht zuzubereiten versucht hatte. Er war ein Busenfreund Krendlers und galt als Aufsteiger.

»Agent Starling, Sie haben die Berichterstattung in der Presse und im Fernsehen sicherlich mitverfolgt. Sie wurden allgemein als der Schütze identifiziert, der für den Tod von Evelda Drumgo verantwortlich ist. Unglücklicherweise hat man Sie, wie soll ich sagen, ein wenig dämonisiert.«

Starling gab keine Antwort.

»Agent Starling?«

»Ich habe keinerlei Einfluß auf die Medienberichterstattung, Mr. Sneed.«

»Die Frau hielt ihr Baby im Arm. Daß das ein Problem darstellt, werden Sie auch wissen.«

»Nicht im Arm, in einem Wickeltuch vor der Brust, ihre Arme und Hände waren darunter, unter der Decke, wo sie ein MAC 10 hielt.«

»Haben Sie den Autopsiebericht eingesehen?« fragte Sneed.

»Nein.«

»Aber Sie haben niemals abgestritten, der Todesschütze zu sein.«

»Glauben Sie, ich würde es abstreiten, bloß weil man die Hülse nicht gefunden hat?« Sie wandte sich an ihren Vorgesetzten. »Mr. Pearsall, das ist doch ein Treffen unter Freunden, nicht wahr?«

»Aber sicher.«

»Warum, so frage ich mich, trägt dann Mr. Sneed ein Mikro? Meines Wissens bauen die Jungs von der technischen Abteilung seit Jahren schon keine Krawatten-Mikrofone mehr. Unser Freund hier hat ein F-Bird in seiner Brusttasche und zeichnet unsere Unterhaltung auf. Tragen wir neuerdings alle Mikros, wenn wir die Büros unserer Kollegen aufsuchen?«

Pearsall lief dunkelrot an. Sollte Sneed tatsächlich ein Mikro tragen, war das ein übler Vertrauensbruch, aber niemand in dem Raum wollte sich auf dem Band hören, wie er Sneed dazu aufforderte, das Gerät abzuschalten.

»Das letzte, was wir von Ihnen sehen oder hören wollen, sind Posen oder Beschuldigungen«, sagte Sneed bleich vor Zorn. »Wir sind alle nur hier, um Ihnen zu helfen.«

»Um mir bei was zu helfen? Ihre Behörde hat dieses Büro hier angerufen und mich angefordert, damit ich *euch* bei dieser Razzia helfe. Ich habe Evelda Drumgo zweimal die Gelegenheit gegeben, sich zu ergeben. Sie hielt ein MAC 10 unter der Babydecke. Sie hatte zuvor bereits John Brigham erschossen. Ich wünschte, sie hätte aufgegeben. Sie tat es nicht, sondern hat auf mich gefeuert. Ich habe zurückgeschossen. Sie ist tot. Wollen Sie jetzt nicht Ihr Bandzählwerk checken, Mr. Sneed?«

»Sie wußten *im voraus*, daß Sie auf Evelda Drumgo treffen würden?« wollte Eldredge wissen.

»Im voraus? Agent Brigham setzte mich im Lieferwagen auf dem Weg zum Einsatz davon in Kenntnis, daß Evelda Drumgo der Sinn nach Kochen stand. ›Ice‹, wenn Sie es genau wissen wollen. Er hat mich angefordert, um mit ihr fertig zu werden.«

»Sie vergessen hoffentlich nicht, daß Brigham tot ist«, sagte Krendler, »desgleichen Burke. Beide waren verdammt gute Agenten. Keiner von ihnen ist hier, um irgend etwas bestätigen oder abstreiten zu können.«

Es drehte Starling den Magen um, den Namen John Brighams aus dem Mund von Krendler zu hören.

»Nichts liegt mir ferner, als zu vergessen, daß John Brighams tot ist, Mr. Krendler, und, ja, er *war* ein guter Agent und ein guter Freund von mir. Tatsache ist aber, daß er mich bat, Evelda Drumgo aus dem Verkehr zu ziehen.«

»Brigham hat Ihnen den Job gegeben, obwohl Sie und Evelda Drumgo bereits vorher aneinandergeraten sind?« fragte Krendler.

»Es reicht, Paul«, sagte Clint Pearsall.

»Was meinen Sie mit ›aneinandergeraten‹?« hakte Starling nach. »Eine friedlich verlaufene Festnahme. Sie hatte andere Beamte in der Vergangenheit bei Verhaftungen angegriffen. Mich hat sie nicht attackiert, als ich sie verhaftet habe. Wir haben sogar kurz miteinander gesprochen – sie war klug. Wir waren den Umständen entsprechend höflich zueinander. Ich hoffte, daß dem wieder so sein würde.«

»Haben Sie wörtlich gesagt, daß Sie sie schon ›aus dem Verkehr ziehen‹ würden?« fragte Sneed.

»Ich habe lediglich die mir gegebenen Instruktionen bestätigt.«

Holcomb aus dem Büro des Bürgermeisters und Sneed steckten die Köpfe zusammen.

Sneed schlug zu. »Ms. Starling, wir verfügen über Informationen von Officer Bolton aus dem Washingtoner PD, denen zufolge Sie im Lieferwagen auf dem Weg zum Einsatz gegen Mrs. Drumgo gehetzt haben sollen. Irgendein Kommentar von Ihrer Seite dazu?«

»Von Agent Brigham aufgefordert, informierte ich die anderen Beamten, daß Evelda Drumgo kein unbeschriebenes Blatt in Sachen Gewalt war, daß sie in der Regel bewaffnet und daß sie HIV-positiv war. Ich sagte, wir sollten ihr Gelegenheit dazu geben, das Ganze friedlich über die Bühne zu bringen. Ich bat um die Unterstützung meiner männlichen Kollegen, falls ich gezwungen sein sollte, sie zu überwältigen. Es haben sich nicht allzu viele Freiwillige für diesen Job gemeldet, das jedenfalls kann ich Ihnen bestätigen.«

Clint Pearsall schaltete sich ein. »Als der Straßenkreuzer der Crips in die parkenden Autos krachte und einer der Täter floh, konnten Sie doch sehen, daß der Wagen schaukelte, und haben gehört, daß im Wageninneren ein Baby weinte?«

»Schrie«, sagte Starling. »Ich hob für alle gut erkennbar die Hand, um dem Schießen Einhalt zu gebieten, und kam aus der Deckung.«

»Das ist eindeutig gegen die geltenden Vorschriften«, sagte Eldredge.

Starling beachtete ihn gar nicht. »Ich näherte mich mit der gebotenen Vorsicht dem Wagen, die Waffe gezogen, den Lauf gesenkt. Marquez Burke lag sterbend auf der Straße. Jemand sprang zu ihm und versuchte, die Blutung zu stoppen. Evelda kletterte mit dem Baby aus dem Wagen. Ich forderte sie auf, mir ihre Hände zu zeigen. Ich habe etwas in der Art gesagt wie: ›Evelda, tu jetzt nichts Unüberlegtes.‹«

»Evelda feuerte, Sie schossen zurück. Brach sie sofort, von einer Kugel getroffen, zusammen?«

Starling nickte. »Ihr sackten die Beine weg. Sie ging in die Knie. Am Ende saß sie, über das Baby gebeugt, auf der Straße und war tot.«

»Sie haben das Baby an sich gerissen und sind zu dem Wasser gerannt. Zeigten Besorgnis«, sagte Pearsall.

»Ich weiß nicht, was ich zeigte. Es war voller Blut. Ich wußte nicht, ob das Baby HIV-positiv war oder nicht, ich wußte nur, daß die Mutter es war.«

»Und Sie befürchteten, das Baby getroffen zu haben«, sagte Krendler.

»Nein. Ich wußte, wohin die Kugel gegangen war. Darf ich frei sprechen, Mr. Pearsall?«

Als dieser ihrem Blick auswich, fuhr sie fort.

»Diese Razzia war eine böse Geschichte. Sie brachte mich in eine Situation, die mich vor die Wahl stellte, entweder zu sterben oder eine Frau zu erschießen, die ein Kind hielt. Ich wählte, und was ich tun mußte, brennt mir auf der Seele. Ich erschoß eine Frau, die ein Kleinkind trug. Nicht einmal die niedersten *Tiere* tun so etwas. Mr. Sneed, Sie sollten vielleicht noch einmal das Bandzählwerk dort kontrollieren, wo ich alles zugebe. Daß man mich in eine derartige Situation gebracht hat, ärgert mich maßlos. Und wie, glauben Sie wohl, fühle ich mich jetzt?« Das Bild von Brigham, als er mit dem Gesicht nach unten auf der Straße lag, schoß ihr durch den Kopf, und sie ging zu weit. »Mir wird schlecht, wenn ich sehe, wie sich hier alle aus der Verantwortung stehlen.«

»Starling –« Pearsall schaute ihr, zutiefst getroffen, zum erstenmal ins Gesicht.

»Ich weiß, daß Sie noch keine Gelegenheit hatten, ein 302er Formular auszufüllen«, sagte Larkin Wainright. »Wenn wir die ganze Angelegenheit einer –«

»Doch, Sir, das habe ich«, unterbrach ihn Starling. »Eine Kopie ist bereits an die Dienstaufsichtsbehörde abgegangen. Eine weitere Kopie habe ich, für den Fall, daß Sie nicht so lange warten wollen, bei mir. Dort finden Sie alles, was ich gesehen und getan habe, ausführlich geschildert. Sie sehen, Mr. Sneed, Sie hatten schon längst alles zu Ihrer Verfügung.«

Starling stand mit einemmal alles klar vor Augen, zu klar. Ein Zeichen von Gefahr, das sie erkannte. Mit Bedacht senkte sie ihre Stimme.

»Diese Razzia lief aus einer Vielzahl von Gründen schief. Der Informant des BATF hatte, was den Aufenthaltsort des Babys anging, gelogen, weil er sich nichts sehnlicher wünschte, als daß die Razzia noch vor seiner Vorladung vor die Grand Jury in Illinois über die Bühne ging. Und Evelda

Drumgo wußte, daß wir anrückten. Sie kam raus mit dem Geld in einer Tasche und den Drogen in einer anderen. Ihr Beeper zeigte noch die Nummer von WFUL-TV an. Sie bekam fünf Minuten vor unserem Eintreffen den Hinweis. Der Helikopter von WFUL war zeitgleich mit uns vor Ort. Beschlagnahmen Sie die Tonbänder, die die Telefongespräche bei WFUL aufzeichnen, und stellen Sie fest, wer die undichte Stelle war. Es ist jemand, dessen Interessen auf lokaler Ebene liegen, meine Herren. Hätte das BATF etwas durchsickern lassen, wie es bei Waco der Fall gewesen war, oder das DEA, wären die Medien landesweit damit herausgekommen, nicht über einen lokalen Fernsehsender.«

Benny Holcomb sprach für die Stadt. »Es gibt keinerlei Beweise, daß jemand von uns oder vom Police Department etwas an die Medien hat durchsickern lassen.«

»Beschlagnahmen Sie die Bänder und überzeugen sich selbst«, sagte Starling.

»Haben Sie Eveldas Beeper?« fragte Pearsall.

»Liegt versiegelt in der Asservatenkammer von Quantico.«

Der Beeper des stellvertretenden Direktors Noonan ging los. Als er die Nummer sah, runzelte er die Stirn, bat die Anwesenden, ihn für einen Augenblick zu entschuldigen, und verließ den Raum. Wenig später rief er Pearsall vor die Tür.

Wainright, Eldredge und Holcomb schauten, die Hände in den Taschen, aus dem Fenster auf Fort McNair. Man hätte meinen können, sie warteten auf einer Intensivstation. Paul Krendler suchte Sneeds Blick und bedeutete ihm, sich Starling anzunehmen.

Sneed legte eine Hand auf die Lehne von Starlings Sessel und beugte sich zu ihr hinunter. »Wenn Sie bei der Anhörung aussagen, daß Sie, angefordert als FBI-Agentin, in Ausübung Ihrer Pflicht Evelda Drumgo getötet haben, erklärt sich das BATF bereit, ein Statement zu unterzeichnen, aus dem hervorgeht, daß Brigham Sie gebeten hat, auf Evelda Drumgo ... ein besonderes Augenmerk zu haben, um sie möglichst ohne Anwendung von Gewalt zu verhaften. Sie starb durch Ihre Waffe, da beißt die Maus keinen Faden ab. Für diese Geschichte hat das FBI die Verantwortung zu übernehmen. Es wird aber dafür auch keinen *pissing contest* der Dienste über Verfahrensfragen und Dienstauffassungen geben. Und wir wiederum würden uns nicht gezwungen sehen, irgendwelche wüsten Auslassungen von Ihnen über den Charakter von Evelda Drumgo ins Spiel zu bringen, die Sie vor Zeugen im Lieferwagen gemacht haben.«

Einen Moment lang sah Starling Evelda Drumgo vor sich, wie sie aus der Tür trat, wie sie dem Wagen entstieg, sah ihre Kopfhaltung und trotz aller Vergeudung von Leben Eveldas Entscheidung, das Kind mit sich zu nehmen, vor ihre Peiniger zu treten und nicht zu fliehen.

Starling hob den Kopf und sprach direkt in das Mikrofon, das an Sneeds Krawatte klemmte: »Ich bestätige Ihnen gern, welche Art von Person sie war, Mr. Sneed: Sie war besser als Sie.«

Pearsall kam ohne Noonan ins Büro zurück und schloß die Tür hinter sich. »Meine Herren, Direktor Noonan ist bereits auf dem Weg zurück in sein Büro. Ich schlage vor, daß wir uns vertagen. Ich werde mich persönlich bei jedem einzelnen von Ihnen melden«, sagte Pearsall.

Alarmiert hob Krendler den Kopf. Politik lag in der Luft.

»Wir haben noch etwas zu beschließen«, begann Sneed.

»Das haben wir nicht.«

»Aber –«

»Glauben Sie mir, Bob, wir haben hier überhaupt nichts zu beschließen. Ich komme auf Sie zu. Und, Bob?«

»Ja?«

Pearsall griff nach dem Mikrofon unter Sneeds Krawatte und riß es mit einem heftigen Ruck herunter. Hemdknöpfe spritzten weg. Das Klebeband verabschiedete sich mit einem häßlichen Ton von Sneeds Haut. »Solltest du noch mal mit einem Mikro in meinem Büro auftauchen, dann trete ich dir in den Arsch.«

Außer Krendler würdigte keiner von ihnen Starling eines Blickes, als sie das Zimmer verließen. Er bewegte sich mit leicht schlurfendem Gang auf die Tür zu, so daß er auf etwaige Hindernisse nicht achten mußte, und drehte seinen Kopf beängstigend weit nach hinten, um ihr ins Gesicht schauen zu können, wie eine Hyäne, die am Rand einer Herde entlangstreift und nach einem Opfer Ausschau hält. Widerstreitende Gefühle spiegelten sich in seinem Gesicht. Es lag in Krendlers Natur, beides genießen zu können, den Anblick von Starlings Beinen und die Aussicht auf die Achillesferse einer Gegnerin.

8

Die Abteilung für Verhaltensforschung ist die Sektion des FBI, die sich mit Serienkillern befaßt. In deren Büros im Keller ist die Luft kühl und abgestanden. In den letzten Jahren haben Malerfirmen wiederholt versucht, für etwas mehr Farbe in dieser Unterwelt zu sorgen. Dem Ergebnis ist kaum mehr Erfolg beschieden gewesen als dem Tünchen einer Leichenhalle.

Das Büro des Abteilungsleiters bleibt dem originalen Braunton und den karierten Gardinen an den hochgelegenen Fenstern treu. Hier, umgeben von den Akten, die einen Blick in die Abgründe der menschlichen Seele gestatteten, saß Jack Crawford an seinem Schreibtisch und schrieb.

Ein Klopfen. Crawford sah auf. Ein Anblick, der ihn erfreute. – Im Türrahmen stand Clarice Starling.

Crawford lächelte und erhob sich von seinem Stuhl. Er und Starling sprachen oft im Stehen miteinander. Es war eine jener unausgesprochenen Verabredungen in ihrem Umgang, zu denen die beiden über die Jahre hinweg gefunden hatten. Ein Händeschütteln war in ihrem Fall überflüssig.

»Wie ich hörte, waren Sie im Krankenhaus«, sagte Starling. »Es tut mir leid, daß wir uns verfehlt haben.«

»Ich war mehr als froh, daß man Sie so schnell entlassen hat«, sagte er. »Wie geht es Ihrem Ohr? So weit wieder alles in Ordnung?«

»Sofern man eine Vorliebe für Blumenkohl hat, ja. Sie haben mir erklärt, daß ich aller Wahrscheinlichkeit nach keine bleibenden Schäden davontragen werde.« Ihr Ohr war durch ihre Haare verdeckt. Sie machte keine Anstalten, es ihm zu zeigen.

Für einen Augenblick trat Stille ein.

»Die hatten vor, mich für das Scheitern der Razzia verantwortlich zu machen, Mr. Crawford. Für Evelda Drumgos Tod, einfach für alles. Wie Hyänen haben sie sich auf mich gestürzt. Aber dann ließen sie plötzlich von mir ab. Irgend etwas hat sie verjagt.«

»Vielleicht haben Sie ja einen Schutzengel, Starling.«

»Ja, vielleicht habe ich das. Was hat es Sie gekostet, Mr. Crawford?«

Crawford schüttelte den Kopf. »Schließen Sie bitte die Tür, Starling.« Crawford kramte ein zerknülltes Kleenex aus seiner Tasche und begann seine Brille zu putzen. »Ich hätte es getan, wenn es in meiner Macht gestanden hätte. Doch mir hat die Kraft dazu gefehlt. Wenn Senatorin Martin noch im Amt wäre, hätten Sie die nötige Rückendeckung gehabt ... Sie haben John Brigham verheizt in dieser Razzia – sein Leben einfach weggeworfen. Es wäre eine Schande gewesen, wenn die mit Ihnen das gleiche gemacht hätten wie mit John. Ich fühlte mich wie jemand, der Sie beide auf ein Himmelfahrtskommando geschickt hat.«

Crawfords Wangen röteten sich, und sie mußte an sein Gesicht denken, im kalten Wind am Grab von John Brigham. Crawford hatte nie zuvor mit ihr über seinen Krieg gesprochen.

»*Irgend etwas* müssen Sie unternommen haben, Mr. Crawford.«

Er nickte. »Sie haben recht. Ich weiß allerdings nicht, ob Sie darüber erfreut sein werden. Es ist ein Job.«

Ein Job. *Job* war einer jener Begriffe aus ihrem gemeinsamen Wortschatz, der für etwas Gutes stand. Er schaffte Klarheit, bedeutete eine festumrissene Aufgabenstellung, die nach einer Lösung verlangte. Bei ihnen war nie die Rede davon, daß man in dem bürokratischen Zentralismus des Federal Bureau of Investigation zwangsläufig zum Scheitern verurteilt war. Crawford und Starling waren beseelt von einer Mission, was nicht hieß, daß sie mit Religion viel im

Sinn hatten. Jeder von ihnen konzentrierte sich ausschließlich auf das Baby, das gerade vor ihm lag, wohl wissend, ohne es je auszusprechen, daß Gott niemals als helfende Hand in Erscheinung treten würde. Daß Er gar nicht daran dachte, um des Lebens von 50 000 Ibo-Kindern willen Regen zu senden.

»Wenn Sie so wollen, haben Sie ihn Ihrem jüngst in Erscheinung getretenen Briefpartner zu verdanken.«

»Dr. Lecter.« Crawfords Widerwillen, diesen Namen auszusprechen, war ihr nicht neu.

»Ja, eben derselbe. Über all die Jahre hinweg hatte er sich uns entzogen – war sauber davongekommen –, und nun schreibt er Ihnen einen Brief. Warum?«

Es waren mittlerweile sieben Jahre vergangen, seit Dr. Hannibal Lecter, verantwortlich für zehn Morde, aus dem Polizeigewahrsam in Memphis entsprungen war, was fünf weiteren Menschen das Leben gekostet hatte.

Es schien, als wäre er vom Erdboden verschluckt worden. Das FBI legte den Fall zwar niemals zu den Akten, und schon gar nicht dachte jemand daran, ihn zu schließen. Er würde offen bleiben, bis man Lecter gefaßt hätte. Dasselbe galt für Tennessee und die anderen zuständigen Jurisdiktion. Aber es gab schon lange keine Sondereinheit mehr, die auf ihn angesetzt war, obwohl die Verwandten der Opfer nicht aufgehört hatten, die Justiz des Staates Tennessee mit Eingaben zu bombardieren, und von den Behörden Taten sehen wollten.

Es gab reihenweise gelehrte Abhandlungen über seine Geistesverfassung, in der Mehrzahl von Psychologen geschrieben, die ihn niemals zu Gesicht bekommen hatten. Einige Arbeiten stammten von Psychiatern, die Lecter in Fachzeitschriften zerrissen hatte. Sie fühlten sich offenkundig nun sicher genug, um aus der Deckung zu kommen. Ein paar von ihnen vertraten die Auffassung, daß seine gestörte Psyche ihn zwangsläufig in den Selbstmord treiben müsse und daß er aller Wahrscheinlichkeit nach nicht mehr am Leben sei.

Im Cyberspace hingegen war das Interesse an Hannibal Lecter nach wie vor ungebrochen. Theorien über ihn schossen wie Pilze aus dem feuchten Boden des Internet. Lecter wurde mindestens genauso häufig gesichtet wie Elvis. Immer wieder machten Leute die Chat-Räume unsicher, die vorgaben, Lecter zu sein. Im fluoreszierenden Halbdunkel des Netzes wurden die Polizeifotos seiner Exzesse schwarz verkauft.

Auf der Beliebtheitsskala der Sammler gräßlicher Mysterien rangierten sie gleich hinter den Fotos der Exekution von Fou-Tschou-Li.

Eine Spur vom Doktor nach sieben Jahren – sein Brief an Clarice Starling, als sie von der Boulevardpresse gekreuzigt wurde. Der Brief trug keinerlei Fingerabdrücke. Trotzdem war das FBI der Auffassung, daß er keine Fälschung darstellte. Clarice Starling zumindest war sich dessen sicher.

»Warum hat er das getan, Starling?« Crawford schien beinahe wütend auf sie zu sein. »Ich habe niemals wie diese Dummköpfe von Psychiatern vorgegeben, ihn zu verstehen. Wie erklären Sie sich sein Verhalten?«

»Offensichtlich dachte er, das, was gerade auf mich einstürzt, würde mich ... zerstören, mich bezüglich des Bureaus *desillusionieren*. Er genießt es zu sehen, wenn jemand seinen Glauben verliert. Er hat ein regelrechtes Faible dafür. Denken Sie an die Kircheneinstürze, die er zu sammeln pflegte. Der Haufen Schutt in Italien, als damals diese Kirche einstürzte und all die Großmütter unter sich begrub, die zur Messe gegangen waren. Irgend jemand setzte auf die Spitze der Trümmer einen Weihnachtsbaum. So etwas ist ganz nach seinem Geschmack. Es amüsiert ihn. Er spielt mit mir. Als ich ihn damals befragt habe, machte er sich einen Spaß daraus, mir meine Bildungslücken vorzuführen. Er hält mich für ziemlich naiv.«

Sein Alter und die Einsamkeit sprachen aus Crawford, als er sagte: »Haben Sie schon einmal daran gedacht, daß er Sie vielleicht mögen könnte, Starling?«

»Ich glaube, daß ich ihn irgendwie amüsiere. Die Dinge amüsieren ihn entweder, oder sie tun es nicht. Im letzteren Fall ...«

»Haben Sie jemals *gefühlt*, daß er Sie mag?« Crawford bestand auf der Unterscheidung zwischen Denken und Fühlen wie ein Baptist auf das vollständige Untertauchen bei der Taufe.

»Während unserer kurzen Bekanntschaft hat er mir einiges über mich erzählt, was der Wahrheit entsprach. Ich denke, daß man Verstehen nur allzu leicht mit Einfühlungsvermögen verwechselt – wir wünschen uns nichts sehnlicher als jemanden mit Einfühlungsvermögen. Vielleicht ist gerade das Begreifen dieser Unterscheidung Bestandteil des Prozesses, erwachsen zu werden. Es ist hart und zutiefst verstörend, erkennen zu müssen, daß uns jemand versteht, ohne uns ein echtes Gefühl entgegenzubringen. Wenn man erleben muß, wie der Akt des Verstehens zum Hilfsmittel eines Raubtiers wird, das ist das schlimmste. Ich ... ich habe keine Ahnung, welche Gefühle Dr. Lecter mir gegenüber hegt.«

»Was hat er Ihnen über Sie selbst offenbart, wenn mir die Frage gestattet ist?«

»Er sagte, ich sei ein ehrgeiziger, vom Erfolg besessener kleiner Bauerntrampel, dessen Augen wie billige Glückssteine glänzten. Er gab mir zu verstehen, daß ich billige Schuhe trüge, daß ich aber über etwas Geschmack verfügte, einen Hauch von Geschmack, wie er es nannte.«

»Das entsprach für Sie der Wahrheit?«

»Yep. Wer weiß, vielleicht stimmt es ja immer noch. Bei den Schuhen habe ich mich gebessert.«

»Glauben Sie, daß er Sie einem Test unterziehen wollte, Starling, einem Test, ob Sie bereit sind, ihn zu verraten, wenn er Ihnen eine derartige Trostbotschaft schickt?«

»Er wußte, daß ich ihn verraten würde. Dessen sollte er sich zumindest sicher sein.«

»Er hat nach seiner Verurteilung sechs Menschen getötet«, sagte Crawford. »Er hat Miggs umgebracht, weil er Ihnen in der Anstalt Samen ins Gesicht geschleudert hat, und fünf weitere bei seiner Flucht. In dem gegenwärtigen politischen Klima wird er, sollte er gefaßt werden, die Giftspritze bekommen.« Crawford lächelte bei dem Gedanken. Er hatte Pionierarbeit geleistet, was das Studium von Serienkillern anging. Jetzt sah er der Zwangspensionierung entgegen, und ausgerechnet das Ungeheuer, das ihm am meisten zu schaffen gemacht hatte, war noch immer auf freiem Fuß. Die Aussicht, Dr. Lecter tot zu sehen, erfüllte ihn mit tiefer Befriedigung.

Starling wußte, daß Crawford Miggs erwähnt hatte, um ihre Aufmerksamkeit anzustacheln, um sie wieder in jene schrecklichen Tage zurückzuversetzen, als sie versuchte, »Hannibal the Cannibal« im Kerker des Baltimore State Hospital für geistesgestörte Straftäter zu verhören. Als Lecter mit ihr spielte, während ein Mädchen in Jame Gumbs Grube kauerte und auf den Tod wartete. Für gewöhnlich schärfte Crawford die Aufmerksamkeit seines Gegenübers, bevor er auf den Punkt kam, wie er es jetzt tat.

»Wußten Sie eigentlich, Starling, daß eines der frühen Opfer von Dr. Lecter noch am Leben ist?«

»Der Superreiche. Dessen Familie die Belohnung ausgesetzt hat.«

»Eben der. Mason Verger. Er hängt an einem Sauerstoffapparat in Maryland. Sein Vater, der Fleischbaron, ist in diesem Jahr gestorben und hat ihm sein Imperium hinterlassen. Der alte Verger hat ihm auch einen US-Kongreßabgeordneten vererbt, der zugleich Mitglied des ›Ausschusses zur Aufsicht in Justizangelegenheiten‹ ist und auf dessen Unterstützung er zählen kann. Mason sagt, er hätte etwas, was uns unter Umständen helfen könnte, den Doktor zu finden. Er will mit Ihnen sprechen.«

»Mit *mir?*«

»Mit Ihnen. Mason wünscht es so. Und plötzlich findet das alle Welt eine ausgezeichnete Idee.«

»Mason will das, nachdem Sie es ihm vorgeschlagen haben.«

»Die standen kurz davor, Sie zu opfern, Starling, wollten mit Ihnen den Boden aufwischen, als ob Sie ein besserer Putzlumpen wären. Man hätte Sie verheizt, genauso wie man John Brigham verheizt hat. Nur um ein paar Bürokraten beim BATF die Haut zu retten. Furcht. Druck. Sie verstehen nichts anderes. Ich habe jemanden gebeten, Mason einen Wink zu geben, daß es der Jagd auf Lecter schwer schaden würde, wenn man Sie einfach so opfert. Was auch immer danach passierte, wen Mason alles angerufen hat, will ich gar nicht wissen, wahrscheinlich den Abgeordneten Vellmore.«

Vor einem Jahr noch hätte Crawford das Spiel so nicht aufgezogen. Starling blickte ihn prüfend an. Hatte er einen dieser Anfälle von Verrücktheit, die so typisch waren für Leute kurz vor der Pensionierung? Sie bemerkte nichts dergleichen. Er sah einfach nur müde aus.

»Mason ist nicht gerade das, was man einen schönen Anblick nennt, Starling. Und ich meine damit nicht nur sein Gesicht. Finden Sie heraus, was er in der Hand hat. Vielleicht läßt sich ja damit etwas anfangen. Ein Versuch sollte es uns wert sein.«

Seitdem sie von der FBI-Akademie abgegangen war, hatte Crawford versucht, sie bei der Abteilung für Verhaltensforschung unterzubringen. Starling wußte das seit Jahren.

Inzwischen war sie eine Veteranin im Bureau, war unzählige Male von anderen Diensten angefordert worden, und sie hatte begriffen, daß gerade ihr früher Triumph, die Lösung des Falles Jame Gumb, für den unglücklichen Verlauf ihrer Karriere im Bureau verantwortlich war. Ein *shooting star*, auf dem Weg nach oben steckengeblieben. Im Verlauf der Jagd auf Jame Gumb hatte sie sich mindestens einen mächtigen Feind gemacht. Nicht zu vergessen die Neidgefühle, die der Erfolg bei ihren männlichen Kollegen geweckt hatte. Das und eine gewisse Eigensinnigkeit hatten dazu geführt, daß sie über die Jahre hinweg vom schnellen Eingreiftrupp über Spezialkommandos bis hin zu Einsätzen bei Banküberfällen und der Vollstreckung von Haftbefehlen alles mitmachte, was der Polizeialltag zu bieten hatte. Am Ende, als zu reizbar verschrien, um überhaupt noch im Team arbeiten zu können, hatte man sie als Technikerin mit Polizeiausbildung eingesetzt. Sie verwanzte die Häuser und Autos von Gangstern und Kinderpornographen, hörte in vielen einsamen Nächten deren Telefone ab. Außerdem stand sie ständig auf Abruf bereit, wenn einer der anderen Dienste jemand Verläßliches bei einer Razzia benötigte. Sie hatte etwas

Drahtiges an sich, und sie war schnell und sicher im Umgang mit der Waffe.

In Crawfords Augen war dies eine Chance für sie. Er nahm an, daß sie schon immer Jagd auf Lecter hatte machen wollen. Die Wahrheit war noch ein wenig komplizierter.

Crawford musterte sie. »Sie haben sich nie das Schießpulver aus der Wange entfernen lassen.«

Feine Körnchen verbrannten Pulvers aus dem Schießpulver von Jame Gumb zierten ihre Wangenknochen mit einem schwarzen Fleck.

»Mir fehlte immer die Zeit dazu«, antwortete Starling.

»Wissen Sie, wie die Franzosen so einen Schönheitsfleck nennen, eine *mouche* wie die auf Ihrer Wange? Wissen Sie, wofür er steht?« Crawford hatte eine gutsortierte Bibliothek mit Werken über Tattoos, Körpersymboliken und rituelle Verstümmelungen.

Starling schüttelte den Kopf.

»So etwas nennen die Franzosen ›Courage‹«, sagte Crawford. »Sie sollten ihn als Auszeichnung tragen. Ich an Ihrer Stelle würde ihn behalten.«

9

Die Muskrat Farm der Vergers nahe dem Susquehanna River im nördlichen Maryland bezaubert durch ihre gespenstische Schönheit. Der Verger-Clan hatte sie in den dreißiger Jahren erworben, als die Familie von Chicago nach Osten gezogen war, um näher an Washington zu sein. Geld stellte für die Fleischbarone kein Problem dar. Mit einem untrüglichen Sinn fürs Geschäft und die Politik begabt, hatten sie sich seit den Zeiten des Bürgerkrieges mit Lieferverträgen an der US Army gütlich getan.

Der sogenannte Embalmed-Beef-Skandal im Spanisch-Amerikanischen Krieg hatte kaum Auswirkungen auf die Vergers und ihre Geschäfte. Als Upton Sinclair und die Sensationsreporter die skandalträchtigen Arbeitsbedingungen der Schlachthöfe in Chicago enthüllten, fanden sie heraus, daß einige der Angestellten der Vergers versehentlich zu Schweineschmalz verarbeitet worden waren, das in Konservendosen als »Durham's reines Schweineschmalz in Scheiben« verkauft wurde, vorzugsweise an Bäcker. Der Vorwurf blieb folgenlos für die Vergers. Die Angelegenheit kostete sie nicht einen Regierungskontrakt.

Die Vergers verhinderten diese potentiellen Störungen fürs Geschäft und vieles andere mehr, indem sie Politikern Geld gaben – ihr einziger Rückschlag war das Inkrafttreten des »Meat Inspection Act« im Jahr 1906.

Heute schlachten die Vergers 86000 Kälber und etwa 36000 Schweine pro Tag, eine Zahl, die je nach Saison leichten Schwankungen unterworfen ist.

Die frischgemähten Rasenflächen der Muskrat Farm und

die schwelgerische Fülle von Spanischem Flieder, der sich im Wind wiegt, riechen so gar nicht nach Viehhof. Die einzigen Tiere dort sind Ponys für Kinder, die zu Besuch kommen, und Scharen von Gänsen, die sich mit gesenkten Köpfen und schwänzelnden Hinterteilen auf den Rasenflächen tummeln. Das Herrenhaus, die Scheune und die Felder liegen inmitten eines sechs Quadratmeilen großen Waldes, der dem Staat gehört. Sie werden dort wohl dank einer Sondergenehmigung des Innenministeriums bis zum Ende aller Tage sein.

Wie viele Enklaven der Superreichen ist die Muskrat Farm für einen Besucher das erstemal nicht leicht zu finden. Clarice Starling fuhr eine Ausfahrt zu spät von der Schnellstraße ab und mußte auf einer Nebenstraße zurückfahren. Sie gelangte zuerst zu der Einfahrt für die Lieferanten, ein großes Tor in dem hohen Zaun, der den Wald umgab, durch eine Kette mit Vorhängeschloß gesichert. Dahinter verlor sich die Straße zwischen hochaufragenden Bäumen. Es gab keine Gegensprechanlage. Zwei Meilen weiter fand sie, ein Stück abseits der Straße, neben einem gepflegten Zufahrtsweg gelegen, das Pförtnerhaus. Der uniformierte Wachmann hatte ihren Namen auf seinem Klemmbrett.

Nach nochmals zwei Meilen auf einem gepflegten Fahrweg war sie da. Starling hielt ihren dröhnenden Mustang an, um eine Schar Gänse über die Straße zu lassen. Sie sah, wie eine Reihe Kinder auf dem Rücken feister Shetland-Ponys eine pittoreske Scheune verließ. Etwa eine Viertelmeile davon entfernt erhob sich das Herrenhaus, eine von sanften Hügeln umgebene Villa im Stanford-White-Stil. Sie machte einen massiven Eindruck. Ein Hauch von Fruchtbarkeit schien sie zu umwehen, der Ort angenehmer Träume. Starling fühlte einen leichten Stich im Herzen.

Die Vergers besaßen genug Einsicht, das Herrenhaus so zu belassen, wie es war, abgesehen von einem hochmodernen Trakt, der auf der Ostseite nachträglich an das Gebäude angebaut worden war. Er wirkte wie ein zusätzliches Körperteil, das man in einem grotesken medizinischen Experiment angesetzt hatte. Er lag außerhalb von Starlings Sicht.

Starling parkte den Mustang vor dem zentralen Säulengang. Als der Motor verstummte, konnte sie ihren eigenen Atem hören. Im Rückspiegel sah sie jemanden auf einem Pferd herbeireiten. Hufe klapperten auf dem Vorplatz, als Starling aus dem Wagen stieg.

Eine breitschultrige Person mit kurzgeschnittenem blondem Haar schwang sich aus dem Sattel und übergab die Zügel einem Bediensteten, ohne ihn anzublicken. »Bring ihn zurück«, sagte der Reiter mit tiefer, rauher Stimme. Bei näherem Hinsehen entpuppte sich ihr Gegenüber als Frau. Sie streckte Starling die Hand entgegen. »Ich bin Margot Verger.« Ihr Brustkorb schien das Tennis-Shirt sprengen zu wollen. Sie trug Reiterhosen und Stiefel ohne Sporen. Der massige Nakken, die Arme muskelbepackt – Margot Verger war unübersehbar Bodybuilderin. Ihre Augen wirkten merkwürdig glanzlos, irgendwie trocken, und sahen gereizt aus, als ob sie unter einem Mangel an Tränenflüssigkeit zu leiden hätten.

»Was ist das für ein Wagen, den Sie da fahren?« fragte sie. »Ein alter Mustang?«

»Baujahr '88.«

»Die 5,0-Liter-Maschine? Macht auf mich von den Achsen her den Eindruck, als sei er tiefer gelegt worden.«

»Ja. Es ist ein ›Roush Mustang‹.«

»Mögen Sie ihn?«

»Mehr als das.«

»Wieviel bringt er auf die Straße?«

»Keine Ahnung. Genug, denke ich.«

»Angst?«

»Eher eine Frage des Respekts. Sagen wir so, ich fahre ihn mit Respekt«, sagte Starling.

»Gewußt, was er war, oder einfach nur gekauft?«

»So viel war mir immerhin klar, daß ich ihn haben mußte, als ich ihn bei einer Zwangsversteigerung herumstehen sah. Was ich mir da angelacht hatte, habe ich aber erst hinterher wirklich begriffen.«

»Was meinen Sie, schlägt er meinen Porsche?«

»Kommt auf den Porsche an. Miss Verger, ich habe einen Termin bei Ihrem Bruder.«

»Sie legen ihn gerade trocken. Geben Sie ihnen noch fünf Minuten. Wir können ja schon mal ins Haus gehen.« Die Innenseiten ihrer Reiterhosen scheuerten mit einem leisen Pfeifen aneinander, als sie die Stufen hochgingen. Das kornfarbene Haar fiel Margot Verger in einem Maße aus, daß sich Starling fragte, ob sie wohl Steroide nahm und ihre Klitoris abkleben mußte.

Auf Starling, die den größten Teil ihrer Kindheit in einem Waisenhaus der Lutheraner verbracht hatte, wirkte das Haus mit seinen hohen Decken, den bemalten Deckenbalken und den Porträts von ernst dreinblickenden toten Leuten an den Wänden wie ein Museum. Chinesische Cloisonnés zierten die Treppenabsätze, und in den Räumen lagen lange marokkanische Läufer aus.

Ein abrupter Wechsel im Stil zeigt den Übergang zum neuen Flügel des Herrenhauses. Den modernen, betont funktional gehaltenen Anbau betritt man durch eine doppelflügelige Milchglastür, die in der hochgewölbten Halle wie ein Fremdkörper wirkt.

Margot Verger hielt vor der Tür einen Moment lang inne. Sie sah Starling mit ihren gereizt wirkenden Augen an.

»Manchen Menschen bereitet es Schwierigkeiten, mit Mason zu sprechen«, sagte sie. »Sollte er Sie beunruhigen oder gar aus der Fassung bringen, kann ich Sie später über alles ins Bild setzen, was Sie vergessen haben, ihn zu fragen.«

Es gibt ein Gefühl, das wir alle kennen, ohne einen Namen dafür zu haben – die freudige Erwartung, Verachtung empfinden zu können. Starling sah es im Gesicht von Margot Verger. Starling sagte nur: »Danke schön.«

Zu Starlings Überraschung war der erste Raum des Flügels ein großes und gut ausgestattetes Spielzimmer. Zwei farbige Kinder spielten inmitten großer Stofftiere. Eines kurvte mit einem Rutschauto durchs Zimmer. Das andere schob einen Truck vor sich her. Dreiräder und Wagen in verschiedenen Größen standen aufgereiht in den Ecken, und in der Mitte des Raumes war eine große, gut gepolsterte Spielfläche mit Turngeräten aller Art eingerichtet.

In einer Ecke des Spielzimmers saß ein hoch aufgeschossener Mann in der Tracht eines Pflegers auf einem Zweiersofa und las die *Vogue*. Eine Reihe von Videokameras war an den Wänden installiert, einige in Deckennähe, andere in Augenhöhe. Eine Kamera hoch oben in der einen Ecke erfaßte Starling und Margot Verger und folgte ihnen leise surrend.

Starling hatte zwar schon lange den Punkt passiert, wo ihr der Anblick eines braunen Kindes einen Stich ins Herz versetzte, aber trotzdem nahm sie diese Kinder sehr bewußt wahr. Ihr freudiger Eifer im Umgang mit dem Spielzeug rührte sie an, als sie und Margot Verger den Raum durchschritten.

»Mason liebt es, den Kindern zuzuschauen«, sagte Margot Verger. »Sein Anblick erschreckt sie, sieht man einmal von den ganz Kleinen ab. Darum hat er diesen Weg gewählt. Hinterher gehen sie immer Ponyreiten. Sie kommen aus einer städtischen Kindertagesstätte aus Baltimore.«

Mason Vergers Raum ließ sich nur durch ein Bad betreten, eine Räumlichkeit, die einem Heilbad alle Ehre gemacht hätte und den Flügel in seiner gesamten Breite einnahm. In Stahl und Chrom gehalten, strahlte das Badezimmer mit seinen großräumigen Duschkabinen und den Hebevorrichtungen über den rostfreien Badewannen, mit seinen zusammengerollten orangenfarbenen Schläuchen, den Dampfbädern und den großen Glasvitrinen, in denen Salben aus der Apotheke Santa Maria Novella aus Florenz aufgereiht standen, professionelle Routine aus. Die Luft war noch immer dampfgeschwängert und roch nach Körperbalsam und Tannengrün.

Starling konnte unter der Tür zu dem Raum, in dem Mason Verger lebte, einen Lichtstreifen ausmachen. Er erlosch, als seine Schwester die Türklinke berührte.

Eine Sitzgruppe in der Ecke des Raumes wurde von der Decke herab in ein hartes Licht getaucht. Eine passable Reproduktion von William Blakes »The Ancient of Days« hing über dem Sofa – Gott, der die Taten der Menschen wog. Das Bild war zu Ehren des jüngst dahingeschiedenen Patriarchen der Vergers mit einer schwarzen Schleife drapiert. Der Rest des Raumes war in tiefes Dunkel getaucht. Aus der

Dunkelheit drang das Geräusch einer rhythmisch arbeitenden Maschine, die bei jedem Anschlag ächzte.

»Guten Tag, Agent Starling«, erklang eine volltönende, elektrisch verstärkte Stimme.

»Guten Tag, Mr. Verger«, antwortete Starling in die Dunkelheit hinein. Das Deckenlicht brannte ihr auf dem Kopf. Tag, das war nicht von dieser Welt. Hier würde es nie Tag werden.

»Nehmen Sie doch bitte Platz.«

Hier mußt du durch. Halte dich nicht lange mit Förmlichkeiten auf. Jetzt oder nie.

»Unsere Unterredung heute kommt einer eidesstattlichen Erklärung gleich, Mr. Verger, und ich muß sie aufzeichnen. Sind Sie damit einverstanden?«

»Ich habe kein Problem damit«, ließ sich die Stimme, der *B*s und *P*s beraubt, zwischen zwei Seufzern der Maschine vernehmen. »Margot, ich glaube, du kannst uns jetzt allein lassen.«

Ohne Starling anzuschauen, verließ Margot Verger mit ihren leise knarzenden Reithosen den Raum.

»Mr. Verger, ich würde gern dieses Mikrofon an – an Ihrer Kleidung oder dem Kissenbezug befestigen, sofern Ihnen das keine Umstände bereitet. Ich kann aber auch den Pfleger rufen, wenn Ihnen das lieber ist.«

»Wo denken Sie hin«, sagte er. Er wartete auf den nächsten Atemzug der Maschine. »Sie können es selbst tun, Agent Starling. Ich bin hier drüben.«

Soweit Starling auf den ersten Blick erkennen konnte, gab es keine Lichtschalter in dem Raum. Sie dachte: *Bestimmt sehe ich besser, wenn das Licht über mir mich nicht mehr blendet*, und ging, eine Hand ausgestreckt, dem Geruch von Balsam und Tannengrün folgend, in die Dunkelheit hinein.

Sie war dem Bett näher, als sie gedacht hatte, als er das Licht anschaltete.

Starling verzog keine Miene. Nur die Hand, in der sie das Mikrofon hielt, zuckte kaum merklich zurück.

Der erste Gedanke, der ihr kam, war vollkommen losgelöst von dem Gefühl, das ihr in die Magengrube gefahren war; sie nahm wahr, daß seine Sprachanomalien auf das vollständige Fehlen von Lippen zurückging. Ihr zweiter Gedanke galt der Tatsache, daß er nicht blind war. Das eine ihm verbliebene lidlose blaue Auge schaute sie durch eine Art Monokel mit einem röhrenähnlichen Aufsatz an, durch das es feucht gehalten wurde. Bei dem Rest hatten sich Chirurgen vor Jahren schon alle erdenkliche Mühe gegeben, die Wirkung des grausamen Anblicks durch Hauttransplantationen zu mildern.

Mason Verger, ohne Lippen, ohne Nase und ohne weiches Muskelgewebe, schien nur aus Zähnen zu bestehen, wie eine Kreatur aus den tiefsten Tiefen des Ozeans. Wir sind an Masken gewöhnt, deshalb tritt der Schock, den sein Anblick auslöst, mit Verzögerung ins Bewußtsein. Er kommt mit der Erkenntnis, daß dies ein menschliches Antlitz ist, mit einem Verstand dahinter. Es erschrickt einen mit seinen Bewegungen, mit dem Öffnen und Schließen des Kiefers, der Drehung des Auges, wenn es dich anblickt. Und dein normales Gesicht sieht.

Mason Vergers Haar ist schön und seltsamerweise genau das an ihm, was am schwersten zu ertragen ist. Von Natur aus schwarz, von grauen Strähnen durchzogen, ist es zu einem Pferdeschwanz geflochten und reicht bis auf den Boden hinunter, würde man es über das Kissen hängen lassen. Heute liegt es eingerollt auf seiner Brust oberhalb des schildpattfarbenen Gehäuses des Beatmungsgerätes. Menschliches Haar unter einem entstellten blauen Auge. Das Geflecht scheint wie die Schuppen eines Fisches zu leuchten.

Unter der Decke verlor sich auf dem erhöhten Krankenhausbett Mason Vergers seit langem schon zur Bewegungslosigkeit verurteilter Körper scheinbar im Nichts.

Vor seinem Gesicht hing eine Vorrichtung aus durchsichtigem Plastik, die entfernt an eine Panflöte erinnerte. Mason wölbte seine Zunge um das Ende eines Röhrchens und blies mit dem nächsten Schub des Sauerstoffgeräts hinein, woraufhin unter seinem Bett ein leises Surren einsetzte und sich das Kopfteil langsam anhob, bis er Starling direkt ins Gesicht sehen konnte.

»Ich danke Gott für das, was mir widerfahren ist«, sagte Verger. »Es war die Erlösung für mich. Haben Sie sich der Gnade Jesu überantwortet, Miss Starling? Glauben Sie an Gott?«

»Ich bin streng religiös erzogen worden, Mr. Verger. Ich bin mit allem gesegnet, was damit verbunden ist«, sagte Starling. »Wenn Sie nichts dagegen haben, befestige ich diese Klammer hier an Ihrem Kopfkissenbezug. Dort wird Sie das Mikrofon hoffentlich nicht stören.« Ihre Stimme klang für ihre Verhältnisse ein wenig zu munter und geschäftig.

Ihre Hand neben seinem Kopf, ihrer beider Fleisch nebeneinander zu sehen, half Starling ebensowenig wie das Pulsieren der Adern unter der Haut, die man über seine Schädelknochen gezogen hatte. Die regelmäßigen Bewegungen der Adern erinnerten sie an Würmer, die gierig etwas in sich hineinschlangen.

Dankbar entrollte sie das Mikrokabel und trat wieder an den Tisch mit dem Aufnahmegerät und dem für sie bestimmten Mikrofon zurück.

»Special Agent Clarice M. Starling, FBI, Dienstnummer 5143690. Mason R. Verger, Sozialversicherungsnummer 475989823, möchte bei sich zu Hause an dem oben genannten und bezeugten Datum eine eidesstattliche Erklärung abgeben. Mr. Verger wurde davon in Kenntnis gesetzt, daß er Immunität vor der Strafverfolgung genießt. Eingeräumt und bezeugt durch den US-Staatsanwalt des Distrikts 36 und die örtlichen Behörden und als Anlage dieser Erklärung beigefügt. Nun, Mr. Verger –«

»Ich möchte Ihnen etwas über das Lager erzählen«, unterbrach er sie mit dem nächsten ihm möglichen Atemzug. »Es war eine wunderbare Kindheitserfahrung, zu der ich zurückgefunden habe, wenn man so will.«

»Dazu können wir später noch kommen, Mr. Verger. Ich habe gedacht, wir sollten –«

»Oh, wir können auch *jetzt* darüber sprechen, Miss Starling. Früher oder später würde es ohnedies zur Sprache kommen, wo mir dort doch mein Schöpfer begegnet ist.

Und was könnte ich Ihnen Wichtigeres erzählen als das?« Er wartete einen Augenblick auf das Seufzen der Maschine. »Es war ein Lager, das von der katholischen Kirche ausgerichtet wurde und für das mein Vater bezahlt hatte. Er kam für alles auf, für sämtliche einhundertfünfundzwanzig Zeltlagerbegeisterte am Lake Michigan. Einige von ihnen waren so arm, daß sie für ein Stück Schokolade alles getan hätten. Es kann sein, daß ich das zu meinem Vorteil genutzt habe. Vielleicht war ich aber auch einfach nur hart zu ihnen, weil sie die Schokolade nicht annehmen wollten und verweigerten, was ich von ihnen verlangte – ich verschweige hier nichts, ich habe meinen Frieden gefunden.«

»Mr. Verger, lassen Sie uns einen Blick auf die Unterlagen mit der gleichen –«

Er hörte ihr nicht zu. Er wartete lediglich darauf, daß die Maschine ihm wieder Luft zum Atmen gab. »Ich genieße Immunität, Miss Starling. Ich habe Frieden mit mir gemacht. Jesus Christus hat mich von meinen Sünden losgesprochen. Die Staatsanwaltschaft gewährt mir Immunität, desgleichen die Bezirksstaatsanwaltschaft in Owings Mills, Halleluja. Ich bin frei, Miss Starling, die Dinge haben zu ihrer Ordnung gefunden. Der Herr ist an meiner Seite, und alles ist gut. Er, der auferstandene Jesus, ist bei mir. Im Lager haben wir ihn immer den Auferstehер genannt. Niemand steht so schnell auf wie er. Wir haben darauf geachtet, daß Religion nicht weltfremd daherkam. Der Auferstehер, ich habe ihm in Afrika gedient, Halleluja. Ich habe ihm in Chicago gedient, gepriesen sei sein Name. Und ich diene ihm jetzt, und er wird mich von meinem Bett auferstehen lassen. Er wird meine Feinde heimsuchen und vor mir hertreiben, und ich werde das Wehklagen ihrer Frauen hören, und alles wird gut werden.« Er verschluckte sich an seinem Speichel und brach ab. Die Adern auf seiner Stirn quollen dunkel hervor und pulsierten heftig.

Starling erhob sich, um den Pfleger zu rufen, aber seine Stimme hielt sie zurück, noch ehe sie die Tür erreicht hatte.

»Mir geht es gut. Es ist alles in Ordnung.«

Vielleicht brachte eine direkte Frage mehr Erfolg als der

Versuch, ihn über Umwege zum Sprechen zu bringen. »Mr. Verger, waren Sie, bevor das Gericht Sie dazu verpflichtete, bei Dr. Lecter in Behandlung? Kannten Sie ihn persönlich?«

»Nein.«

»Sie waren doch beide im Vorstand des Baltimorer Philharmonieorchesters.«

»Nein, mein Sitz im Vorstand verdankte sich allein der Tatsache, daß meine Familie das Orchester finanziell unterstützte. Ich habe meinen Anwalt hingeschickt, wenn eine Abstimmung anstand.«

»Sie haben im Prozeß gegen Dr. Lecter nicht ausgesagt?« Mit der Zeit gelang es ihr, die Fragen so zu stellen, daß er ausreichend Atem hatte, sie zu beantworten.

»Die sagten mir damals, daß sie genug Belastungsmaterial hätten, um eine Verurteilung in sechs, in neun Fällen zu erreichen. Aber er hat auf unzurechnungsfähig plädiert und sie allesamt aus dem Feld geschlagen.«

»Das Gericht hat ihn für unzurechnungsfähig erklärt. Dr. Lecter hat nicht darauf plädiert.«

»Halten Sie diese Unterscheidung für so wesentlich?« fragte Mason.

Mit dieser Frage bekam sie zum erstenmal seinen innersten Kern zu Gesicht, angriffslustig, mit einem Hang zur Verschlagenheit. Er bedachte sie nicht länger mit Worthülsen wie noch wenige Augenblicke zuvor.

Der große Aal, mittlerweile mit den neuen Lichtverhältnissen vertraut, glitt an den Steinen in seinem Aquarium hoch und begann sich unermüdlich in Achten zu winden, ein wogendes braunes Band, wunderschön gemustert mit unregelmäßigen cremefarbenen Punkten.

Starling war sich seiner Anwesenheit am Rand ihres Gesichtsfeldes die ganze Zeit über bewußt gewesen.

»Eine *Muraena Kidoko*«, sagte Mason. »In Tokio wird sogar eine noch größere in Gefangenschaft gehalten. Diese hier ist die zweitgrößte. Gewöhnlich nennt man sie auch Killermuräne. Eine kleine Demonstration gefällig?«

»Nein«, sagte Starling und schlug eine Seite in ihrem Notizbuch um. »Meinen Notizen entnehme ich, daß Sie im

Verlauf der Ihnen vom Gericht auferlegten Therapie Dr. Lecter zu sich nach Hause eingeladen haben.«

»Ich schäme mich dessen nicht länger. Ich stehe Ihnen uneingeschränkt Rede und Antwort, ich habe meinen Frieden gefunden. Man war damals bereit, die hochgespielte Geschichte mit der Belästigung zu vergessen, sofern ich fünfhundert Stunden gemeinnützige Arbeit im Tierheim ableisten und mich bei Dr. Lecter in Therapie begeben würde. Ich dachte, wenn ich den Doktor dazu brächte, sich auf etwas einzulassen, würde er mir einen Teil der Therapie erlassen müssen und mich nicht meinem Bewährungshelfer melden, wenn ich die eine oder andere Sitzung schwänzen oder bekifft bei ihm auftauchen würde.«

»Das war zu der Zeit, als Sie das Haus in Owings Mills bewohnten.«

»Richtig. Ich hatte Dr. Lecter alles erzählt, über Afrika und Idi, eben einfach alles, und hatte ihm versprochen, ich würde ihm meine Schätze zeigen.«

»Sie haben ihm …?«

»Meine Ausrüstung. Spielsachen eben. In der Ecke dort drüben, das ist die transportable Guillotine, die ich für Idi Amin gebraucht habe. Sie können sie einfach auf die Ladefläche eines Jeeps stellen, irgendwohin fahren, in ein entlegenes Dorf. Sie ist in fünfzehn Minuten aufgebaut. Der Verurteilte braucht ungefähr zehn Minuten, um sie mit einer Winde hochzuziehen. Bei einer Frau oder einem Kind dauert es entsprechend länger. Ich schäme mich all dessen nicht, weil ich reingewaschen bin.«

»Dr. Lecter kam zu Ihnen nach Hause?«

»Ja. Ich öffnete die Tür, ganz in Leder gekleidet, und wartete auf eine Reaktion seinerseits. Es kam keine. Anfänglich befürchtete ich, er könnte Angst vor mir haben, was aber nicht der Fall zu sein schien. *Angst* vor mir – von heute aus betrachtet, hat das etwas durchaus Komisches. Ich lud ihn ein, mit mir nach oben zu gehen. Ich zeigte ihm die beiden Hunde, die ich aus dem Tierheim zu mir nach Hause geholt hatte. Zwei Hunde, die Freunde waren. Ich hatte sie mit viel frischem Wasser, aber ohne Futter zusammen in einen Käfig gesperrt. Ich war neugierig darauf, wie das Ganze enden würde.

Ich zeigte ihm meine Vorrichtung mit der Schlinge. Sie wissen schon, autoerotische Asphyxie. Man hängt sich auf, aber natürlich nicht wirklich. Fühlt sich echt gut an, während man … Sie können mir folgen?«

»Ich kann Ihnen folgen.«

»Na ja, er jedenfalls schien mir nicht folgen zu können. Er fragte mich über die Konstruktion aus. Woraufhin ich ihm antwortete: ›Sie sind mir vielleicht ein seltsamer Psychiater, wenn Sie nicht einmal das wissen.‹ Darauf er, und ich werde sein Lächeln niemals vergessen: ›Zeigen Sie es mir.‹ Ich dachte nur: *Dich habe ich!*«

»Und dann haben Sie es ihm gezeigt.«

»Ich empfinde keine Scham deswegen. Man wächst an seinen Fehlern. Ich bin reingewaschen.«

»Fahren Sie bitte fort, Mr. Verger.«

»Ich zog also vor meinem großen Spiegel die Schlinge von der Decke und legte sie mir um den Hals. Den Auslösemechanismus hielt ich in der einen Hand. Mit der anderen holte ich mir einen runter. Ich wartete auf eine Reaktion seinerseits. Fehlanzeige. Normalerweise durchschaue ich Leute. Er saß einfach nur auf einem Stuhl in einer Ecke des Zimmers. Er hatte die Beine übereinandergeschlagen und seine Hände über dem Knie gefaltet. Dann stand er auf und griff, die Eleganz in Person, in die Tasche seines Jacketts, beinahe so wie James Mason, wenn er nach seinem Feuerzeug griff, und sagte: ›Darf ich Ihnen einen Amyl Popper reichen?‹ Ich dachte noch bei mir: *Wow!* – jetzt gibt er dir die Kante; diese Gefälligkeit wird er dir fortan immer tun müssen, wenn er seine Approbation behalten will. Schlaraffenland des Medikamentenmißbrauchs, ich komme. Na ja, wenn Sie den Polizeibericht gelesen haben, dann wissen Sie ja, daß es mehr als nur Amylnitrit war.«

»Angel Dust, eine Reihe weiterer Amphetamine und etwas Acid.«

»Ich jedenfalls dachte: *whoa!* Er ging zum Spiegel hinüber, in dem ich mich betrachtete, trat gegen dessen untere Einfassung und nahm sich eine Scherbe. Ich hob ab. Er kam zu mir herüber und hielt mir das Stück Glas hin. Dabei schaute er mir in die Augen und schlug mir vor, mir selbst damit mein Gesicht abzuschälen. Dann ließ er die Hunde heraus. Ich verfütterte ihnen mein Gesicht. Sie sagten, es habe einige Zeit gedauert, sie von mir herunterzukriegen. Ich habe keine Erinnerung daran. Dr. Lecter hat mir mit der Schlinge das Genick gebrochen. Meine Nase fand sich bei einem der Hunde im Magen, als sie deren Mägen im Tierheim ausgepumpt haben; doch leider hat mein Körper sie als Transplantat abgestoßen.«

Starling hielt sich etwas länger als notwendig mit dem Ordnen der Blätter auf dem Tisch auf.

»Mr. Verger, Ihre Familie hat eine Belohnung auf die Ergreifung von Dr. Lecter ausgesetzt, nachdem er aus dem Polizeigewahrsam in Memphis entkommen war.«

»Ja, eine Million Dollar. Eine Million. Wir haben weltweit Anzeigen geschaltet.«

»Und Sie haben darüber hinaus angeboten, für jeden wie auch immer gearteten sachdienlichen Hinweis zahlen zu wollen. Nicht nur für Hinweise, die zur Ergreifung und Verurteilung führen. Sie waren dazu verpflichtet, uns diese Informationen zugänglich zu machen. Haben Sie das in jedem Fall getan?«

»Das kann man so nicht sagen, aber es gab niemals etwas, das es wert gewesen wäre, es Ihnen und Ihren Leuten zugänglich zu machen.«

»Woher wollen Sie das wissen? Haben Sie einige der Spuren auf eigene Faust verfolgt?«

»Immer nur so weit, bis ich sicher war, daß sie im Sande verliefen. Und warum auch nicht – ihr Leute vom FBI habt uns zu keinem Zeitpunkt an irgend etwas teilhaben lassen. Wir hatten einen Tip aus Kreta, der sich als wertlos erwies, und einen aus Uruguay, der sich nicht überprüfen ließ. Ich will, daß Sie eines wissen, das Ganze hier hat nichts mit Rache zu tun, Miss Starling. Ich habe Dr. Lecter vergeben, so wie unser Heiland den römischen Soldaten vergeben hat.«

»Mr. Verger, Sie haben meiner Behörde gegenüber angedeutet, daß Sie über relevante Informationen verfügen.«

»Werfen Sie einen Blick in die Schublade am Tischende.«

Starling nahm aus ihrer Handtasche ein paar weiße Handschuhe und streifte sie über. In der Schublade lag ein großer Manila-Umschlag. Er war steif und schwer. Sie zog eine Röntgenaufnahme heraus und hielt sie gegen das helle Deckenlicht. Das Röntgenbild zeigte eine linke Hand, die verletzt zu sein schien. Sie zählte die Finger. Vier plus Daumen.

»Schauen Sie sich die Mittelhandknochen an. Wissen Sie, wovon ich spreche?«

»Ja.«

»Zählen Sie die Knöchel.«

Fünf Knöchel an der Zahl. »Zählt man den Daumen mit, hatte diese Person sechs Finger an der linken Hand. Wie Dr. Lecter.«

»Wie Dr. Lecter.«

Die Ecke der Röntgenaufnahme, die die Nummer und den Ort der Aufnahme hätte zeigen müssen, war mit der Schere abgeschnitten worden.

»Woher stammt diese Aufnahme, Mr. Verger?«

»Rio de Janeiro. Um mehr darüber zu erfahren, muß ich zahlen. Eine Menge Geld. Können Sie mir sagen, ob diese Röntgenaufnahme die Hand von Dr. Lecter zeigt? Ich muß das wissen, wenn ich dafür zahlen soll.«

»Ich werde mein Bestes tun, Mr. Verger. Wir werden unser Bestes tun. Haben Sie noch den Umschlag, in dem die Aufnahme an Sie geschickt wurde?«

»Margot verwahrt ihn in einer Klarsichthülle. Sie wird Ihnen den Umschlag aushändigen. Wenn Sie mich nun entschuldigen wollen, Miss Starling, die Unterhaltung hat mich ziemlich müde gemacht. Ich glaube, es muß jemand nach mir sehen.«

»Sie hören von uns, Mr. Verger.«

Starling hatte kaum den Raum verlassen, als Mason Verger in eines der Röhrchen blies und fragte: »Cordell?« Der Pfleger kam aus dem Kinderzimmer herein und las ihm aus einer Akte vor, die die Aufschrift »Department of Child Welfare« der Stadt Baltimore trug. »*Franklin*, nicht wahr? Schicke *Franklin* herein«, sagte Mason und schaltete das Licht aus.

Der kleine Junge stand allein unter dem hellen Licht über der Sitzgruppe und starrte blinzelnd in die Dunkelheit.

Die sonore Stimme erklang: »Bist du *Franklin?*«

»Franklin«, sagte der kleine Junge.

»Wo wohnst du, *Franklin?*«

»Bei Mama und Shirley und Stringbean.«

»Ist Stringbean die ganze Zeit bei euch?«

»Der drinnen und draußen.«

»Sagtest du: ›Der drinnen und draußen‹?«

»Jaah.«

»›Mama‹ ist nicht deine wirkliche Mama, oder, *Franklin?*«

»Sie meine Pflegemama.«

»Das ist nicht deine erste Pflegemutter, oder?«

»Neee.«

»Gefällt es dir bei euch zu Hause, *Franklin?*«

Sein Gesicht begann zu strahlen. »Wir haben Kitty Cat. Mama macht Hamburger im Ofen.«

»Wie lange wohnst du schon dort, in Mamas Haus?«

»Weiß ich nicht.«

»Hast du schon einmal dort deinen Geburtstag gefeiert?«

»Ja, einmal. Shirley hat Kool-Aid gemacht.«

»Magst du Kool-Aid?«

»Erdbeer.«

»Liebst du Mama und Shirley?«

»Ja doch, und Kitty Cat.«

»Willst du weiter dort wohnen? Fühlst du dich sicher dort, wenn du in dein Bettchen gehst?«

»Jaaah. Ich schlafe mit Shirley in einem Zimmer. Shirley ist schon ein ganz großes Mädchen.«

»Franklin, du kannst nicht länger bei Mama und Shirley und Kitty Cat wohnen bleiben. Du mußt dort weg.«

»Wer sagt das?«

»Die Regierung sagt das. Mama hat ihre Arbeit und ihre Erlaubnis verloren, Kinder in Pflege nehmen zu dürfen. Die Polizei hat eine Marihuana-Zigarette in eurem Haus gefunden. Wenn die Woche vorbei ist, wirst du Mama nicht wiedersehen. Auch Shirley und Kitty Cat kannst du dann nicht mehr sehen.«

»Nein«, sagte Franklin.

»Oder vielleicht wollen sie dich ja einfach nicht länger bei sich behalten, *Franklin*. Stimmt irgend etwas nicht mit dir? Hast du eine ansteckende Krankheit oder irgend etwas anderes Ekelhaftes? Glaubst du nicht auch, daß deine Haut ein wenig zu dunkel für sie und ihre Liebe ist?«

Franklin zog sein Hemd aus der Hose und schaute auf seinen kleinen braunen Bauch. Er schüttelte den Kopf und begann zu weinen.

»Weißt du, was mit Kitty Cat passieren wird? Wie war noch mal der Name von Kitty Cat?«

»Heißt Kitty Cat, das ist ihr Name.«

»Weißt du, was mit Kitty Cat passieren wird? Die Polizisten werden Kitty Cat ins Tierheim bringen, und dort gibt ihr dann der Doktor eine Spritze. Hast du schon mal eine Spritze bekommen? Hat dir die Schwester schon mal eine Spritze gegeben? Mit der glänzenden Nadel? Sie werden Kitty Cat eine Spritze geben. Sie wird schreckliche Angst bekommen, wenn sie die Nadel sieht. Sie stechen die Nadel in sie. Das wird Kitty Cat ganz weh tun, und sie wird sterben.«

Franklin griff einen Zipfel seines Hemdes und hielt ihn vors Gesicht. Er steckte seinen Daumen in den Mund, was er seit über einem Jahr nicht mehr getan hatte. Damals hatte Mama ihn gebeten, es sein zu lassen.

»Komm her«, sagte die Stimme aus dem Dunkel. »Komm her, und ich erzähle dir, wie du verhindern kannst, daß Kitty Cat eine Spritze bekommt. Willst du, daß Kitty Cat eine Spritze bekommt, *Franklin?* Nein? Dann komm her, *Franklin*.«

An seinem Daumen lutschend, ging Franklin mit tränenüberströmtem Gesicht langsam in die Dunkelheit hinein. Als er knapp zwei Meter vom Bett entfernt war, blies Mason Verger in eines seiner Röhrchen, und das Licht flammte auf.

Aus angeborener Tapferkeit oder aus dem Wunsch heraus, Kitty Cat zu helfen, oder aus der elenden Gewißheit, daß er keinen Ort mehr hatte, wohin er hätte fliehen können, zuckte Franklin nicht einmal zusammen. Er rannte nicht weg. Er blieb stehen, wo er war, und schaute Mason ins Gesicht.

Mason hätte bestimmt die Stirn gerunzelt, falls er eine gehabt hätte, über dieses enttäuschende Resultat.

»Du kannst Kitty Cat vor der Spritze retten, wenn du ihr Rattengift zu fressen gibst«, sagte Mason, die Explosivlaute *P* und *B* fehlten, aber Franklin hatte ihn trotzdem verstanden.

Franklin nahm seinen Daumen aus dem Mund.

»Du bist böses altes Aa«, sagte Franklin, »und häßlich bist du auch.« Er machte auf dem Absatz kehrt, verließ den Raum durch das riesige Bad mit den zusammengerollten Schläuchen und ging in das Spielzimmer zurück.

Mason beobachtete ihn über Video.

Der Pfleger schaute auf den Jungen und ließ ihn nicht mehr aus den Augen, während er so tat, als würde er die *Vogue* lesen.

Franklin würdigte das Spielzeug keines Blickes mehr. Er zog sich in eine Ecke zurück und setzte sich, das Gesicht zur Wand, unter eine Giraffe. Das war alles, was er tun konnte, um nicht mehr am Daumen lutschen zu müssen.

Cordell beobachtete verstohlen, ob Franklin weinte. Als er sah, daß die Schultern des Kindes zu zucken anfingen, ging er zu ihm hin und wischte ihm sanft mit sterilen Tupfern die Tränen ab. Die tränennassen Tupfer tat er in Masons Martini-Glas, das neben dem Orangensaft und dem Coke für die Kinder im Kühlschrank des Spielzimmers stand.

10

Ärztliche Informationen über Dr. Hannibal Lecter einzuholen war kein leichtes Unterfangen. Bedenkt man seine tiefe Verachtung für das medizinische Establishment und die meisten niedergelassenen Ärzte, erstaunt es nicht sonderlich, daß er nie einen Hausarzt hatte.

Das Baltimore State Hospital für geistesgestörte Straftäter, wo Dr. Lecter bis zu seiner mit einer Katastrophe endenden Überstellung nach Memphis verwahrt worden war, existierte nicht mehr, und das Gebäude wartete auf seinen Abriß.

Die Polizei des Staates Tennessee war die letzte Behörde, die Dr. Lecter vor seiner Flucht in ihrem Gewahrsam hatte. Aber dort gab man vor, niemals dessen Krankenakte erhalten zu haben. Die Beamten, die ihn von Baltimore nach Memphis transferiert hatten, inzwischen verstorben, hatten zwar die Übernahme des Gefangenen abgezeichnet, nicht aber die Entgegennahme seiner Krankenakte.

Starling brachte einen ganzen Tag mit Telefonaten zu, saß am Computer und durchsuchte schließlich eigenhändig die Asservatenkammern in Quantico und im J. Edgar Hoover Building. Sie durchstöberte die staubige und übelriechende große Asservatenkammer des Baltimore Police Department einen ganzen Morgen lang und verbrachte einen sie schier rasend machenden Nachmittag damit, die nichtkatalogisierte Hannibal-Lecter-Sammlung in der Fitzhugh-Gedächtnisbibliothek für Recht zu durchforsten. Einem Ort, wo die Zeit stillzustehen schien, während die Bibliotheksaufsicht versuchte, die Schlüssel aufzutreiben.

Am Ende hielt sie ein einziges Stück Papier mit den Ergebnissen der oberflächlichen Untersuchung in Händen, der Dr. Lecter bei seiner ersten Verhaftung durch die Polizei in Baltimore unterzogen worden war. Dem Blatt waren keinerlei Krankenakten beigefügt.

Inelle Corey hatte die Auflösung des Baltimore State Hospital für geistesgestörte Straftäter überstanden und war beim Maryland State Board of Hospitals untergekommen. Sie wollte von Starling nicht in ihrem Büro befragt werden, deshalb verabredeten sie sich in der Cafeteria im Erdgeschoß des Gebäudes.

Starling traf aus Gewohnheit etwas früher ein. Das gab ihr Gelegenheit, den gewählten Treffpunkt diskret in Augenschein zu nehmen. Corey kam auf die Minute pünktlich. Sie war etwa fünfunddreißig Jahre alt, von leicht massiger Statur und bleich. Sie trug keinerlei Make-up oder Schmuck. Ihr Haar reichte ihr, wie schon zu High-School-Zeiten, bis zur Hüfte hinab. Sie trug weiße Sandalen mit den passenden Strümpfen dazu.

Starling griff sich an der Essensausgabe ein paar Päckchen Zucker und beobachtete Corey, wie sie an dem verabredeten Tisch Platz nahm.

Man täuscht sich, wenn man glaubt, daß Protestanten alle gleich aussehen. Dem ist nicht so. Genauso, wie ein Karibe die Bewohner der einzelnen Inseln unterscheiden kann, blickte die von den Lutheranern erzogene Starling auf diese Frau und sagte zu sich selbst: *Christliche Erlöserkirche, könnte von ihrem Äußeren her auch eine Nazarenerin sein.*

Starling nahm das schlichte Armband und den goldenen Ohrring im unverletzt gebliebenen Ohr ab und tat den Schmuck in ihre Tasche. Die Uhr war aus Plastik, okay. Was das Übrige ihrer Erscheinung anging, konnte sie nicht viel tun.

»Inelle Corey? Kaffee gefällig?« Starling balancierte zwei Becher mit Kaffee auf einem Tablett.

»Es wird *Eynelle* ausgesprochen, und ich trinke keinen Kaffee.«

»Dann sind eben beide für mich. Darf ich Ihnen etwas anderes bringen? Ich bin Clarice Starling.«

»Ich möchte nichts. Wollen Sie mir nicht Ihren Dienstausweis zeigen?«

»Selbstverständlich«, sagte Starling. »Miss Corey – darf ich Sie Inelle nennen?«

Die Frau zuckte mit den Achseln.

»Inelle, ich brauche Ihre Hilfe in einer Angelegenheit, die nicht Sie persönlich betrifft. Ich benötige einen Fingerzeig über den Verbleib einiger Akten aus dem Baltimore State Hospital.«

Inelle Corey spricht mit jener sorgfältigen Artikulation der Worte, die eine Mischung aus Rechtschaffenheit und Ärger zum Ausdruck bringt.

»Wir haben das gegenüber der Aufsichtsbehörde bereits alles bei der Schließung genau dargelegt, Miss –«

»Starling.«

»Miss Starling. Sie werden sich davon überzeugen können, daß niemand ohne seine Krankenakte das Haus verlassen hat. Sie werden sich darüber hinaus davon überzeugen können, daß keine Krankenakte das Haus verlassen hat, ohne daß dies von einem Vorgesetzten abgezeichnet worden wäre. Was die Akten der Verstorbenen betrifft, das Gesundheitsministerium hatte keine Verwendung für sie, das Bureau of Vital Statistics wollte sie nicht, und soweit ich weiß, waren sie noch im Baltimore State Hospital, als ich es verließ. Und ich war eine der letzten, die dort wegging. Die der Ausreißer gingen an die örtliche Polizei.«

»Ausreißer?«

»Das sind alle die, die uns entlaufen sind. Freigänger rissen manchmal aus.«

»Gehörte Dr. Hannibal Lecter zu denjenigen, die als Ausreißer geführt wurden? Ist seine Akte an die Polizei weitergeleitet worden?«

»Er war *kein* Ausreißer. Er wurde niemals als *unser* Ausreißer geführt. Er befand sich nicht in unserem Gewahrsam, als er ausbrach. Einmal bin ich in den Keller gegangen und habe ihn mir angeschaut, diesen Dr. Lecter, habe ihn meiner Schwester gezeigt, als sie mit den Jungs da war. Noch heute läuft es mir eiskalt den Rücken herunter, wenn ich bloß daran denke. Er hat einen von den anderen dazu angestachelt« – sie senkte ihre Stimme –, »*Soße* auf uns zu schleudern, wenn Sie wissen, was ich meine.«

»Mir ist der Begriff geläufig«, sagte Starling. »War es zufällig Mr. Miggs? Er konnte gut werfen.«

»Ich habe es aus meinem Gedächtnis gestrichen. Aber ich erinnere mich an *Sie*. Sie kamen ins Krankenhaus und haben mit Fred – Dr. Chilton – gesprochen und sind dann selbst zu Dr. Lecter in den Keller hinuntergestiegen, habe ich recht?«

»Ja.«

Dr. Frederick Chilton war der ehemalige Direktor des Baltimore State Hospital für geistesgestörte Straftäter. Er galt seit seinem Urlaub nach Dr. Lecters Flucht als vermißt.

»Sie wissen, daß Fred verschwunden ist?«

»Ja, ich habe davon gehört.«

Miss Corey schossen Tränen in die Augen. »Er war mein Verlobter«, sagte sie. »Er verschwand einfach, und dann hat das Krankenhaus dichtgemacht. Es war, als ob die Welt auf mich einstürzte. Hätte ich meine Kirche nicht gehabt, ich hätte das alles nicht überlebt.«

»Es tut mir leid«, sagte Starling. »Haben Sie denn jetzt wenigstens eine gute Stellung?«

»Aber ich habe keinen Fred mehr. Er war ein lieber, ein guter Mann. Wir liebten uns auf eine Weise, wie sie einem heute nur noch selten begegnet. Er war ›Junge des Jahres‹ in Canton, als er dort auf die High-School ging.«

»Das kann ich mir lebhaft vorstellen. Gestatten Sie mir eine Frage, Inelle, hat er die Akten in seinem Büro aufbewahrt, oder wurden sie bei Ihnen draußen an der Rezeption eingestellt –?«

»Anfänglich waren die Akten in den Wandschränken seines Büros untergebracht. Mit der Zeit wurden es aber so viele, daß wir große Aktenschränke draußen bei der Rezeption aufstellen mußten. Die waren selbstverständlich immer verschlossen. Als wir auszogen, brachte man für eine Übergangszeit die Methadon-Klinik in dem Gebäude unter. Zu der Zeit wurde vieles umgeräumt.«

»Haben Sie die Krankenakte Dr. Lecters jemals zu Gesicht bekommen oder in der Hand gehabt?«

»Sicher.«

»Erinnern Sie sich an Röntgenaufnahmen? Waren Röntgenbilder Bestandteil der Krankenakten, oder wurden sie diesen beigefügt?«

»Die waren immer Bestandteil. Röntgenbilder sind vom Format her größer als die Akten, und das machte die ganze Angelegenheit so unhandlich und sperrig. Wir hatten zwar eine Röntgenabteilung, aber keinen Röntgenarzt, der seine eigenen Akten führte. Ich erinnere mich nicht mehr, ob die Akte Röntgenaufnahmen enthielt. Was es gab, war ein EKG, das Fred gewöhnlich den Leuten zeigte. Dr. Lecter – es widerstrebt mir, ihn überhaupt *Doktor* zu nennen – war über und über mit Elektroden bedeckt, als er die arme Schwester anfiel. Sehen Sie, das Alptraumhafte war, sein Pulsschlag beschleunigte sich nicht einmal groß, als er die Schwester attackierte. Die Wachen haben ihm die Schulter ausgekugelt, als sie ihn, Sie wissen schon, von ihr heruntergeholt und überwältigt haben. Im Zuge dieser Geschichte müßten eigentlich Röntgenaufnahmen von ihm angefertigt worden sein. Wäre es nach mir gegangen, dann hätten sie ihm noch einiges mehr verpassen dürfen als eine ausgekugelte Schulter.«

»Falls Ihnen noch irgend etwas einfällt, irgendein Ort, wo die Akte vielleicht sein könnte, würden Sie mich dann anrufen?«

»Wir werden das tun, was wir immer machen, wir werden eine globale Suche durchführen«, sagte Miss Corey und kostete dabei den Klang des Begriffes aus. »Aber ich glaube nicht, daß wir etwas finden werden. Es ging einfach viel zuviel verloren, nicht durch uns, sondern durch die Leute von der Methadon-Klinik.«

Die Kaffeebecher zierten häßliche, dicke Streifen angetrockneten Kaffees. Starling beobachtete Inelle Corey, wie sie schwerfällig davontrabte, ein Schreckensbild, und trank einen halben Becher Kaffee in einem Zug, wobei sie sich eine Papierserviette unters Kinn hielt.

Langsam kam Starling wieder zu sich. Sie wußte, daß sie sich mit etwas abquälte. Vielleicht war es Geschmacklosigkeit, schlimmer als Geschmacklosigkeit, Stillosigkeit womöglich. Eine Art von Gleichgültigkeit gegenüber den Dingen, die dem Auge wohltun. Vielleicht war sie ausgehungert nach etwas Stil in ihrem Leben. Selbst der Stil einer *snuff-queen* war besser als nichts. Er war ein Statement, ob jemand es hören wollte oder nicht.

Starling hielt bei sich selbst nach Anzeichen von Snobismus Ausschau und kam zu dem Schluß, daß sie verdammt wenig Anlaß zum Snobismus hatte. Schließlich, über Stil nachdenkend, schoß ihr Evelda Drumgo durch den Kopf, die mehr als genug davon gehabt hatte. Getroffen von diesem Gedanken, wünschte Starling sich nichts sehnlicher, als wieder ganz die alte zu sein.

11

Und so kam es, daß Starling an den Ort zurückkehrte, wo alles für sie begonnen hatte, das seit langem geschlossene Baltimore State Hospital für geistesgestörte Straftäter. Das alte braune Gebäude, ein Haus des Schmerzes, war verbarrikadiert, über und über mit Graffiti bedeckt, und wartete auf die Abrißbirne.

Es war schon Jahre vor dem Verschwinden seines Direktors Dr. Frederick Chilton im Niedergang begriffen gewesen. In der Folgezeit hatten Enthüllungen über Verschwendung und Mißmanagement und die Baufälligkeit des Gebäudes die Stadtverwaltung veranlaßt, der Einrichtung die Mittel zu streichen. Einige der Patienten waren in andere staatliche Heilanstalten verlegt worden, einige starben, andere irrten, abgeschoben in mehr recht als schlecht durchgeführte ambulante Programme, als Thorazine-Zombies durch die Straßen von Baltimore, und mehr als einer von ihnen erfror.

Als Starling vor dem alten Gebäude warten mußte, begriff sie, daß sie alle anderen Möglichkeiten ausgeschöpft hatte, nur um zu verhindern, daß sie an diesen Ort zurückkehren mußte. Der Hausmeister verspätete sich um fünfundvierzig Minuten. Er war ein untersetzter alter Mann mit einem erhöhten orthopädischen Schuh und einer osteuropäisch wirkenden Frisur, die wahrscheinlich selbst geschnitten war. Er keuchte, als er Starling zu einem Seiteneingang ein paar Schritte die Straße hinunter führte. Das Schloß war irgendwann einmal herausgebrochen worden und die Tür nun durch eine Kette mit zwei Vorhängeschlössern gesichert. Die Kettenglieder waren von Spinnweben überzogen. Das

Gras, das aus den Ritzen der Treppenstufen wuchs, kitzelte Starling am Knöchel, als der Hausmeister nach den passenden Schlüsseln suchte. Der Himmel war an diesem Spätnachmittag bedeckt. Das Licht, grau, warf keine Schatten.

»Ich bin mit diesem Gebäude nicht sehr vertraut. Ich sehe hin und wieder nach den Feuermeldern«, sagte der Mann.

»Wissen Sie, ob sich dort noch Papiere befinden? Irgendwelche Schränke mit Krankenakten?«

Er zuckte mit den Achseln. »Nach dem Krankenhaus war hier die Methadon-Klinik drin, aber auch nur für ein paar Monate. Sie haben alles in den Keller gebracht, Betten, Wäsche und dergleichen. Keine Ahnung, was sonst noch alles. Die Luft da drin tut mir nicht gut, Asthma. Der Schimmel, ist ziemlich feucht und schimmelig da unten. Die Matratzen der Betten sind bestimmt verrottet. Viel Schimmel. Sehr schlecht für mich. Ich bekomme keine Luft da drin. Die Stufen ganz feucht. Ich würde Ihnen ja alles zeigen, aber –«

Starling wäre froh gewesen, jemanden neben sich zu wissen, selbst diesen alten Mann. Aber er hätte sie wahrscheinlich sowieso nur aufgehalten, darum sagte sie: »Nein, gehen Sie ruhig. Wo finde ich Ihr Büro?«

»Ungefähr einen Block die Straße runter, da, wo früher die Zulassungsstelle war.«

»Wenn ich in einer Stunde nicht zurück sein sollte –«

Er schaute auf seine Uhr. »Eigentlich habe ich in einer halben Stunde Feierabend.«

Verdammt noch mal, jetzt reicht es mir aber. »Folgendes werden Sie für mich tun, Sir. Sie werden auf mich und die Schlüssel in Ihrem Büro warten. Sollte ich innerhalb einer Stunde nicht zurück sein, rufen Sie die Nummer auf dieser Karte hier an, und erzählen Sie denen, wohin ich gegangen bin. Sollten Sie wider Erwarten nicht da sein, wenn ich hiermit fertig bin – falls Sie Ihr Büro abgeschlossen haben und nach Hause gegangen sein sollten –, werde ich mich morgen früh höchstpersönlich an Ihren Vorgesetzten wenden und mich über Sie beschweren. Darüber hinaus werde ich dafür Sorge tragen, daß Sie vor die Untersuchungskommission der Behörde zitiert und Ihre persönlichen Verhältnisse von der Einwanderungsbehörde durchleuchtet werden. Habe ich mich klar und deutlich ausgedrückt? Über eine Antwort Ihrerseits würde ich mich sehr freuen, Sir.«

»Selbstverständlich warte ich auf Sie. Sie müssen mir nicht solche schrecklichen Dinge sagen.«

»Haben Sie vielen Dank, Sir«, sagte Starling.

Der Hausmeister legte seine großen Hände auf das Geländer und zog sich die Treppe zur Straße hinauf. Starling hörte, wie sein hinkender Gang nach und nach leiser wurde. Sie stieß die Tür auf und befand sich am Fuß der Feuertreppe. Hohe, vergitterte Fenster ließen das graue Licht ins Treppenhaus. Sie rang kurz mit sich, ob sie die Tür hinter sich abschließen sollte, und entschied sich dann dafür, die Tür von innen mit einem Knoten in der Kette zu sichern. So würde sie die Tür auch dann öffnen können, wenn sie die Schlüssel verlieren sollte.

Bei Starlings früheren Besuchen, als sie Dr. Hannibal Lecter befragt hatte, war sie durch den Haupteingang gekommen. Sie mußte jetzt einen Moment lang innehalten, um sich zu orientieren. Sie stieg die Feuertreppe zum Verwaltungstrakt empor. Die Milchglasscheiben dämpften das schwindende Tageslicht und tauchten den Flur vor ihr in ein schummriges Halbdunkel. Starling knipste eine große Taschenlampe an und fand einen Lichtschalter für die Deckenbeleuchtung. Sie drehte an ihm, und über ihr gingen drei einsame Glühbirnen in geborstenen Fassungen an. Die Enden herausgerissener Telefonkabel lagen auf dem Schreibtisch der Rezeption.

Vandalen waren in das Gebäude eingedrungen und hatten sich mit Spraydosen verewigt. Ein zwei Meter großer Phallus mit der Botschaft HOL MIR DOCH EINEN RUNTER FARON MAMA schmückte die Wand hinter der Rezeption.

Die Tür zum Büro des Direktors stand offen. Starling hielt für einen Moment im Türrahmen inne. Hierher war sie mit ihrem ersten Auftrag vom FBI geschickt worden. Damals war sie noch in der Ausbildung gewesen und hatte noch einen unerschütterlichen Glauben gehabt. Damals hatte sie noch gedacht, wenn man seinen Job macht und wenn man ihn gut macht, dann würde man akzeptiert werden, unabhängig davon, welcher Rasse, welcher Glaubensrichtung, welcher Farbe, welcher Nationalität man angehörte oder ob man zu der etablierten Männerclique gehörte. Von alldem war nur eines übrig geblieben, die Gewißheit, daß sie ihren Job gut machte.

Hier hatte ihr Direktor Chilton seine schmierige Hand entgegengestreckt und versucht, sie anzumachen. Hier hatte er seine Weisheiten über Hannibal Lecter zum besten gegeben, in dem Glauben, er sei klüger als Lecter, die Entscheidungen getroffen, die schließlich zu dessen mit so viel Blutvergießen verbundener Flucht geführt hatten.

Chiltons Schreibtisch stand noch immer in seinem Büro. Aber es gab keinen Stuhl mehr, weil er klein genug gewesen war, um gestohlen zu werden. Die Schubladen waren bis auf eine zerbröselte Alka-Seltzer-Brausetablette allesamt leer. Zwei Aktenschränke waren im Büro verblieben, gesichert durch einfache Schlösser, die Starling, technisch versiert, wie sie war, in weniger als einer Minute offen hatte. Ein verschimmeltes Sandwich in einer Papiertüte und einige Formulare der Methadon-Klinik lagen in der untersten Schublade. Daneben fand sich Mundwasser, eine Flasche Haarwasser, ein Kamm und einige Kondome.

Starling dachte an das kerkerähnliche Kellergeschoß, in dem Dr. Lecter acht Jahre zugebracht hatte. Sie wollte da nicht hinuntersteigen. Sie hätte ihr Handy benutzen und die örtliche Polizei um Verstärkung bitten können. Sie hätte die Außenstelle des FBI in Baltimore wegen Unterstützung anrufen können. Es war schon spät am Nachmittag. Es gab keine Möglichkeit, selbst jetzt nicht, die Rush-hour in Washington zu vermeiden. Je länger sie wartete, desto schlimmer würde es werden.

Sie stützte sich trotz des Staubes auf die Tischplatte von Chiltons Schreibtisch und versuchte zu einer Entscheidung zu kommen. Glaubte sie wirklich, daß es dort unten im Keller noch Akten gab, oder zog es sie lediglich an den Ort ihrer ersten Begegnung mit Hannibal Lecter zurück?

Eines hatte ihre Berufserfahrung sie jedenfalls über sich

selbst gelehrt: Sie war keine Gefahrensucherin, und sie wäre glücklich darüber, niemals mehr Furcht fühlen zu müssen. Aber dort unten *könnten* Akten lagern. Das herauszufinden würde sie keine fünf Minuten kosten.

Sie konnte sich noch an den Klang der Hochsicherheitstüren hinter sich erinnern, als sie vor Jahren dort hinabgestiegen war. Für den Fall, daß jemand auf die Idee kommen sollte, sie hinter ihr zuzuwerfen, rief sie die FBI-Außenstelle Baltimore an und informierte sie, wo sie sich gerade aufhielt. Darüber hinaus verabredete sie mit den Kollegen, in einer Stunde wieder anzurufen, um durchzugeben, daß sie wieder draußen sei.

Die Leuchtstoffröhren im Treppenhaus, durch das Chilton sie vor Jahren in das Kellergeschoß hinuntergeleitet hatte, funktionierten noch. Hier hatte er ihr die Sicherheitsvorkehrungen erläutert, die im Umgang mit Hannibal Lecter getroffen worden waren, und hier, an dieser Stelle, war er stehengeblieben und hatte das Foto von der Schwester aus seiner Brieftasche gezogen, deren Zunge Dr. Lecter gegessen hatte, als sie ihn bei einer Untersuchung hatte beaufsichtigen sollen. Wenn die Wachen Dr. Lecter wirklich die Schulter ausgekugelt hatten, dann mußte es eigentlich auch eine Röntgenaufnahme geben.

Ein kühler Luftzug strich ihr übers Genick, als stünde irgendwo ein Fenster offen.

Eine McDonald's-Hamburger-Box und ein paar zerknüllte Servietten lagen auf dem Geländer. Ein fleckiger Pappbecher mit einem Rest Kaffee stand auf einer Stufe. Verdorbene Nahrungsmittel. Ein paar Scheißhaufen und Papiertücher in der Ecke. Das Licht reichte bis zum Ende des Geländers vor der großen Stahltür, die früher den Trakt für gewalttätige Patienten abgeschlossen hatte. Die Tür stand jetzt sperrangelweit offen und war an der Wand eingehakt. Starlings Taschenlampe verfügte über fünf Batterien und sorgte für ausreichend Licht.

Sie leuchtete den langen Korridor des ehemaligen Hochsicherheitstraktes hinunter. Irgend etwas Massiges hob sich am Ende des Gangs von der Wand ab. Die offenstehenden

Zellentüren waren unheimlich anzusehen. Der Boden war mit Brotpapier und Pappbechern übersät. Eine Coca-Cola-Büchse, tiefschwarz vom Gebrauch als Crackpfeife, lag auf dem Schreibtisch, wo früher die Aufsicht gesessen hatte.

Starling betätigte die Lichtschalter an der Wand hinter dem Schreibtisch. Nichts. Sie klappte ihr Handy auf. Das rote Licht zeigte an, daß hier unten an eine Verbindung nach draußen nicht zu denken war. Trotzdem sprach sie hinein: »Barry, fahr schon mal den Wagen an den Seiteneingang. Und bring ein Licht mit. Um das Zeug nach oben zu bringen, werden wir bestimmt eine Sackkarre brauchen. Ja, verdammt noch mal, komm jetzt endlich runter.«

Dann sprach Starling in die Dunkelheit hinein: »Achtung an alle. Ich bin FBI-Agentin. Sollte hier unten jemand illegalerweise hausen, steht es ihm frei zu gehen. Ich werde ihn nicht verhaften. Ich bin nicht an euch interessiert. Wenn ihr, nachdem ich hier fertig bin, zurückkehren wollt, dann tut das. Ihr könnt nun herauskommen. Solltet ihr jedoch versuchen, mir hier in die Quere zu kommen, werdet ihr das bitter bereuen, weil ich euch dann nämlich in den Arsch trete, daß euch Hören und Sehen vergeht. Danke für eure Aufmerksamkeit.«

Der Klang ihrer Stimme hallte den Korridor entlang, in dem so viele sich heiser geschrien und die Gitterstäbe angegeifert hatten, als ihnen die Zähne ausgefallen waren.

Starling erinnerte sich an die beruhigende Anwesenheit des hünenhaften Aufsehers Barney, als sie hergekommen war, um Dr. Lecter zu befragen, erinnerte sich an die merkwürdige Zuvorkommenheit, mit der Barney und Dr. Lecter sich gegenseitig behandelt hatten. Es gab keinen Barney jetzt. Etwas aus längst vergangenen Schulzeiten blitzte in ihr auf. Um sich zu disziplinieren, erinnerte sie sich.

In der Erinnerung widerhallen Schritte
Den Gang entlang, den wir niemals beschritten,
Gegen das Tor hin, das wir nie geöffnet
In den Rosengarten.

Rosengarten, richtig. Das hier war verdammt noch mal kein Rosengarten, so viel jedenfalls war sicher.

Starling, durch die jüngst erschienenen Artikel darin bestärkt, nicht nur sich selbst, sondern auch ihre Waffe zu hassen, fand die Berührung der Waffe alles andere als hassenswert, wenn sie sich unwohl fühlte. Sie hielt den .45er Colt ans Bein gepreßt und machte sich im Schutz ihrer Taschenlampe auf den Weg. Es war schwer, beide Seiten gleichzeitig im Blick zu behalten, und unabdingbar, daß man niemanden hinter sich ließ. Irgendwo tropfte Wasser.

Zerlegte Bettgestelle stapelten sich in den Zellen. Andere enthielten nur Matratzen. Wasser stand auf dem Boden in der Mitte des Korridors. Starling, wie immer auf ihre Schuhe bedacht, wich der Pfütze aus, als sie sich vorantastete. Sie erinnerte sich an den Rat, den ihr Barney vor Jahren gegeben hatte, als alle Zellen noch belegt waren: *Halten Sie sich stets in der Mitte, wenn Sie den Korridor hinuntergehen.*

Aktenschränke. Endlich. In der Mitte des Korridors ganz am Ende, mattes Olivgrün im Lichtkegel ihrer Taschenlampe.

Hier war die Zelle, die von Multiple Miggs belegt worden war. Wie hatte sie es gehaßt, an ihr vorübergehen zu müssen. Miggs, der ihr Obszönitäten zugeflüstert und ihr seinen Samen entgegengeschleudert hatte. Miggs, den Dr. Lecter getötet hatte, indem er ihn dazu brachte, die eigene schändliche Zunge zu verschlucken. Und als Miggs tot war, lebte Sammie in der Zelle. Sammie, dessen lyrische Ader Dr. Lecter mit erstaunlichen Ergebnissen für den Poeten gefördert hatte. Sogar jetzt noch, nach all den Jahren, konnte sie Sammie seine Verse heulen hören:

ICH WILL ZU JESUSS GEHN
ICH WILL ZU DIR O KRISST
ICH KANN ZU JESUSS GEHN
WEIL ER MIR HERGOT ISST

Sie hatte immer noch irgendwo zu Hause den mit Wachsmalkreide hingekritzelten Text.

In der Zelle stapelten sich Matratzen und ballenweise verschnürte Bettwäsche.

Und endlich die Zelle von Dr. Lecter.

Der stabile Tisch, an dem er zu lesen pflegte, war noch immer in der Mitte der Zelle an den Boden geschraubt. Die Regalbretter, auf denen seine Bücher gestanden hatten, waren verschwunden, aber die Winkel ragten noch aus der Wand.

Starling hätte sich eigentlich den Aktenschränken zuwenden sollen, aber die Zelle zog sie wie magisch an. Hier hatte sie die beeindruckendste Begegnung ihres Lebens gehabt. Hier war sie aus ihren Selbstgewißheiten gerissen, geschockt und überrascht worden.

Hier hatte sie Dinge über sich selbst gehört, so schrecklich wahr, daß ihr Herz wie eine große Glocke zu schlagen begonnen hatte.

Sie wollte hinein. Sie wollte eintreten. Der Wunsch erinnerte sie an das manchmal schier übermächtige Bedürfnis, zu dem uns ein Balkon zum Sprung in die Tiefe animiert, erinnerte sie an die magische Anziehungskraft, die vom Schimmern der Gleise ausgeht, wenn wir einen Zug herannahen hören.

Starling ließ den Strahl der Taschenlampe über die Wände huschen, schaute hinter die Aktenschränke und leuchtete in die benachbarten Zellen.

Neugier trieb sie über die Schwelle. *Ich stehe in der Mitte der Zelle, in der Dr. Hannibal Lecter acht Jahre verbracht hat.* Sie nahm seinen Raum in Besitz, wo sie ihn hatte stehen sehen, und erwartete, daß ein Schauer sie überlief. Doch nichts dergleichen geschah. Sie plazierte ihre Taschenlampe und schließlich auch ihre Pistole auf seinem Tisch, darauf bedacht, daß die Lampe nicht über die Kante rollte, legte dann ihre Hände flach auf die Tischplatte: Sie fühlte nichts als Staub unter ihren Handflächen.

Alles in allem war der Eindruck eher enttäuschend. Die Zelle war ihres Insassen beraubt, leer wie eine Schlangenhaut nach der Häutung. Starling begriff mit einemmal, daß Gefahr und Tod nicht zwangsläufig mit einem großen Auftritt daherkamen. Man konnte sie auch im Atemhauch eines geliebten Menschen spüren. Oder an einem sonnigen Nachmittag auf einem Fischmarkt im Rhythmus von »La Macarena« aus einem Gettoblaster.

Zurück zum Geschäft. Etwa zweieinhalb Meter Wand waren mit vier kinnhohen Aktenschränken zugestellt. Jeder von ihnen hatte fünf Schubladen, die durch ein Schloß an der obersten Schublade gesichert wurden. Keine von ihnen war verschlossen. In allen hingen dicht an dicht Krankenakten. Manche von ihnen sehr umfangreich. Alle in Schnellheftern. Alte, kartonierte, die über die Jahre brüchig geworden waren, und jüngere aus Manilapappe. Krankenakten, die Aufschluß über die Gesundheit von längst verstorbenen Männern gaben. Manche noch aus den dreißiger Jahren, als das Krankenhaus erbaut worden war. Die Akten waren grob alphabetisch geordnet. Oft waren ihnen zusätzliche Unterlagen angehängt worden. Starling ging sie, die schwere Taschenlampe auf ihrer Schulter haltend, schnell durch. Mit der freien Hand blätterte sie die Akten an, wobei sie sich wünschte, eine kleinere Taschenlampe zu haben, eine, die sie im Mund hätte halten können. Sobald sie die Ordnung einigermaßen durchschaut hatte, übersprang sie ganze Schubladen und arbeitete sich durch die *Js*, die wenigen *Ks*, um endlich zu den *Ls* zu kommen. Bingo: Lecter, Hannibal.

Starling zog eine dicke Krankenakte heraus, befühlte sie sofort durch den Umschlag hindurch auf eine Röntgenaufnahme hin und legte sie auf den Aktenschrank. Als sie sie aufschlug, war es nur die Krankengeschichte des verstorbenen I. J. Miggs, die ihr ins Auge sprang. *Verdammt noch mal.* Miggs suchte sie selbst aus dem Grab heraus noch wie eine Plage heim. Sie legte die Akte auf den Schrank vor sich und hastete zu der Schublade mit den *Ms*. Miggs eigene Akte fand sich sofort in der richtigen alphabetischen Reihenfolge. Sie war leer. Ein Ablagefehler? Hatte jemand zufälligerweise die Akte von Miggs in die leere Hülle Lecters gesteckt? Sie ging alle *Ms* durch und hielt Ausschau nach weiteren Akten ohne Hülle. Dann ging sie zu den *Js* zurück. Etwas begann sie mit einemmal zu stören. Der Gestank schien von Minute zu Minute durchdringender zu werden. Der Hausmeister hatte recht gehabt. Man bekam hier unten wirklich kaum Luft. Sie hatte etwa die Hälfte der *Js* durch, als ihr klar wurde, daß der Gestank ... unerträglich zu werden begann.

Das Geräusch in der Wasserlache hinter ihr ließ sie herumfahren, die Taschenlampe zum Schlag aufwärts gerichtet, die Hand blitzschnell am Griff ihrer Waffe unter dem Blazer. Ein riesenhafter Mann, in vor Schmutz starrende Teppiche gehüllt, stand im Schein ihrer Taschenlampe, mit dem einen seiner unförmig angeschwollenen Füße in der Wasserlache. Eine Hand spreizte er vom Körper ab, in der anderen hielt er ein Stück eines zerbrochenen Tellers. Beide Füße und ein Bein waren mit in Streifen zerrissenen Bettlaken umwickelt.

»Hallo«, sagte er. Seine Zunge war mit Soor verkrustet. Starling konnte selbst auf diese Entfernung hin seinen Atem riechen. Unter dem Blazer löste sich ihre Hand vom Griff der Waffe und tastete sich zur Tränengasdose hin.

»Hallo«, sagte Starling. »Hätten Sie bitte die Freundlichkeit, sich dort drüben an die Gitterstäbe zu stellen?«

»Bist du Jesus?« Der Mann bewegte sich nicht.

»Nein«, antwortete Starling. »Ich bin nicht der Erlöser.« Die Stimme. Von irgendwoher kannte sie die Stimme.

»Bist du Jesus?« In seinem Gesicht arbeitete es.

Diese Stimme. Denk nach. »Hallo, Sammie«, sagte sie, »wie geht es dir? Gerade eben noch habe ich an dich gedacht.«

Was war noch mal mit Sammie? Die Informationen kamen schnell, aber ungeordnet. *Hat den Kopf seiner Mutter in den Klingelbeutel gelegt, als die Gemeinde sang: »Gib dem Herrn dein Bestes.« Sagte hinterher, das sei das Schönste, was er besäße. Baptistenkirche irgendwo an der Autobahn. Laut Lecter wütend, weil Jesus sich verspätet habe.*

»Bist du Jesus?« fragte er wieder, diesmal mit wehleidiger Stimme. Er griff in seine Tasche und zauberte einen recht ansehnlichen Zigarettenstummel hervor. Er legte ihn auf die Scherbe und hielt ihn Starling entgegen.

»Sammie, es tut mir leid, ich bin nicht Jesus. Ich bin –«

Sammie, empört darüber, daß sie nicht Jesus war, schrie mit sich überschlagender Stimme durch den Korridor:

ICH WILL ZU JESUSS GEHN
ICH WILL ZU DIR O KRISST

Er hob die Scherbe in Kopfhöhe, das scharfe Ende wie einen Faustkeil in der Hand, und machte einen Schritt auf Starling zu. Mit beiden Beinen im Wasser stehend, das Gesicht verzerrt, schlug er mit der anderen Hand wild in die Luft.

Starling spürte, wie sich das kalte Metall der Aktenschränke in ihren Rücken bohrte.

»ICH KANN ZU JESUSS GEHN ... WEIL ER MIR HERGOT ISST«, rezitierte sie lautstark, so als müßte sie ihn mit ihrer Stimme an einem fernen Ort erreichen.

»Ah hah«, sagte Sammie sanft und blieb stehen.

Starling griff in ihre Handtasche und fischte einen Schokoriegel hervor. »Sammie, wie wär's mit einem Snickers. Du magst doch Snickers?«

Er sagte nichts.

Sie legte das Snickers auf die Hülle einer Krankenakte und hielt sie ihm auf die gleiche Weise hin, wie er ihr die Scherbe entgegengestreckt hatte.

Er biß in den Riegel, ohne die Umhüllung zu entfernen. Dann spuckte er das Papier aus und verschlang die Schokolade zur Hälfte.

»Sammie, war irgend jemand in letzter Zeit hier unten?«

Er überhörte ihre Frage, legte den Rest des Schokoriegels auf die Scherbe und verschwand hinter einem Haufen Matratzen, den jemand in seiner alten Zelle aufgestapelt hatte.

»Was, zum Teufel, ist da draußen bloß los?« Die Stimme einer Frau. »Vielen Dank, Sammie.«

»Wer sind Sie?« rief Starling.

»Das geht dich einen verdammten Scheißdreck an.«

»Leben Sie hier unten mit Sammie?«

»Natürlich nicht. Ich habe mich hier mit ihm verabredet. Tu uns einen Gefallen, und laß uns in Ruhe.«

»Das werde ich. Antworten Sie auf meine Frage. Wie lange sind Sie schon hier unten?«

»Zwei Wochen.«

»War außer Ihnen sonst noch jemand hier?«

»Ein paar Penner, denen Sammie die Tür gezeigt hat.«

»Sammie beschützt Sie?«

»Komm her und finde es raus. Ich bin gut zu Fuß. Ich organisiere das Essen. Er hat einen sicheren Unterschlupf, wo man es essen kann. Viele Leute haben solche Absprachen.«

»Ist einer von Ihnen beiden in irgendeinem der Programme der Stadt? Wollen Sie in eines aufgenommen werden? Ich könnte Ihnen dabei helfen.«

»Er hat das schon hinter sich. Man geht raus in die Welt und probiert alles aus. Aber am Ende kommt man wieder dorthin zurück, wo man sich zu Hause fühlt. Was suchst du überhaupt hier? Was Bestimmtes?«

»Krankenakten.«

»Wenn sie nicht hier sind, hat sie jemand mitgehen lassen. Wie scheißklug muß man denn sein, um das zu begreifen?«

»Sammie?« fragte Starling. »Sammie?«

Sammie gab keine Antwort. »Er schläft«, sagte die Frauenstimme.

»Wenn ich ein bißchen Geld hierlasse, werden Sie sich dann etwas zu essen kaufen?«

»Nein, ich kaufe uns Schnaps. Fressen *findet* man. Schnaps nicht. Tu mir den Gefallen und ramm dir auf dem Weg nach draußen nicht die Türklinke in den Arsch.«

»Ich lege das Geld auf den Schreibtisch«, sagte Starling. Ihr war nach Wegrennen zumute. Sie erinnerte sich, wie sie Dr. Lecter verlassen hatte, erinnerte sich daran, wie sie nur mühsam die Fassung hatte wahren können, als sie auf das zuschritt, was ihr damals wie eine Insel der Seligen vorgekommen war, den Aufenthaltsraum von Barney.

Im Licht des Treppenhauses nahm Starling eine Zwanzig-Dollar-Note aus ihrer Brieftasche. Sie legte den Schein auf den zerkratzten und verlassenen Schreibtisch von Barney und beschwerte ihn mit einer leeren Weinflasche. Dann packte sie eine Plastiktüte aus und tat die Hülle von Lecters Akte mit Miggs Krankenunterlagen und die leere Krankenakte von Miggs hinein.

»Auf Wiedersehen, Sammie«, rief sie dem Mann zu, der

die Welt durchwandert hatte, nur um wieder in die Hölle zurückzukehren, die ihm vertraut war. Sie wollte ihm noch sagen, sie hoffe für ihn, daß Jesus bald kommen werde, fand es aber dann doch zu dämlich, so etwas zu äußern.

Starling stieg wieder ans Licht hinauf, um ihre eigene Wanderschaft in der Welt fortzusetzen.

12

Wenn es Sammelplätze auf dem Weg zur Hölle gibt, dann müssen sie wohl so aussehen wie der Eingang der Notaufnahme des städtischen Maryland Misericordia Hospital. Über dem ersterbenden Klang der Sirenen und dem anschwellenden Wehklagen der Sterbenden, dem Klappern von Krankenhausbetten, den Schreien und Rufen und den Säulen menschlicher Abluft über den Entlüftungsschächten ragt in großen Neonbuchstaben das Zeichen NOTAUFNAHME. Nachts in tiefrotes Licht getaucht, drängt sich dem Betrachter unwillkürlich das Bild vom brennenden Dornbusch Moses' auf. Bei Tag erscheint vor ihm jeder Himmel irgendwie grau.

Durch die Dampfschwaden hindurch trat Barney ins Freie. Ein Frösteln durchlief seine mächtigen Schultern. Er schlug den Mantelkragen seiner Jacke hoch. Den kahlgeschorenen Schädel nach vorn gebeugt, ging er mit ausgreifenden Schritten über den ausgetretenen Bürgersteig ostwärts dem Morgen entgegen.

Er war fünfundzwanzig Minuten über die Zeit, zu der er normalerweise die Notaufnahme verließ. Die Polizei hatte einen mit Drogen vollgepumpten Zuhälter mit einer Schußverletzung eingeliefert, der sich einen Spaß daraus machte, Frauen zu verprügeln. Die Oberschwester hatte ihn gebeten zu bleiben. Sie baten ihn immer zu bleiben, wenn ein gewalttätiger Patient hereinkam.

Clarice Starling hatte die Kapuze ihrer Jacke tief ins Gesicht gezogen und schaute Barney nach. Sie gab ihm einen halben Block Vorsprung. Dann hängte sie ihre Einkaufstasche um und folgte ihm auf der anderen Straßenseite. Als er am Parkplatz und dann auch an der Bushaltestelle vorüberging, war sie erleichtert. Es war einfacher für sie, Barney zu Fuß zu folgen. Sie wußte nicht genau, wo er wohnte. Aber eben das mußte sie wissen, bevor er sie erkannte.

Die Gegend hinter dem Krankenhaus war ruhig. Ein Angestelltenviertel, in dem Weiße und Schwarze wohnten. Die Leute sicherten zwar ihre Wagen mit einem Lenkradschloß, mußten aber nicht die Autobatterie nachts mit ins Haus nehmen. Und die Kinder konnten auf der Straße spielen.

Nach drei Blocks blieb Barney an einem Zebrastreifen stehen, um einen Lieferwagen vorbeifahren zu lassen. Dann bog er in eine Straße mit Einfamilienhäusern ein. Einige von ihnen hatten eine Marmortreppe und gepflegte Vorgärten. Die wenigen leeren Schaufenster, die es gab, waren intakt und wirkten frisch geputzt. Die Geschäfte machten nach und nach auf. Ein paar Leute waren schon auf den Beinen. Lastwagen, die auf beiden Seiten der Straße über Nacht geparkt worden waren, versperrten Starling für einen Moment die Sicht. Sie hatte zu Barney aufgeschlossen, da sie zu spät bemerkte, daß er stehengeblieben war. Sie stand ihm auf der anderen Straßenseite direkt gegenüber, als er wieder ins Blickfeld kam. Vielleicht hatte er sie auch gesehen.

Er stand da, die Hände in den Jackentaschen, den Kopf nach vorn gebeugt, und blickte zur Straßenmitte, wo sich etwas zu bewegen schien. Eine tote Taube lag auf der Straße. Ein Flügel hob und senkte sich im Fahrtwind der vorbeifahrenden Autos. Der Gefährte des toten Vogels hüpfte um den Körper herum und beäugte ihn immer wieder. Mit jedem Schritt auf dem Asphalt ruckte der kleine Kopf vorwärts. Endlose Runden, begleitet von einem leisen Gurren. Ein paar Autos und ein Lieferwagen fuhren vorbei. Der überlebende Vogel flatterte erst in letzter Sekunde auf, um sich für einen kurzen Moment in Sicherheit zu bringen.

Vielleicht hatte Barney zu ihr herübergeschaut. Starling war sich nicht sicher. Sie mußte weitergehen, um nicht aufzufallen. Als sie über ihre Schulter zurückblickte, sah sie Barney mitten auf der Straße hocken und den Verkehr mit erhobenem Arm um sich herum dirigieren.

Sie bog außer Sichtweite um eine Straßenecke, zog ihre Jacke aus und entnahm dem Einkaufsbeutel einen Sweater, eine Baseballkappe und eine Sporttasche. Sie zog sich um und verstaute ihre Jacke und den Beutel in der Sporttasche. Ihr Haar verschwand unter der Baseballkappe. Dann schloß sie sich einer Gruppe von Putzfrauen an, die auf dem Heimweg war, und bog wieder in die Straße ein, in der Barney stand.

Er hielt die tote Taube in seinen Händen. Der andere Vogel flog, heftig mit den Flügeln schlagend, auf eine Stromleitung und beobachtete Barney. Dieser legte den toten Vogel auf eine Rasenfläche und strich ihm das Federkleid glatt. Er wendete sein breites Gesicht dem Vogel oben auf der Leitung zu und sagte etwas. Als er seinen Weg fortsetzte, flog der Überlebende des Paares auf die Rasenfläche hinunter und nahm sein endloses Kreisen um den toten Körper wieder auf. Barney schaute sich nicht mehr um. Als er, kaum hundert Meter weiter, die Stufen eines Apartmenthauses erklomm und einen Moment lang innehielt, um nach seinem Schlüssel zu suchen, sprintete Starling den halben Block entlang, um bei ihm zu sein, bevor er die Tür öffnete.

»Barney. Hi.«

Ohne große Hast drehte er sich auf dem Treppenabsatz um und schaute auf sie hinunter. Starling war entfallen, daß Barneys Augen ungewöhnlich weit auseinander standen. Sie sah die Intelligenz in ihnen und fühlte jenen kleinen Stich, den man empfindet, wenn man sich spontan zu jemandem hingezogen fühlt.

Sie nahm ihre Baseballkappe ab und schüttelte ihr Haar aus. »Ich bin Clarice Starling. Erinnern Sie sich noch an mich? Ich bin –«

»Vom FBI«, sagte Barney ausdruckslos.

Starling legte die Hände ineinander und nickte. »Okay, ja, ich *bin* vom FBI. Barney, ich muß mit Ihnen sprechen. Nichts Offizielles. Ich will Ihnen nur ein paar Fragen stellen.«

Barney kam die Treppe herunter. Als er auf dem Bürgersteig neben Starling stand, mußte sie immer noch zu ihm aufblicken. Seine Größe schüchterte sie nicht ein.

»Würden Sie bitte fürs Protokoll aufnehmen, daß Sie mir nicht meine Rechte vorgelesen haben?« Seine Stimme war hoch und rauh und ähnelte ein wenig der von Johnny Weissmullers Tarzan.

»Absolut richtig. Ich habe Sie nicht darüber aufgeklärt. Ich gebe es zu.«

»Wie wäre es, wenn Sie das auch in Ihre Sporttasche sagen würden?«

Starling öffnete die Tasche und sprach mit lauter Stimme hinein, so als würde sich dort ein Troll befinden: »Ich habe Barney nicht aufgeklärt, er kennt nicht die ihm zustehenden Rechte.«

»Es gibt einen ausgezeichneten Coffee Shop die Straße hinunter«, sagte Barney. »Wie viele Kopfbedeckungen haben Sie eigentlich noch in Ihrer Tasche?« fragte er, als sie nebeneinander hergingen.

»Drei«, antwortete Starling.

Als ein Kleinbus mit einem Rollstuhlsymbol an ihnen vorbeifuhr, nahm Starling wahr, daß die Insassen sie betrachteten. Behinderte haben eben auch ihre Bedürfnisse, wie der Rest der Welt. Die Männer in einem anderen Wagen an der nächsten Straßenkreuzung starrten sie ebenfalls an, sagten aber nichts wegen Barney. Jede wie auch immer geartete Aktion in einem der Autofenster hätte Starling sofort registriert – sie rechnete noch immer mit einem Racheakt der Crips –, aber verstohlenes Anstarren war erträglich.

Als sie und Barney in den Coffee Shop traten, wendete der Wagen in einer Einfahrt und fuhr den Weg zurück, den er gekommen war.

Sie mußten einen Augenblick warten, bis in dem überfüllten Restaurant eine Sitzecke frei wurde. Währenddessen brüllte die Bedienung den Koch auf Hindi an, der schuldbewußt mit einer großen Gabel Fleisch in der Pfanne wendete.

»Lassen Sie uns etwas essen«, sagte Starling, als sie Platz nahmen. »Die Rechnung geht auf Uncle Sam. Was macht die Kunst, Barney?«

»Ich kann nicht klagen.«

»Und was machen Sie derzeit genau?«

»Krankenpfleger, staatlich geprüft.«

»Ich habe Sie schon längst als Stationsleiter oder in der medizinischen Weiterbildung gesehen.«

Barney zuckte mit den Achseln und griff nach dem Milchkännchen. Er blickte auf und sagte: »Die nehmen Sie wegen Eveldas Tod ganz schön in die Mangel.«

»Warten wir es ab. Haben Sie sie gekannt?«

»Ich habe sie einmal gesehen, als sie ihren Mann, Dijon, eingeliefert haben. Er war schon tot. Er war verblutet, bevor sie ihn überhaupt im Krankenwagen hatten. Tot, als er bei uns ankam. Sie wollte nicht von ihm lassen und hat die Schwestern angegriffen. Ich mußte sie ... Sie wissen schon ... Eine schöne Frau, sehr stark. Sie lieferten sie nicht ein, als –«

»Nein, sie wurde noch am Tatort für tot erklärt.«

»Das habe ich mir schon gedacht.«

»Barney, nachdem Sie Dr. Lecter den Tennessee-Leuten übergeben –«

»Sie haben ihn nicht anständig behandelt.«

»Nachdem Sie –«

»Und sie sind nun alle tot.«

»Ja. Seine Wachen haben es gerade mal drei Tage geschafft, am Leben zu bleiben. Ihnen ist das über acht Jahre lang gelungen.«

»Es waren nur sechs – er saß bereits ein, bevor ich kam.«

»Wie haben Sie das bloß angestellt, Barney? Sie haben hoffentlich nichts dagegen, wenn ich danach frage? Wie haben Sie es fertiggebracht, mit ihm auszukommen? Das kann doch nicht nur eine Frage des gegenseitigen Respekts gewesen sein.«

Barney blickte auf das gekrümmte Spiegelbild, das ihm sein Löffel bot – zuerst konvex, dann konkav –, und dachte einen Moment nach. »Dr. Lecter verfügte über perfekte Umgangsformen, nicht steif, sondern leicht und elegant wirkte alles an ihm. Ich hatte mich damals für ein paar Fernkurse eingeschrieben, und er tauschte zuweilen seine Gedanken mit mir aus. Das bedeutete keineswegs, daß er mich nicht sofort *getötet* hätte, falls ich ihm dazu die Gelegenheit gegeben hätte – ein Wesenszug eines Menschen schließt nicht notwendigerweise einen anderen aus. Beide können durchaus nebeneinander auftreten, das Gute und das Böse. Sokrates hat das viel besser als ich zum Ausdruck gebracht. In einem Hochsicherheitstrakt dürfen Sie das niemals und unter gar keinen Umständen vergessen. Wenn Sie es aber auf der Rechnung haben, dann kommen Sie einigermaßen ohne Probleme durch. Vielleicht hat es Dr. Lecter ja auch bereut, mich mit dem Werk von Sokrates bekannt gemacht zu haben.« Für Barney, der nie eine reguläre Schulbildung genossen hatte, war Sokrates eine völlig neue Erfahrung gewesen.

»Sicherheit und Konversation waren zwei völlig verschiedene Dinge«, sagte er. »Sicherheit ging nie ins Persönliche, nicht mal dann, als ich ihm seine Post vorenthalten oder ihn in die Zwangsjacke stecken mußte.«

»Haben Sie sich oft mit Dr. Lecter unterhalten?«

»Manchmal hat er über Monate hinweg überhaupt nicht geredet, dann wieder haben wir lange Gespräche geführt, spätnachts, wenn das Geschrei der anderen abgeebbt war. Wenn ich ehrlich bin – ich habe mich für diese Fernkurse eingeschrieben und hatte von Tuten und Blasen keine Ahnung –, er hat mir, bildlich gesprochen, eine völlig neue Welt gezeigt – Sueton, Gibbon, all das.«

Barney hob seine Tasse an den Mund. Ein orangefarbener Jodstreifen über einer frischen Kratzwunde lief quer über seinen Handrücken.

»Haben Sie jemals daran gedacht, daß er nach seiner Flucht hinter Ihnen her sein könnte?«

Barney schüttelte seinen massigen Schädel. »Er hat mir einmal erzählt, daß er, wann immer es für ihn ›machbar‹ sei, bevorzuge, das Ungeschlachte zu essen. ›Das Ungeschlachte aus freier Wildbahn‹, wie er es auch nannte.« Barney lachte, was er nur selten tat. Er hat kleine Kinderzähne, und seine Heiterkeit hat einen Stich ins Manische, wie die Ausgelassenheit eines Babys, wenn es einem lieben Onkel seine Nahrung ins Gesicht spuckt. Starling fragte sich unwillkürlich, ob er zuviel Zeit mit den Verrückten im Untergrund verbracht hatte.

»Was ist mit Ihnen, haben Sie nie das Gefühl gehabt …

war Ihnen nie unheimlich zumute nach seiner Flucht? Haben Sie nie gedacht, er könnte hinter Ihnen her sein?« fragte Barney.

»Nein.«

»Warum nicht?«

»Er hat es mir gesagt.«

Die Antwort schien für sie beide seltsam befriedigend zu sein.

Die Eier kamen. Barney und Starling hatten beide Hunger und aßen ein paar Minuten lang schweigend. Dann ...

»Barney, als Dr. Lecter nach Memphis überstellt wurde, habe ich Sie nach seinen Zeichnungen aus der Zelle gefragt, und Sie haben sie mir ausgehändigt. Was ist eigentlich mit den anderen Sachen passiert – den Büchern, seinen Papieren? Das Hospital hat nicht einmal seine Krankenakte.«

»Es gab diesen Riesenaufruhr.« Barney machte eine Pause und klopfte den Salzstreuer gegen seine Handfläche. »Es gab diesen Aufruhr, Sie wissen, im Krankenhaus. Ich bin entlassen worden, viele Leute sind damals rausgeflogen, und seine Sachen sind in alle Winde verstreut worden. Man weiß nicht –«

»*Wie bitte?*« fragte Starling. »Hier drinnen ist es so laut, mir muß da wohl gerade etwas entgangen sein. Gestern nacht habe ich herausgefunden, daß das von Dr. Lecter signierte und mit Anmerkungen versehene Exemplar von Alexandre Dumas' *Dictionary of Cuisine* vor zwei Jahren auf einer privaten Auktion in New York aufgetaucht ist. Es ging für 16000 Dollar an einen privaten Sammler. Das vom Verkäufer beigebrachte Echtheitszertifikat trug die Unterschrift ›Cary Phlox‹. Kennen Sie diesen ›Cary Phlox‹, Barney? Das hoffe ich zumindest für Sie, denn er hat Ihre Bewerbungsunterlagen beim Krankenhaus handschriftlich ausgefüllt, aber mit ›Barney‹ unterschrieben. Das gleiche gilt für Ihre Steuererklärung. Es tut mir leid, aber vorhin muß mir irgend etwas entgangen sein. Wollen Sie nicht noch einmal ganz von vorn anfangen? Was haben Sie für das Buch bekommen, Barney?«

»Ungefähr zehn«, antwortete er und schaute ihr direkt ins Gesicht.

Starling nickte. »Auf der Quittung stehen zehneinhalb. Was haben Sie für das Interview mit dem *Tattler* bekommen, nachdem Dr. Lecter die Flucht gelungen war?«

»Fünfzehn Riesen.«

»Cool. Freut mich für Sie. Sie haben sich doch den ganzen Quatsch ausgedacht, den Sie denen erzählt haben?«

»Ich wußte, daß Dr. Lecter nichts dagegen haben würde. Ganz im Gegenteil, er wäre sicherlich enttäuscht gewesen, wenn ich sie nicht hinters Licht geführt hätte.«

»Er hat vor Ihrer Zeit im Baltimore State Hospital die Krankenschwester angegriffen?«

»Ja.«

»Ihm wurde dabei die Schulter ausgekugelt.«

»Soviel ich weiß, ja.«

»Wurde damals eine Röntgenaufnahme gemacht?«

»Ist wohl anzunehmen.«

»Ich will dieses Röntgenbild.«

»Ummmmm.«

»Ich habe herausgefunden, daß sich Dr. Lecters Autographen grob in zwei große Gruppen einteilen lassen, die mit Tinte, also eindeutig vor seiner Inhaftierung geschriebenen, und die mit Pastell oder Bleistift verfaßten aus seiner Haftzeit. Pastell ist eindeutig mehr wert. Aber das wissen Sie sicherlich besser als ich. Barney, ich glaube, daß Sie die Sachen von Dr. Lecter haben und darauf spekulieren, sie über die Jahre nach und nach unter die Autographensammler bringen zu können.«

Barney zuckte mit den Achseln und sagte nichts.

»Ich glaube, Sie warten darauf, daß er wieder im Kurs steigt. Was steht auf Ihrer Wunschliste ganz oben, Barney?«

»Ich will, bevor ich sterbe, jeden Vermeer gesehen haben, den es auf der Welt gibt.«

»Muß ich Sie fragen, wer Sie auf Vermeer gebracht hat?«

»Wir haben über vielerlei gesprochen, damals, tief in der Nacht.«

»Haben Sie auch darüber gesprochen, was er gern täte, wenn er in Freiheit wäre?«

»Nein. Dr. Lecter lehnt es ab, sich in Hypothesen zu ergehen. Er glaubt nicht an Syllogismen oder an Synthesen, geschweige denn an das Absolute.«

»Woran glaubt er dann?«

»Ans Chaos. Man muß nicht einmal daran glauben. Es ist selbstverständlich.«

Starling wollte Barney nicht widersprechen.

»Man könnte meinen, Sie glaubten selbst daran«, sagte sie. »Aber Ihr Job im Baltimore State Hospital bestand doch genau aus dem Gegenteil. Sie mußten die Ordnung aufrechterhalten. Sie waren der Boß des Aufsichtspersonals. Sie und ich sind im gleichen Gewerbe tätig. Ordnung ist unser Geschäft. Es hat schon seine Gründe, warum Dr. Lecter Ihnen nicht entschlüpft ist.«

»Ich habe Ihnen das doch schon erklärt.«

»Weil Sie in Ihrer Wachsamkeit nie nachließen. Obwohl Sie in gewisser Weise mit ihm fraternisiert haben.«

»Ich habe nicht mit ihm *fraternisiert*«, sagte Barney. »Er ist niemandes Bruder. Wir haben Fragen von allgemeinem Interesse diskutiert. Wenigstens waren sie danach von Interesse für mich, als ich mich eingehender mit ihnen beschäftigt habe.«

»Hat Dr. Lecter Sie jemals wegen Ihrer mangelnden Bildung verspottet?«

»Nein. Wie steht es mit Ihnen?«

»Nein«, sagte sie, um Barneys Gefühle nicht zu verletzen, als ihr mit einemmal klar wurde, daß ein Kompliment im Spott des Ungeheuers gelegen hatte. »Er hätte sich ohne weiteres über mich lustig machen können, wenn er das gewollt hätte. Wissen Sie, wo seine Sachen abgeblieben sind, Barney?«

»Ist eine Belohnung darauf ausgesetzt?«

Starling faltete ihre Serviette zusammen und legte sie unter den Rand ihres Tellers. »Die Belohnung besteht darin, daß ich Sie nicht wegen Behinderung der Justiz drankriege. Ich habe Sie schon einmal laufen lassen, damals, als Sie meinen Schreibtisch im Krankenhaus verwanzt hatten.«

»Die Wanze war Dr. Chiltons Werk. Gott hab ihn selig.«

»*Selig?* Woher wissen Sie, daß er nicht mehr am Leben ist?«

»Na ja, immerhin ist er seit sieben Jahren überfällig«, sagte Barney. »Und, wenn ich ehrlich bin, ich erwarte ihn auch in allernächster Zukunft nicht zurück. Gestatten Sie mir eine Frage, Special Agent Starling. Was steht auf *Ihrer* Wunschliste ganz oben?«

»Ich will das Röntgenbild sehen. Ich will es haben. Sollte es noch Bücher aus dem Besitz von Dr. Lecter geben, will ich auch die sehen.«

»Angenommen, die Sachen tauchten wieder auf. Was würde nach Abschluß der Ermittlungen mit ihnen geschehen?«

»Um ehrlich zu sein, das weiß ich nicht. Möglicherweise wird die Generalstaatsanwaltschaft das gesamte Material an sich ziehen, um die Umstände der Flucht aufzuklären. Danach würde es wahrscheinlich in der Asservatenkammer vor sich hin gammeln. Wenn ich die Sachen in Augenschein nehmen könnte und nichts Brauchbares in den Büchern fände und ein entsprechendes Statement abgäbe, dann könnten Sie behaupten, Dr. Lecter habe Ihnen die Bücher geschenkt. Er ist seit sieben Jahren *in absentia*, also könnten Sie auf deren Herausgabe klagen. Er hat keine uns bekannten Verwandten. Ich würde die Empfehlung aussprechen, Ihnen sämtliches als harmlos zu klassifizierendes Material auszuhändigen. Was Sie dabei allerdings berücksichtigen müssen, ist, daß mein Ansehen derzeit ziemlich lädiert ist. Sie würden aller Wahrscheinlichkeit nach das Röntgenbild respektive die Krankenakte nicht zurückbekommen, da beides nicht zu seinen persönlichen Dingen zählt.«

»Und wenn ich Ihnen sage, daß ich die Sachen nicht habe?«

»Lecter-Memorabilia werden in Zukunft unglaublich schwierig an den Mann zu bringen sein, weil wir eine Verordnung erlassen werden, die den Markt davon in Kenntnis setzt, daß wir alles beschlagnahmen werden, was auftaucht. Darüber hinaus wird deren Erwerb oder Besitz unter Strafe gestellt. Nicht zu vergessen, daß ich einen Durchsuchungsbefehl und eine Erlaubnis zur Beschlagnahme für Ihre Wohnung beantragen werde.«

»Wo Sie doch jetzt wissen, wo meine Wohnung ist. Oder sollte ich lieber eine meiner Wohnungen sagen?«

»Ich bin mir da noch nicht sicher. Aber eines kann ich Ihnen versprechen: Wenn Sie mir die Papiere aushändigen, werden Sie keine Probleme bekommen, was deren Verschwinden angeht. Wenn ich bedenke, was aus dem Material geworden wäre, wenn man es dort zurückgelassen hätte. Ich werde alles in meiner Macht Stehende tun, daß Sie die Sachen zurückbekommen.« Wie um ihren Worten Nachdruck zu verleihen, kramte Starling in ihrer Brieftasche. »Wissen Sie, Barney, ich werde das unbestimmte Gefühl nicht los, daß Sie nur deswegen keinen weiterführenden Abschluß gemacht haben, weil Sie sich nicht festlegen wollen. Vielleicht haben Sie ja eine Vergangenheit in der Medizin. Wer weiß das schon so genau? Sieh mal an – ich muß doch tatsächlich vergessen haben, Ihr Vorstrafenregister zu checken.«

»Nein, Sie haben nur meine Steuererklärung und meine Bewerbungsunterlagen eingesehen. Ich bin gerührt.«

»Sollte es einen dunklen Fleck in Ihrer Vergangenheit geben, kann der Bezirksstaatsanwalt sich vielleicht dafür stark machen, daß er verschwindet.«

Barney wischte mit einem Stück Toast seinen Teller sauber. »Sind Sie fertig? Wie wäre es mit einem kleinen Spaziergang?«

»Vor kurzem habe ich Sammie gesehen. Erinnern Sie sich noch an ihn? Er kam in die Zelle von Miggs. Er haust noch immer dort«, sagte Starling, als sie auf die Straße hinaustraten.

»Ich dachte, das Gebäude sei verlassen.«

»Das ist es auch.«

»Ist Sammie in irgendeinem Programm untergekommen?«

»Nein, er lebt einfach nur dort unten in der Finsternis.«

»Es wäre nicht schlecht, wenn Sie dafür sorgen könnten, daß sich jemand um ihn kümmert. Er ist Diabetiker. Er wird sterben. Wußten Sie eigentlich, warum Dr. Lecter Miggs dazu zwang, die eigene Zunge zu verschlucken?«

»Ich denke, schon.«

»Er hat ihn getötet, weil er Sie beleidigt hat. Darin war er sehr eigen. Sie sollten es sich aber nicht allzu sehr zu Herzen nehmen – er hätte es wahrscheinlich ohnehin getan.«

Sie gingen an Barneys Apartmenthaus vorüber zu der Rasenfläche, wo die Taube noch immer den toten Körper ihres Gefährten umkreiste. Barney scheuchte sie mit einer Handbewegung weg. »Verschwinde«, sagte er zu dem Vogel. »Du hast lange genug getrauert. Wenn du hier weiter so herumläufst, holen dich noch die Katzen.« Die Taube flog gurrend davon. Sie sahen nicht, wo sie sich niederließ.

Barney hob den toten Vogel auf. Der zartgefiederte Körper glitt leicht in seine Tasche.

»Wissen Sie, Dr. Lecter hat einmal auch über Sie geredet. Vielleicht war es das letzte Mal, als ich mich mit ihm unterhalten habe. Auf jeden Fall eines unserer letzten Gespräche. Der Vogel erinnert mich irgendwie daran. Wollen Sie wissen, was er gesagt hat?«

»Warum nicht«, antwortete Starling. Das Frühstück begann sich leicht in ihrem Magen zu rühren. Sie war fest entschlossen, keine Miene zu verziehen.

»Wir sprachen über ererbtes, uns Menschen bestimmendes Verhalten. Er illustrierte den Gedanken am Beispiel der Entwicklungsgeschichte der Flugtauben. Sie steigen hoch in die Lüfte, drehen und drehen sich rückwärts und rasen dem Erdboden entgegen. Es gibt horizontal drehende und vertikal drehende unter ihnen. Man darf auf gar keinen Fall zwei vertikal drehende zusammenbringen, da sich deren Nachkommenschaft während des Sturzflugs unaufhaltsam drehen wird, auf dem Boden aufschlagen und sterben wird. Dann sagte er folgendes über Sie: ›Agent Starling hat einen Hang zur Vertikalen, Barney. Hoffen wir, daß nicht beide Elternteile diese fatale Neigung hatten.‹«

Starling hatte schwer daran zu schlucken. »Was werden Sie mit dem toten Vogel machen?« fragte sie.

»Rupfen und essen«, sagte Barney. »Kommen Sie, dann gebe ich Ihnen die Röntgenaufnahme und die Bücher.«

Während sie das lange Paket den Weg zurück zum Krankenhaus und zu ihrem Wagen schleppte, hörte Starling noch einmal den Klageruf der überlebenden Taube aus den Bäumen.

13

Zwei Verrückten, der Aufmerksamkeit des einen und der Obsession des anderen, verdankte es Starling, daß sie – im Augenblick jedenfalls – über etwas verfügte, was sie sich immer gewünscht hatte, ein Büro in den Katakomben der Abteilung für Verhaltensforschung. Es war bitter, das Büro auf diese Weise zu bekommen.

Starling hatte nie erwartet, direkt von der FBI-Akademie zur Eliteabteilung Verhaltensforschung zu gelangen. Aber sie hatte daran geglaubt, daß sie sich dort einen Platz verdienen würde. Sie wußte, daß sie zunächst einige Jahre in den Außenstellen zuzubringen hatte.

Starling war gut in ihrem Job, aber weniger gut in ihrer Selbstdarstellung. Es kostete sie Jahre, ehe sie begriff, daß sie trotz des dringenden Wunsches des Abteilungsleiters Jack Crawford nie ihren Weg in die Verhaltensforschung machen würde.

Einer der Hauptgründe dafür war für sie nicht erkennbar, bis sie, wie ein Astronom, der ein Schwarzes Loch aufspürt, entdecken mußte, daß Deputy Assistant Inspector General Paul Krendler seinen Einfluß auf die Leute um sie herum geltend machte. Er hatte ihr nicht verziehen, daß sie den Serienkiller Jame Gumb vor ihm gefunden hatte. Ganz zu schweigen von der Aufmerksamkeit in den Medien, die ihr dieser Erfolg eingetragen hatte.

Einmal hatte Krendler sie an einem regnerischen Winterabend zu Hause angerufen. Sie war im Bademantel, in ihren Häschenpantoffeln und mit einem Handtuch um das Haar geschlungen ans Telefon gegangen. Sie würde sich ihr Lebtag an das Datum des Anrufs erinnern. Es war die erste Woche der »Operation Wüstensturm« gewesen. Starling, zu der Zeit mehr Technikerin als Agentin, war gerade aus New York zurückgekommen, wo sie das Radio in der Limousine der irakischen UN-Mission ausgetauscht hatte. Das neue Radio glich aufs Haar dem alten, sah man einmal davon ab, daß es alle im Wagen geführten Gespräche an einen Satelliten des Verteidigungsministeriums übertrug. Ein heikler Auftrag, der in einer privaten Garage über die Bühne gegangen war und Starling noch immer ganz aufgekratzt sein ließ.

Für den Bruchteil einer Sekunde hatte sie geglaubt, Krendler rufe an, um ihr seinen Glückwunsch für die gute Arbeit auszusprechen.

Sie erinnerte sich noch an den Regen, der gegen die Fensterscheiben getrommelt hatte, und an die Stimme Krendlers am Telefon, ein wenig nuschelnd, im Hintergrund Bargeräusche. Er lud sie zum Essen ein, sagte, er könne in einer halben Stunde bei ihr sein. Er war verheiratet.

»Ich denke, das ist keine gute Idee, Mr. Krendler«, sagte sie und drückte die Aufnahmetaste ihres Anrufbeantworters, woraufhin die Leitung nach dem obligatorischen Pieppton sofort tot war.

Heute, Jahre später, in dem Büro, das sie sich eigentlich hatte verdienen wollen, kritzelte Starling ihren Namen mit Bleistift auf ein Blatt Schmierpapier und klebte es an die Tür. Das war nicht lustig, also riß sie es wieder ab und warf es in den Papierkorb.

Eine einzige Sendung lag in ihrem Eingangskorb. Ein Fragebogen der Redaktion des *Guinness-Buch der Rekorde*, die sie als diejenige Beamtin im staatlichen Polizeidienst in ihr Werk aufnehmen wollte, die in der Geschichte der Vereinigten Staaten die meisten Verbrecher getötet hatte. Der Begriff Verbrecher sei durchaus mit Bedacht gewählt, erläuterte der Herausgeber, da es sich bei den Toten allesamt um mehrfach rechtskräftig verurteilte Straftäter gehandelt habe und drei von ihnen sogar zur Fahndung ausgeschrieben gewesen seien. Der Fragebogen fand seinen Weg in den Papierkorb, zu dem Schmierzettel mit ihrem Namen.

Sie verbrachte gerade die zweite Stunde mit der Eingabe von Daten in ihren Computer und blies sich von Zeit zu Zeit eine Haarsträhne aus dem Gesicht, als Crawford klopfte und seinen Kopf zur Tür hereinsteckte.

»Brian aus dem Labor hat angerufen, Starling. Das Röntgenbild von Mason und das Röntgenbild, das Sie von Barney erhalten haben, stammen von ein und derselben Person. Es ist Lecters Hand. Sie wollen die Bilder digitalisieren und durch den Computer jagen, aber sie sagen, es bestehe für sie schon jetzt kein Zweifel mehr. Wir werden die Ergebnisse Lecters VICAP-Akte hinzufügen.«

»Und was ist mit Mason Verger?«

»Wir schenken ihm reinen Wein ein«, sagte Crawford. »Wir beide, Sie und ich, wissen, daß er uns an den Ergebnissen seiner Nachforschungen nicht teilhaben lassen wird. Es sei denn, er stößt auf etwas, wo er mit seinem Latein am Ende ist. Wenn wir uns in diesem frühen Stadium an seine Spur in Brasilien hängen, löst sie sich sofort in Luft auf.«

»Sie haben mich angewiesen, die Finger davon zu lassen. Nichts anderes habe ich getan.«

»Und was haben Sie statt dessen getan?«

»Masons Röntgenbild kam per DHL-Express. DHL registrierte den Barcode und die Angaben zum Inhalt der Sendung und vermerkte den Ort, wo sie aufgegeben wurde. Ein Hotel Ibarra in Rio.« Starling hob abwehrend die Hand, um sich nicht unterbrechen zu lassen. »Das alles stammt aus Quellen in New York. Keine wie auch immer gearteten Nachforschungen in Brasilien.

Mason telefoniert gewöhnlich über die Zentrale eines Wettbüros in Las Vegas. Sie können sich vorstellen, welche Menge an Gesprächen dort abgewickelt wird.«

»Will ich überhaupt wissen, wie Sie an diese Informationen herangekommen sind?«

»Absolut legal«, sagte Starling. »Na ja, größtenteils jedenfalls – ich habe nichts in seinem Haus zurückgelassen. Ich habe die Codes, um seine Telefonrechnung einsehen zu können. Mehr war nicht. So was hat jeder Tech-Agent. Nehmen wir einmal an, er würde sich der Behinderung der

Justiz schuldig machen. Bei seinem Einfluß, wie lange müßten wir wohl um eine Abhörgenehmigung für sein Telefon betteln? Außerdem, was könnten wir ihm selbst dann schon groß wollen, wenn er verurteilt werden würde? Aber er geht nun mal mit seinen Gesprächen über dieses *Wettbüro*.«

»Ich begreife«, sagte Crawford. »Die Nevada Gaming Commission hätte entweder das Telefon abhören oder das Wettbüro zwingen können, uns das zu sagen, was wir wissen wollen, nämlich, wohin seine Gespräche gehen.«

Sie nickte. »Ich habe Mason in Ruhe gelassen, ganz wie Sie es angeordnet haben.«

»Ich sehe, worauf Sie hinauswollen«, sagte Crawford. »Erzählen Sie Mason, daß wir Unterstützung von Interpol und der Botschaft erwarten. Erzählen Sie ihm, daß wir Leute nach Brasilien schicken müssen, um Vorbereitungen für einen möglichen Auslieferungsantrag zu treffen. Lecter hat sich möglicherweise in Südamerika etwas zuschulden kommen lassen, so daß wir besser auf eine sofortige Auslieferung drängen sollten, bevor die Behörden in Rio in ihren Akten unter dem Schlagwort *Kannibalismus* nachzuforschen beginnen. Wenn er überhaupt in Südamerika ist. Bereitet es Ihnen eigentlich keine Probleme, mit Mason zu sprechen, Starling?«

»Ich muß dafür erst eine Form finden, ganz wie Sie es mir beigebracht haben, als wir es mit der Wasserleiche in West Virginia zu tun hatten. Was rede ich denn da – ›Wasserleiche‹? Sie war eine *Person* und hatte einen Namen, Fredericka Bimmel. Und, ja, Mason macht mich krank. In letzter Zeit macht mich übrigens so einiges hier krank, Jack.«

Starling schwieg überrascht. Sie hatte noch nie zuvor den Leiter der Abteilung, Jack Crawford, mit seinem Vornamen angesprochen. Sie hatte das auch nicht beabsichtigt, und um so schockierter war sie jetzt darüber. Sie versuchte in seinen Gesichtszügen zu lesen, die berühmt waren für ihre Ausdruckslosigkeit.

Er nickte und zauberte ein dünnes, leicht trauriges Lächeln auf seine Lippen. »Mir geht es nicht anders, Starling. Wollen Sie ein paar von diesen Pepto-Bismol-Tabletten zum Kauen haben, bevor Sie mit Mason sprechen?«

Mason Verger machte sich nicht die Mühe, das Gespräch persönlich entgegenzunehmen. Eine Sekretärin dankte ihr für die Nachricht und sagte, er werde sie persönlich zurückrufen, was er aber nicht tat. Für Mason, ein paar Etagen höher in der Wissenspyramide angesiedelt als Starling, war das Röntgenbild bereits eine Nachricht von gestern.

14

Mason Verger wußte lange, bevor Starling es erfuhr, daß das Röntgenbild tatsächlich die Hand von Dr. Lecter zeigte, da er über ausgezeichnete Quellen im Justizministerium verfügte.

Mason wurde durch eine E-Mail mit dem Bildschirmnamen Token287 von dem Ergebnis der Nachforschungen Starlings unterrichtet. Dies war der zweite Bildschirmname des Assistenten vom Abgeordneten Parton Vellmore im Rechtsausschuß des Kongresses. Vellmores Büro war von dem Treffer durch eine E-Mail mit der Signatur Cassius199 in Kenntnis gesetzt worden, die Paul Krendler aus dem Justizministerium als zweiten Bildschirmnamen benutzte.

Mason Verger war aufgeregt. Er nahm nicht wirklich an, daß Lecter sich in Brasilien aufhielt, aber das Röntgenbild bewies, daß der Doktor nun über die normale Anzahl von Fingern an der linken Hand verfügte. Diese Information ließ sich mit einer neuen Spur, die auf Europa als den gegenwärtigen Aufenthaltsort des Doktors hinwies, in Verbindung bringen. Mason glaubte, daß der Tip aus den Kreisen der italienischen Polizei kam. Es war die heißeste Spur von Lecter, die er seit Jahren gehabt hatte.

Mason hatte nicht die Absicht, das FBI an den Ergebnissen seiner Nachforschungen teilhaben zu lassen. Dank einer siebenjährigen unter fieberhaftem Hochdruck betriebenen Suche mit Zugang zu allen vertraulichen Unterlagen des FBI, dank umfangreicher Anzeigenkampagnen und unbegrenzter finanzieller Ressourcen, die er frei von Rücksichtnahmen auf die Politik einsetzen konnte, war Mason Verger dem FBI bei der Jagd auf Lecter um einige Nasenlängen voraus. Nur wenn er gezwungen war, sich dessen technischer Möglichkeiten zu bedienen, gab er Informationen an das Bureau weiter.

Um den Schein zu wahren, wies er sein Sekretariat an, Starling, neuer Entwicklungen wegen, mit Anrufen zu nerven. Masons Wiedervorlagemappe verlangte vom Sekretariat, daß mindestens dreimal am Tag jemand bei Starling anrief.

Mason ließ sofort fünftausend Dollar an den Informanten in Brasilien anweisen, damit dieser weitere Nachforschungen bezüglich der Quelle des Röntgenbildes anstellen konnte. Der Betrag, den er für etwaige Eventualitäten in die Schweiz überwies, war um einiges größer, und er war darauf vorbereitet, die Mittel noch weiter aufzustocken, sollte sich die Information von dort als handfest erweisen.

Mason war der festen Überzeugung, daß sein Informant in Europa Dr. Lecter tatsächlich gefunden hatte. Aber er war oft genug übers Ohr gehauen worden und ging darum vorsichtig zu Werke. Der Beweis würde noch früh genug erbracht werden. Bis dahin, und um sich die Zeit des Wartens erträglicher zu gestalten, beschäftigte sich Mason Verger mit dem, was passieren würde, wenn der Doktor erst einmal in seiner Hand war. Die Vorbereitungen dafür wurden schon seit langem getroffen, da Mason sich gewissermaßen dem Studium des Leidens hingegeben hatten …

Gottes Ratschlüsse, Leid zuzufügen, sind für uns weder befriedigend noch verständlich, es sei denn, die Unschuld beleidigt Ihn. Offenkundig braucht Er ein wenig Nachhilfe, die blinde Wut zu lenken, mit der Er die Erde heimzusuchen pflegt.

Mason verstand seine Rolle in alldem im zwölften Jahr seiner Paralyse. Er lag schmal und dünn unter seiner Bettdecke, und er wußte, daß er nie wieder aufstehen würde. Sein Anbau auf der Muskrat Farm war fertiggestellt worden, und er verfügte über Mittel, allerdings nicht unbegrenzte Mittel, da der Verger-Patriarch, Molson, noch über allem thronte.

In den Weihnachtstagen jenes Jahres, in dem Dr. Lecter die Flucht gelungen war – in der immer wiederkehrenden Stimmung, die ihn um diese Zeit befiel –, wünschte sich Mason Verger voll Bitterkeit, er hätte Lecters Ermordung im Baltimore State Hospital in Auftrag gegeben. Mason wußte, daß nun irgendwo auf Gottes weiter Flur Dr. Lecter herumspazierte und sich aller Wahrscheinlichkeit nach ein schönes Leben machte.

Mason selbst lag, an sein Atemgerät angeschlossen, unter einer weichen Decke, eine Schwester neben sich, die, geplagt von dem Bedürfnis, sich hinzusetzen, unruhig von einem Fuß auf den anderen trat. Man hatte eine Busladung voll armer Kinder zum Jubilieren auf die Muskrat Farm gekarrt. Mit dem Einverständnis seiner Ärzte waren die Fenster trotz der kalten Winterluft für kurze Zeit geöffnet worden. Unten standen die Kinder mit Kerzen in den Händen und sangen.

Das Licht in Masons Zimmer war gelöscht, und in dem schwarzen Himmel über der Farm glitzerten die Sterne.

»Oh, Bethlehem, du kleine Stadt, wie still liegst du doch da.«

Wie still liegst du doch da.
Wie still liegst du doch da.

Der Hohn dieser Zeile legte sich ihm schwer aufs Gemüt. *Wie still liegst du doch da, Mason.*

Der weihnachtliche Sternenhimmel vor seinem Fenster war von einer berückenden Stille. Die Sterne schwiegen ihn an, als er zu ihnen emporschaute mit seinem Glotzauge und seiner einen großen Sehnsucht. Mit den Fingern, die er noch bewegen konnte, machte er ihnen Zeichen. Mason glaubte, nicht mehr atmen zu können. *Wenn ich im Weltraum erstickte, wären die schönen, stummen, luftleeren Sterne das letzte, was ich zu sehen bekäme,* dachte er. *Jetzt ist es soweit, ich ersticke.* Das Atemgerät lieferte nicht genügend Sauerstoff. Er mußte auf den nächsten Atemzug warten, die Lichter der Lebensfunktionen schimmerten grün, kleine grüne Spitzen in der Finsternis der Gerätewelt. Die Kurve seines Herzschlags, systolische Kurve, diastolische Kurve.

Die Schwester bekam es mit der Angst zu tun, wußte nicht, ob sie den Alarm auslösen und zum Adrenalin greifen sollte.

Der Hohn dieser Zeile, *wie still liegst du doch da, Mason.*

Dann eine Epiphanie an Weihnachten. Noch ehe die Schwester klingeln oder nach dem Medikament greifen konnte, nahm seine Wut vor seinem inneren Auge erstmals Konturen an. Ihm war, als striche ihm etwas über die blasse, tastende Hand, und mit einemmal kehrte Ruhe in ihn ein.

Bei dem weihnachtlichen Abendmahl rund um den Globus glauben die Andächtigen, daß sie durch das Wunder der Transsubstantiation den Leib des Herrn, sein Blut zu sich nehmen. Mason begann mit den Vorbereitungen zu einer noch eindrucksvolleren Zeremonie, die ohne Transsubstantiation auskommen würde. Er traf die ersten Arrangements, um zu gewährleisten, daß Dr. Hannibal Lecter bei lebendigem Leib verspeist wurde.

15

In seiner Kindheit genoß Mason eine sonderbare Erziehung, die den Vorstellungen seines Vaters von seiner Zukunft entsprach und die ihm bei seinem gegenwärtigen Ziel zugute kam.

Als Junge besuchte er ein Internat, das von seinem Vater finanziell kräftig unterstützt wurde und wo man seine häufige Abwesenheit gern entschuldigte. Oft widmete sich der alte Verger über mehrere Wochen hinweg dem, was er die wirkliche Erziehung nannte. Dann nahm er den Jungen mit auf die Vieh- und Schlachthöfe, die die Grundlage seines Vermögens ausmachten.

Molson Verger war ein Pionier auf dem Gebiet der Tierzucht, vor allem in Belangen der Wirtschaftlichkeit. Seine frühen Experimente mit Billigfutter waren denen von Batterham fünfzig Jahre zuvor ebenbürtig. Molson Verger verfeinerte die Futtermittel für seine Schweine, indem er Tiermehl, gemahlene Hühnerfedern und Mist in einem Maß beimischte, das selbst für damalige Verhältnisse als kühn angesehen wurde. In den vierziger Jahren galt er als verwegener Visionär, der als erster den Schweinen frisches Trinkwasser vorenthielt und sie eine Mixtur aus vergorenen tierischen Abfällen saufen ließ, um die Gewichtszunahme zu beschleunigen. Das Hohngelächter verstummte, als seine Gewinne explodierten und seine Konkurrenten sich beeilten, ihm nachzueifern. Doch darauf blieb Molson Vergers Führungsanspruch in der Fleischwarenindustrie nicht beschränkt. Er kämpfte zäh und mit viel eigenem Geld, strikt auf dem Standpunkt der Wirtschaftlichkeit beharrend, gegen die Verordnung zur artgerechten Schlachtung. Er sorgte dafür, daß die Brandmarkung im Gesicht von Tieren weiterhin legale Praxis blieb, obwohl ihn das ein Vermögen kostete, das er in die politische Landschaft stecken mußte. Mit Mason an seiner Seite beaufsichtigte er großangelegte Experimente in der Tierhaltung, so zum Beispiel, wie lange es vor der Schlachtung möglich war, den Tieren Futter und Wasser vorzuenthalten, ohne dabei größere Gewichtsverluste in Kauf nehmen zu müssen.

Der von Verger unterstützten Genforschung gelang es schließlich, die Muskelmasse belgischer Schweine zu verdoppeln, ohne den damit einhergehenden Flüssigkeitsverlust zu riskieren, der bei dieser Rasse leicht auftrat. Molson Verger kaufte weltweit Zuchtvieh auf und unterstützte eine Vielzahl in Übersee angesiedelter Zuchtprogramme.

Aber Schlachthöfe waren letzten Endes ein von Menschen betriebenes Geschäft. Und niemand verstand das besser als Molson Verger. Es gelang ihm, die Führung der Gewerkschaften einzuschüchtern, als diese mit der Forderung nach höheren Löhnen und besseren Arbeitsbedingungen seine Profite zu schmälern drohten. Auf diesem Gebiet machten sich seine guten Beziehungen zum organisierten Verbrechen über mehr als dreißig Jahre bezahlt.

Mason wies damals mit seinen dunklen, buschigen Augenbrauen über den stahlblauen Schlachteraugen eine große Ähnlichkeit mit seinem Vater auf. Der Eindruck wurde noch durch den niedrigen Haaransatz verstärkt, der quer über die fliehende Stirn verlief und von rechts nach links abnahm. Molson Verger liebte es, Masons Kopf in seine Hände zu nehmen und ihn zu befühlen, so als könnte er die Abstammung seines Sohnes durch die Physiognomie bestätigen, ähnlich wie er den Kopf eines Schweines umfassen und anhand des Knochenbaus dessen genetische Veranlagung erläutern konnte.

Mason war ein gelehriger Schüler gewesen. Sogar nachdem er wegen seiner Verletzungen ans Bett gefesselt war, traf er kluge Geschäftsentscheidungen, die von seinen Lakaien dann umgesetzt wurden. Es war Masons Idee, die US-

Regierung und die Vereinten Nationen dazu zu bringen, sämtliche Schweine auf Haiti mit der Begründung schlachten zu lassen, durch sie drohe die Übertragung der afrikanischen Schweinepest. Das versetzte ihn in die Lage, der Regierung große amerikanische Schweine zu verkaufen, die an die Stelle der einheimischen Rasse traten. Die großen Schweine starben wie die Fliegen, sobald sie den haitianischen Lebensbedingungen ausgesetzt waren, und mußten dann natürlich immer und immer wieder aus Verger-Beständen ergänzt werden, jedenfalls so lange, bis es den Haitianern einfiel, ihre Schweine durch robuste kleine Wühler aus der Dominikanischen Republik zu ersetzen.

Heute, mit einem an Wissen und Erfahrung reichen Leben, fühlte sich Mason Verger wie Stradivari, der an seine Werkbank tritt, um die Instrumente seiner Rache zu erschaffen.

Was für eine Fülle von Informationen und Kenntnissen Mason Verger in seinem gesichtslosen Schädel hatte! In seinem Bett liegend und wie der taube Beethoven im Geiste komponierend, erinnerte er sich daran, wie er mit seinem Vater Viehauktionen besucht und die Konkurrenten ausgespäht hatte. Molson hatte sein kleines silbernes Messer stets griffbereit in der Weste, um mit einem schnellen Stich die Dicke der Schwarte am Rücken der Schweine zu prüfen. Dann ging er ruhig seines Weges, ließ das vor Schmerz quiekende Tier hinter sich und war die Würde in Person, über jede Kritik erhaben. Die Hand hatte Molson wieder in der Tasche, mit dem Daumen an der Klinge war die Eindringtiefe markiert.

Mason Verger hätte gelächelt, hätte er Lippen gehabt, als er sich daran erinnerte, wie sein Vater eine preisgekrönte Sau aus einem Schülerprojekt anstach, die nie hatte bezweifeln müssen, daß jedermann ihr Freund war. Das Kind, dem sie gehörte, es weinte so herzzerreißend. Und dann erst der Vater des Kindes, der außer sich vor Wut herbeigeeilt kam und den Molsons Schläger nach draußen vors Zelt bringen mußten. Ja, es waren schöne Zeiten gewesen damals, sie hatten viel Spaß gehabt.

Auf den Messen hatte Mason exotische Schweine aus der ganzen Welt gesehen. Für seinen Zweck brachte er das Beste vom Besten zusammen.

Mason begann sein Zuchtprogramm unmittelbar nach seiner weihnachtlichen Epiphanie. Die Fäden liefen in einer kleinen Schweinezuchtfarm zusammen, die die Vergers auf Sardinien unterhielten. Er hatte diesen Ort wegen seiner Abgeschiedenheit und Nähe zu Europa gewählt.

Mason Verger glaubte – vollkommen zu Recht –, daß Dr. Lecter nach seiner Flucht zuerst einen Zwischenstopp in Südamerika eingelegt hatte. Aber von Anbeginn an war er davon überzeugt gewesen, daß sich ein Mann der gehobenen Lebensart wie Dr. Lecter in Europa niederlassen würde. Er sandte darum jährlich Späher zu den Festspielen nach Salzburg und zu anderen kulturellen Großereignissen in Europa.

Seinen Züchtern auf Sardinien hingegen schickte er etwas Anderes, um die Bühne für den Tod von Dr. Lecter einzurichten: das Riesenwildschwein *Hylochoerus meinertzhageni*, sechs Zitzen und achtunddreißig Chromosomen, ein wendiger und opportunistischer Allesfresser – wie der Mensch. Als Hochlandzüchtung zwei Meter lang, wiegt es ungefähr 275 Kilogramm. Das Riesenwildschwein markiert den Grundton.

Der klassische europäische Keiler, *S. scrofa scrofa*, sechsunddreißig Chromosomen in seiner reinsten Form, keine Warzen im Gesicht, nur Borsten und große Hauer, ein großes und schnelles Tier, das eine Viper mit seinen scharfen Hufen tötet und die Schlange frißt wie ein Würstchen. Falls es erregt oder in der Brunft ist oder glaubt, seine Jungen schützen zu müssen, greift es alles an, was es als Bedrohung auffaßt. Mit *S. scrofa scrofa* fand Mason sein Thema und das Antlitz eines Tieres, das ihm geeignet erschien, Dr. Lecter eine letzte höllische Vision seiner selbst als Speise zu bereiten. (Siehe *Harris on the Pig*, 1881.)

Das Ossabaw-Island-Schwein kaufte er seiner Aggressivität und das Jiaxing Black seines hohen Estradiol-Spiegels wegen.

Eine falsche Note ergab sich, als er den Babirusa, *Babirussa babyrussa*, aus Ost-Indonesien, seiner übergroßen Hauer wegen auch unter dem Namen Hirscheber bekannt, in die Zucht einführte. Es war ein Tier, das sich nur langsam fortpflanzte, und hatte lediglich zwei Zitzen. Darüber hinaus brachte es mit seinen hundert Kilogramm einen zu großen Verlust an Gewicht. Sie verloren keine Zeit, da es parallel dazu andere Würfe gab, die keinen Anteil Babirusa enthielten.

Was das Gebiß anging, hatte Mason Verger keine sonderlich große Auswahl. Beinahe jede Rasse verfügte über Zähne, die der Aufgabe gerecht werden würden: drei Paar scharfe Schneidezähne, ein Paar verlängerte Eckzähne, vier Paar Vorbackenzähne und drei Paar alles zermalmende Backenzähne, oben und unten, alles in allem vierundvierzig Zähne.

Jedes Schwein wird einen toten Mann fressen. Aber um es so weit zu bringen, daß es einen lebenden Mann frißt, bedarf es einiger Erziehung. Mason Vergers Sarden waren dafür genau die richtigen.

Nun, nach sieben langen Jahren und zahlreichen Würfen, waren die Ergebnisse ... beeindruckend.

16

Nachdem mit Ausnahme von Dr. Lecter sämtliche Akteure ihre Ausgangspositionen in den Gennargentu-Bergen von Sardinien eingenommen hatten, wandte Mason Verger seine Aufmerksamkeit der Aufzeichnung von Dr. Lecters Tod für die Nachwelt und zu seinem eigenen Vergnügen zu. Die entsprechenden Vorkehrungen waren schon vor langer Zeit getroffen worden, aber nun mußten die Sarden in Alarmbereitschaft versetzt werden.

Er erledigte diese delikate Angelegenheit per Telefon über die Zentrale seines Wettbüros in Las Vegas. Winzigen Leuchtspuren gleich verloren sich seine Telefonate in dem wie an jedem Wochenende riesigen Gesprächsaufkommen.

Masons sonore Stimme, vermindert um Explosiv- und Reibelaute, sprang vom Naturschutzgebiet nahe dem Ufer der Chesapeake Bay in die Wüste und wieder zurück über den Atlantik, zuerst nach Rom.

In einer Wohnung im siebten Stock eines Gebäudes in der Via Archimede, hinter dem Hotel gleichen Namens, klingelt das Telefon. Der heisere, für Italien typische Doppelton. In der Dunkelheit schläfrige Stimmen.

»*Còsa? Còsa c' è?*«

»*Accendi la luce, idiòta.*«

Das Licht neben dem Bett geht an. Drei Leute liegen in dem Bett. Der junge Mann, der dem Telefon am nächsten liegt, nimmt den Hörer ab und gibt ihn an einen korpulenten älteren Mann in der Mitte weiter. Auf der anderen Seite liegt ein blondes Mädchen, Anfang Zwanzig. Sie hebt kurz ihr schlaftrunkenes Gesicht und schlummert dann sofort wieder ein.

»*Pronto, chi? Chi parla?*«

»Oreste, mein Freund. Hier spricht Mason.«

Der beleibte Mann sammelt sich und bedeutet dem jungen Mann, ihm ein Glas Mineralwasser einzuschenken.

»Ah, Mason, mein Freund, entschuldige bitte, ich habe schon geschlafen. Wie spät ist es bei euch?«

»Es ist überall spät, Oreste. Erinnerst du dich noch an das, was ich dir versprochen habe und was du für mich tun mußt?«

»Selbstverständlich erinnere ich mich daran.«

»Es ist soweit, mein Freund. Du weißt, wonach mir der Sinn steht. Ich will ein Set-up mit zwei Kameras. Die Tonqualität darf auf keinen Fall so dürftig sein wie in deinen Pornostreifen. Für Strom mußt du selbst sorgen. Und denk dran, der Generator muß weit genug weg vom Set sein. Für den Schnitt will ich ein paar schöne Naturaufnahmen und Vogelgezwitscher. Du machst dich morgen mit den Örtlichkeiten vertraut und baust das Set auf. Für die Sicherheit deiner Ausrüstung garantiere ich. Du kannst sie dort lassen. Dann fliegst du nach Rom zurück. Dort bleibst du bis zum Dreh. Aber halte dich jederzeit bereit. Du mußt innerhalb von zwei Stunden aufbrechen können. Haben wir uns verstanden, Oreste? Einen Scheck habe ich für dich bei der Citibank hinterlegen lassen. So weit, so klar?«

»Mason, zur Zeit, ich drehe gerade –«

»Übernimmst du den Auftrag oder nicht, Oreste? Du hast mir erzählt, du wärst es leid, immer nur Bumsstreifen und Snuff-Filme oder Geschichtsklamotten für die RAI abzudrehen. Es wird ernst, Oreste. Ich will ein Ja oder Nein von dir hören.«

»Ja, Mason.«

»Dann fliege noch heute. Das Geld ist auf der Citibank. Ich will, daß du loslegst.«

»Wo, Mason?«

»Sardinien. Fliege nach Cagliari, dort wird man dich abholen.«

Der nächste Anruf ging nach Porto Torres an der Ostküste Sardiniens. Das Gespräch war kurz. Es gab nicht viel zu sagen, denn die Maschinerie dort war schon seit langem installiert und mindestens genauso effizient wie Mason Vergers transportable Guillotine. Ein Wildschweinrudel, ökologisch überzeugend, dafür aber nicht ganz so schnell.

II

FLORENZ

17

Nacht im Herzen von Florenz. Die Altstadt ist kunstvoll beleuchtet.

Im Hintergrund der düsteren Piazza erhebt sich, von Flutlichtern angestrahlt, der Palazzo Vecchio in seiner mittelalterlichen Pracht, mit seinen Fensterbögen und Zinnen, die den Zähnen eines ausgehöhlten Kürbisses ähneln, und dem sich in die dunkle Nacht emporschwingenden Glockenturm.

Fledermäuse werden Insekten vor dem leuchtenden Ziffernblatt der Uhr jagen, bis die Sonne aufgeht und die Schwalben sich in die von Glockenschlägen erzitternde Luft erheben.

Der Chefinspektor der Questura, Rinaldo Pazzi, trat, gekleidet in einen Regenmantel, der sich dunkel vor den in gewalttätigen Posen erstarrten Marmorstatuen abhob, aus dem Schatten der Loggia heraus und überquerte die Piazza. Sein bleiches Gesicht wandte sich wie die Blüte einer Sonnenblume dem hell angestrahlten Palast zu. Er stand an der Stelle, wo der Reformator Savonarola verbrannt worden war, und schaute zu der Fensteröffnung empor, wo einer seiner Vorfahren sein Leben ausgehaucht hatte.

Dort oben, aus dem hohen Fenster, war Francesco de' Pazzi nackt, mit einem Strick um den Hals, geworfen worden. Sich drehend und krümmend war er vor der rauhen Wand eines elenden Todes gestorben. Der Erzbischof, in vollem Ornat neben ihm hängend, hatte keinen geistlichen Beistand bieten können. Mit aus den Höhlen tretenden Augen, um Luft ringend, hatte er in seinem Todeskampf die Zähne in Pazzis Fleisch verbissen.

Die gesamte Pazzi-Familie war an diesem Sonntag, dem 26. April 1478, wegen der Ermordung von Giuliano de' Medici und des Anschlags auf Lorenzo *Il Magnifico* während der Heiligen Messe in der Kathedrale entehrt worden.

Rinaldo Pazzi, ein Pazzi der reinsten Sorte, der die Regierung ebenso haßte wie sein Vorfahre, der in Ungnade gefallen und vom Glück verlassen war, der buchstäblich schon das Beil fallen hörte, war an diesen Ort gekommen, um für sich eine Entscheidung zu treffen, wie mit dem letzten, ihm noch verbliebenen Quentchen Glück am besten zu verfahren sei.

Chefinspektor Pazzi glaubte, daß er Hannibal Lecter in Florenz gesichtet hatte. Er hatte plötzlich die Gelegenheit, nicht nur die verlorengegangene Reputation wiederzuerlangen, sondern sich auch wieder der Anerkennung der Kollegen zu versichern, wenn er diesen Teufel in Menschengestalt fing. Pazzi hatte zudem die Option, Hannibal Lecter für einen Betrag, der seine kühnsten Träume überstieg, an Mason Verger zu verkaufen – wenn der Verdächtige tatsächlich Lecter war. Natürlich würde Pazzi damit auch seine beschädigte Ehre verkaufen.

Pazzi war nicht umsonst zum Leiter der Ermittlungsabteilung in der Questura aufgestiegen – er war hoch begabt und während seiner Zeit dort von der Gier nach beruflichem Erfolg getrieben. Er trug aber auch die Narben eines Mannes, der sich in der Hast und Hitze seines Ehrgeizes mit einem Schlag um alles gebracht, sein Talent statt am Griff an der Klinge gepackt hatte.

Hier, an diesem Ort, sollten die Würfel fallen. Hier hatte er einst die Epiphanie erlebt, die ihn zunächst berühmt gemacht und dann ruiniert hatte.

Pazzi hatte den italienischen Glauben an die Ironien des Schicksals zutiefst verinnerlicht: Wie sehr fügte sich doch alles zu einem Bild, daß ihm hier, unterhalb dieses Fensters, wo der zornige Geist seines Vorfahren wahrscheinlich noch immer gegen die Wand schlug, jene schicksalhafte Offenbarung zuteil wurde. Hier an diesem Ort könnte er für immer die Geschicke der Pazzi zum Besseren wenden.

Die Jagd auf einen anderen Serienkiller, *Il Mostro*, hatte Pazzi berühmt gemacht und dann dazu geführt, daß ihm die Krähen die Augen aushackten. Diese Erfahrung hatte seine neue Entdeckung ermöglicht. Aber das Ende des *Il-Mostro*-Falles hatte Pazzi bitter werden lassen und ihn dazu verleitet, sich auf ein gefährliches Spiel außerhalb der Legalität einzulassen.

Il Mostro, das Ungeheuer von Florenz, machte in den achtziger und neunziger Jahren siebzehn Jahre lang in der Toskana Jagd auf Liebende. Das Ungeheuer lauerte Liebespaaren auf, die sich zum erotischen Stelldichein in der Idylle der toskanischen Landschaft trafen. Gewöhnlich tötete *Il Mostro* die Liebenden mit einer kleinkalibrigen Pistole und inszenierte dann ein sorgsam mit Blumen geschmücktes Tableau, das die Frau mit entblößter linker Brust zeigte. Die Arrangements hatten etwas seltsam Vertrautes an sich und hinterließen einen Hauch von Déjà-vu.

Das Ungeheuer schnitt aus den Körpern der Opfer anatomische Trophäen heraus, mit einer Ausnahme: ein Paar langhaariger Homosexueller aus Deutschland, das er wohl aus Versehen getötet hatte.

Der öffentliche Druck auf die Questura, *Il Mostro* endlich dingfest zu machen, war immens und kostete Pazzis Vorgänger das Amt. Als Pazzi zum Chefinspektor ernannt wurde, glich er einem Mann, der sich eines lästigen Wespenschwarms zu erwehren hatte, so sehr war die Presse hinter ihm und seiner Abteilung her. Wann immer sich eine Gelegenheit bot, suchten sie seine Büroräume heim. In der Via Zara, hinter dem Hauptquartier der Questura, lauerten Fotografen, um Fotos von ihm zu schießen, wenn er vom Hof fuhr.

Touristen, die in dieser Zeit Florenz besucht haben, werden sich vielleicht noch an das Plakat mit dem wachsamen Auge erinnern, das überall hing, um Liebespaare vor *Il Mostro* zu warnen.

Pazzi arbeitete wie ein Besessener.

Er bat die Abteilung für Verhaltensforschung des FBI um Hilfe bei der Erstellung eines Täterprofils und las sich durch die Literatur über Methoden der kriminologischen Analyse von Serienmördern.

Er ordnete vorbeugende Maßnahmen an: An einigen der von den Liebespaaren bevorzugten Orten saßen zeitweise mehr Polizisten als Liebende paarweise in den Autos. Es gab nicht genügend Polizeibeamtinnen für die Einsätze, also gingen an heißen Tagen männliche Paare auf Streife, einer von beiden mit einer Perücke drapiert. Viele Schnurrbärte wurden dem Dienst an der Sache geopfert, Pazzi ging dabei mit gutem Beispiel voran.

Das Ungeheuer war vorsichtig. Es schlug zwar zu, schien aber nicht unter dem Druck zu stehen, es oft tun zu müssen.

Im Laufe der Jahre registrierte Pazzi, daß es lange Zeiträume gab, in denen das Monster überhaupt nicht zuschlug – einmal betrug die Lücke acht Jahre. Pazzi konzentrierte sich auf dieses auffällige Faktum. Er arbeitete sorgfältig, mit enormem Einsatz, zwang alle erdenklichen Organisationen in seine Dienste und erstellte auf dem einzigen Computer der Questura und dem kurzerhand beschlagnahmten Rechner seines Neffen eine Liste sämtlicher Krimineller Norditaliens, deren Haftstrafen zeitlich mit den Lücken in *Il Mostros* Mordserie übereinstimmten. Die Liste umfaßte siebenundneunzig Namen.

Pazzi organisierte sich einen großen und schnellen Alfa-Romeo GTV älteren Datums, der einem einsitzenden Bankräuber gehörte, riß Monat für Monat mehr als fünftausend Kilometer ab und suchte vierundneunzig der Verurteilten persönlich auf und verhörte sie. Die restlichen drei waren Behinderte oder tot.

Die Tatorte boten so gut wie keine verwertbaren Spuren, die ihm hätten helfen können, die Liste einzugrenzen. Keine Körperflüssigkeiten des Täters, keine Fingerabdrücke.

Eine einzige Patronenhülse wurde an einem Tatort in Impruneta sichergestellt. Es war eine Winchester-Western Randfeuer Kaliber .22 mit Auszieherspuren, die auf eine Colt-Pistole hindeuteten, möglicherweise eine Woodsman. Die Kugeln bei sämtlichen Verbrechen entstammten alle ein und derselben Waffe. Sie trugen keine Spuren, die auf den

Gebrauch eines Schalldämpfers hinwiesen. Trotzdem konnte der Einsatz eines Schalldämpfers nicht ausgeschlossen werden.

Pazzi war ein lupenreiner Pazzi und über die Maßen ehrgeizig, und er hatte eine junge, zauberhafte Frau mit einem stets weit aufgerissenen Schnabel an seiner Seite. Die kräftezehrende Lebensweise kostete ihn, einer ohnehin schmalen Erscheinung, zwölf Pfund Gewicht. Die jüngeren Beamten der Questura spotteten, wenn sie unter sich waren, über seine Ähnlichkeit mit der Cartoonfigur Wile E. Coyote.

Als einer dieser jungen Neunmalklugen ein Morphprogramm im Rechner der Questura installierte, der die Gesichter der drei Tenöre in einen Esel, ein Schwein und eine Ziege verwandelte, starrte Pazzi minutenlang wie gebannt auf die gemorphten Gesichter und fühlte, wie sich sein eigenes Gesicht in die Mimik des Esels und wieder zurück verwandelte.

Am Fenster des Labors der Questura hing Knoblauch, um die bösen Geister zu bannen. Als er den letzten Verdächtigen auf seiner Liste besucht und ohne Erfolg in die Mangel genommen hatte, stand Pazzi an diesem Fenster und schaute auf den staubigen Hinterhof hinaus. Es war zum Verzweifeln.

Er dachte an seine Frau und ihre schlanken, harten Fesseln und an den Schönheitsfleck oberhalb ihrer Hüfte auf dem Rücken. Er dachte daran, wie ihre Brüste bebten und hüpften, wenn sie ihre Zähne putzte. Und daran, wie sie lachte, wenn sie spürte, daß er sie dabei beobachtete. Er dachte an all die Dinge, die er ihr schenken wollte, und stellte sich vor, wie sie die Geschenke öffnete. Er dachte stets visuell an seine Frau; sie roch angenehm und fühlte sich gut an, doch es war immer ihr Bild, das ihm zuerst in den Sinn kam.

Er überlegte, wie er in ihren Augen erscheinen wollte. Ganz gewiß nicht als Zielscheibe der Presse – das Hauptquartier der Questura in Florenz ist in einer ehemaligen Irrenanstalt untergebracht, ein gefundenes Fressen für jeden Karikaturisten.

Pazzi malte sich aus, daß sich Erfolg als ein Ergebnis von Inspiration einstellte. Sein Bildgedächtnis war ausgezeichnet, und wie viele, deren primärer Sinn der Gesichtssinn ist, dachte er sich die Lösung des Falles wie die Entwicklung eines Bildes, anfänglich verschwommen, dann klarer werdend. Er grübelte ähnlich, wie die meisten von uns nach einem verlorenen Gegenstand suchen: Wir holen dessen Abbild aus unserem Gedächtnis hervor und vergleichen es mit dem, was wir sehen, wobei wir das Abbild viele Male auffrischen und vor unserem inneren Auge drehen und wenden.

Dann nahm ein politisch motivierter Bombenanschlag hinter der Galerie der Uffizien das öffentliche Interesse und Pazzis Aufmerksamkeit in Anspruch und zog ihn für kurze Zeit von dem Fall *Il Mostro* ab.

Selbst als er an der Aufklärung des Bombenanschlags auf das bedeutende Museum arbeitete, behielt er die von *Il Mostro* geschaffenen Bilder im Hinterkopf. Er sah die Tableaus des Ungeheuers im Winkel seines geistigen Auges, so wie wir im Dunkeln bewußt neben einen Gegenstand blicken, um ihn zu erkennen. Ganz besonders dachte er über den Anblick eines Paares nach, das man auf der Rückbank eines Pick-up in Impruneta ermordet aufgefunden hatte. *Il Mostro* hatte die Körper geradezu liebevoll inszeniert, hatte sie mit Blumen bestreut und geschmückt und der Frau die linke Brust entblößt.

Pazzi hatte die Uffizien an einem frühen Nachmittag verlassen und überquerte gerade die nahegelegene Piazza Signoria, als ihn ein Motiv aus einem Postkartenautomat ansprang.

Nicht ganz sicher, woher das Bild kam, blieb er genau an der Stelle, wo man Savonarola verbrannt hatte, wie angewurzelt stehen. Er machte kehrt und schaute sich um. Touristen drängten sich auf dem Platz. Pazzi fühlte, wie es ihn eiskalt überlief. Vielleicht war es nur seine Einbildung, dieses Bild, das seine Aufmerksamkeit erregt hatte. Er ging den Weg zurück, den er gekommen war, und machte neuerlich kehrt. Langsam ging er vorwärts.

Da war es: ein kleines, mit Fliegenschiß bedecktes, vom Regen gewelltes Poster von Botticellis Gemälde »Primavera«.

Das Original hing hinter ihm in den Uffizien. »Primavera«. Die bekränzte Nymphe am rechten Bildrand, ihre linke Brust entblößt, Blumen strömen aus ihrem Mund, der bleiche Zephir aus dem Wald greift nach ihr.

Da war es: das Bild des toten Paares auf der Rückbank des Pick-up, mit Blumen bekränzt, Blumen im Mund des Mädchens. Treffer.

Treffer.

Hier, an dem Ort, wo sein Vorfahre, nach Luft ringend, gegen die Wand geschlagen war, kam ihm die Idee, das alles lösende Bild, nach dem er solange gesucht hatte. Ein Gemälde, das fünfhundert Jahre zuvor von Sandro Botticelli geschaffen worden war – demselben Künstler, der für vierzig Florint das Bild des aufgehängten Francesco de' Pazzi auf die Wand des Bargello-Gefängnisses gemalt hatte, einschließlich des Stricks. Wie hätte Pazzi einer Inspiration dieses herrlichen Ursprungs widerstehen können?

Er mußte sich setzen. Auf allen Bänken saßen Leute. Er war gezwungen, seine Polizeimarke zu zücken, um sich einen Platz zu organisieren. Er scheuchte einen alten Mann auf, dessen Krücken er erst bemerkte, als der Veteran auf einem Bein vor ihm stand und wie ein Rohrspatz schimpfte.

Pazzi war aus zwei Gründen aus dem Häuschen. Das Bild zu finden, das *Il Mostro* als Vorlage diente, war ein Triumph, aber was noch viel wichtiger war, Pazzi hatte eine Kopie von »Primavera« bei einer seiner Touren zu den verdächtigen Kriminellen gesehen.

Er wußte etwas Besseres zu tun, als sich das Hirn zu zermartern; er lehnte sich zurück, ließ los und lud es regelrecht ein. Er kehrte in die Uffizien zurück und stellte sich vor das Original, wenn auch nur ganz kurz. Er ging zum Marktplatz und berührte die Schnauze des bronzenen Bären »Il Porcellino«. Dann fuhr er hinaus zum Ippocampo und beobachtete, den Geruch von heißem Öl in der Nase, an die Kühlerhaube seines staubbedeckten Wagens gelehnt, die Kinder beim Fußballspielen …

Zuerst sah er einen Treppenaufgang vor sich, dann den Treppenabsatz darüber. Der obere Teil des »Primavera«-Posters tauchte erst auf, als er die Stufen hinaufging; dann trat er einen Schritt zurück und sah einen Moment lang den Türrahmen der Eingangstür, aber nichts von einer Straße und keine Gesichter.

Erfahren im Umgang mit Verhören, legte er sich selbst Fragen vor, indem er die anderen Sinne aufrief:

Als du das Poster sahst, was hörtest du da? … Töpfe, die in einer Küche im Erdgeschoß klapperten. Als du die Treppe nach oben gingst und vor dem Poster innehieltest, was hörtest du? Den Fernseher. Einen Fernsehapparat in einem Wohnzimmer. Robert Stack in der Rolle des Eliot Ness in Gli Intoccabili. *Hast du etwas gerochen? Ja, jemand hat gekocht. Ich habe den Geruch von Essen wahrgenommen. Hast du irgend etwas anderes gerochen? Ich sah das Poster – NEIN, nicht was du gesehen hast. Hast du irgend etwas anderes* gerochen? *Ich hatte immer noch den Geruch des Alfas in der Nase. Es war warm im Wagen, ich roch es noch. Heißes Öl, heiß von … die Raccordo. Die schnelle Fahrt über die Raccordo Autostrada, wohin ging sie? San Casciano. Ich habe auch einen Hund bellen hören. In San Casciano, ein Einbrecher und Vergewaltiger namens Girolamo Soundso.*

In diesem Moment, wenn eine Verbindung einrastet, in diesem synaptischen Krampf, in dem sich alles vollendet, wo einem ein Gedanke durch und durch geht, erleben wir Befriedigung in ihrer wohl höchsten Form. Für Rinaldo Pazzi war es der schönste Moment in seinem Leben.

Keine anderthalb Stunden später hatte Pazzi Girolamo Tocca verhaften lassen. Toccas Frau warf dem kleinen Konvoi, der ihr den Ehemann nahm, Steine hinterher.

18

Tocca war der Traum von einem Verdächtigen. Als junger Mann war er wegen Totschlags zu neun Jahren Gefängnis verurteilt worden. Er hatte einen Mann mit seiner Verlobten in flagranti an einem lauschigen Plätzchen ertappt und erschlagen. Er war zudem wegen sexueller Übergriffe gegenüber seinen Töchtern und Kindesmißbrauch rechtskräftig verurteilt worden. Außerdem hatte er wegen Vergewaltigung eingesessen.

Die Questura nahm auf der Suche nach Beweisen Toccas Haus buchstäblich auseinander. Am Ende war es Pazzi selbst, der, Toccas Grund und Boden durchsuchend, auf eine Patronenschachtel stieß, eines der wenigen echten Beweisstücke, die die Staatsanwaltschaft vorlegen konnte.

Der Prozeß war eine Sensation. Er fand in einem Hochsicherheitstrakt, schräg gegenüber den Büros von *La Nazione* gelegen, der Bunker genannt, statt, wo in den siebziger Jahren die Terroristenprozesse durchgeführt worden waren. Die Geschworenen, fünf Männer und fünf Frauen, verurteilten Tocca praktisch ohne jeden Beweis, einzig und allein seines Charakters wegen. Große Teile der Öffentlichkeit hielten ihn zwar für unschuldig, waren jedoch der Überzeugung, daß Tocca ein Schwachkopf und am besten hinter Gittern aufgehoben sei. Im Alter von fünfundsechzig Jahren wurde er zu vierzig Jahren Haft in Volterra verurteilt.

Die nächsten Monate erstrahlten in hellstem Glanz. Seit fünfhundert Jahren hatte man in Florenz keinen Pazzi so gefeiert wie Pazzo de' Pazzi, nachdem er vom ersten Kreuzzug mit Feuersteinen vom Heiligen Grab zurückgekehrt war.

Rinaldo Pazzi und seine schöne Frau standen neben dem Erzbischof im Dom, als besagte Feuersteine dazu verwendet wurden, während der traditionellen Osterfeierlichkeiten die mit einem Raketenantrieb ausgestattete Modelltaube zu zünden. Die Taube flog, an einem Draht geführt, aus der Kirche ins Freie und setzte zur Belustigung der Menge einen Karren mit Feuerwerkskörpern in Brand.

Die Presse hing an Pazzis Lippen, als er seinen Untergebenen – im Rahmen des Üblichen, versteht sich – Lob für ihren großartigen Einsatz spendete. Signora Pazzi wurde in Fragen der Mode um ihre Meinung gebeten. Sie sah einfach umwerfend in den Kleidern aus, die die Designer ihr andienten. Sie wurden zu steifen Teegesellschaften in die Häuser der Mächtigen geladen und speisten einmal mit einem Grafen in einem Schloß, umgeben von lauter Ritterrüstungen.

Pazzi wurde für politische Ämter ins Spiel gebracht und, für italienische Verhältnisse ungewöhnlich einträchtig, von allen im Parlament vertretenen Parteien gepriesen. Man übertrug ihm die Leitung der zusammen mit dem FBI initiierten Aktion zur Bekämpfung der Mafia.

Diese Aufgabe und ein Stipendium zum Studium der Kriminologie an der Universität Georgetown brachte die Pazzis nach Washington, D.C. Der Chefinspektor verbrachte viel Zeit in der Abteilung für Verhaltensforschung in Quantico und träumte davon, eine eigene Abteilung für Verhaltensforschung in Rom zu gründen.

Dann, zwei Jahre später, die Katastrophe: In einer weniger emotionsgeladenen Atmosphäre und ohne den öffentlichen Druck stimmte ein Berufungsgericht einem Wiederaufnahmeverfahren in Sachen Tocca zu. Pazzi wurde nach Hause zurückbeordert und mußte sich einer Untersuchung stellen. Unter den ehemaligen Kollegen, die er hinter sich zurückgelassen hatte, gab es viele, die Pazzis Kopf rollen sehen wollten.

Die Berufungsinstanz hob das Urteil gegen Tocca auf und erteilte Pazzi eine Rüge. Man sei, hieß es in der Begründung, zu dem Schluß gekommen, Pazzi habe Beweise manipuliert.

Seine früheren Förderer höheren Orts ließen ihn wie eine heiße Kartoffel fallen. Er nahm zwar immer noch eine wichtige Stellung innerhalb der Questura ein, galt aber in aller Augen als Auslaufmodell. Die Mühlen der italienischen Politik mögen langsam mahlen, aber früher oder später fällt das Beil.

19

In jener schrecklichen Zeit der Brandmarkung, als Pazzi auf das Fallen des Beils wartete, sah er zum ersten Mal den Mann, der unter den Gelehrten von Florenz als Dr. Fell bekannt war ...

Rinaldo Pazzi stieg die Stufen der Treppe im Palazzo Vecchio mit einem jener vielen demütigenden Aufträge empor, die ihm, dem in Ungnade Gefallenen, seine vormaligen Untergebenen zur allgemeinen Freude in der Questura aufhalsten. Pazzi sah nur seine Fußspitzen auf den ausgetretenen Stufen und nicht die Kunstschätze um sich herum, als er an der mit Fresken bedeckten Wand nach oben stieg. Vor fünfhundert Jahren hatte man seinen Vorfahren blutend diese Treppe hochgeschleift.

Auf einem Treppenabsatz hielt er inne, drückte die Schultern durch, ganz der Mann, der er früher einmal gewesen war, und zwang sich, in die Augen der Figuren auf den Fresken zu blicken, von denen einige mit ihm verwandt waren. Bereits auf der Treppe war die lautstark geführte Debatte im »Liliensaal« über ihm zu hören, wo sich die Direktoren der Uffizien-Galerie und der Kommission der Schönen Künste zu einer gemeinsamen Sitzung eingefunden hatten.

Pazzis Anwesenheit war dem Umstand zu verdanken, daß der langjährige Kurator des Palazzo Capponi vermißt wurde. Es gingen Gerüchte um, der alte Schwerenöter sei mit einer Frau oder dem Geld fremder Leute oder beidem zugleich auf und davon. Er war die letzten vier Male nicht mehr zu den allmonatlichen Sitzungen des Leitungsgremiums im Palazzo Vecchio erschienen.

Pazzi war geschickt worden, um die Untersuchung dieser Angelegenheit voranzutreiben. Chefinspektor Pazzi, der nach dem Bombenanschlag ebendiese graugesichtigen Direktoren der Uffizien und Mitglieder der rivalisierenden Kommission der Schönen Künste streng über Fragen der Sicherheit belehrt hatte, mußte nun unter weniger spektakulären Umständen vor ihnen erscheinen, um sie über das Liebesleben eines Kurators zu befragen. Eine Aufgabe, nach der er sich nicht gerade sehnte.

Die Zusammenkünfte der beiden Komitees gestalteten sich immer sehr schwierig und waren von Zank und Hader begleitet. Jahrelang konnten sich beide Seiten nicht einmal auf einen gemeinsamen Tagungsort einigen und lehnten es ab, das Büro der Gegenseite zu betreten. Statt dessen traf man sich, im Glauben, dies sei der eigenen Ehre und Würde angemessen, im prächtigen Liliensaal des Palazzo Vecchio. Einmal dort untergekommen, weigerten sie sich standhaft, ihre Zusammenkünfte an einen anderen Ort zu verlegen, obwohl der Palazzo Vecchio gerade wieder, wie schon unzählige Male zuvor, restauriert wurde. Überall standen Baugerüste. Werkzeug lag auf dem Boden herum. Die Wände waren mit Planen bedeckt.

Professor Ricci, ein alter Schulfreund von Rinaldo Pazzi, hielt sich in der Vorhalle des Salons auf. Die mit Gipsstaub geschwängerte Luft hatte ihn, heftig niesend, vor die Tür getrieben. Als er sich halbwegs von der Attacke erholt hatte, rollte er die tränenden Augen.

»*La solita arringa*«, sagte Ricci. »Sie streiten sich, wie gewöhnlich. Du kommst wegen des vermißten Kurators vom Capponi? Es tobt gerade eine Schlacht um seine Nachfolge. Sogliato will, daß sein Neffe die Stelle bekommt. Die Gelehrten sind von der Vertretung beeindruckt, die man vor Monaten ernannt hat. Die wollen Dr. Fell behalten.«

Pazzi verabschiedete sich von seinem Freund, der in seinem Jackett verzweifelt nach einem Papiertaschentuch suchte, und betrat den geschichtsträchtigen Raum mit den goldenen Lilien an der Decke. An zwei Wänden hingen Planen, die das Stimmengewirr ein wenig dämpften.

Sogliato, der Begünstigte, beherrschte lautstark die Szene. »Die Capponi-Briefwechsel gehen zurück bis ins dreizehnte Jahrhundert. Dr. Fell könnte ohne weiteres einen von Dante Alighieri höchstselbst geschriebenen Brief in seiner Hand, in seiner *nichtitalienischen* Hand, halten. Würde er ihn überhaupt erkennen? Ich denke, *nicht*. Ihr habt ihn in mittelalterlichem Italienisch geprüft, und ich bestreite nicht, daß seine Sprachkenntnisse höchst bewundernswert sind. Für einen *straniero*. Aber ist er auch vertraut mit den Florentiner Persönlichkeiten der Frührenaissance? Ich denke, *nicht*. Was würde passieren, wenn er auf eine Notiz in der Capponi-Bibliothek stieße von – von Guido de Cavalcanti zum Beispiel? Würde er sie überhaupt erkennen? Ich denke, *nicht*. Besäßen Sie vielleicht die Güte, mir darauf zu antworten, Dr. Fell?«

Rinaldo Pazzi musterte die Anwesenden und bemerkte niemanden, den er als Dr. Fell identifizieren konnte. Immerhin hatte er eine Fotografie des Mannes vor nicht einmal einer Stunde in Augenschein genommen. Er sah Dr. Fell nicht, da dieser nicht bei den anderen saß. Pazzi hörte zuerst seine Stimme. Dann bemerkte er ihn.

Dr. Fell stand bewegungslos neben der großen Bronzeskulptur »Judith und Holofernes« und wandte dem Sprecher und der Menge den Rücken zu. Er sprach, ohne sich umzudrehen, und es war nur schwer auszumachen, von wem die Stimme ausging – Judith, die auf ewig ihr Schwert erhoben hielt, um dem betrunkenen König den tödlichen Streich zu versetzen, oder Holofernes, bei den Haaren gehalten, oder eben Dr. Fell, jener schlanke, reglose Mann, der ruhig neben Donatellos Bronzefiguren stand. Seine Stimme durchschnitt das Stimmengewirr wie ein Laserstrahl den Rauch, und schlagartig trat unter den sich zankenden Männern Stille ein.

»Cavalcanti antwortete öffentlich auf Dantes erstes Sonett in *La Vita Nuova*, worin Dante seinen merkwürdigen Traum von Beatrice Portinari beschreibt«, sagte Dr. Fell. »Vielleicht hat sich Cavalcanti auch privat geäußert. Falls er an einen Capponi geschrieben hat, käme dafür eigentlich nur Andrea in Frage. Er war der literarisch interessierteste der Brüder.« Nach einer Kunstpause, die alle Anwesenden leicht in Unruhe versetzte, was ihn aber nicht zu stören schien, wandte sich Dr. Fell der Gruppe zu. »Kennen Sie Dantes erstes Sonett, Professor Sogliato? *Kennen Sie es?* Es faszinierte Cavalcanti, und es ist wert, daß man einen Augenblick bei ihm verweilt. Es heißt dort unter anderem:

›Es mochte um die vierte Stunde sein
Der Zeit, in welcher alle Sterne glühn,
Als unvermutet Amor mir erschien;
Noch, denk' ich dran, will mich ein Schauer lähmen!
Fröhlich schien Amor mir, in Händen hielt
Mein Herz er, und in seinen Armen lag
Die Herrin, schlafend, in ein Tuch gehüllt.
Dann weckte er sie auf, und sie, mit Beben,
Aß still mein glühend Herz. Fern schien der Tag,
Und weinend sah ich ihn von dannen schweben.‹

Hören Sie, wie er aus dem gesprochenen Italienischen seiner Zeit, das er die *vulgari eloquentia* des Volkes nannte, ein Instrument formte:

›*Allegro mi sembrava Amor tenendo*
Meo core in mano, e ne le braccia avea
Madonna involta in un drappo dormendo.
Poi la svegliava, e d'esto core ardendo
Lei paventosa umilmente pascea
Appreso gir lo ne vedea piangendo.‹«

Selbst die streitsüchtigen Florentiner konnten Dantes Versen nicht widerstehen, die, von Dr. Fell in beeindruckendem Toskanisch vorgetragen, mit einemmal die Fresken mit Leben zu erfüllen schienen. Zunächst Applaus, dann eine tränenselige Abstimmung der Mitglieder, und Dr. Fell war als Herr über den Palazzo Capponi inthronisiert. Zurück blieb ein vor Wut kochender Sogliato. Ob der Sieg dem Doktor Genugtuung bereitete, war für Pazzi nicht zu erkennen, denn er hatte den Versammelten wieder den Rücken zugekehrt. Aber Sogliato gab noch nicht auf.

»Wenn er so ein großer Dante-Experte ist, laßt ihn doch eine Vorlesung über Dante *vor der Studiolo* halten.« Sogliato zischte den Namen heraus, als wäre damit die Inquisition gemeint. »Laßt ihn vor sie hintreten, am nächsten Freitag, wenn er sich das zutraut, und extemporieren.« Die Studiolo, benannt nach einem prunkvoll geschmückten privaten Lesesaal, war eine kleine, gefürchtete Gruppe von Gelehrten, die bereits zahlreiche akademische Karrieren ruiniert hatte und sich oft im Palazzo Vecchio traf. Sich auf sie vorzubereiten galt als wirklich unangenehme Aufgabe, vor ihr erscheinen zu müssen als Spiel mit dem Feuer. Der Onkel Sogliatos unterstützte den Vorschlag, und sein Schwager rief zur Abstimmung auf, die wiederum von seiner Schwester zügig über die Bühne gebracht wurde. Die Abmachung stand. Sollte Dr. Fell am nächsten Freitag vor der Studiolo seine Feuertaufe bestehen, blieb er der Nachfolger des Verschwundenen.

Die Komitees hatten einen neuen Kurator für den Palazzo Capponi. Dem alten weinten sie keine Träne nach. Was Wunder, daß sie die Fragen des in Ungnade gefallenen Pazzi nach dem Vermißten sehr knapp beantworteten. Pazzi schlug sich tapfer.

Wie jeder gute Polizeibeamte hatte er sorgfältig die Lage sondiert. Wer profitierte vom Verschwinden des alten Kurators? Er war Junggeselle, ein allseits respektierter, in geordneten Verhältnissen lebender Gelehrter. Ein paar Ersparnisse, nicht nennenswert. Was er besaß, war seine Stelle und damit verbunden das Privileg, das Dachgeschoß des Palazzo Capponi bewohnen zu dürfen.

Und hier der Anwärter, examiniert in florentinischer Geschichte, befragt nach seinen Kenntnissen des Altitalienischen und durch beide Komitees bestätigt. Pazzi hatte Dr. Fells Bewerbungsunterlagen und die Ergebnisse der amtsärztlichen Untersuchung überprüft. Als die Komiteemitglieder ihre Akten zusammenräumten und sich zum Gehen anschickten, sprach Pazzi den Doktor an.

»Dr. Fell.«

»Ja, *Commendatore?*«

Der neue Kurator wirkte klein und strahlte Vornehmheit aus. Die obere Hälfte seiner Brillengläser war getönt. Der Schnitt seines dunklen Anzugs war selbst für italienische Augen von beeindruckender Eleganz.

»Ich frage mich, ob Sie noch das Glück hatten, Ihrem Vorgänger begegnet zu sein.« Das Sensorium eines erfahrenen Polizeibeamten ist darauf geeicht, Furcht in allen nur denkbaren Facetten zu registrieren. Pazzi musterte Dr. Fell eindringlich. Er nahm nur die absolute Ruhe seines Gegenübers wahr.

»Ich hatte leider niemals das Vergnügen. Allerdings habe ich verschiedene Monographien von ihm in der Reihe *Nuova Antologia* gelesen.« Dr. Fells toskanischer Tonfall war im Gespräch genauso klar wie in seiner Rezitation. Pazzi vernahm die Spur eines Akzents, doch gelang es ihm nicht, ihn zuzuordnen.

»Ich weiß, daß die Beamten, die anfangs mit dem Fall befaßt waren, den Palazzo Capponi nach Hinweisen, wie beispielsweise einem Abschiedsbrief, durchsucht haben. Sie fanden nichts. Sollten Sie in den Papieren auf irgend etwas Persönliches stoßen, auch wenn es trivialer Natur ist, wären Sie dann so freundlich, mich zu verständigen?«

»Aber natürlich, *Commendator* Pazzi.«

»Werden seine persönlichen Gegenstände noch immer im Palazzo verwahrt?«

»Wohl verstaut in zwei Koffern, inklusive Aufstellung.«

»Ich schicke – ich werde persönlich vorbeikommen und sie abholen.«

»Hätten Sie die Güte, mich vorher anzurufen, *Commendatore?* Ich kann dann den Alarm deaktivieren, bevor Sie eintreffen. Das erspart Ihnen Zeit und Mühe.«

Der Mann ist viel zu ruhig. Eigentlich müßte er ein wenig Angst vor mir haben. Er bittet mich darum, ihn anzurufen, bevor ich ihn besuchen komme.

Die Versammlung hatte Pazzi aufgebracht. Er konnte nichts dagegen tun. Und nun fühlte er sich auch noch durch den Dünkel dieses Mannes herausgefordert. Er stichelte zurück.

»Dr. Fell, gestatten Sie mir eine persönliche Frage?«

»Wenn es der Rechtsfindung dient, *Commendatore*.«

»Sie haben da eine verhältnismäßig frische Narbe auf dem Rücken Ihrer linken Hand.«

»Und Sie einen neuen Trauring an Ihrer: *La Vita Nuova?*« Dr. Fell lächelte. Er hatte kleine Zähne, sehr weiß. Bevor Pazzi sich von seinem Erstaunen erholen und beleidigt sein konnte, hielt Dr. Fell seine Hand mit der Narbe hoch und fuhr fort: »Karpaltunnel-Syndrom, *Commendatore*. Die Geschichtswissenschaft ist ein riskanter Beruf.«

»Warum haben Sie das in den Fragebögen bei der amtsärztlichen Untersuchung unter den Tisch fallen lassen?«

»Ich hatte den Eindruck, *Commendatore*, daß körperliche Gebrechen nur dann von Bedeutung seien, wenn man ihretwegen vom Staat Invalidenrente bezieht. Das ist bei mir nicht der Fall. Außerdem bin ich nicht körperbehindert.«

»Sie haben sich also der Operation in Brasilien unterzogen, Ihrem Heimatland?«

»Auf jeden Fall war es nicht in Italien. Ich habe keinerlei Unterstützung von seiten des italienischen Staates bezogen«, sagte Dr. Fell, als glaubte er, die Frage damit vollständig beantwortet zu haben.

Sie waren die letzten, die das Sitzungszimmer verließen. Pazzi war gerade in der Tür, als Dr. Fell ihn fragte.

»*Commendator* Pazzi?«

Dr. Fell gab eine schwarze Silhouette vor den hohen Fenstern ab. Hinter ihm, in der Ferne, erhob sich der Dom.

»Ja?«

»Täusche ich mich, oder sind Sie ein Pazzi aus der berühmten Familie der Pazzi?«

»Ja. Woher haben Sie das gewußt?« Einen Moment lang glaubte Pazzi, Dr. Fell spiele auf die extrem überzeichnete Berichterstattung der Presse an.

»Sie haben Ähnlichkeit mit einer der Figuren auf den Glaskeramiken von Lucca della Robbia in der Kapelle Ihrer Familie in der Basilika von Santa Croce.«

»Ah, das war Andrea de' Pazzi, dargestellt als Johannes

der Täufer«, sagte Pazzi. Die Worte waren wie Balsam für seine wunde Seele.

Als Rinaldo Pazzi die schlanke, im Sitzungszimmer stehende Gestalt verließ, prägte sich ihm als bleibender Eindruck Dr. Fells außergewöhnliche Ruhe ein.

Dieser Eindruck sollte sich sehr bald verstärken.

20

Wir sind heutzutage einer Flut von Obszönem und Vulgärem ausgesetzt, die uns unserer Umgebung gegenüber stumpf werden läßt. Es ist daher höchst aufschlußreich, danach Ausschau zu halten, was für uns noch immer das Böse verkörpert, was bei uns einschlägt, wie es so schön heißt. Was uns hochschrecken läßt wie jener berühmt-berüchtigte kalte Waschlappen im Gesicht. In Florenz war es eine Ausstellung mit dem Titel »Das Theater der Grausamkeit«. Und dort begegnete Rinaldo Pazzi Dr. Fell das nächste Mal.

Die Ausstellung präsentierte mehr als zwanzig klassische Folterinstrumente, mit ausführlichen Erläuterungen versehen. Sie war im düsteren Forte di Belvedere untergebracht, einer von den Medici im 16. Jahrhundert erbauten Trutzburg, die über dem südlichen Teil der Stadt aufragte. Die Ausstellung zog das Publikum in Scharen an und erregte ungeheures Aufsehen.

Ursprünglich war »Das Theater der Grausamkeit« nur für einen Monat angekündigt, war dann aber mehr als sechs Monate geöffnet. Als Attraktion zog sie mit den Uffizien gleich und übertraf sogar das Museum im Palazzo Pitti.

Die Ausstellungsmacher, zwei abgehalfterte Tierpräparatoren, die sich in der Vergangenheit mehr recht als schlecht von den Überresten der Trophäen ernährt hatten, die man ihnen zum Ausstopfen überlassen hatte, wurden zu Millionären und feierten mit ihrer Ausstellung europaweit triumphale Erfolge.

Die Besucher, in der Regel Paare, kamen aus ganz Europa und nutzten die abendlichen Öffnungszeiten, um an den

Maschinen des Schmerzes vorbeizuflanieren. Sie studierten sorgfältig die in vier Sprachen abgefaßte Dokumentation über Herkunft und Gebrauch der technischen Wunderwerke. Illustrationen von Dürer und anderen Künstlern, zusammen mit zeitgenössischen Aufzeichnungen, vermittelten ihnen tiefe Einsichten, beispielsweise in die hohe Kunst des Räderns.

So war auf einer Schautafel zu lesen:

> *Die italienischen Fürsten brachen ihren Opfern bevorzugt die Knochen, indem sie jene, wie gezeigt, auf den Boden fixierten und die aufgebockten Glieder durch ein mit Eisen beschlagenes Rad malträtieren ließen. Demgegenüber war es im nördlichen Europa üblich, den Delinquenten am Rad festzubinden und ihm oder ihr mit einer Eisenstange das Rückgrat zu brechen. Danach flocht man die Glieder des Delinquenten durch die Speichen rund um die Nabe, wobei die komplizierten Knochenbrüche unterhalb des Kopfes für den erforderlichen Bewegungsspielraum und der Torso in der Mitte für die notwendige Stabilität sorgten. Letzteres befriedigte weitaus mehr den Wunsch des Publikums nach einem Spektakel, die Belustigung wurde aber mitunter dadurch getrübt, daß dem Delinquenten ein Stück Knochen ins Herz fuhr.*

»Das Theater der Grausamkeit« verfehlte auf einen Kenner des Bösen in der menschlichen Natur seine Wirkung nicht. Aber die Essenz des Bösen, die wahre *Asafötida* des menschlichen Geistes, begegnet einem nicht mit der eisernen Jungfrau oder dem Streckbrett; Häßlichkeit in ihrer reinsten Form findet sich in den Gesichtern der Menge.

Im Halbdunkel des großartigen Gewölbes, unterhalb der von der Decke hängenden Käfige der Verdammten, stand Dr. Fell, ein Kenner und Genießer menschlicher Fratzen, die Brille in der vernarbten Hand, einen Brillenbügel gegen seine Lippen gedrückt, und beobachtete gedankenverloren die vorübergehenden Menschen.

Rinaldo Pazzi sah ihn dort stehen.

Pazzi war mit dem zweiten demütigenden Auftrag an diesem Tag befaßt. Anstatt mit seiner Frau zu Abend zu essen, drängte er sich durch die Besuchermassen, um für Paare neue Warnhinweise vor dem Ungeheuer von Florenz aufzuhängen. Jenem Ungeheuer, das er nicht zur Strecke hatte bringen können. Ein Exemplar dieses Plakats hing an prominenter Stelle über seinem Schreibtisch. Seine Vorgesetzten hatten es dort neben Steckbriefen aus aller Welt anbringen lassen.

Die Tierpräparatoren, die an der Kasse standen, waren überglücklich, ihrer Show ein Schlaglicht zeitgenössischen Horrors hinzufügen zu dürfen. Sie baten Pazzi jedoch, das Plakat selbst aufzuhängen, weil keiner der beiden den jeweils anderen mit den Einnahmen allein lassen wollte. Ein paar Einheimische erkannten Pazzi und beraubten ihn der Anonymität der Masse, indem sie ihn auszischten.

In der Nähe des Eingangs, wo es zweifellos die meiste Aufmerksamkeit erregen mußte, fand Pazzi an einem Schwarzen Brett Platz für das blaue Plakat mit dem einen starrblickenden Auge. Er trieb Stecknadeln durch alle vier Ecken und richtete einen Strahler auf das Motiv. Als er die dem Eingang zustrebenden Pärchen beobachtete, nahm er deren Bereitschaft für sexuelle Abenteuer wahr, sah, wie sich im Schutz der Masse Körper aneinanderrieben. Er wollte kein weiteres Tableau, kein Blut und keine Blumen mehr sehen.

Pazzi wollte mit Dr. Fell sprechen – es wäre ihm sehr gelegen gekommen, die Sachen des verschwundenen Kurators abzuholen, wo er doch schon ganz in der Nähe des Palazzo Capponi war. Aber als Pazzi sich wieder umwandte, war der Doktor verschwunden. Er konnte ihn jedenfalls nicht in der Menge nahe dem Ausgang ausmachen. Die steinerne Wand, vor der der Doktor unterhalb des Hungerkäfigs mit dem Skelett, das, in einer fötalen Position eingerollt, noch immer um Nahrung zu flehen schien, gestanden hatte, gähnte ihm verwaist entgegen.

Pazzi ärgerte sich. Er drängte sich durch die Menge nach draußen.

Doch der Doktor blieb verschwunden.

Der Wachmann am Eingang erkannte Pazzi und sagte nichts, als er über das Absperrungsseil stieg und den Weg in die Anlagen des Forte di Belvedere nahm. Pazzi erklomm den Wall und schaute über den Arno nach Norden. Die Altstadt von Florenz mit der gewölbten Domkuppel lag ihm zu Füßen. Der Turm des Palazzo Vecchio ragte hell angestrahlt in das Dunkel der Nacht.

Pazzi war zu lange im Geschäft, um nicht an der lächerlichen Verkehrung der Verhältnisse zu leiden. Seine Heimatstadt schien ihn narren zu wollen.

Das FBI hatte dem Messer in seinem Rücken eine letzte Drehung gegeben, als es in der Presse verlautbaren ließ, das FBI-Täterprofil von *Il Mostro* weise keinerlei Ähnlichkeit mit dem Mann auf, den Pazzi verhaftet hatte. *La Nazione* kommentierte trocken, Pazzi habe »Tocca offenkundig eine Fahrkarte ins Gefängnis ausgestellt«.

Das letztemal, als Pazzi das blaue *Il-Mostro*-Plakat eigenhändig aufgehängt hatte, war in Amerika gewesen, eine stolze Trophäe an der Wand der Abteilung für Verhaltensforschung. Die FBI-Agenten hatten ihn sogar gebeten, es für sie zu signieren. Sie wußten alles über ihn, bewunderten seine Arbeit und luden ihn ein. Er und seine Frau waren an der Küste von Maryland zu Gast gewesen.

Als er auf dem dunklen Wall stand und über die Altstadt von Florenz schaute, roch er die Salzluft der Chesapeake Bay, sah seine Frau mit ihren neuen weißen Sneakers dort am Strand entlangspazieren.

Es gab in der Abteilung für Verhaltensforschung sogar eine Ansicht von Florenz, die man ihm als Kuriosität vorgeführt hatte. Es war exakt der Blick auf die Altstadt, der sich ihm nun vom Forte di Belvedere aus darbot. Es kam eben nichts dieser Aussicht auf Florenz gleich. Doch das Bild war nicht farbig gewesen, sondern eine Kohle-Bleistift-Zeichnung, die den Hintergrund einer Fotografie gebildet hatte. Einer Fotografie des amerikanischen Serienkillers Dr. Hannibal Lecter.

Lecter hatte Florenz aus dem Gedächtnis zu Papier gebracht. Die Zeichnung hing in seiner Zelle, einem so grausigen Ort.

Wann fiel bei Pazzi wohl der Groschen? Zwei Bilder, das leibhaftige Florenz, wie es vor ihm lag, und die Zeichnung, an die er sich erinnerte. Ein *Il-Mostro*-Plakat, das er ein paar Minuten zuvor aufgehängt hatte. Mason Vergers *Hannibal-Lecter*-Poster an der Wand seines Büros mit der riesigen Belohnung und den Anweisungen: DR. LECTER WIRD SEINE LINKE HAND VERBERGEN WOLLEN UND ALLES ERDENKLICHE UNTERNEHMEN, UM DIESE OPERIEREN ZU LASSEN, DA DIE IHM ANGEBORENE ART VON POLYDAKTYLIE, DAS VORHANDENSEIN EINES VOLLSTÄNDIG AUSGEBILDETEN ZUSÄTZLICHEN FINGERS, UNGEWÖHNLICH SELTEN AUFTRITT UND EINE SOFORTIGE IDENTIFIZIERUNG GESTATTET.

Dr. Fell mit der vernarbten Hand, den Brillenbügel gegen seine Lippen tippend.

Eine detailgenaue Zeichnung dieser Stadtansicht an der Wand von Hannibal Lecters Zelle.

Kam Pazzi die Idee, während er auf die Altstadt von Florenz hinunterblickte, oder senkte sie sich aus dem dunklen Nachthimmel auf ihn herab? Und warum kündigte sie sich durch den Duft einer salzigen Brise der Chesapeake Bay an?

Ungewöhnlich für einen visuell veranlagten Menschen, stellte sich die Verbindung über einen Klang her, das Geräusch eines Tropfens, der in etwas Dickflüssiges fällt.

Hannibal Lecter war nach Florenz geflohen.
Plop.
Hannibal Lecter war Dr. Fell.

Rinaldo Pazzis innere Stimme warnte ihn, daß er, eingesperrt in den Käfig seiner mißlichen Lage, nun verrückt geworden war; daß sein Verstand die Zähne in die Gitterstäbe geschlagen hatte, wie das Skelett in dem Hungerkäfig.

Ohne zu wissen, wie er dorthin gekommen war, fand er sich vor dem Renaissance-Tor wieder, das auf die steil abfallende Costa di San Giorgio führte, eine kleine Straße, kaum länger als einen Kilometer, die sich ins Herz der Altstadt schlängelte. Seine Schritte schienen ihn willenlos über das abschüssige Kopfsteinpflaster zu tragen. Er ging schneller, als er eigentlich wollte, hielt nach dem Mann Ausschau, der sich Dr. Fell nannte, denn das hier war die Straße, die er nehmen mußte, wenn er nach Hause wollte. Auf halbem Weg bog Pazzi in die Costa Scarpuccia ein und folgte ihr, bis er nahe dem Fluß auf die Via de' Bardi stieß, unmittelbar in der Nähe des Palazzo Capponi, dem Heim von Dr. Fell.

Pazzi, schwer atmend von dem Abstieg, mied die Straßenbeleuchtung und zog sich in einen dunklen Hauseingang gegenüber dem Palazzo zurück. Sollte jemand vorbeikommen, würde er sich einfach umdrehen und so tun, als klingelte er.

Der Palazzo lag in tiefes Dunkel gehüllt. Pazzi konnte oberhalb der prächtigen Flügeltüren das rote Licht einer Überwachungskamera erkennen. Er war sich unsicher, ob sie immer arbeitete oder nur dann, wenn jemand die Türglocke anschlug. Er fühlte sich durch den Eingang gut geschützt. Pazzi glaubte nicht, daß die Kamera die gegenüberliegende Fassade im Blick hatte.

Er wartete eine halbe Stunde und lauschte seinem Atem. Aber der Doktor kam nicht. Vielleicht war er ja bereits drinnen und hatte kein Licht angeschaltet.

Die Straße lag wie ausgestorben da. Pazzi überquerte sie hastig und blieb, an die Hauswand gepreßt, stehen.

Ganz, ganz schwach vernahm er einen Klang aus den Tiefen des Palazzo. Pazzi legte sein Ohr an eine kalte Fenstersprosse und lauschte. Er hörte ein Klavier, Bachs »Goldberg-Variationen«, sehr gut gespielt.

Pazzi mußte abwarten, sich auf die Lauer legen und nachdenken. Es war noch viel zu früh, um das Wild aufzuscheuchen. Er mußte einen Entschluß fassen. Er wollte nicht noch einmal wie ein Idiot dastehen. Als er sich wieder in den Schatten auf der anderen Straßenseite zurückzog, war das letzte, was man von ihm verschwinden sah, seine Nase.

21

Der christliche Märtyrer San Miniato hob das ihm abgeschlagene Haupt aus dem Sand des römischen Amphitheaters in Florenz auf und trug es unter dem Arm zum Berghang jenseits des Flusses, dem Ort, wo er in seiner prächtigen Kirche, San Miniato al Monte, begraben wurde, so jedenfalls will es die Legende.

Ganz gewiß kam San Miniatos Körper, ob aufrecht oder nicht, auf seinem Weg die uralte Via de' Bardi entlang, wo wir nun stehen. Der Abend dämmert, und die Straße ist leer, das fächerförmige Kopfsteinpflaster schimmert feucht im Nieselregen, der nicht kalt genug ist, um den Geruch der Katzen abzutöten. Wir weilen inmitten der Paläste, die von den Fürsten, den Königsmachern und Kunstkennern des Florenz der Renaissance erbaut worden sind. Keinen Bogenschuß weit entfernt, jenseits des Arno, liegt die grausame Spitze der Piazza della Signoria, wo man Girolamo Savonarola aufgeknüpft und verbrannt hat, und das prachtvolle Haus des Fleisches mit seinen wohl abgehangenen Christusbildern, die Uffizien.

Diese Familienpaläste, die sich in einer uralten Straße drängen und denen die italienische Bürokratie der Gegenwart teilnahmslos gegenübersteht, haben nach außen hin eine Gefängnisarchitektur. Aber in ihrem Inneren beherbergen sie großartige und wohltuende Räume, hohe, stille Hallen, die nie jemand zu Gesicht bekommt, drapiert mit verrotteten Seidentapeten, wo die weniger berühmten Werke der großen Renaissance-Künstler jahrelang im Dunkeln hängen, allenfalls von Blitzschlägen illuminiert.

Hier neben dir, werter Leser, steht der Palazzo der Capponi, eine Familie, die auf eine tausendjährige Geschichte zurückblickt, die das Ultimatum eines französischen Königs vor dessen Augen zerrissen hat und aus deren Reihen ein Papst hervorging.

Die vergitterten Fenster des Palazzo Capponi sind nun dunkel, die Fackelhalter leer. In jener blindgewordenen Fensterscheibe dort drüben ist noch ein Einschußloch aus den vierziger Jahren zu sehen. Komm näher. Lehne deinen Kopf gegen das kalte Eisen, wie es der Polizeibeamte getan hat, und lausche. Schwach hörst du ein Klavier. Bachs »Goldberg-Variationen«, nicht vollendet, aber außerordentlich gut, mit einem tiefen Verständnis für die Musik gespielt; man meint zu hören, die linke Hand des Spielers sei ein wenig steif.

Du, der du dich frei glaubst von Übel, willst du hineingehen? Wirst du diesen Palast betreten, berühmt für Blut und Ruhm, wirst du deinem Gesicht in die von Spinnweben durchzogene Dunkelheit folgen, dich dem ausgezeichneten Klavierspiel nähern? Für die Alarmanlage existieren wir nicht. Der naßgewordene Polizeibeamte, der im Hauseingang lauert, kann uns nicht sehen. Komm also ...

Drinnen in der Vorhalle ist die Dunkelheit beinahe undurchdringlich. Eine weitgeschwungene Steintreppe. Das Treppengeländer fühlt sich kühl für die darübergleitende Hand an. Die Stufen unter unseren Füßen sind ausgetreten von den Schritten aus vielen Jahrhunderten. Wir folgen dem Klang der Musik.

Die riesige Flügeltür der großen Halle würde knarren und in ihren Angeln quietschen, wenn wir sie öffnen müßten. Für dich, werter Leser, stehen sie offen. Die Töne dringen aus dem hintersten Winkel des Raumes zu uns. Von dort kommt auch das einzige Licht, das Licht vieler Kerzen, das durch eine kleine Kapellentür fällt und einen rötlichen Schimmer verbreitet.

Zur Musik also. Verschwommen tauchen große Gruppen verhängter Möbelstücke auf, unscharfe Formen, die im flakkernden Kerzenlicht wie eine Herde schlafender Tiere anmuten. Über uns verliert sich die Höhe des Raumes in tiefer Dunkelheit.

Der Lichtschein fällt rötlich auf das reichverzierte Klavier und den Mann dahinter, der den Renaissance-Gelehrten als Dr. Fell bekannt ist. Er scheint ganz in die Musik versunken. Sein Haar und der Rücken seines wattierten seidenen Morgenmantels reflektieren den strahlenden Glanz des Lichtes.

Die zurückgeschlagene Abdeckung des Klaviers ist mit einer herrlichen Bankettszene verziert, und die kleinen Figuren scheinen im Kerzenlicht über den Klaviersaiten zu tanzen. Er spielt mit geschlossenen Augen. Er benötigt keine Notenblätter. Vor ihm, auf dem leierförmig geschnitzten Notenständer, liegt eine Ausgabe des amerikanischen *National Tattler.* Sie ist so gefaltet, daß nur das Gesicht auf der Titelseite, das Gesicht von Clarice Starling, zu erkennen ist.

Unser Musiker lächelt, beendet das Musikstück und wiederholt zum eigenen Vergnügen noch einmal die Sarabande. Als die Filzhämmerchen die letzte Saite angeschlagen haben und der Ton in dem großen Raum verklungen ist, öffnet er die Augen. Seine Pupillen scheinen im Licht der Kerzen einen Moment lang wie rote Punkte zu glühen. Er neigt den Kopf leicht zur Seite und blickt auf die Zeitung vor sich.

Er erhebt sich lautlos und nimmt das amerikanische Boulevardblatt in die kleine, kostbar ausgestattete Kapelle mit, die lange vor der Entdeckung Amerikas erbaut worden ist. Als er das Blatt im Licht der Kerzen aufschlägt, scheint es, als läsen die Heiligenbilder über dem Altar ihm über die Schulter mit, als ob sie irgendwo in einer Schlange anständen. Die Überschrift kommt als 72-Punkt Gothic Railroad daher. Sie tönt: »TODESENGEL CLARICE STARLING, DIE KILLERMASCHINE DES FBI«.

Die Gesichter über dem Altar, in Schönheit und Schmerz gebannt, verschwinden, als er die Kerzen ausbläst. Er braucht kein Licht, um die große Halle zu durchqueren. Ein leiser Luftzug streift uns, als Dr. Hannibal Lecter an uns vorübergeht. Die riesige Tür knarrt und schließt mit einem dumpfen Ton, der einen Moment lang den Boden unter unseren Füßen erzittern läßt. Stille.

Schritte, die einen anderen Raum betreten. Im Widerhall dieser Räume scheinen die Wände näher heranzurücken. Die hohe Decke wirft die Geräusche nur verzögert zurück. In der Luft liegt noch immer der Geruch von Velin, Pergament und gelöschtem Docht. Papier raschelt in der Dunkelheit. Ein Möbelstück wird verrückt und ächzt unter der Last eines Menschen, der sich auf ihm niederläßt. Dr. Lecter sitzt in einem großen Lehnstuhl in der berühmten Capponi-Bibliothek. Seine Augen reflektieren das Licht rötlich, aber sie glühen nicht rot im Dunkeln, wie das einige seiner Wärter geschworen haben. Die Dunkelheit hüllt ihn ein. Er überlegt …

Es ist wahr, Dr. Lecter hat ein wenig nachgeholfen, die Stelle im Palazzo Capponi zu bekommen, indem er seinen Vorgänger beseitigte – ein Kinderspiel, er hatte keine große Mühe mit dem alten Mann gehabt, und die Ausgaben für zwei Sack Zement waren kaum der Rede wert –, aber als der Weg erst einmal frei war, verdiente er sich den Job auf redliche Weise, denn er hatte vor dem Komitee der Schönen Künste seine außergewöhnlichen sprachlichen Fähigkeiten bewiesen, als er mittelalterliches Italienisch und Latein vom Blatt übersetzte. Und das Originalmanuskript war in einer extrem dichten Frakturschrift gesetzt.

Hier hat er einen Frieden gefunden, den er sich bewahren will. Er hat während seines Aufenthalts in Florenz kaum jemanden getötet, sieht man einmal von seinem Vorgänger ab.

Seine Ernennung zum Übersetzer und Kurator der Capponi-Bibliothek ist aus mehreren Gründen wertvoll für ihn: Weite und Höhe der Palasträume stellen für Dr. Lecter nach den Jahren der Enge in der Haft einen Wert an sich dar; und was noch wichtiger ist, er reagiert körperlich auf den Palazzo, ist dieser doch das einzige Privathaus, das er kennt, das in seiner Dimension und in den Details dem Gedächtnispalast ähnelt, den er sich seit seiner Jugend bewahrt und erweitert.

In der Bibliothek, dieser einzigartigen Sammlung von Handschriften und Briefwechseln, die bis ins frühe dreizehnte Jahrhundert zurückreicht, kann er der Neugier auf seine eigene Geschichte freien Lauf lassen.

Dr. Lecter glaubt, daß er, den wenigen überlieferten Bruchstücken seiner Familiengeschichte zufolge, von einem gewissen Giuliano Bevisangue, einer furchteinflößenden Figur aus der Toskana des zwölften Jahrhunderts, und von den Familien Machiavelli und Visconti abstammt. Das hier ist also der ideale Ort für Nachforschungen. Obwohl er eine gewisse, eher abstrakt zu nennende Neugier an den Tag legt, ist das Ganze für ihn nicht ichbezogen. Dr. Lecter bedarf keiner Selbstbestätigung der konventionellen Art. Sein Ego, ebenso wie sein Intelligenzquotient und der Grad seines Denkvermögens entziehen sich herkömmlichen Bewertungskriterien.

Innerhalb der Analytikerzunft herrscht nicht einmal darüber Übereinstimmung, ob Dr. Lecter überhaupt als Mensch zu bezeichnen ist. Seit langem gilt er unter seinen Kollegen, von denen viele seine spitze Feder in den Fachzeitschriften fürchten, als *das Andere*. Der Bequemlichkeit halber bezeichnen sie ihn als »Ungeheuer«.

Das Ungeheuer sitzt im Dunkel der Bibliothek. Sein Verstand malt Farben auf die schwarze Leinwand. Ein Hauch von Mittelalter durchweht seine Gedankenwelt. Er denkt über den Polizeibeamten nach.

Das Klicken eines Lichtschalters, und eine niedrige Tischlampe geht an. Nun können wir Dr. Lecter an einem wuchtigen Tisch aus dem sechzehnten Jahrhundert in der Capponi-Bibliothek sitzen sehen. Hinter ihm eine Wand mit Schubfächern, unzähligen Handschriften und prachtvollen, in Leder gebundenen Hauptbüchern. Manche gehen bis ins zwölfte Jahrhundert zurück. Vor ihm stapelt sich der Briefwechsel mit einem Minister der Republik Venedig aus dem vierzehnten Jahrhundert. Als Briefbeschwerer dient ihm ein kleiner Guß, den Michelangelo als Studie für seinen gehörnten Moses angefertigt hat. Neben dem Tintenfaß steht ein Laptop, der ihm die Möglichkeit zur Online-Recherche über das Netz der Universität Mailand gibt.

Inmitten der graubraunen und gelben Stapel von Pergamenten und Velin leuchtet das kräftige Rot und Blau einer Ausgabe des *National Tattler*. Daneben liegt die Florenz-Ausgabe von *La Nazione*.

Dr. Lecter greift nach der italienischen Zeitung und liest die vorerst letzte Attacke auf Rinaldo Pazzi. Ein Dementi des FBI im Fall *Il Mostro* bietet den Anlaß dazu. »Unser Täterprofil wies keinerlei Ähnlichkeit mit Tocca auf«, verlautbarte ein Sprecher des FBI.

La Nazione berichtete über Pazzis beruflichen Werdegang und dessen Aufenthalt in Amerika, seinen Besuch in Quantico, und kommentierte, daß er es eigentlich hätte besser wissen müssen.

Der Fall *Il Mostro* interessierte Dr. Lecter nicht, aber Pazzis Hintergrund nahm seine Aufmerksamkeit in Anspruch. Was für ein Malheur, daß er ausgerechnet einem Polizeibeamten begegnen mußte, der in Quantico war, wo Lecter ein Fall fürs Lehrbuch geworden war.

Als Dr. Lecter im Palazzo Vecchio Rinaldo Pazzi ins Gesicht blickte und ihm so nahe kam, daß er ihn riechen konnte, wußte er mit Bestimmtheit, daß Pazzi keinen Verdacht gegen ihn hegte, obwohl er sich nach der Narbe an seiner Hand erkundigt hatte. Pazzi zeigte nicht einmal wegen des verschwundenen Kurators ernsthaftes Interesse an ihm.

Der Polizeibeamte hatte ihn im »Theater der Grausamkeit« gesehen. Es wäre sicher besser gewesen, ihn auf einer Orchideenschau zu treffen.

Sollte Pazzi nicht in kühleren Gefilden dem verschwundenen Kurator des Palazzo Capponi Gesellschaft leisten? Was, wenn man Pazzis Leiche fände und es nach einem Selbstmord aussähe? *La Nazione* wäre bestimmt erfreut darüber, ihn in den Tod getrieben zu haben.

Nein, nicht jetzt, dachte das Ungeheuer und wandte sich den berühmten Handschriftenrollen und Pergamenten zu.

Dr. Lecters Wohlbefinden wurde durch keine Sorgen getrübt. Er erfreute sich an dem Stil Neri Capponis, Bankier und Abgesandter im Venedig des fünfzehnten Jahrhunderts, und las dessen Briefe, manchmal sogar laut, einfach zum puren Vergnügen bis tief in die Nacht hinein.

FBI-Agentin Clarice Starling *(Julianne Moore)*

Clarice Starling schießt zu schnell und macht sich bei ihrem Vorgesetzten Paul Krendler *(Ray Liotta)* unbeliebt.

Bedrohung oder Schutzengel: Hannibal Lecter *(Anthony Hopkins)* folgt der Agentin wie ein Schatten.

Clarice beim Joggen in Washington...

...während Hannibal Lecter am Arno-Ufer in Florenz spazieren geht.

Rinaldo Pazzi *(Giancarlo Giannini)* ist Dr. Lecter auf der Spur – oder umgekehrt?

22

Noch vor Tagesanbruch hielt Pazzi die Fotografien in Händen, die für die Arbeitserlaubnis aufgenommen und zusammen mit den Negativen von Dr. Fells *Permesso di Soggiorno* den Akten der Carabinieri beigefügt worden waren. Pazzi hatte außerdem die ausgezeichneten Fotos aus der Verbrecherkartei, die auf Mason Vergers Plakat abgebildet waren. Die Gesichter ähnelten sich ihrer Form nach. Sollte Dr. Fell aber tatsächlich Dr. Hannibal Lecter sein, so war einiges an Nase und Wangen getan worden, womöglich mit Collagen-Injektionen. Die Ohren sahen vielversprechend aus. Wie Alphonse Bertillon hundert Jahre vor ihm studierte Pazzi die Ohren mit einem Vergrößerungsglas. Sie schienen dieselben zu sein.

Auf dem hoffnungslos veralteten Computer der Questura wählte er die Violent-Crime-Apprehension-Datenbank des FBI an und gab seinen Interpol-Zugangscode ein. Dann rief er die umfangreiche Lecter-Akte auf. Er verfluchte sein vorsintflutliches Modem und versuchte, den verschwommenen Text auf dem Bildschirm zu entziffern, bis die Buchstaben vor seinen Augen tanzten. Das meiste über den Fall wußte er schon. Zwei Dinge verschlugen ihm den Atem. Ein alter und ein neuer Eintrag.

Dem jüngsten Update zufolge existierte ein Röntgenbild, das bewies, daß Dr. Lecter sich wahrscheinlich einer Operation an der Hand unterzogen hatte. Die etwas ältere Geschichte war ein Scan eines handschriftlichen Polizeiberichts aus Tennessee, aus dem hervorging, daß Hannibal Lecter eine Bandaufnahme der »Goldberg-Variationen« gehört hatte, während er seine Bewacher in Memphis umbrachte.

Das Plakat, das von dem schwerreichen amerikanischen Opfer Mason Verger in Umlauf gebracht worden war, rief jeden Informanten pflichtschuldigst dazu auf, die weiter unten abgedruckte Nummer des FBI anzurufen. Es gab die übliche Warnung, Dr. Lecter sei bewaffnet und gefährlich. Eine private Telefonnummer war vermerkt, direkt unter dem Absatz, der die riesige Belohnung in Aussicht stellte.

Der Flug von Florenz nach Paris kostete ein kleines Vermögen, und Pazzi mußte ihn aus eigener Tasche bezahlen. Er glaubte nicht, daß die französische Polizei ihm ohne lästige Nachfragen einen Telefonanschluß zur Verfügung stellen würde, wußte aber auch nicht, wie er ihn auf anderem Wege bekommen konnte. Er rief von einer *American-Express*-Telefonkabine in der Nähe der Oper die auf dem Plakat angegebene private Telefonnummer an. Er ging davon aus, daß der Anruf zurückverfolgt würde. Pazzi sprach zwar leidlich gut Englisch, aber ihm war auch klar, daß ihn sein Akzent als Italiener entlarven würde.

Die Stimme am anderen Ende der Leitung war männlich, amerikanisch, sehr ruhig.

»In welcher Angelegenheit rufen Sie an?«

»Ich verfüge unter Umständen über Informationen, die Hannibal Lecter betreffen.«

»Danke, daß Sie uns anrufen. Kennen Sie seinen derzeitigen Aufenthaltsort?«

»Ich glaube es zumindest. Gilt das mit der Belohnung noch?«

»Ja. Welche handfesten Beweise haben Sie, daß es sich bei besagter Person wirklich um Hannibal Lecter handelt? Bitte haben Sie Verständnis für meine Frage, wir erhalten jede Menge Anrufe von Leuten, die sich wichtig machen wollen.«

»Nur so viel, er hat sich einer kosmetischen Gesichtsoperation und einem chirurgischen Eingriff an der linken Hand unterzogen. Er kann noch immer die ›Goldberg-Variationen‹ spielen. Er besitzt brasilianische Papiere.«

Eine Pause trat ein. Dann: »Warum haben Sie sich damit

nicht an die Polizei gewandt? Ich bin dazu angehalten, Ihnen genau das vorzuschlagen.«

»Wird die Belohnung in jedem Fall ausgezahlt?«

»Die Belohnung ist für Informationen ausgesetzt, die zur Ergreifung und Verurteilung führen.«

»Würde die Belohnung auch ... unter besonderen Umständen ausbezahlt?«

»Sprechen Sie von einem Kopfgeld auf Dr. Lecter, das einer Person ausgezahlt werden würde, der es normalerweise verwehrt ist, eine Belohnung anzunehmen?«

»Ja.«

»Wir arbeiten beide auf dasselbe Ziel hin. Bleiben Sie also bitte am Apparat, während ich Ihnen einen Vorschlag mache. Es ist gegen internationale Vereinbarungen und gegen das US-amerikanische Gesetz, eine Belohnung auf jemanden auszusetzen, Sir. Bleiben Sie bitte am Apparat. Darf ich fragen, ob Sie aus Europa anrufen?«

»Ja, das tue ich. Das ist aber auch alles, was ich Ihnen dazu sagen werde.«

»Gut, hören Sie mich an. – Ich schlage vor, daß Sie mit einem Anwalt Kontakt aufnehmen und, was die Frage nach der Legalität von Kopfgeld betrifft, seinen juristischen Rat einholen. Unternehmen Sie auf gar keinen Fall Schritte gegen Dr. Lecter, die als ungesetzlich einzustufen sind. Darf ich Ihnen einen Anwalt empfehlen? Es gibt einen in Genf, der sich auf diese Fragen spezialisiert hat. Darf ich Ihnen seine Telefonnummer durchgeben? Der Anruf ist gebührenfrei. Ich rate Ihnen nachdrücklich, ihn anzurufen und diese Angelegenheit in aller Offenheit mit ihm zu diskutieren.«

Pazzi kaufte sich eine Telefonkarte und tätigte seinen nächsten Anruf aus einer Telefonkabine im Kaufhaus Bon Marché. Er hatte eine Person mit einem trockenen Schweizer Tonfall am Ende der Leitung. Das Gespräch dauerte keine fünf Minuten.

Mason Verger war bereit, eine Million US-Dollar für Dr. Lecters Kopf und beide Hände zu bezahlen. Denselben Betrag für Informationen, die zu dessen Verhaftung führten. Drei Millionen Dollar aber für Dr. Hannibal Lecter lebend.

Keine lästigen Fragen. Diskretion garantiert. Dieses Angebot umfaßte einen Vorschuß von einhunderttausend Dollar, wenn Pazzi einen Fingerabdruck von Dr. Lecter beibrachte, genauer gesagt, einen Fingerabdruck *in situ* auf einem Objekt. In diesem Fall könnte er den Rest des Geldes in einem Schließfach in der Schweiz, das treuhänderisch auf seinen Namen eingerichtet werde, in Augenschein nehmen.

Bevor er das Bon Marché verließ und zum Flughafen fuhr, kaufte Pazzi noch ein pfirsichfarbenes Negligé aus Seide für seine Frau.

23

Wie verhält man sich, wenn man weiß, daß die traditionellen Ehrvorstellungen wertlos geworden sind? Wenn man mit Marc Aurel zu der Überzeugung gelangt, daß der Meinung künftiger Generationen kaum mehr Wert beizumessen ist als der gegenwärtigen? Ist es möglich, sich richtig zu verhalten? Ist es überhaupt wünschenswert?

Rinaldo Pazzi, ein Pazzi der Pazzi, Chefinspektor der Questura in Florenz, hatte sich zu entscheiden, was ihm seine Ehre wert war oder ob es eine Weisheit gab, die tiefer reichte als die Frage der Ehre.

Zur Abendessenszeit war er wieder aus Paris zurück und ruhte ein wenig. Er wollte seine Frau um Rat fragen, aber er konnte es nicht, obwohl ihn ihre Nähe tröstete. Später, als ihr Atem sich wieder beruhigt hatte, lag er noch lange wach. Spätnachts verwarf er jeden Gedanken an Schlaf, stand auf und ging spazieren. So ließ es sich leichter denken.

Habsucht war auch in Italien keine Unbekannte, und das geistige Klima seiner Heimatstadt bot Rinaldo Pazzi ausreichend Gelegenheit, mit ihr Bekanntschaft zu schließen. Aber seine angeborene Gewinnsucht und sein Ehrgeiz waren in Amerika angestachelt worden, wo jeder Einfluß viel schneller spürbar war, den Tod Gottes und die Allmacht des Mammons mit eingeschlossen.

Als Pazzi aus dem Schatten der Loggia trat und auf der Stelle stand, an der man Savonarola verbrannt hatte, als er zu dem vom Flutlicht des Palazzo Vecchio angestrahlten Fenster aufblickte, wo sein Vorfahre gestorben war, glaubte er ernsthaft nachzudenken. Was er aber nicht wirklich tat. Denn er hatte sich bereits entschieden, Stück für Stück.

Wir ordnen einer Entscheidung einen bestimmten Moment zu, um dem Entscheidungsprozeß den Anschein von Rationalität und bewußtem Denken zu verleihen. Aber Entschlüsse sind aus verwobenen Gefühlen gemacht; sie sind viel häufiger ein Klumpen als ein Ergebnis.

Pazzi hatte sich entschieden, als er das Flugzeug nach Paris bestieg. Und er hatte sich vor einer Stunde entschieden, als seine Frau in ihrem neuen Negligé ihren ehelichen Pflichten nachkam. Und Minuten später, als er sich, im Dunkeln liegend, zu ihr hinübergebeugt hatte, um ihr die Wange zu streicheln und ihr einen sanften Gutenachtkuß zu geben, und eine Träne seine Handfläche benetzt hatte. Da, nichts ahnend, aß sie still sein glühend Herz.

Und die Ehre? Eine neuerliche Gelegenheit, den Atemhauch des Erzbischofs ertragen zu dürfen, während heilige Feuersteine aneinanderschlagen, um die Rakete im Arsch einer falschen Taube zu zünden? Noch mehr Lob von Politikern, deren Privatleben er leider nur zu gut kannte? Was war es denn wert, als der Polizeibeamte in die Geschichte einzugehen, der Dr. Hannibal Lecter gefaßt hatte? Für einen Polizisten hat Anerkennung nur eine kurze Halbwertzeit. VERKAUFE IHN.

Der Gedanke durchzuckte und verfolgte Rinaldo Pazzi, ließ ihn blaß und entschlossen aussehen. Und als für den Bildmenschen Pazzi die Würfel fielen, glaubte er zwei Gerüche in der Nase zu haben, den seiner Frau und den vom Ufer der Chesapeake Bay.

VERKAUFE IHN. VERKAUFE IHN. VERKAUFE IHN.

VERKAUFE IHN. VERKAUFE IHN. VERKAUFE IHN.

Francesco de' Pazzi hatte 1478 nicht weniger heftig zugestochen, als er Giuliano auf den Boden der Kathedrale warf und in seinem Wüten sich selbst das Messer in den Oberschenkel rammte.

24

Die Karte mit Dr. Hannibal Lecters Fingerabdrücken stellt ein Kuriosum dar und hat den Status eines Kultobjekts. Das Original hängt eingerahmt an der Wand des Erkennungsdienstes. Den Gepflogenheiten des FBI bei Leuten mit mehr als fünf Fingern folgend, zeigt sie den Daumen und die vier benachbarten Finger auf der Vorder- und den sechsten Finger auf der Rückseite.

Als dem Doktor die Flucht glückte, gingen Kopien der Karte um die ganze Welt. Außerdem findet sich der Daumenabdruck, stark vergrößert und mit genügend Punkten markiert, auf Mason Vergers Steckbrief, so daß es selbst für einen ungeübten Betrachter ein leichtes war, einen Treffer zu landen.

Der Umgang mit Fingerabdrücken stellt an sich keine große Herausforderung dar, und Pazzi war durchaus in der Lage, einen Fingerabdruck fachmännisch abzunehmen und ihn einem groben Vergleich zu unterziehen, um Gewißheit für sich selbst zu erhalten. Aber Mason Verger bestand auf einem frischen Fingerabdruck, *in situ*, noch nicht abgezogen, den er seinen eigenen Experten zur Untersuchung vorlegen wollte; er war in der Vergangenheit zu oft mit alten Fingerabdrücken hereingelegt worden, die Jahre zuvor an den Tatorten von Dr. Lecters früheren Verbrechen abgenommen worden waren.

Aber wie kam man an einen Fingerabdruck von Dr. Fell, ohne dessen Argwohn zu erregen? Der Doktor durfte auf keinen Fall aufgeschreckt werden. Der Mann war bekannt für sein blitzartiges Untertauchen, und dann stände Pazzi mit leeren Händen da.

Der Doktor verließ nur selten den Palazzo Capponi, und bis zur nächsten Zusammenkunft der Kommission der Schönen Künste war es noch fast einen Monat hin. Eine zu lange Wartezeit, um ein Wasserglas im Palazzo Capponi zu plazieren. Außerdem war es nicht üblich, daß die Kommission für Annehmlichkeiten dieser Art sorgte. Nachdem er sich einmal entschieden hatte, Hannibal Lecter Mason Verger ans Messer zu liefern, war er auf sich allein gestellt. Er konnte es nicht riskieren, mit einem Durchsuchungsbefehl die Aufmerksamkeit der Questura auf Dr. Fell zu lenken. Der Palazzo Capponi war durch eine Alarmanlage zu gut gesichert, als daß er hätte einbrechen und auf diese Weise an Fingerabdrücke kommen können.

Dr. Fells Mülltonne war neu und viel sauberer als die der Nachbarhäuser. Pazzi kaufte eine Mülltonne und tauschte im Schutz der Nacht die Deckel aus. Die verzinkte Oberfläche war alles andere als hilfreich, und am Ende einer sehr langen Nacht hatte Pazzi einen pointillistischen Alptraum an Fingerabdrücken gesammelt, von denen er keinen identifizieren konnte.

Am nächsten Morgen tauchte er übernächtigt am Ponte Vecchio auf. Auf der alten Brücke kaufte er bei einem Juwelier ein weites, auf Hochglanz poliertes Silberarmband inklusive des mit Samt überzogenen Ständers, an dem es in der Auslage hing. Im Künstlerviertel südlich des Arno, in den schmalen Gäßchen gegenüber dem Palazzo Pitti, ließ er einen anderen Juwelier den Namen des Herstellers vom Armband schleifen. Der Juwelier erbot sich, ein Mittel gegen das Beschlagen von Silber aufzutragen, was Pazzi aber dankend ablehnte.

Sollicciano, das gefürchtete Florentiner Gefängnis an der Straße nach Prato.

Im zweiten Stock des Frauengefängnisses seifte Romula Cjesku, über einen großen Waschzuber gebeugt, ihre Brüste ein und wusch sie, bevor sie sie sorgfältig abtrocknete und dann ein weites Leinenhemd überstreifte. Eine andere Zigeunerin, die aus dem Besucherraum zurückkam, sprach im

Vorübergehen in der Zigeunersprache mit Romula. Romula runzelte kurz die Stirn. Ansonsten blieb ihr schönes Gesicht unbewegt.

Sie wurde vom üblichen Morgenappell um 8.30 Uhr verschont. Als sie sich jedoch dem Besucherraum näherte, fing sie ein Wärter ab und führte sie in ein kleines Untersuchungszimmer im Erdgeschoß des Gefängnisses. Dort traf sie auf Rinaldo Pazzi, der ihren kleinen Sohn im Arm hielt. Normalerweise brachte ihr eine Krankenschwester den Kleinen.

»Hallo, Romula«, sagte er.

Sie ging direkt auf den großen Polizeibeamten zu. Er machte keine Anstalten, ihr das Kind sofort zu geben. Das Baby hatte Hunger und drehte den Kopf in ihre Richtung.

Mit dem Kinn wies Pazzi auf einen Wandschirm in der Ecke des Zimmers. »Dahinter steht ein Stuhl. Wir können reden, während du ihm die Brust gibst.«

»Über was reden, *Dottore?*« Romulas Italienisch war passabel, genauso wie ihr Französisch, Englisch, Spanisch und Romani. Sie sprach ohne jede Emotion – keine noch so ausgefeilte Theatralik hatte sie vor dieser dreimonatigen Haftstrafe wegen Taschendiebstahls bewahren können.

Sie ging hinter den Wandschirm. In einer Plastiktüte, versteckt in der Babykleidung, waren vierzig Zigaretten und 65000 Lire, etwas mehr als vierzig Dollar, in gebrauchten Scheinen. Sie mußte sich entscheiden. Hatte der Polizeibeamte das Baby gefilzt, konnte er sie anzeigen, wenn sie die Schmuggelware an sich nahm, und dafür sorgen, daß ihr alle Vergünstigungen genommen wurden. Während das Baby trank, dachte sie einen Moment lang, an die Decke starrend, nach. Was kümmerte es ihn überhaupt? Er war ja ohnehin im Vorteil. Sie nahm die Plastiktüte heraus und verbarg sie in ihrer Unterwäsche.

Seine Stimme kam über den Wandschirm.

»Du bist für die Leute eine Plage, Romula. Stillende Mütter im Gefängnis sind Zeitverschwendung. Es gibt hier drinnen kranke Leute, um die sich wirklich jemand kümmern muß. Haßt du es nicht, dein Baby immer wieder abgeben zu müssen, wenn die Besuchszeit vorbei ist?«

Was konnte er von ihr wollen? Sie wußte, wer er war, ein Chefinspektor, ein *pezzo da novanta*, ein echtes Arschloch.

Als Taschendiebin gehörte es für Romula zum täglichen Geschäft des Überlebens auf der Straße, zu wissen, was los war. Sie war eine wettergegerbte Fünfunddreißigjährige mit einem unglaublich guten Wahrnehmungsvermögen. *Dieser Polizist* – sie studierte ihn über den Wandschirm hinweg –, *wie adrett er doch wirkt, der Ehering, die polierten Schuhe; er lebt mit seiner Frau zusammen, hat aber auch ein gutes Hausmädchen – die Kragenstäbchen waren nach dem Bügeln eingesetzt worden; Brieftasche in der Jackettasche, Schlüssel in der rechten vorderen Hosentasche, das Geld in der linken vorderen Hosentasche, wahrscheinlich gefaltet und mit einem Gummiband zusammengehalten; sein Schwanz dazwischen; muskulös und männlich, ein bißchen zu viele Haare im Ohr und eine Narbe am Haaransatz von einem Schlag; er wird keinen Sex von mir wollen – dann hätte er nicht das Baby mitgebracht; er ist nicht gerade das, was man eine Schönheit nennt, aber er muß bestimmt niemanden hier drin zum Sex nötigen. Besser, ich schaue nicht in seine schwarzen verbitterten Augen, während das Baby trinkt. Warum hat er das Baby mitgebracht? Weil er mir seine Macht demonstrieren will, drohen will, es mir wegzunehmen. Was also will er? Informationen? Ich erzähle ihm alles, was er über die fünfzehn Zigeuner hören will, die gar nicht existieren. Wie komme ich hier bloß heil raus? Das wird sich weisen. Zeigen wir ihm doch erst ein bißchen braune Haut.*

Sie schaute ihm ins Gesicht, als sie hinter dem Wandschirm hervorkam, den braunen Halbmond neben dem Babykopf.

»Es ist so verdammt heiß dahinter«, sagte sie. »Könnten Sie ein Fenster für mich öffnen?«

»Ich könnte noch viel mehr für dich tun, Romula. Ich könnte dir diese *Tür* öffnen, und das weißt du.«

Stille in dem Raum. Draußen der ewig gleiche, aufs Gemüt gehende Krach von Sollicciano.

»Was wollen Sie von mir? Ich tue Ihnen gern einen Gefallen, aber nicht jeden.« Zu Recht sagte ihr ihr Instinkt, daß er sie gerade wegen der Einschränkung respektieren würde.

»Es ist nur *la tua solita còsa*, das Übliche für dich«, sagte Pazzi, »aber ich will, daß du es diesmal verpfuschst.«

25

Tagsüber beobachteten sie die Vorderfront des Palazzo Capponi durch die halbgeschlossenen Fensterläden im Haus gegenüber – Romula, eine ältere Zigeunerin, die ihr mit dem Baby half und vielleicht ihre Cousine war, und Pazzi, der sich so oft wie möglich aus seinem Büro wegstahl.

Der Holzarm, den Romula bei der Arbeit benutzte, lag auf einem Stuhl im Schlafzimmer.

Pazzi durfte die Wohnung eines Lehrers der nahegelegenen Dante-Alighieri-Schule über Tag nutzen. Romula bestand für sich und ihr Baby auf ein eigenes Fach im kleinen Kühlschrank.

Sie mußten nicht lange warten.

Um 9.30 Uhr am zweiten Tag zischte Romulas Helferin aufgeregt auf ihrem Stuhl am Fenster. Auf der anderen Straßenseite gähnte eine schwarze Leere, als einer der beiden Flügel des großen Palazzo-Tors nach innen aufgeschwungen war.

Und da war er, der Mann, den man in Florenz unter dem Namen Dr. Fell kannte. Er wirkte klein und schlank in seiner dunklen Kleidung und nahm auf dem kleinen Vorplatz des Palazzo geschmeidig wie ein Nerz nach beiden Seiten der Straße hin Witterung auf. Dann aktivierte er mit einer Fernbedienung die Alarmanlage und zog den Torflügel an der großen, schmiedeeisernen Klinke ins Schloß. Sie war so verrostet, daß an eine Abnahme von Fingerabdrücken nicht zu denken war. Er hatte eine Einkaufstasche bei sich.

Die alte Zigeunerin bekam Dr. Fell das erste Mal zu Gesicht. Sie griff nach Romulas Hand, so als wollte sie sie aufhalten, schaute Romula ins Gesicht und schüttelte hastig den Kopf, als der Polizeibeamte gerade nicht hersah.

Pazzi wußte sofort, wohin Lecter ging.

Beim Durchwühlen von Dr. Fells Abfall war ihm das auffällige Einwickelpapier des Delikatessengeschäfts »Vera dal 1926« in der Via San Jacopo nahe der Santa-Trinita-Brücke aufgefallen. Jedenfalls machte er sich in diese Richtung auf den Weg. Pazzi sah aus dem Fenster. Romula zuckte in ihrer Verkleidung mit den Achseln.

»*Dunque*, es ist der Lebensmittelladen«, sagte Pazzi. Er konnte es sich nicht verkneifen, die Instruktionen für Romula ein fünftes Mal zu wiederholen. »Folge ihm, Romula. Warte auf dieser Seite am Ponte Vecchio. Du erwischst ihn auf dem Rückweg, mit einer vollen Einkaufstasche. Ich werde ihm ein gutes Stück vorauseilen. Du siehst mich zuerst. Ich bleibe in der Nähe. Falls es ein Problem geben sollte, wenn du verhaftet wirst, werde ich mich darum kümmern. Wenn er irgendwo anders hingeht, gehst du in die Wohnung zurück. Ich ruf' dich an. Klemm diese Fahrerlaubnis unter die Windschutzscheibe eines Taxis, und komm dann so schnell wie möglich zu mir.«

»*Eminenza*«, sagte Romula, seinen Titel auf typisch italienische Weise ironisch übertreibend, »wenn es ein Problem gibt und mir jemand zu Hilfe eilt, tun Sie ihm bitte nichts; mein Freund ist kein Dieb, lassen Sie ihn bitte laufen.«

Pazzi wartete nicht auf den Aufzug, sondern hastete in einem ölverschmierten Blaumann und mit einer Mütze auf dem Kopf die Treppe hinunter. Es ist schwierig, in Florenz jemanden zu beschatten, weil die Gehsteige sehr schmal sind und ein Menschenleben auf der Straße nichts gilt. Pazzi hatte ein verbeultes *motorino*, drapiert mit einem Dutzend Besen, an der Bordsteinkante geparkt. Der Motorroller startete mit dem ersten Kick, und in einer blauen Abgaswolke knatterte der Chefinspektor los. Der Roller unter ihm hüpfte auf dem Kopfsteinpflaster wie ein kleiner, bockiger Esel.

Pazzi trödelte, kämpfte sich durch den unglaublichen Verkehr, wurde lautstark angehupt, kaufte sich Zigaretten, schlug Zeit tot, bis er sich sicher war, wohin Dr. Fell ging.

Am Ende der Via de' Bardi kam ihm die Einbahnstraße Borgo San Jacopo entgegen. Pazzi ließ den Roller auf dem Bürgersteig stehen und folgte dem Doktor zu Fuß. Immer wieder mußte er seinen flachen Körper zur Seite drehen, um sich durch den Touristenstrom am Südende des Ponte Vecchio hindurchschlängeln zu können.

Die Florentiner sagen, daß das »Vera dal 1926« mit seiner reichhaltigen Auswahl an Käsesorten und Trüffeln wie die Füße Gottes duftet.

Der Doktor ließ sich im Laden Zeit. Er traf eine Auswahl aus den gerade eingetroffenen ersten weißen Trüffeln der Saison. Pazzi sah, über die unglaubliche Auslage an Schinken und Nudeln im Schaufenster hinweg, seinen Rücken.

Pazzi ging um die Ecke, kam zurück und wusch sich sein Gesicht im Strahl eines wasserspeienden Löwenhaupts. »Du müßtest dich rasieren, wenn du für mich arbeiten willst«, sagte er zu dem Springbrunnen, von einem kalten Druck im Magen geplagt.

Der Doktor trat mit ein paar kleinen Paketen in seiner Tasche aus dem Geschäft auf die Straße. Er machte sich über den Borgo San Jacopo auf den Nachhauseweg. Pazzi eilte ihm auf der anderen Straßenseite voraus. Die vielen Menschen auf dem schmalen Bürgersteig zwangen ihn, von Zeit zu Zeit auf die Straße zu treten. Ein Wagen der Carabinieri streifte ihn mit dem Außenspiegel am Handgelenk. »*Stronzo! Analfabèta!*« schrie der Fahrer aus dem Fenster, und Pazzi schwor Rache. Als er schließlich den Ponte Vecchio erreichte, hatte er einen Vorsprung von etwa vierzig Metern.

Romula stand, das Baby in ihrem Holzarm wiegend, in einem Hauseingang. Ihre andere Hand hatte sie den Passanten entgegengestreckt. Der unter ihrer weiten Kleidung verborgene freie Arm war bereit, den zweihundert Geldbörsen, die sie in ihrem Diebesleben schon hatte mitgehen lassen, eine weitere hinzuzufügen. An ihrem Handgelenk trug sie das breite, auf Hochglanz polierte Silberarmband.

Jeden Augenblick würde das Opfer sich im Gedränge an ihr vorbeischieben. Wenn der Doktor aus der Menge auftauchte und auf die Via de' Bardi trat, würde Romula ihn anrempeln, ihren Job erledigen und dann im Strom der Touristen untertauchen, der die Brücke verstopfte.

In der Menge wußte sie einen Freund, auf den sie sich verlassen konnte. Sie kannte das Opfer nicht und traute dem Polizeibeamten nicht zu, sie im Fall der Gefahr wirksam zu schützen. Giles Prevert, der Polizei einschlägig als Giles Dumain oder Roger LeDuc bekannt, wurde auf der Straße Gnocco genannt. Er wartete am Südende des Ponto Vecchio in der Menge darauf, daß Romula zuschlug. Gnoccos unsteter Lebenswandel hatte seine Spuren hinterlassen, sein Schädel nahm immer mehr die Züge eines Totenkopfs an, aber er war stark und drahtig genug, um Romula tatkräftig zur Seite zu stehen, wenn die Sache schieflaufen sollte.

Gekleidet wie ein Angestellter, hob er sich nicht von der Menge ab. Von Zeit zu Zeit richtete er sich zu seiner vollen Größe auf und sondierte wie ein Präriehund die Lage. Sollte das Opfer Romula zu fassen bekommen und sie festhalten, würde Gnocco stolpern, das Opfer anrempeln und so lange mit ihm verheddert bleiben, bis sie sich in Sicherheit gebracht hatte.

Pazzi hastete an ihr vorüber und reihte sich in die Schlange vor einer Saftbar ein. Von dort aus hatte er einen guten Überblick.

Romula trat aus dem Hauseingang heraus. Mit geübtem Blick musterte sie das geschäftige Treiben zwischen sich und der herannahenden schlanken Gestalt. Sie konnte sich, mit dem Baby auf dem falschen Arm aus Holz und Leinen, erstaunlich behende durch eine Menge bewegen.

So weit, so gut. Wie gewöhnlich würde sie die Finger ihrer sichtbaren Hand küssen und sie an sein Gesicht führen, um dort einen Kuß anzudeuten. Mit ihrer freien Hand würde sie oberhalb der Rippen nach seiner Brieftasche tasten, bis er sie am Handgelenk packte. Dann würde sie sich von ihm losreißen.

Pazzi hatte ihr versichert, daß dieser Mann es sich nicht leisten könne, sie der Polizei zu übergeben. Er wolle sicher nichts anderes, als von ihr wegzukommen. Auf all ihren Beutezügen war nie jemand gegenüber einer Frau mit einem

Baby auf dem Arm gewalttätig geworden. Die Opfer hatten oft angenommen, daß es jemand anders neben ihnen gewesen war, der die Jackentasche durchwühlt hatte. Romula selbst hatte, um einer Verhaftung zu entgehen, wiederholt unschuldige Passanten des Diebstahls bezichtigt.

Romula schob sich mit der Menge auf dem Bürgersteig vorwärts, machte ihren versteckten Arm frei, hielt ihn aber unter den falschen Arm, der ihr Baby wiegte. Sie konnte das Ziel durch das Meer wogender Köpfe auf sich zukommen sehen. Zehn Meter und näher kommend.

Madonna! Dr. Fell scherte aus dem Gewühl der Menge aus und ging mit einem Pulk Touristen *über* den Ponte Vecchio. Er ging nicht nach Hause. Sie drängte sich vorwärts, aber es gab keine Chance, ihn zu erreichen. Gnocco, noch immer dem Doktor voraus, wandte sich ihr mit fragendem Gesicht zu. Sie schüttelte den Kopf, und so ließ Gnocco ihn passieren. Es wäre sicherlich nichts Gutes dabei herausgekommen, wenn Gnocco die Brieftasche gestohlen hätte.

Als ob das Ganze ihre Schuld wäre, tauchte Pazzi, vor Wut schnaubend, neben ihr auf. »Geh zurück in die Wohnung. Ich ruf' dich dort an. Hast du die Fahrerlaubnis für die Altstadt noch? Nun mach schon. *Verschwinde!*«

Pazzi kehrte zu seinem *motorino* zurück und schob es über den Ponte Vecchio hinüber, über den jadegrünen, träge dahinfließenden Arno. Er glaubte, den Doktor verloren zu haben. Aber dann sichtete er ihn in der Menge auf der anderen Seite des Flusses unter den Arkaden am Lungarno, als er einem der Zeichenkünstler dort über die Schulter auf den Block blickte und dann schnellen, leichten Schrittes davonging. Pazzi vermutete, daß Dr. Fell zur Kirche Santa Croce ging, und folgte ihm in sicherem Abstand durch den wie immer höllischen Verkehr von Florenz.

26

Die Basilika von Santa Croce, der Sitz der Franziskaner, mit ihrem riesengroßen Innenraum hallte von acht verschiedenen Sprachen wider, während die Touristenhorden hinter den bunten Schirmen ihrer Führer durch die Kirche trampelten und im Halbdunkel ihre Taschen nach Zweihundert-Lire-Münzen durchsuchten, um das Licht für die großartigen Fresken der Kapellen für wenige kostbare Minuten ihres Lebens bezahlen zu können.

Romula, die aus dem strahlenden Licht des Morgens kam, mußte für einen Augenblick an der Grabstätte Michelangelos innehalten, bis sich ihre Augen an die neuen Lichtverhältnisse gewöhnt hatten. Als sie bemerkte, daß sie auf einer der in den Boden eingelassenen Grabplatten stand, flüsterte sie: »*Mi dispiace!*« und trat schnell einen Schritt zur Seite; für Romula waren die Toten unter den Marmorplatten genauso wirklich wie die Lebenden, die über sie hinwegspazierten, und möglicherweise sogar einflußreicher als diese. Als Tochter und Enkeltochter von Wahrsagern und Handleserinnen betrachtete sie die Lebenden und die Toten als zwei große Gruppen, die nur durch den Erdboden als der Fläche alles Vergänglichen voneinander getrennt waren. Die darunter lagen, älter und klüger, waren ihrer Meinung nach im Vorteil.

Sie blickte sich suchend nach dem Küster um, einem Mann, der für seine Vorurteile gegenüber Zigeunern bekannt war, und nahm, während das Baby trank, Zuflucht bei der ersten Säule, die unter dem Schutz von Rossellinos »Madonna del Latte« stand. Pazzi, der in der Nähe von Galileos Grab lauerte, fand sie dort.

Er wies mit dem Kinn in den hinteren Teil der Kirche, wo jenseits des Querschiffs die klickenden Zeitschaltuhren Zweihundert-Lire-Münzen, gelegentlich auch Falschgeld oder australische Vierteldollar in sich hineinfraßen und Flutlichter und verbotene Kameras Blitze durch das ewige Dämmerlicht schleuderten.

Wieder und wieder wurde Christus geboren, verraten und ans Kreuz geschlagen, wenn die großartigen Fresken, in gleißendes Licht getaucht, zum Leben erwachten, nur um neuerlich ins beengte und überfüllte Halbdunkel zurückzusinken. Die herumirrenden Pilger hielten Reiseführer in ihren Händen, die sie nicht sehen konnten. Der Geruch ihrer Körper stieg zusammen mit dem Duft von Weihrauch auf und wurde in der Hitze der Lampen verkocht.

Im linken Querschiff arbeitete Dr. Fell in der Capponi-Kapelle. Die prächtigste Capponi-Kapelle befand sich in Santa Felicità. Diese hier, im neunzehnten Jahrhundert restauriert, war für Dr. Fell von Interesse, weil er durch die Schichten der Restauration hindurch einen Blick in die Vergangenheit werfen konnte. Er schraffierte gerade mit einem Kohlestift eine verblaßte Inschrift im Stein, die nicht einmal mehr durch schräg einfallendes Licht zum Leben zu erwekken gewesen wäre.

Während Pazzi den Doktor durch sein kleines Fernrohr beobachtete, begriff er mit einemmal, warum dieser das Haus nur mit einer Einkaufstasche verlassen hatte – er bewahrte seine Gerätschaften und Materialien hinter dem Altar der Kapelle auf. Einen Augenblick lang spielte Pazzi mit dem Gedanken, Romula von der ganzen Sache abzuziehen, sie laufen zu lassen und von den Malutensilien Fingerabdrücke abzunehmen. Nein, der Doktor trug Stoffhandschuhe, um sich die Finger nicht mit Kohle zu beschmutzen.

Im günstigsten Fall würde es in einer Tölpelei enden. Romulas Technik war für die offene Straße tauglich. Aber sie war eine Person, die ein Krimineller nicht zu fürchten brauchte. Sie war niemand, die den Doktor auf Fluchtgedanken brachte. Nein. Sollte der Doktor sie erwischen, würde er sie dem Küster übergeben, und Pazzi könnte später eingreifen.

Der Mann war wahnsinnig. Was, wenn er sie tötete? Wenn er das Baby umbrächte? Pazzi stellte sich zwei Fragen. Würde er gegen den Doktor kämpfen, wenn die Situation einen tödlichen Ausgang zu nehmen drohte? Ja. Nahm er in Kauf, daß Romula und das Baby leicht verletzt würden, damit er an das versprochene Geld käme? Ja.

Sie mußten warten, bis Dr. Fell die Handschuhe abstreifte und zum Mittagessen ging. Das Querschiff auf und ab schlendernd, hatten Pazzi und Romula Gelegenheit, miteinander zu flüstern. Pazzi hatte ein Gesicht in der Menge ausgemacht.

»Wer folgt dir, Romula? Heraus damit. Ich kenne das Gesicht aus dem Gefängnis.«

»Ein Freund, der mir den Rücken freihält, falls ich wegrennen muß. Er weiß nichts. Rein gar nichts. Glauben Sie mir, es ist besser für Sie. So machen Sie sich die Finger nicht schmutzig.«

Gewissermaßen um sich die Zeit zu vertreiben, beteten die beiden in verschiedenen Kapellen der Basilika. Romula murmelte in einer Sprache, die Rinaldo nicht verstand. Er betete für eine sehr lange Liste von Dingen. Insbesondere war da ein Haus am Ufer der Chesapeake Bay und etwas anderes, an das er in der Kirche eigentlich nicht hätte denken dürfen.

Süße Stimmen eines in der Kirche probenden Chores schwebten über dem allgemeinen Lärm.

Eine Glocke kündigte die Zeit der mittäglichen Schließung an. Küster kamen, rasselten mit ihren Schlüsselbunden und machten sich bereit, die Münzspeicher zu leeren.

Dr. Fell erhob sich von seiner Arbeit und kam hinter Andreottis *Pietà* aus der Kapelle hervor. Er streifte sich die Handschuhe ab und zog seine Jacke an. Eine große Gruppe Japaner stand, ihres Vorrats an Münzen beraubt, dichtgedrängt im Dämmerlicht vor dem Allerheiligsten und verstand offenbar nicht, daß sie die Kirche verlassen mußte.

Pazzi stieß Romula in die Seite, was völlig überflüssig war, denn sie wußte, daß die Zeit zum Handeln gekommen war. Sie küßte das Baby auf die Stirn, das, auf ihren Holzarm gebettet, ruhig schlummerte.

Der Doktor kam. Der Menge wegen würde er dicht an ihr vorbeikommen. Mit drei großen Schritten ging sie auf ihn zu, baute sich vor ihm auf und hielt ihre Hand in sein Gesichtsfeld, um auf sich aufmerksam zu machen. Bereit, mit ihrem verborgenen Arm den Griff zu wagen, küßte sie ihre Finger und schickte sich an, einen Kuß auf seiner Wange anzudeuten.

Lichter flammten auf. Irgend jemand hatte noch eine Zweihundert-Lire-Münze aufgetrieben. Genau in dem Moment, als sie ihn berühren wollte, blickte sie in seine Augen und fühlte, wie seine rot aufscheinenden Pupillen sie zu verschlingen drohten, fühlte, wie ein Eishauch sie anwehte und ihr das Herz gegen die Rippen preßte.

Sie ließ sofort von ihm ab und bedeckte das Gesicht des Babys mit ihrer Hand. Sie hörte sich sagen: »*Perdonami, perdonami, signore.*« Dann wandte sie sich um und floh. Der Doktor schaute ihr einen Augenblick lang nach, bis das Licht erlosch und er vor dem Hintergrund der Kerzen der Kapelle neuerlich zu einer Silhouette wurde. Dann ging er leichten, schnellen Schrittes seiner Wege.

Pazzi, bleich vor Zorn, fand Romula auf ein Weihwasserbecken gestützt, sie benetzte den Kopf ihres Babys wieder und wieder mit geweihtem Wasser, vorsichtshalber auch die Augen, für den Fall, daß es Dr. Fell angesehen hatte. Sein Fluchen erstarb ihm auf den Lippen, als er in ihr angsterfülltes Gesicht blickte.

Ihre Augen wirkten riesig in der Finsternis. »Das ist der Teufel«, sagte sie. »*Scheitan*, der Sohn des Morgens, eben habe ich ihn gesehen.«

»Ich bringe dich ins Gefängnis zurück«, sagte Pazzi.

Romula betrachtete das Gesicht ihres Babys und seufzte laut auf. Ein Schlachthausseufzer, tief und voller Trauer, schrecklich anzuhören. Sie streifte das Silberarmband von ihrem Handgelenk und wusch es mit Weihwasser ab.

»Noch nicht«, sagte sie.

27

Hätte Rinaldo Pazzi sich entschieden, seiner Pflicht als Gesetzeshüter nachzukommen, hätte er Dr. Fell verhaften lassen und sehr schnell feststellen können, ob es sich bei ihm und Hannibal Lecter um ein und dieselbe Person handelte. Innerhalb einer halben Stunde hätte er einen Haftbefehl erwirken können, um Dr. Fell aus dem Palazzo Capponi zu holen. Keine Alarmanlage dieser Welt hätte das verhindern können. Kraft seines Amtes hätte er Dr. Fell ohne nähere Angabe von Gründen so lange festhalten können, bis dessen Identität zweifelsfrei feststand.

Ein Abgleich der Fingerabdrücke im Hauptquartier der Questura hätte innerhalb von zehn Minuten Gewißheit darüber gebracht, ob Fell Dr. Lecter war. PFLP-DNS-Tests hätten allerletzte Zweifel ausgeräumt.

All diese Möglichkeiten waren Pazzi nun verschlossen. Mit der Entscheidung, Dr. Lecter ans Messer zu liefern, war aus dem Polizeibeamten ein Kopfgeldjäger geworden, außerhalb des Gesetzes und allein. Sogar die Polizeispitzel, die ihm ansonsten zuarbeiteten, waren nunmehr nutzlos für ihn. Sie hätten nichts Eiligeres zu tun gehabt, als ihn zu verpfeifen.

Die Verzögerungen frustrierten ihn zwar, aber er war fest entschlossen. Er würde diese verdammten Zigeuner schon dazu bringen, daß sie …

»Würde Gnocco es tun, Romula? Kannst du ihn für mich auftreiben?«

Sie saßen im Wohnzimmer der geliehenen Wohnung an der Via de' Bardi gegenüber dem Palazzo Capponi. Zwölf

Stunden waren seit dem Debakel in Santa Croce vergangen. Eine kleine Tischlampe erhellte den Raum kaum mehr als in Brusthöhe. Über den Lampenschirm hinweg funkelten Pazzis schwarze Augen Romula im Halbdunkel an.

»Ich werde es selbst tun, aber ohne das Baby«, sagte Romula. »Aber Sie müssen mir dafür –«

»Nein, er darf dich nicht ein zweites Mal sehen. Würde es Gnocco an deiner Stelle tun?«

Romula saß in ihrem langen, schönen Kleid nach vorn gebeugt da. Ihre schweren Brüste berührten ihre Oberschenkel, ihr Kopf lag beinahe auf den Knien. Der Holzarm stand verwaist auf einem Stuhl. In der Ecke saß die ältere Frau, wahrscheinlich Romulas Cousine, und hielt das Baby. Die Fensterläden waren geschlossen. Durch eine Ritze konnte Pazzi einen schwachen Lichtschein im Palazzo Capponi ausmachen.

»Ich kann es schaffen. Ich kann mein Äußeres so verändern, daß er mich unmöglich wiedererkennen kann. Ich könnte –«

»Nein.«

»Dann wird es Esmeralda übernehmen.«

»Nein.« Die Stimme kam aus der Ecke. Die alte Zigeunerin sprach zum ersten Mal. »Ich werde mich bis an mein Lebensende um dein Baby kümmern, Romula. Aber niemals, auf gar keinen Fall werde ich Scheitan berühren.« Ihr Italienisch war für Pazzi kaum zu verstehen.

»Setz dich gerade hin, Romula«, sagte Pazzi. »*Schau* mich an. Würde Gnocco deinen Part übernehmen? Romula, du wanderst noch heute nacht zurück ins Sollicciano. Du hast noch drei Monate abzusitzen. Womöglich erwischt man dich beim nächstenmal, wenn du die Zigaretten und das Geld aus den Babyklamotten fischst ... Ich könnte dir locker sechs Monate extra für das letztemal aufdrücken. Nicht zu vergessen, daß es mich ein müdes Lächeln kostet, dir das Sorgerecht für dein Baby zu entziehen. Aber wenn ich die Fingerabdrücke bekomme, sorge ich dafür, daß man dich entläßt. Außerdem bekommst du zwei Millionen Lire von mir, und ich garantiere, daß sich deine Akte in Luft auflöst. Und weil es so schön ist, verschaffe ich dir zu guter Letzt auch noch australische Visa. Würde Gnocco es für dich tun?«

Sie antwortete nicht.

»Kannst du Gnocco auftreiben?« Pazzi ließ geräuschvoll die Luft aus seiner Nase entweichen. »*Senti*, pack deinen Kram zusammen, du kannst deinen falschen Arm in drei Monaten auf der Entlassungsstelle abholen, was sage ich, im nächsten Jahr. Das Baby kommt ins Findelhaus. Die alte Frau kann es dort ab und zu besuchen.«

»ES? ES besuchen, *Commendatore?* Sein Name ist –« Sie schüttelte den Kopf. Sie wollte den Namen des Kindes in Gegenwart dieses Mannes nicht aussprechen. Romula bedeckte ihr Gesicht mit den Händen, fühlte den Pulsschlag in ihrem Gesicht gegen den in ihren Händen schlagen. Und dann kam es hinter ihren Händen hervor. »Ich kann ihn finden.«

»Wo?«

»Piazza Santo Spirito, in der Nähe des Springbrunnens. Sie machen dort immer ein Feuer, und irgend jemand bringt Wein mit.«

»Ich begleite dich.«

»Besser nicht«, sagte sie. »Sie würden nur seinen Ruf ruinieren. Sie haben doch Esmeralda und das Baby – Sie wissen, daß ich zurückkommen werde.«

Die Piazza Santo Spirito, ein schöner Platz am linken Ufer des Arno, wirkt nachts heruntergekommen. Die Kirche ist dunkel und abgeschlossen. Stimmengewirr und Essensgerüche wehen von der Casalinga, einer vielbesuchten Trattoria, herüber.

Nahe dem Springbrunnen flackert ein kleines Feuer. Der Klang einer Gitarre ist zu hören. Jemand spielt mit mehr Begeisterung als Talent. Es gibt einen guten *Fado*-Sänger in der Menge. Als ihn jemand entdeckt, wird er genötigt, nach vorn zu kommen, und mit Wein in Stimmung gebracht. Er beginnt mit einem Lied über das Schicksal. Man unterbricht ihn. Will lieber etwas Heiteres hören.

Roger LeDuc, genannt Gnocco, sitzt auf dem Rand des Springbrunnens. Er hat etwas geraucht. Seine Augen sind glasig, aber er entdeckt Romula sofort, als sie am Rand der Menge jenseits des Feuers auftaucht. Er kauft zwei Orangen aus einem Automaten und folgt ihr weg vom Gesang. Sie bleiben unter einer Straßenlaterne, ein gutes Stück vom Feuer entfernt, stehen. Hier wirkt das Licht im Gegensatz zum Schein des Feuers kälter und durch die spärlichen Blätter eines kränklichen Ahornbaums wie gesprenkelt. Es verleiht Gnoccos Gesicht einen leicht grünlichen Farbton. Als Romula ihm in die Augen schaut und ihre Hand seinen Arm berührt, liegen die Schatten der Blätter wie wandernde blaue Flecken auf seinem Gesicht.

Eine Klinge schnappt in seiner Hand auf wie eine glänzende kleine Zunge, und er beginnt die Orangen zu schälen. Die Schale hängt in einem einzigen langen Streifen herab. Er gibt ihr die erste Orange, und sie steckt sich einen Schnitz in den Mund, während er die zweite schält.

Sie sprechen kurz in der Zigeunersprache miteinander. Einmal schüttelt er den Kopf. Sie gibt ihm ein Handy und erklärt ihm, welche Knöpfe er drücken soll. Dann ist Pazzis Stimme an Gnoccos Ohr. Wenig später klappt Gnocco das Handy zu und steckt es in seine Jackentasche.

Romula löst eine Kette von ihrem Hals, küßt das Amulett und legt sie dem kleinen, schmuddeligen Mann um. Er blickt auf das Amulett hinunter, tänzelt ein wenig und tut so, als versengte ihm das Heiligenbild die Haut. Romula lächelt ihn kurz an. Sie löst das Armband von ihrem Handgelenk und streift es Gnocco über. Es paßt. Sein Arm ist nicht viel stärker als der ihre.

»Schenkst du mir eine Stunde?« fragt Gnocco sie.

»Ja«, sagt sie.

28

Wieder Nacht, und Dr. Fell steht in dem weiten Gewölbe des Forte di Belvedere, in dem das »Theater der Grausamkeit« gastiert, unter den Käfigen der Verdammten, entspannt an die Wand gelehnt.

Er nimmt die unterschiedlichen Formen der Abwehr in den begierigen Gesichtern der Voyeure wahr, wenn sie sich, um die Folterinstrumente geschart, erhitzt und stieren Blikkes der *frottage* hingeben. Er sieht sie förmlich vor sich, die aufgestellten Härchen auf den Unterarmen, spürt, wie der heiße Atem über den Nacken des Vordermanns streift. Von Zeit zu Zeit preßt sich der Doktor ein parfümiertes Taschentuch gegen das Gesicht, um der Überdosis an Kölnischwasser und Ausdünstungen Herr zu werden.

Diejenigen, die hinter dem Doktor her sind, warten draußen.

Stunden vergehen. Dr. Fell, den die Ausstellungsstücke selbst kaum mehr als beiläufig interessieren, kann scheinbar nicht genug bekommen von der Masse. Einige registrieren seine Aufmerksamkeit. Ihnen wird unbehaglich zumute. Es kommt immer wieder vor, daß ihn Frauen mit einem gewissen Interesse anstieren, ehe sie durch den Andrang vor den Ausstellungsstücken zum Weitergehen gezwungen werden. Eine kleine Aufmerksamkeit, durch die er sich das Wohlwollen der Ausstellungsmacher erkauft hat, gestattet es ihm, nach Lust und Laune, die Wand im Rücken, unerreichbar hinter den Absperrungsseilen, dem Anblick der Menge zu frönen.

Vor dem Ausgang hielt Rinaldo Pazzi, im Nieselregen auf dem Wall wartend, Wache. Er war ans Warten gewöhnt.

Pazzi wußte, daß der Doktor nicht zu Fuß nach Hause gehen würde. Ein Stück weit den Hügel hinunter, hinter der Festung, stand auf einer kleinen Piazza Dr. Fells Wagen, ein schwarzer Jaguar Saloon, glitzernd im Regen. Er trug ein Schweizer Nummernschild.

Neidlos mußte Pazzi die Klasse des eleganten, einunddreißig Jahre alten Mark-II-Modells anerkennen. Keine Frage, Dr. Fell hatte es nicht nötig, für seinen Lebensunterhalt zu arbeiten. Pazzi hatte sich zwar das Kennzeichen notiert, wußte aber, daß er nicht riskieren konnte, es durch den Interpol-Rechner zu jagen.

Auf der abschüssigen, mit Kopfstein gepflasterten Via San Leonardo, zwischen dem Forte di Belvedere und dem Wagen, wartete Gnocco. Die nur spärlich beleuchtete Straße war auf beiden Seiten von hohen Steinmauern eingefaßt, die die Villen dahinter abschirmten. Gnocco hatte vor einer vergitterten Einfahrt eine dunkle Nische gefunden, wo er sich ein wenig abseits des Touristenstroms aufhalten konnte, der sich in immer neuen Schüben von der Festung in die Altstadt hinunter ergoß. Alle zehn Minuten vibrierte das Handy an seiner Hüfte, woraufhin er seine Position bestätigte.

Einige der Touristen hielten sich Stadtpläne oder Programmbücher über den Kopf, um sich vor der Nässe zu schützen. Die schmalen Bürgersteige waren überfüllt, und die Menschen gingen auf der Straße, so daß die wenigen Taxen, die von der Festung kamen, im Schrittempo fahren mußten.

Endlich brach Dr. Fell aus dem Gewölbe mit den Folterinstrumenten auf. Er löste sich von der Wand, blickte zum Skelett im Käfig hinauf, lächelte, als teilten die beiden ein Geheimnis miteinander, und machte sich durch die Menschenmenge auf den Weg in Richtung Ausgang.

Pazzi sah ihn zunächst im Türrahmen auftauchen und dann wieder, vom Flutlicht angestrahlt, auf dem Vorplatz der Festung. Er folgte ihm in einiger Entfernung. Als er sicher sein konnte, daß sich der Doktor auf dem Weg zu seinem Wagen befand, griff er zum Handy und alarmierte Gnocco.

Der Kopf des Zigeuners reckte sich aus dem Hemdkragen wie der Kopf einer Schildkröte, der aus dem Panzer fährt. Er krempelte seine Ärmel bis zum Ellbogen hoch, spuckte auf das Armband und rieb es mit einem Lappen trocken. Jetzt, wo das Silber mit Spucke und Weihwasser poliert war, hielt er den Arm zum Schutz vor der Nässe unter den Mantel und äugte den Hügel hinauf. Gnocco schlängelte sich durch den Menschenstrom in Richtung Straßenmitte, wo er einen besseren Überblick hatte und leichter gegen den Fluß manövrieren konnte. Ohne einen Helfer würde er das Anrempeln und den Diebstahl auf sich allein gestellt abziehen müssen – was ihn nicht weiter bekümmerte, da er den Diebstahl ohnehin nur fingieren mußte. Da, dort oben, der schmächtige Mann, das mußte er sein. – Gott sei Dank, er ging dicht an der Bordsteinkante. Pazzi folgte dem Doktor in dreißig Meter Entfernung und kam ebenfalls näher.

Gnocco vollführte eine geschickte Bewegung von der Mitte der Straße weg, nutzte ein herannahendes Taxi zu seinem Vorteil, indem er zurücksprang, als wollte er dem Verkehr ausweichen. Er drehte sich nach dem Fahrer um, fluchte ihm hinterher und prallte dann frontal gegen Dr. Fell. Seine Finger tasteten sich unter den Mantel des Doktors, und plötzlich war sein Arm so fest wie in einem Schraubstock gepackt, er fühlte einen Schlag, und dann gelang es ihm, sich in einer Drehung der Umklammerung zu entziehen. Dr. Fell hatte seinen Schritt kaum verlangsamt und war in dem Touristenstrom verschwunden. Gnocco rannte los.

Pazzi kam beinahe gleichzeitig mit ihm in der Nische vor dem schmiedeeisernen Tor an. Gnocco beugte sich kurz nach vorn über, richtete sich wieder auf und sagte schwer atmend: »Ich habe sie. Er hat verdammt hart zugepackt. *Cornuto,* er hat versucht, mir in die Eier zu treten. Pech für ihn, er hat mich verfehlt.«

Pazzi ging in die Hocke und versuchte gerade, behutsam das Armband von Gnoccos Handgelenk zu lösen, als Gnocco bemerkte, wie ihm etwas heiß und feucht das Bein hinunterlief. Als er sich vorsichtig bewegte, schoß ein mächtiger Blutstrahl aus einer Schlagader durch einen Riß in seiner Hose. Es pulsierte Pazzi direkt ins Gesicht und floß über seine Hände, während er versuchte, mit spitzen Fingern das Armband abzustreifen. Blut spritzte nach allen Seiten – auch auf Gnoccos Gesicht, als er den Kopf senkte, um zu sehen, was dort unten bei ihm los war. Und schon gaben seine Knie nach. Er kollabierte gegen das Tor, hielt sich mit einer Hand am Gitter fest und versuchte mit der anderen verzweifelt, die Blutung seiner durchtrennten Schlagader am Oberschenkel mit einem Lumpen zu stoppen, den er auf den Übergang zwischen Bein und Rumpf preßte.

Pazzi, den es wie bei jedem Einsatz auch jetzt eiskalt überlief, gelang es, den Arm um Gnocco zu schlingen. Er schirmte ihn mit seinem Körper von der Menge ab und achtete darauf, daß das Blut durch die Gitterstäbe auf die andere Seite des Tores spritzte. Langsam ließ er den Körper vor sich auf den Boden gleiten.

Pazzi fischte sein Handy aus der Tasche und sprach hinein, als riefe er einen Krankenwagen. Doch das Telefon war ausgeschaltet. Er knöpfte seinen Mantel auf und breitete ihn wie ein Falke, der sein Opfer unter seinen Schwingen birgt, über Gnocco aus. Gleichgültig bewegte sich die Menge hinter den beiden die Straße hinunter. Endlich schaffte es Pazzi, das Armband von Gnoccos Handgelenk zu lösen. Er legte es behutsam in eine kleine Schachtel, die er mitgebracht hatte. Als nächstes griff er Gnoccos Handy und steckte es ein.

Gnoccos Lippen bewegten sich: »Madonna, *che freddo.*«

Es kostete Pazzi einige Überwindung, doch dann zog er Gnoccos schwächer werdende Hand von der Wunde, hielt sie, als wollte er ihn trösten, und ließ ihn verbluten. Als er sich sicher sein konnte, daß Gnocco tot war, ließ er ihn, den Kopf wie schlafend auf den Arm gebettet, neben der Einfahrt liegen und schloß sich der Menge an.

Auf der Piazza starrte Pazzi auf den verwaisten Parkplatz, wo sich gerade die trockengebliebene Stelle unter dem geparkten Jaguar Dr. Lecters im Regen zu verlieren begann.

Dr. Lecter – Pazzi dachte nicht länger an ihn als Dr. Fell. Er hatte es unzweifelhaft mit Dr. Hannibal Lecter zu tun.

Der Beweis für Mason Verger befand sich in der Tasche von Pazzis Regenmantel. Der Beweis für Pazzi tropfte von seinem Regenmantel auf seine Schuhe.

29

Der Morgenstern über Genua verblaßte gerade im Licht des anbrechenden Tages, als Rinaldo Pazzis alter Alfa Romeo zum Kai hinunterschnurrte. Eine kühle Brise kräuselte die Wellen im Hafen. Auf einem Frachter an einem weiter draußen gelegenen Liegeplatz war jemand am Schweißen, orangefarbene Funkenregen gingen ins schwärzliche Wasser nieder.

Romula mied den Wind und blieb mit dem Baby auf dem Schoß im Wagen sitzen. Esmeralda hatte es sich mehr recht als schlecht auf der winzigen Rückbank des *Berlinetta*-Coupés bequem gemacht und ihre Beine seitwärts hochgelegt. Seit ihrer Weigerung, Scheitan zu berühren, hatte sie nicht mehr gesprochen.

Sie schlürften starken schwarzen Kaffee aus Pappbechern und aßen *pasticcini*.

Rinaldo Pazzi ging in das Frachtbüro. Als er wieder herauskam, war die Sonne bereits aufgegangen und tauchte den verrosteten Rumpf des Frachters *Astra Philogenes*, der gerade fertig beladen wurde, in ein glühendes Rot. Pazzi winkte den beiden Frauen im Wagen zu.

Die *Astra Philogenes*, 27000 Bruttoregistertonnen, unter griechischer Flagge fahrend, konnte rechtmäßig zwölf Passagiere auf ihrer Route nach Rio mitnehmen, ohne einen Schiffsarzt an Bord haben zu müssen. Von Rio aus, erklärte Pazzi Romula, würden sie nach Sydney, Australien, übersetzen. Die Umladung werde der Zahlmeister der *Astra* beaufsichtigen. Die Passage sei mit allem Drum und Dran bezahlt und eine Rückgabe des Geldes nicht möglich. In Italien hält man Australien für eine attraktive Alternative, wo jeder Arbeit findet, und hinzu kommt, daß dort sehr viele Zigeuner leben.

Pazzi hatte Romula zwei Millionen Lire versprochen, was beim gegenwärtigen Umtauschkurs etwa zwölfhundertfünfzig Dollar waren. Die händigte er ihr in einem dicken Umschlag aus.

Die Zigeunerinnen hatten nicht viel Gepäck dabei, eine kleine Reisetasche und Romulas Holzarm, der in einem Musikkoffer für ein Waldhorn verstaut war.

Sie würden den Großteil des kommenden Monats auf hoher See verbringen und von der Außenwelt abgeschnitten sein.

Gnocco komme auch, erklärte Pazzi Romula zum zehntenmal, nur eben heute nicht. Sie würden bei ihrer Ankunft in Sydney auf der Hauptpost eine Nachricht von Gnocco vorfinden. »Ich halte mein Versprechen ihm gegenüber, so wie ich es euch gegenüber getan habe«, teilte er ihnen mit, als sie zusammen am Fuß der Gangway standen. Die Morgensonne warf lange Schatten auf die rauhe Oberfläche des Kais.

Im Moment des Auseinandergehens, als Romula und das Baby schon ein Stück die Gangway hochgestiegen waren, sprach die alte Frau, soweit sich Pazzi erinnern konnte, zum zweiten- und letztenmal.

Mit Augen so schwarz wie Kalamata-Oliven schaute sie ihm tief in die Augen. »Du hast Gnocco Scheitan geopfert«, sagte sie ruhig. »Gnocco ist tot.« Esmeralda beugte sich ungelenk nach vorn, als beugte sie sich über ein Huhn auf dem Hackbrett, und spuckte voller Inbrunst auf Pazzis Schatten. Dann eilte sie hinter Romula und dem Baby zum Schiff hinauf.

30

Der DHL-Express-Versandkarton war ausgesprochen stabil. Der Fingerabdruck-Experte, der unter den heißen Strahlern am Tisch der Sitzgruppe in Mason Vergers Raum saß, drehte mit einem elektrischen Schraubenzieher vorsichtig die Schrauben heraus. Das breite Silberarmband lag auf einem samtüberzogenen Schmuckständer, der in den Behälter eingepaßt und fixiert worden war, so daß die Oberfläche des Armbands nicht mit der Umgebung in Berührung kommen konnte.

»Bring es zu mir herüber«, befahl Mason.

Die Fingerabdrücke von dem Armband abzunehmen wäre in der erkennungsdienstlichen Abteilung des Baltimore Police Department, wo der Techniker tagsüber arbeitete, sicherlich einfacher zu bewerkstelligen gewesen, aber Mason bezahlte eine außerordentlich hohe Summe bar auf die Hand und bestand im Gegenzug darauf, daß die Arbeit vor seinen Augen gemacht wurde. Oder vor seinem Auge, wie der Techniker leicht säuerlich im stillen für sich anmerkte, als er das Armband und den Schmuckständer auf einen chinesischen Teller stellte, der ihm von einem Bediensteten gereicht wurde.

Der Diener hielt den Teller vor Masons Glotzauge. Er konnte ihn nicht auf dem über Masons Herz zusammengerollten Haarzopf abstellen, da das Atemgerät Masons Brust beständig auf und nieder bewegte. Das schwere Armband war blutverkrustet, Flocken getrockneten Blutes platzten ab und fielen auf den Teller. Mason betrachtete das Armband eingehend mit seinem Glotzauge. In Ermangelung von

Fleisch blieb sein Gesicht ohne Ausdruck. Dafür leuchtete sein eines Auge um so mehr.

»Beginnen Sie«, sagte er.

Der Techniker hatte eine Kopie der Vorderseite von Dr. Lecters FBI-Karte. Der sechste Finger auf der Rückseite und die Identifizierungsmarken waren nicht reproduziert worden.

Er bestäubte die freien Flächen zwischen den Verkrustungen. Das Fingerabdruck-Pulver »Drachenblut«, das er ansonsten bevorzugte, war vom Farbton her dem getrockneten Blut auf dem Armband zu ähnlich. Deshalb wich er auf schwarzes Pulver aus, das er mit großer Sorgfalt auftrug.

»Wir haben Fingerabdrücke«, sagte er und hörte unter den heißen Lichtstrahlern der Sitzgruppe auf, sich den Schweiß aus dem Gesicht zu wischen. Die Lichtverhältnisse waren ausreichend zum Fotografieren. Also schoß er Fotos von den Fingerabdrücken *in situ*, bevor er sie für einen Vergleich unter dem Mikroskop abnahm. »Mittelfinger und Daumen der linken Hand, Übereinstimmung in sechzehn Punkten – das hätte vor Gericht Bestand«, sagte er schließlich. »Keine Frage, das ist ein und derselbe Kerl.«

Mason war an keinem Prozeß interessiert. Seine bleiche Hand tastete sich bereits über die Tagesdecke zum Telefon.

31

Ein sonniger Morgen auf einer Bergwiese tief in den Gennargentu-Bergen von Zentralsardinien.

Sechs Männer, vier Sarden und zwei Römer, arbeiten unterhalb einer zugigen, aus dem Holz der umliegenden Wälder errichteten Hütte. Die wenigen Geräusche, die sie machen, scheinen durch die ungeheure Stille der Berge verstärkt.

Unter dem Hüttendach hängt an Balken, von denen noch immer die Rinde abfällt, ein riesiger Spiegel in einem vergoldeten Rokoko-Rahmen. Der Spiegel ist über einem stabilen Pferch mit zwei Gattern aufgehängt, von denen sich das eine auf die Wiese hin öffnet. Das andere Gatter ist in der Mitte geteilt, so daß sich die obere und untere Hälfte getrennt öffnen lassen. Der Boden darunter ist betoniert, doch der Rest des Pferchs wie bei einem Blutgerüst mit frischem Stroh bestreut.

Der Spiegel mit seinen geschnitzten Cherubinen im Rahmen läßt sich schwenken und bietet wie ein Spiegel, der bei einem Kochkurs über dem Herd den Schülern den Blick auf die Herdplatten gestattet, eine Draufsicht auf den Pferch.

Der Filmemacher Oreste Pini und Mason Vergers sardischer Vorarbeiter, ein professioneller Kidnapper namens Carlo, konnten sich von Anfang an nicht ausstehen.

Carlo Deogracias war ein stämmiger, kerngesunder Mann mit Tirolerhut und Wildschweinborsten im Hutband. Er hatte die Angewohnheit, den Knorpel von einem Paar Hirschzähne abzukauen, die er in seiner Westentasche bei sich trug. Carlo war einer der führenden Vertreter eines uralten sardischen Berufsstandes. Er war von Haus aus Kidnapper mit dem Spezialgebiet Racheakte.

Wenn man wegen Lösegeld entführt worden ist, erzählen reiche Italiener, ist es besser, in die Hände der Sarden zu fallen. Wenigstens ist man bei denen sicher, nicht durch Zufall oder in einem Anfall von Panik umgelegt zu werden. Zahlt deine Familie, kehrst du in der Regel unverletzt, nicht vergewaltigt oder verstümmelt zu den Deinen zurück. Sollte sie jedoch nicht zahlen, dürfte sie damit rechnen, dich häppchenweise per Post zugestellt zu bekommen.

Carlo war nicht gerade erfreut über Mason Vergers detaillierte Anweisungen. Er besaß genügend Erfahrung und hatte tatsächlich vor zwanzig Jahren in der Toskana schon einmal einen Mann Schweinen zum Fraß vorgeworfen – einen pensionierten Nazi und vorgeblichen Grafen, der toskanische Dorfkinder, Jungen und Mädchen in gleicher Weise, sexuell genötigt hatte. Man hatte Carlo eigens für diesen Job angeheuert. Er hatte den Mann aus dessen eigenen Garten keine drei Meilen von der Badia di Passignano entführt und an fünf riesige Hausschweine auf einem Bauernhof unterhalb des Poggio alle Corti verfüttert. Obwohl er den Schweinen drei Tage lang jegliche Nahrung vorenthalten hatte und der Nazi an seinen Fesseln zerrte, um Gnade winselte und schwitzte, zeigten sich die Schweine wenig geneigt, mit dem Verspeisen seiner Zehen anzufangen, bis Carlo, von leichten Gewissensbissen geplagt, da er die Vertragsvereinbarungen brach, den Nazi mit einem schmackhaften Salat aus den Lieblingsgemüsen der Schweine fütterte und ihm die Kehle durchschnitt, um ihnen entgegenzukommen.

Carlo war ein fröhlicher und energischer Mann, aber die Gegenwart des Filmemachers ärgerte ihn – Carlo hatte auf Anweisung von Mason Verger den Spiegel aus einem Bordell geholt, das er in Cagliari unterhielt, nur um diesem Pornofilmer Oreste Pini einen Gefallen zu tun.

Der Spiegel war ein Segen für Oreste, der in seinen Pornofilmen und dem einen Snuff-Film, den er in Mauretanien gedreht hatte, immer wieder gern auf Spiegel zurückgriff. Inspiriert durch die Warnung auf dem Außenspiegel seines Autos, war er zu einem Vorkämpfer auf dem Gebiet verzerrter Spiegelbilder geworden, die manche Objekte größer erscheinen ließen, als sie sich dem unbewaffneten Auge darboten.

Wie von Mason Verger vorgeschrieben, mußte Oreste zwei Kameras aufbauen und die Szene beim erstenmal im Kasten haben. Mason verlangte unter anderem eine ungeschnittene Nahaufnahme von Lecters Gesicht.

Für Carlo schien er endlos lange herumzutrödeln.

»Du kannst mich entweder wie eine Frau zuquatschen oder einem Probelauf zuschauen und mich alles fragen, was du nicht verstehst.«

»Ich will den Probelauf *filmen.*«

»*Va bene.* Bau deinen Scheiß auf, und laß uns endlich loslegen.«

Während Oreste seine Kameras aufstellte, traf Carlo mit seinen drei wortkargen sardischen Helfern die entsprechenden Vorkehrungen.

Oreste, der bei Geld keine Scham kannte, war doch immer wieder aufs neue darüber erstaunt, was man für Geld alles kaufen konnte.

Auf einem langen Zeichentisch an der einen Wand der Hütte schnürte Carlos Bruder Matteo ein Bündel mit getragener Kleidung auf. Er fischte nach einem Hemd und einer Hose, während die beiden anderen Sarden, die Brüder Piero und Tommaso Falcione, langsam eine verschmutzte und zerbeulte Krankenbahre über die Wiese in die Hütte rollten. Matteo hatte schon einige Eimer mit Hackfleisch, diverse ungerupfte tote Hühner, etwas fauliges Obst, um das bereits Fliegen schwärmten, und einen Eimer mit Rindergedärm und Innereien bereitgestellt. Er breitete eine zerrissene Khakihose auf der Bahre aus und begann sie mit Hühnern, Fleischbrocken und Früchten vollzustopfen. Dann nahm er ein Paar Handschuhe und füllte sie mit der Fleischmasse und Eicheln. Sorgfältig stopfte er jeden einzelnen Finger aus und schob die Handschuhe als Füße unten in die Hosenbeine. Das Ensemble komplettierte er durch ein Hemd, das er mit Gedärmen und Innereien aufpolsterte. Bevor er das Hemd zuknöpfte und adrett in die Hose steckte, arbeitete er mit Brotrinden die Konturen eines Oberkörpers heraus. Ein paar Handschuhe gaben die Hände ab. Für den Kopf verwendete er eine ausgehöhlte Melone, der er ein Haarnetz übergestülpt hatte. Dort, wo bei einem Menschen normalerweise das Gesicht zu sehen war, hatte er die Melone aufgeschnitten und mit Fleischmasse angefüllt. Zwei gekochte Eier mußten als Augen herhalten. Als er damit fertig war, ging das Ergebnis als leicht in die Breite gegangene Schaufensterpuppe durch, die aber auf der Bahre immer noch besser aussah als die meisten Todesspringer, wenn man sie abtransportierte. Das I-Tüpfelchen markierte das sündhaft teure Aftershave, das Matteo auf die falschen Hände und auf die »Stirn« der Melone sprühte.

Carlo deutete mit dem Kinn auf Orestes schlanken Assistenten, der, über den Zaun gelehnt, den Mikrofongalgen über dem Pferch auszog und dessen Reichweite kontrollierte.

»Sag deiner kleinen Schwuchtel, daß ich keinen Finger rühre, wenn sie reinfällt.«

Schließlich war alles fertig. Piero und Tommaso senkten die Bahre auf die niedrigste Einstellung ab und schoben sie vor das Gatter des Pferchs.

Carlo holte ein Tapedeck und einen Verstärker aus dem Haus. Er besaß eine Anzahl von Kassetten, teilweise von ihm selbst aufgenommen, als er Entführungsopfern die Ohren abgeschnitten hatte, um sie den Verwandten auf dem Postweg zuzustellen. Carlo spielte den Tieren, während sie fraßen, grundsätzlich Kassetten vor. Er würde nicht länger darauf zurückgreifen müssen, wenn er erst ein wirkliches Opfer vor sich hatte, das für die entsprechende Klangkulisse selbst Sorge trug.

Zwei bereits vom Wetter mitgenommene Außenlautsprecher waren an die Türpfosten der Hütte genagelt. Die Sonne stand hoch über der blühenden Wiese, die leicht abschüssig auf den Waldrand zulief. Der um die Wiese gezogene feste Zaun setzte sich in den Wald hinein fort. In der mittäglichen Ruhe konnte Oreste eine Biene unter dem Hüttendach summen hören.

»Bist du soweit?« fragte Carlo.

Oreste wandte sich der eingerichteten Kamera zu. »*Giriamo*«, rief er seinem Kameramann zu.
»*Pronti!*« tönte es zurück.
»*Motore!*« Die Kameras liefen.
»*Partito!*« Der Ton fuhr ab.
»*Azione!*« Oreste stieß Carlo in die Seite.
Der Sarde drückte die Starttaste des Tapedecks, und ein markerschütternder Schrei, gefolgt von Weinen und herzerweichendem Flehen, erklang. Der Kameramann fuhr zusammen und rang um Fassung. Das Schreien, so schrecklich es sich auch anhören mochte, war doch nur die passende Ouvertüre zu den Fratzen, die in Erwartung von Futter aus dem Wald gestürzt kamen.

32

Ein Tagesausflug nach Genf, um das Geld zu sehen.

Das Flugzeug, eine Aerospatial-Propellermaschine, die zwischen Florenz und Mailand pendelte, stieg in den Morgenhimmel auf und ließ leicht schaukelnd die Weinberge mit ihren weit auseinanderstehenden Rebstockreihen unter sich zurück. Mit einemmal wirkte die Toskana wie das Modell eines Landschaftsarchitekten. Doch irgend etwas stimmte nicht mit der Farbgebung der Landschaft – die neuen Swimmingpools neben den Villen der reichen Ausländer leuchteten in einem falschen Blau. Für Pazzi, der aus einem Fenster des Flugzeugs schaute, waren die Pools milchigblau wie ein gealtertes krankes Auge, eine Farbe, die so gar nicht zu den dunklen Zypressen und silbrig schimmernden Olivenbäumen paßte.

Rinaldo Pazzis Stimmung hob sich im selben Maße, wie sich das Flugzeug in den Himmel schraubte. Tief in seinem Inneren wußte er, daß er dort unten nicht alt werden würde, abhängig von den Launen seiner Vorgesetzten und um korrektes Verhalten bemüht, damit er die Pension bekäme.

Anfänglich hatte er befürchtet, Dr. Lecter könnte nach der Ermordung von Gnocco einfach untertauchen. Als Pazzi Dr. Lecters Arbeitsbeleuchtung wieder in der Basilika von Santa Croce brennen sah, war es wie eine Erlösung über ihn gekommen; der Doktor glaubte sich offenkundig in Sicherheit.

Der Tod des Zigeuners verursachte im Büroalltag der Questura kein Aufsehen und wurde mit Drogen in Verbindung gebracht – glücklicherweise fand man gebrauchte Einwegspritzen in der Nähe der Leiche, ein durchaus üblicher Anblick in Florenz, wo Einwegspritzen kostenlos an Abhängige ausgegeben wurden.

Das Geld. Pazzi hatte darauf bestanden, es zu sehen.

Der visuell veranlagte Pazzi erinnerte sich überdeutlich an bestimmte Anblicke: das erste Mal, als er seinen Penis erigiert vor sich sah, das erste Mal, als er sein eigenes Blut sah, die erste Frau, die er nackt sah, der verwischte Eindruck, als zum ersten Mal eine Faust auf ihn zuflog. Er erinnerte sich daran, wie er zufällig in eine Seitenkapelle einer Kirche in Siena geschlendert war und unvermutet in das Gesicht der heiligen Katharina von Siena geblickt hatte: Ihr mumifizierter Kopf ruhte, umhüllt von einem makellos weißen Schleier, in einem einer Kirche nachempfundenen Reliquienschrein.

Die drei Millionen Dollar zu sehen hatte eine vergleichbare Wirkung auf ihn.

Dreihundert gebündelte Packen Hundert-Dollar-Scheine mit nicht fortlaufenden Seriennummern.

In einem kleinen, kahlen, kapellenähnlichen Raum der Genfer Zweigniederlassung der Crédit Suisse zeigte Mason Vergers Anwalt Rinaldo Pazzi das Geld. Es wurde aus dem Tresorraum in drei verschließbaren Kassetten mit bronzenen Nummernschildern herangekarrt. Die Crédit Suisse stellte eine Geldzählmaschine, darüber hinaus eine Waage und einen Angestellten zur Verfügung. Pazzi schickte den Angestellten weg. Zuerst legte er seine Hände auf das Geld.

Rinaldo Pazzi war ein erfahrener Ermittlungsbeamter. Er hatte zwanzig Jahre lang Fälschungskünstler aufgespürt und dingfest gemacht. Als er in der Gegenwart des Geldes die getroffenen Arrangements zur Kenntnis nahm, hörte er keinen falschen Ton heraus; wenn er ihnen Hannibal Lecter brächte, bekäme er von Mason Verger das Geld ausgezahlt.

Es durchzuckte ihn süß und heiß, als er begriff, daß diese Leute hier Profis waren – Mason Verger würde ihn tatsächlich bezahlen. Und er machte sich keine Illusionen über Lecters Schicksal. Er überantwortete diesen Mann der Folter und dem Tod. Für Pazzi sprach, daß er sich darüber im klaren war, was er tat.

Unsere Freiheit ist mehr wert als das Leben des Ungeheuers; unser Glück ist wichtiger als sein Leiden, dachte er mit dem kalten Egoismus der Verdammten. Ob das »uns« eher amtlich war oder auf Rinaldo und seine Frau bezogen, ist eine schwer zu beantwortende Frage, und es mag darauf mehr als eine Antwort geben.

In diesem peinlich sauber gehaltenen Raum, sehr schweizerisch und rein wie ein Schleier, kam es für Pazzi das letzte Mal zum Schwur. Er wandte sich vom Geld ab und nickte dem Anwalt, Mr. Konie, zu. Dieser zählte aus der ersten Kassette 100000 Dollar ab und händigte sie Pazzi aus.

Mr. Konie sprach kurz in ein Telefon und übergab den Hörer dann Pazzi. »Die Leitung ist abhörsicher«, sagte er.

Die amerikanische Stimme, die Pazzi vernahm, hatte einen eigentümlichen Klang, Worte wurden, von Pausen unterbrochen, in einem einzigen Atemzug verhaucht. Die Explosivlaute waren aus der Sprache verschwunden. Der Klang machte Pazzi ein wenig schwindlig, als müßte er zusammen mit dem Sprecher um Atem ringen.

Ohne jede Vorbemerkung die Frage: »Wo ist Dr. Lecter?«

Pazzi, das Geld in der einen, den Hörer in der anderen Hand, zögerte nicht einen Augenblick. »Er ist der, der im Palazzo Capponi in Florenz seinen Studien nachgeht. Es ist der … Kurator.«

»Würden Sie bitte Mr. Konie Ihren Ausweis zeigen und ihm das Telefon übergeben? Er wird Ihren Namen nicht übers Telefon erwähnen.«

Mr. Konie zog eine Liste aus seiner Tasche und las eine Reihe von vereinbarten Codewörtern vor, dann übergab er den Hörer wieder an Pazzi.

»Sie bekommen den Rest des Geldes, sobald er sich lebend in unseren Händen befindet«, sagte Mason. »Sie brauchen den Doktor nicht selbst zu fassen, müssen ihn allerdings für uns identifizieren und uns in die Hände spielen. Darüber hinaus will ich alles, was Sie an Material über ihn zusammengetragen haben. Kehren Sie heute nach Florenz zurück? Sie erhalten noch heute abend weitere Instruktionen für ein Treffen in der Nähe von Florenz. Das Treffen wird keinesfalls später als morgen abend sein. Dort werden Sie Anweisungen von dem Mann bekommen, der Dr. Lecter aus dem Verkehr ziehen wird. Er wird Sie danach fragen, ob Sie einen Blumenhändler kennen. Antworten Sie ihm, daß alle Blumenhändler Diebe sind. Haben Sie mich verstanden? Ich möchte, daß Sie mit ihm zusammenarbeiten.«

»Ich möchte nicht, daß Dr. Lecter in meinem Beisein ... Ich will ihn nicht in der Nähe von Florenz wissen, wenn er ...«

»Ich kann Ihre Bedenken nachvollziehen. Haben Sie keine Sorge, es wird nicht dort geschehen.«

Dann war die Leitung tot.

Nach ein paar Minuten waren alle Formalitäten erledigt und zwei Millionen Dollar auf ein Anderkonto eingezahlt. Mason Verger hatte keinen Zugriff auf das Konto, konnte es aber für Pazzi freigeben. Ein hochrangiger Vertreter der Crédit Suisse, der in das Besprechungszimmer gerufen worden war, setzte Pazzi davon in Kenntnis, daß die Bank ihm einen Strafzins in Rechnung stellen würde, falls er den Betrag in Schweizer Franken zu tauschen wünsche, und ihm drei Prozent Zinseszins lediglich für die ersten einhunderttausend Franken zu zahlen bereit wäre. Er überreichte Pazzi eine Kopie des Artikel 47 des schweizerischen »Bundesgesetzes über Banken und Sparkassen« betreffs des Bankgeheimnisses und bot an, unmittelbar nach der Freigabe des Geldes eine telegrafische Überweisung zur »Royal Bank of Nova Scotia« oder zu den Cayman Islands zu veranlassen, falls Pazzi dies wünschte.

In Gegenwart eines Notars hinterlegte Pazzi eine Bankvollmacht für seine Frau im Fall seines Todes. Das Geschäft kam zu einem Abschluß. Einzig der Schweizer Bankmensch offerierte einen Händedruck. Pazzi und Mr. Konie vermieden jeden Blickkontakt, obgleich Mr. Konie beim Hinausgehen Pazzi noch einen guten Tag wünschte.

Das Flugzeug quälte sich auf der letzten Reiseetappe von Mailand nach Florenz durch ein heftiges Gewitter. Der Propeller auf Pazzis Seite des Flugzeugs zeichnete sich als dunkler Kreis vor dem Hintergrund des tiefgrauen Himmels ab. Es blitzte und donnerte, als sie, den Campanile und die

Kuppel der Kathedrale unter sich, in einem Bogen über die Altstadt kurvten. Die Lichter gingen in der frühen Abenddämmerung an. Dann ein Blitz und heftiges Krachen, ähnlich dem, das Pazzi in seiner Kindheit erlebt hatte, als die Deutschen die Brücken über dem Arno sprengten und nur den Ponte Vecchio verschonten. Und für den Bruchteil einer Sekunde erinnerte er sich auch wieder an den Heckenschützen, den er als kleiner Junge gesehen hatte, sah den Mann vor sich, der zum letzten Gebet an die »Madonna in Ketten« gekettet worden war, bevor man ihn erschoß.

Pazzi roch das durch die Blitze freigesetzte Ozon und spürte die Erschütterungen der Donnerschläge im Flugzeugrumpf, während die Maschine im Sinkflug durch die Wolken brach. So kehrte Pazzi, aus der alteingesessenen Familie der Pazzi mit Zielen so alt wie die Menschheit, zurück in seine altehrwürdige Heimatstadt Florenz.

33

Rinaldo Pazzi hätte gern eine Rundumüberwachung seiner Beute im Palazzo Capponi angeordnet, doch das war nicht machbar.

Statt dessen mußte sich Pazzi, immer noch ganz hingerissen von dem Anblick des Geldes, in Schale werfen und seine Frau auf einem langerwarteten Konzert des Kammerorchesters Florenz treffen.

Das Teatro Piccolomini, eine im 19. Jahrhundert erbaute Kopie im Maßstab 1:2, von Venedigs berühmtem Teatro La Fenice, ist ein barockes Juwel aus Blattgold und Plüsch mit Cherubinen an der herrlichen Decke, die jeglichen Gesetzen der Aerodynamik spotten. Ein Gutes hat die Schönheit des Theaters: Die Künstler brauchen oft alle Unterstützung, die sie bekommen können.

Es ist unfair, aber unvermeidlich, daß sich die Musik in Florenz mit dem hoffnungslos hohen Kunstniveau in der Stadt messen soll. Unter den Florentinern gibt es eine ebenso große wie kenntnisreiche Gruppe von Musikliebhabern, was typisch ist für Italien, aber manchmal sind sie regelrecht ausgehungert nach musikalischen Darbietungen der Spitzenklasse.

Pazzi ließ sich während des Beifalls, der nach der Ouvertüre aufbrandete, in den Sitz neben seiner Frau sinken.

Sie bot ihm die wohlriechende Wange zum Kuß. Ein warmes Gefühl durchströmte ihn, als er sie, die Partitur in der Mappe von Gucci vor sich – ein Geschenk von ihm –, in ihrem tief dekolletierten Abendkleid dasitzen sah. Und dann erst der betörende Duft, der ihrem Brustansatz entstieg.

»Sie klingen um so vieles besser mit dem neuen Bratschisten«, hauchte sie ihm ins Ohr. Dieser wirklich ausgezeichnete Spieler der *Viola da Gamba* war als Ersatz für den wegen seiner Unfähigkeit berüchtigten Vorgänger engagiert worden, einem Cousin von Sogliato, der vor einigen Wochen unter mysteriösen Umständen verschwunden war. Dr. Hannibal Lecter, allein, makellos mit weißer Krawatte, blickte aus einer Loge im Rang. Sein Gesicht und die Vorderseite seines Hemdes schienen, umrahmt von den vergoldeten Barockschnitzereien, in der dunklen Loge zu schweben.

Pazzi bemerkte ihn, als die Lichter nach dem ersten Satz kurz angingen. Genau in dem Moment, als Pazzi die Augen von der Gestalt des Doktors lösen wollte, fuhr dessen Kopf wie der einer Eule herum, und ihre Blicke trafen sich. Pazzi drückte die Hand seiner Frau so fest, daß sie sich ihm zuwandte. Danach hatte Pazzi nur noch Augen für das Geschehen auf der Bühne. Sein Handrücken berührte warm die Hüfte seiner Frau, die seine Hand in der ihren hielt. Als Pazzi in der Pause mit einem Sekt vom Buffet zurückkehrte, stand Dr. Lecter neben seiner Frau.

»Guten Abend, Dr. Fell«, sagte Pazzi.

»Guten Abend, *Commendatore*«, sagte der Doktor. Er wartete mit der Andeutung einer Verbeugung, bis Pazzi gezwungen war, die beiden einander vorzustellen.

»Laura, darf ich dir Dr. Fell vorstellen? Dr. Fell, meine Frau, Signora Pazzi.«

Signora Pazzi, daran gewöhnt, für ihre Schönheit Komplimente zu bekommen, fand das, was folgte, auf seltsame Weise charmant, was man von ihrem Ehemann nicht gerade sagen konnte.

»Ich weiß nicht, womit ich diese besondere Ehre verdient habe, *Commendatore*«, sagte der Doktor. Seine rote, spitze Zunge wurde für den Bruchteil einer Sekunde sichtbar, bevor er sich über Signora Pazzis Hand beugte; seine Lippen kamen für Florentiner Gepflogenheiten der Haut vielleicht eine Spur zu nahe. Sicherlich nahe genug, daß Signora Pazzi seinen Atem auf ihrer Haut spüren konnte.

Seine Augen suchten ihren Blick, bevor er den Kopf hob.

»Scarlatti scheint Sie ganz besonders zu erfreuen, Signora Pazzi.«

»In der Tat, ich genieße seine Musik.«

»Es war schön, Sie die Partitur mitlesen zu sehen. Kaum jemand tut das noch. Ich hoffe, daß dies hier Sie interessieren wird.« Er nahm eine Mappe unter seinem Arm hervor. Es war eine alte, pergamentene Partitur, von Hand kopiert. »Das hier stammt aus dem Teatro Capranica in Rom. Es ist aus dem Jahr 1688, dem Jahr, in dem das Stück komponiert wurde.«

»*Meraviglioso!* Sieh nur, Rinaldo!«

»Ich habe mir während des ersten Satzes erlaubt, einige der Abweichungen der modernen Partitur auf Transparentpapier zu notieren. Bitte haben Sie die Güte, diese Bögen von mir anzunehmen. Ich kann sie ja jederzeit über Signor Pazzi wiederbekommen – ist es gestattet, *Commendatore?*«

Der Doktor schaute Pazzi tief, sehr tief in die Augen, als dieser ihm antwortete.

»Wenn es dir Freude macht, Laura«, sagte Pazzi. Ein Gedanke durchzuckte ihn. »Werden Sie denn am Freitag vor der Studiolo sprechen, Doktor?«

»Ja, Freitag abend, um genau zu sein. Sogliato kann es kaum abwarten, mich diskreditiert zu sehen.«

»Gegen Abend werde ich in der Altstadt zu tun haben«, sagte Pazzi. »Da kann ich Ihnen die Partitur vorbeibringen. Laura, die Drachen der Studiolo haben Dr. Fell zum Vorsingen geladen.«

»Ich bin mir sicher, verehrter Doktor, daß Sie den *richtigen* Ton zu treffen wissen«, sagte sie und schenkte ihm einen Blick aus ihren großen, dunklen Augen, der die Grenzen des Schicklichen streifte, aber eben doch nur streifte.

Dr. Lecter lächelte. Seine kleinen weißen Zähne blitzten. »Madame, wenn ich der Hersteller von Fleur du Ciel wäre, würde ich Ihnen jeden Schatz der Welt bieten, damit Sie es trügen. Bis Freitag abend also, *Commendatore*.«

Pazzi überzeugte sich, daß der Doktor auch wirklich in seine Loge zurückkehrte, und blickte ihn erst wieder an, als sie auf der Theatertreppe zum Abschied noch einmal winkten.

»Ich habe dir dieses Fleur du Ciel zum Geburtstag geschenkt«, sagte Pazzi.

»Ja, und ich liebe es, Rinaldo«, antwortete Signora Pazzi. »Du hast einen wirklich erlesenen Geschmack.«

34

Impruneta ist eine alte Stadt in der Toskana, in der die Dachziegel für den Duomo hergestellt werden. Nachts kann man den Friedhof dort, dank der Ewigen Lichter auf den Gräbern, von den Villen auf den Hügelkuppen aus einigen Kilometer Entfernung sehen. Die Beleuchtung ist schwach, aber ausreichend, um Besuchern den Weg zwischen den Toten zu weisen. Will man die Grabinschriften lesen, braucht man jedoch eine Taschenlampe.

Rinaldo Pazzi traf fünf Minuten vor neun Uhr mit einem kleinen Blumenstrauß ein, den er auf irgendeines der Gräber legen wollte. Er ging langsam einen Schotterweg zwischen den Gräberreihen entlang.

Er fühlte Carlos Anwesenheit, obwohl er ihn nicht sehen konnte.

Carlos Stimme kam von der anderen Seite eines über kopfhohen Mausoleums. »Kennst du einen guten Blumenhändler in der Stadt?«

Der Mann klang wie ein Sarde. Gut, dann wird er wohl wissen, was er tut.

»Alle Blumenhändler sind Diebe«, antwortete Pazzi.

Carlo kam rasch und ohne sich umzuschauen hinter dem Marmorbau hervor.

Gedrungen und kraftstrotzend, wie er war, machte er auf Pazzi einen bäuerlichen Eindruck und wirkte sehr beweglich auf den Beinen. Er trug eine Weste aus Leder und ein Büschel Wildschweinborsten am Hut. Pazzi schätzte, daß er eine etwa acht Zentimeter größere Reichweite als Carlo hatte, zehn Zentimeter größer war und daß sie ungefähr das gleiche wogen. Carlo fehlte ein Daumen. Pazzi bräuchte keine fünf Minuten, um ihn in der Verbrecherkartei der Questura ausfindig zu machen. Beide Männer wurden von unten durch die Ewigen Lichter angeleuchtet.

»Sein Haus verfügt über eine ausgezeichnete Alarmanlage«, sagte Pazzi.

»Ich habe es mir angesehen. Du mußt ihn mir zeigen.«

»Er muß morgen, Freitag abend, auf einer Versammlung sprechen. Schaffst du das?«

»An mir soll es nicht liegen.« Carlo wollte den Polizisten ein wenig in die Ecke drängen und ihm zeigen, wer hier das Sagen hatte. »Wirst du mit ihm zusammen dort hingehen? Oder hast du Angst vor ihm? Du machst das, wofür man dich bezahlt. Du zeigst ihn mir.«

»Reiß hier nicht das Maul auf. Ich tue das, wofür ich bezahlt werde, und du machst es genauso. Oder ich sorge dafür, daß du deine Rente in Volterra als Knaststricher verdienen kannst, du hast die Wahl.«

Carlo war bei der Arbeit genauso unempfindlich gegen Beleidigungen wie gegen Schmerzensschreie. Er sah ein, daß er den Polizisten falsch eingeschätzt hatte, und hob darum beschwichtigend die Hände. »Erzähl mir, was ich wissen muß.« Carlo gesellte sich an Pazzis Seite, so als trauerten sie zusammen vor dem Mausoleum um einen Verstorbenen. Ein Liebespaar ging händchenhaltend auf dem Schotterweg an ihnen vorüber. Carlo nahm den Hut ab, und beide Männer standen mit gesenktem Kopf da. Pazzi legte die Blumen vor dem Eingang des Mausoleums ab. Carlos warmer Hut verströmte einen merkwürdigen Geruch, leicht ranzig, wie Wurst aus einem nicht ordentlich verschnittenen Tier.

Pazzi blickte angewidert auf. »Er ist unglaublich schnell mit dem Messer. Bevorzugt es, von unten zu kommen.«

»Hat er eine Pistole?«

»Keine Ahnung, soweit ich weiß, hat er niemals eine benutzt.«

»Ich will ihn nicht aus einem Auto zerren müssen. Ich will ihn auf offener Straße haben, mit möglichst wenig Menschen um ihn herum.«

»Wie wirst du ihn aus dem Verkehr ziehen?«

»Das laß meine Sorge sein.« Carlo steckte sich einen Hirschzahn in den Mund und kaute auf dem Knorpel herum, wobei er ihn von Zeit zu Zeit zwischen seinen gespitzten Lippen auftauchen ließ.

»Das betrifft mich in gleicher Weise wie dich«, sagte Pazzi. »Wie also?«

»Ich betäube ihn mit Plastikschrot, werfe ein Netz über ihn und verpasse ihm eine Spritze. Ich muß so schnell wie möglich an seine Zähne ran, falls er eine Giftplombe trägt.«

»Er muß eine Vorlesung halten. Sie beginnt um sieben Uhr im Palazzo Vecchio. Sollte er am Freitag in der Capponi-Kapelle von Santa Croce arbeiten, wird er von dort aus zu Fuß zum Palazzo Vecchio gehen. Kennst du dich in Florenz aus?«

»Gut genug. Kannst du mir eine Fahrerlaubnis für die Altstadt besorgen?«

»Ja.«

»Ich werde ihn unter keinen Umständen aus der Kirche holen«, sagte Carlo.

Pazzi nickte. »Es ist ohnehin besser, wenn er zu seiner Vorlesung geht. Danach wird ihn für die nächsten beiden Wochen niemand vermissen. Ich habe einen Vorwand, um ihn nach der Versammlung zum Palazzo Capponi begleiten zu können.«

»Sein Haus? Kommt überhaupt nicht in Frage. Das ist sein Territorium. Er kennt sich dort aus, ich nicht. Er wird wachsam sein, um sich blicken, wenn er vor der Tür steht. Nein, ich will ihn auf dem Bürgersteig. Ich brauche Platz.«

»Gut, dann hör mir zu – wir kommen also aus dem Vordereingang des Palazzo Vecchio – den Seiteneingang zur Via dei Leoni werde ich absperren lassen. Wir gehen die Via Neri entlang und überqueren den Fluß über den Ponte alle Grazie. Gegenüber dem Museo Bardini stehen Bäume. Erstens schlucken die das Licht der Straßenlaternen, und zweitens ist es um diese Uhrzeit, wenn die Schule aus ist, sehr ruhig dort.«

»Dann also gegenüber dem Museo Bardi. Aber es kann durchaus sein, daß ich schon früher zuschlage, falls sich eine günstige Gelegenheit bietet, näher am Palazzo oder früher am Tag, vielleicht wird er ja durch irgend etwas aufgeschreckt oder hegt Fluchtgedanken. Möglicherweise machen wir uns in einem Krankenwagen an ihn heran. Bleib in seiner Nähe, bis ihn das Plastikschrot außer Gefecht setzt, dann sieh zu, daß du Land gewinnst.«

»Ich will, daß er aus der Toskana verschwunden ist, bevor irgend etwas mit ihm passiert.«

»Glaub mir, er wird wie vom Erdboden verschwunden sein, und das mit den Füßen zuerst«, sagte Carlo mit einem breiten Lächeln über diesen kleinen, privaten Scherz, den Hirschzahn zwischen die Zähne geklemmt.

35

Freitag morgen. Ein kleiner Raum auf dem Dachboden des Palazzo Capponi. Drei der weißgetünchten Wände sind leer. An der vierten Wand hängt ein wuchtiges Madonnenbild aus der Schule Cimabues, 13. Jahrhundert, viel zu groß für den kleinen Raum. Ihr Kopf scheint wie der eines neugierigen Vogels zur Signatur hin gebeugt, als blickte sie mit ihren mandelförmigen Augen auf die schlafende Gestalt unter dem Bild.

Dr. Hannibal Lecter, ausgewiesener Kenner von Gefängnis- und Anstaltsbetten, liegt still, die Hände vor der Brust, auf dem schmalen Bett.

Er schlägt die Augen auf, ist mit einemmal hellwach, der Traum von seiner Schwester Mischa, schon lange tot und verdaut, geht nahtlos in den Wachzustand über: Gefahr damals, Gefahr heute. Das Wissen um die drohende Gefahr hält ihn genausowenig vom Schlafen ab wie die Ermordung des Taschendiebs.

Nun, für den Tag gekleidet, schlank, makellos gepflegt in seinem schwarzen Seidenanzug, schaltet er oben an der Bedienstetentreppe die Bewegungsmelder aus und steigt hinunter in die großzügigen Räume des Palazzo.

Jetzt kann er sich frei in der weiten Stille der vielen Zimmer des Palazzo bewegen, immer wieder ein berauschendes Freiheitsgefühl für ihn nach so vielen Jahren der Haft in einem Verlies.

So wie die mit Fresken bedeckten Wände von Santa Croce oder des Palazzo Vecchio von Geist durchströmt sind, so ist die Luft der Capponi-Bibliothek mit der Gegenwart von Dr. Lecter aufgeladen, wenn er vor der Wand mit den Manuskriptfächern arbeitet. Er wählt Schriftrollen aus, bläst den Staub von ihnen. Die Staubflocken verwirbeln in einem Sonnenstrahl, als ob die Toten, die nun zu Staub geworden sind, miteinander wetteiferten, um ihm ihr und sein Schicksal zu erzählen. Er arbeitet effizient, aber ohne übertriebene Hast, packt ein paar Sachen in seine Mappe, sammelt einige Bücher und Illustrationen für seine Vorlesung vor der Studiolo heute abend zusammen. Es gibt so viele Dinge, die er gern noch gelesen hätte.

Dr. Lecter klappt seinen Laptop auf und wählt über den Fachbereich Kriminologie der Universität Mailand, wie es jedem Bürger freisteht, die Homepage des FBI, www.fbi.gov, an. Er erfährt, daß Starlings Anhörung vor dem Untersuchungsausschuß wegen der gescheiterten Drogenrazzia noch nicht angesetzt worden ist. Er hat nicht die Zugangscodes, die er bräuchte, um seine eigenen Akten beim FBI einsehen zu können. Auf der »Most-Wanted«-Seite des FBI blickt ihm sein früheres Ebenbild, flankiert von einem Bombenleger und einem Brandstifter, entgegen.

Dr. Lecter nimmt das Boulevardblatt von einem Stapel Handschriften und schaut sich Clarice Starlings Bild auf der Titelseite an, berührt ihr Gesicht mit den Fingerspitzen. Die Klinge blitzt in seiner Hand auf, als hätte er sie anstelle des fehlenden sechsten Fingers nachwachsen lassen. Das Messer wird Harpyie genannt, es hat eine gezackte Klinge, die wie eine Klaue geformt ist. Sie schneidet genauso leicht durch den *National Tattler* wie durch die Oberschenkelarterie des Zigeuners – die Klinge durchfuhr den Zigeuner so schnell, daß Dr. Lecter sie nicht einmal abzuwischen brauchte.

Dr. Lecter schneidet Starlings Gesicht aus und klebt es auf ein Stück unbeschriebenes Pergament. Er nimmt einen Federhalter und zeichnet mit schnellem Strich den Körper einer geflügelten Löwin, einen Greif mit Starlings Gesicht. Darunter schreibt er in seiner gestochen scharfen Handschrift:

Haben Sie jemals darüber nachgedacht, Clarice, warum die Philister Sie nicht verstehen? Weil Sie die Antwort auf Samsons Rätsel sind: Sie sind der Honig in der Löwin.

Fünfzehn Kilometer entfernt, den Blicken entzogen, hinter einer hohen Steinmauer geparkt, überprüfte Carlo Deogracias noch einmal seine Ausrüstung, während sein Bruder Matteo mit den anderen beiden Sarden, Piero und Tommaso Falcione, eine Reihe von Judo-Würfen auf dem weichen Gras übte. Die Brüder Falcione waren schnell und sehr stark – Piero war für kurze Zeit Fußballprofi beim AS Cagliari gewesen. Tommaso hatte einmal Theologie studiert und sprach einigermaßen gut Englisch. Er betete manchmal mit ihren Opfern.

Carlos weißer Fiat-Lieferwagen mit römischen Nummernschildern war ganz legal gemietet. Schilder mit der Aufschrift OSPEDALE DELLA MISERICORDIA lagen für eine schnelle Klebeaktion bereit. Boden und Wände waren mit Turnmatten ausgekleidet, falls das Opfer sich im Lieferwagen wehren sollte.

Carlo hatte vor, das Unternehmen genau nach den Anweisungen Mason Vergers auszuführen. Sollte der Plan scheitern und er gezwungen sein, Dr. Lecter bereits in Italien zu töten, die Filmaufnahmen auf Sardinien also abgesagt werden müssen, war doch noch nicht alles verloren. Carlo wußte, daß er Dr. Lecter in weniger als einer Minute schlachten und ihm Kopf und Hände abschneiden konnte.

Wenn nicht einmal dazu Zeit war, konnte er noch immer den Penis und einen Finger abschneiden. Zusammen mit einem DNS-Test würde das für einen Beweis sicherlich ausreichen. In Plastik verpackt und auf Eis wären die Gliedmaßen in weniger als zwanzig Stunden in Mason Vergers Händen, und Carlo hätte Anspruch auf eine Belohnung über sein Gehalt hinaus.

Sorgfältig hinter den Sitzen verstaut lagen eine kleine Kreissäge, langstielige Stahlsicheln, eine chirurgische Säge, scharfe Messer, Plastikbeutel mit Reißverschlüssen, eine BLACK-&-DECKER-Werkbank, um die Arme des Doktors zu fixieren, und eine für das Gewicht von acht Kilo freigemachte DHL-Luftfrachtkiste; der Kopf des Doktors würde wohl sechs und seine beiden Hände jeweils ein Kilogramm wiegen.

Falls sich die Gelegenheit bot, hielte Carlo eine Notschlachtung des Doktors auf Video fest. Er war sich sicher, daß Mason Verger für das Vergnügen, Dr. Lecter bei lebendigem Leib geschlachtet zu sehen, einen Bonus zahlen würde, auch wenn er bereits für den Kopf und die Hände des Doktors eine Million Dollar ausgespuckt hatte. Zu diesem Zweck hatte sich Carlo eine gute Videokamera, ein paar Lampen und ein Stativ zugelegt und Matteo mit den Grundzügen der Bedienung vertraut gemacht.

Seiner Ausrüstung für den Einsatz widmete er die gleiche Aufmerksamkeit. Piero und Tommaso waren Experten im Umgang mit dem Netz, das nun so sorgfältig wie ein Fallschirm zusammengelegt war. Carlo verfügte sowohl über eine Injektionspistole als auch über ein Betäubungsmittelgewehr, die beide mit ausreichend Azepromazin, einem Beruhigungsmittel für Tiere, geladen waren, um ein Lebewesen der Größe Dr. Lecters sekundenschnell außer Gefecht zu setzen. Carlo hatte Rinaldo Pazzi erzählt, er würde Plastikschrot zum Einsatz bringen, die entsprechende Waffe war ebenfalls geladen und griffbereit verstaut. Sollte er jedoch die Chance dazu haben, würde er die Injektionspistole irgendwo auf Dr. Lecters Hintern oder Beine setzen. Auf Plastikschrot könnte man dann getrost verzichten.

Die Entführer würden sich knapp vierzig Minuten mit ihrem Gefangenen auf dem italienischen Festland aufhalten. Genau die Zeit nämlich, die sie brauchten, um mit dem Wagen von Florenz zum Flughafen von Pisa zu fahren, wo schon ein Rettungsflugzeug auf sie wartete. Das Flugfeld von Florenz lag zwar näher, aber dort war nicht viel Betrieb und ein privater Flug viel auffälliger.

In weniger als anderthalb Stunden wären sie auf Sardinien, wo das Empfangskomitee für den Doktor langsam Hunger bekam. Carlo hatte in seinem intelligenten, übelriechenden Kopf alles wohl abgewogen. Mason Verger war kein Idiot. Die Bezahlung war genau so gewählt, daß es keinen Sinn für Carlo ergäbe, Rinaldo Pazzi Gewalt anzutun – es würde Geld kosten, Pazzi aus dem Weg zu räumen und die Belohnung selbst zu kassieren. Mason Verger wollte keine unnötige Aufregung über einen toten Polizisten. Es war besser, es auf Masons Art zu tun. Aber es gab Carlo einen Stich ins Herz, wenn er daran dachte, was er mit ein paar Streichen seiner Säge hätte erreichen können, wenn er selbst den Doktor gefunden hätte.

Er warf die Motorsäge an. Sie kam beim ersten Zug.

Carlo sprach sich kurz mit den anderen ab. Dann machte er sich mit einem *motorino* auf den Weg in die Stadt. Er war lediglich mit einem Messer, einem Revolver und einer Injektionsspritze bewaffnet.

Früh am Morgen trat Dr. Hannibal Lecter von der stinkenden, lauten Straße in die Farmacia di Santa Maria Novella ein, einen der wohlriechendsten Orte dieser Welt. Er legte den Kopf in den Nacken und hielt, die Augen geschlossen, einen Moment lang auf der Türschwelle inne und sog den betörenden Duft der Seifen, Lotionen, Cremes und Ingredienzien in den angrenzenden Arbeitsräumen ein. Der Portier war an diesen Kunden gewöhnt. Die Angestellten, die normalerweise den Kunden gegenüber einen gewissen Hochmut an den Tag legten, hatten großen Respekt vor ihm. Die Einkäufe des liebenswürdigen Dr. Fell, die dieser während seiner Monate in Florenz getätigt hatte, beliefen sich zwar auf kaum mehr als hunderttausend Lire, aber er wählte und kombinierte die Duftnoten und Essenzen mit außergewöhnlichem Gespür, was diesen Kaufleuten des Geruchs imponierte, die durch und für die Nase lebten.

Um sich dieses Vergnügen zu erhalten, hatte Dr. Lecter seine Nase nicht chirurgisch korrigieren, sondern mit Collagen aufspritzen lassen. Für ihn war die Welt von Gerüchen erfüllt, die so ausgeprägt und lebendig wie Farben in die Luft gemalt waren. Er konnte sie übereinanderschichten und auffächern, als mischte er Farben. Hier gab es nichts, das an Gefängnis erinnerte. Hier war die Luft Musik. Hier gab es die blassen Tränen des Weihrauchs, die darauf warteten, extrahiert zu werden, gelbe Bergamotten, Sandelholz, Zimt und Mimosen zu einem Reigen vereint, der über den

Grundtönen aus natürlichem Amber, Zibet, Bibergeil und der Essenz des Moschustiers lag.

Dr. Lecter gab sich manchmal der Vorstellung hin, daß er mit seinen Händen, seinen Armen, seinen Wangen riechen könnte, daß Gerüche ihn regelrecht durchfluteten. Daß er mit seinem Gesicht und seinem Herzen riechen könnte.

Aus guten, nämlich anatomischen Gründen hält die Geruchswahrnehmung unser Gedächtnis stärker als jeder andere unserer Sinne wach.

Hier, unter dem anheimelnden Licht der Art-deco-Leuchten der Farmacia stehend, überkamen ihn Erinnerungen, und Gedankensplitter wirbelten ihm durch den Kopf. Er atmete und atmete. Hier gab es nichts, das an Gefängnis erinnerte. Nicht doch – was war das? Clarice Starling, warum ausgerechnet sie? Nein, nicht wegen des l'Air du Temps, das ihm in die Nase stach, als sie ihre Handtasche nahe den Gittern seiner Zelle in der Anstalt geöffnet hatte. Das war es nicht. Diese Art von Parfüm wurde hier in der Farmacia nicht feilgeboten. Es war auch keine Körperlotion gewesen. Ah. *Sapone di mandorle.* Die berühmte Mandelseife der Farmacia. Wo hatte er sie gerochen? In Memphis vor seiner Flucht, als sie vor seinem Käfig gestanden und er flüchtig ihre Finger berührt hatte. Starling also. Sauber und vielschichtig in ihren Gerüchen. Baumwolle, an der Sonne getrocknet und gebügelt. Clarice Starling also. Sehr einnehmend und lecker. Langweilig in ihrer Aufrichtigkeit und absurd in ihrer Prinzipientreue. Voller Mutterwitz. Hmmm.

Auf der anderen Seite verbanden sich für Dr. Lecter die schlechten Erinnerungen mit unangenehmen Gerüchen, und hier, in der Farmacia, war er wahrscheinlich so weit wie irgend möglich von den stinkenden schwarzen Verliesen seines Gedächtnispalasts entfernt.

Ganz gegen seine sonstige Gewohnheit kaufte Dr. Lecter an diesem grauen Freitag eine beträchtliche Menge von Seifen, Lotionen und Badezusätzen. Ein paar nahm er mit, den Rest ließ er die Farmacia verschicken, wobei er die Adreßaufkleber eigenhändig mit seiner gestochen scharfen Handschrift ausfüllte.

»Wünschen der Dottore eine Karte beizulegen?« fragte der Angestellte.

»Warum nicht?« antwortete Dr. Lecter und legte die zusammengefaltete Zeichnung des Greifen in die Schachtel.

Die Farmacia di Santa Maria Novella war an ein Kloster in der Via Scala angebaut, und Carlo, fromm wie immer, nahm seinen Hut ab, um unter der Heiligen Jungfrau Maria in der Nähe des Eingangs auf der Lauer zu liegen. Er hatte bemerkt, daß der Luftdruck beim Öffnen der Innentüren der Eingangshalle die Außentüren ein wenig nachgeben ließ, bevor jemand herauskam. Das gab ihm genügend Zeit, sich neugierigen Blicken zu entziehen und aus seinem Versteck herauszuspähen, wenn ein Kunde den Laden verließ.

Als Dr. Lecter mit seiner eleganten Mappe auf die Straße trat, stand Carlo gut verborgen hinter einem Stand mit Ansichtskarten. Der Doktor machte sich auf den Weg. Als er an der Gestalt der Heiligen Jungfrau Maria vorüberging, hob er den Kopf. Seine Nasenflügel vibrierten leicht, als sein Blick über die Statue glitt und er prüfend die Luft einsog.

Carlo dachte, daß das womöglich ein Zeichen von Frömmigkeit war. Er fragte sich, ob Dr. Lecter, wie so viele verrückte Männer, religiös veranlagt war. Vielleicht brachte er ja den Doktor am Ende dazu, seinen Herrgott zu verfluchen – etwas, was Mason sicherlich gefiele. Selbstverständlich mußte er den frommen Tommaso zuvor außer Hörweite schicken.

Am späten Nachmittag schrieb Rinaldo Pazzi einen Brief an seine Frau, dem er den bescheidenen Versuch eines Sonetts von seiner Hand beilegte. Er hatte es in der Anfangszeit ihrer Liaison verfaßt, war aber damals zu schüchtern gewesen, es ihr zu überreichen. Dem Brief beigefügt waren die Pin-Codes, die sie dazu berechtigten, das Geld auf dem Schweizer Anderkonto abzurufen, und ein Brief an Mason Verger, falls dieser versuchen sollte, sein Wort zu brechen. Er deponierte den Brief an einem Ort, wo sie ihn nur finden würde, wenn sie Ordnung in seine Hinterlassenschaft brächte.

Gegen achtzehn Uhr fuhr er mit seinem kleinen *motorino* zum Museo Bardini und schloß es dort an das Gitter an, wo gerade die letzten Studenten ihre Fahrräder losketteten. Er sah den weißen Lieferwagen mit der Aufschrift Krankenwagen in der Nähe des Museums parken und vermutete, daß es Carlos Leute waren. Zwei Männer saßen in dem Auto. Als Pazzi ihnen den Rücken zukehrte, spürte er ihre Blicke.

Er hatte mehr als genug Zeit. Die Straßenbeleuchtung war schon angeschaltet. Er spazierte langsam durch die dunklen Schatten der Museumsbäume zum Fluß. Den Ponte alle Grazie überquerend, starrte er einen Moment lang in den träge dahinfließenden Arno und gab sich das letzte Mal für diesen Abend ganz seinen Gedanken hin. Die Nacht würde finster werden. Gut. Tiefhängende Wolken stürmten ostwärts über Florenz. Sie schienen die grausame Spitze des Palazzo Vecchio zu streifen. Eine aufkommende Brise verwirbelte Staub und pulverisierten Taubenkot auf der Piazza vor Santa Croce, über die Pazzi gerade ging. Seine Taschen wurden von einer Beretta Kaliber .38, einem flachen ledernen Totschläger und einem Messer ausgebeult, mit dem er Dr. Lecter zu Leibe rücken wollte, falls es notwendig sein sollte, ihn auf der Stelle zu töten.

Die Basilika von Santa Croce wurde um achtzehn Uhr geschlossen. Aber ein Küster ließ Pazzi durch eine kleine Tür neben dem Haupteingang ein. Er wollte den Mann nicht fragen, ob »Dr. Fell« arbeitete, sondern sich mit eigenen Augen davon überzeugen. Die Kerzen, die auf den Altären an den Wänden brannten, gaben ihm genügend Licht. Er durchquerte die Basilika der Länge nach, bis er den rechten Seitenarm der in Kreuzform erbauten Kirche hinuntersehen konnte. Es war durch die Votiv-Kerzen nicht klar zu erkennen, ob sich Dr. Fell in der Capponi-Kapelle aufhielt. Er ging leise durch das rechte Querschiff. Hielt Ausschau. Ein unförmiger Schatten glitt über die Wand der Kapelle, und für den Bruchteil einer Sekunde verschlug es Pazzi den Atem. Es war Dr. Lecter, über seine Arbeitslampe auf dem Boden gebeugt, wo er an seiner Schraffierung arbeitete. Der Doktor richtete sich auf und spähte wie eine Eule in die Dunkelheit, der Kopf drehte sich hin und her, der Körper verharrte ruhig. So von unten angeleuchtet, warf er einen riesigen Schatten. Als er sich wieder seiner Aufgabe zuwandte, fiel der Schatten an der Kapellenwand in sich zusammen.

Pazzi fühlte, wie ihm unter dem Hemd der Schweiß den Rücken hinunterrann, aber sein Gesicht war kalt.

Noch ungefähr eine Stunde bis zum Beginn der Veranstaltung im Palazzo Vecchio. Pazzi hatte sich vorgenommen, spät zur Vorlesung einzutreffen.

In ihrer schlichten Schönheit ist die von Brunelleschi für die Pazzi-Familie erbaute Kapelle ein wahres Schmuckstück der Renaissance-Architektur. In ihr wird der Kreis mit dem Quadrat versöhnt. Sie stellt eine eigenständige Konstruktion außerhalb des Allerheiligsten von Santa Croce dar und ist nur durch einen gewölbten Kreuzgang zu erreichen.

Pazzi betete in der Pazzi-Kapelle. Er kniete auf dem Steinboden nieder, beobachtet von den ihm ähnelnden Gestalten des von Della Robbia geschaffenen Rondeaus hoch über ihm. Er fühlte sich in seinen Gebeten eingeengt durch den Kreis der Apostel an der Decke und dachte, daß seine Gebete vielleicht durch den Kreuzgang hinter ihm fliehen und von dort aus dem offenen Himmel und Gott entgegenfliegen konnten.

Mit Mühe versuchte er sich ein paar schöne Dinge vorzustellen, die er mit dem Geld, das er für Dr. Lecter bekommen würde, machen könnte. Er sah die Hügel von Galiläa, die ihm wie die Chesapeake Bay vorkamen. Er sah die wohlgeformte rosige Hand seiner Frau, die seinen Schwanz umfaßt hielt und zusammenpreßte, um die Eichel weiter anschwellen zu lassen.

Er schaute sich um, sah niemanden und sprach laut zu Gott: »Ich danke dir, Gottvater, daß du mir gestattest, das Ungeheuer, dieses Ungeheuer der Ungeheuer, von deiner geliebten Erde zu entfernen; ich danke dir im Namen aller Seelen, denen wir damit Leid ersparen.«

Inwieweit dies ein Pluralis majestatis war oder eine Anspielung ihrer beider Partnerschaft, Gottes und Pazzis, war nicht klar, und wahrscheinlich gab es darauf mehr als nur eine Antwort. Der Teil seines Denkens, der ihm nicht wohlgesonnen war, sagte Pazzi, daß er und Dr. Lecter das Leben eines Menschen auf dem Gewissen hatten, daß Gnocco ihr Opfer war, da Pazzi nichts unternommen hatte, um ihn zu retten, sondern ganz im Gegenteil erleichtert war, als der Tod ihm den Mund verschloß.

Das Beten bot so etwas wie Trost, dachte Pazzi, als er die Kapelle verließ – er hatte das deutliche Gefühl, als er durch den dunklen Kreuzgang schritt, daß er nicht allein war.

Carlo wartete unter dem Überhang des Palazzo Piccolomini und schloß sich Pazzi an. Sie sprachen wenig miteinander.

Sie gingen auf die Rückseite des Palazzo Vecchio und überzeugten sich, daß der Hinterausgang zur Via dei Leone verriegelt und die Fensterläden darüber verschlossen waren.

Die einzige offene Tür war der Haupteingang des Palazzo auf der Vorderseite.

»Wir kommen hier heraus, gehen die Stufen hinunter und biegen um die Ecke in die Via Neri ein«, sagte Pazzi.

»Mein Bruder und ich werden auf der Loggia-Seite der Piazza sein. Wir werden uns ein gutes Stück hinter euch beide zurückfallen lassen. Die anderen warten vor dem Museo Bardini.«

»Ich habe sie gesehen.«

»Sie dich auch«, sagte Carlo.

»Macht der Plastikschrot viel Lärm?«

»Nicht der Rede wert, nicht wie eine Pistole, aber man hört es doch ein wenig. Er wird schnell zu Boden gehen.« Carlo erzählte Pazzi nicht, daß Piero aus dem Schatten vor dem Museum feuern würde, wenn Pazzi und Lecter noch im Licht waren. Carlo wollte nicht, daß Pazzi von der Seite des Doktors wich und ihn warnte, bevor der Schuß fiel.

»Du mußt Mason noch heute nacht durchgeben, daß du ihn in deine Gewalt gebracht hast«, sagte Pazzi.

»Sei unbesorgt. Das Arschloch wird die ganze Nacht damit zubringen, Mason am Telefon um Gnade anzuwinseln«, antwortete Carlo und warf, in der Hoffnung, ihn unangenehm berührt zu sehen, Pazzi an seiner Seite einen Blick zu. »Anfangs wird er Mason anflehen, ihn zu verschonen, und nach einer Weile wird er nur noch darum betteln, sterben zu dürfen.«

36

Die Nacht brach herein, und die letzten Touristen wurden aus dem Palazzo Vecchio gescheucht. Viele, die den mittelalterlichen Bau drohend hinter sich aufragen fühlten, als sie sich über die Piazza zerstreuten, drehten sich ein letztes Mal um, um noch einmal zu dem zinnenbekrönten Laufgang hochzublicken.

Flutlichter gingen an. Sie verwuschen die Konturen der rauhen Felsquader und schärften die Schatten unter den hohen Zinnen. Als die Schwalben zu ihren Nestern zurückkehrten, tauchten die ersten Fledermäuse auf, die bei ihrer Jagd weniger durch das Licht als durch die hohen Frequenzen der von den Restauratoren eingesetzten elektrischen Geräte gestört wurden.

Im Inneren des Palazzo würde die unendliche Geschichte der Erhaltung und Ausbesserung noch eine volle Stunde lang weitergehen. Ausgenommen im Liliensaal, wo sich Dr. Lecter mit dem Vorarbeiter des Ausbesserungstrupps beratschlagte.

Der Vorarbeiter, der die Nöte und das sauertöpfische Anspruchsdenken der »Kommission der Schönen Künste« nur zur Genüge kannte, empfand den Doktor als ebenso liebenswürdig wie großzügig.

Es war nur eine Frage von Minuten, bis seine Arbeiter ihr technisches Gerät, die großen Poliermaschinen und Kompressoren mit aufgerollten Leitungen und Stromkabeln an die Wände geräumt hatten. Nicht minder schnell hatten sie die Klappstühle für die Versammlung der Studiolo aufgestellt – es wurde ohnehin nur ein Dutzend Stühle benötigt –

und die Fenster aufgerissen, um den Geruch von Farbe, Wachs und Poliermitteln zu vertreiben.

Der Doktor bestand auf ein angemessenes Pult. Man trieb eines, so groß wie eine Kanzel, im benachbarten ehemaligen Arbeitszimmer Niccolò Machiavellis auf und schaffte es zusammen mit dem Overhead-Projektor des Palazzo auf einer Sackkarre herbei. Die kleine Leinwand, die zu dem Projektor gehörte, sagte Dr. Lecter nicht zu. Stattdessen versuchte er, seine Bilder in Lebensgröße auf eine der von der Decke hängenden Planen zu projizieren, die die bereits restaurierten Wände vor Staub und Farbspritzern schützen sollten. Nachdem er den Projektor justiert und die Falten der Leinwand geglättet hatte, fand er, daß ihm die Plane ausgezeichnete Dienste leisten würde.

Er legte Lesezeichen in einige der schwergewichtigen Folianten auf dem Pult und trat dann, dem Raum den Rücken zukehrend, ans Fenster, während die Mitglieder der Studiolo in ihren gedeckten dunklen Anzügen eintrafen und ihre Plätze einnahmen. Der unausgesprochene Vorbehalt der Gelehrten wurde offensichtlich, als sie die halbkreisförmige Sitzordnung auflösten und die Stühle so aufstellten, als säßen sie als Geschworene bei Gericht.

Aus den hohen Fenstern blickend, konnte Dr. Lecter gegen Westen hin schwarz den Dom und Giottos Campanile, aber nicht die von Dante so geliebte Taufkapelle darunter ausmachen. Die gleißenden Flutlichter behinderten die Sicht auf die dunkle Piazza, wo die Attentäter auf ihn warteten.

Während die berühmtesten Gelehrten auf dem Gebiet des Mittelalters und der Renaissance auf ihren Stühlen Platz nahmen, entwarf Dr. Lecter im Kopf die Vorlesung, die er halten würde. Er benötigte kaum mehr als drei Minuten, um sie zu strukturieren. Ihr Gegenstand war Dantes »Göttliche Komödie« und Judas Ischariot.

Ganz nach dem Geschmack der Studiolo, die eine Vorliebe für die Frührenaissance hegte, begann Dr. Lecter mit dem Fall Pier della Vigna, dem Kanzler des Königtums Sizilien, dessen Habsucht ihm einen Platz in Dantes Hölle sicherte. In der ersten halben Stunde faszinierte er sie mit den mittelalterlichen Intrigen, die zum Sturz della Vignas geführt hatten.

»Della Vigna fiel in Ungnade und wurde für seinen Vertrauensbruch gegenüber dem Kaiser und seiner Habsucht wegen geblendet«, sagte Dr. Lecter, sich seinem eigentlichen Gegenstand nähernd. »Dantes Wanderer fanden ihn im siebten Höllenkreis, der den Selbstmördern vorbehalten ist. Wie Judas Ischariot starb er durch den Strang. Judas, Pier della Vigna und Achitophel, der von Ehrgeiz zerfressene Ratgeber Absaloms, sind von Dante wegen der Habsucht, die er bei ihnen sah, und ihres späteren Todes durch Erhängen miteinander in Zusammenhang gebracht worden.

Habsucht und Hängen stehen für das antike und mittelalterliche Bewußtsein eng miteinander in Verbindung: Der heilige Hieronymus schreibt, Judas' Nachname, Ischariot, bedeute ›Geld‹ oder ›Preis‹, wohingegen Origenes sagt, daß Ischariot auf das hebräische ›durch Ersticken‹ zurückgeht und daß sein Name ›Judas, der Erstickte‹ bedeutet.«

Dr. Lecter blickte von seinem Pult auf und schaute über den Rand seiner Brillengläser zur Tür.

»Ah, *Commendator* Pazzi, seien Sie gegrüßt. Da Sie der Tür am nächsten stehen, wären Sie bitte so freundlich, das Licht abzudimmen? Das folgende dürfte auch für Sie von Interesse sein, *Commendatore*, da bereits zwei Pazzis in Dantes *Inferno* weilen ...« Die Professoren der Studiolo ließen ein meckerndes Lachen hören. »Wir hätten da Camicion de' Pazzi, der einen Blutsverwandten ermordete und die Ankunft eines zweiten Pazzi erwartet – nein, nicht Sie –, es handelt sich dabei um Carlino, der wegen Treuebruchs und Verrats gegenüber den Weißen Guelfen, der Partei Dantes, sogar noch tiefer in der Hölle schmoren wird.«

Eine kleine Fledermaus flog durch eines der offenen Fenster herein und kreiste ein paar Flügelschläge lang über den Köpfen der Professoren, was durchaus nichts Ungewöhnliches in der Toskana war und von den Anwesenden nicht weiter beachtet wurde.

Dr. Lecter kehrte wieder zu seiner Vortragsstimme zurück. »Habsucht und Hängen also. Seit der Antike miteinander in Beziehung gesetzt, tauchen sie in der Kunst immer wieder auf.« Dr. Lecter drückte den Schalter in seiner Hand. Der Projektor erwachte zum Leben und warf ein Bild an die Wand. Eine schnelle Folge von Bildern schloß sich an, als er weitersprach: »Hier die früheste uns bekannte Darstellung der Kreuzigung, geschnitzt in eine Elfenbeinkiste, Gallien, ungefähr viertes Jahrhundert vor Christus. Sie zeigt auch den Tod Judas' durch Erhängen, das Gesicht nach oben zum Zweig gewendet, an dem er hängt. Und hier, auf einem Reliquienschrein aus Mailand, viertes Jahrhundert, und auf einem elfenbeinenen Diptychon aus dem neunten Jahrhundert, die Erhängung des Judas. Er schaut *noch immer* nach oben.«

Die kleine Fledermaus huschte, Insekten jagend, an der Leinwand vorüber.

»Auf dieser Platte von den Torflügeln der Benevento-Kathedrale sehen wir Judas mit herausgleitenden Eingeweiden hängen, so wie ihn der heilige Lukas, der Arzt, in der Apostelgeschichte beschrieben hat. Hier hängt er, von Harpyien heimgesucht, über ihm im Himmel das Gesicht von Kain-im-Mond; und hier ist er von Ihrem Giotto dargestellt, wieder mit heraushängenden Gedärmen.

Und zu guter Letzt hier eine Ausgabe der ›Göttlichen Komödie‹ aus dem fünfzehnten Jahrhundert. Sie sehen Pier della Vignas Körper von einem blutenden Baum hängen. Keine Angst, ich werde die offenkundige Parallele zu Judas Ischariot nicht überstrapazieren. Dante hatte keine gezeichnete Illustration nötig: Es ist das Genie Dante Alighieris, das Pier della Vigna, nunmehr in der Hölle, in gepreßten, hustenden Zischlauten so sprechen läßt, als hinge er noch immer. Lauschen Sie ihm, wenn er davon erzählt, wie er mit den anderen Verdammten seinen eigenen toten Körper zu dem Dornbusch schleppt, in dem er hängen wird:

›Surge in vermena e in pianta silvestra:
l'Arpie, pascendo poi de le sue foglie,
fanno dolore, e al dolor fenestra.‹«

Dr. Lecters normalerweise bleiches Gesicht rötete sich, als er für die Studiolo die gurgelnden, erstickten Worte des von unerträglichen Schmerzen gequälten Pier della Vigna nachzuempfinden suchte, während er mit der Fernbedienung die Bilder von della Vigna und Judas mit heraushängenden Eingeweiden auf der großen Leinwand einander abwechseln ließ.

»›Come l'altre verrem per nostre spoglie,
ma non però ch'alcuna sen rivesta,
ché non è giusto aver ciò ch'om si toglie.
Qui le strascineremo, e per la mesta
selva saranno i nostri corpi appesi,
ciascuno al prun de l'ombra sua molesta.‹

Dante ruft uns also mit dem Tod von Pier della Vigna, im Klang der Sprache, den Tod des Judas Ischariot ins Gedächtnis. Ihrer beider Verbrechen: Habsucht und Verrat.

Achitophel, Judas, Ihr ureigener Pier della Vigna. Habsucht und Hängen, die Selbstauslöschung. Habsucht zählt als Selbstauslöschung genauso wie Hängen. Wie formuliert es jener unbekannte Florentiner Selbstmörder in seiner Qual am Ende des Gesangs doch so schön?

›Io fei gibetto a me de le mie case.‹

›Und ich – ich habe mir mein eigenes Haus zum Galgen erkoren.‹

Als nächstes erlauben Sie mir, Ihre Aufmerksamkeit auf Dantes Sohn Pietro zu lenken. Erstaunlicherweise war er der einzige der frühen Kommentatoren des Dreizehnten Gesangs, der Pier della Vigna und Judas miteinander in Beziehung setzte. Meiner Überzeugung nach wäre auch eine Untersuchung des Topos ›Kauen‹ bei Dante ein ungemein reizvolles Unterfangen. Graf Ugolino, der am Hinterkopf des Erzbischofs nagt; Satan mit den drei Gesichtern, die an

Judas, Brutus und Cassius kauen, alle drei Verräter wie Pier della Vigna.

Ich danke für Ihre wohlwollende Aufmerksamkeit.«

Die Gelehrten klatschten in ihrer gedämpften, beinahe trockenen Art enthusiasmiert Beifall. Dr. Lecter ließ das Licht abgedunkelt, während er sich von jedem einzelnen von ihnen namentlich verabschiedete. Er hielt einen Stapel Bücher im Arm und vermied es so, ihnen die Hände schütteln zu müssen. Als sie aus dem Bannkreis des sanften Lichts des Liliensaals traten, schienen sie noch immer von dem Zauber der Vorlesung gefangen zu sein.

Dr. Lecter und Pazzi, die allein in dem großen Saal zurückblieben, konnten die Gelehrten heftig über die Vorlesung debattieren hören, während diese die Stufen der Treppe hinabgingen.

»Was meinen Sie, *Commendatore*, habe ich meinen Kopf aus der Schlinge gezogen?«

»Ich bin kein Gelehrter, Dr. Fell, aber Sie haben sie ohne jeden Zweifel beeindruckt. Wenn es Ihnen nichts ausmacht, Doktor, würde ich Sie gern nach Hause begleiten, um die Sachen Ihres Vorgängers abzuholen.«

»Die Sachen füllen zwei Koffer, *Commendatore*, und Sie haben schon eine Aktentasche bei sich. Wollen Sie die Koffer etwa tragen?«

»Ich habe bereits einen Wagen zum Palazzo Capponi geschickt.« Pazzi würde, falls es notwendig sein sollte, auf seinem Ansinnen bestehen.

»Wunderbar«, sagte Dr. Lecter. »Geben Sie mir eine Minute, um meine Sachen zusammenzuräumen.«

Pazzi nickte und ging, ohne Lecter aus den Augen zu lassen, mit seinem Handy an eines der großen Fenster.

Pazzis Eindruck nach war der Doktor die Ruhe in Person. Von den unter ihnen liegenden Stockwerken war der Lärm von Maschinen zu hören.

Pazzi wählte eine Nummer und sagte, als Carlo Deogracias abnahm: »Laura, *amore*, es dauert hier nicht mehr lange, dann komme ich nach Hause.«

Dr. Lecter nahm seine Bücher vom Pult und verstaute sie

in einer Tasche. Dann wandte er sich dem Projektor zu, dessen Gebläse noch immer leise vor sich hin summte. Staubpartikel wirbelten in seinem Lichtstrahl.

»Ich hätte Ihnen dieses hier noch zeigen sollen. Wo war ich nur mit meinen Gedanken?« Dr. Lecter warf die Zeichnung eines nackten Mannes an die Wand, der unterhalb der Zinnen des Palazzo hing. »Diese Zeichnung hier wird Sie interessieren, *Commendator* Pazzi, vielleicht gelingt es mir, sie ein wenig schärfer zu stellen.«

Dr. Lecter machte sich am Projektor zu schaffen und näherte sich dann dem Bild an der Wand, seine Silhouette erschien schwarz und in gleicher Größe wie der Gehängte auf der Leinwand.

»Erkennen Sie ihn? Ich kann ihn leider nicht weiter vergrößern. Hier ist die Stelle, wo ihn der Erzbischof gebissen hat. Und darunter steht sein Name geschrieben.«

Pazzi vermied es, Dr. Lecter nahe zu kommen. Als er jedoch auf die Wand zutrat, stach ihm der Geruch einer Chemikalie in die Nase. Einen Augenblick lang dachte er, daß es etwas war, was gewöhnlich von den Restauratoren benutzt wurde.

»Können Sie die Buchstaben entziffern? Es heißt ›Pazzi‹, dann folgt ein wenig schmeichelhaftes Gedicht. Das hier ist Ihr Vorfahre Francesco; er hängt außen am Palazzo Vecchio unter diesen Fenstern hier«, sagte Dr. Lecter. Er hielt über den Strahl des Projektors Blickkontakt zu Pazzi.

»Übrigens, Signor Pazzi, ich habe Ihnen ein Geständnis zu machen: Ich denke ernsthaft darüber nach, Ihre Frau zu verspeisen.«

Dr. Lecter riß mit einem Ruck die große Leinwand über Pazzi von der Wand. Pazzi fuchtelte unter dem Tuch wild mit den Armen und versuchte, seinen Kopf freizubekommen. Das Herz in seiner Brust raste. Blitzschnell war Dr. Lecter hinter ihm, umfaßte seinen Hals mit furchtbarer Kraft und drückte einen mit Äther getränkten Schwamm auf die Stelle der Leinwand, die Pazzis Gesicht bedeckte.

Rinaldo Pazzi schlug kraftvoll und wild um sich, Arme, Beine und Füße hoffnungslos in der Leinwand verheddert, war aber trotzdem noch dazu in der Lage, mit einer Hand an seine Waffe zu kommen, als Lecter und er gemeinsam zu Boden gingen. Er versuchte, unter der Leinwand begraben, die Beretta hinter sich zu richten, drückte ab und schoß sich selbst in den Oberschenkel. Dann versank er in rabenschwarzer Nacht ...

Die kleine .38er, die unter der Leinwand losging, machte kaum mehr Lärm als das Klopfen und Schleifen in den unteren Stockwerken. Niemand kam die Treppe hoch. Dr. Lecter schloß die großen Türflügel des Liliensaals und verriegelte sie ...

Als Pazzi wieder zu Bewußtsein kam, plagten ihn heftige Übelkeit und ein Würgreiz. Der Geschmack von Äther kratzte ihm im Hals. Seine Brust wurde von einer bleiernen Schwere eingeschnürt.

Er registrierte, daß er sich noch immer im Liliensaal befand und daß er sich nicht bewegen konnte. Rinaldo Pazzi war in das Leinentuch verschnürt und wie eine Standuhr an die Sackkarre gebunden, die die Arbeiter zum Herbeischaffen des Pultes benutzt hatten. Klebeband verschloß seinen Mund. Über die Schußwunde an seinem Oberschenkel war ein Druckverband gelegt worden. Die Blutung schien gestoppt.

Dr. Lecter, der ihn, gegen das Pult gelehnt, beobachtete, erinnerte der Anblick an die eigene Vergangenheit, als man ihn vor Jahren in der Anstalt auf die gleiche Art durch die Gegend gekarrt hatte.

»Können Sie mich hören, Signor Pazzi? Atmen Sie tief durch, und werden Sie wieder klar im Kopf.«

Dr. Lecter war nicht untätig, während er sprach. Er rollte eine der großen Poliermaschinen in die Mitte des Raumes und knüpfte aus dem dicken orangefarbenen Stromkabel einen Strang. Das gummierte Kabel quietschte leise, als er die klassischen dreizehn Wicklungen drehte. Zu guter Letzt prüfte er die Schlinge mit einem kurzen, heftigen Ruck und legte sie über das Pult. Der Stecker lugte leicht aufreizend aus den Windungen der Schlinge hervor.

Pazzis Waffe, die Plastikfesseln, der Inhalt seiner Taschen und seiner Aktentasche lagen auf dem Pult.

Dr. Lecter stocherte in den Papieren herum. Er ließ die Akte der Carabinieri, die seine *Permesso di Soggiorno*, seine Arbeitserlaubnis, die Fotos und die dazugehörigen Negative seines neuen Gesichts enthielt, unter der Hemdbrust verschwinden.

Und da war auch die Partitur, die er Signora Pazzi ausgeliehen hatte. Er nahm die Partitur in die Hand und tippte sie sacht gegen die Zähne. Seine Nasenflügel bebten leicht, als er sein Gesicht dem Pazzis näherte und tief einatmete. »Laura, ich darf sie doch Laura nennen, muß nachts eine wundervolle Handcreme verwenden, Signor. Zuerst kalt und dann wärmer werdend«, sagte er. »Der Duft von Orangenblüten. Laura, *l'orange*. Hmmmm. Ich habe heute noch keinen Bissen zu mir genommen. Leber und Nieren kämen mir zum Abendessen gerade recht – heute abend –, aber der Rest des Fleisches sollte bei der gegenwärtig kühlen Witterung doch mindestens eine Woche abhängen. Ich habe heute noch keinen Wetterbericht gesehen, Sie vielleicht? Ich nehme das für ein ›Nein‹.

Wenn Sie mir erzählen, was ich wissen muß, verehrter *Commendatore*, bin ich unter Umständen bereit, die Stadt ohne meine Mahlzeit zu verlassen; Signora Pazzi wird dann unversehrt bleiben. Am besten, ich stelle Ihnen meine Fragen, und dann sehen wir weiter. Sie dürfen mir vertrauen, obwohl ich annehme, daß Ihnen Vertrauen einigermaßen schwer fällt, Sie kennen sich doch selbst gut genug.

Im Theater wurde mir klar, daß Sie mich entlarvt haben, *Commendatore*. Haben Sie sich eigentlich vor Angst in die Hose gemacht, als ich mich über die Hand der Signora gebeugt habe? Als die Polizei nicht anrückte, wußte ich, daß Sie mich verraten und verkauft hatten. Lassen Sie mich raten, an Mason Verger? Blinzeln Sie bitte zweimal für ein Ja.

Haben Sie besten Dank, das dachte ich mir. Ich habe die Telefonnummer auf seinem allgegenwärtigen Plakat, nur um des Vergnügens willen, einmal aus einem anderen Land angerufen. Warten die Männer draußen auf mich? Hmm hmmm. Und einer von ihnen riecht nach verdorbener Wildschweinwurst? Ich begreife. Haben Sie irgend jemandem aus der Questura etwas über mich erzählt? War das ein Blinzeln? Das habe ich mir gedacht. Ich möchte, daß Sie eine Minute nachdenken und mir dann Ihren Zugangscode für den VICAP-Rechner in Quantico geben.«

Dr. Lecter ließ die Klinge seines Messers aufblitzen. »Ich werde Ihnen jetzt das Klebeband entfernen, und dann dürfen Sie ihn mir zuflüstern.« Dr. Lecter hielt das Messer hoch. »Schreien Sie nicht. Glauben Sie, daß Sie sich so weit in der Gewalt haben, daß Sie nicht schreien werden?«

Pazzi war heiser vom Äther. »Ich schwöre bei Gott, daß ich den Code nicht kenne. Ich kann überhaupt keinen klaren Gedanken fassen. Wir können zu meinem Wagen gehen, ich habe die Papiere –«

Dr. Lecter drehte Pazzi mit dem Gesicht zur Wand und ließ die Bilder des gehängten Pier della Vigna und von Judas mit heraushängenden Gedärmen in schnellem Wechsel über die Leinwand huschen.

»Wonach steht Ihnen der Sinn, bevorzugen Sie Ihre Eingeweide drinnen oder draußen?«

»Der Code steht in meinem Notizbuch.«

Dr. Lecter hielt Pazzi das Notizbuch vor das Gesicht, bis er den Eintrag fand, der zwischen Telefonnummern notiert war.

»Und damit können Sie sich von überall aus als Besucher einloggen?«

»Ja«, krächzte Pazzi.

»Ich bin Ihnen zu tiefem Dank verpflichtet, *Commendatore*.« Dr. Lecter drehte die Sackkarre herum und rollte Pazzi zu den großen Fenstern.

»*Hören Sie!* Ich habe *Geld*, Mann! Sie brauchen doch *Geld* für Ihre Flucht. Mason Verger wird niemals aufgeben. Er wird niemals aufgeben. Sie können nicht nach Hause zurück, um Geld zu holen. Die beobachten den Palazzo.«

Dr. Lecter legte zwei Gerüstbohlen als Rampe auf das niedrige Fensterbrett und rollte Pazzi auf der Sackkarre nach draußen auf den Balkon.

Die Brise wehte Pazzi kalt ins schweißnasse Gesicht. Er sprach jetzt schneller. »Sie kommen niemals lebend aus dem Gebäude. Ich habe *Geld*. Ich habe *160 Millionen Lire in bar*. Das sind *100 000* US-Dollar! Lassen Sie mich mit meiner Frau telefonieren. Ich sage ihr, sie soll das Geld besorgen, es in mein Auto legen und den Wagen vor den Palazzo fahren.«

Dr. Lecter holte den Strang vom Pult und brachte ihn, das orangene Kabel hinter sich herziehend, nach draußen. Das andere Ende war mit einer Reihe von Knoten sorgfältig an der schweren Poliermaschine befestigt.

Pazzi sprach noch immer. »Sie wird Sie über mein Handy anrufen, wenn sie vor dem Gebäude eintrifft. Sie wird Ihnen das Auto überlassen. Ich habe einen Polizeiausweis. Sie kann über die Piazza vor den Eingang fahren. Sie tut, was ich ihr sage. Das Auto *qualmt*, Mann, Sie können es von hier oben aus laufen sehen. Die Schlüssel werden stecken.«

Dr. Lecter kippte Pazzi nach vorn gegen das Balkongeländer. Das Geländer reichte ihm bis zu den Oberschenkeln.

Pazzi konnte auf die Piazza hinunterschauen und durch die Flutlichter den Ort erkennen, wo man Savonarola verbrannt und er sich geschworen hatte, Dr. Lecter an Mason Verger zu verschachern. Er blickte zu den tiefhängenden Wolken hoch, die von den Flutlichtern eingefärbt wurden, und hoffte mehr als alles andere, daß Gott ihn sehen konnte.

Abwärts war eine scheußliche Richtung. Er konnte nicht anders, er mußte in die Tiefe starren, wo der Tod auf ihn lauerte. Gegen jede Vernunft hoffte er, die Scheinwerferkegel der Flutlichter gäben der Luft einen gewissen Halt, so daß er sich vielleicht an ihnen festhalten könnte.

Die gummierte orangene Kabelummantelung fühlte sich kalt um seinen Hals an. Dr. Lecter stand sehr nahe bei ihm.

»Arrivederci, *Commendatore*.«

Die Messerklinge blitzte vor Pazzi auf. Ein zweiter Streich löste die Verbindung zur Sackkarre, und schon kippte er nach vorn über das Geländer. Das orangefarbene Kabel schnalzte hinter ihm her. Den Mund zum Schrei geöffnet, sah er den Erdboden rasend schnell auf sich zukommen. Oben schlidderte die Poliermaschine über den Steinboden auf die Fensterfront zu und kam mit einem lauten Krachen gegen das Geländer abrupt zum Stehen. Ein Ruck riß Pazzis Kopf nach oben und brach ihm den Halswirbel. Dann glitten ihm die Gedärme aus der Bauchhöhle.

Pazzi und seine Anhängsel drehten und pendelten vor der vom Flutlicht erhellten rauhen Mauer des Palazzo. Er zuckte in posthumen Spasmen, würgte aber nicht. Tot. Sein Schatten zeichnete sich riesig an der Wand des Palazzo ab, als er, mit heraushängenden Eingeweiden und von den Flutlichtern angestrahlt, hin und her schwang. Das Gedärm pendelte in kürzeren und schnelleren Bögen unter ihm. Seine Männlichkeit stand aus der zerrissenen Hose. Der Tod hatte ihm eine letzte Erektion beschert.

Carlo stürmte aus einem Hauseingang, Matteo neben sich, über die Piazza auf den Eingang des Palazzo zu. Er stieß im Weg stehende Touristen rüde beiseite. Zwei von ihnen hielten ihre Videokameras auf den Palazzo gerichtet.

»Das muß ein *special effect* sein«, sagte jemand auf englisch, als Carlo an ihm vorbeirannte.

»Matteo, übernimm du den Hintereingang. Wenn er herauskommt, bring ihn um und zerleg ihn«, sagte Carlo, der im Laufen an seinem Handy nestelte. Hinein in den Palazzo, die Treppe hoch in den ersten Stock, dann in den zweiten.

Die Türflügel zum Liliensaal waren angelehnt.

Drinnen richtete er seine Waffe auf die an die Wand projizierte Figur, rannte auf den Balkon hinaus, durchsuchte hastig Machiavellis Arbeitszimmer.

Über das Handy erreichte er Piero und Tommaso, die im Lieferwagen vor dem Museum warteten. »Fahrt zu seinem Haus und sichert Vorder- und Rückseite. Bringt ihn um und zerlegt ihn.«

Carlo wählte erneut. »Matteo?«

Matteos Handy summte in seiner Brusttasche, als er gerade schweratmend vor dem verschlossenen Hintereingang des Palazzo stand. Er suchte das Dach und die dunklen Fenster ab, prüfte, die Hand an der Pistole in seinem Hosenbund, ob die Tür auch tatsächlich verschlossen war.

Er klappte das Handy mit einer Handbewegung auf. »*Pronto!*«

»Was siehst du?«

»Die Tür ist verschlossen.«

»Das Dach?«

Matteo schaute wieder nach oben, aber nicht rechtzeitig genug, um zu sehen, daß die Fensterläden über ihm aufschwangen.

Carlo hörte ein Rascheln und einen Schrei übers Handy und rannte los, die Stufen hinunter, fiel auf dem Treppenabsatz hin, rappelte sich wieder auf und rannte weiter, am Pförtner vorbei, der jetzt draußen stand, hinter den Statuen entlang, die den Eingang flankierten, bog um die Ecke und hastete zur Rückseite des Palazzo, wo er einige Liebespaare aufscheuchte. Hier hinten war es dunkel. Er rannte. Das Handy quiekte wie ein kleines Tier in seiner Hand, während er rannte. Eine Gestalt taumelte ganz in Weiß vor ihm über die Straße und lief blindlings einem *motorino* in den Weg. Der Zusammenstoß mit dem Roller ließ sie zu Boden gehen. Die Gestalt richtete sich wieder auf und krachte in das Schaufenster eines Geschäfts, das auf der anderen Seite des schmalen Gäßchens dem Palazzo gegenüberlag, rannte in die Scheibe hinein, drehte sich um und taumelte dann, eine Erscheinung in Weiß, davon. Sie schrie: »Carlo! Carlo!« Große Flecken breiteten sich auf der zerschnittenen Leinwand aus, die die Gestalt bedeckte. Carlo hielt seinen Bruder in den Armen, durchschnitt die Plastikfessel, die um seinen Hals geschlungen war und das Leintuch wie eine blutige Maske fixierte. Er nahm das Tuch von Matteo ab und sah, daß er übel zugerichtet war. Das Messer war ihm quer übers Gesicht, über Bauch und Brust gezogen worden, die Wunde in der Brust war so tief, daß sie Luft zog. Carlo ließ ihn einen Augenblick allein, rannte zur Straßenecke und schaute in beide Richtungen. Dann kehrte er zu seinem Bruder zurück.

Als Sirenengeheul näher kam und ein Blitzlichtgewitter auf der Piazza Signoria losbrach, schloß Dr. Hannibal Lecter gerade seine Manschettenknöpfe und schlenderte auf eine *gelateria* auf der nahegelegenen Piazza de Guidici zu. Motorräder und *motorinos* standen aufgereiht am Bordstein.

Er näherte sich einem jungen Mann in Motorradkluft, der gerade eine große Ducati antrat.

»Junger Mann, helfen Sie einem Verzweifelten«, sagte er mit einem jämmerlichen Lächeln. »Wenn ich nicht in zehn Minuten auf der Piazza Bellosguardo bin, wird mich meine Frau umbringen«, sagte er und hielt dem jungen Mann eine Fünfzigtausend-Lire-Note unter die Nase. »So viel ist mir mein Leben wert.«

»Das ist alles, ich soll Sie fahren?« fragte der junge Mann.

Dr. Lecter hob entwaffnend die Hände. »Ja, nicht mehr und nicht weniger.«

Das schnelle Motorrad pflügte durch den Verkehr auf dem Lungarno. Dr. Lecter kauerte hinter dem Fahrer, auf dem Kopf dessen zweiten Motorradhelm, der nach Haarspray und Parfüm roch. Der Fahrer kannte sich gut aus. Er bog von der Via de' Serragli ab, fuhr in Richtung Piazza Tasso und kam aus der Via Villani in die winzige Gasse entlang der Kirche von San Francesco di Paola, die in die sich nach Bellosguardo emporschlängelnde Straße einmündete. Bellosguardo war ein vornehmes Wohnviertel auf den Hügeln südlich der Stadt, von denen man ganz Florenz überblicken konnte. Das Röhren der schweren Ducati hallte von den Steinmauern wider, die die Straße auf beiden Seiten einfaßten. Dr. Lecter mochte den Klang der Maschine, der ihn an reißendes Leinen erinnerte. Er legte sich in die Kurven und versuchte, mit dem Geruch von Haarspray und billigem Parfüm unter seinem Helm fertig zu werden. Er ließ sich von dem jungen Mann vor dem Eingang zur Piazza Bellosguardo nicht weit vom Haus des Grafen Montauto absetzen, wo Nathaniel Hawthorne gewohnt hatte. Der Fahrer stopfte sich seinen Lohn in die Brusttasche seiner Ledermontur. Sekunden später war das Rücklicht des Motorrads in der sich abwärts windenden Straße verschwunden.

Dr. Lecter, von der Fahrt erfrischt, ging noch ungefähr vierzig Meter bis zu seinem schwarzen Jaguar. Er holte die

Schlüssel hinter der Stoßstange hervor und startete den Wagen. Er hatte eine leichte Hautabschürfung am Handballen, wo ihm der Handschuh hochgerutscht war, als er das Leintuch über Matteo geworfen hatte und aus dem Fenster des ersten Stocks auf ihn gesprungen war. Er verrieb ein wenig Cicatrine, eine antibakterielle Salbe aus Italien, auf der Stelle, was ihm sofort Linderung verschaffte.

Während der Motor warmlief, ging Dr. Lecter seine Musikkassetten durch. Seine Wahl fiel auf Scarlatti.

37

Das Rettungsflugzeug, eine Propellermaschine, erhob sich über die roten Ziegeldächer und legte sich in eine Südwestkurve in Richtung Sardinien. Der Schiefe Turm von Pisa schob sich an der Tragfläche vorbei, als der Pilot die Maschine steiler stellte, als er das getan hätte, wäre ein lebender Patient an Bord gewesen.

Auf der Bahre, die eigentlich für Dr. Hannibal Lecter vorgesehen war, lag der erkaltende Körper von Matteo Deogracias. Sein älterer Bruder Carlo saß mit vor Blut starrenden Kleidern neben dem Leichnam.

Carlo Deogracias forderte den Krankenpfleger auf, Kopfhörer aufzusetzen und laut Musik zu hören, während er über sein Handy mit Las Vegas telefonierte, wo eine anonyme Relaisstation und eine Chiffriermaschine sein Gespräch an die Küste von Maryland übertrug …

Für Mason Verger unterscheiden sich Tag und Nacht nicht sonderlich. Er schlief gerade, als das Gespräch hereinkam. Sogar die Lichter im Aquarium waren gelöscht. Masons Kopf lag zur Seite gedreht auf dem Kissen, sein eines Auge war wie immer geöffnet, wie das der Muräne, die ebenfalls schlief. Die einzigen Geräusche im Raum waren das regelmäßige Zischen und Ächzen des Beatmungsgeräts und das sanfte Blubbern des Belüfters, der das Wasser im Aquarium mit Sauerstoff anreicherte.

Dieser Geräuschkulisse fügte sich ein anderer, sanfter und zugleich dringlicher Ton hinzu. Das Summen von Masons rotem Telefon. Die Finger seiner bleichen Hand tasteten wie

Spinnenbeine nach dem Telefonknopf. Den Lautsprecher hatte man unter seinem Kissen, das Mikrofon nahe dem Trümmerfeld von einem Gesicht angebracht.

Zuerst hörte Mason das Geräusch eines Flugzeugs im Hintergrund und dann die süßliche Melodie von »*Gli Innamorati*«.

»Ich bin am Apparat.«

»Es ist ein blutiges *casino*«, sagte Carlo.

»Ich höre.«

»Mein Bruder Matteo ist tot. Ich sitze neben seiner Leiche. Pazzi ist ebenfalls tot. Dr. Fell hat beide getötet und ist geflohen.«

Mason antwortete nicht gleich.

»Sie schulden mir zweihunderttausend Dollar für Matteo«, sagte Carlo. »Für seine Familie.« Sardische Verträge enthielten immer Klauseln über Entschädigung im Todesfall.

»Ich verstehe.«

»Wegen Pazzi wird die Scheiße überkochen.«

»Besser, wir lassen durchsickern, daß Pazzi korrupt war«, sagte Mason. »Dann schlucken sie es leichter. Hatte er Dreck am Stecken?«

»Abgesehen von dieser Aktion? Keine Ahnung. Was, wenn sie die Spur von Pazzi zu Ihnen zurückverfolgen?«

»Damit komme ich schon klar.«

»*Ich* muß auch damit klarkommen«, sagte Carlo. »Das Ganze ist einfach eine Nummer zu groß. Ein Chefinspektor der Questura ist tot. Ich komme da nicht so einfach raus.«

»Du hast doch nicht ... oder etwa doch?«

»Nein, wir haben nichts gemacht. Aber wenn die Questura meinen Namen damit in ... *Madonna!* Sie werden mir für den Rest meines Lebens auf der Pelle hängen. Niemand wird sich mehr von mir anheuern lassen. Ich darf keinen Furz mehr auf der Straße lassen. Was ist mit Oreste? Weiß er, wen er hätte filmen sollen?«

»Ich denke, nicht.«

»Die Questura wird Dr. Fell bis morgen, spätestens übermorgen identifiziert haben. Oreste wird eins und eins zusammenzählen, sobald er die Nachrichten sieht.«

»Oreste wurde gut bezahlt. Er kümmert uns nicht.«

»Sie vielleicht nicht. Aber Oreste steht nächsten Monat in Rom wegen einer seiner Pornogeschichten vor Gericht. Er wird versucht sein, einen Handel abzuschließen. Falls Sie das noch nicht auf der Rechnung haben, sollten Sie langsam in die Gänge kommen. Werden Sie mit ihm fertig?«

»Ich spreche mit ihm«, sagte Mason, die Worte mit seiner wohlklingenden Ansagerstimme sorgfältig betonend. »Carlo, bist du noch im Spiel? Du *willst* Dr. Fell jetzt finden, oder? Du *mußt* ihn aufspüren, schon wegen Matteo.«

»Ja, aber auf Ihre Rechnung.«

»Halte die Farm am Laufen. Organisiere Impfbescheinigungen für Schweinegrippe und Schweinepest. Besorge Transportkisten für die Schweine. Hast du einen guten Paß?«

»Ja.«

»Ich spreche von einem *wirklich* guten, Carlo, nicht irgend so einem Dreck aus einer italienischen Hinterhofdruckerei.«

»Meiner ist erstklassig.«

»Du hörst von mir.«

Als Carlo das Gespräch in dem dumpf brummenden Flugzeug beendete, kam er unabsichtlich auf eine der Kurzwahltasten. Matteos Telefon klingelte laut in dessen toter, von der Leichenstarre verkrümmten Hand. Einen Moment lang glaubte Carlo, sein Bruder hebe das Telefon ans Ohr. Als ihm bewußt wurde, daß Matteo nicht antworten konnte, klappte er langsam sein Handy zu. Sein Gesicht verzerrte sich zu einer Grimasse. Der Pfleger mußte sich abwenden.

38

»Des Teufels Rüstung« mit seinem gehörnten Helm ist ein Meisterwerk italienischer Schmiedekunst des fünfzehnten Jahrhunderts. Die prächtige Ritterrüstung hängt seit 1501 in der südlich von Florenz gelegenen Dorfkirche von Santa Reparata hoch oben an der Wand. In Ergänzung zu den elegant geschwungenen Aufsätzen, die den Hörnern einer Gemse nachempfunden sind, stecken die spitz zulaufenden Stulpen der Panzerhandschuhe am Ende der Beinschienen, dort, wo die Schuhe sein sollten, und symbolisieren den Pferdehuf Satans.

Folgt man der örtlichen Überlieferung, so hat ein junger Mann in dieser Rüstung den Namen der Heiligen Jungfrau Maria mißbraucht, als er an der Kirche vorbeiging. Hinterher mußte er feststellen, daß er die Rüstung nicht eher wieder ablegen konnte, bis er die Jungfrau inständig um Vergebung gebeten hatte. Er stiftete diese Rüstung als Danksagung der Kirche. Sie stellt eine eindrucksvolle Erscheinung dar und machte ihrem Namen alle Ehre, als ein Artilleriegeschoß 1942 in der Kirche explodierte.

Die Rüstung, auf deren Schultergliedern eine dicke Staubschicht lagert, blickt auf das Allerheiligste hinunter, wo gerade eine Messe zu Ende geht. Weihrauchschwaden steigen auf und streichen durch das leere Visier.

Nur drei Menschen nehmen am Gottesdienst teil, zwei ältere Frauen, beide ganz in Schwarz gekleidet, und Dr. Hannibal Lecter. Alle drei empfangen sie die heilige Kommunion. Dr. Lecter legt mit leichtem Widerwillen seine Lippen an den Kelch. Der Priester beendet das Dankgebet und zieht sich zurück. Die Frauen verlassen die Kirche. Dr. Lecter fährt in seiner Andacht fort, bis er vor dem Allerheiligsten allein ist.

Vom Chor aus kann Dr. Lecter über das Geländer fassen und, über die Hörner gebeugt, das staubige Visier des Helms öffnen. Innen, am Rand der Halsbeuge, ist ein Angelhaken befestigt, an dem eine Schnur hängt. Vorsichtig zieht Dr. Lecter sie zu sich heran. An ihrem Ende baumelt ein Päckchen. Der Inhalt: Pässe bester brasilianischer Qualität, Sozialversicherungsausweise, Bargeld, Kontobücher und Schlüssel. Er öffnet seinen Mantel und klemmt sich das Päckchen unter den Arm.

Dr. Lecter gab sich selten dem Gefühl des Bedauerns hin, aber es tat ihm leid, Italien verlassen zu müssen. Es gab im Palazzo Capponi noch so vieles, dem er gerne nachgegangen wäre, was er gerne gelesen hätte. Das Klavier, er hätte es nur zu gern weitergespielt, vielleicht auch das eine oder andere auf ihm komponiert; vielleicht hätte er auch für die Witwe Pazzi gekocht, wenn diese erst einmal ihren Kummer überwunden hätte.

39

Noch während das Blut von Rinaldo Pazzis hängendem Leichnam auf die heißen Flutlichter am Fuß des Palazzo Vecchio tropfte und dort aufsprudelnd verdampfte, verständigte die Polizei die Feuerwehr, um ihn herunterholen zu lassen.

Die *pompieri* fuhren die Verlängerung an ihrer Feuerwehrleiter aus. Praktisch veranlagt, wie sie waren, und sicher, daß der Gehängte bereits tot war, ließen sie sich Zeit mit der Abnahme von Pazzi. Das war ein delikates Unterfangen, mußten sie doch die im Wind baumelnden Eingeweide erst zurück in die Bauchhöhle stopfen und dann die ganze Masse in ein Netz packen, bevor sie eine Leine befestigen und ihn langsam abseilen konnten. Als der Körper die ausgestreckten Arme der Einsatzkräfte am Boden berührte, gelang dem Bildreporter von *La Nazione* ein exquisites Foto, das viele Leser an Bilder der Kreuzabnahme erinnerte. Die Polizei beließ den Strang zunächst an Ort und Stelle, bis Fingerabdrücke abgenommen waren. Danach wurde das Elektrokabel in der Mitte durchtrennt, weil man den Knoten möglichst unversehrt sicherstellen wollte.

Viele Florentiner waren fest entschlossen, Rinaldo Pazzis Tod als spektakulären Selbstmord zu betrachten. Sie entschieden sich dafür, daß er sich selbst die Hände gebunden hatte, wie sie das aus Berichten über Selbstmorde im Gefängnis kannten, und ignorierten dabei den Umstand, daß er auch an den Füßen gefesselt war. In der ersten Stunde nach dem Tod berichteten die lokalen Radiostationen, daß Pazzi, als wäre ihm das bloße Erhängen nicht genug gewesen, zusätzlich mit einem Messer Harakiri begangen habe.

Die Polizei wußte es von Anfang an besser – die zertrennten Fesseln neben der Sackkarre auf dem Balkon, Pazzis verschwundene Dienstwaffe, Augenzeugenberichte über den in den Palazzo rennenden Carlo und die blutige, in ein Leintuch gehüllte Gestalt, die hinter dem Palazzo Vecchio umhergeirrt war, sprachen eine deutlich andere Sprache. Pazzi war ermordet worden.

Bald darauf beschloß die italienische Öffentlichkeit, daß *Il Mostro* Pazzi ermordet hatte.

Die Questura begann mit dem unglückseligen Girolamo Tocca, der schon einmal als *Il Mostro* verurteilt worden war. Sie verhafteten ihn in seinem Haus und führten ihn wieder unter den Augen seiner Zeter und Mordio schreienden Frau ab. Sein Alibi war wasserdicht. Er hatte zum Zeitpunkt des Verbrechens unter den Augen eines Priesters in einem Café Ramazzotti getrunken. Tocca wurde in Florenz auf freien Fuß gesetzt und mußte auf eigene Kosten mit dem Bus nach San Casciano zurückfahren.

Das Personal des Palazzo Vecchio wurde bereits in den ersten Stunden verhört. Rasch dehnte sich die Befragung auf die Mitglieder der Studiolo aus.

Der Polizei war es unmöglich, den Aufenthaltsort von Dr. Fell festzustellen. Am Samstag, um die Mittagszeit, begannen sich sämtliche Ermittlungsbemühungen auf ihn zu konzentrieren. In der Questura erinnerte man sich daran, daß Pazzi den Auftrag gehabt hatte, das Verschwinden von Fells Vorgänger zu untersuchen.

Ein Angestellter der Questura berichtete, daß Pazzi wenige Tage zuvor eine *permesso di soggiorno* geprüft hatte. Fells Akte, einschließlich der Fotos, der angehängten Negative und Fingerabdrücke, war unter falschem Namen ausgetragen worden. Die Handschrift schien die von Pazzi zu sein. Italien hatte bisher seine Aktenbestände noch nicht landesweit digitalisiert, und *permessos* wurden noch immer auf lokaler Ebene verwahrt.

Die Akten der Einwanderungsbehörde lieferten Fells Paßnummer, was in Brasilien sämtliche Alarmglocken schrillen ließ.

Aber noch immer kam die Polizei nicht auf Dr. Fells wahre Identität. Sie nahm Fingerabdrücke von den Windungen des Strangs, vom Pult, der Sackkarre und der Küche des Palazzo Capponi. Da ihr jede Menge Künstler zur Verfügung standen, war im Handumdrehen eine Phantomzeichnung von Dr. Fell angefertigt.

Am Sonntagmorgen, italienischer Zeit, hatte ein Fingerabdruck-Experte in Florenz minutiös Punkt für Punkt ermittelt, daß die Fingerabdrücke auf dem Pult, dem Strang und auf Dr. Fells Küchengerätschaften im Palazzo Capponi von ein und derselben Person stammten.

Der Daumenabdruck Hannibal Lecters auf dem Plakat, das im Hauptquartier der Questura an der Wand hing, blieb unbeachtet. Die Fingerabdrücke vom Tatort gingen Sonntagnacht an Interpol und erreichten zusammen mit siebentausend anderen Sets routinemäßig auch das FBI-Hauptquartier in Washington, D.C. Eingespeist in das automatische System zur Klassifikation von Fingerabdrücken, landeten die aus Florenz kommenden Daten einen Treffer von solcher Größenordnung, daß im Büro des stellvertretenden Direktors des Erkennungsdienstes sofort eine Alarmglocke losschrillte. Der diensthabende Officer der Nachtschicht wurde Zeuge, als der Drucker das Konterfei und die Fingerabdrücke von Hannibal Lecter ausspuckte. Er verständigte sofort den stellvertretenden Direktor zu Hause, der wiederum den Direktor und dann Krendler im Justizministerium anrief.

Mason Vergers Telefon klingelte um 1.30 Uhr. Er zeigte sich überrascht und interessiert.

Jack Crawfords Telefon klingelte um 1.35 Uhr. Er stöhnte einige Male und rollte sich dann auf die quälend leere Seite des Ehebetts, wo seine verstorbene Frau Bella gelegen hatte. Dort war es kühl, und ihm schien, daß er da besser denken konnte.

Starling war die letzte, die erfuhr, daß Dr. Lecter wieder gemordet hatte. Nach dem Ende des Gesprächs lag sie wach in der Dunkelheit. Aus für sie unerfindlichen Gründen brannten ihr die Augen. Sie weinte aber nicht. Sie konnte sein Gesicht in der Dunkelheit sehen. Dr. Lecters früheres Gesicht, selbstverständlich.

40

Der Pilot des Rettungsflugzeugs weigerte sich, bei Dunkelheit auf dem kleinen, nicht gesicherten Flugplatz von Arbatax runterzugehen. Sie landeten in Cagliari, tankten auf, warteten bis Tagesanbruch und flogen dann in einem atemberaubenden Sonnenaufgang entlang der Küste in Richtung Norden. Das Licht gab Matteos totem Gesicht einen falschen rosa Farbton.

Ein Lastwagen mit einem Sarg wartete neben der behelfsmäßigen Landebahn. Der Pilot stritt um Geld. Tommaso schritt ein, bevor Carlo ihm ins Gesicht schlug.

Drei Stunden in die Berge hinein, und sie waren zu Hause.

Carlo wanderte allein zu der grobgezimmerten Hütte, die er zusammen mit Matteo erbaut hatte. Alles war bereit. Die Kameras aufgebaut, um Lecters Tod zu filmen. Carlo stand unter dem Dach, das Matteo allein aufgesetzt hatte, und betrachtete sich selbst im großen Rokoko-Spiegel über dem Tierpferch. Er schaute auf die Holzbalken, die sie gemeinsam gesägt hatten. Er dachte an Matteos riesige Hände, wie sie die Säge gehalten hatten, und ein Schrei entrang sich seiner Brust, ein Schrei aus seinem gepeinigten Herzen, so laut, daß er von den Bäumen widerhallte. Mit Hauern bewaffnete Fratzen tauchten zwischen dem Strauchwerk der Bergwiese auf.

Piero und Tommaso, ebenfalls Brüder, ließen ihn allein.

Vögel zwitscherten über der Wiese.

Oreste Pini trat aus dem Haus. Mit der einen Hand knöpfte er sich den Hosenschlitz zu, in der anderen schwenkte er sein

Handy. »Lecter ist euch durch die Lappen gegangen. So ein Pech aber auch.«

Carlo tat so, als hätte er ihn nicht gehört.

»Noch ist nicht alles verloren. Es kann noch immer klappen«, sagte Oreste Pini. »Ich habe Mason an der Strippe. Er will, daß wir eine *simulado* veranstalten. Etwas, was er Lecter vorführen kann, wenn er ihn erst einmal geschnappt hat. Wo doch alles schon aufgebaut ist. Wir haben einen Leichnam – Mason sagt, es sei ohnehin nur ein Strauchdieb gewesen, den du da angeheuert hast. Mason sagt, wir könnten ihn doch, wenn die Schweine kommen, na ja, unter dem Zaun hindurchstoßen und dazu die Schreie aus der Konserve abspielen. Hier, sprich doch am besten selbst mit Mason.«

Carlo drehte sich um und schaute Oreste an, als wäre er gerade vom Mond gekommen. Schließlich nahm er das Handy. Als er mit Mason sprach, hellte sich nach und nach sein Gesicht auf, und eine Art Friede schien in ihn einzukehren.

Er klappte das Handy zu. »Mach dich bereit«, sagte er.

Carlo sprach mit Piero und Tommaso. Mit der Hilfe des Kameramanns schafften sie den Sarg zur Hütte.

»Du willst den Sarg doch bestimmt nicht so dicht an der ganzen Sache dranhaben, daß er mit aufs Bild kommt«, wandte Oreste ein. »Laß uns ein paar Meter mit den scharrenden Schweinen drehen und von da aus einsteigen.«

Angelockt von den Bewegungen in der Hütte, kamen die ersten Schweine aus dem schützenden Dickicht hervor.

»*Giriamo!*« rief Oreste.

Und schon kamen sie angerannt, die wilden Schweine, braun und silbrig glänzend, groß, bis zur Hüfte eines ausgewachsenen Menschen reichend, mit tief ansetzender Brust und langen Borsten. Sie bewegten sich auf ihren kleinen Hufen mit der Geschwindigkeit eines Wolfes und äugten mit ihren kleinen, intelligenten Augen aus teuflischen Fratzen. Mit ihren massigen Nackenmuskeln unter dem abstehenden Borstenkamm auf ihrem Rücken waren sie ohne weiteres in der Lage, einen Mann auf ihren Hauern hochzuheben.

»*Pronti!*« rief der Kameramann.

Sie hatten seit drei Tagen nichts mehr gefressen. Noch mehr Schweine kamen, zu einer Phalanx formiert, unerschrocken auf die Männer hinter dem Zaun zu.

»*Motore!*« rief Oreste.

»*Partito!*« schrie der Kameramann.

Die Schweine verharrten etwa zehn Meter vor der Hütte, liefen auf und ab, eine einzige scharrende Front, die schwangere Sau in der Mitte, ein Dickicht aus Hauern und Hufen. Sie wogten vor und zurück wie die Abwehrlinie eines Football-Teams. Oreste hielt die Hände, einen Rahmen andeutend, vors Gesicht.

»*Azione!*« schrie er den Sarden zu. Carlo tauchte hinter seinem Rücken auf, zerriß ihm die Hose am Hintern und brachte ihn zum Schreien. Dann packte er ihn an den Hüften und wuchtete ihn kopfüber in den Pferch. Die Schweine stürmten los. Oreste versuchte auf die Beine zu kommen, es gelang ihm, sich auf ein Bein zu knien. Dann krachte ihm die Sau in die Rippen und streckte ihn zu Boden. Und schon waren sie, wütend grunzend und quiekend, über ihm. Zwei Eber verbissen sich in seinem Gesicht und rissen ihm den Unterkiefer heraus, bogen ihn wie ein Gabelbein auseinander. Beinahe wäre es Oreste noch gelungen, auf die Füße zu kommen. Aber dann lag er doch wieder, erst mit entblößtem, dann mit aufgerissenem Bauch auf dem Rücken. Seine Arme und Beine schlugen über dem Gewühl aus Leibern. Ohne Unterkiefer brachte Oreste nur unartikulierte Schreie hervor.

Carlo hörte einen Schuß und fuhr herum. Der Kameramann hatte die laufende Kamera stehen gelassen und versuchte zu fliehen, war aber nicht schnell genug, um Pieros Schrotflinte zu entgehen.

Die Schweine beruhigten sich wieder und schleiften Stücke fort.

»*Azione* am Arsch«, sagte Carlo und spuckte aus.

III

AUF ZUR NEUEN WELT

41

Eine sorgsam gehütete Stille umgab Mason Verger. Sein Personal behandelte ihn, als hätte er ein Baby verloren. Auf die Frage, wie er sich fühle, antwortete er: »Ich fühle mich wie jemand, der viel Geld für einen toten Itaker ausgegeben hat.«

Nachdem er ein paar Stunden geschlafen hatte, verlangte es Mason nach Kindern in dem Spielzimmer vor seinem Raum und einem Gespräch mit ein oder zwei der gestörteren von ihnen. Aber es waren keine verhaltensgestörten Kinder aufzutreiben, und es gab für seine Lieferanten so schnell keine Möglichkeit, in den Slums von Baltimore jemanden seinen Wünschen gemäß zuzurichten.

Dieser für ihn mehr als mißliche Umstand trieb Mason dazu, seinen Pfleger Cordell Zierkarpfen verstümmeln und der Muräne zum Fraß vorwerfen zu lassen, bis sich diese, hoffnungslos überfressen, zwischen ihre Steine zurückzog. Das Wasser, grau und durchwölkt, war voll winziger, golden schillernder Fleischfetzen.

Er versuchte seine Schwester zu quälen. Aber Margot zog sich in ihr Fitneßstudio zurück und ignorierte über Stunden hinweg seine Anrufe. Sie war die einzige Person auf der Muskrat Farm, die es wagen konnte, Mason zu ignorieren.

Eine kurze, immer wieder umgeschnittene Sequenz aus einem Touristen-Video, auf dem der Tod von Rinaldo Pazzi zu sehen war, lief am Samstagabend in den Nachrichten, noch ehe Dr. Lecter als der Mörder identifiziert worden war. Mit Weichzeichner bearbeitete Bildpartien ersparten den Zuschauern die anatomischen Details.

Masons Sekretärin hängte sich sofort ans Telefon, um das

Originalband zu organisieren. Keine vier Stunden später traf es per Helikopter ein.

Das Videotape war von seltsamer Provenienz:

Von den beiden Touristen, die den Palazzo Vecchio zum Zeitpunkt von Rinaldo Pazzis Tod gerade filmten, brach der eine in Panik aus und schwenkte die Kamera im Augenblick des Sturzes zur Seite. Der andere, ein Schweizer, hielt während der gesamten Episode unbeirrt drauf, schwenkte sogar auf das schwingende und zuckende Kabel hoch.

Der Amateurfilmer, ein praktisch veranlagter Angestellter namens Viggert, fürchtete, die Polizei könnte seinen Film beschlagnahmen und das italienische Fernsehen RAI ihn somit umsonst bekommen. Er rief sofort seinen Anwalt in Lausanne an, leitete alles Notwendige in die Wege, um sich das Copyright auf die Bilder zu sichern, und verkaufte die Fernsehrechte in einer spektakulären Auktion an ABC. Die nordamerikanischen Abdruckrechte gingen an die *New York Post*, gefolgt vom *National Tattler*.

Das Video wurde sofort zu einem Klassiker des Horrorspektakels – Zapruder, das Attentat von Lee Harvey Oswald und der Selbstmord von Edgar Bolger –, aber Viggert sollte es noch bitter bereuen, das Band so früh verkauft zu haben, noch bevor man Dr. Lecter des Verbrechens überführte.

Diese Kopie des Viggertschen Urlaubsvideos war ungekürzt. Wir sehen die Schweizer Familie Viggert, Stunden vor den Ereignissen im Palazzo Vecchio, in der Galleria dell' Accademia pflichtschuldigst das Gemächt von Michelangelos »David« umkreisen.

Mason, der sich das Video mit dem ihm verbliebenen Glotzauge ansah, hatte wenig Interesse an dem kostspieligen Stück Fleisch, das am Ende des Elektrokabels baumelte. Der kleine Exkurs in die Geschichte, den *La Nazione* und *Corriere della Sera* über die beiden Pazzis eingerückt hatte, die vor fünfhundertzwanzig Jahren am selben Fenster gehangen hatten, ließ ihn kalt. Was ihn vielmehr fesselte, was er sich wieder und wieder ansah, war der Kameraschwenk zum Balkon hoch, wo sich vor dem schwachen Licht des Salons die verschwommene Silhouette einer winkenden Gestalt abzeichnete. Einer Gestalt, die ihm, Mason, zuwinkte. Dr. Lecter winkte Mason mit einer aus dem Handgelenk kommenden Geste zu, so wie man sich von Kindern mit einem »Bye-bye« winkend verabschiedet.

»Bye-bye«, antwortete Mason aus seiner Dunkelheit. »Bye-bye«, die sonore Stimme zitternd vor Wut.

42

Die Identifizierung von Dr. Hannibal Lecter als Mörder von Rinaldo Pazzi gab Clarice Starling etwas Ernsthaftes zu tun, dem Himmel sei Dank. Sie wurde auf der untersten Ebene de facto zum Bindeglied zwischen dem FBI und den italienischen Behörden. Es tat gut, sich wieder mit voller Kraft einer Aufgabe zu widmen.

Starlings Welt hatte sich seit der Schießerei verändert. Sie und die anderen Überlebenden des Feliciana-Fischmarkt-Desasters waren wegen des beim Justizministerium anhängigen Reports, der an den Rechtsausschuß des Repräsentantenhauses gehen sollte, kaltgestellt worden. Nachdem sie Lecters Röntgenbild gefunden hatte, trat Starling mehr oder weniger als hochqualifizierte Lückenbüßerin auf der Stelle. Die National Police Academy hatte sie als Vertretung für Ausbilder eingesetzt, die erkrankt oder in Urlaub waren.

Im Herbst und während des ganzen Winters war Washington geradezu besessen von einem Skandal im Weißen Haus. Die vor Wut schäumenden Reformisten versprühten mehr Spucke, als diese traurige, kleine Sünde es getan hatte. Und der Präsident der Vereinigten Staaten schluckte öffentlich mehr als die ihm zustehende Portion Dreck, um einer Amtsenthebung zu entgehen.

In diesem Zirkus wurde der kleine Zwischenfall auf dem Feliciana-Fischmarkt zur Seite geschoben. Mit jedem Tag, der verstrich, wuchs in Starling eine bittere Erkenntnis: Der Staatsdienst würde nie wieder derselbe für sie sein. Sie war gezeichnet. Ihren Kollegen stand die Vorsicht ins Gesicht geschrieben, wenn sie mit ihr zu tun hatten, als ob sie etwas

Ansteckendes hätte. Starling war noch jung genug, um über dieses Verhalten überrascht und enttäuscht zu sein.

Es half, sich in Arbeit zu stürzen. Anfragen von italienischer Seite zu Dr. Hannibal Lecter gingen bei der Abteilung für Verhaltensforschung ein, gewöhnlich in zweifacher Ausfertigung – eine Kopie kam vorab vom Außenministerium. Und Starling beantwortete sie mit Lust und Liebe, fütterte Faxgeräte mit Material und mailte Lecter-Files. Sie war überrascht, in welchem Maß das Hintergrundmaterial während der sieben Jahre, die seit der Flucht des Doktors vergangen waren, verstreut worden war.

Ihre kleine Bürowabe im Keller der Abteilung für Verhaltensforschung quoll buchstäblich über von Papier. Kaum lesbare Telefaxe aus Italien und Kopien der italienischen Ermittlungsergebnisse stapelten sich auf ihrem Schreibtisch.

Was war für die Italiener von Bedeutung? Was diese am meisten interessierte, war eine Anfrage vom Rechner der Questura, ein paar Tage vor Pazzis Tod. Jemand hatte die VICAP-Datenbank in Quantico geöffnet. Die italienische Presse, die es sich zum Ziel gesetzt hatte, Pazzis Ehre wiederherzustellen, behauptete, Pazzi habe in aller Stille an der Verhaftung von Dr. Lecter gearbeitet.

Auf der anderen Seite fragte sich Starling, welche der Informationen aus Italien von Interesse waren, sollte der Doktor wieder in die Vereinigten Staaten zurückkehren.

Jack Crawford war zu selten im Büro, um ihr einen Rat geben zu können. Er hatte viel bei Gericht zu tun, und da seine Pensionierung heranrückte, hatte er in einer Vielzahl von noch offenen Fällen beeidete Erklärungen abzugeben. Hinzu kam, daß sich seine Krankentage häuften, und wenn er im Büro war, wirkte er mehr und mehr entrückt.

Der Gedanke, nicht mehr auf seine Ratschläge zurückgreifen zu können, löste bei Starling Panik aus.

Während ihrer Jahre beim FBI hatte sie einiges zu sehen bekommen. Sie wußte, falls Dr. Lecter erneut in den Vereinigten Staaten töten sollte, würde man im Kongreß Zeter und Mordio schreien, die Justiz würde laut aufheulen und nicht mit nachträglicher Kritik sparen. Jeder würde mit dem

Finger auf den anderen zeigen. Zoll und Grenzschutz wären die ersten, die es treffen würde, weil sie ihn hereingelassen hätten.

Die örtlichen Behörden, in deren Zuständigkeit das Verbrechen fiele, würden sämtliches verfügbare Material über Dr. Lecter anfordern, und das FBI hätte alle Hände voll zu tun, von der entsprechenden Außenstelle aus die Ermittlungen zu koordinieren. Sollte der Doktor an einem anderen Ort wieder töten, würde die Karawane weiterziehen.

Im Fall seiner Verhaftung würden sich die Behörden darum streiten, wessen Verdienst sie wäre. Hunde, die sich um einen Knochen balgten.

Starlings Aufgabe war es, sich auf die Eventualität seiner Rückkehr vorzubereiten. Ob er nun kam oder nicht, sie mußte das lästige Wissen um all das, was sich während der Ermittlungen ereignen konnte, beiseite schieben.

Sie stellte sich eine einfache Frage, die in den Ohren der Karrieristen auf der Überholspur kitschig geklungen hätte: Wie konnte sie genau das tun, worauf ihr Diensteid sie verpflichtete? Wie konnte sie die Bürgerinnen und Bürger schützen und ihn dingfest machen, wenn er in die Vereinigten Staaten kam?

Dr. Lecter verfügte offenkundig über ausgezeichnete Papiere und ausreichend Geld. Er war brillant in der Tarnung. Man mußte nur an die elegante Schlichtheit seines ersten Verstecks nach seiner Flucht in Memphis denken – er hatte sich in St. Louis in einem Vier-Sterne-Hotel neben einem auf Schönheitschirurgie spezialisierten Krankenhaus einquartiert. Die Hälfte der Gäste dort lief mit bandagierten Gesichtern herum. Er verband sich das Gesicht und lebte in Saus und Braus von dem Geld eines Toten.

Unter den vielen hundert Fetzen Papier fand sie auch die Quittungen des Zimmerservice in St. Louis. Astronomisch. Eine Flasche Bâtard-Montrachet für einhundertfünfundzwanzig Dollar. Wie gut der Wein geschmeckt haben mußte nach all den Jahren Gefängnisfraß.

Sie hatte um die Kopie sämtlicher Unterlagen aus Florenz gebeten, und die Italiener waren ihrer Bitte nachgekommen.

Von der Qualität hätte man meinen können, daß deren Kopierer wohl eher mit Ruß als mit Toner gefüttert wurden.

Es gab keine Ordnung in den Unterlagen. Hier waren Dr. Lecters persönliche Papiere aus dem Palazzo Capponi. Ein paar Notizen zu Dante in der ihr vertrauten Handschrift, eine Anweisung für die Putzfrau, ein Beleg des Florentiner Delikatessengeschäfts »Vera dal 1926« über zwei Flaschen Bâtard-Montrachet und ein paar *tartufi bianchi*. Wieder der gleiche Wein, und was war das andere?

Starlings *Bantam New College Italian & English Dictionary* wies nach, daß es sich bei *tartufi bianchi* um weiße Trüffeln handelte. Sie rief den Küchenchef eines bekannten italienischen Restaurants in Washington an und erkundigte sich bei ihm nach weißen Trüffeln. Sie hatte Mühe, nach fünf Minuten das Gespräch zu beenden, so sehr schwärmte er von dem Geschmack.

Geschmack. Der Wein, die Trüffeln. Geschmack in allen Dingen des Lebens. Dr. Lecters Lebensführung in Amerika und Europa hatte eine Konstante. Seine Existenz als erfolgreich praktizierender Arzt und flüchtiges Ungeheuer hatte eine gemeinsame Schnittmenge. Sein Gesicht mochte sich verändert haben, seine Geschmacksvorlieben nicht. Und er war kein Mann, der sich selbst verleugnete.

Geschmack traf bei Starling einen empfindlichen Nerv, über Geschmack war Dr. Lecter zum erstenmal zu ihr durchgedrungen; das Kompliment über ihre Handtasche, die Art, wie er sich über ihre billigen Schuhe lustig gemacht hatte. Wie hatte er sie noch genannt? Einen frischgeschrubbten, vom Erfolg besessenen Bauerntrampel mit einem Hauch von Geschmack.

Es war die Frage des Geschmacks, die Starling im Tagesgeschäft der Institution mit ihrer rein funktionalen Einrichtung in einer zweckmäßig gestalteten Umgebung Unwohlsein bereitete.

Gleichzeitig schwand ihr Vertrauen in die *Technik*, und etwas anderes brach sich Bahn.

Starling war der Technik überdrüssig. Vertrauen in die Technik ist die Religion gefährlicher Metiers. Um gegen einen bewaffneten Schwerverbrecher in einer Schießerei bestehen oder in den Mann gehen zu können, muß man an die perfekte Technik glauben, daran, daß hartes Training die eigene Unbesiegbarkeit garantiert. Das ist, ganz besonders, was Schußwechsel betrifft, nicht wahr. Man kann sämtliche Vorteile auf seiner Seite haben, wenn man in genug Schießereien gerät, wird man früher oder später erschossen.

Starling hatte es mit ansehen müssen.

Wenn sie sogar die Religion der Technik anzweifelte, wohin konnte sich Starling dann noch wenden?

In ihrer Drangsal, in der zermürbenden Eintönigkeit ihrer Tage, begann Starling, auf die Gestalt der Dinge zu achten und ihrer instinktiven Reaktion auf die Dinge zu vertrauen, ohne sie zu quantifizieren oder sie ausschließlich auf Sprache zu beschränken. Etwa zur gleichen Zeit beobachtete sie eine Veränderung ihrer Lesegewohnheiten. Früher hatte sie, bevor sie auf ein Bild schaute, immer zuerst die Bildunterschrift gelesen. Das tat sie jetzt nicht mehr. Manchmal nahm sie von Bildunterschriften nicht einmal mehr Notiz.

Über Jahre hinweg hatte sie Modezeitschriften klammheimlich und schuldbewußt gelesen, als wären sie Pornographie. Jetzt begann sie sich einzugestehen, daß in diesen Bildern etwas lag, was sie mit Hunger erfüllte. Innerhalb ihres Denkgerüsts, das von den Lutheranern gegen den Rostfraß der Korruption galvanisiert worden war, fühlte sie sich, als gäbe sie sich einer herrlichen Perversion hin.

Sie wäre früher oder später ohnehin auf diese Taktik verfallen, so aber wurde sie von dem Umbruch in ihrem Inneren unterstützt und trieb gewissermaßen auf die Idee zu, daß Dr. Lecters Geschmack für auserlesene Dinge, Dinge, für die es nur einen kleinen Markt gab, die Rückenflosse des Ungeheuers sein könnte, die die Oberfläche durchbrach und ihn für die Welt sichtbar machte.

Durch die Nutzung und den Abgleich computergestützter Kundenkarteien könnte Starling mit etwas Glück in der Lage sein, eine seiner falschen Identitäten zu knacken. Um das zu bewerkstelligen, mußte sie seine Vorlieben kennen.

Sie mußte ihn besser kennen als irgend jemand sonst auf der Welt.

Was sind die Dinge, von denen ich weiß, daß er sie mag? Er schätzt Musik, Wein, Bücher, Essen. Und er mag mich.

Der erste Schritt in der Entwicklung von Geschmack ist die Bereitschaft, der eigenen Meinung Wertschätzung entgegenzubringen. Auf dem Gebiet des Essens, Trinkens und der Musik würde Starling den Spuren des Doktors folgen, danach Ausschau halten, was er in der Vergangenheit bevorzugt hatte. Aber auf einem Gebiet war sie ihm wenigstens ebenbürtig. Autos. Starling war eine Autonärrin, das wußte jeder, der ihr Auto sah.

Dr. Lecter hatte vor seinem unrühmlichen Abgang einen Bentley Anarch besessen. Mit Kompressormotor, ohne Turbolader. Kompressor auf besonderen Kundenwunsch mit vollelektronischem Motormanagement angefertigt, damit kein *turbo lag* auftrat. Ihr wurde sehr schnell klar, daß der Markt für Bentley-Sondermodelle so klein war, daß er ein nicht unerhebliches Risiko einging, wenn er wieder so ein Modell fahren wollte.

Welchen Wagen würde er sich heute kaufen? Sie begriff, welches Fahrgefühl er schätzte. Eine V8-Maschine mit großem Hubraum und genügend Reserven im unteren Drehzahlbereich, und natürlich dürfte er nicht zu schwach auf der Brust sein. Was würde sie auf dem gegenwärtigen Markt kaufen?

Keine Frage, den XJR Jaguar V8, den Kompressor-Jaguar. Sie faxte an die Jaguar-Vertretungen an der Ost- und Westküste und bat um wöchentliche Verkaufsberichte.

Woran sonst hatte Dr. Lecter Geschmack gefunden, über das sie viel wußte?

Er mag mich, dachte sie.

Wie schnell er doch auf ihre Misere reagiert hatte. Selbst wenn man die Verzögerung berücksichtigte, die durch den Remailing-Service entstanden war. Zu schade nur, daß die Spur der Frankiermaschine eine Pleite gewesen war – die Frankiermaschine war für die Öffentlichkeit leicht zugänglich. Jeder Dieb hätte sie benutzen können.

Wie schnell kam der *National Tattler* nach Italien? Das war der eine Ort, wo er von Starlings Schwierigkeiten hatte erfahren können. Ein Exemplar hatte man im Palazzo Capponi sichergestellt. Hatte das Boulevardblatt eine Website? Falls ihm in Italien ein Computer zur Verfügung stand, hätte er eine Zusammenfassung der Ereignisse auf der offiziellen Website des FBI lesen können. Was war über Dr. Lecters Computer in Erfahrung zu bringen?

Es war kein Computer unter den persönlichen Sachen im Palazzo Capponi aufgelistet.

Und doch, sie hatte *etwas* gesehen. Sie zog die Aufnahmen von der Bibliothek des Palazzo Capponi hervor. Hier, ein Foto von dem wunderschönen Schreibtisch, von wo er ihr geschrieben haben mußte. Da stand er ja, der Computer. Ein Philips-Laptop. Auf den nachfolgenden Bildern fehlte er.

Mit Hilfe ihres Wörterbuchs verfaßte Starling mühsam ein Fax an die Questura in Florenz: *Fra le cose personali del dottor Lecter, c'è un computer portatile?*

Und so begann Clarice Starling mit kleinen Schritten Dr. Lecter in den Korridoren seines Geschmacks zu verfolgen. Mit größerem Vertrauen in ihre Trittsicherheit, als eigentlich gerechtfertigt war.

43

Mason Vergers Assistent Cordell, der eine gerahmte Schriftprobe auf dem Schreibtisch stehen hatte, erkannte die Handschrift sofort. Das Briefpapier stammte aus dem Hotel Excelsior in Florenz, Italien.

Wie eine immer größere Anzahl reicher Menschen im Zeitalter des Unabombers verfügte auch Mason über einen eigenen Röntgenschirm für die eingehende Post, ähnlich dem im U.S. Post Office.

Cordell streifte sich Handschuhe über und prüfte den Brief. Auf dem Schirm waren keine Drähte oder Batterien zu erkennen. In Übereinstimmung mit Masons strengen Anweisungen kopierte er den Brief und den Umschlag, wobei er eine Pinzette benutzte. Danach wechselte er die Handschuhe, nahm die Kopie und überbrachte sie Mason.

In Dr. Lecters vertrauter, gestochen scharfer Handschrift war zu lesen:

Mein lieber Mason,

ich schulde Dir Dank dafür, daß Du eine derart hohe Belohnung auf meinen Kopf ausgesetzt hast. Ich wünschte, Du würdest sie noch erhöhen. Als Frühwarnsystem ist das Kopfgeld viel effektiver als jedes Radar. Es veranlaßt die Obrigkeit allerorts dazu, ihre Pflicht zu vergessen und mir auf eigene Faust hinterherzuhecheln, mit den Dir bekannten Ergebnissen.

Ich schreibe Dir, um Dein Gedächtnis bezüglich der Dir verlustig gegangenen Nase aufzufrischen. In Deinem wirklich inspirierenden Anti-Drogen-Interview, das Du jüngst dem Ladies' Home Journal gegeben hast, behauptest Du, die Nase zusammen mit dem Rest Deines

Gesichts an die um Deine Füße schwänzelnden Köter Skippy und Spot verfüttert zu haben. Dem ist nicht so: Du hast sie selbst verspeist, zu Deiner Erfrischung. Nach den Knuspergeräuschen, die Du beim Kauen gemacht hast, muß sie eine dem Hühnermagen ähnliche Konsistenz gehabt haben. – »Schmeckt genau wie Hühnchen!« war Dein Kommentar damals. Mich hat es an das Geräusch in einem Bistro erinnert, wenn ein Franzose ein Confit von Geflügelmagen verdrückt.

Du erinnerst dich nicht daran, Mason?

Wo wir gerade von Hühnchen sprechen. Du hast mir in der Therapie erzählt, Du hättest, während Du die unterprivilegierten Kinder in Deinem Sommerlager quältest, herausgefunden, daß Schokolade bei Dir zu Harnröhrenirritationen führt. Auch daran erinnerst Du Dich nicht mehr, habe ich recht?

Hältst Du es nicht für wahrscheinlich, daß Du mir das eine oder andere erzählt hast, woran Du Dich jetzt nicht mehr erinnerst?

Es gibt eine augenfällige Parallele zwischen Dir und Jezebel, Mason. Eifriger Bibelleser, der Du ja bist, wirst Du Dich daran erinnern, daß die Hunde Jezebels Gesicht zusammen mit dem Rest von ihr fraßen, nachdem die Eunuchen sie aus dem Fenster geworfen hatten.

Deine Leute hätten mich auf offener Straße umbringen können. Aber Du wolltest mich lebend, nicht wahr? Dem Aroma Deiner Handlanger nach zu urteilen, liegt es auf der Hand, was Du geplant hast, um zu meiner Unterhaltung beizutragen. Mason, Mason. Da es Dich so sehr nach meinem Anblick gelüstet, laß mich Dir einige Worte des Trostes spenden. Du weißt ja, daß ich niemals lüge.

Bevor Du stirbst, wirst Du mein Gesicht sehen.

Hochachtungsvoll
Hannibal Lecter, MD

PS. Ich mache mir ernsthafte Sorgen, daß Du nicht mehr lange lebst, Mason. Du solltest die neuen Formen der Pneumonie meiden. Ans Bett gefesselt, wie Du bist (und bleiben wirst), bist Du ausgesprochen anfällig. Ich schlage Dir aus diesem Grund, zusammen mit vorbeugenden Spritzen gegen Hepatitis A und B, eine sofortige Schutzimpfung vor. Ich möchte Dich nicht vor der Zeit verlieren.

Mason schien außer Atem zu sein, als er die Lektüre beendete. Er wartete, wartete und sagte in dem ihm eigenen Rhythmus etwas zu Cordell, was dieser nicht verstand.

Cordell beugte sich tiefer zu ihm hinab und wurde mit einem Speichelregen belohnt, als Mason erneut zu sprechen begann. »Schaff mir Paul Krendler ans Telefon. Und danach den Schweinemeister.«

44

Der gleiche Helikopter, der Mason Verger täglich die ausländischen Zeitungen brachte, flog auch den Deputy Assistant Inspector General Paul Krendler auf die Muskrat Farm ein.

Masons unheilvolle Gegenwart, der düstere Raum mit seiner zischenden und ächzenden Maschinerie und die sich immer in Bewegung befindliche Muräne hätten allein schon ausgereicht, um bei Krendler für Beklommenheit zu sorgen. Aber er mußte darüber hinaus Pazzis auf Video gebannten Tod wieder und wieder über sich ergehen lassen.

Siebenmal sah Krendler die Viggerts Michelangelos »David« umkreisen, sah Pazzi stürzen und seine Eingeweide herausgleiten. Beim siebtenmal erwartete Krendler, daß »David« auch die Därme herausglitschten.

Schließlich ging das Licht über der Sitzgruppe in Masons Raum an. Die Strahler brannten Krendler heiß auf den Schädel und brachten die Kopfhaut unter seinem dürftigen Bürstenhaarschnitt zum Glänzen.

Die Vergers haben ein unvergleichliches Verständnis für schweinische Gefräßigkeit, und so wollte Mason von Krendler als erstes wissen, was er, Krendler, für sich herauszuschlagen gedachte. Dem Rhythmus des Atemgeräts unterworfen, kam Masons Stimme aus dem Dunkeln.

»Ich brauche gar nicht ... Ihr Parteiprogramm zu hören ... wieviel wird es kosten?«

Krendler wollte mit Mason unter vier Augen sprechen, aber sie waren nicht allein im Raum. Eine breitschultrige, unglaublich muskulöse Gestalt zeichnete sich als düstere Silhouette gegen das leuchtende Aquarium ab. Die Vorstellung, daß ein Bodyguard Zeuge ihrer Unterhaltung sein sollte, machte Krendler nervös.

»Ich hatte eigentlich angenommen, daß wir unter uns sind. Sagen Sie ihm bitte, daß er gehen soll.«

»Das ist meine Schwester Margot«, sagte Mason. »Sie kann bleiben.«

Margot trat aus dem Schatten. Ihre Radlerhosen scheuerten pfeifend aneinander.

»Oh, entschuldigen Sie«, sagte Krendler und erhob sich halb aus seinem Sessel.

»Hallo«, sagte sie. Aber anstatt Krendlers ausgestreckte Hand zu nehmen, griff sie sich zwei Walnüsse aus der Schale auf dem Tisch und knackte sie laut in der geballten Faust. Danach ging sie zu ihrem Platz vor dem Aquarium zurück. Krendler hörte die Nußschalen zu Boden fallen.

»Oookay, lassen Sie hören«, sagte Mason.

»Für mich, um Lowenstein im 27. Distrikt seinen Sitz im Kongreß abzujagen, zehn Millionen Dollar Minimum.« Krendler schlug die Beine übereinander und schaute ins Dunkel hinein. Er wußte nicht, ob Mason ihn sehen konnte. »Ich brauche so viel für die Medien. Aber ich kann Ihnen versichern, daß er verwundbar ist. Ich bin in der angenehmen Position, das zu wissen.«

»Was hat er auf dem Kerbholz?«

»Lassen Sie es mich so formulieren, sein Lebenswandel hat –«

»Ist es Geld oder eine Fotze?«

Krendler fühlte sich nicht ganz wohl dabei, in Margots Gegenwart das Wort »Fotze« in den Mund zu nehmen, obwohl es Mason nicht zu stören schien. »Er ist verheiratet und hat eine langjährige Affäre mit einem Richter am Bundesberufungsgericht. Der Richter hat Urteile gefällt, die einige von Lowensteins Geldgebern begünstigen. Die Urteilssprüche mögen Zufall sein, aber wenn das Fernsehen ihn aburteilt, reicht mir das.«

»Ist der Richter eine Frau?« fragte Margot.

Krendler nickte. Unsicher, ob Mason ihn sehen konnte, fügte er hinzu: »Ja. Eine Frau.«

»Zu schade«, sagte Mason. »Es wäre doch schön, wenn es ein Schwuler wäre, nicht wahr, Margot? Aber Sie können keine dicke Lippe riskieren, Krendler. Es darf nicht direkt von Ihnen kommen.«

»Wir haben eine Kampagne entworfen, die den Wählern …«

»Sie können keine dicke Lippe riskieren«, wiederholte Mason.

»Ich muß bloß sicherstellen, daß das Judicial Review Board weiß, wo es zu suchen hat, so daß sie an Lowenstein drankleben, wenn es ihn trifft. Wollen Sie damit sagen, daß Sie mir helfen können?«

»Ich kann Ihnen mit der Hälfte dienen.«

»Fünf?«

»Lassen Sie es uns nicht so abschätzig als ›Fünf‹ behandeln. Bringen wir ihm den Respekt entgegen, den es verdient – *fünf Millionen Dollar.* Der Herrgott hat mich mit diesem Geld gesegnet. Und ich werde damit dem Willen des Herrn dienen: Sie erhalten mein Geld nur dann, wenn mir Hannibal Lecter unversehrt in die Hände fällt.« Mason atmete ein paar Schübe. »Falls das passiert, werden Sie ohne Wenn und Aber Mr. Congressman Krendler des 27. Distrikts. Und alles, was ich je von Ihnen verlangen werde, ist, sich dem ›Human Slaughter Act‹ zu widersetzen. Sollte jedoch das FBI Lecter erwischen oder ihn die Polizei irgendwo auflesen und er mit der Nadel davonkommen, war es nett, Ihre Bekanntschaft gemacht zu haben.«

»Mir sind die Hände gebunden, wenn die örtliche Justiz ihn bekommt. Oder wenn Crawford mit seiner Technik wider Erwarten einen Glückstreffer landen sollte. Das übersteigt meine Möglichkeiten.«

»In wieviel Staaten muß Dr. Lecter mit einem Todesurteil rechnen?« fragte Margot. Ihre Stimme war rauh, aber tief wie die von Mason, was an den Wachstumshormonen lag, die sie einnahm.

»In drei Staaten, jeweils wegen mehrfachen Mordes.«

»Wenn er verhaftet wird, will ich, daß ihm in einem Bundesstaat der Prozeß gemacht wird«, sagte Mason. »Keine Entführungsgeschichten, keine Menschenrechtsverletzungen, keine zwischenstaatlichen Querelen. Ich will, daß er mit lebenslänglich davonkommt. Ich will ihn in einem Staatsgefängnis, nicht in einem Hochsicherheitstrakt sehen.«

»Darf ich fragen, warum?«

»Nur wenn Sie wollen, daß ich es Ihnen erzähle. Es fällt nicht unter den ›Human Slaughter Act‹«, sagte Mason und kicherte. Das Sprechen hatte ihn erschöpft. Er gab Margot ein Zeichen.

Sie brachte ein Klemmbrett ins Licht und las von ihren Notizen ab. »Wir wollen alles, worauf Sie Ihre Hand legen können, und wir wollen es, bevor es die Abteilung für Verhaltensforschung zu Gesicht bekommt. Wir wollen die Berichte dieser Abteilung druckfrisch, und wir wollen die Zugangscodes zur VICAP-Datenbank und zum ›National Crime Information Center‹.«

»Sie müssen jedesmal, wenn Sie sich in die VICAP einloggen, einen öffentlichen Fernsprecher benutzen«, sagte Krendler in die Dunkelheit hinein, als ob die Frau gar nicht anwesend wäre. »Wie stellen Sie das sicher?«

»*Ich* kann es tun«, sagte Margot.

»Sie kann sich darum kümmern«, flüsterte Mason aus der Dunkelheit. »Sie schreibt Workout-Anleitungen für Fitneßgeräte. Damit verdient sie sich ein kleines Zubrot, damit sie ihrem *Bruder* nicht auf der Tasche liegen muß.«

»Das FBI verwendet ein geschlossenes System, und einige Teile sind verschlüsselt. Sie müssen sich von einem Rechner von außerhalb auf eine von mir genau festgelegte Weise registrieren lassen und alles auf einen Laptop herunterladen, der im Justizministerium programmiert wurde«, sagte Krendler. »Dann wird, falls die VICAP ein Tracer-Cookie auf sie ansetzt, alles wieder im Justizministerium landen. Kaufen Sie sich einen schnellen Laptop mit einem schnellen Modem bei einem der großen Computerhändler. Bezahlen Sie bar, und schicken Sie keine Garantiekarten an den Hersteller zurück. Kaufen Sie zusätzlich ein Zip-Laufwerk. Gehen Sie damit auf gar keinen Fall ins Netz. Ich brauche es für eine Nacht, und ich will es wiederhaben, wenn Sie mit allem durch sind. Sie werden von mir hören. Okay, das dürfte es fürs erste gewesen sein, denke ich.« Krendler stand auf und begann seine Papiere zusammenzuräumen.

»Da wäre doch noch *eine* Kleinigkeit, Mr. Krendler ...«, sagte Mason. »Lecter braucht nicht aufzutauchen. Er hat genug Geld, um für immer von der Bildfläche zu verschwinden.«

»Wie kommt er an so viel Geld?« fragte Margot.

»Er hatte ein paar schwerreiche alte Leute in seiner psychiatrischen Praxis«, sagte Krendler. »Er hat sie dazu gebracht, ihm eine Menge Geld und Aktien zu vermachen. Und er hat das Ganze gut versteckt. Der US-Steuerbehörde ist es nicht gelungen, es aufzuspüren. Sie haben die Körper einiger seiner Gönner exhumiert, um zu sehen, ob er sie umgebracht hat. Fehlanzeige. Die Suche nach Gift blieb ohne Ergebnis.«

»Man wird ihn also wohl kaum bei einem Raubüberfall erwischen. Er ist flüssig«, sagte Mason. »Wir müssen ihn aus der Reserve locken. Lassen Sie Ihre Phantasie spielen.«

»Er wird wissen, auf wen der Anschlag in Florenz zurückgeht«, sagte Krendler.

»Aber sicher weiß er das.«

»Also wird er hinter Ihnen her sein.«

»Ich weiß nicht«, antwortete Mason. »Er mag mich so, wie ich bin. Strengen Sie Ihr Hirn an, Krendler.« Mason begann zu summen.

Alles, was Deputy Assistant Inspector General Krendler hörte, als er den Raum verließ, war ein Summen. Mason summte oft Choräle, wenn er sich seinen Planspielen hingab. *Du hast einen erstklassigen Köder im Angebot, aber darüber diskutieren wir, wenn du die Einzahlung bei deiner Bank gemacht hast, die dich selbst belastet – wenn du mit Haut und Haaren mir gehörst.*

45

Nur die Familie bleibt in Masons Raum zurück. Bruder und Schwester. Sanftes Licht und Musik. Nordafrikanische Musik, eine Oud und Trommeln. Margot sitzt auf dem Sofa, den Kopf gesenkt, die Ellbogen auf den Knien, einem Hammerwerfer oder Gewichtheber gleich, der sich nach einem Workout in einem Fitneßstudio ausruht. Sie atmet ein wenig schneller als Masons Atemgerät.

Das Lied endet, und sie erhebt sich, geht zu seinem Krankenbett. Die Muräne streckt den Kopf aus ihrem künstlichen Felsenversteck hervor und schaut nach, ob es vom welligen silbernen Himmel heute nacht wieder Karpfen regnen würde. Margots rauhe Stimme klingt sanft wie selten. »Bist du wach?«

Ein kurzer Moment verstrich, dann war Mason hinter seinem ewig wachen Auge präsent. »Ist es an der Zeit, um über das –«, ein Atemseufzer, »– was *Margot* will, zu sprechen? Setz dich auf Santas Knie.«

»Du weißt, was ich will.«

»Erzähl es mir.«

»Judy und ich wollen ein Baby. Wir wollen ein Verger-Baby, unser eigenes Baby.«

»Warum kauft ihr euch nicht ein chinesisches Baby? Sie sind billiger als Ferkel.«

»Das wäre etwas Gutes. Vielleicht tun wir das auch.«

»Was sagt Papas Testament dazu ...? *Mein gesamter Besitz geht nach dem Hinscheiden meines geliebten Sohnes Mason an einen Erben, der als mein Nachfahre in dem Cellmark Laboratory oder einem gleichrangigen Institut durch einen DNA-Test beglaubigt wurde.* Meines geliebten Sohnes Mason, das bin ich. *Bei Fehlen eines Erben soll unter Berücksichtigung spezifischer Klauseln, betreffend die Baylor-Universität in Waco, Texas, der einzige Nutznießer die Southern Baptist Convention sein.* Du hast Papa ganz schön sauer gemacht mit deiner Fotzenleckerei, Margot.«

»Du wirst es nicht glauben, Mason, aber es ist nicht das Geld – doch, ein wenig schon. Aber willst du denn keinen Erben? Es wäre ja schließlich auch dein Erbe, Mason.«

»Warum organisierst du dir nicht einen netten Kerl und gönnst ihm einen kleinen Fick, Margot? Es ist doch nicht so, als wüßtest du nicht, wie es geht.«

Die marokkanische Musik baut sich wieder auf, die obsessiven Wiederholungen der Oud klingen in ihrem Ohr wie Zorn.

»Ich habe meinen Körper ruiniert, Mason. Meine Eierstöcke haben sich nach dem ganzen Zeug, das ich eingeworfen habe, zurückgebildet. Und ich will, daß Judy ein Teil des Ganzen ist. Sie möchte die leibliche Mutter sein. Mason, du hast gesagt, wenn ich dir helfe – du hast mir etwas Samen versprochen.«

Masons Spinnenfinger machten eine einladende Geste. »Bediene dich. Wenn noch etwas dasein sollte.«

»Mason, die Chancen stehen gut, daß du noch lebensfähige Samenzellen hast. Wir können entsprechende Vorkehrungen treffen, damit sie ohne Schmerzen für dich abgeerntet werden können.«

»*Abernten*, meine *lebensfähigen Samenzellen*? Es sieht ganz danach aus, als ob du bereits mit jemandem darüber gesprochen hast.«

»Nur mit der Befruchtungsklinik, alles vertraulich, versteht sich.«

Margots Gesichtszüge entspannten sich, was selbst in dem kalten Licht des Aquariums deutlich zu sehen war. »Wir würden gut für ein Kind sorgen, Mason, wir besuchen Kurse für Eltern, Judy kommt aus einer toleranten, kinderreichen Familie, und es gibt eine Selbsthilfegruppe für weibliche Elternpaare.«

»Als wir noch Kinder waren, warst du doch auch in der Lage, mich abgehen zu lassen, Margot. Hast mich granatenmäßig abspritzen lassen. Und das auch noch verdammt schnell.«

»Du hast mich *verletzt*, als ich klein war, Mason. Du hast mich verletzt, hast mir den Ellbogen ausgekugelt, als du mich das andere – ich kann bis heute nicht mehr als vierzig Kilo mit meinem linken Arm curlen.«

»Du wolltest eben die Schokolade nicht nehmen. Ich habe dir gesagt, wir sprechen darüber, kleine Schwester, wenn dieser Job erledigt ist.«

»Laß dich doch testen«, sagte Margot. »Der Arzt kann, völlig schmerzlos für dich, eine Probe entnehmen –«

»Was heißt hier *schmerzlos?* Ich fühle da unten ohnehin nichts mehr. Du könntest mir einen blasen, bis du blau anläufst, und es wäre nicht so wie beim erstenmal. Aber das haben andere schon versucht. Nichts hat sich gerührt.«

»Der Arzt kann schmerzlos eine Probe entnehmen, um zu prüfen, ob du noch über bewegliche Samenzellen verfügst. Judy nimmt schon Clomifen. Wir halten ihren Zyklus in einer Tabelle fest. Es gibt so viel, was noch zu tun ist.«

»Ich hatte bis heute noch nicht das Vergnügen, Judy während all der Zeit kennenzulernen. Cordell sagt, sie habe O-Beine. Wie lange seid ihr beide schon ein *Paar*, Margot?«

»Fünf Jahre.«

»Warum bringst du sie nicht einfach mal vorbei? Wir könnten uns … etwas ausdenken.«

Die nordafrikanischen Trommeln endeten mit einem letzten Schlag. Die Stille dröhnte in Margots Ohr.

»Warum organisierst du deine nette kleine Liaison mit dem Justizministerium eigentlich nicht allein?« sagte sie, zu seinem Ohr hinuntergebeugt. »Warum versuchst du nicht selbst, mit deinem gottverdammten Laptop in eine Telefonzelle zu kriechen? Warum heuerst du nicht noch ein paar mehr verschissene Itaker an, um das Arschloch, das aus deinem Gesicht Hundefutter gemacht hat, dranzukriegen? *Du hast gesagt, daß du mir hilfst, Mason.*«

»Das werde ich auch. Ich muß nur noch über den richtigen Zeitpunkt nachdenken.«

Margot zerquetschte zwei Walnüsse in ihrer Faust und ließ die Schalen auf Masons Bettlaken fallen. »Denk nicht zu lange nach, Smiley.« Ihre Radlerhosen fiepten, als sie den Raum verließ.

46

Ardelia Mapp kochte, wenn sie Lust dazu hatte, und wenn sie kochte, war das Ergebnis außerordentlich gut. Getreu ihrer Herkunft vereinten sich in ihren Kochkünsten Elemente der Jamaika- und Gullah-Küche. Im Augenblick bereitete sie gerade *Jerk Chicken* zu und entsamte eine Pfefferschote, die sie vorsichtig am Stiel hielt. Sie lehnte es ab, für kochfertige Hühnchen überhöhte Preise zu bezahlen, und hatte Starling Hackbeil und Hackbrett in die Hand gedrückt.

»Wenn du die Dinger ganz läßt, Starling, können sie nicht die Würze so annehmen, wie sie das tun, wenn du sie zerhackst«, erläuterte sie nicht zum erstenmal. »Hier«, sagte sie, nahm das Beil und spaltete einem Hühnchen mit solcher Wucht den Rücken, daß Knochensplitter flogen und in ihrer Schürze steckenblieben. »Ungefähr so. Was fällt dir eigentlich ein, einfach die Hälse wegzuwerfen? Tu sofort das hübsche Ding wieder zurück.«

Und eine Minute später: »Ich war heute auf dem Postamt, habe Schuhe an meine Mom geschickt.«

»Ich war auch dort, ich hätte sie doch mitnehmen können.«

»Hast du irgend etwas auf dem Postamt *mitbekommen?*«

»Nee.«

Mapp nickte, nicht sonderlich überrascht. »Die Buschtrommel sagt, daß deine Post überwacht wird.«

»Wer sagt das?«

»Eine vertrauliche Mitteilung vom Postinspektor. Du hast es nicht gewußt, nicht wahr?«

»Nein.«

»Finde es auf andere Weise heraus. Wir müssen meinen Kumpel auf dem Amt schützen.«

»Okay.« Starling ließ für einen Augenblick das Beil sinken. »Um Himmels willen, Ardelia.«

Starling hatte am Schalter gestanden und Briefmarken gekauft. Auf den ausdruckslosen Gesichtern der geschäftigen Postler war nichts zu lesen gewesen. Die meisten Angestellten waren Farbige; ein paar von ihnen kannte sie. Jemand wollte ihr helfen, so viel war klar, aber derjenige lief Gefahr, sich ein Strafverfahren einzuhandeln und seine Pension aufs Spiel zu setzen. Jemand vertraute Ardelia eindeutig mehr als Starling. Neben ihrer Angst empfand Starling so etwas wie Glück. Das Netzwerk stand ihr wohlwollend gegenüber. Vielleicht ließ sich ja daraus so etwas wie das stillschweigende Einverständnis ablesen, daß sie Evelda Drumgo in Notwehr erschossen hatte.

»Jetzt nimm diese grünen Zwiebeln. Zerdrück sie mit dem Messerknauf und gib sie mir dann. Zerdrück das Grün, zerdrück einfach alles«, sagte Ardelia.

Als sie mit den Vorbereitungen fertig waren, wusch Starling sich die Hände und ging in die vollkommene Ordnung von Ardelias Wohnzimmer und setzte sich. Eine Minute später kam Ardelia nach. Sie trocknete sich die Hände an einem Geschirrtuch ab.

»Was für eine verfluchte Scheiße braut sich da zusammen?« fragte Ardelia.

Es entsprach ihrer Gewohnheit, nach Herzenslust zu fluchen, bevor sie etwas wirklich Bedrohliches besprachen, eine am Ende des Jahrhunderts übliche Form des Pfeifens im dunklen Wald.

»Der Teufel soll mich holen, wenn ich das weiß«, antwortete Starling. »In *wessen* Scheißauftrag schnüffeln sie in meiner Post herum, das ist doch die Frage.«

»Bis zum Büro des Postinspektors können es meine Leute zurückverfolgen, weiter nicht.«

»Es hat nichts mit der Schießerei oder mit Evelda zu tun«, sagte Starling. »Wenn sie meine Post öffnen, dann muß es etwas mit Dr. Lecter zu tun haben.«

»Du hast doch jeden gottverdammten Fetzen Papier abgeliefert, den er dir geschickt hat. Zwischen dir und Crawford ist doch alles klar, was das angeht, oder?«

»Worauf du einen lassen kannst. Falls es die Dienstaufsicht des Bureaus ist, die mich durchleuchtet, finde ich es heraus, denke ich. Falls es die Dienstaufsicht des Justizministeriums ist, keine Ahnung.«

Das Justizministerium und seine Tochterbehörde, das FBI, haben jeweils eigene Dienstaufsichtsbehörden. Der Theorie nach sollen sie miteinander kooperieren, manchmal kollidieren sie allerdings. Diese Auseinandersetzungen werden intern *pissing contests* genannt, und Agenten, die zwischen die Fronten geraten, gehen des öfteren darin unter. Hinzu kommt, daß sich der Inspector General im Justizministerium, ein politischer Beamter, jederzeit einmischen oder einen schwierigen Fall an sich ziehen kann.

»Wenn sie etwas über die Absichten von Hannibal Lecter wissen, wenn sie glauben, daß er sich in der Nähe aufhält, müssen sie dich das wissen lassen, damit du dich vor ihm schützen kannst. Starling, hast du jemals ... seine Nähe gespürt?«

Starling schüttelte den Kopf. »Was ihn betrifft, habe ich eigentlich keine Sorge. Jedenfalls nicht so, wie du denkst. Ich habe lange Zeit nicht einmal darüber nachgedacht. Du weißt schon, über dieses Grundgefühl, diesen grauen Alpdruck, wenn du vor etwas große Angst hast. Ich habe das niemals gehabt. Wenn ich ein Problem hätte, wüßte ich das – glaube ich jedenfalls.«

»Was würdest du *tun*, Starling? Was würdest du tun, wenn er dir gegenüberstünde, einfach so, wie aus dem Boden gewachsen? Schon mal einen Gedanken daran verschwendet? Würdest du gegen ihn antreten?«

»So schnell könnte er gar nicht bis drei zählen, wie ich ihn auf die Bretter schicken würde.«

Ardelia lachte. »Und wie weiter?«

Starlings Lächeln verschwand. »Das liegt ganz allein bei ihm.«

»Könntest du auf ihn schießen?«

»Um mit heiler Haut davonzukommen, willst du mich auf

den Arm nehmen? Mein *Gott*, ich hoffe, daß das niemals passiert, Ardelia. Ich wäre heilfroh, wenn er wieder in Polizeigewahrsam käme, ohne daß jemand dabei zu Schaden kommt – ihn selbst eingeschlossen. Ich sag' dir was, sollte er jemals in die Enge getrieben werden, will ich ganz vorn mit dabei sein, wenn es zur Sache geht.«

»Daran solltest du nicht einmal im Traum denken.«

»Bei mir hätte er eine größere Chance, mit dem Leben davonzukommen. Ich würde ihn nicht gleich erschießen, nur weil ich Angst vor ihm habe. Er ist nicht der Wolfsmann. Es läge ganz allein bei ihm.«

»Hast du Angst vor ihm? Solltest du besser.«

»Weißt du, was einem wirklich angst macht, Ardelia? Die Wahrheit. Wenn dir jemand die Wahrheit sagt. Ich möchte gern sehen, wie er die Nadel von sich abwendet. Wenn er das schafft und in eine Anstalt eingewiesen wird, dann sorgt schon allein das Interesse von akademischer Seite dafür, daß er anständig behandelt wird. Und er würde ganz sicher kein Problem mit Mitgefangenen haben. Wenn er einfährt, würde ich ihm für seine Notiz danken. Kein Mann, der verrückt genug ist, einem die Wahrheit zu erzählen, verdient es, umgelegt zu werden.«

»Es gibt einen Grund dafür, daß jemand deine Post überwachen läßt. Sie müssen einen Gerichtsbeschluß erwirkt haben, und der liegt irgendwo unter Verschluß. Noch jedenfalls werden wir nicht überwacht – das hätten wir bemerkt«, sagte Ardelia. »Ich traue es den Arschlöchern ohne weiteres zu, daß sie wissen, daß er im Anmarsch ist, und es dir nicht sagen. Paß bloß auf morgen.«

»Mr. Crawford hätte uns doch darüber informiert. Sie können nicht viel gegen Lecter unternehmen, ohne Mr. Crawford davon in Kenntnis zu setzen.«

»Jack Crawford ist *Geschichte*, Starling. Auf dem Auge bist du einfach blind. Was, wenn sie etwas gegen *dich* im Schilde führen? Dafür, daß du immer so vorlaut bist, daß Krendler dir nicht an die Wäsche gehen durfte? Was, wenn jemand dich zerstören will? Hey, jetzt ist es mir aber bitterernst damit, meine Quelle zu schützen.«

»Gibt es irgend etwas, was wir für deinen Kumpel auf der Post tun können? Müssen wir denn etwas für ihn tun?«

»Wer, glaubst du wohl, kommt zum Abendessen?«

»*Alles klar, Ardelia* … Einen Augenblick, ich dachte, ich wäre zum Abendessen eingeladen.«

»Du darfst dir was mit nach Hause nehmen.«

»Besten Dank.«

»Kein Problem, Schwester. Das Vergnügen ist ganz auf meiner Seite.«

47

Als Starling ein Kind gewesen war, zog sie aus einem Schindelhaus, das im Wind ächzte, in den soliden roten Backsteinbau des Lutheraner Waisenhauses.

Der ziemlich baufällige Familienwohnsitz ihrer frühen Kindheit hatte eine warme Küche gehabt, wo sie sich eine Orange mit ihrem Vater teilen konnte. Aber der Tod weiß, wo die kleinen Häuser stehen, wo die Leute leben, die für wenig Geld einer gefährlichen Arbeit nachgehen. Ihr Vater fuhr von diesem Haus in seinem alten Pick-up zu dem Nachtdienst los, der ihm den Tod brachte.

Starling rückte von ihren Pflegeeltern auf einem Schlachtpferd aus, als man dort die Lämmer schlachtete, und fand eine Zufluchtsstätte in dem Waisenhaus der Lutheraner. Bürokratische Strukturen, groß und mächtig, gaben ihr, seit sie denken konnte, Sicherheit. Die Lutheraner mochten zwar wenig zwischenmenschliche Wärme und Orangen und dafür reichlich Jesus bieten, aber Regeln waren Regeln, und wenn man sie befolgte, war so weit alles okay.

Solange es darum ging, unpersönliche Tests zu bestehen oder auf der Straße einen guten Job zu machen, wußte sie sich auf sicherem Terrain. Aber Starling hatte kein Fingerspitzengefühl für die Machtpolitik innerhalb des Bureaus.

Als sie am frühen Morgen aus ihrem alten Mustang stieg, erschien ihr die hohe Fassade Quanticos nicht länger als der ziegelsteinerne Schoß, der ihr Zuflucht bot. Durch die Dunstschleier über dem Parkplatz wirkten die Eingänge seltsam verkrümmt.

Sie wollte Jack Crawford sehen, aber dafür war keine Zeit.

Die Filmerei auf Hogan's Alley begann, sobald die Sonne hoch genug am Himmel stand.

Für die Untersuchung des Feliciana-Fischmarkt-Massakers mußte der Hergang der Schießerei nachgestellt werden. Also wurde auf dem Hogan's-Alley-Schießstand in Quantico jeder Schuß, jede Geschoßbahn wiederholt, über die Rechenschaft abzulegen war.

Starling mußte sich selbst spielen. Sie verwendeten den Original-Lieferwagen. Die neu hinzugekommenen Einschußlöcher hatte man mit farblosem Kitt verspachtelt. Wieder und wieder zwängten sie sich aus dem alten Van. Ein ums andere Mal fiel der Agent, der John Brigham spielte, aufs Gesicht, und der, der Burke spielen mußte, krümmte sich auf dem Boden. Die Veranstaltung, bei der ohrenbetäubende Platzpatronen zum Einsatz kamen, ließ sie vollkommen ausgelaugt zurück.

Am frühen Nachmittag waren sie fertig.

Starling hängte ihre SWAT-Ausrüstung auf und fand Jack Crawford in seinem Büro.

Sie war wieder zur Anrede »Mr. Crawford« zurückgekehrt. Er schien zunehmend fahriger zu werden und sich vom Rest der Welt zu entfernen.

»Darf ich Ihnen eine Alka-Seltzer anbieten, Starling?« fragte er, als sie in der Tür seines Büros auftauchte. Crawford warf im Lauf eines Tages eine ganze Reihe rezeptfreier Medikamente ein. Er schluckte Ginkgo Biloba, Saw Palmetto, St. John's Wort und Aspirin für Kinder. Er nahm sie in einer genau festgelegten Reihenfolge von seiner Handfläche ein, wobei er den Kopf zurückwarf, als kippte er einen Schnaps.

In den letzten Wochen war er dazu übergegangen, im Büro sein Jackett aufzuhängen und einen Pullover anzuziehen, den ihm seine verstorbene Frau Bella gestrickt hatte. Er sah jetzt viel älter aus als jede Erinnerung, die sie an ihren Vater hatte.

»Mr. Crawford, ein Teil meiner Post wird geöffnet. Sie geben sich keine besonders große Mühe dabei. Es sieht so aus, als lösten sie den Leim über dem Dampf eines Teekessels.«

»Seit Lecter Ihnen geschrieben hat, wird Ihre Post überwacht.«

»Sie haben sonst immer nur die Päckchen geröntgt. Das ging in Ordnung, aber ich kann meine Post allein lesen. Niemand hat mich davon in Kenntnis gesetzt.«

»Das geht nicht auf das Konto unserer Dienstaufsicht.«

»Es ist aber auch nicht Deputy Dawg, Mr. Crawford – es ist jemand, der so mächtig ist, daß er eine ›Titel-Drei-Überwachung‹ bekommt, die unter Verschluß gehalten wird.«

»Aber es sieht nach der Arbeit von Amateuren aus?« Sie war lange genug still, damit er hinzufügen konnte: »Ist doch besser, wenn Sie es auf diese Weise herausgefunden haben, nicht wahr, Starling?«

»Ja, Sir.«

Er schürzte die Lippen und nickte. »Ich werde mich der Angelegenheit annehmen.« Er arrangierte seine Medizinflaschen in der obersten Schublade seines Schreibtisches. »Ich werde mit Carl Schirmer im Justizministerium sprechen. Wir werden das in Ordnung bringen.«

Schirmer war nicht mehr lange dabei. Gerüchten zufolge würde er Ende des Jahres in den Ruhestand treten – sämtliche Kumpane Crawfords traten in den Ruhestand.

»Danke, Sir.«

»Gibt es jemanden in Ihrer Polizeiklasse, der vielversprechend ist? Irgend jemand, mit dem unsere Rekrutierungsstelle sprechen sollte?«

»Für die Gerichtsmedizin kann ich noch nicht viel sagen – sie sind mir gegenüber sehr schüchtern, was den Umgang mit Sexualverbrechen angeht. Aber es gibt einige gute Schützen unter ihnen.«

»Von denen haben wir mehr als genug.« Er blickte rasch zu ihr auf. »Ich habe nicht Sie gemeint.«

Am Ende dieses Tages, an dem sie mitgeholfen hatte, John Brighams Tod nachzustellen, ging sie zu seinem Grab in Arlington.

Starling legte ihre Hand auf den Grabstein, dessen körniger Oberfläche man noch den Meißel ansah. Plötzlich hatte sie das seltsame Gefühl auf ihren Lippen, daß sie dessen wie Marmor kalte und mit Grus bedeckte Stirn küsse, wie damals, als sie an seine Bahre getreten war und ihm ihre Medaille, die sie als »Open Combat Pistol Champion« ehrte, in den weißen Handschuh geschoben hatte.

In Arlington warfen die Bäume ihre Blätter ab und streuten sie auf das Gräbermeer. Starling schaute, ihre Hand auf den Grabstein gelegt, über die endlosen Reihen und fragte sich, wie viele wohl wie er durch die Dummheit und den Egoismus und das Schachern müder alter Männer vergeudet worden waren.

Ob man an Gott glaubt oder nicht, wenn man Krieger ist, dann ist Arlington ein heiliger Ort, und die Tragödie ist nicht, zu sterben, sondern umsonst gestorben zu sein.

Sie fühlte ein Band zwischen sich und Brigham, das nicht weniger stark war, weil sie nie ein Liebespaar gewesen waren. Sie kniete neben seinem Grabstein und erinnerte sich: John Brigham hatte sie einmal etwas gefragt, und sie hatte nein gesagt, und dann hatte er sie gefragt, ob sie Freunde bleiben könnten, und er hatte es ernst gemeint, und sie hatte ja gesagt, und es war ihr ernst damit gewesen.

In Arlington kniend dachte sie an das weit entfernte Grab ihres Vaters. Sie hatte es seit dem Bestehen ihrer ersten Collegeklasse und dem sich daran anschließenden Abstecher, um ihm die Neuigkeit zu erzählen, nicht mehr besucht. Sie fragte sich, ob es nicht an der Zeit war, dorthin zurückzukehren.

Der Sonnenuntergang, der durch die schwarzen Zweige in Arlington brach, hatte die Farbe der Orange, die sie sich mit ihrem Vater geteilt hatte; ein Horn, das irgendwo in der Ferne erklang, ließ sie frösteln. Der Grabstein unter ihrer Hand fühlte sich kalt an.

48

Wir können ihn durch den Eishauch unseres Atems in der sternenklaren Nacht über Neufundland sehen, ein helleuchtender Lichtpunkt im Sternbild des Orion, der langsam über uns hinwegzieht, eine Boeing 747, die sich gegen den mit hundert Meilen pro Stunde heranbrausenden Wind westwärts bewegt.

Hinten in der Holzklasse, wo die Pauschaltouristen sitzen, erwarten die zweiundfünfzig Mitglieder der »Traumreise Alte Welt«, elf Länder in siebzehn Tagen, ihre Heimkehr nach Detroit und Windsor, Kanada. Die Schulterbreite der Sitze beträgt kaum mehr als fünfzig Zentimeter. Die Sitzfläche zwischen den Armlehnen ebenso. Das entspricht fünf Zentimetern mehr, als ein Sklave auf der Schiffsreise in die Neue Welt hatte.

Die Passagiere werden mit eiskalten Sandwiches traktiert, die mit glitschiger Wurst und Schmelzkäse belegt sind. Sie atmen mit der wiederaufbereiteten Luft die Fürze und den verbrauchten Atem der anderen ein, eine Variation der Mixtur aus vergorenen tierischen Abfällen, wie sie von den Rinder- und Schweinezüchtern in den fünfziger Jahren eingeführt wurde.

Dr. Hannibal Lecter sitzt in der Mitte einer Mittelreihe in der Economy Class. Zu beiden Seiten von ihm Kinder und am Ende der Reihe eine Frau mit einem Kleinkind auf dem Arm. Nach so vielen Jahren in Zellen und in Haft schätzt es Dr. Lecter nicht sehr, beengt zu sein. Ein Gameboy auf dem Schoß des Jungen neben ihm piepst ununterbrochen.

Wie viele andere der über die Billigplätze verteilten Passagiere trägt Dr. Lecter einen schreiend gelben Smiley-Button mit dem CAN-AMTOURS-Logo in großen roten Buchstaben. Und genau wie die Touristen trägt er einen nachgemachten Trainingsanzug, seiner ist mit dem Logo der »Toronto Maple Leafs«, einer Eishockey-Mannschaft, geschmückt. Darunter hat er eine beträchtliche Summe Bargeld mit Heftpflaster an seinen Körper geklebt.

Dr. Lecter reist bereits seit drei Tagen mit der Gruppe. Den Platz hat er bei einem Pariser Broker erstanden, der mit krankheitsbedingt freigewordenen Plätzen handelt. Der Mann, der an seiner Statt den Platz hätte einnehmen sollen, kehrt in einem Sarg nach Kanada zurück, nachdem sein Herz beim Besteigen des St.-Petersdoms den Geist aufgegeben hatte.

Wenn er in Detroit ankommt, muß Dr. Lecter durch die Paß- und Zollkontrolle. Er darf sich sicher sein, daß die Sicherheitskräfte und Zollbeamten auf jedem größeren Flughafen der westlichen Welt in Alarmbereitschaft versetzt worden sind und nach ihm Ausschau halten. Dort, wo sein Bild nicht an der Wand der Paßkontrolle hängt, wartet es unter dem Alarmknopf in jedem Rechner des Zolls oder der Einwanderungsbehörde.

Trotz allem glaubt er, daß er Glück haben könnte: Die Bilder, die die Behörden verwenden, zeigen sein altes Gesicht. Der falsche Paß, den er zur Einreise nach Italien benutzte, weist keine Verbindung zu einer Akte in seinem Heimatland auf, die ein aktuelles Bild hätte enthalten können: In Italien hatte Rinaldo Pazzi versucht, sich das Leben ein wenig leichter zu machen und Mason Verger zufriedenzustellen, indem er die Akte der Carabinieri an sich nahm, inklusive Foto und Negativ, das bei »Dr. Fells« *permesso di soggiorno* und Arbeitserlaubnis benutzt wurde. Dr. Lecter entdeckte sie in Pazzis Aktentasche und vernichtete sie. Sofern Pazzi »Dr. Fell« nicht heimlich fotografiert hat, stehen die Chancen nicht schlecht, daß von Dr. Lecters neuem Gesicht weltweit kein aktuelles Foto existiert. Es unterscheidet sich nicht sehr von seinem alten – ein wenig Collagen um die Nase und an den Wangen, eine andere Haarfarbe, Brille –, aber es ist hinreichend verändert, wenn man dem Gesicht keine besondere Aufmerksamkeit entgegenbringt. Auf die Narbe auf seiner Hand hat er ein langhaftendes Schönheits- und Bräunungsmittel aufgetragen.

Er nimmt an, daß die Einwanderungsbehörde am Detroit Metropolitan Airport die ankommenden Reisenden in zwei Reihen, »US-Bürger« und »Bürger aus anderen Staaten«, aufteilen wird. Er hat eine Stadt an der Grenze gewählt, weil dort die Schlangen vor den Schaltern für Nicht-US-Bürger in der Regel lang sind. Das Flugzeug ist voll mit Kanadiern. Dr. Lecter glaubt, daß er in der Herde, solange die Herde ihn akzeptiert, durch die Kontrollen schlüpfen kann. Er hat mit diesen Touristen einige historische Sehenswürdigkeiten und Gemäldegalerien besucht. Er ist mit ihnen und ihren Ausdünstungen in einem Flugzeug geflogen, aber es gibt Grenzen: Er kann diesen Saufraß an Bord nicht essen.

Müde und fußkrank, ihrer Kleidung und Begleitungen überdrüssig, wühlen die Touristen in ihrem abgepackten Abendessen und entfernen aus den Sandwiches die von der Kälte grau gewordenen Salatblätter. Dr. Lecter, der keine Aufmerksamkeit erregen will, wartet, bis sich seine Mitreisenden durch ihre karge Wegzehrung geknabbert haben, wartet, bis sie auf die Toilette gegangen und dann eingeschlafen sind. Weiter vorn wird ein abgestandener Film gespielt. Immer noch wartet er mit der Geduld einer Pythonschlange. Der Junge neben ihm ist über seinem Computerspiel eingeschlafen. In dem breiten Flugzeugrumpf verlöschen nach und nach die Leselampen.

Jetzt, und erst jetzt, nach einem flüchtigen Blick in die Runde, bückt sich Dr. Lecter und holt unter dem Sitz vor ihm sein eigenes in eine elegante gelbe Schachtel verpacktes Abendessen hervor, das von Fauchon, dem Pariser Feinkosthändler, stammt. Es ist mit zwei farblich geschmackvoll aufeinander abgestimmten, hauchzarten Seidenbändern verschnürt. Dr. Lecter hat sich mit wunderbar duftender, getrüffelter »Pâté de foie gras« und anatolischen Feigen versorgt, die noch von ihren harten Stielen weinen. Er hat eine halbe Flasche eines St. Estèphe, den er bevorzugt. Die Seidenschleife fällt mit einem leichten Wispern auseinander.

Dr. Lecter will gerade eine Feige kosten, hält sie an seine Lippen, seine Nasenflügel zittern leicht, als er ihren Duft einatmet, und überlegt, ob er die Feige mit einem einzigen herrlichen Bissen oder nur zur Hälfte verspeisen soll, als der Gameboy neben ihm zu piepsen anfängt. Er piepst noch einmal. Ohne den Kopf zu wenden, läßt der Doktor die Feige in seiner Handfläche verschwinden und blickt auf das Kind neben sich herunter. Der Duft von Trüffeln, Foie gras und Cognac steigt aus der offenen Schachtel auf.

Der kleine Junge schnuppert. Seine schmalen Augen, die wie die eines Nagetiers glänzen, wenden sich Dr. Lecters Abendessen zu. Er spricht mit der spitzen Stimme eines an Konkurrenz gewöhnten Kindes: *»Hey, Mister. Hey, Mister.«* Er wird nicht von allein aufhören.

»Was liegt an?«

»Ist das eines dieser Super-Dooper-Sondermenüs?«

»Ist es nicht.«

»Was hast du denn dann da drin?« Das Kind blickte, ganz der kleine Charmeur, zu Dr. Lecter auf. *»Läßt du mich mal beißen?«*

»Das würde ich ja liebend gern«, antwortete Dr. Lecter, wobei er ganz nebenbei feststellte, daß der Nacken unter dem viel zu großen Kopf des Jungen kaum größer war als ein Schweinefilet, »aber du wirst es nicht mögen. Es ist *Leber.«*

»Leberwurst! Is ja fett! Mom hat bestimmt nichts dagegen, Mooaaaaahm!« Was für ein ungewöhnliches Kind, das Leberwurst liebte und entweder quengelte oder schrie.

Die Frau mit dem Baby im Arm am Rand der Sitzreihe wurde wach. Reisende in der Reihe vor ihm, deren Sitze so weit nach hinten gestellt waren, daß Dr. Lecter ihr Haar riechen konnte, spähten durch den Spalt zwischen den Sitzen und beschwerten sich: »Hier gibt es Leute, die schlafen wollen.«

»Mooooaaaahm, darf er mir was von seinem Sammmwich abgeben?«

Das Baby im Schoß der Mutter wachte auf und begann zu schreien. Die Mutter schob prüfend einen Finger in die Windel. Das Ergebnis fiel negativ aus, woraufhin sie dem Kleinen einen besänftigenden Klaps gab.

»Was wollen Sie meinem Sohn da andrehen, Sir?«

»Es ist Leber, Madame«, sagte Dr. Lecter so ruhig wie möglich. »Ich habe ihm noch nichts gegeben.«

»Leberwurst, meine Lieblingswurst, will ich haben. Darf ich, darf ich, wo er doch ...« Der Junge zerdehnte das letzte Wort zu einem langgezogenen Quengeln.

»Sir, wenn Sie meinem *Kind* etwas geben wollen, dürfte ich das wohl mal sehen?«

Die Stewardeß, deren gerötetem Gesicht man ansah, daß sie aus dem Schlaf gerissen worden war, blieb neben dem Sitz der Frau stehen, als das Baby heulte. »Alles in Ordnung hier? Benötigen Sie irgend etwas? Soll ich Ihnen ein Fläschchen wärmen?«

Die Frau holte ein verschlossenes Milchfläschchen hervor und gab es der Stewardeß. Sie schaltete ihre Leselampe an und rief, während sie nach einem Schnuller suchte, Dr. Lecter zu: »Würden Sie es mir bitte rüberreichen? Falls Sie etwas meinem *Kind* geben wollen, muß ich es vorher sehen. Nichts für ungut, aber er hat einen nervösen Magen.«

Wir geben unsere kleinen Kinder ohne viel Aufhebens den Tag über in die Obhut von Fremden. Zur gleichen Zeit legen wir, schuldbewußt, wie wir sind, Fremden gegenüber Paranoia an den Tag und halten in unseren Kindern die Angst vor Fremden wach. In Situationen wie diesen muß das ein echtes Ungeheuer über sich ergehen lassen, sogar ein Ungeheuer, das so teilnahmslos Kindern gegenüber ist, wie Dr. Lecter.

Er reichte die Schachtel von Fauchon der Mutter.

»Hey, klasse Brot«, sagte sie und drückte es mit ihrem Windelfinger.

»Madame, erlauben Sie mir, es Ihnen anzubieten.«

»Den *Schnaps* will ich aber nicht«, sagte sie und schaute sich beifallheischend um. »Ich habe gar nicht gewußt, daß sie einem gestatten, eigenen Stoff mit an Bord zu nehmen.

Ist das *Whiskey?* Erlauben die Ihnen, das hier im Flugzeug zu trinken? Wenn Sie nichts dagegen haben, behalte ich das Bändchen hier.«

»Sir, es ist Ihnen nicht gestattet, dieses alkoholische Getränk im Flugzeug zu öffnen«, sagte die Stewardeß. »Ich werde es für Sie aufbewahren. Sie erhalten es nach unserer Ankunft am Gate zurück.«

»Selbstverständlich. Haben Sie vielen Dank«, sagte Dr. Lecter.

Dr. Lecter würde diese Umgebung schon bezwingen. Er würde alles verschwinden lassen. Das Piepsen des Computerspiels, das Schnarchen, die Fürze waren nichts im Vergleich zu dem höllischen Geschrei, das er aus Gefängnistrakten kannte. Der Sitz war nicht enger als die Beschränkungen in der Haft. Wie er es so viele Male in seiner Zelle getan hatte, ließ Dr. Lecter seinen Kopf zurücksinken, schloß die Augen und zog sich zur Entspannung in die Stille seines Gedächtnispalasts zurück, eines Ortes, der über weite Strecken sehr schön war.

Für eine kleine Zeitspanne nimmt der westwärts gegen den Wind anjaulende Metallzylinder einen Palast mit tausendundeinem Zimmer in sich auf.

So, wie wir einst Dr. Lecter in den Palazzo Capponi gefolgt sind, werden wir nun mit ihm in den Palast seines Geistes gehen ...

Die Vorhalle ist die normannische Kapelle in Palermo, streng, schön und zeitlos. Ein in den Fußboden gemeißelter Totenschädel mahnt uns an unsere Sterblichkeit. Wenn er nicht gerade in sehr großer Eile ist, um Informationen aus dem Palast abzurufen, legt Dr. Lecter hier oft eine Pause ein, so wie jetzt, um die Kapelle zu bewundern. Jenseits davon, fern und komplex, licht und dunkel, liegt die ausgedehnte Anlage, die Dr. Lecter selbst geschaffen hat.

Der Gedächtnispalast war ein den antiken Gelehrten wohlbekanntes mnemotechnisches System. Vielerlei Wissen wurde mit Hilfe dieses Systems während finsterer Zeiten bewahrt, als Vandalen Bücher verbrannten. Dr. Lecter bewahrt, verbunden mit Merkzeichen, ein schier unermeßliches Wissen in diesen tausend Räumen auf. Aber anders als seine antiken Vorläufer hat der Palast eine zweite Verwendung für ihn; manchmal lebt er in ihm. Er hat Jahre in dessen exquisiten Sammlungen verbracht, während sein Körper in einen Zellentrakt gebannt war, wo die Schreie die Gitterstäbe wie eine Höllenharfe zum Klingen gebracht haben.

Hannibal Lecters Palast ist sogar für mittelalterliche Verhältnisse riesig. Übertragen auf die für uns erfahrbare Welt, käme er an Größe und Komplexität dem Topkapi-Palast in Istanbul gleich.

Wir schließen zu ihm auf, als er eiligen Schrittes in die große Halle der vier Jahreszeiten eintritt. Der Palast ist gemäß den von Simonides von Ceos gefundenen Regeln erbaut, die vierhundert Jahre später von Cicero so glanzvoll ausgearbeitet wurden; er ist luftig, hat hohe Decken, ist mit Gegenständen und Tableaus ausgestattet, die lebendig, beeindruckend, manchmal schockierend und absurd, aber oft auch sehr schön sind. Die Auslagen sind geräumig und hell erleuchtet wie die eines großen Museums. Aber die Wände sind nicht in den neutralen Farben von Museumswänden gehalten. Wie Giotto hat Dr. Lecter die Wände seines Geistes mit Fresken versehen.

Er hat beschlossen, Clarice Starlings Privatadresse zu holen, während er im Palast ist. Aber er hat keine Eile, also bleibt er am Fuß eines großen Treppenhauses vor der Riace-Bronze stehen. Diese berühmten bronzenen Kämpfer, ein Tribut an Phidias, in unserer Zeit vom Meeresboden geholt, bilden das Mittelstück eines mit Fresken geschmückten Ortes, der den gesamten Homer und Sophokles abspulen kann.

Dr. Lecter könnte die bronzenen Gesichter Meleager rezitieren lassen, wenn ihm der Sinn danach stünde, aber heute will er sich einfach nur ihrem Anblick hingeben.

Tausendundein Raum, Meile um Meile an Gängen, Hunderte von Fakten an jedes Objekt angehängt, und jedes Zimmer birgt Schätze von Objekten. Ein angenehmer Aufenthalt erwartet Dr. Lecter, wann immer er sich dazu entschließt, sich hierher zurückzuziehen.

Aber eines teilen wir mit dem Doktor: In den Gewölben unserer Herzen und Hirne lauert die Gefahr. Nicht alle Kammern sind lieblich, lichtdurchflutet und hoch. Es gibt auch Löcher in dem Boden unseres Geistes, wie die in den mittelalterlichen Kerkerböden – die stinkenden Verliese, benannt nach dem Vergessenen, flaschenähnliche Zellen aus hartem Stein mit Falltüren an der Spitze. Nichts entschlüpft ihnen leise, um uns zu beruhigen. Ein Beben, irgendein Verrat unserer Schutzwachen, und die Funken des Gedächtnisfeuers entzünden verderbliche Gase – Dinge, seit Jahren eingeschlossen, gieren nach Freiheit, explodieren in Schmerz und stacheln uns zu gefährlichem Verhalten an …

Furchtsam und verwundert folgen wir ihm, wie er schnell und leicht den von ihm entworfenen Gang entlangeilt. Der Duft von Gardenien, die Gegenwart berühmter Plastiken und das Licht der Bilder drängen sich uns auf.

Sein Weg führt ihn nach rechts an einer Büste von Plinius vorbei, die Treppe zur Halle der Adressen empor, einem Raum, in dem sich, der Empfehlung Ciceros folgend, hell erleuchtet Statuen und Bilder in einer genau festgelegten Ordnung, mit ausreichend Raum um sich herum, aufreihen.

Ah … Der dritte Alkoven von der Tür auf der rechten Seite wird von einem Gemälde des heiligen Franziskus eingenommen, der einen Nachtfalter an einen Star verfüttert. Auf dem Boden vor dem Bild ist in Lebensgröße ein Tableau in bemaltem Marmor arrangiert: eine Parade auf der Heldengedenkstätte in Arlington, angeführt von einem dreiunddreißig Jahre alten Jesus, der einen 27er Ford, Modell-T, »Tin Lizzie«, fährt; auf der Ladefläche steht J. Edgar Hoover in einem Tutu und winkt einer unsichtbaren Menge zu; hinterdrein marschiert Clarice Starling, ein .308er Enfield-Gewehr geschultert.

Dr. Lecter scheint erfreut zu sein, Starling zu sehen. Vor langer Zeit schon hat er sich Starlings Privatadresse von der Alumni-Verbindung der Universität Virginia verschafft. Er bewahrt die Adresse in diesem Tableau, und nun läßt er sich zu seinem eigenen Vergnügen die Nummer und den Namen der Straße, in der Starling lebt, kommen:

3327 Tindal
Arlington, VA 22308

Dr. Lecter kann sich durch die riesigen Hallen seines Gedächtnispalasts mit übernatürlicher Geschwindigkeit bewegen. Mit seinen Reflexen und seiner Stärke, dem Auffassungs- und dem Denkvermögen seines Geistes tritt Dr. Lecter gut gewappnet der physischen Welt gegenüber. Aber es gibt Orte in ihm, wo auch er nicht sicher ist, wo Ciceros Gesetze der Logik, des geordneten Raumes und des Lichts nicht gelten …

Er hat beschlossen, seine Sammlung antiker Stoffe aufzusuchen. Für einen Brief, den er an Mason Verger zu schreiben gedenkt, will er einen Text von Ovid zu dem Thema aromatisierte Gesichtsöle einsehen, der an eine der Webereien gesteckt ist.

Er eilt auf einem interessant gemusterten Kelim-Läufer der Halle mit Webstühlen und Stoffen entgegen.

In der Welt der 747 ist Dr. Lecters Kopf gegen den Sitz gepreßt, seine Augen sind geschlossen. Sein Kopf bewegt sich sanft auf und ab, als das Flugzeug in eine Turbulenz gerät.

Auf dem Sitz außen hat das Baby sein Fläschchen leergetrunken und ist noch nicht wieder eingeschlafen. Sein Gesicht rötet sich. Die Mutter fühlt, wie sich der Körper des Kleinen unter der Decke verkrampft und dann wieder entspannt. Es steht außer Frage, was passiert ist. In der Reihe davor stöhnt jemand: »Jeeeesus.«

Der abgestandenen Luft im Flugzeug, die fatal an den Gestank in einem Fitneßstudio erinnert, wird eine neue Duftnote hinzugefügt. Der kleine Junge neben Dr. Lecter, abgehärtet gegenüber den Gewohnheiten des Babys, ißt ungerührt den Lunch von Fauchon.

Unterhalb des Gedächtnispalasts fliegen die Sperrklappen auf, den Verliesen entweicht ein gräßlicher Gestank …

Ein paar Tiere hatten den Artilleriebeschuß und das Maschinengewehrfeuer des Angriffs überlebt, dem Hannibal Lecters Eltern zum

Opfer gefallen waren und der große Teile des Waldes auf deren Besitz verwüstet und zerstört hatte.

Die bunt zusammengewürfelte Gruppe von Deserteuren, die sich in der abgelegenen Jagdhütte eingenistet hatten, aßen alles, was ihnen unter die Finger kam. Einmal trieben sie einen armseligen, kleinen, knochigen Hirschen mit einem Pfeil im Rücken auf, der es geschafft hatte, unter dem Schnee Nahrung zu finden und zu überleben. Sie führten ihn, um ihn nicht schleppen zu müssen, ins Lager zurück.

Hannibal Lecter, sechs Jahre alt, beobachtete sie durch einen Spalt in der Scheune, wie sie den Hirsch herbeizerrten. Das Tier wand den Kopf und zog an dem Seil, das sie ihm um den Hals gelegt hatten. Sie wollten keinen Schuß abfeuern und traten ihm statt dessen die Beine weg. Dann hackten sie ihm mit einer Axt den Hals auf. Dabei fluchten sie in den unterschiedlichsten Sprachen, daß jemand eine Schale herbeischaffen solle, bevor das Blut vergeudet sei.

Der lächerlich kleine Hirsch bot nicht viel Fleisch, und schon nach zwei Tagen, vielleicht auch drei, kamen sie in ihren langen Übermänteln, mit ihrem stinkenden und dampfenden Atem von der Jagdhütte durch den Schnee, schlossen die Scheune auf und wählten wieder unter den im Stroh kauernden Kindern eines aus. Da keines von ihnen erfroren war, nahmen sie sich ein lebendes.

Sie befühlten Hannibal Lecters Schenkel, seinen Oberarm und seine Brust. Schließlich wählten sie seine Schwester Mischa aus und führten sie weg. Zum Spielen, sagten sie. Niemand, den sie zum Spielen mitnahmen, kehrte je wieder zurück.

Hannibal hielt Mischa so fest umschlungen, hielt sie mit so zähem Griff fest, daß sie die schwere Scheunentür auf ihn krachen ließen, um ihn zu überwältigen. Dabei brachen sie ihm den Oberarm.

Sie führten sie durch den Schnee fort, der noch immer voller Blutflecke von dem Hirsch war.

Er betete inbrünstig darum, Mischa wiedersehen zu dürfen. Das Gebet füllte seinen sechs Jahre alten Geist vollständig aus, konnte aber nicht das Geräusch der Axt übertönen. Seine Gebete, sie wiedersehen zu dürfen, verhallten dennoch nicht ganz ungehört – er sah ein paar von Mischas Milchzähnen in der stinkenden Latrine wieder, die seine Häscher benutzten. Sie hatten sie zwischen der Jagdhütte, wo sie schliefen, und der Scheune ausgehoben, in der sie die gefangenen Kinder nach dem Zusammenbruch der Ostfront 1944 als Nahrung vorhielten.

Seit dieser partiellen Antwort auf seine Gebete war Hannibal Lecter nicht mehr von irgendwelchen religiösen Überlegungen belästigt worden, sah man einmal davon ab, daß er begriff, wie sehr seine eigenen bescheidenen Raubzüge neben denen Gottes verblaßten, der auf dem Feld der Ironie ungeschlagen und in seiner unbarmherzigen Bosheit maßlos ist.

In dem unruhigen Flugzeug, den Kopf sanft gegen die Kopfstütze schlagend, wird Dr. Lecter zwischen seinem letzten Blick auf Mischa, die den blutigen Schnee überquert, und dem Geräusch der niedergehenden Axt in der Schwebe gehalten. Er wird dort festgehalten und hält es nicht aus. In der Welt des Flugzeugs kommt ein hoher, dünner, durchdringender Schrei aus seinem schweißnassen Gesicht.

Passagiere vor ihm drehen sich um. Einige wachen auf. Jemand in der Reihe vor ihm knurrt: »Du meine Güte, Kind, was ist bloß los mit dir? Großer Gott!«

Dr. Lecter schlägt die Augen auf, schaut geradeaus, eine Hand liegt auf der seinen. Es ist die des kleinen Jungen.

»Hast wohl schlecht geträumt, ja?« Das Kind ist weder verschreckt, noch kümmert es sich um die Beschwerden in den Reihen vor ihnen.

»Ja.«

»Ich habe auch schon oft schlechte Träume gehabt. Ich lache nicht über dich.«

Dr. Lecter atmet ein paarmal, den Kopf gegen den Sitz gepreßt, tief durch. Dann gewinnt er seine Fassung zurück. Seine Gesichtszüge entspannen sich vom Haaransatz aus. Er beugt den Kopf zu dem Jungen herunter und sagt in vertraulichem Ton: »Weißt du, du hast vollkommen recht, wenn du diesen Saufraß nicht ißt. Iß ihn niemals, unter gar keinen Umständen.«

Fluggesellschaften versorgen einen nicht länger mit Schreibpapier. Dr. Lecter, der sich wieder vollkommen unter Kontrolle hat, zieht das Briefpapier irgendeines Hotels aus seiner Brusttasche und beginnt einen Brief an Clarice Starling. Zuerst zeichnet er ihr Gesicht. Die Zeichnung befindet sich heute in Privatbesitz und ist in der Universität Chicago

Gelehrten zugänglich. Auf ihr sieht Starling wie ein Kind aus. Das Haar klebt ihr wie das von Mischa auf der tränenverschmierten Wange …

Wir können das Flugzeug durch den Eishauch unseres Atems sehen, ein helleuchtender Lichtpunkt am sternenklaren Nachthimmel. Wir können ihn weit jenseits des *point of no return* über dem Polarstern ausmachen, wie er auf einem großen Bogen dem Morgen in der Neuen Welt entgegeneilt.

49

Die Berge an Papier, Akten und Disketten in Starlings Bürowabe erreichten eine kritische Masse. Ihre Anfrage nach mehr Raum blieb unbeantwortet. *Genug.* Mit der Verwegenheit der Verdammten nahm sie ein geräumiges Zimmer im Keller von Quantico in Beschlag. Das Zimmer sollte eigentlich die Dunkelkammer der Abteilung für Verhaltensforschung werden, sobald der Kongreß die entsprechenden Gelder dafür bewilligt hätte. Es hatte keine Fenster, dafür aber um so mehr Regale und, da es als Dunkelkammer gebaut worden war, statt einer Tür doppelte lichtundurchlässige Vorhänge.

Irgend jemand aus den benachbarten Büros hatte in Fraktur ein Blatt mit der Aufschrift »Hannibals Heim« ausgedruckt und an den verhängten Eingang gepinnt. Aus Furcht, sie könnte das Zimmer verlieren, nahm sie das Blatt ab.

Etwa zeitgleich stieß Starling in der Strafrechtsbibliothek am Columbia College auf einen verborgenen Schatz. Nicht nur wurden dort brauchbare Zeugnisse zur Person archiviert, nein, man unterhielt auch einen »Hannibal-Lecter-Raum«. Das College hatte die Originaldokumente aus Lecters Zeit als zugelassener Arzt und Psychiater in seinem Besitz, darüber hinaus die Prozeßmitschriften und Kopien der gegen ihn angestrengten Klagen. Bei ihrem ersten Besuch in der Bibliothek wartete Starling fünfundvierzig Minuten, während die Bibliothekare vergeblich versuchten, die Schlüssel für den Lecter-Raum aufzutreiben. Beim zweitenmal stand ihr als Verantwortlicher ein gleichgültiger Student gegenüber, und die Bestände waren nicht katalogisiert.

Starling hatte in ihrem vierten Lebensjahrzehnt, was Geduld anging, keine Fortschritte gemacht. Von Jack Crawford beim Büro des Generalstaatsanwalts unterstützt, erwirkte sie einen Gerichtsbeschluß, der dafür sorgte, daß die komplette Sammlung in ihren Kellerraum in Quantico verbracht wurde. Bundespolizisten führten den Transport mit einem Lieferwagen durch.

Der Gerichtsbeschluß schlug, wie Starling befürchtet hatte, hohe Wellen. Schließlich spülten sie auch Krendler in ihren Kellerraum ...

Nach zwei schier nicht enden wollenden Wochen hatte Starling den größten Teil der Bibliotheksbestände ihrer provisorischen Lecter-Zentrale in eine brauchbare Ordnung überführt. Freitag. Später Nachmittag. Sie wusch sich den Bücherstaub und Schmutz aus dem Gesicht und von den Händen, schaltete das Oberlicht aus, setzte sich in einer Ecke auf den Boden und ließ ihren Blick über die vielen Regalmeter an Büchern und Papier wandern. Gut möglich, daß sie für einen Moment einnickte.

Ein Geruch weckte sie auf, und sie merkte, daß sie nicht allein war. Es war der Geruch von Schuhwichse.

Der Raum lag im Halbdunkel. Deputy Assistant Inspector General Paul Krendler schritt langsam, die Bücher und Bilder beäugend, die Regale entlang. Er hatte es nicht für nötig befunden zu klopfen – wie hätte er auch an Vorhänge anklopfen sollen? Zudem neigte Krendler ohnehin nicht dazu anzuklopfen, ganz besonders dann nicht, wenn es sich um ihm nachgeordnete Behörden handelte. Hier, in diesem Keller in Quantico, suchte er aus seiner Sicht zweifellos die Slums auf.

Eine Wand des Zimmers war Lecter in Italien gewidmet und zeigte ein großformatiges Foto von Rinaldo Pazzi, wie er mit baumelnden Eingeweiden vom Balkon des Palazzo Vecchio hing. Die gegenüberliegende Wand beschäftigte sich mit Lecters Verbrechen in den Vereinigten Staaten und wurde von einem Polizeifoto beherrscht, das den Bogenjäger zeigte, den Lecter vor Jahren getötet hatte. Der Körper hing an einer Aufhängeplatte und trug alle Wunden, die auf

Illustrationen des mittelalterlichen Wundenmanns zu sehen sind. Untersuchungsakten stapelten sich auf den Regalen neben den Prozeßunterlagen der von den Familien der Opfer gegen Lecter angestrengten Klagen.

Dr. Lecters Handapparat war hier in der gleichen Anordnung wie in seiner alten psychiatrischen Praxis eingestellt. Starling hatte die Polizeifotos seines Büros mit dem Vergrößerungsglas untersucht und das entsprechende Arrangement rekonstruiert.

Das meiste Licht in dem halbdunklen Raum ging von einem Röntgenbild von Dr. Lecters Hals und Kopf aus, das, in einen Lichtkasten geklemmt, an der Wand leuchtete. Das übrige Licht kam von einer Workstation auf einem Tisch in der Ecke. Der Bildschirmschoner wartete mit dem Motiv »Gefährliche Kreaturen« auf. Hin und wieder gab der Computer leise surrende Geräusche von sich.

Neben der Maschine stapelten sich die Ergebnisse von Starlings Blütenlese. Die mühevoll zusammengetragenen Fetzen Papier, die Belege, die genau aufgeschlüsselten Rechnungen, die zeigten, wie Dr. Lecters Privatleben in Italien und in den Vereinigten Staaten ausgesehen hatte, bevor er in die Nervenheilanstalt eingewiesen worden war. Es war ein behelfsmäßiger Katalog seines Geschmacks. Einen Flachbettscanner als Tisch nutzend, hatte Starling ein einzelnes Gedeck aufgelegt, das aus seinem Haus in Baltimore stammte und die Jahre überdauert hatte – chinesisches Porzellan, Silber, Kristallglas, blütenweißes Tischleinen, ein Kerzenleuchter –, weniger als ein halber Quadratmeter Eleganz gegen den grotesken Wandbehang des Zimmers. Krendler nahm das große Weinglas in die Hand und brachte es mit einem Fingernagel zum Klingen.

Krendler hatte noch niemals körperlichen Kontakt mit einem Verbrecher gehabt, geschweige denn einen niedergerungen, für ihn war Dr. Lecter so etwas wie der schwarze Mann, von den Medien gemacht, und vor allem war er: eine Gelegenheit. Er sah das Foto buchstäblich vor sich, wie er neben einem Arrangement wie diesem im FBI-Museum posierte, wenn Lecter erst einmal tot war. Er sah den enormen Wert für eine Wahlkampagne. Krendler stand mit der Nase direkt vor dem Röntgenbild-Profil des großen Schädels, als Starling ihn ansprach. Er zuckte so heftig zusammen, daß er mit seiner Nase an das Röntgenbild stieß und einen Fettfleck hinterließ.

»Kann ich Ihnen behilflich sein, Mr. Krendler?«

»Warum sitzen Sie hier im Dunkeln?«

»Ich denke nach, Mr. Krendler.«

»Die Leute im Kapitol wollen wissen, was wir im Fall Lecter zu tun gedenken.«

»Schauen Sie sich um, dann sehen Sie, was wir tun.«

»Briefen Sie mich, Starling. Wo stehen wir zur Zeit?«

»Würden Sie es nicht vorziehen, mit Mr. Crawford –«

»Wo *ist* Crawford überhaupt?«

»Mr. Crawford hat bei Gericht zu tun.«

»Ich habe den Eindruck, daß er nicht mehr so ganz auf der Höhe ist. Haben Sie nicht manchmal auch den Eindruck, Starling?«

»Nein, Sir, das habe ich nicht.«

»Was genau machen Sie eigentlich hier unten? Wir haben Druck vom College bekommen, als Sie den ganzen Krempel aus der Bibliothek abtransportieren ließen. Man hätte das auch um einiges geräuschloser über die Bühne bringen können.«

»Wir haben alles, was in Zusammenhang mit Dr. Lecter steht, hier an diesem Ort zusammengetragen, sowohl Gegenstände als auch Akten. Seine Waffen sind in der Ballistik, aber wir haben Duplikate. Wir haben alles, was von seinen persönlichen Papieren erhalten geblieben ist.«

»Wo ist der springende Punkt? Fangen Sie hier einen Kriminellen, oder schreiben Sie ein Buch? Gesetzt den Fall, ein hochrangiger Republikaner oder die Aufsicht in Justizangelegenheiten fragt mich, was *Sie*, Special Agent Starling, tun, um Dr. Lecter dingfest zu machen, was darf ich denen ausrichten?«

Starling schaltete alle Lichter ein. Sie sah, daß Krendler noch immer teure Anzüge kaufte, aber bei Hemden und Krawatten sparte. Die Höcker seiner haarigen Handgelenke lugten aus den Ärmelaufschlägen hervor.

Starlings Blick ging einen Moment lang durch die Wand hindurch, über das hinaus, was dahinterlag, und verlor sich in der endlosen Weite. Sie sammelte sich und zwang sich, Krendler wie eine Klasse der Polizeiakademie aufzufassen.

»Wir wissen, daß Dr. Lecter ausgezeichnete Ausweispapiere besitzt«, begann sie. »Er muß mindestens einen ganz besonders zuverlässigen Paß haben, möglicherweise sogar mehr. Er ist in dieser Hinsicht überaus vorsichtig. Er wird keinen Anfängerfehler begehen.«

»Zur Sache.«

»Er ist ein Mann von erlesenem Geschmack mit einem Hang zum Exotischen, was Essen, Weine und Musik angeht. Wenn er hierher zurückkehrt, wird er all diese Dinge haben wollen. Er muß sie von irgendwoher bekommen. Er wird sich nicht selbst verleugnen. Mr. Crawford und ich sind die Belege und Papiere durchgegangen, die von Dr. Lecters Leben in Baltimore übriggeblieben sind, bevor er zum erstenmal verhaftet wurde. Desgleichen die Belege, mit denen uns die italienische Polizei versorgt hat. Nicht zu vergessen die Gerichtsverfahren, die die Gläubiger nach seiner Verhaftung angestrengt haben. Wir haben eine Liste der Dinge erstellt, die er schätzt. Sie können es hier sehen: In dem Monat, in dem er das Bries des Flötisten Benjamin Raspail den anderen Mitgliedern des Baltimorer Philharmonieorchesters vorgesetzt hat, kaufte er zwei Kisten Château Pétrus Bordeaux für 3600 Dollar pro Kiste. Er kaufte fünf Kisten Bâtard-Montrachet zu 1100 Dollar und eine Auswahl weniger teurer Weine.

Er orderte nach seiner Flucht denselben Wein beim Zimmerservice in St. Louis, und er bestellte ihn bei ›Vera dal 1926‹ in Florenz. Dieser Stoff ist eine ziemliche Seltenheit. Wir überprüfen die Importeure und die Händler auf Verkauf in Kisten.

Bei ›Iron Gate‹ in New York orderte er Foie gras bester Qualität für zweihundert Dollar pro Kilo, und über die ›Grand Central Oyster Bar‹ ließ er sich grüne Austern aus der Gironde kommen. Das Essen für den Orchestervorstand wurde mit diesen Austern eröffnet, gefolgt vom Bries, einem Sorbet und dann, Sie können es hier in *Town & Country* lesen, was sie hatten« – sie las es schnell laut vor –: »*ein bemerkenswert dunkles und glänzendes Ragout, dessen Zutaten nicht näher erläutert wurden, auf Safran-Reis. Sein Geschmack war auf dunkle Weise betörend, mit einer großartigen Abstufung der Grundtöne, was sich nur durch unendlich sorgfältige Reduktion des Fonds erzielen läßt.* Keines seiner Opfer ist je als Zutat des Ragouts identifiziert worden. Es geht noch weiter – hier beschreibt der Artikel *en detail* das besondere Besteck und Geschirr. Wir checken die Kreditkartenkäufe von Geschirr und Kristallwaren.«

Krendler schnaubte verächtlich.

»Sehen Sie hier, aus diesem Zivilprozeß geht hervor, daß er noch immer das Geld für einen Kronleuchter von Steuben schuldig geblieben ist, und die ›Galeazzo Motor Company‹ aus Baltimore hat ihn auf die Herausgabe seines Bentley Anarch verklagt. Wir gehen den Verkäufen von neuen und gebrauchten Bentleys nach. So viele sind es nicht. Das gleiche gilt für den Jaguar XJR. Wir haben die Großhandlungen für Wild und Geflügel gebeten, auf die Verkäufe von Wildschweinfleisch zu achten, und wir werden eine Woche, bevor die Rothühner aus Schottland hereinkommen, einen Rundbrief herausgeben.«

Sie tippte in die Tastatur ihrer Workstation und rief eine Liste auf. Als ihr der Atem Krendlers über den Nacken strich, trat sie von der Maschine zurück.

»Ich habe einen Antrag auf Bewilligung von Mitteln gestellt, um die Mitarbeit einiger der Schwarzmarktgrößen auf dem Ticketmarkt in New York und San Francisco organisieren zu können – es gibt einige Orchester und Streichquartette, die er sehr schätzt. Er bevorzugt die sechste oder siebte Reihe und sitzt immer am Gang. Ich habe unseren ganzen Charme gegenüber dem ›Lincoln Center‹ und ›Kennedy Center‹ und den meisten anderen Konzerthallen spielen lassen. Vielleicht können Sie uns ja etwas aus dem DOJ-Budget zukommen lassen, Mr. Krendler.« Als er nicht antwortete, fuhr sie fort: »Wir haben die neuen Abonnenten einiger Kulturjournale, die er in der Vergangenheit abonniert hatte, gecheckt – Anthropologie, Linguistik, *Physical Review*, Mathematik, Musik.«

»Holt er sich eigentlich SM-Huren, diese Art von Unterhaltung? Stricher?«

Starling konnte spüren, wie Krendler die Frage genoß.

»Unserem Wissensstand nach nicht, Mr. Krendler. Man hat ihn bei Konzerten in Baltimore verschiedentlich in Begleitung von attraktiven Frauen gesehen. Ein paar von ihnen haben sich in Baltimore bei wohltätigen Veranstaltungen hervorgetan. Wir haben deren Geburtstage im Blick – wegen der Geschenkeinkäufe. Keine von ihnen ist unseres Wissens je zu Schaden gekommen, und keine hat sich bereit erklärt, mit uns über ihn zu sprechen. Im Hinblick auf seine sexuellen Präferenzen tappen wir im dunkeln.«

»Ich habe ihn mir immer als Schwulen vorgestellt.«

»Und wie kommen Sie zu dieser Annahme, Mr. Krendler?«

»All das geschmäcklerische Intellektuellengehabe. Kammermusik und Teekränzchen. Ich meine das nicht persönlich, wenn Sie ein Faible für solche Leute oder gar Freunde unter ihnen haben. Was ich Ihnen hauptsächlich klarmachen will, Starling: Ich will hier *Kooperation* sehen. Hier gibt es kein Kompetenzgerangel. Ich will Durchschläge von jedem 302er, will jede Stechkarte, jede Spur. Habe ich mich klar ausgedrückt, Starling?«

»Ja, Sir.«

An der Tür sagte er: »Vergessen Sie es nicht. Vielleicht verbindet sich hiermit ja die Chance, Ihre Situation zu verbessern. Ihre sogenannte Karriere könnte so ziemlich jede Hilfe vertragen, deren sie habhaft werden kann.«

Die Dunkelkammer in spe war schon mit Ventilatoren ausgestattet. Starling schaute Krendler in die Augen, als sie sie einschaltete, um den Geruch seines Aftershaves und der Schuhwichse absaugen zu lassen. Krendler stieß die Vorhänge beiseite und verließ grußlos das Zimmer. Die Luft vor Starling flimmerte wie Hitzeschlieren auf dem Schießstand.

In der Halle hörte Krendler Starlings Stimme hinter sich.

»Ich begleite Sie nach draußen, Mr. Krendler.«

Auf Krendler wartete ein Wagen mit Chauffeur. Er war immer noch auf der Ebene, wo ihm der Fahrdienst nur auf Abruf zur Verfügung stand und er sich mit einem Mercury Grand Marquis Sedan begnügen mußte.

Draußen unter freiem Himmel, bevor er in den Wagen einsteigen konnte, sagte sie: »Auf ein Wort, Mr. Krendler.«

Krendler drehte sich mit einem fragenden Blick nach ihr um. Könnte ja der Schimmer von etwas sein. Zornige Kapitulation womöglich? Er war sofort hellwach.

»Wir sind hier draußen ganz unter uns«, sagte Starling. »Keine Abhörgeräte weit und breit, sofern Sie nicht eines bei sich tragen.« Ein unwiderstehliches Verlangen überkam sie, dem sie sich nicht entziehen konnte. Für die Arbeit mit den staubigen Büchern trug sie ein loses Jeanshemd über einem enganliegenden Tank-Top. *Ich sollte das nicht tun. Fuck it.*

Sie ließ die Druckknöpfe ihres Hemdes aufspringen und schlug es zurück. »Sehen Sie, ich trage kein Mikro.« Sie hatte auch keinen BH an. »Das ist möglicherweise das erste und letzte Mal, daß wir uns ganz privat unterhalten, und ich möchte Sie etwas fragen. Über all die Jahre hinweg, in denen ich lediglich versucht habe, meinen Job zu machen, haben Sie mir bei jeder passenden Gelegenheit ein Messer in den Rücken gejagt. Was ist bloß los mit Ihnen, Mr. Krendler?«

»Meine Tür steht Ihnen jederzeit offen … Ich gebe Ihnen gern einen Termin, wenn Sie etwas mit mir zu besprechen haben …«

»Lassen Sie uns jetzt darüber reden.«

»Na, dann überlegen Sie doch mal, Starling.«

»Ist es, weil ich es abgelehnt habe, Sie nach Dienstschluß zu sehen? Damals, als ich Ihnen gesagt habe, daß Sie nach Hause gehen sollen zu Ihrer Frau?«

Er schaute sie nochmals an. Sie trug tatsächlich kein Mikro.

»Überschätzen Sie sich nicht selbst, Starling … Diese Stadt ist voll von Maisbrot-Muschis.«

Er stieg neben dem Fahrer ein und pochte aufs Armaturenbrett. Der große Wagen nahm Fahrt auf. Seine Lippen formten das, was er eigentlich hatte sagen wollen: »Maisbrot-Fotzen wie du.« Eine Menge politischer Reden kam auf Krendler zu, jedenfalls glaubte er das, und er wollte sein verbales Karate trainieren und den Dreh mit dem beißenden Ton hinbekommen.

50

»Ich sage Ihnen, es könnte funktionieren«, sagte Krendler in die pfeifend atmende Dunkelheit hinein, wo Mason lag. »Noch vor zehn Jahren hätte man es nicht machen können, aber sie kann Kundenlisten durch den Computer jagen wie Scheiße durch eine Gans.« Er veränderte seine Körperhaltung auf dem Sofa unter den heißen Strahlern der Sitzecke.

Krendler konnte Margots Umrisse vor dem Aquarium sehen. Er hatte sich mittlerweile daran gewöhnt, in ihrer Gegenwart zu fluchen, und genoß es sichtlich. Er war insgeheim davon überzeugt, daß Margot sich wünschte, einen Schwanz zu haben.

Ihn überkam die Lust, in Margots Gegenwart *Schwanz* zu sagen. »Das liegt daran, wie sie das Ganze aufgezogen, wie sie Lecters Vorlieben gepaart hat. Sie könnte Ihnen wahrscheinlich sogar sagen, nach welcher Seite hin er seinen Schwanz trägt.«

»Danke für das Stichwort. Margot, sei doch so gut und bitte Dr. Doemling herein«, sagte Mason.

Dr. Doemling hatte draußen zwischen den riesigen, ausgestopften Tieren im Spielzimmer gewartet. Mason konnte ihn über Video dabei beobachten, wie er das plüschige Geschlecht einer großen Giraffe eingehend prüfte, ähnlich wie die Viggerts Michelangelos »David« umkreist hatten. Auf dem Bildschirm wirkte er um einiges kleiner als die Spielsachen, so als hätte er sich selbst geschrumpft, um sich besser in die Kindheit anderer einschleichen zu können.

Unter dem Licht von Masons Sitzecke betrachtet, wirkte

der Psychologe irgendwie vertrocknet und peinlich genau auf Sauberkeit bedacht. Die wenigen ihm verbliebenen Haare lagen, sorgfältig trocken gescheitelt, auf der mit Altersflecken gesprenkelten Kopfhaut. An der Uhrkette trug er einen Phi-Beta-Kappa-Schlüssel. Er ließ sich Krendler gegenüber auf der anderen Seite des Couchtisches nieder und schien mit der Räumlichkeit vertraut zu sein.

Ein Apfel, der auf seiner Seite der Fruchtschale lag, hatte ein Wurmloch. Dr. Doemling drehte ihn, bis das Loch in eine andere Richtung wies. Seine bebrillten Äuglein folgten Margot mit einem beinahe einfältigen Erstaunen, als sie sich ein Paar Walnüsse holte und wieder an ihren Platz zurückkehrte.

»Dr. Doemling ist der Dekan des Fachbereichs Psychologie der Baylor-Universität. Er sitzt auf dem Verger-Lehrstuhl«, teilte Mason Krendler mit. »Ich habe ihn nach der möglichen Verbindung zwischen Dr. Lecter und der FBI-Agentin Clarice Starling gefragt. Doktor ...«

Doemling richtete sich in seinem Sitz auf, als ob ihn jemand in den Zeugenstand gerufen hätte, und wandte sich mit einer Kopfdrehung Mason zu, wie er das auch bei einer Jury getan hätte. Krendler sah ihm das einstudierte Repertoire an Gesten, die sorgfältig arrangierte Parteilichkeit des 2000-Dollar-pro-Tag-Expertenzeugen förmlich an.

»Mr. Verger kennt meine Qualifikation, wünschen Sie, daß ich sie Ihnen erläutere?« fragte Doemling.

»Nein«, antwortete Krendler.

»Ich habe die Notizen der Starling über ihre Interviews mit Hannibal Lecter durchgesehen, dessen Briefe an sie und das Material, das Sie mir zu ihrem Background geliefert haben«, begann Doemling.

Krendler zuckte bei dieser Bemerkung zusammen, was Mason veranlaßte zu sagen: »Dr. Doemling hat eine Vereinbarung unterzeichnet, die ihn zur Vertraulichkeit verpflichtet.«

»Cordell wird Ihre Dias auf den Schirm bringen, wenn Sie es wünschen, Doktor«, sagte Margot.

»Zunächst ein paar Hintergrundinformationen.« Doemling wandte sich seinen Unterlagen zu. »Wir wissen, daß Hannibal Lecter im Litauischen geboren wurde. Sein Vater war Graf, der Titel stammt aus dem 10. Jahrhundert, seine Mutter war edler italienischer Abstammung, eine geborene Visconti. Während des Rückzugs der Deutschen aus Rußland haben ein paar versprengte Nazi-Panzer ihren Besitz nahe Vilnius von der Hauptstraße aus beschossen und dabei die Eltern und die meisten Bediensteten umgebracht. Die Kinder verschwanden danach. Es waren zwei, Hannibal und seine Schwester. Wir wissen nicht, was mit seiner Schwester passiert ist. Das Entscheidende ist, Lecter war wie Starling Waise.«

»Das haben Sie doch von *mir*«, sagte Mason ungeduldig.

»Aber was haben Sie daraus geschlossen?« fragte Dr. Doemling. »Ich hebe nicht auf eine Art von Sympathie zwischen zwei Waisen ab, Mr. Verger. Hier geht es nicht um Zuneigung. Zuneigung ist hier nicht im Spiel. Und die Gnade bleibt blutend auf der Strecke. Hören Sie. Was Dr. Lecter die beiden gemeinsame Erfahrung, eine Waise zu sein, an die Hand gibt, ist ganz einfach die Fähigkeit, sie zu verstehen und sie letzten Endes zu beherrschen. Hier geht es einzig und allein um *Kontrolle*.

Frau Starling verbrachte ihre Kindheit in einem Waisenhaus, und dem nach zu urteilen, was Sie mir erzählen, deutet nichts auf eine dauerhafte Beziehung zu einem Mann hin. Sie lebt mit einer ehemaligen Mitstudentin zusammen, einer jungen Farbigen.«

»Das sieht mir ganz nach einer Sexgeschichte aus«, warf Krendler ein.

Der Psychiater fühlte sich nicht bemüßigt, Krendler auch nur eines Blickes zu würdigen – Krendler wurde automatisch übergangen. »Sie können niemals mit Bestimmtheit sagen, warum jemand mit jemand anderem zusammenlebt.«

»Das ist eines der Dinge, die uns nicht gegeben sind, wie es so schön in der Bibel heißt«, sagte Mason.

»Starling macht Appetit, wenn man Vollkornweizen mag«, offerierte Margot.

»Ich denke, die Anziehung geht mehr von Lecter als von

ihr aus«, sagte Krendler. »Sie haben sie doch erlebt – sie ist ein ziemlich kalter Fisch.«

»*Ist* sie das, Mr. Krendler?« Margots Stimme klang leicht amüsiert.

»Ist sie deiner Meinung nach lesbisch, Margot?« fragte Mason.

»Woher, zum Teufel, soll ich das denn wissen? Was auch immer sie sein mag, sie behandelt es als ihre Privatsache – das war mein Eindruck. Ich denke, sie ist hart. Mir gegenüber ließ sie den kühlen Profi raushängen. Aber ich würde nie so weit gehen zu behaupten, sie sei ein kalter Fisch. Wir haben nicht viel miteinander geredet. So jedenfalls sah es für mich aus. Das war, *bevor* du mich und meine *Hilfe* gebraucht hast, Mason – du hast mich rausgeschickt, schon vergessen? Ich lehne es ab, sie als kalten Fisch zu bezeichnen. Ein Mädchen von Starlings Klasse muß ein gewisses Maß an Kälte ausstrahlen, weil sie pausenlos von *Arschlöchern* angemacht wird.«

An dieser Stelle hatte Krendler den Eindruck, daß Margots Blick eine Spur zu lange auf ihm ruhte, obwohl er sie eigentlich nur in ihren Umrissen wahrnehmen konnte.

Wie seltsam die Stimmen in diesem Raum. Krendlers wohltemperierter Beamten-Singsang, Doemlings pedantisches Lärmen, Masons tiefe und volltönende Laute mit ihren schrecklich verkürzten Explosiv- und sich verströmenden Zischlauten und Margots rauh und dunkel klingende, durch die geringste Kleinigkeit reizbare Stimme. Und unter alldem die Maschine, die Mason Atem verschaffte.

»Betrachte ich ihre offenkundige Fixierung auf den Vater, kommt mir eine Idee bezüglich ihres Privatlebens«, fuhr Doemling fort. »Aber dazu später. Zur Sache, wir verfügen über drei Dokumente von Dr. Lecter, die Starling betreffen. Zwei Briefe und eine Zeichnung. Die Zeichnung stammt von der Kreuzigungs-Uhr, die er während seiner Zeit in der Anstalt entworfen hat.« Dr. Doemling blickte zum Bildschirm hoch. »Das Dia bitte.«

Von irgendwo außerhalb des Raumes projizierte Cordell die außergewöhnliche Zeichnung auf den hochgehängten

Monitor. Das Original war eine Kohlezeichnung auf Wachspapier. Masons Kopie war auf einem Blaupausenkopierer gezogen worden, und die Striche hatten das Blau von Blutergüssen.

»Er wollte das hier zum Patent anmelden«, sagte Dr. Doemling. »Wie Sie sehen, ist Jesus an ein Zifferblatt geschlagen. Seine Arme drehen sich und zeigen die Zeit an, genau wie bei den Mickey-Mouse-Uhren. Die Uhr ist wegen des Gesichts von Interesse. Der nach vorn geneigte Kopf zeigt das Antlitz von Clarice Starling. Er hat es während der Interviews gezeichnet. Hier ist ein Foto der Frau. Überzeugen Sie sich selbst. *Cordell,* richtig? Cordell, das Foto bitte.«

Keine Frage, der Kopf von Jesus war Starling.

»Eine andere Abweichung liegt in dem Faktum, daß die Gestalt anstatt durch die Handteller durch die Handgelenke ans Kreuz genagelt ist.«

»Das ist exakt«, schaltete sich Mason ein. »Sie *müssen* sie durch die Handgelenke ans Kreuz nageln und hölzerne Unterlegscheiben benutzen, andernfalls gehen sie ab und fangen an zu flattern. Idi Amin und ich mußten diese leidvolle Erfahrung machen, als wir einmal in Uganda an Ostern den ganzen Budenzauber nachgestellt haben. Unser Heiland war wirklich durch die Handgelenke ans Kreuz geschlagen. Alle Kreuzigungsbilder sind falsch. Es handelt sich um einen Fehler bei der Übersetzung der Bibel vom Hebräischen ins Lateinische.«

»Ich habe zu danken«, sagte Dr. Doemling irgendwie ohne Aufrichtigkeit in der Stimme. »Die Kreuzigung repräsentiert klar ein zerstörtes Objekt der Verehrung. Beachten Sie bitte, daß der Arm, der die Minuten anzeigt, auf sechs Uhr steht und sittsam die Scham bedeckt. Der Stunden-Arm steht auf neun oder wenig später. Neun ist eine überdeutliche Anspielung auf die üblicherweise angenommene Stunde, zu der Jesus gekreuzigt wurde.«

»Und wenn Sie die Sechs und die Neun zu einer Zahl zusammenziehen, beachten Sie bitte, erhalten Sie neunundsechzig, eine Figur, die im zwischenmenschlichen Bereich nicht ganz ohne Bedeutung ist«, konnte sich Margot nicht verkneifen anzumerken. Als Antwort auf Doemlings bösen Blick knackte sie die Walnüsse in ihrer Hand und ließ die Schalen auf den Boden rieseln.

»Wenden wir uns nun den beiden Briefen Lecters an Clarice Starling zu. Cordell, würden Sie sie bitte auf den Schirm bringen?« Dr. Doemling nahm einen Laserzeigestock aus seiner Brusttasche. »Sie sehen die Handschrift, flüssig und gestochen scharf im Schwung, mit einem Füllfederhalter mit rechteckiger Schreibfeder geschrieben, wirkt in ihrer Regelmäßigkeit, wie von einer Maschine ausgeführt. Man begegnet dieser Art von Handschrift gewöhnlich in den päpstlichen Bullen des Mittelalters. Sie ist schön, aber ohne jegliche Spontaneität. Alles ist wohl überlegt. Er schrieb den ersten unmittelbar nach seiner Flucht, in deren Verlauf er fünf Menschen getötet hat. Hier der Text:

Nun, Clarice, haben die Lämmer aufgehört zu schreien? Sie schulden mir, wie Sie wissen, noch eine Auskunft.

Wie ich sie gern hätte?

Eine Anzeige in der Inlandsausgabe der Times *und in der* International Herald Tribune *am ersten eines beliebigen Monats fände ich schön. Besser, Sie setzen auch noch eine in die* China Mail.

Ich werde nicht überrascht sein, falls die Antwort ja und nein lautet. Fürs erste schweigen die Lämmer. Aber, Clarice, urteilen Sie über sich selbst mit der Barmherzigkeit der Kerkerwaage von Threave; Sie werden es sich immer und wieder verdienen müssen, das gesegnete Schweigen. Denn es ist das Leid, das Sie antreibt, das Leid vor Ihren Augen, ein Leid, das niemals enden wird, nie.

Ich beabsichtige nicht, Sie heimzusuchen, Clarice, die Welt ist interessanter mit Ihnen darin. Haben Sie die Güte, mir die gleiche Liebenswürdigkeit zu erweisen …«

Dr. Doemling schob seine randlose Brille auf die Stirn und räusperte sich. »Das ist ein geradezu klassisches Beispiel für das, was ich in meinen Veröffentlichungen als *Avunkulismus* bezeichnet habe – es findet langsam als *Doemling-Avunkulismus* Eingang in die Forschungsliteratur. Möglicherweise wird es in die nächste Ausgabe des *Diagnostic and Statistical Manual* aufgenommen. Es kann für den Laien als das Aufwerfen in die Pose des weisen und sorgenden Schutzherrn beschrieben werden.

Ich entnehme den Unterlagen, daß die in Frage stehenden schreienden Lämmer auf ein Kindheitserlebnis von Clarice Starling Bezug nehmen, das Schlachten der Lämmer auf der Ranch in Montana, dem Heim ihrer Pflegeeltern«, fuhr Dr. Doemling in seiner trockenen Art fort.

»Sie hat mit Lecter Informationen ausgetauscht«, sagte Krendler. »Er wußte etwas über den Serienkiller ›Buffalo Bill‹.«

»Der zweite Brief, sieben Jahre später, ist, oberflächlich betrachtet, ein Brief des Trostes und der Unterstützung«, sagte Doemling. »Er verspottet sie mit Anspielungen auf ihre Eltern, die sie offenkundig tief verehrt. Er nennt ihren Vater ›den toten Nachtwächter‹ und ihre Mutter ›das Zimmermädchen‹. Und dann stattet er ihre Eltern mit außergewöhnlichen Eigenschaften aus, die sie sich bei ihnen gut vorstellen kann, und zieht diese Eigenschaften ferner dazu heran, um die Fehlschläge in ihrer Karriere zu entschuldigen. Es geht hier ums Einschmeicheln, es geht hier um Kontrolle.

Ich denke, die Starling dürfte zum gegenwärtigen Zeitpunkt eine noch andauernde Bindung an ihren Vater haben, eine *Imago*, die sie davon abhält, leicht sexuelle Beziehungen zu entwickeln, und die sie unter Umständen in Form einer Übertragung zu Dr. Lecter hingeneigt sein läßt, was dieser in seiner Perversität sofort begierig aufgreifen würde. Auch in dem zweiten Brief ermutigt er sie, über eine Anzeige in der Rubrik ›Persönliches‹ Kontakt zu ihm aufzunehmen, und schlägt ihr eine Chiffre vor.«

Mein Gott, der Mann hört und hört nicht auf! Unruhe und Langeweile waren für Mason eine Qual, weil er nicht herumzappeln konnte. »Richtig, wunderbar, sehr schön, Doktor«, unterbrach ihn Mason. »Margot, bitte öffne das Fenster ein wenig. Ich habe eine neue Quelle zu Lecter, Dr. Doemling. Jemand, der beide, Starling und Lecter, kennt und sie zusammen gesehen hat. Hinzu kommt, daß er sich mehr als jeder andere in der Nähe von Lecter aufgehalten hat. Ich möchte, daß Sie mit ihm sprechen.«

Krendler wand sich auf dem Sofa. Seine Eingeweide begannen sich zu regen, als er begriff, worauf dies hinauslief.

51

Mason sprach in seine Sprechanlage, woraufhin ein großer Mann in den Raum trat. Er war genauso muskelbepackt wie Margot und ganz in Weiß gekleidet.

»Das hier ist Barney«, sagte Mason. »Er hatte während der sechs Jahre, die Lecter im Baltimore State Hospital für geistesgestörte Straftäter einsaß, dort den Hochsicherheitstrakt unter sich. Barney arbeitet nun für mich.«

Barney stand eigentlich lieber vor dem Aquarium neben Margot, aber Dr. Doemling wollte ihn im Licht haben. Barney nahm neben Krendler Platz.

»*Barney,* richtig? Nun, *Barney,* über welche berufliche Qualifikationen verfügen Sie?«

»Ich bin Krankenpfleger.«

»Ein *staatlich geprüfter Krankenpfleger* also? Wie schön für Sie. Ist das alles?«

»Ich habe in Altphilologie einen Bachelor des United States Correspondence College«, sagte Barney ausdruckslos. »Und ein Zertifikat über den Besuch der Cummins School of Mortuary Science. Ich bin ausgebildeter Leichenwäscher. Das habe ich nachts während meiner Zeit in der Pflegerausbildung gemacht.«

»Sie haben sich während ihrer Zeit in der Pflegeschule als Pathologiehelfer im Leichenschauhaus über Wasser gehalten?«

»Ja. Leichen von Tatorten abtransportiert und bei Autopsien assistiert.«

»Und davor?«

»Marine-Corps.«

»Ich verstehe. Und während Sie im Baltimore State Hospital arbeiteten, haben Sie Clarice Starling und Hannibal Lecter interagieren sehen – will sagen, haben sie miteinander sprechen sehen?«

»Es schien mir, daß sie –«

»Beginnen wir doch am besten damit, *was* genau Sie gesehen haben, nicht mit dem, was Sie *glauben*, gesehen zu haben. Denken Sie, daß Sie das für mich hinbekommen?«

Mason unterbrach ihn. »Er ist intelligent genug, um seine eigene Meinung zu äußern. Barney, Sie kennen Clarice Starling?«

»Ja.«

»Sie haben mit Hannibal Lecter sechs Jahre lang zu tun gehabt?«

»Ja.«

»Was hatten die miteinander?«

Krendler hatte anfänglich Schwierigkeiten, Barneys hoher, rauher Stimme zu folgen, aber er war es, der die richtige Frage stellte. »Hat Lecter sich während der Starling-Interviews anders als gewöhnlich verhalten, Barney?«

»Ja. Die meiste Zeit über antwortete er gar nicht auf Fragen von Besuchern«, sagte Barney. »Das eine oder andere Mal öffnete er seine Augen mal eben so lange, wie es Zeit brauchte, um einen Universitätsmenschen zu beleidigen, der versuchte, an seinem Hirn herumzudoktern. Einen Professor brachte er sogar zum Weinen. Er war hart mit Starling, aber er hat ihr mehr Fragen als den meisten anderen beantwortet. Er interessierte sich für sie. Sie hat ihn fasziniert.«

»Wie?«

Barney zuckte die Achseln. »Er bekam praktisch nie Frauen zu Gesicht. Sie sieht wirklich gut aus –«

»Was das betrifft, verzichte ich dankend auf Ihre ungemein wertvollen Einsichten«, sagte Krendler. »Ist das alles, was Sie wissen?«

Barney antwortete nicht. Er schaute auf Krendler, als gäben die linke und rechte Hemisphäre von Krendlers Hirn das Bild zweier rammelnder Hunde ab.

Margot knackte eine weitere Walnuß.

»Fahren Sie fort, Barney«, sagte Mason.

»Sie gingen aufrichtig miteinander um. Er ist auf eine eigentümliche Art entwaffnend. Man hat das Gefühl, als ob er sich nicht zu einer Lüge herabließe.«

»*Was* nicht tun würde mit einer Lüge?« fragte Krendler.

»*Herablassen*«, antwortete Barney.

»Sich zu etwas bereitfinden«, sagte Margot Verger aus dem Dunkeln. »Geruhen. Oder: *sich bequemen*, Mr. Krendler.«

Barney fuhr fort: »Dr. Lecter hat ihr einige unangenehme Wahrheiten über sie selbst gesagt, dann aber auch durchaus Angenehmes. Auf diese Weise konnte sie den bösen Dingen ins Gesicht sehen und sich an den vorteilhaften erfreuen, da sie wußte, daß er ihr keinen Schwachsinn erzählte. In seinen Augen war sie zugleich bezaubernd und amüsant.«

»*Sie* haben ein Urteil darüber, was Hannibal Lecter *amüsant* fand?« fragte Dr. Doemling mit gespieltem Unglauben. »Wie sind Sie denn dazu gekommen, *Krankenpfleger* Barney?«

»Ich habe seinem Lachen zugehört, Dr. *Dummling*. Das haben die uns auf der Schule für Krankenpfleger beigebracht, die Vorlesung trug den Titel ›Heilen und der Ausdruck von Freude‹.«

Entweder röchelte Margot, oder das Aquarium hinter ihr machte das Geräusch.

»Nur keine unnötige Hitze, Barney. Erzählen Sie uns lieber den Rest«, sagte Mason.

»Ja, Sir. Manchmal haben Dr. Lecter und ich uns nachts unterhalten, wenn endlich Ruhe eingekehrt war. Wir haben über die Fernkurse gesprochen, für die ich mich eingeschrieben hatte, aber auch über andere Dinge. Er –«

»Kann es sein, daß Sie an einem dieser Fernkurse in *Psychologie* teilgenommen haben?« Dr. Doemling konnte es einfach nicht lassen.

»Nein, Sir. Ich betrachte Psychologie nicht als Wissenschaft. Wie im übrigen auch Dr. Lecter nicht.« Barney fuhr schnell fort, bevor Masons Atemgerät es ihm erlaubte, einen scharfen Tadel auszustoßen. »Ich kann Ihnen aber auch einfach wiedergeben, was er mir gegenüber geäußert hat –

er könne sehen, was Starling werden würde; sie sei auf eine Art und Weise bezaubernd, wie das ein Kätzchen sei, eine kleine Katze, aus der einmal eine – Raubkatze werden würde. Eine, mit der man später nicht mehr spielen kann. Sie habe diese katzenhafte Aufrichtigkeit, sagte er, habe deren Waffen, *en miniature*; sie seien im Wachsen begriffen; und alles, worauf sie sich gerade verstehe, sei, sich mit anderen Kätzchen zu balgen. Das amüsierte ihn.

Die Art, wie es zwischen ihnen begann, spricht für sich. Am Anfang war er ihr gegenüber höflich, ließ sie aber ziemlich auflaufen – dann, sie war gerade im Gehen begriffen, schleuderte einer seiner Zellengenossen ihr Samen ins Gesicht. Das ließ Dr. Lecter hochschrecken, berührte ihn peinlich. Es war das einzige Mal, daß ich ihn aufgebracht erlebt habe. Sie hat es gleichfalls bemerkt und versucht, ihm gegenüber daraus einen Vorteil zu ziehen. Er bewunderte ihren Schneid, glaube ich.«

»Wie war seine Haltung gegenüber dem anderen Insassen – wer hat den Samen geschleudert? Hatten die beiden irgendeine Form von Beziehung zueinander?«

»Das trifft es nicht ganz«, sagte Barney. »Dr. Lecter hat ihn bloß in der gleichen Nacht noch umgebracht.«

»Sie waren doch in getrennten Zellen untergebracht?« fragte Dr. Doemling. »Wie hat er das tun können?«

»Drei Zellen auseinander auf verschiedenen Seiten des Ganges, um genau zu sein«, antwortete Barney. »Mitten in der Nacht sprach Dr. Lecter eine Zeitlang mit ihm. Dann forderte er ihn auf, seine Zunge zu verschlucken.«

»Clarice Starling und Hannibal Lecter … sie freundeten sich also an?« wollte Mason wissen.

»Innerhalb einer Art von Struktur, die gewissen Regeln unterworfen war«, sagte Barney. »Sie tauschten Informationen aus. Dr. Lecter gab ihr Einblicke in die Denkmuster eines Serienkillers, und sie bezahlte dafür mit Informationen persönlicher Natur. Dr. Lecter erzählte mir, seiner Meinung nach habe Starling mehr Energien, als ihr eigentlich gut täte, ›einen Exzeß an Hingabe‹ nannte er es. Sie würde einfach zu nahe am Abgrund arbeiten, sobald sie der Auffassung sei, daß der Auftrag es erfordere. Und einmal sagte er, daß sie ›von Geschmack geschlagen‹ sei. Ich habe keine Ahnung, was das bedeutet.«

»Dr. Doemling, will er mit ihr vögeln oder sie töten, oder will er sie fressen oder was?« fragte Mason, sämtliche Möglichkeiten erschöpfend, die ihm in den Sinn kamen.

»Wahrscheinlich alles drei«, sagte Dr. Doemling. »Ich traue mir allerdings nicht zu, die Reihenfolge zu bestimmen, in der er diese Handlungen vollziehen wird. Das eben ist die Crux bei dem, was ich Ihnen sagen kann. Es spielt keine Rolle, wie sehr die Boulevardpresse – oder die sie repräsentierende Mentalität – es romantisieren mag und versucht, eine Variante von ›Die Schöne und das Biest‹ zu kreieren, Lecters Ziel ist Starlings Erniedrigung, ihr Leiden und ihr Tod. Er hat zweimal auf sie reagiert. Einmal, als sie durch den Samen in ihrem Gesicht befleckt, und das zweite Mal, als sie von der Presse für das Erschießen dieser Leute in der Luft zerrissen worden war. Er kommt in Gestalt eines Mentors daher, aber es ist der *Schmerz*, der ihn erregt. Wenn dereinst die Geschichte von Hannibal Lecter geschrieben werden sollte, und das wird sie ohne jeden Zweifel, dann wird er als Fall von *Doemlingschem Avunkulismus* in die Annalen der Psychologie eingehen. Um Lecter aus der Reserve zu locken, braucht man ihr lediglich Schmerz zuzufügen.«

Auf der breiten, ledernen Fläche zwischen Barneys Augen hatte sich eine steile Zornesfalte gebildet. »Gestatten Sie mir eine Bemerkung, Mr. Verger, wo Sie mich doch gefragt haben.« Er wartete nicht ab, bis ihm die Erlaubnis erteilt wurde. »In der Anstalt reagierte Dr. Lecter auf sie, als sie sich beherrschen mußte, als sie dastand und sich den Samen aus dem Gesicht wischte und trotzdem ihren Job machte. In den Briefen nennt er sie eine Kriegerin und verweist darauf, daß sie in der Schießerei das Kind gerettet hat. Er respektiert und bewundert ihre Courage und ihre Disziplin. Von sich selbst sagt er, daß er nicht beabsichtigt, sie heimzusuchen. Wenn er für eines ganz sicher *nicht* steht, dann ist es das Lügen.«

»Das ist exakt die Art von Denken, von der ich gesprochen habe«, sagte Dr. Doemling. »Hannibal Lecter hegt keine

Gefühle wie Bewunderung oder Respekt. Er fühlt keine Wärme oder Zuneigung. Das ist eine romantische Selbsttäuschung und zeigt einmal mehr die Gefahr, die in mangelnder Bildung liegt.«

»Dr. Doemling, Sie erinnern sich nicht mehr an mich, habe ich recht?« sagte Barney. »Ich war damals die verantwortliche Aufsicht, als Sie versucht haben, mit Dr. Lecter zu sprechen. Das hatten schon viele vor Ihnen versucht, aber Sie waren derjenige, der heulend davongerannt ist, wenn ich mich recht erinnere. Danach hat er Ihr Buch im *American Journal of Psychiatry* besprochen. Ich mache Ihnen keinen Vorwurf daraus, wenn die Rezension Ihnen die Tränen in die Augen getrieben hat.«

»Das reicht jetzt, Barney«, sagte Mason. »Kümmern Sie sich jetzt bitte um mein Mittagessen.«

»Ein halbgarer Autodidakt, es gibt nichts Schlimmeres«, sagte Dr. Doemling, als Barney den Raum verlassen hatte.

»Sie haben uns gar nicht erzählt, daß Sie Lecter interviewt haben, Doktor«, sagte Mason.

»Er war zu der Zeit katatonisch. Aus ihm war nichts herauszubekommen.«

»Und das hat Sie zum Weinen gebracht?«

»Das entspricht nicht der Wahrheit.«

»Und Sie nehmen das, was Barney sagt, mit Vorbehalt auf?«

»Er hat sich ebenso täuschen lassen wie das Mädchen.«

»Barney ist doch bloß selbst scharf auf Starling«, sagte Krendler.

Margot lachte in sich hinein, gerade laut genug, daß Krendler es hören konnte.

»Wenn Sie Clarice Starling für Dr. Lecter reizvoll machen wollen, zeigen Sie sie ihm *leidend*«, sagte Dr. Doemling. »Lassen Sie ihn in dem Schaden, den er sieht, den Schaden imaginieren, den er ihr selbst zufügen kann. Sie, wie symbolisch auch immer, verwundet zu sehen, wird ihn anstacheln, als ob er selbst mit ihr spielte. Wenn der Fuchs den Hasen schreien hört, kommt er angerannt, aber nicht, um ihm zu helfen.«

52

»Ich kann Ihnen Clarice Starling nicht auf dem silbernen Tablett servieren«, sagte Krendler, als Dr. Doemling gegangen war. »Ich kann Ihnen ziemlich genau sagen, wo sie ist und was sie macht, aber ich habe keine Kontrolle über die Anweisungen des Bureaus. Und falls das Bureau sie als Köder benutzt, werden die sie zu schützen wissen, das dürfen Sie mir ruhig glauben.«

Um seinem Standpunkt Nachdruck zu verleihen, stieß Krendler mit dem Finger in Masons Dunkelheit, dorthin, wo er Mason vermutete. »Sie können sich, erstens, nicht an die Aktion dranhängen. Der Observationstrupp würde Ihre Leute sofort ausmachen. Zweitens, das Bureau wird nie von sich aus aktiv, es sei denn, er nähme wieder Kontakt zu ihr auf oder es lägen Beweise dafür vor, daß er ihr nahe ist – er hat ihr in der Vergangenheit schon geschrieben und ist nicht aufgetaucht. Eine Observation bedeutete den Einsatz von mindestens zwölf Leuten, eine teure Angelegenheit. Sie wären besser dran, wenn Sie sie in der Fischmarkt-Geschichte nicht aus der Schußlinie genommen hätten. Vertrackte Nummer, das wieder rückgängig zu machen, um sie damit doch noch dranzukriegen.«

»Sollte, würde, könnte«, sagte Mason, wobei er sich mit dem Buchstaben *S* alles in allem recht wacker schlug. »Margot, schau bitte in die Mailänder Zeitung *Corriere della Sera*, die Samstagsausgabe, der Tag nach Pazzis Tod. Die erste Anzeige in der Seufzerspalte, lies Sie uns bitte vor.«

Margot hielt die engbedruckte Seite gegen das Licht. »Sie ist in Englisch, adressiert an einen A. A. Aaron. Es heißt dort: *Stelle dich bitte den örtlichen Behörden, die Feinde sind ganz in deiner Nähe. Hannah.* Wer ist denn Hannah?«

»Das ist der Name des Pferdes, das Starling als Kind ritt«, sagte Mason. »Es ist eine Warnung von Starling an Lecter. Er hat ihr in seinem Brief erklärt, wie sie Kontakt zu ihm aufnehmen kann.«

Krendler sprang auf. »*Verdammt noch mal.* Sie konnte gar nichts von Florenz gewußt haben. Wenn sie etwas darüber weiß, dann muß sie auch wissen, daß ich Ihnen das Material gezeigt habe.«

Mason seufzte und fragte sich im stillen, ob Krendler wirklich das Zeug zu einem brauchbaren Politiker hatte. »*Sie* wußte von nichts. Ich habe die Anzeige in *La Nazione*, im *Corriere della Sera* und der *International Herald Tribune* am Tag *nach* unserem Anschlag plazieren lassen. Auf diese Weise sollte er denken, falls wir ihn verfehlen, daß Starling versucht hat, ihm zu helfen. Wir hätten dann immer noch über Starling Verbindung zu ihm halten können.«

»Niemand hat das bemerkt.«

»Nein. Mit Ausnahme von Hannibal Lecter vielleicht. Es könnte ja gut sein, daß er ihr dankt – per Post, persönlich, wer weiß das schon? Nun hören Sie mir zu: Die Postüberwachung steht doch noch?«

Krendler nickte. »Aber sicher. Wenn er ihr irgend etwas schickt, sehen Sie es, noch bevor sie es zu Gesicht bekommt.«

»Hören Sie genau zu, Mr. Krendler: Die Art und Weise, wie diese Anzeige aufgegeben und bezahlt wurde, erlaubt Starling nicht, zu beweisen, daß nicht sie es war, die die Anzeige auf eigene Faust geschaltet hat, und das ist ein Kapitalverbrechen. Das ist der Schritt über die berühmte Grenze. Damit können Sie ihr das Genick brechen, Krendler. Sie wissen doch, wieviel das FBI noch auf jemanden gibt, der erst einmal draußen ist. Er könnte genausogut Hundefutter sein. Sie wird nicht einmal mehr hintenrum einen Waffenschein bekommen. Niemand wird über sie wachen, außer meiner Wenigkeit. Und Lecter wird wissen, daß sie da draußen auf sich allein gestellt ist. Aber wir versuchen zuerst noch ein paar andere Dinge.« Mason pausierte, um Luft zu holen, und fuhr dann fort: »Sollten sie nicht funktionieren, machen wir das, was Doemling vorgeschlagen hat, und buchstabieren ihr mit dieser Anzeige, was es heißt, *zu leiden*. Zum Teufel, damit können Sie sie wirklich zerbrechen. Organisieren Sie sich aber die Hälfte mit der Fotze, wenn ich Ihnen einen guten Rat geben darf. Das andere Ende ist zu gottverdammt ehrlich. Oh – ich wollte nicht blasphemisch werden.«

53

Clarice Starling lief durch die fallenden Blätter in einem Staatspark in Virginia. Er lag etwa eine Stunde von ihrem Haus entfernt, und sie mochte ihn sehr. Weit und breit keine Menschenseele im Park an diesem Wochentag im Herbst. Der freie Tag, er war längst überfällig gewesen. Sie lief einen vertrauten Weg in den waldigen Hügeln neben dem Shenandoah River. Die Luft erwärmte sich in der Morgensonne über den Hügelkuppen, war in den Hohlwegen aber noch empfindlich kalt. Mitunter strich sie Starling gleichzeitig warm übers Gesicht und kalt die Beine entlang.

In diesen Tagen, in denen der Boden unter Starlings Füßen zu schwanken schien, wenn sie ging, schenkte ihr das Laufen ein Gefühl von Bodenhaftung.

Starling rannte durch den strahlend schönen Tag. Über ihr tanzten Lichtreflexe im Laubwerk, und vor ihr lag der gesprenkelte Pfad, der an einigen Stellen von Schattenstreifen gekreuzt wurde, die das schräg einfallende Morgenlicht durch die Bäume warf.

Starling blieb buchstäblich das Herz stehen. Direkt vor ihr sprang Hochwild, zwei Hirschkühe und ein Junghirsch, mit einem riesigen Satz ins Unterholz. Als sie davonsprangen, leuchteten die weißen Wedel im Dämmerlicht des tiefen Waldes auf. Erfreut machte Starling selbst einen kleinen Sprung.

Unbeweglich, wie eine Figur auf einem mittelalterlichen Wandteppich, saß Hannibal Lecter am Berghang oberhalb des Flusses im Laub. Er konnte knapp einhundertfünfzig Meter von Starlings Laufstrecke einsehen. Seinen Feldstecher hatte er mit einer selbstgebastelten Papp-Ummantelung so abgeschirmt, daß er keine verräterischen Lichtreflexe aussandte. Zuerst sah er das Hochwild davonspringen und den Hügel in seine Richtung bergauf jagen, und dann, zum erstenmal seit sieben Jahren, sah er Clarice Starling.

Sein Gesicht unter dem Feldstecher blieb unbewegt, einzig seine Nasenflügel vibrierten leicht beim Einatmen, als ob er ihre Witterung auf diese Entfernung hin aufnehmen könnte.

Der Atemzug brachte ihm den Geruch von trockenem Laub mit einem Hauch von Zimt, den vermodernden Blättern darunter und dem leicht verwesenden Mastfutter, einen Hauch von Kaninchenknöttel ein paar Meter entfernt, den durchdringenden Moschusgeruch eines zerfetzten Eichhörnchenfells unter dem Laub, nicht jedoch den Geruch von Starling, den er überall hätte herausriechen können. Er sah das Hochwild vor ihr flüchten, sah es noch lange, nachdem es aus Starlings Sicht verschwunden war, weiterspringen.

Sie war für weniger als eine Minute in seinem Blickfeld, ließ sich von ihrem Schritt tragen und kämpfte nicht gegen den Boden an. Hoch auf dem Rücken trug sie einen kleinen Rucksack, aus dem eine Wasserflasche ragte. Von hinten durch das Morgenlicht angestrahlt, das die Konturen sanft verwischte, sah es aus, als wäre sie mit Pollen bestäubt. Als er ihr mit dem Feldstecher folgte, wurde er von einem Lichtreflex des Wasserlaufs hinter ihr so geblendet, daß er für Minuten dunkle Punkte vor seinen Augen tanzen sah. Sie entschwand seinem Blick, als sich der Pfad in einer Senke verlor. Das letzte, was er von ihr wahrnahm, war ihr Hinterkopf mit dem Pferdeschwanz, der wie der Wedel eines Virginiahirsches auf und nieder wippte.

Dr. Lecter verharrte bewegungslos, machte keinen Versuch, ihr zu folgen. Er sah ihr Bild, wie sie lief, klar und deutlich vor sich. Sie würde vor seinem inneren Auge so lange laufen, wie er es sich wünschte. Das erste Mal seit sieben Jahren, daß er sie wirklich sah – die Fotos in der Boulevardpresse oder das flüchtige Erhaschen ihres Kopfes durch Autoscheiben hindurch nicht mitgerechnet. Er legte sich mit hinter dem Kopf verschränkten Händen ins Laub zurück und schaute in das dünner werdende Blätterwerk des Ahorns über sich, das vor dem dunklen Himmel im Wind rauschte. Einem Himmel, der so dunkel war, daß er beinahe purpurn wirkte. Purpurn, purpurn, die wilden Muskadinetrauben mit den prallen, staubigen Früchten, die schon anfingen, leicht runzlig zu werden, waren auch purpurn. Er hatte sie auf dem Weg zum Hügel hinauf büschelweise gepflückt, hatte ein paar gegessen und einige in der hohlen Hand zerdrückt und wie ein Kind den Saft von der Handfläche geleckt. Purpurn, purpurn ...

Purpurn war die Aubergine im Garten.

Es gab tagsüber kein heißes Wasser in der hochgelegenen Jagdhütte, darum trug Mischas Amme die zerbeulte Kupferwanne in den Küchengarten, damit die Sonne das Badewasser für die Zweijährige wärmte. Mischa saß inmitten der Gemüsebeete in der schimmernden Wanne in der warmen Sonne. Kohlweißlinge umgaukelten sie. Obwohl das Wasser gerade mal ihre kleinen stämmigen Beinchen bedeckte, war ihrem ernsten Bruder Hannibal und dem großen Wachhund strengstens eingeschärft worden, auf sie aufzupassen, während die Amme in die Hütte ging, um ein Badetuch zu holen.

Hannibal Lecter hatte in den Augen mancher Bediensteter etwas Furchteinflößendes an sich. Ein Kind, beängstigend intensiv und altklug. Der alten Amme jedoch, die ihr Geschäft kannte, jagte er keinen Schrecken ein, und gleiches galt für Mischa, die ihre wie Sterne geformten Babyhände auf seine Wangen legte und ihm ins Gesicht lachte. Mischa streckte die Arme aus und griff an ihm vorbei nach der Aubergine, die sie im Sonnenschein so gern anschaute. Ihre Augen waren nicht kastanienbraun wie die ihres Bruders, sondern blau. Als sie auf die Aubergine starrte, schienen ihre Augen sich mit deren Farbe vollzusaugen und dunkler zu werden. Hannibal Lecter wußte, daß Farben ihre größte Leidenschaft waren. Nachdem sie wieder in die Hütte getragen worden war und die Küchenhilfe grummelnd nach draußen kam, um die Wanne im Garten auszuleeren, kniete Hannibal neben dem Beet mit Auberginen nieder, dort wo die Schlieren der Badeseife ein purpurnes und grünes Farbenspiel vor ihm hinzauberten, bis die Blasen auf dem bepflanzten Boden zerplatzten. Er nahm sein kleines

Federmesser heraus, schnitt eine Aubergine mitsamt dem Stiel ab und polierte sie mit seinem Taschentuch. Das Gemüse war noch warm von der Sonne, als er es in Mischas Kinderzimmer trug und es so hinlegte, daß Mischa es sehen konnte. Sie liebte den dunklen Purpur, liebte die Farbe der Aubergine, so lange sie lebte.

Hannibal Lecter schloß die Augen, um nochmals das Hochwild vor Starling flüchten zu sehen, um Starling noch einmal, umgeben von einer goldenen Aura, den Pfad hinunterlaufen zu sehen, aber das da, das war der falsche Hirsch. Das war der kleine Hirsch mit dem Pfeil im Rücken, der immer und immer wieder an dem um seinen Hals gelegten Strick riß, als die ihn zur Schlachtbank führten, der kleine Hirsch, den sie aßen, bevor sie Mischa aßen. Plötzlich war es um seine Ruhe geschehen. Er sprang auf, Mund und Hände besudelt von dem purpurnen Saft der wilden Muskadinetrauben, seine Mundwinkel gingen nach unten wie die einer griechischen Maske. Er schaute Starling den Pfad hinterher. Dabei atmete er tief durch die Nase ein, um den reinigenden Geruch des Waldes in sich aufzunehmen. Er starrte auf den Punkt, wo Starling seinem Blick entschwunden war. Dort schien der Pfad irgendwie lichter als die ihn umgebenden Wälder zu sein, als ob Starling einen strahlenden Ort hinter sich zurückgelassen hätte.

Er kletterte schnell zur Anhöhe hinauf und eilte dann auf der anderen Seite hügelabwärts zu dem Parkplatz eines nahegelegenen Campingplatzes, wo er seinen Pick-up abgestellt hatte. Er wollte aus dem Park sein, bevor Starling zu ihrem Wagen zurückkehrte, der zwei Meilen entfernt auf dem Hauptparkplatz neben dem Rangerhäuschen stand, das um diese Jahreszeit nicht besetzt war.

Es würde noch etwa fünfzehn Minuten dauern, bis sie umkehrte und zu ihrem Wagen zurücklief.

Dr. Lecter stellte den Pick-up neben dem Mustang ab und ließ den Motor laufen. Er hatte bereits mehrmals Gelegenheit gehabt, Starlings Wagen auf dem Parkplatz eines Supermarkts in der Nähe ihres Hauses zu begutachten. Es war die Jahresplakette für den Park gewesen, die ihn auf diesen

Ort hier hatte aufmerksam werden lassen. Er hatte sich umgehend Kartenmaterial zu dem Park besorgt und ihn während seiner Mußestunden erkundet.

Der Wagen war verschlossen und schien auf seinen tiefergelegten Achsen zu kauern, als schliefe er. Das Auto amüsierte ihn. Es war irgendwie drollig und schrecklich leistungsfähig in einem. Auf dem Türgriff aus Chrom konnte er selbst, als er sich hinunterbeugte, nichts riechen. Er klappte sein flaches Slim Jim auf und ließ es oberhalb des Schlosses in den Schlitz zwischen Fenster und Tür gleiten. Alarm? Ja? Nein? *Klick.* Nein.

Dr. Lecter stieg in den Wagen, in die Luft hinein, die ganz und gar Clarice Starling zu sein schien. Das Lenkrad war klobig und mit Leder bezogen. Auf der Nabe stand das Wort MOMO. Wie ein Papagei legte er den Kopf schief und blickte das Wort an. Seine Lippen formten die Worte »MO MO«. Dann lehnte er sich mit geschlossenen Augen im Sitz zurück, atmete, die Augenbrauen nach oben gezogen, als lauschte er einem Konzert.

Dann, als ob sie ihren eigenen Gesetzen gehorchte, erschien die rosafarbene Spitze seiner Zunge zwischen den Lippen, wie eine kleine Schlange, die sich aus seinem Gesicht schlängelte. Ohne den Gesichtsausdruck zu verändern, so als nähme er die eigene Bewegung nicht bewußt wahr, beugte er sich nach vorn, fand das lederüberzogene Lenkrad, allein dem Geruch folgend, und ließ seine Zunge um die Rundung gleiten, wölbte sie um die Einkerbungen für die Finger auf der Unterseite. Er schmeckte den Punkt ab, von dem er wußte, daß dort ihre Hand lag. Dann lehnte er sich – die Zunge war wieder in ihr Nest zurückgeschlängelt – im Sitz zurück, wobei er den geschlossenen Mund bewegte, als verkostete er gerade einen Wein. Ein letztes tiefes Luftholen und Atemanhalten, dann war er wieder draußen und schloß Clarice Starlings Mustang ab. Er atmete nicht aus, behielt sie in seinem Mund und seinen Lungen, bis sein alter Pick-up den Park verlassen hatte.

54

Ein Axiom der Verhaltensforschung besagt, daß Vampire territorial veranlagt sind, wohingegen Kannibalen eine eher nomadenhafte Existenz bevorzugen.

Das Nomadische hatte keinen Reiz für Dr. Lecter. Sein Erfolg in der Vermeidung von Behörden war im wesentlichen der Qualität bewährter Tarnidentitäten und der Sorgfalt geschuldet, mit der er sich diese erhielt. Nicht zu vergessen sein schneller Zugang zu Geld.

Mit den zwei schon vor langer Zeit etablierten Identitäten, beide ausgezeichnet beleumundet, plus einer dritten für den Umgang mit Transportmitteln hatte er keine Probleme, nach seiner Ankunft in den Vereinigten Staaten binnen Wochenfrist sich ein komfortables Nest einzurichten.

Er hatte sich für Maryland entschieden, ungefähr eine Autostunde südlich von Mason Vergers Muskrat Farm und bequem gelegen, was das Musik- und das Theatergeschehen in Washington und New York anging.

Dr. Lecters wahrnehmbare Aktivitäten zogen keine Aufmerksamkeit auf sich, und mit beiden Identitäten besaß er gute Chancen, eine Standardüberprüfung unbeschadet zu überstehen. Nachdem er eines seiner Schließfächer in Miami aufgesucht hatte, mietete er von einem deutschen Lobbyisten für ein Jahr ein hübsches und einsam gelegenes Haus an der Chesapeake Bay.

Mit einer Rufumleitung über zwei Telefone in einem billigen Apartment in Philadelphia war er in der Lage, wann immer es notwendig war, sich als Anrufer zu tarnen, ohne die Annehmlichkeiten seines neuen Zuhauses verlassen zu müssen. Er erstand bar auf dem Schwarzmarkt erstklassige Tickets für die Musikabende und Ballett- und Opernaufführungen, die ihn interessierten.

Unter den bewundernswerten Ausstattungsmerkmalen seines neuen Zuhauses war eine geräumige Doppelgarage mit einer Werkstatt und guten Garagentoren. Dort stellte Dr. Lecter seine beiden Fahrzeuge ab, einen sechs Jahre alten Chevrolet Pick-up Truck mit einem über der Ladefläche montierten Stahlrohrrahmen und einem festverschweißten Schraubstock, den er von einem Installateur und Maler gekauft hatte, und einen XJR Kompressor-Jaguar, den er über eine Holding-Gesellschaft in Delaware geleast hatte. Sein Pick-up bot jeden Tag ein anderes Erscheinungsbild. Die Ausrüstung, die er auf die Ladefläche packen konnte, schloß eine Handwerkerleiter, Stahlrohre, PVC, einen Grill und eine Gasflasche mit ein.

Nachdem seine häuslichen Arrangements keine Wünsche mehr offen ließen, gönnte er sich eine Woche Aufenthalt in New York mit Konzert- und Museumsbesuchen. Von den interessanteren Ausstellungen schickte er Kataloge an seinen Cousin in Frankreich, den berühmten Maler Balthus.

Bei Sotheby's kaufte er zwei exzellente Musikinstrumente, beides ausgesprochen rare Exemplare. Zum einen ein Cembalo flämischen Ursprungs aus dem späten 18. Jahrhundert, das dem 1745er Dulkin im Smithsonian aufs Haar glich, mit einem oberen Manual, um Bachs Musik bewältigen zu können – das Instrument war dem *Gravicembalo*, das er in Florenz zu seiner Verfügung gehabt hatte, ein würdiger Nachfolger. Der andere Kauf war ein elektronisches Instrument der ersten Stunde, ein Theremin, das in den dreißiger Jahren von Professor Theremin persönlich erbaut worden war. Das Theremin hatte Dr. Lecter schon seit langem fasziniert. Als Kind hatte er einmal selbst eines gebaut. Tonhöhe und Lautstärke wurden allein durch die Bewegungen der leeren Hände in einem elektrischen Feld reguliert. Durch die bloße Geste brachte man die Luft zum Singen.

Nun, da er sich so weit eingerichtet hatte, konnte er etwas für die eigene Unterhaltung tun…

Nach diesem Morgen im Wald fuhr Dr. Lecter zu seinem neuen Zuhause, dem angenehmen Schlupfwinkel an der Küste von Maryland, zurück. Der Anblick von Clarice Starling, wie sie durch das Laubwerk auf dem Waldweg trabte, lag wohl verstaut in seinem Gedächtnispalast. Ein beständiger Quell des Vergnügens, von der Vorhalle in weniger als einer Sekunde erreichbar. Er sieht Starling laufen und – so präzise ist die Qualität seiner visuellen Erinnerung – kann die Szene nach neuen Details durchsuchen. Er kann die großen, gesunden Weißwedelhirsche hören, die an ihm vorbei die Anhöhe hochjagen, kann die Hornhaut an ihren Läufen sehen, den Grasstreifen auf dem Bauchfell des ihm am nächsten kommenden. Er hat diese Erinnerung in einem lichtdurchfluteten Zimmer untergebracht, weit entfernt von dem kleinen, verwundeten Hirschen ...

Wieder zu Hause, wieder zu Hause, die Garagentür schloß sich mit leisem Surren hinter seinem Pick-up.

Als sich die Tür um die Mittagszeit wieder hob, rollte der schwarze Jaguar heraus, der Doktor war für die Stadt gekleidet.

Dr. Lecter liebte es einzukaufen. Er fuhr direkt zu Hammacher Schlemmer, dem Lieferanten für den gehobenen Haushalts- und Sportbedarf, bekannt auch für seine Auswahl erlesener Küchengeräte. Er ließ sich Zeit. Immer noch von der Stimmung des Waldes getragen, prüfte er mit einem Maßband die Abmessungen von drei großen Picknickkörben, allesamt aus lackierter, geflochtener Weide mit eingenähten Lederriemen und stabilen Messingbeschlägen. Schließlich entschloß er sich für einen Picknickkorb mittlerer Größe, da er nur Platz für ein Gedeck bieten mußte.

Die Weidenkiste enthielt eine Thermoskanne, strapazierfähige Becher, rustikales Geschirr und Besteck aus rostfreiem Stahl. Die Kiste gab es nur mit den Accessoires. Man war verpflichtet, sie mitzukaufen.

Anschließend fuhr er zu Tiffany und ersetzte die massiven Picknickteller durch Porzellan der französischen Manufaktur Gien mit einem *Chasse*-Muster aus Blättern und Rebhühnern. Bei Christofle erwarb er anschließend einen Satz des von ihm bevorzugten Tischsilbers aus dem 19. Jahrhundert, bei dem das Meisterzeichen auf die Löffelböden und die Stadtmarke, der Pariser Grenadier, auf die Unterseite der Stiele geprägt waren. Die Gabeln waren tief geschwungen, der Abstand zwischen den Gabelzinken großzügig bemessen, und der Schwerpunkt der Messer lag angenehm weit hinten. Die Besteckteile lagen in der Hand wie gute Duellpistolen. Was das Kristall anging, schwankte der Doktor in der Frage der Größe seiner Aperitifgläser. Schließlich wählte er einen Ballon aus Rauchglas für den Brandy. Bei den Weingläsern gab es für ihn keinen Zweifel. Der Doktor entschied sich für Riedel. Er kaufte die Gläser in zwei Größen, mit ausreichend Platz für die Nase innerhalb des Randes.

Bei Christofle entdeckte er auch Platzdeckchen in cremefarbenem Leinen und ein paar wunderschöne Damastservietten mit einer kleinen, aufgesetzten Damaszener-Rose in der Ecke, die wie ein Tropfen Blut aussah. Dr. Lecter fand das Zusammentreffen amüsant und kaufte sechs Servietten, so daß er auch für den Fall gerüstet war, falls einmal ein paar in der Wäsche sein sollten.

Er kaufte zwei gute, tragbare 35000-BTU-Gasbrenner, wie sie in Restaurants zur Zubereitung von Speisen am Tisch benutzt wurden, eine exquisite Kupferkasserolle und ein *fait-tout* aus Kupfer für die Zubereitung von Soßen, beides von Dehillerin in Paris, und zwei Schneebesen. Was ihm nicht gelang, war, Küchenmesser aus Flußstahl aufzutreiben, die er denen aus rostfreiem Stahl vorzog. Desgleichen eine Reihe von Messern, die seinen etwas spezielleren Anforderungen genügen mußten und die er in der Eile in Italien zurückgelassen hatte.

Der letzte Stopp galt einer nicht weit vom Mercy General Hospital gelegenen Firma für Krankenhausbedarf. Dort machte er mit dem Kauf einer buchstäblich brandneuen Stryker-Autopsiesäge ein echtes Schnäppchen. Sie ließ sich anstelle der Thermoskanne wunderbar in seinem Picknickkorb unterbringen. Die Garantie war noch nicht abgelaufen, und die Säge hatte zusätzlich zu dem handelsüblichen Set an Schädelsägeblättern noch einen Schädelmeißel. Damit hatte er seine *batterie de cuisine* beinahe komplettiert.

Die Glastüren in Dr. Lecters neuem Heim stehen offen und lassen die kühle Abendluft herein. Die Bay liegt, schwarz-silbrig glänzend unter den dahineilenden Schatten der Wolken, ins Mondlicht getaucht. Er hat sich ein Glas Wein eingeschenkt und es neben dem Cembalo auf die Ablage für die Kerzen gestellt. Das Bouquet des Weines vermischt sich mit der salzigen Brise, und Dr. Lecter kann sich an dem Wein delektieren, ohne die Hände von den Tasten nehmen zu müssen. Er hat über die Jahre hin Klavichorde, Virginale und andere frühe Tasteninstrumente besessen. Doch er bevorzugt den Klang und den Anschlag des Cembalos, bei dem die Lautstärke der gezupften Saiten nicht zu beeinflussen ist; die Musik entsteht wie eine Erfahrung, die man macht, plötzlich und als Ganzes.

Dr. Lecter blickt auf das Instrument, öffnet und schließt die Hände. Er nähert sich seinem neuerworbenen Cembalo, als wollte er einen Fremden mit einer interessanten, leichten Bemerkung ansprechen – er spielt ein Lied, das von Heinrich VIII. komponiert wurde, »Green Grows the Holly«.

Ermuntert versucht er sich an Mozarts »Sonate in B-Dur«. Sein Cembalo und er sind noch nicht wirklich miteinander vertraut. Aber die Art, wie es ihm und seinen Händen antwortet, gibt ihm das Gefühl, daß sie bald zusammenkommen werden. Die Brise frischt auf, und die Kerzen flackern, aber Dr. Lecters Augen sind geschlossen, sein Gesicht ist ganz der Musik hingegeben, die er spielt. Seifenblasen fliegen von den sternengleichen Händchen Mischas auf, als sie sie aus der Wanne in die laue Luft wirbelt, die über sie hinwegstreicht. Und als er den dritten Satz beginnt, läuft, leicht wie eine Feder, Clarice Starling durch den Wald. Sie läuft und läuft, das Rascheln der Blätter unter ihren Füßen, das Rauschen des Windes hoch oben in den Bäumen und das Hochwild, das vor ihr hochschreckt, ein Junghirsch und zwei Hirschkühe, die so über den Pfad springen, wie ein Herz springen kann. Mit einemmal ist der Untergrund viel kälter, und zerlumpte Gestalten zerren einen kleinen Hirsch aus dem Wald. Ein Pfeil steckt ihm im Widerrist. Der Hirsch reißt an dem um seinen Hals gelegten Strick. Wieder die Männer, die das verwundete Tier hinter sich her zerren. Sie wollen ihn nicht zur Axt schleppen müssen. Die Musik schrillt auf und bricht über dem blutigen Schnee ab. Dr. Lecter hält sich krampfhaft am Klavierhocker fest. Er atmet tief und schwer, legt seine Hände auf die Tasten, zwingt sich, eine Phrase zu spielen, dann zwei. Sie verhallen in der Stille.

Wir hören einen dünnen, langgezogenen Schrei, der ebenso abrupt abbricht wie die Musik. Er sitzt für lange Zeit unbeweglich da, den Kopf auf die Tasten gelegt. Dann steht er geräuschlos auf und verläßt das Zimmer. Unmöglich zu sagen, wo in dem dunklen Haus er sich nun aufhält. Der von der Chesapeake Bay heraufkommende Wind frischt auf und läßt die Kerzen flackern und schließlich verlöschen. Er streicht durch die Saiten des im Dunkeln stehenden Cembalos – ein Ton wie zufällig, ein Ton wie ein Schrei aus längst vergangenen Tagen.

55

Die »Mid-Atlantic Regional Gun and Knife Show« im War Memorial Auditorium. So weit das Auge reicht, Tische mit Waffen, in der Mehrzahl Faustfeuerwaffen und auf Angriff getrimmte Schrotgewehre. Die roten Laser der Zielsucher wandern über die Decke.

Nur wenige wirklich Jagdbegeisterte kommen zu Waffenschauen. Für sie ist das eine Frage des Geschmacks. Schußwaffen sind heutzutage schwarz, Waffenschauen in der Regel trostlos, farblos und genauso freudlos wie die Seelenlandschaft vieler ihrer Besucher.

Schaut euch dieses Volk an: schmuddelig, argwöhnisch, verärgert, unter Verstopfung leidend und mit Herzen, die wahre Mördergruben sind. Sie sind die eigentliche Gefahr für das Recht des Bürgers auf den Besitz von Feuerwaffen.

Die Waffen, an denen sie Gefallen finden, sind Sturmgewehre, billige, aus Preßstücken hergestellte Massenware, um ignorante und untrainierte Haufen mit möglichst hoher Feuerkraft zu versorgen. Zwischen den Bierbäuchen, den schwammigen und teigigen Revolverhelden bewegte sich Dr. Hannibal Lecter, königlich schlank. Die Schußwaffen interessierten ihn nicht. Er steuerte direkt auf die Auslage des besten Messerschmieds im weiten Rund der Schau zu.

Der Schmied heißt Buck und wiegt 325 Pfund. Buck hat eine Menge Fantasy-Schwerter und Kopien von mittelalterlichen und exotisch aussehenden Gegenständen im Angebot, aber er offeriert auch die weit und breit besten Messer und Totschläger. Dr. Lecter erkennt auf den ersten Blick, daß er hier die meisten Gegenstände auf seiner Liste finden würde. Es waren Dinge, die er notgedrungen in Italien zurücklassen mußte.

»Kann ich helfen?« Buck war pausbäckig, hatte einen freundlichen Mund und einen bösartigen Blick.

»Ja. Ich nehme das Harpy da und ein gerades, gezacktes Spyderco mit einer 4-Inch-Klinge und das Abhäutemesser dort hinten, bitte.«

Buck suchte das Gewünschte zusammen.

»Ich brauche ein gutes Aufbruchmesser. Nicht das hier, sondern ein wirklich gutes. Außerdem wüßte ich gern, wie der flache lederne Totschläger in der Hand liegt, der schwarze dort ...« Dr. Lecter prüfte die Elastizität. »Ausgezeichnet, ich nehme ihn.«

»Darf's sonst noch etwas sein?«

»Ja. Ich hätte außerdem gern ein Spyderco Civilian. Ich sehe keins in der Auslage.«

»Die meisten wissen gar nicht, daß es das gibt. Ich habe nie mehr als eins am Lager.«

»Das eine reicht mir völlig.«

»Listenpreis zweihundertzwanzig Dollar. Ich kann es Ihnen für hundertneunzig inklusive Koffer überlassen.«

»Wunderbar. Führen Sie auch Küchenmesser aus Flußstahl?«

Buck schüttelte den massigen Schädel. »Da müssen Sie auf Flohmärkten nach den alten Ausschau halten. So bin ich auch an meine rangekommen. So ein Messer können Sie mit dem Boden einer Untertasse schleifen.«

»Schnüren Sie mir bitte ein Päckchen, ich bin in ein paar Minuten zurück.«

Es kam nicht besonders häufig vor, daß man Buck darum bat, »ein Päckchen zu schnüren«. Aber er tat es, wenn auch mit einem leichten Stirnrunzeln.

Wie üblich war diese Waffenschau natürlich alles andere als eine Schau. Sie war ein Basar. Es gab ein paar Tische mit Memorabilien aus dem Zweiten Weltkrieg, die schon recht antik wirkten. Man konnte M-1-Gewehre kaufen, Gasmasken mit blindgewordenen Schutzgläsern und Kochgeschirr. Es gab die obligatorischen Stände für Nazi-Andenken. Man konnte einen echten Zyklon-B-Gaskanister kaufen, wenn einem der Sinn danach stand.

Es gab fast nichts aus dem Korea- oder dem Vietnamkrieg und gar nichts von der »Operation Wüstensturm«.

Viele der Kauflustigen trugen Tarnkleidung, als ob sie gerade von der Front kämen und auf einen Sprung bei der Waffenschau vorbeischauten. Darüber hinaus wurde jede Menge Tarnkleidung feilgeboten. Sogar ein kompletter Tarnanzug für einen Sniper oder einen Bogenjäger war zu haben – die größte Untergruppe der Schau stellten Ausrüster, die sich auf die Jagd mit Pfeil und Bogen spezialisiert hatten.

Dr. Lecter stand gerade vor dem Tarnanzug, als er auf die Uniformierten neben sich aufmerksam wurde. Er nahm einen Bogenhandschuh. Während er das Etikett des Herstellers ins Licht hielt, sah er, daß die beiden Officer neben ihm von der Jagd- und Fischereibehörde in Virginia kamen, die mit einem Stand für Umweltschutz auf der Schau vertreten war.

»Donnie Barber«, sagte der ältere der beiden Beamten und deutete mit dem Kinn auf einen Mann. »Solltest du den jemals vor Gericht kriegen, gib mir bitte Bescheid. Nichts sähe ich lieber, als daß dieser Hurensohn endlich aufhört, in unseren Wäldern herumzustreunen.« Sie beobachteten einen etwa dreißigjährigen Mann am anderen Ende der Bogenausstellung. Er saß, das Gesicht ihnen zugewandt, vor einem Videoschirm. Donnie Barber trug Tarnklamotten und hatte die Uniformjacke an den Ärmeln um die Hüfte geschlungen. Er hatte ein khakifarbenes, ärmelloses T-Shirt an, um mit seinen Tattoos prahlen zu können. Außerdem trug er eine Baseballkappe mit nach hinten gedrehtem Schild.

Dr. Lecter entfernte sich langsam von den Beamten. Eine Reihe weiter blieb er vor einer Auslage mit Laserpistolen stehen und schaute sich durch ein mit Holstern behängtes Gitter das verwackelte Video an, das Donnie Barber so in Bann zog.

Es war ein Video über die Jagd auf Maultierhirsche mit Pfeil und Bogen.

Jemand außerhalb des Blickfelds der Kamera hetzte einen Hirsch den Holzzaun eines Geheges entlang, während der Jäger, dem man ein Mikrofon umgehängt hatte, seinen Bogen spannte. Sein Atem beschleunigte sich. Er flüsterte ins Mikrofon: »Boaaa, Alter, kommt das gut!«

Der Hirsch bäumte sich auf, als der Pfeil ihn traf, und krachte zweimal in den Zaun, bevor er zurücksprang und davonrannte.

Donnie Barber grunzte und krümmte sich vor Begeisterung bei dem Pfeiltreffer.

Jetzt machte sich der Video-Jäger daran, den Hirsch aus der Decke zu schlagen. Er begann mit dem, was er den ANN-us nannte.

Donnie Barber stoppte das Video und spulte es bis zum Treffer zurück, und das immer wieder, bis der Standinhaber ihn endlich zur Ordnung rief.

»Fick dich doch ins Knie, du Arschloch«, bekam er von Donnie Barber zu hören. »Deinen Dreck würde ich so oder so nicht kaufen.«

Am nächsten Stand erwarb er einen Satz gelber Pfeile, breitköpfig, mit kreuzförmig angeordneten rasiermesserscharfen Klingen in den Spitzen. Dort stand auch eine Box für ein Preisausschreiben. Der Hauptpreis war eine zweitägige Hirschjagd. Mit seinem Kauf erhielt Donnie Barber eine Teilnahmekarte.

Donnie Barber füllte sie aus und steckte sie in den Schlitz der Box. Den Kugelschreiber des Händlers behielt er, als er mit seinem länglichen Paket in der Menge der jungen Männer mit Tarnkleidung verschwand.

Wie ein Froschauge jede Bewegung in seinem Gesichtsfeld wahrnahm, so registrierte das Auge des Händlers jedes Innehalten in der vorbeiströmenden Menge. Der Mann vor ihm war vollkommen regungslos.

»Ist das dort Ihre beste Armbrust?« fragte Dr. Lecter den Händler.

»Nein.« Der Mann holte unter dem Ladentisch einen Koffer hervor. »Das hier ist mit Abstand die beste. Ich mag die *recurve* lieber als die *compound*, falls man sie mit sich herumschleppen muß. Sie hat eine Winde, die man elektrisch und manuell bedienen kann. Sie wissen hoffentlich, daß Sie in Virginia mit einer Armbrust nur dann auf die Hirschjagd gehen dürfen, wenn Sie behindert sind?«

»Mein Bruder hat einen Arm verloren und ist ganz heiß darauf, mit dem anderen etwas zu töten«, antwortete Dr. Lecter.

»Oh, ich kapiere.«

Es dauerte keine fünf Minuten, und der Doktor kaufte eine ausgezeichnete Armbrust und zwei Dutzend jener kurzen, dicken Pfeile, die man beim Armbrustschießen verwendete.

»Schnüren Sie mir bitte ein Paket«, sagte Dr. Lecter.

»Füllen Sie doch die Teilnahmekarte aus, vielleicht gewinnen Sie ja eine Hirschjagd. Zwei Tage in einem guten Revier«, sagte der Händler. Dr. Lecter füllte seine Teilnahmekarte aus und steckte sie in den Schlitz der Box.

Sobald der Händler durch einen anderen Kunden abgelenkt war, wandte sich Dr. Lecter noch einmal an ihn.

»Mist!« sagte er. »Ich habe vergessen, meine Telefonnummer auf der Teilnahmekarte zu vermerken. Darf ich?«

»Sicher, nur zu.«

Dr. Lecter hob den Deckel der Box ab und nahm die beiden obenliegenden Teilnahmekarten heraus. Er ergänzte die ohnehin falschen Informationen auf seiner eigenen und warf einen langen Blick auf die darunterliegende. Er blinzelte einmal, wie eine Kamera, deren Verschluß sich öffnet und schließt.

56

Das Fitneßstudio der Muskrat Farm bot in einer schneckenförmigen Anordnung high-tech-schwarz und chromblitzend den kompletten Satz an Maschinen, Gewichten und Aerobic-Equipment sowie die obligatorische Saftbar.

Barney hatte sein Workout beinahe beendet und ließ es auf einem Fahrrad langsam auslaufen, als er bemerkte, daß er nicht allein war. Margot Verger begann in der Ecke mit ihrem Aufwärmtraining. Sie trug elastische Shorts und ein Tank-Top über einem Sport-BH und war gerade dabei, sich den Gürtel fürs Gewichtheben umzuschnallen. Er hörte sie atmen, als sie einen Satz zum Aufwärmen absolvierte.

Barney radelte auf dem Fahrrad, die Einstellung für den Widerstand auf der kleinsten Stufe, und rubbelte sich mit einer Hand die Haare trocken, als sie zwischen zwei Sätzen zu ihm herüberkam. Sie blickte auf seine Arme und dann auf ihre. Beide hatten in etwa dieselbe Muskelmasse.

»Wieviel legst du beim Bankdrücken maximal auf?« fragte sie.

»Keine Ahnung.«

»Natürlich weißt du das.«

»So um die drei-fünfundachtzig.«

»*Drei-fünfundachtzig?* Wenn ich alles glaube, *big boy,* aber du drückst keine drei-fünfundachtzig.«

»Vielleicht haben Sie recht.«

»Ich habe hier hundert Dollar, die behaupten, daß du keine drei-fünfundachtzig schaffst.«

»Gegen?«

»Gegen hundert Dollar, was, zum Teufel, glaubst du denn? Und ich werde ein Auge auf dich haben, mein Freund.«

Barney schaute sie an und runzelte die Stirn. »Okay.«

Sie legten die Scheiben auf. Margot zählte die am Ende der Stange, die Barney aufgelegt hatte, als ob er schummeln wollte. Im Gegenzug zählte er ganz besonders genau die ab, die sie aufgelegt hatte.

Flach auf der Bank nun, Margot über ihm in ihren Spandex-Shorts am Kopfende stehend. Der Übergang von Hüfte zu Bauch war bei ihr eingekerbt wie ein Barockrahmen, und ihr massiver Torso schien beinahe bis zur Decke zu reichen.

Barney machte es sich bequem, fühlte die Bank in seinem Rücken. Margots Beine rochen wie kühles Liniment. Ihre Hände lagen leicht auf der Stange, die Nägel korallenfarben lackiert, wohlgeformte Hände eigentlich, obwohl sie so stark waren.

»Fertig?«

»Ja.« Er stieß die Langhantel dem Gesicht entgegen, das sich über ihn beugte.

Es war keine besonders große Herausforderung für Barney. Er setzte die Hantel auf der Gabel vor Margot ab. Sie holte das Geld aus ihrer Sporttasche.

»Vielen Dank«, sagte Barney.

»Ich mache mehr Kniebeugen als du«, war alles, was sie sagte.

»Ich weiß.«

»Und woher weißt du das?«

»Ich kann im Stehen pinkeln.«

Ihr muskelbepackter Hals rötete sich. »Das kann ich auch.«

»Hundert Dollar?« fragte Barney.

»Mach mir einen Fruchtcocktail«, sagte sie.

Auf der Theke der Saftbar stand eine Schale mit Nüssen und Früchten. Während Barney in einem Mixer die Cocktails zubereitete, nahm Margot zwei Walnüsse und knackte sie mit einer Hand.

»Kriegen Sie das auch mit einer Nuß hin, ohne eine zweite zu haben, die Sie dagegenpressen können?« fragte Barney.

Er schlug zwei Eier auf dem Rand des Mixers auf und ließ sie hineinplumpsen.

»Aber du kannst das natürlich«, sagte Margot und reichte ihm eine Walnuß.

Die Nuß lag auf Barneys Handfläche. »Keine Ahnung.« Er räumte den Platz vor sich auf der Theke frei. Dabei rollte ihm eine Orange auf Margots Seite über die Kante. »Hoppla, tut mir leid«, sagte Barney. Sie bückte sich, hob die Orange vom Boden auf und legte sie in die Fruchtschale zurück.

Barney hatte die Hand zur Faust geballt. Margots Blick wanderte abwechselnd von der Faust zu seinem Gesicht und wieder zurück, als Barneys Halsmuskeln vor Anstrengung hervortraten und sein Gesicht dunkelrot anlief. Ein Zittern überlief ihn. In der Faust war ein leises Knacken zu vernehmen. Margots Gesichtszüge drohten zu entgleisen. Er bewegte seine zitternde Faust über den Mixer, und das Knakken wurde lauter. Eigelb und Eiweiß platschten in den Mixer. Barney drückte die Starttaste und leckte sich die Fingerspitzen. Margot mußte gegen ihren Willen lachen.

Barney goß die Cocktails in die Gläser. Von der anderen Seite des Raumes hätte man meinen können, daß sie zwei Wrestler oder Gewichtheber aus unterschiedlichen Gewichtsklassen waren.

»Haben Sie eigentlich das Gefühl, Sie *müssen* alles tun, was wir Jungs machen?« fragte Barney.

»Nicht jeden Mist.«

»Was halten Sie von einer Freundschaft unter Männern?«

Margots Lächeln verflüchtigte sich. »Komm mir jetzt nicht mit dreckigen Witzen, Barney.«

Er schüttelte seinen massigen Schädel. »Stellen Sie mich auf die Probe«, sagte er.

57

In »Hannibals Heim« wuchs die Blütenlese mit jedem Tag, den Clarice Starling Schritt für Schritt die Korridore von Dr. Lecters Geschmack erkundete.

Rachel DuBerry war ein wenig älter als Dr. Lecter gewesen, als sie noch im Vorstand des Symphonieorchesters Baltimore aktiv war. Und sie war sehr schön gewesen, wie Starling einer Nummer der *Vogue* dieser Zeit entnehmen konnte. Heute, zwei reiche Ehemänner später, war sie Mrs. Franz Rosencranz aus der Linie der Textilbarone. Ihre Privatsekretärin stellte Starling durch.

»Heute stehe ich dem Symphonieorchester lediglich mit Geld bei, meine Liebe. Wir sind einfach zuviel auf Reisen, als daß ich noch aktiv beteiligt sein könnte«, ließ Mrs. Rosencranz, geborene DuBerry, Starling wissen. »Falls es um eine Steuersache geht, kann ich Ihnen die Nummer unserer Buchhaltung geben.«

»Mrs. Rosencranz, als Sie noch aktives Mitglied in den Vorständen der Philharmonie und der Westover School waren, waren Sie doch mit Dr. Hannibal Lecter bekannt.«

Schweigen am anderen Ende der Leitung.

»Mrs. Rosencranz?«

»Ich glaube, es ist wohl besser, wenn Sie mir Ihre Nummer geben und ich Sie über die Zentrale des FBI zurückrufe.«

»Aber gewiß doch.«

Als die Unterhaltung weiterging: »Ja, ich verkehrte vor Jahren gesellschaftlich mit Hannibal Lecter, und die Presse kampiert seitdem auf meiner Türschwelle. Er war ein außergewöhnlich bezaubernder Mann, einzigartig in seiner Art. Der Typ Mann, der Frauen den *Pelz knistern* läßt, wenn Sie verstehen, was ich meine. Ich habe Jahre gebraucht, um an die andere Seite von ihm zu glauben.«

»Hat er Ihnen jemals Geschenke gemacht, Mrs. Rosencranz?«

»Er schickte mir in der Regel einen Geburtstagsgruß, sogar dann noch, als er in Haft war. Manchmal eine Kleinigkeit, als er noch nicht verurteilt war. Seine Geschenke zeugen von einem erlesenen Geschmack.«

»Und Dr. Lecter richtete jenes berühmte Geburtstagsessen für Sie aus. Mit den Weinjahrgängen, die auf die Zahlen in Ihrem Geburtsdatum anspielten.«

»Ja«, sagte sie. »Suzy nannte es die mit Abstand bemerkenswerteste Party seit Capotes ›Black and White Ball‹.«

»Mrs. Rosencranz, sollten Sie je von ihm hören, hätten Sie dann bitte die Freundlichkeit, das FBI unter der Nummer anzurufen, die ich Ihnen gleich gebe? Eine andere Frage, die ich gern noch stellen würde, wenn ich darf: Gibt es irgendwelche besonderen Jahrestage zwischen Ihnen und Dr. Lecter? Und, Mrs. Rosencranz, ich muß Sie auch nach Ihrem Geburtsdatum fragen.«

Merkliche Kühle am anderen Ende der Leitung. »Soweit ich weiß, ist diese Information für Sie leicht zugänglich.«

»Ja, Ma'am, aber es gibt da einige Unstimmigkeiten zwischen den Daten auf Ihrem Sozialausweis, Ihrer Geburtsurkunde und Ihrem Führerschein. Tatsächlich sind keine der Daten identisch. Ich bitte vielmals um Entschuldigung, aber wir schlüsseln Kundenbestellungen von hochpreisigen Konsumgütern in Verbindung mit den Geburtstagen von Dr. Lecters früheren Bekanntschaften auf.«

»›Frühere Bekanntschaften‹. Ich bin also jetzt eine *frühere Bekanntschaft*, was für ein schrecklicher Ausdruck.« Mrs. Rosencranz gluckste. Sie entstammte noch der Cocktail- und Zigaretten-Generation, und ihre Stimme war tief. »Agent Starling, darf ich fragen, wie alt Sie sind?«

»Ich bin zweiunddreißig, Mrs. Rosencranz. Ich werde zwei Tage vor Weihnachten dreiunddreißig.«

»Gestatten Sie mir eine Bemerkung in aller Freundschaft. Ich hoffe, daß es in Ihrem Leben ein paar ›frühere Bekanntschaften‹ geben wird. Sie helfen die Zeit zu vertreiben.«

»Ja, Ma'am, und Ihr Geburtsdatum ist ...?«

Mrs. Rosencranz gab dann schließlich doch noch die korrekte Information heraus, charakterisierte sie als »das Datum, mit dem Dr. Lecter vertraut ist«.

»Wenn ich mir eine abschließende Frage erlauben darf? Ich verstehe, warum eine Frau ihr Geburtsjahr ändert, aber warum den Monat und den Tag?«

»Ich wollte Jungfrau sein, es paßte besser zu Mr. Rosencranz, wir hatten damals begonnen, uns zu verabreden.«

Die Leute, die Dr. Lecter getroffen hatten, während er in dem Käfig lebte, hatten ein etwas anderes Bild von ihm.

Starling hatte Catherine Martin, die Tochter der ehemaligen U.S.-Senatorin Ruth Martin, aus dem höllischen Verlies des Serienkillers Jame Gumb gerettet, und wäre Senatorin Martin bei der nächsten Wahl nicht geschlagen worden, hätte sie sich sicherlich für Starling eingesetzt. Sie war Starling am Telefon herzlich zugetan, berichtete ihr von Catherine und wollte wissen, was es bei Starling Neues gab.

»Sie haben mich niemals um einen Gefallen gebeten, Starling. Falls Sie jemals einen Job –«

»Haben Sie vielen Dank, Frau Senatorin.«

»Was den gottverdammten Lecter betrifft, nein, ich hätte das Bureau natürlich umgehend davon in Kenntnis gesetzt, falls ich wieder etwas von ihm gehört hätte. Ich deponiere die Nummer direkt neben meinem Telefon. Charlsie weiß, wie mit der Post zu verfahren ist. Ich erwarte allerdings nicht, etwas von ihm zu hören. Das letzte, was dieser Scheißkerl in Memphis zu mir gesagt hat, war: ›Schönes Kostüm, das Sie da anhaben.‹ Er hat mir das mit Abstand Grausamste angetan, was mir jemals in meinem Leben widerfahren ist. Wissen Sie, was es war?«

»Er hat Sie verhöhnt.«

»Als Catherine vermißt wurde, als wir alle völlig am Verzweifeln waren und er sagte, er besäße Informationen zu Jame Gumb, und ich mit ihm verhandelte, fragte er mich – er hat mir mit seinen Schlangenaugen direkt ins Gesicht geschaut und mich gefragt, ob ich Catherine die Brust gegeben habe. Er wollte doch tatsächlich wissen, ob ich ihr *die Brust gegeben* habe. Ich antwortete ihm: ›Ja.‹ Und daraufhin sagte er: ›Eine Arbeit, die durstig macht ...‹ Es hat auf einen Schlag alles wieder in mir zurückgebracht, wie ich sie als Baby gehalten habe, durstig, darauf wartend, daß sie satt wurde. Es hat mir einen Stich versetzt wie sonst nichts in meinem Leben, und er *hat meinen Schmerz einfach in sich hineingeschlungen.*«

»Von wem stammte es, Frau Senatorin?«

»Stammte was? – Tut mir leid.«

»Von wem stammte das Kostüm, das Sie damals trugen und das Dr. Lecter mochte?«

»Lassen Sie mich einen Augenblick nachdenken – ein marineblaues Givenchy, sehr gut geschnitten«, sagte Senatorin Martin, leicht pikiert über Starlings Prioritäten. »Wenn Sie ihn wieder in den Knast gebracht haben, kommen Sie mich doch einmal besuchen, Starling, lassen Sie uns dann zusammen ausreiten.«

»Vielen Dank, Frau Senatorin, ich werde darauf zurückkommen.«

Zwei Anrufe, zwei völlig unterschiedliche Seiten Dr. Lecters, die eine zeigte seinen Charme, die andere seine Abgründe. Starling notierte sich: *Wein geschlüsselt auf Geburtstage*, was in ihrem kleinen Programm bereits berücksichtigt war. Sie machte sich einen Vermerk, daß *Givenchy* in die Liste der Luxusgüter aufzunehmen sei. Als nachträglichen Einfall notierte sie, eigentlich aus keinem ihr unmittelbar einsichtigen Grund: *die Brust geben*. Bevor sie sich darüber Gedanken machen konnte, klingelte ihr rotes Telefon.

»Bin ich mit der Abteilung für Verhaltensforschung verbunden? Kann mich jemand zu Jack Crawford durchstellen? Hier spricht Sheriff Dumas aus Clarendon County, Virginia.«

»Sheriff, ich bin die Assistentin von Jack Crawford. Er nimmt heute einen Termin vor Gericht wahr. Ich kann Ihnen sicherlich auch weiterhelfen. Ich bin Special Agent Starling.«

»Ich muß unbedingt mit Jack Crawford sprechen. Wir haben hier einen Kerl in der Leichenhalle, der nach allen Regeln der Kunst ausgenommen worden ist. Bin ich überhaupt mit der richtigen Abteilung verbunden?«

»Jawohl, Sir, das hier ist die Fleisch… – ja, Sir, Sie sind in der richtigen Abteilung gelandet. Wenn Sie mir sagen, wo genau Sie sind, bin ich schon auf dem Weg raus zu Ihnen. Ich werde Jack Crawford umgehend benachrichtigen, sobald er mit seiner Anhörung durch ist.«

Starlings Mustang raste mit quietschenden Reifen, ein paar Millimeter Profil lassend, aus der Einfahrt von Quantico. Der wachhabende Marine runzelte die Stirn und drohte ihr mit erhobenem Zeigefinger. Allerdings konnte er sich ein Lächeln nicht verkneifen.

58

Die Clarendon-County-Leichenhalle im nördlichen Virginia ist an das städtische Krankenhaus angegliedert. Die beiden Gebäude sind durch eine kleine Luftschleuse mit einem Abluftventilator in der Decke und weit aufschwingenden Doppeltüren auf beiden Seiten verbunden, die den Toten den Zugang erleichtern sollen. Ein Hilfssheriff stand vor diesen Türen und hinderte fünf Reporter und Kameraleute, die sich um ihn drängten, am Zutritt.

Hinter den Reportern stand Starling auf Zehenspitzen und hielt ihre Dienstmarke hoch. Als der Hilfssheriff sie sah und nickte, drängte sie sich nach vorn. Blitzlichter flammten auf, und ein Strahler ging hinter ihr an.

Im Autopsieraum herrschte Stille, nur das Klirren von Instrumenten auf einer Metallschale war zu hören.

Die städtische Leichenhalle hatte vier Autopsietische aus rostfreiem Stahl, jeder mit Waage und Auffangbecken. Zwei der Tische waren verhüllt, die Laken seltsam ausgebeult von den sterblichen Überresten, die sie bedeckten. Eine routinemäßige Leichenöffnung war auf dem Tisch am Fenster in vollem Gang. Der Pathologe und seine Assistentin waren gerade mit einer heiklen Angelegenheit beschäftigt und blickten nicht auf, als Starling eintrat. Das hohe Kreischen einer elektrischen Säge erfüllte den Raum. Dann setzte der Pathologe vorsichtig die Schädeldecke beiseite, hob mit beiden Händen das Gehirn heraus und legte es auf die Waage. Er flüsterte das Gewicht in sein Mikrofon, das er um den Hals trug, und untersuchte das Organ in der Waagschale, indem er es mit seinen behandschuhten Fingern betastete.

Als er Starling über die Schulter seiner Assistentin hinweg erblickte, ließ er das Gehirn in dem geöffneten Brustkasten des Leichnams verschwinden, schnalzte wie ein Junge, der Gummibänder durch die Gegend schoß, seine Gummihandschuhe in den Abfallbehälter und kam um den Tisch herum auf sie zu.

Starling empfand das Händeschütteln mit ihm als ein wenig gruselig.

»Clarice Starling, Special Agent, FBI.«

»Ich bin Dr. Hollingsworth – Amtsarzt, städtischer Pathologe, Chefkoch und Flaschenausspüler in einer Person.« Hollingsworth hatte strahlend blaue Augen, die wie perfekt geschälte Eier glänzten. Er sprach mit seiner Assistentin, ohne den Blick von Starling zu nehmen. »Marlene, sei bitte so gut, verständige den Sheriff auf der Kardial-Intensivstation und lege diese sterblichen Überreste dort drüben für uns frei.«

Starlings Erfahrung nach waren Leichenbeschauer in der Regel sehr kluge Leute, aber oft albern und unvorsichtig im Small talk, und sie neigten zur Angeberei. Hollingsworth folgte Starlings Blick. »Sie fragen sich, was das mit dem Gehirn dort soll?«

Sie nickte und hob fragend die Hände.

»Wir sind hier alles andere als sorglos, Special Agent Starling. Ich tue dem Beerdigungsunternehmen einen Gefallen, wenn ich das Gehirn nicht in den Schädel zurücklege. In dem hier vorliegenden Fall wird es eine lange Totenwache am offenen Sarg geben. Da läßt es sich nicht verhindern, daß Gehirnmasse auf das Kissen tropft. Also stopfen wir den Schädel mit Pampers voll, oder was auch immer gerade zur Hand ist, und verschließen ihn wieder. Zwei Schrauben über den Ohren, damit die Schädeldecke nicht verrutscht. Die Familie bekommt den kompletten Körper zurück, und jeder ist glücklich.«

»Ich verstehe.«

»Ich bin mal gespannt, ob Sie *das* hier auch verstehen«, sagte er.

Hinter Starlings Rücken hatte Dr. Hollingsworth' Assistentin die Laken von den Autopsietischen gezogen.

Starling wandte sich um und sah das Ganze als ein einziges Bild, das sie ihr Leben lang begleiten würde. Seite an Seite lagen auf ihren Tischen aus rostfreiem Stahl ein Hirsch und ein Mann. Aus dem Hirsch ragte ein gelber Pfeil auf. Der Pfeilschaft und das Geweih hatten das Laken wie Zeltstangen aufgerichtet.

Dem Mann ging ein kürzerer, dickerer gelber Pfeil in Ohrenhöhe quer durch den Kopf. Er trug noch immer eine Kopfbedeckung, eine nach hinten gedrehte Baseballkappe, die ihm durch den Pfeil regelrecht an den Kopf geheftet war.

Als Starling ihn ansah, überkam sie ein absurder Lachreiz, den sie allerdings so schnell unterdrückte, daß man ihn für einen Ausdruck der Bestürzung hätte halten können. Die seitliche Lage der beiden Körper, entgegen der anatomischen Position, offenbarte, daß sie beide auf nahezu identische Weise geschlachtet worden waren. Das Nierenstück und die Lende waren zusammen mit den unterhalb des Rückgrats liegenden Filets elegant und mit Finesse entfernt worden.

Das Fell eines Hirschs auf rostfreiem Stahl. Sein Kopf durch das Geweih auf dem metallenen Kopfkissenblock erhoben, den Kopf gedreht und das Auge weiß, so als wollte er auf den hellen Pfeilschaft blicken, der ihn getötet hatte – die Kreatur, auf der Seite in ihrem eigenen Spiegelbild liegend, an diesem Ort obsessiver Ordnung, erschien wilder und dem Menschen um einiges fremder, als je ein Hirsch in den Wäldern es sein könnte.

Die Augen des Mannes standen offen. Ein wenig Blut war über den Tränenkanal ausgetreten.

»Seltsam, die beiden zusammen zu sehen«, sagte Dr. Hollingsworth. »Ihre Herzen wogen exakt das gleiche.« Er schaute Starling an und sah, daß ihr nicht übel war. »Einen Unterschied weist der Mann allerdings auf. Wie Sie sehen, wurden die falschen Rippen vom Rückgrat getrennt und die Lungenflügel nach hinten gezogen. Sehen fast aus wie Flügel, oder?«

»Blutiger Adler«, murmelte Starling nach einem Augenblick des Nachdenkens.

»Ich habe so etwas noch nie zuvor gesehen.«

»Geht mir ähnlich«, sagte Starling.

»Dafür gibt es einen Begriff? Wie haben Sie das eben genannt?«

»Blutiger Adler. Ist in der Literatur in Quantico nachgewiesen. Ein norwegischer Opferritus. Man hackt die falschen Rippen durch, zieht die Lungen auf der Rückseite heraus und glättet sie wie Flügel. Es gab mal einen Neo-Wikinger, der das in den dreißiger Jahren in Minnesota gemacht hat.«

»Sie sehen so etwas oft? Ich meine nicht *das* dort drüben, sondern diese Art von Wahnsinn.«

»Kommt schon hin und wieder vor, ja.«

»Für mich fällt es aus dem Rahmen des Üblichen. Wir haben hier in der Regel redliche Mordgeschichten – Leute, die erschossen oder erstochen wurden. Aber wollen Sie trotzdem wissen, was ich denke?«

»Nichts lieber als das, Doktor.«

»Ich glaube, daß der Mann, laut Ausweis heißt er Donnie Barber, den Hirsch gestern illegal getötet hat, einen Tag bevor die Jagdsaison eröffnet wurde. Ich weiß, daß der Hirsch zu genau diesem Zeitpunkt starb. Der Pfeil stimmt mit dem Rest seiner Jagdausrüstung überein. Er hat das Tier in aller Eile geschlachtet. Ich habe die Antigene in dem Blut an seiner Hand noch nicht bestimmt, aber es scheint mir Hirschblut zu sein. Er war gerade dabei, das zu machen, was die Hirschjäger zerwirken nennen. Ziemlich lausig übrigens. Sehen Sie diesen kurzen, ausgefransten Schnitt hier? Dann erlebte er eine riesengroße Überraschung, als ihm dieser Pfeil durch den Schädel fuhr. Die gleiche Farbe, aber eine andere Art von Pfeil. Keine Kerbe am Pfeilende. Wissen Sie, was das für ein Pfeil ist?«

»Sieht für mich aus wie ein Armbrustpfeil mit Jagdspitze«, sagte Starling.

»Eine zweite Person, möglicherweise derjenige mit der Armbrust, führte das Zerwirken zu Ende. Er machte seine Sache wesentlich besser, und dann, bei Gott, schlug er den Mann aus der Decke. Schauen Sie nur, wie präzise die Haut hier zurückgezogen worden ist, wie *entschlossen* die Schnitte geführt worden sind. Nichts ruiniert oder vergeudet. Michael DeBakey, der berühmte Herzchirurg, hätte es nicht besser machen können. Es gibt bei keinem von beiden Anzeichen von Geschlechtsverkehr. Beide wurden schlicht und ergreifend geschlachtet.«

Starling berührte mit dem Handrücken ihren Mund. Für einen Augenblick dachte der Pathologe, sie würde ein Amulett küssen.

»Dr. Hollingsworth, fehlt bei beiden die Leber?«

Ein winziges Zögern, bevor er ihr, über seine Gläser hinwegschauend, antwortete. »Die Leber des *Hirschs* fehlt. Mr. Barbers Leber war, wie es aussieht, nicht ganz auf der Höhe. Sie wurde teilweise herausgeschnitten und untersucht. Es gibt einen Einschnitt entlang der Pfortader. Seine Leber ist zirrhös und fehlfarben. Sie verblieb im Körper. Wollen Sie sie sehen?«

»Nein, danke schön. Wie steht es mit dem Thymus?«

»Das Bries, ja, es fehlt in beiden Fällen, Agent Starling. Bis jetzt hat noch niemand den Namen laut ausgesprochen, oder täusche ich mich da?«

»Nein«, sagte Starling. »Noch nicht.«

Die Luftschleuse ließ ein Zischen hören, und ein schlanker, wettergegerbter Mann in Tweed-Sportsakko und Khakihosen stand im Eingang.

»Sheriff, wie geht es Carleton?« fragte Hollingsworth. »Agent Starling, das hier ist Sheriff Dumas. Der Bruder des Sheriffs liegt eine Etage höher auf der Intensivstation.«

»Er schlägt sich wacker. Sie sagen, er sei ›stabil‹, was immer das heißen mag«, sagte der Sheriff. Er rief nach draußen: »Komm schon endlich rein, Wilburn.«

Der Sheriff schüttelte Starling die Hand und stellte ihr den anderen Mann vor. »Darf ich vorstellen? Officer Wilburn Moody, der Jagdaufseher.«

»Sheriff, wenn Sie in der Nähe Ihres Bruders bleiben wollen, können wir auch einen Stock höher gehen«, sagte Starling.

Sheriff Dumas schüttelte den Kopf. »Sie lassen mich die nächsten anderthalb Stunden ohnehin nicht mehr zu ihm.

Verstehen Sie mich bitte nicht falsch, Miss, aber ich wollte hier eigentlich Jack Crawford sehen. Kommt er noch?«

»Er steckt auf dem Gericht fest – war gerade im Zeugenstand, als Ihr Anruf reinkam. Ich erwarte, daß wir jeden Augenblick von ihm hören werden. Nochmals vielen Dank dafür, daß Sie uns so schnell benachrichtigt haben.«

»Der alte Crawford hat mich und meine Klasse vor Urzeiten auf der National Police Academy in Quantico gedrillt. Verdammt scharfer Hund. Wenn er Sie geschickt hat, dann müssen Sie Ihr Handwerk verstehen – darf ich?«

»Bitte, Sheriff.«

Der Sheriff zog ein Notizbuch aus seiner Sakkotasche. »Das Individuum hier mit dem Pfeil im Kopf ist Donnie Leo Barber, männlicher Weißer, zweiunddreißig, wohnt in einem Wohnwagen im Trail's End Park in Cameron. Soweit ich sehe, ist er arbeitslos. Vor vier Jahren mit einer Vorstrafe unehrenhaft aus der Air Force entlassen. Hat von der Luftaufsichtsbehörde eine Lizenz für Flugwerke und elektrische Betriebsanlagen. Arbeitete manchmal als Flugzeugmechaniker. Zahlte eine Ordnungsstrafe für das Abfeuern einer Schußwaffe innerhalb des Stadtgebiets, eine Geldstrafe für unbefugtes Betreten von Privateigentum in der letzten Jagdsaison. Bekannte sich in Summit County der Wilderei schuldig. Ein Hirsch. Wann war das noch mal, Wilburn?«

»Vor zwei Jahren, er hatte gerade seinen Jagdschein zurück. Er ist kein Unbekannter für uns in der Forstbehörde. Macht sich nicht die Mühe, angeschossenem Wild hinterherzuspüren. Wenn es nicht zu Boden geht, warten wir eben auf das nächste … einmal –«

»Erzähl uns, was du heute gefunden hast, Wilburn.«

»Also, ich fuhr auf der Landstraße 47, ungefähr eine Meile westlich der Brücke, so gegen sieben Uhr heute morgen, als mich der alte Peckman anhielt. Er atmete schwer und hielt sich die Brust. Alles, was er tun konnte, war, seinen Mund auf- und zuzuklappen und mit dem Finger in den Wald zu zeigen. Ich stieg aus und ging ungefähr, oh, nicht mehr als hundertfünfzig Meter ins Unterholz hinein, und da war dieser Barber, gegen einen Baum gelehnt, mit einem Pfeil durch den Kopf und der Hirsch da mit einem Pfeil im Leib daneben. Sie waren schon steif, mindestens seit gestern.«

»Gestern morgen sehr früh, würde ich sagen, so kalt, wie es war«, sagte Dr. Hollingsworth.

»Nun, die Jagdsaison hat erst *heute* morgen begonnen«, sagte der Jagdaufseher. »Dieser Donnie Barber hatte einen tragbaren Hochsitz dabei, den er noch gar nicht aufgebaut hatte. Sieht ganz danach aus, als wäre er schon gestern losgezogen, um sich für heute bereitzuhalten, oder aber, um unerlaubt zu jagen. Anders kann ich es mir nicht erklären, warum er seinen Bogen dabeihatte, wenn er nur seinen Hochsitz aufbauen wollte. Und da kommt dieser schöne Hirsch, und er kann nicht an sich halten. – Ich habe das schon oft Leute tun sehen. Dieses Verhalten ist hier inzwischen so häufig wie Schweinefährten. Und dann tauchte dieser andere auf, während er den Hirsch aufbrach. Von den Spuren her kann ich nichts sagen. Dort draußen hat es dermaßen geschüttet, daß der Boden nichts mehr hergibt.«

»Aus diesem Grund haben wir ein paar Fotos geschossen und die Körper rausgeholt«, sagte Sheriff Dumas. »Die Wälder gehören dem alten Peckman. Dieser Donnie war im Besitz einer von Peckman unterschriebenen und auf zwei Tage befristeten Jagderlaubnis, beginnend mit dem heutigen Tag. Peckman verkaufte pro Jahr immer eine Jagdpacht. Er setzte sie in die Zeitung und gab sie ein paar Brokern in Pacht. Donnie hatte auch einen Brief in seiner Gesäßtasche, in dem es heißt: *Gratulation, Sie haben eine Hirschpacht gewonnen.* Die Papiere sind naß, Miss Starling. Nichts gegen unsere Leute, aber ich frage mich, ob es nicht besser ist, wenn Sie die Fingerabdrücke in Ihrem Labor abnehmen. Das gleiche gilt auch für die Pfeile. Alles war naß, als wir dort draußen eintrafen. Wir haben versucht, sie nicht zu berühren.«

»Sie wollen diese Pfeile mitnehmen, Agent Starling? Wie hätten Sie es denn gern?« fragte Dr. Hollingsworth.

»Wenn Sie sie mit Wundhaken halten und auf der Federseite in Höhe der Haut entzweisägen und den Rest durchstoßen, könnte ich sie mit Gummibändern auf meine Tafel ziehen«, sagte Starling und öffnete ihren Koffer.

»Ich vermute zwar nicht, daß er in einen Kampf verwikkelt war, aber wollen Sie, daß ich die Fingernägel auskratze?«

»Die schneide ich wohl besser wegen der DNS-Untersuchung ab. Ich brauche sie nicht fingerweise zu identifizieren. Aber trennen Sie sie Hand für Hand, wenn Ihnen das möglich ist, Doktor.«

»Können Sie eine Polymerase-Kettenreaktion inklusive Mikrosatellit durchführen?«

»Das machen die im Hauptlabor. Wir werden in drei oder vier Tagen etwas haben, Sheriff.«

»Können Sie das Hirschblut selbst übernehmen?« fragte Aufseher Moody.

»Nein, belassen wir es doch einfach dabei, daß es Hirschblut ist«, sagte Starling.

»Was ist, wenn Sie das Fleisch des Hirschs in irgendeiner Kühltruhe finden«, bot Aufseher Moody an. »Sie wollen doch sicher wissen, ob es von diesem Hirsch stammt, oder? Manchmal sind *wir* dazu gezwungen, Hirsche voneinander zu unterscheiden, um einen Fall von Wilderei aufklären zu können. Wir müssen dann das Blut nach Portland, Oregon, zu den Jungs der Jagd- und Fischereibehörde schicken. Sie können Ihnen das sagen, wenn Sie nur lange genug warten. Sie rücken dann an mit: ›Das ist Hirsch Nummer eins‹, oder sie nennen ihn einfach ›Hirsch A‹ mit einer endlos langen Fallnummer, wissen Sie, weil ein Hirsch ja keinen Namen hat, jedenfalls keinen, von dem *wir* wissen.«

Starling mochte Moodys altes, wettergegerbtes Gesicht. »Wir werden den hier ›John Doe‹ nennen, Aufseher Moody. Das ist schon wegen Oregon nützlich, vielleicht bekommen wir es ja noch einmal mit denen zu tun, vielen Dank«, sagte sie und lächelte ihn an, bis er errötete und an seinem Hut zu nesteln begann.

Als sie ihren Kopf hinunterbeugte, um in ihrer Tasche zu kramen, mußte Dr. Hollingsworth an das Vergnügen denken, das sie ihm machte. Ihr Gesicht hatte sich, als sie mit dem alten Moody sprach, einen Moment lang aufgehellt. Der Schönheitsfleck auf ihrer Wange sah nach verbranntem

Schießpulver aus. Er wollte sie danach fragen, besann sich dann aber eines Besseren.

»Worin haben Sie die Papiere verpackt, kein Plastik?« fragte sie den Sheriff.

»Braune Papiertüten. Eine braune Papiertüte hat noch nie größeren Schaden angerichtet.« Der Sheriff rieb sich mit der Hand den Nacken und blickte Starling an. »Sie wissen, warum ich nach Ihrer Technik gerufen habe, warum ich Jack Crawford hier sehen wollte. Ich bin froh, daß Sie gekommen sind, jetzt, wo ich mich darauf besinne, wer Sie sind. Niemand außerhalb dieses Raumes hat ›Kannibale‹ gesagt, weil ansonsten die Presse die Wälder platt trampeln würde, sobald es raus wäre. Alles, was die bis jetzt wissen, ist, daß es sich um einen Jagdunfall gehandelt haben könnte. Vielleicht haben sie auch gehört, daß ein Körper verstümmelt worden ist. Sie wissen aber nicht, daß jemand Donnie Barber ausgenommen hat. Es gibt nicht viele Kannibalen in der freien Wildbahn, Agent Starling.«

»Nein, Sheriff. Das wüßte ich.«

»Es ist eine furchtbar ordentliche Arbeit.«

»Das kann man wohl sagen, Sir.«

»Vielleicht kommt er mir ja nur in den Sinn, weil ich zuviel über ihn in der Zeitung gelesen habe – sieht das hier für Sie nicht nach Hannibal Lecter aus?«

Starling beobachtete, wie sich ein Weberknecht in dem Abfluß des freien Autopsietisches versteckte. »Dr. Lecters sechstes Opfer war ein Bogenjäger«, sagte Starling.

»Hat er ihn verspeist?«

»Nein. Er knüpfte ihn bloß an einer Aufhängeplatte auf. Die vielen verschiedenartigen Wunden erinnerten an eine mittelalterliche medizinische Illustration, den Wundenmann. Lecter hat ein Faible für alles, was mit dem Mittelalter zu tun hat.«

Der Pathologe deutete auf die wie Flügel aufgespannte Lunge auf Donnie Barbers Rücken. »Wollen Sie damit sagen, daß das hier ein altes Ritual vorstellt?«

»Der Eindruck drängt sich mir auf«, sagte Starling. »Ich weiß nicht, ob Dr. Lecter das getan hat. Falls es auf sein

Konto geht, ist die Verstümmelung kein Fetisch – dieses Arrangement geht auf kein zwanghaftes Verhalten seinerseits zurück.«

»Und was ist es dann?«

»Es ist eine Laune«, sagte sie und blickte die Männer an, um festzustellen, ob es ihr mit dieser Bemerkung gelang, sie abzuspeisen. »Es ist eine Laune, und eben dadurch hat man ihn beim letztenmal erwischt.«

59

Das DNS-Labor war neu, roch neu, und das Personal war jünger als Starling. Das war etwas, woran sie sich würde gewöhnen müssen, dachte sie mit einem leisen Stich – sehr bald schon würde sie wieder ein Jahr älter sein.

Eine junge Frau mit A. BENNING auf dem Namensschild quittierte den Empfang der beiden Pfeile, die Starling ablieferte.

Der offensichtlichen Erleichterung nach zu urteilen, mit der A. Benning auf die beiden sorgfältig an Starlings Beweismitteltafel gebundenen Pfeile reagierte, mußte sie in der Vergangenheit mit der Einlieferung von Beweismitteln schlechte Erfahrungen gemacht haben.

»Sie können sich gar nicht vorstellen, was ich manchmal so alles zu sehen bekomme, wenn ich die Sachen öffne«, sagte A. Benning. »Haben Sie bitte Verständnis dafür, wenn ich Ihnen, sagen wir, innerhalb der nächsten fünf Minuten nicht mit allem dienen kann –«

»Nein«, sagte Starling. »Es gibt keinen Vergleichs-Restriktionsfragment-Längenpolymorphismus, was Dr. Lecter angeht. Seine Flucht liegt zu lange zurück, und die Artefakte sind verunreinigt worden, weil sie durch zu viele Hände gegangen sind.«

»Laborzeit ist entschieden zu teuer, um jedes einzelne Sample abzuprüfen, wie zum Beispiel vierzehn Haare aus einem Motelzimmer. Brächten Sie mir ein –«

»Hören Sie mir erst einmal zu«, sagte Starling, »und dann dürfen Sie reden. Ich habe die Questura in Italien gebeten, mir die Zahnbürste zu schicken, von der sie glauben, daß sie

Dr. Lecter gehörte. Aus der können Sie ein paar Partikel der Mundschleimhaut isolieren. Machen Sie bei denen einen RFLP und kurze Reihenwiederholungen. Der Pfeil der Armbrust war dem Regen ausgesetzt, ich glaube nicht, daß er viel hergeben wird, aber wenn Sie bitte einmal hierher sehen wollen –«

»Es tut mir leid, ich wußte nicht, daß Sie sich so gut –«

Starling zauberte ein Lächeln auf ihre Lippen. »Nur keine Angst, A. Benning, wir werden schon gut miteinander auskommen. Schauen Sie, beide Pfeile sind gelb. Doch der Pfeil der Armbrust ist gelb, weil ihn jemand mit der Hand gelb angemalt hat. Eigentlich keine schlechte Arbeit, aber leider ein wenig zittrig in der Pinselführung. Und das hier unter der Farbe, wonach sieht das Ihrer Meinung nach aus?«

»Könnte ein Pinselhaar sein.«

»Könnte. Aber sehen Sie auch, daß es an dem einen Ende gebogen ist und dort eine kleine Verdickung aufweist? Was, wenn es eine Wimper wäre?«

»Wenn es noch die Follikel –«

»Richtig.«

»Schauen Sie, ich kann eine Polymerase-Kettenreaktion samt Mikrosatellit durchführen – drei Farben auf einmal in derselben Linie im Gel – und Ihnen drei DNS-Stellen gleichzeitig liefern. Vor Gericht bräuchte man dreizehn Stellen, aber ein paar Tage reichen schon aus, um mit einiger Sicherheit feststellen zu können, ob es sich um ihn handelt.«

»A. Benning, ich wußte doch, daß Sie mir weiterhelfen würden.«

»Sie sind Starling. Ich meine, Special Agent Starling. Ich wollte Sie nicht auf dem falschen Fuß erwischen. – Ich bekomme es hier teilweise mit wirklich lausigen Polizisten und lausigen Beweismitteln zu tun – es hat nichts mit Ihnen zu tun.«

»Ich weiß.«

»Irgendwie habe ich gedacht, Sie seien älter. Alle Mädchen – die Frauen wissen Bescheid über Sie, ich meine, eigentlich weiß es jeder, Sie sind –«, A. Benning blickte zur Seite, »– etwas Besonderes für uns.« A. Benning hielt ihren kleinen, rundlichen Daumen hoch. »Viel Glück mit dem Anderen, wenn ich mir die Bemerkung erlauben darf.«

60

Mason Vergers Majordomus Cordell war ein hünenhafter Mann mit stark vergrößerten Gesichtszügen, die mit etwas mehr Ausdruck schön gewesen wären. Er war siebenunddreißig Jahre alt und konnte nie wieder im Gesundheitswesen der Schweiz arbeiten oder dort eine Anstellung bekommen, die ihn in näheren Kontakt mit Kindern brachte.

Mason zahlte ihm ein fürstliches Honorar für die Aufsicht über seinen Trakt und die Verantwortung für seine Pflege und Ernährung. Über die Jahre hatte er die Erfahrung gemacht, daß Cordell absolut verläßlich und für alles einsetzbar war. Cordell war bei Masons Gesprächen mit kleinen Kindern über Video Zeuge von Grausamkeiten geworden, die jeden anderen in Wut versetzt oder zu Tränen gerührt hätten.

Heute zeigte sich Cordell ein wenig besorgt über das einzige, was ihm wirklich heilig war: Geld.

Er ließ sein übliches Doppelklopfen hören und trat in Masons Raum. Er war, abgesehen von dem schimmernden Aquarium, in vollständiges Dunkel getaucht. Die Muräne hatte bemerkt, daß Cordell eingetreten war, und schlängelte sich erwartungsvoll aus ihrem Loch.

»Mr. Verger?«

Es dauerte einen Augenblick, bis Mason wach war.

»Ich muß etwas mit Ihnen besprechen. Ich muß in dieser Woche noch eine Extrazahlung der besagten Person in Baltimore zukommen lassen, über die wir bereits gesprochen haben. Es ist nicht gerade ein Notfall, aber es wäre klug. Der kleine schwarze Junge, Franklin, hat Rattengift gefressen und war noch Anfang dieser Woche in einem kritischen Zustand. Er hat seiner Pflegemutter erzählt, es sei Ihr Vorschlag gewesen, daß er seine Katze vergiften solle, um zu verhindern, daß sie von der Polizei gequält wird. Also hat er seine Katze einem Nachbarn gegeben und das Rattengift selbst genommen.«

»Das ist doch absurd«, sagte Mason. »Damit habe ich nichts zu tun gehabt.«

»Selbstverständlich ist das absurd, Mr. Verger.«

»Wer beschwert sich denn, die Frau, von der du die Kinder bekommst?«

»Sie ist diejenige, die wir sofort bezahlen sollten.«

»Cordell, du hast dich doch nicht etwa an dem kleinen Bastard vergriffen? Sie haben im Krankenhaus nichts in ihm gefunden, oder etwa doch? Ich fände es doch heraus, das weißt du.«

»Nein, Sir. Unter Ihrem Dach? Niemals, ich schwöre es. Sie wissen doch, daß ich kein Idiot bin. Ich liebe meinen Job.«

»Wo ist *Franklin* jetzt?«

»Maryland Misericordia Hospital. Wenn er entlassen wird, kommt er in eine Wohngemeinschaft. Wie Sie wissen, ist die Frau, bei der er zuvor lebte, von der Liste der Pflegemütter gestrichen worden, weil sie Marihuana geraucht hat. Sie beschwert sich über Sie. Unter Umständen müssen wir uns um sie kümmern.«

»Eine Kifferin sollte eigentlich kein Problem darstellen.«

»Sie kennt niemanden, an den sie sich mit dieser Sache wenden könnte. Ich glaube, wir sollten bei ihr sehr vorsichtig zu Werke gehen. Samthandschuhe. Die Sozialarbeiterin will, daß sie ihre Schnauze hält.«

»Ich denke darüber nach. Bezahl du schon mal die Sozialarbeiterin.«

»Tausend Dollar?«

»Mach ihr klar, daß dies das Ende der Fahnenstange ist.«

Margot lag auf Masons Sofa, die Wangen rauh von getrockneten Tränen, und hörte dem Gespräch zwischen Cordell und Mason zu. Sie hatte versucht, vernünftig mit Mason zu reden, bevor er eingeschlummert war. Offenkundig nahm Mason an, daß sie den Raum bereits verlassen hatte. Sie öffnete den Mund, um leise zu atmen, und versuchte, ihre Atemzüge dem Seufzen seines Sauerstoffapparats anzupassen. Ein schwacher grauer Lichtstreifen erhellte den Raum, als Cordell ging. Margot lag flach auf dem Sofa. Sie wartete beinahe zwanzig Minuten, bis die Maschine in Masons Schlafrhythmus überging. Dann verließ auch sie den Raum. Die Muräne sah sie gehen, Mason nicht.

61

Margot Verger und Barney verbrachten viel Zeit zusammen. Sie sprachen wenig miteinander, sondern schauten im Aufenthaltsraum Football und die »Simpsons«, manchmal auch Konzerte in einem der Spartenkanäle und eigentlich immer »Ich, Claudius«. Wenn Barney wegen seiner Schicht eine Episode verpaßte, ließen sie das Video kommen.

Margot mochte Barney, mochte es, daß sie kumpelhaft miteinander umgingen. Sie kannte niemanden, der so gelassen war wie er. Barney war ziemlich klug, und etwas von einer fernen Welt schien ihn zu umgeben. Auch das mochte sie an ihm.

Margot hatte eine gute Allgemeinbildung in Geistes- und Computerwissenschaften. Barney, Autodidakt, vertrat eine Bandbreite an Meinungen und Auffassungen, die von kindlich bis penetrant reichten. Sie konnte ihm den Kontext bieten. Margots Ausbildung war ebenso umfassend wie bodenständig und vom Verstand bestimmt. Aber das Bodenständige ruhte auf ihrer Mentalität, wie die Erde für diejenigen, die sie für eine Scheibe halten, auf einer Schildkröte ruht.

Margot Verger ließ Barney für seinen Witz über das Pinkeln im Sitzen bezahlen. Sie glaubte, daß ihre Beinmuskeln stärker waren als Barneys, was sich auch bewahrheitete. Sie gab vor, bei kleineren Gewichten Schwierigkeiten zu haben, verlockte ihn zu einer Wette an der Beinpresse und gewann ihre hundert Dollar zurück. Darüber hinaus nutzte sie ihren Gewichtsvorteil – sie war leichter – und schlug ihn bei den einarmigen Pull-ups. Aber sie setzte nur auf ihren rechten Arm, da der linke aufgrund einer Verletzung aus Kindertagen, die Mason ihr während eines Streits zugefügt hatte, deutlich schwächer war.

Abends, wenn Barneys Schicht bei Mason vorbei war, trainierten sie manchmal zusammen, beobachteten sich gegenseitig beim Bankdrücken. Sie waren mit Ernst bei der Sache, bis auf ihr Atmen war es ruhig im Raum. Und wenn Margot ihre Sporttasche packte und in Richtung der Familienwohnräume verschwand, die für die Bediensteten *off limits* waren, wünschten sie sich lediglich gute Nacht.

An diesem Abend kam sie mit Tränen in den Augen direkt aus Masons Raum ins Fitneßstudio.

»Hey, hey«, sagte Barney. »Alles in Ordnung?«

»Der übliche Familienscheiß, wenn du weißt, was ich meine. Es geht schon wieder«, sagte Margot. Sie trainierte wie eine Besessene, viel zuviel Gewicht, viel zu viele Wiederholungen.

Einmal ging Barney zu ihr hinüber, nahm ihr eine Hantel ab und schüttelte den Kopf. »Sie werden sich noch eine Zerrung holen.«

Sie verausgabte sich noch immer auf dem Fahrrad, als er Schluß machte und unter der dampfend heißen Dusche des Studios stand und das Wasser den langen Tag abwaschen ließ. Es war eine Gemeinschaftsdusche mit vier Duschköpfen über Kopfhöhe und ein paar extra Duschköpfen in Hüft- und Oberschenkelhöhe. Barney liebte es, zwei Duschen gleichzeitig aufzudrehen und beide Wasserstrahle auf seinen großen Körper zu richten.

Im Handumdrehen war Barney in dichte Dampfschwaden gehüllt, die bis auf das prasselnde Wasser auf seinem Kopf alles um ihn herum ausschlossen. Barney liebte es, unter der Dusche seinen Gedanken nachzuhängen: Wolken aus Dampf. *Die Wolken.* Aristophanes. Dr. Lecter, der über die Eidechse sprach, die auf Sokrates pißte. Er begriff mit einemmal, daß ihn so jemand wie Doemling, bevor er dem unbarmherzigen Hammer von Dr. Lecters Logik ausgesetzt war, ohne weiteres hätte herumschubsen können.

Als er eine weitere Dusche angehen hörte, achtete er zunächst nicht darauf und schrubbte sich weiter ab. Auch die anderen Angestellten benutzten das Fitneßstudio, allerdings in der Regel frühmorgens oder am späten Nachmittag. Es entsprach der männlichen Etikette, anderen Duschenden in der Gemeinschaftsdusche eines Fitneßstudios keine Beachtung zu schenken, aber er fragte sich doch, wer das wohl war. Er hoffte, nicht Cordell, der ihm unheimlich war. Es wäre ungewöhnlich gewesen, wenn jemand anders so spät noch duschte. Wer, zum Teufel, *war* das? Barney drehte sich um und ließ das Wasser auf Nacken und Schulterblätter trommeln. Wolken aus Dampf, Bruchstücke der Person neben ihm tauchten aus den Schwaden wie Fragmente eines Freskos auf einer gekachelten Wand auf. Da eine massige Schulter, dort ein Bein. Eine wohlgeformte Hand, die einen muskulösen Hals und Schultern schrubbte, korallenfarbene Fingernägel. Das war Margots Hand. Das dort waren lakkierte Fußnägel. Das war Margots Bein.

Barney hielt seinen Kopf wieder unter den pulsierenden Wasserstrahl und holte tief Luft. Nebenan wusch sich die Gestalt weiter routiniert ab. Jetzt war das Haar dran. Das war Margots Waschbrettbauch. Auf ihren kleinen Brüsten, die auf einer mächtigen Brustmuskulatur ruhten, reckten sich die Brustwarzen dem herabströmenden Wasser entgegen. Das war Margots Scham, scharf konturiert am Übergang von Körper und Oberschenkel. Und das da mußte Margots Muschi sein, eingerahmt von blondem, an den Kanten ausrasiertem Pelz. Barney holte so tief Luft, wie er konnte, und hielt den Atem an ... er spürte, wie sich ein Problem bei ihm anbahnte. Sie glänzte wie ein Pferd, und die Muskeln traten durch das harte Training besonders deutlich hervor. Als Barneys Interesse nicht länger zu verbergen war, drehte er ihr den Rücken zu. Vielleicht konnte er sie einfach ignorieren, bis sie ging.

Das Wasser nebenan wurde abgedreht. Aber dafür war nun ihre Stimme zu hören. »Hey, Barney, wie hoch ist die Quote auf die Patriots?«

»Mit ... bei meinem Mann können Sie Miami für fünfeinhalb bekommen.« Er schaute über die Schulter.

Sie trocknete sich knapp außerhalb der Reichweite von

Barneys Dusche ab. Das Haar hing ihr in Strähnen herunter. Ihr Gesicht wirkte erfrischt. Die Tränen waren verschwunden. Margot hatte eine wunderschöne Haut.

»Nimmst du die Punkte?« fragte sie. »Der Pool in Judys Büro hat ...«

Vom Rest bekam Barney nichts mehr mit. Margots Schamhaar, in dem Wassertropfen glitzerten, war rosa eingerahmt. Barneys Gesicht fühlte sich heiß an, und er hatte einen mordsmäßigen Ständer. Er war verwirrt und verstört. Ein kalter Schauer überlief ihn. Er hatte sich niemals von Männern angezogen gefühlt. Aber Margot war trotz all ihrer Muskeln alles andere als ein Mann, und er mochte sie.

Was war das überhaupt für ein Scheiß von ihr, zu ihm unter die Dusche zu kommen?

Er drehte das Wasser ab und wandte sich ihr zu. Ohne auch nur einen Augenblick darüber nachzudenken, legte er seine große Hand auf ihre Wange. »Um Himmels willen, Margot«, sagte er mit einem Kloß im Hals.

Sie schaute an ihm herunter. »*Verdammt noch mal*, Barney. Was fällt dir ...«

Barney reckte seinen Hals und lehnte sich nach vorn, versuchte sie sanft irgendwo auf die Wange zu küssen, ohne sie mit seinem Glied zu berühren, was aber ein hoffnungsloses Unterfangen war. Sie entzog sich ihm, schaute an sich herunter auf den Faden, der sich zwischen ihm und ihrem Bauch in die Länge zog, und traf ihn quer über die breite Brust mit einem Unterarmschlag, der einem Abwehrspieler alle Ehre gemacht hätte. Der Schlag riß ihn von den Beinen, und er krachte mit dem Hintern hart auf den Fliesenboden.

»Du gottverdammter Hurensohn«, keuchte sie. »Ich hätte es wissen müssen. Schwuchtel! Nimm dein Teil und schieb es dir ...«

Barney sprang auf und war im Nu aus der Dusche. Er streifte sich, naß, wie er war, seine Kleidung über und verließ wortlos das Fitneßstudio.

Barneys Wohnung lag in einem vom Haupthaus abgetrennten Gebäude. Früher einmal waren dort die Ställe gewesen, nun befanden sich im Erdgeschoß Garagen, und im Giebel hatte man Apartments ausgebaut. Es war spät in der Nacht. Er saß an seinem Laptop und arbeitete an einem Fernkurs im Internet. Er spürte, wie der Boden erzitterte, als eine schwere Person die Treppe hochkam.

Ein leichtes Klopfen an der Tür. Als er öffnete, stand Margot davor, eingemummelt in Trainingsklamotten und eine Strumpfmütze.

»Darf ich für eine Minute hereinkommen?«

Barney schaute einen Moment lang zu Boden, ehe er von der Tür zurücktrat.

»Barney. Hey, es tut mir leid wegen vorhin«, sagte sie. »Ich hab' die Panik gekriegt. Was ich sagen will, ich habe Mist gebaut und bin dann in Panik ausgebrochen. Ich mag es, mit dir befreundet zu sein.«

»Geht mir genauso.«

»Ich habe mir gedacht, wir könnten, du weißt schon, einfach gute Kumpels sein.«

»Margot, *ich bitte dich*. Von mir aus können wir schon Freunde sein. Aber sehe ich aus wie ein gottverdammter Eunuch? Du bist zu mir unter diese Scheißdusche gekommen und sahst phantastisch aus, dafür kann ich nichts. Noch dazu bist du nackt unter die Dusche gekommen, und da habe ich zwei Dinge zusammen gesehen, die ich wirklich *mag*.«

»Mich und eine Muschi«, sagte Margot.

Sie waren beide überrascht, als sie gleichzeitig losprusten mußten. Sie kam auf ihn zu und umarmte ihn auf eine Weise, die einem weniger starken Mann schwere innere Verletzungen zugefügt hätte. »Hör zu, wenn es denn ein Mann sein müßte, dann wärst es ganz sicher du. Aber das ist nicht mein Spiel. Wirklich nicht. Nicht heute und auch nicht in Zukunft.«

Barney nickte. »Ich weiß das doch. Mit mir sind einfach die Pferde durchgegangen.«

Einen Moment lang hielten sie sich schweigend in den Armen.

»Laß uns doch versuchen, Freunde zu sein«, sagte sie.

Er dachte einen Augenblick lang darüber nach. »Yeah. Aber du mußt mir dabei helfen. Ich schlage dir ein Geschäft vor: Ich reiße mich wirklich zusammen und versuche zu vergessen, was ich dort unter der Dusche gesehen habe, und du zeigst es mir nicht mehr. Und auch keine Titten mehr, wenn du beim Workout bist. Wie ist das?«

»Ich kann ein guter Freund sein, Barney. Komm doch morgen rüber ins Haus. Judy kocht, ich koche.«

»Yeah, aber vielleicht kochst du keinen Deut besser als ich.«

»Stell mich auf die Probe«, sagte Margot.

62

Dr. Lecter hielt eine Flasche Pétrus gegen das Licht. Er hatte sie am Tag zuvor aufrecht hingestellt, für den Fall, daß der Wein Depot haben sollte. Er schaute auf die Uhr und beschloß, daß es an der Zeit war, den Wein zu öffnen.

Dr. Lecter betrachtete dies als ein ernsthaftes Risiko, ein größeres, als er eigentlich bereit war, einzugehen. Er wollte nichts überstürzen. Er wollte sich an der Farbe des Weines in einer kristallenen Karaffe erfreuen. Was, wenn er den Korken zu früh gezogen hatte und dann beschloß, daß nichts von seinem heiligen Atem beim Dekantieren verloren gehen durfte? Im Licht zeigte sich ein wenig Depot.

Er zog den Korken so vorsichtig, als hätte er einen Schädel zu öffnen, und legte den Wein in eine Dekantiervorrichtung, die von einer Kurbel und einer Schraube reguliert wurde und den Neigungswinkel minimal vergrößerte. Sollte doch die salzige Luft einen Teil der Arbeit übernehmen. Danach würde er sich entscheiden.

Er entfachte ein Feuer aus grobfaseriger Holzkohle und genehmigte sich einen Drink, Lillet mit einer Scheibe Orange über Eis, während er über den *fond* nachdachte, an dem er schon seit Tagen arbeitete. Dr. Lecter wandelte bei der Zubereitung der Brühe auf den inspirierenden Spuren von Alexandre Dumas. Es war keine drei Tage her, kurz nach seiner Rückkehr aus dem Hirschjagd-Revier, als er dem Suppentopf eine fette Krähe hinzugegeben hatte, die sich gerade mit Wacholderbeeren vollgestopft hatte. Kleine schwarze Federn schwammen auf dem sanft schaukelnden Wasser der Bucht. Die großen Schwungfedern der Krähe hatte er aufgehoben, um daraus Plektra für sein Cembalo zu machen.

Nun zerdrückte Dr. Lecter Wacholderbeeren und begann, Schalotten in einer kupfernen Kasserolle glasig werden zu lassen. Mit einem sauberen Chirurgenknoten band er einen wollenen Faden um ein frisches Bouquet garni und schöpfte in der Kasserolle Brühe darüber.

Das Filet, das Dr. Lecter aus dem irdenen Topf hob, war von der Marinade ganz dunkel und tropfte. Er tupfte es trocken und bog das spitz zulaufende Ende auf sich selbst zurück und band es zusammen, um die Dicke des Fleisches über die Länge hin konstant zu halten. Das Feuer hatte genau die richtige Hitze – glühend heiß in der Mitte und an den Rändern glimmend. Das Filet zischte bei der Berührung mit dem Eisen auf, und blauer Rauch wirbelte über dem Garten, als bewegte er sich zu der Musik aus Dr. Lecters Lautsprechern. Er spielte Heinrichs VIII. bewegende Komposition »If True Love Reigned«.

Spät in der Nacht, die Lippen rot von dem Pétrus, ein kleines Kristallglas mit honigfarbenem Château d'Yquem auf der Ablage für die Kerzen, spielt Dr. Lecter Bach. Vor seinem inneren Auge läuft Starling durch das Laub. Das Hochwild schreckt vor ihr auf und jagt den Berghang hinter Dr. Lecter hinauf, der still auf dem Hügel sitzt. Laufen, immer nur laufen, er ist inzwischen bei der »Variation Zwei« der Goldberg-Variationen, das Kerzenlicht umspielt seine sich bewegenden Hände – ein Stich in der Musik, ein Blitz aus blutigem Schnee und dreckigen Zähnen, diesmal kaum mehr als ein Blitz, der mit einem klaren Ton verschwindet, einem kräftigen *thock,* einem Armbrustbolzen, der durch einen Schädel fährt –, und wir haben wieder die schönen Wälder vor uns und das Fließen der Musik und Starling, wie sie, in das bestäubte Licht getaucht, dem Blick entschwindet. Ihr Pferdeschwanz wippt wie der Wedel eines Weißwedelhirsches auf und nieder. Ohne weitere Unterbrechung spielt er den Satz bis zum Ende durch, und die süße

Stille danach war genauso reich wie das Bouquet des Château d'Yquem.

Dr. Lecter hob sein Glas gegen die Kerze. Sie schimmerte dahinter wie Licht auf dem Wasser, und der Wein hatte die Farbe der Wintersonne auf Clarice Starlings Haut. Ihr Geburtstag nahte, fiel dem Doktor ein. Er fragte sich, ob wohl noch eine Flasche Château d'Yquem aus ihrem Geburtsjahr existierte. Vielleicht war ein Geschenk für Clarice Starling angebracht, die in drei Wochen genauso lange gelebt haben würde wie Jesus Christus.

63

In dem Augenblick, als Dr. Lecter sein Glas gegen die Kerze hob, hielt A. Benning, die Überstunden im DNS-Labor machte, ihr letztes Gel gegen das Licht und schaute auf die mit Rot, Blau und Gelb gepunkteten Elektrophoreselinien. Das Sample waren Mundschleimhautpartikel von der Zahnbürste aus dem Palazzo Capponi, die in einer Kuriertasche des diplomatischen Dienstes aus Italien eingeflogen worden war.

»Ummmm umm umm umm«, brummte sie vor sich hin und wählte Starlings Telefonnummer in Quantico.

Eric Pickford nahm ab.

»Hi, könnte ich bitte mit Clarice Starling sprechen?«

»Sie hat für heute Schluß gemacht, und ich bin zuständig, wie kann ich Ihnen helfen?«

»Haben Sie ihre Beeper-Nummer?«

»Sie ist auf der anderen Leitung. Was haben Sie denn?«

»Würden Sie ihr bitte ausrichten, daß Benning vom DNA-Labor angerufen hat. Sagen Sie ihr bitte, daß die Zahnbürste und der Pfeil ein Treffer sind. Es handelt sich in beiden Fällen um Dr. Lecter. Und bitten Sie sie, mich zurückzurufen.«

»Geben Sie mir bitte Ihre Durchwahl. Sicher, ich werde es ihr sagen. Danke.«

Starling war nicht auf der anderen Leitung. Pickford rief Paul Krendler zu Hause an.

Als Starling A. Benning im Labor nicht zurückrief, war die Technikerin ein wenig enttäuscht. A. Benning hatte bei dem Job einige Überstunden gemacht.

Sie ging nach Hause, lange bevor Pickford Starling überhaupt erst zu Hause anrief.

Mason wußte es eine Stunde vor Starling.

Er sprach kurz mit Paul Krendler. Er nahm sich Zeit und ließ seine Atemzüge kommen. Er war ganz klar im Kopf.

»Es ist Zeit, Starling herauszuschießen, bevor das FBI auf die Idee kommt, aktiv zu werden und sie als Köder ins Spiel zu bringen. Heute ist Freitag. Sie haben das ganze Wochenende. Leiten Sie die entsprechenden Dinge in die Wege, Krendler. Geben Sie den Spaghettifressern einen Tip wegen der Anzeige, und sorgen Sie dafür, daß sie fliegt. Es ist Zeit, daß sie geht. Und, Krendler?«

»Ich wünschte, wir könnten etwas –«

»Tun Sie es ganz einfach, und wenn Sie die nächste Ansichtskarte von den Cayman Islands bekommen, wird eine ganz neue Zahl unter der Briefmarke stehen.«

»In Ordnung, ich werde –«, sagte Krendler und hörte das Freizeichen.

Das kurze Gespräch war wider Erwarten sehr ermüdend für Mason.

Als letztes, bevor er in einen unruhigen Schlaf fiel, zitierte er Cordell zu sich und sagte zu ihm: »Laß die Schweine kommen.«

64

Es ist weitaus anstrengender, ein halbwildes Schwein gegen seinen Willen irgendwohin zu bewegen, als einen Menschen zu kidnappen. Schweine sind schwieriger in Schach zu halten als Menschen, und die großen sind stärker als ein Mann und lassen sich auch nicht durch ein Gewehr einschüchtern. Außerdem gilt es die Hauer im Auge zu behalten, sofern man an Bauch und Beinen unversehrt bleiben möchte.

Mit Hauern bewehrte Schweine schlitzen instinktiv den Bauch auf, wenn sie mit einer aufrechtgehenden Spezies wie dem Menschen oder Bären kämpfen. Von Natur aus zerfetzen sie nicht die Achillessehne, können dieses Verhalten aber schnell erlernen.

Wenn man ein Tier am Leben erhalten will, darf man es nicht mit Elektroschocks traktieren, da Schweine zum Herzinfarkt neigen.

Carlo Deogracias, der Schweinemeister, hatte die Geduld eines Krokodils. Er hatte mit der Sedierung von Tieren experimentiert und benutzte dasselbe Azepromazin, das für den Einsatz gegen Dr. Lecter vorgesehen war. Nun wußte er genau, wieviel notwendig war, um ein hundert Kilo schweres Wildschwein ruhigzustellen, und kannte das Dosierungsintervall, das es über vierzehn Stunden hinweg sediert hielt, ohne Folgewirkungen zu zeitigen.

Da die Verger-Firma in großem Umfang Tiere im- und exportierte und ein wohlgelittener Partner des Department of Agriculture in Sachen Tierzuchtprogramme war, wurde Masons Schweinen die Einreise leichtgemacht. Der tierärztliche Fragebogen 17-129 wurde, wie erforderlich, zusammen mit den tierärztlichen eidlichen Erklärungen aus Sardinien und 39,50 Dollar Verbraucherabgabe für fünfzig Ampullen mit tiefgefrorenem Samen, die Carlo mitbringen wollte, zum »Animal and Plant Health Inspection Service« in Riverdale, Maryland, gefaxt.

Die Einfuhrgenehmigungen für Schweine und Samen kamen per Fax zusammen mit der Verzichterklärung auf die ansonsten übliche Key-West-Quarantäne für Schweine und einer Bestätigung, daß ein Inspektor direkt an Bord des Flugzeugs die Schweine am Baltimore-Washington International Airport freigeben würde.

Carlo und seine Helfer, die Brüder Piero und Tommaso Falcione, bauten die Transportkisten zusammen. Es waren ausgezeichnete Kisten mit Schiebetüren an beiden Enden, mit Sand bestreut und gepolsterten Wänden. In allerletzter Minute fiel ihnen ein, daß sie auch noch den Bordellspiegel verpacken mußten. Irgend etwas an seinem Rokoko-Rahmen um die sich spiegelnden Schweine hatte Mason auf den Fotografien Freude bereitet.

Vorsichtig sedierte Carlo sechzehn Schweine – fünf Eber, im selben Pferch großgezogen, und elf Säue, eine von ihnen schwanger, keine brünstig. Als sie bewußtlos waren, untersuchte er sie eingehend. Er testete ihre scharfen Zähne und die Spitzen ihrer großen Hauer mit seinen Fingern. Er hielt ihre schrecklichen Gesichter in seiner Hand, schaute ihnen in die kleinen, glasigen Augen und hörte sie ab, um sicher zu sein, daß ihre Lungen frei waren. Dann bewegte er ihre eleganten kleinen Fesseln. Zu guter Letzt zog er sie auf Leintüchern in die Kisten und schob die Türen zu.

Die Lastwagen ächzten aus den Gennargentu-Bergen nach Cagliari hinunter. Am Flughafen wartete ein Airbus-Transporter der Count Fleet Airlines, die sich auf die Beförderung von Rennpferden spezialisiert hatte. Das Flugzeug transportierte normalerweise amerikanische Rennpferde zu Rennen nach Dubai. Ein Pferd war an Bord, das man in Rom eingeladen hatte. Das Pferd wollte partout keine Ruhe geben, als es die wilden Schweine roch. Es wieherte und schlug in seiner kleinen gepolsterten Box aus, bis die Crew gezwungen war, es von Bord zu bringen und zurückzulassen. Mason würde das eine Stange Geld kosten, da er das Pferd auf seine Kosten zum Eigentümer zurückverfrachten und Schadenersatz zahlen mußte, um einer Klage zu entgehen. Carlo und seine Helfer flogen zusammen mit den Keilern und Schweinen in einem unter Überdruck gehaltenen Laderaum. Draußen über der schweren See sah Carlo alle halbe Stunde nach jedem Schwein, legte seine Hand auf die borstige Flanke und fühlte den Herzschlag des Tieres.

Sogar wenn sie gut in Form und hungrig waren, konnte man von sechzehn Schweinen kaum erwarten, daß sie Dr. Lecter zur Gänze auf einen Sitz verspeisen würden. Sie hatten einen vollen Tag gebraucht, um sich den Filmemacher einzuverleiben.

Mason wollte, daß Dr. Lecter am ersten Tag die Schweine dabei beobachtete, wie sie seine Füße verspeisten. Über Nacht würde man Lecter, in Erwartung des nächsten Ganges, an einen Tropf mit Kochsalzlösung hängen, um ihn zu stabilisieren.

Mason hatte Carlo eine Stunde allein mit ihm während der Unterbrechung zugestanden.

Beim zweiten Gang konnten die Schweine Lecter aushöhlen und das Fleisch der Bauchinnenseite und das Gesicht im Verlauf von einer Stunde fressen, wenn die erste Welle mit den größten Schweinen und der schwangeren Sau sich vollgefressen zurückziehen und die zweite Welle über ihn herfallen würde. Zu diesem Zeitpunkt war der Spaß wahrscheinlich ohnehin vorbei.

65

Barney war noch nie zuvor in der Scheune gewesen. Er kam durch einen Seiteneingang unterhalb der Sitzreihen herein, die eine alte Arena für Viehauktionen auf drei Seiten umgaben. Sie war leer und still, sah man von dem Gurren der auf den Dachbalken hockenden Tauben ab, und trotzdem lag noch immer so etwas wie Erwartung über dem Rund. Hinter dem Pult des Auktionators erstreckte sich die Scheune in ihrer ganzen Weite. Große Doppeltüren öffneten sich hin zu dem Flügel mit den Ställen und der Sattelkammer.

Barney hörte Stimmen und rief: »Hallo.«

»Wir sind in der Sattelkammer, Barney, immer hereinspaziert«, erklang Margots tiefe Stimme.

Die Sattelkammer war ein freundlicher Raum voller Pferdegeschirr und anmutigem Sattelzeug. Geruch von Leder. Warmes Sonnenlicht, das durch die staubigen Fenster unterhalb des Dachsimses hereinströmte, ließ den Geruch von Leder und Heu aufsteigen. Ein offener Dachboden an der Längsseite tat sich zum Heuschober der Scheune hin auf.

Margot hängte Striegel und Zaumzeug auf. Ihr Haar war heller als das Heu, ihre Augen so blau wie der Prüfstempel auf Fleisch.

»Hi«, sagte Barney, in der Tür stehend. Er dachte bei sich, daß der Raum etwas zu bühnenhaft hergerichtet war – wohl für die Kinder, die zu Besuch kamen. Wegen seiner Höhe und des schräg einfallenden Lichts hatte er Ähnlichkeit mit einer Kirche.

»Hi, Barney. Halte durch, wir essen in etwa zwanzig Minuten.«

Judy Ingrams Stimme kam von dem Boden über ihnen. »Barneeeeeey. Guten Morgen. Warte, bis du erst siehst, was wir zum Mittagessen haben! Margot, was hältst du davon, wenn wir draußen essen?«

An den Samstagen hatten sich Margot und Judy angewöhnt, die bunte Truppe der fetten Shetland-Ponys zu striegeln, die für den Kinderbesuch der Farm gehalten wurden. Sie brachten immer einen Picknickkorb mit einem Mittagessen mit.

»Laß uns doch die Südseite der Scheune ausprobieren, in der Sonne«, sagte Margot.

Beide schienen eine Spur zu ausgelassen. Ein Mann mit Barneys Krankenhauserfahrung weiß, daß übersteigerte Ausgelassenheit nichts Gutes bedeutet. Vögel, die morgens pfeifen, holt abends die Katze.

Die Sattelkammer wurde von einem Pferdeschädel beherrscht, der samt Zaumzeug und Scheuklappen ein wenig über Kopfhöhe an der Wand angebracht war. Die Rennfarben der Vergers schmückten ihn.

»Das ist Fleet Shadow, gewann das Lodgepole-Pferderennen '52, der einzige Gewinner, den mein Vater je hatte«, sagte Margot. »Er war zu geizig, um ihn ausstopfen zu lassen.« Sie blickte zu dem Schädel hoch. »Hat eine starke Ähnlichkeit mit Mason, stimmt's?«

In der Ecke war eine Esse und ein Gebläse. Margot hatte dort ein kleines Kohlefeuer gegen die morgendliche Kühle angefacht. Auf dem Feuer stand ein Topf, in dem etwas brodelte, das nach Suppe roch.

Ein vollständiger Satz Schmiedewerkzeuge lag auf der Werkbank. Sie griff sich einen Schmiedehammer, den mit dem kurzen Stiel und dem schweren Kopf. Mit ihren großen Armen und dem breiten Brustkorb hätte Margot selbst ein Hufschmied sein können oder ein Grobschmied mit besonders kräftigen Brustmuskeln.

»Wenn du willst, kannst du mir jetzt die Pferdedecken hochwerfen«, rief Judy von oben herunter.

Margot griff sich ein Bündel frischgewaschener Satteldekken und warf es mit einer weit ausholenden Bewegung ihres Armes in hohem Bogen zum Boden hoch.

»Okay, ich mach' nur noch schnell den Abwasch und hol' das Zeug aus dem Jeep. Wir können in fünfzehn Minuten essen, okay?« sagte Judy, als sie die Leiter herunterstieg.

Barney, der Margots prüfenden Blick spürte, schaute Judy nicht auf den Hintern. Ein paar Heuballen waren mit zusammengefalteten Pferdedecken als Sitze hergerichtet. Margot und Barney nahmen dort Platz.

»Du hast die Ponys verpaßt. Sie wurden in den Stall nach Lester gebracht«, sagte Margot.

»Ich habe die Transporter heute morgen gehört. Wie kommt's?«

»Masons Angelegenheit.« Einen Augenblick lang herrschte Stille. Stille hatte für sie nie ein Problem dargestellt, nicht so diesmal. »Tja, Barney. Man kommt an einen Punkt, wo man einfach nicht mehr weiterreden kann, es sei denn, man tut etwas. Sind wir an diesem Punkt angekommen?«

»Wie eine Affäre oder so was«, sagte Barney. Die unglückliche Analogie blieb zwischen ihnen im Raum stehen.

»*Affäre*«, sagte Margot. »Ich habe etwas hundertmal Besseres für dich. Du weißt, worüber wir hier reden?«

»Ich kann es mir in etwa vorstellen«, sagte Barney.

»Falls du beschließt, *nichts* tun zu wollen, und Besagtes später doch passieren sollte, weißt du, daß du deswegen nicht mehr auf mich zukommen kannst?« Sie schlug mit dem Schmiedehammer leicht gegen ihre Handfläche, möglicherweise, ohne sich dessen bewußt zu sein, während sie ihn mit ihren blauen Schlachteraugen musterte.

Barney hatte einiges an Mienenspiel in seinem Leben gesehen und unter anderem deswegen überlebt, weil er in den Zügen der Menschen zu lesen verstand. Er sah, daß sie die Wahrheit sagte.

»Ich weiß.«

»Das gleiche gilt, falls wir etwas unternehmen sollten. Ich werde ein einziges, und nur ein einziges, Mal außerordentlich großzügig sein. Aber es dürfte reichen. Willst du wissen, wieviel?«

»Margot, ihm wird während meiner Wache nichts zustoßen. Nicht, solange ich in seinen Diensten stehe und mich um ihn kümmere.«

»*Warum*, Barney?«

Er saß auf dem Strohballen und zuckte mit den Achseln. »Geschäft ist Geschäft.«

»Das nennst du ein *Geschäft?* Das, was ich dir anbiete, ist ein *Geschäft*«, sagte Margot. »*Fünf Millionen Dollar, Barney.* Die gleichen fünf Millionen, die Krendler für seinen Verrat am FBI bekommen soll, wenn du es genau wissen willst.

Wir reden hier darüber, von Mason genug Samen zu bekommen, damit Judy schwanger wird.

Wir sprechen auch noch über etwas anderes. Du weißt, wenn du Mason Sperma abzapfst und ihn am Leben läßt, kriegt er dich früher oder später, Barney. Du könntest gar nicht weit genug laufen. Er würde dich seinen Schweinen zum Fraß vorwerfen.«

»Und was sollte ich genau tun?«

»Was ist los mit dir, Barney, *Semper Fi*, wie es so schön auf deinem Arm heißt.«

»Solange ich in seinen Diensten bin, werde ich mich auch um ihn kümmern. Während ich für ihn arbeite, füge ich ihm kein Leid zu.«

»Du mußt gar nicht ... mußt gar nichts *tun*, außer das medizinisch Notwendige nach seinem Tod. Ich kann ihn dort nicht anfassen. Nicht noch einmal. Du mußt mir vielleicht helfen, was Cordell angeht.«

»Wenn du Mason tötest, kriegst du nur eine Ladung«, sagte Barney.

»Das sind immerhin fünf Kubikzentimeter. Mit Streckmitteln verrührt, kämen wir selbst bei einer geringen Anzahl von Spermien auf fünf Versuche. Wir könnten es *in vitro* probieren – Judys Familie ist ausgesprochen fruchtbar.«

»Hast du dran gedacht, Cordell zu kaufen?«

»Nein. Er würde niemals zu dem Geschäft stehen, würde nie Wort halten. Früher oder später würde er mir auf die Pelle rücken. Er muß verschwinden.«

»Du scheinst dir ernsthaft Gedanken darüber gemacht zu haben.«

»Ja. Barney, du mußt die Pflegestation unter deine Kontrolle bekommen. Es gibt eine Bandsicherung der Monitore. Jede Sekunde wird aufgenommen. Es gibt ein Live-TV, aber kein Band, das mitläuft. Wir – ich schiebe meine Hand in das Gehäuse des Sauerstoffapparats und stelle seine Brust still. Der Monitor zeigt an, daß das Atemgerät wie gewohnt arbeitet. Sobald seine Herzfrequenz und sein Blutdruck eine Veränderung signalisieren, stürmst du herein und siehst, daß er bewußtlos ist. Du kannst versuchen, ihn wiederzubeleben, wenn du willst. Dir darf bloß nicht einfallen, mich zu sehen. Ich werde so lange auf seine Brust drücken, bis er tot ist. Du hast bei genug Autopsien assistiert, Barney. Wonach schauen sie, wenn sie den Verdacht auf Ersticken haben?«

»Hämorrhagien unter den Augenlidern.«

»Mason hat keine Augenlider.«

Sie hatte ihre Lektion gelernt und war gewohnt, daß alles und jeder käuflich war.

Barney schaute ihr direkt in die Augen, behielt aber den Hammer im Blick, als er ihr antwortete: »Nein, Margot.«

»Wenn ich dich rangelassen hätte, würdest du es dann tun?«

»Nein.«

»Wenn ich *dich* gevögelt hätte, würdest du es dann tun?«

»Nein.«

»Wenn du nicht hier arbeiten würdest, wenn du keinerlei medizinische Verantwortung ihm gegenüber hättest, würdest du es dann tun?«

»Wahrscheinlich nicht.«

»Hat das was mit Ethik zu tun, oder ist das einfach nur Hühnerkacke?«

»Keine Ahnung.«

»Laß es uns herausfinden, Barney. Du bist gefeuert.«

Er nickte, nicht wirklich überrascht.

»Und, Barney?« Sie legte einen Finger auf ihre Lippen. »Shhhh. Habe ich dein Wort darauf? Oder muß ich dir sagen, daß ich dich mit deiner Vorgeschichte in Kalifornien problemlos aus dem Verkehr ziehen kann? Das muß ich doch nicht eigens erwähnen, oder etwa doch?«

»Du mußt dir keine Sorgen machen«, sagte Barney. »Eher muß *ich* mich sorgen. Ich weiß nicht, auf welche Weise Mason sich seiner Leute entledigt. Vielleicht verschwinden sie einfach.«

»Auch du mußt dir keine Sorgen machen, ich werde Mason einfach mitteilen, daß du an Hepatitis erkrankt bist. Du weißt nicht viel über seine Geschäfte, außer vielleicht, daß er dem Gesetz ein wenig auf die Sprünge hilft – und er kennt den dunklen Fleck in deiner Vergangenheit, er wird dich ziehen lassen.«

Barney fragte sich, wen Dr. Lecter in der Therapie wohl interessanter gefunden hatte: Mason Verger oder seine Schwester.

66

Es war Nacht, als die langen, silbern glänzenden Transporter vor der Scheune der Muskrat Farm vorfuhren. Sie waren spät, und die Nerven aller Beteiligten lagen blank.

Anfänglich hatten die Arrangements auf dem Baltimore-Washington International Airport für einen reibungslosen Ablauf gesorgt. Der Inspektor des Landwirtschaftsministeriums hatte die aus sechzehn Schweinen bestehende Fracht vor Ort abgestempelt. Der Inspektor verfügte über ein Expertenwissen in Sachen Schweine, und er hatte dergleichen noch nie zuvor gesehen.

Dann inspizierte Carlo Deogracias den Innenraum des Trucks. Es handelte sich um einen Viehtransporter, der auch so roch und die Spuren vieler ehemaliger Insassen in den Ritzen trug. Carlo weigerte sich, seine Schweine entladen zu lassen. Das Flugzeug wartete, während der wütende Fahrer, Carlo und Piero Falcione einen anderen Viehtransporter organisierten, der geeigneter für den Transport von Kisten war, und bis sie schließlich eine Waschanlage für Lastwagen fanden und den Frachtraum mit Dampfstrahlern gründlich säuberten.

Dann an dem Haupttor der Muskrat Farm ein letztes Ärgernis. Die Wache überprüfte das Gewicht der Ladung und verweigerte ihnen die Weiterfahrt. Sie berief sich auf das für eine Zierbrücke zugelassene Höchstgewicht und leitete sie zur Straße für die Lieferanten um. Die Zweige der Bäume schabten an dem großen Laster, als er sich die letzten zwei Meilen durch den Wald quälte.

Carlo mochte die große, saubere Scheune auf der Muskrat Farm. Ihm gefiel der kleine Gabelstapler, mit dem die Käfige vorsichtig in die Ponyställe verfrachtet wurden.

Als der Fahrer des Viehtransporters einen elektrischen Viehtreiber zu den Käfigen brachte und anbot, einem der Schweine einen Schlag zu verpassen, um zu sehen, wie stark es noch unter Drogen stand, entriß ihm Carlo das Instrument und jagte ihm einen derartigen Schrecken ein, daß er Angst hatte, das Gerät zurückzuverlangen.

Carlo wollte, daß sich die großen, struppigen Schweine im Halbdunkel von ihrer Betäubung erholten, wollte sie nicht eher aus ihren Käfigen lassen, bis sie wieder auf den Beinen und hellwach waren. Er befürchtete, daß die, die zuerst aufwachten, die betäubten Schläfer anfressen könnten. Jede auf dem Bauch liegende Gestalt zog sie magisch an, sofern die Herde nicht gemeinsam schlummerte.

Piero und Tommaso waren doppelt vorsichtig geworden, seit die Herde den Filmemacher Oreste und später dessen tiefgefrorenen Assistenten verspeist hatte. Die Männer konnten sich nicht zusammen mit den Schweinen im Pferch oder auf der Wiese aufhalten. Die Schweine drohten nicht, sie knirschten nicht wie wilde Tiere mit den Zähnen, sie beobachteten die Männer einfach nur mit der schrecklichen Zielstrebigkeit eines Schweines und machten sich an sie heran, bis sie nahe genug waren, um anzugreifen.

Carlo, der ihnen an Zielstrebigkeit in nichts nachstand, ruhte nicht eher, bis er mit der Taschenlampe den Zaun abgeschritten hatte, der Masons baumbestandene Wiese umgab, die an den großen Wald angrenzte.

Carlo grub mit seinem Taschenmesser den Boden der Wiese auf und durchsuchte ihn unter den Bäumen auf Waldfutter. Er fand Eicheln. Er hatte einen Eichelhäher im letzten verdämmernden Licht des Tages schreien hören und hatte deshalb angenommen, daß es hier Eicheln gab. Natürlich, auf dem eingezäunten Feld wuchsen Weißeichen. Zum Glück nicht allzu viele. Er wollte nicht, daß die Schweine ihr Futter auf dem Boden fanden, wie sie das ganz sicher in dem großen Wald gekonnt hätten.

Mason hatte über die gesamte Breite der Scheunenöffnung ein stabiles Gatter bauen lassen, das in der Mitte geteilt war, so daß sich die obere und untere Hälfte getrennt öffnen ließ, so wie Carlos eigenes auf Sardinien.

Hinter der sicheren Barriere konnte Carlo sie füttern, indem er ihnen Kleidung über den Zaun zum Fraß vorwarf, die er vorher mit toten Hühnern, Lammkeulen und Gemüse ausgestopft hatte.

Sie waren nicht gezähmt, aber sie hatten keine Angst vor Menschen oder Lärm. Sogar Carlo konnte nicht zusammen mit ihnen in den Pferch gehen. Schweine sind nicht wie andere Tiere. Es steckt ein Funke Intelligenz in ihnen, und sie haben einen im wahrsten Sinne des Wortes furchtbaren Sinn fürs Praktische. Diese hier waren alles andere als feindselig. Sie liebten es lediglich, Menschen zu fressen. Sie waren behende und wendig wie Miura-Stiere und hatten, wenn es sein mußte, die Schnelligkeit von Schäferhunden. Die Art, wie sie ihre Wächter umkreisten, hatte das unheimliche Moment von etwas Vorsätzlichem an sich. Piero hätte das um ein Haar zu spüren bekommen, als er den Schweinen ein Hemd abnehmen wollte, das er noch einmal verwenden wollte. Noch nie zuvor hatte es derartige Schweine gegeben, größer als die europäischen Wildschweine und genauso wild. Carlo schwelgte in dem Gefühl, sie erschaffen zu haben. Er wußte, daß das, was sie tun würden, das Böse, das sie zerstören würden, für ihn Anerkennung war, die er brauchte, wenn das alles hier erst einmal vorbei war.

Um Mitternacht schlief alles in der Scheune: Carlo, Piero und Tommaso schliefen einen traumlosen Schlaf auf dem Heuboden über der Sattelkammer, die Schweine schnarchten in ihren Käfigen. Hin und wieder begannen ihre zierlichen kleinen Füße im Schlaf zu trippeln, regten sich ein oder zwei von ihnen auf den sauberen Leinentüchern. Der Schädel des Trabers Fleet Shadow, der schwach von den in der Esse glühenden Kohlen angeleuchtet wurde, wachte über alle.

67

Einen Agenten des Federal Bureau of Investigation mit Masons falschen Beweisen anzugehen war ein großer Sprung für Krendler. Das verschlug sogar ihm den Atem. Falls ihn die Generalstaatsanwältin dabei erwischen sollte, würde sie ihn wie ein Kakerlake zerquetschen.

Krendler ging zwar ein hohes persönliches Risiko ein, aber der Ruin von Clarice Starling belastete ihn nicht so, als wenn er einen Mann vor sich gehabt hätte. Ein Mann hatte schließlich Familie – Krendler unterstützte seine Familie, wie habgierig und undankbar sie auch immer sein mochte.

Und Starling mußte definitiv verschwinden. Auf sich allein gestellt, mit der enervierenden Pingeligkeit einer patenten Hausfrau recherchierend, fand sie Hannibal Lecter am Ende noch. Wenn das passierte, würde Mason Verger Krendler leer ausgehen lassen. Je eher sie ihrer Hilfsmittel beraubt und als Köder ausgeworfen war, desto besser.

Krendler hatte auf seinem Weg zur Macht schon andere Karrieren ruiniert, zuerst als Staatsanwalt, der aktiv in die Politik eingriff, und dann später im Justizministerium. Er wußte aus Erfahrung, daß es einfacher war, die Karriere einer Frau zu zerstören als die eines Mannes. Wenn eine Frau in den Genuß einer Beförderung kam, die einer Frau eigentlich nicht zustand, war der wirksamste Weg noch immer, zu behaupten, daß sie dafür die Beine breit gemacht hatte.

Unmöglich, Clarice Starling so dranzukriegen, dachte Krendler. Eigentlich kannte er niemanden, der es *nötiger* hatte, einmal auf die harte Tour von hinten genommen zu werden. Von Zeit zu Zeit, wenn er mit dem Finger in der

Nase bohrte, dachte er an diese Schmirgelnummer, wie er das vor sich selbst nannte.

Krendler hätte seine Animosität gegenüber Starling nicht erklären können. Es war instinktiv und gehörte zu einem Ort seiner Seelenlandschaft, an den er nicht gehen konnte. Ein Ort mit Sesselüberzügen und einer bauchigen Lampe, Türklinken und Fensterkurbeln und einem Mädchen mit Starlings Haarfarbe, nicht aber ihrem Verstand. Das Höschen hing ihr um einen Knöchel, und sie fragte, was, zum Teufel, los sei mit ihm, warum er nicht käme und es ihr besorge, ob er *irgendwie schwul sei? Irgendwie schwul? Irgendwie schwul?*

Wenn man nicht wußte, was für eine Fotze Starling war, überlegte Krendler, so waren ihre tatsächlichen Leistungen viel besser als die paar Beförderungen – das mußte er zugeben. Ihre Belobigungen waren zufriedenstellenderweise spärlich ausgefallen: Unter Hinzugabe eines gelegentlichen Tropfens Gift in ihre Personalakte war es Krendler über die Jahre hinweg gelungen, die Personalabteilung des FBI zu beeinflussen: Man enthielt ihr eine Reihe besonders begehrter Posten vor, die ihr eigentlich zugestanden hätten. Ihre auf Unabhängigkeit bedachte Haltung und ihr vorlautes Mundwerk hatten ihm seine Sache leichtgemacht.

Mason hatte nicht auf die Entscheidung in der Feliciana-Fischmarkt-Geschichte warten wollen. Außerdem gab es keine Garantie, daß im Verlauf der Anhörung irgend etwas an Starling hängenblieb. Der Tod von Evelda Drumgo und den anderen ging offenkundig auf ein Sicherheitsversagen zurück. Ein Wunder, daß es Starling geschafft hatte, die kleine Rotznase zu retten. Einer mehr, den der Sozialstaat durchfüttern mußte. Es war ein leichtes, den häßlichen Vorfall noch einmal hochzukochen, aber es war eine etwas plumpe Art, an Starling heranzukommen.

Masons Weg war besser. Kurz und schmerzlos. Ehe sie sich versah, war sie draußen. Das Timing war günstig.

Ein Grundsatz, der sich in Washington öfter bewahrheitet hatte als der Satz des Pythagoras, lautete: In Gegenwart von Sauerstoff überdeckt ein lauter Furz mit einem eindeutig

Schuldigen viele kleine Emissionen im selben Raum, immer vorausgesetzt, daß sie in etwa zur selben Zeit erfolgen.

Ergo würde der Impeachment-Prozeß das Justizministerium ausreichend ablenken, so daß er sich in aller Seelenruhe Starling vom Hals schaffen konnte. Mason wollte eine Berichterstattung, die Dr. Lecter zu sehen bekäme. Aber Krendler mußte das Ganze wie einen unglücklichen Zufall aussehen lassen. Glücklicherweise ergab sich eine Gelegenheit, die ihm in die Hände spielte, beinahe wie von selbst: Der Geburtstag des FBI stand an.

Krendler bewahrte sich ein ruhiges Gewissen, mit dem er sich von aller Schuld freisprechen konnte.

Er tröstete sich: Wenn Starling ihren Job verlieren sollte, dann kostete das dem Lesbennest, in dem sie lebte, allenfalls die große Satellitenschüssel für die Sportübertragungen. Schlimmstenfalls ließ er eine losgerissene Kanone über Bord gehen, wo sie für niemanden mehr eine Gefahr darstellte.

Eine »losgerissene Kanone« über Bord würde «das Boot nicht mehr zum Schaukeln bringen«, dachte er und war zufrieden mit seiner Metapher. Daß das schaukelnde Boot die Kanone bewegt, kümmerte ihn nicht.

Krendler hatte die lebhaftesten Phantasien. Jetzt zum Beispiel stellte er sich, zu seinem eigenen Vergnügen, Starling als alte Frau vor, die über ihre Titten stolperte, die sich mit ihren einstmals so wohlgeformten, nun aber dicken und von Krampfadern durchzogenen Beinen mit Wäsche überladen die Treppen rauf und runter schleppte und ihren Kopf von den Flecken auf den Laken abwendete, die in einem *Bed and Breakfast* arbeiten mußte, das einem gottverdammten alten, haarigen Lesbenpaar gehörte, um sich auf diese Weise mühsam ihren Lebensunterhalt zu verdienen.

Als nächstes stellte er sich vor, wie er im Hochgefühl seines Triumphes zu ihr sagen würde: »Maisbrot-Fotze.«

Wohl gerüstet mit Dr. Doemlings Einsichten, wollte er ihr ganz nahe sein, wenn man sie entwaffnete, und, ohne die Lippen zu verziehen, sagen: »Du bist zu alt, um immer noch mit deinem Daddy zu vögeln, selbst für weißen Abschaum

Clarice zwischen den Fronten…

The Beauty and the Beast

Die zwei Gesichter des Hannibal Lecter: Monster…

…oder Gentleman?

Der Doktor mit seinem Lieblingswerkzeug.

Oben: Der Gourmet bereitet das Festmahl
Unten: Regisseur Ridley Scott bei der Arbeit.

aus dem Süden.« Er wiederholte diesen Spruch und überlegte, ob er ihn nicht in sein Notizbuch aufnehmen sollte.

Krendler hatte das Werkzeug, die Zeit und die Gehässigkeit, die er brauchte, um Starlings Karriere zu zertrümmern, und als er sich dazu anschickte, wurde er vom Zufall und von der italienischen Post ungemein unterstützt.

68

Der Battle-Creek-Friedhof außerhalb von Hubbard, Texas, ist eine kleine Narbe auf dem löwenfarbenen Fell von Texas im Dezember. Der Wind pfeift dort im Augenblick, und er wird dort immer pfeifen. Auf ein Abflauen zu warten wäre hoffnungslos.

Der neue Teil des Friedhofs hat flache Gedenktafeln, so daß es einfach ist, das Gras zu mähen. Ein silberner, herzförmiger Luftballon tanzt über der Grabstätte eines Mädchens, das heute Geburtstag feiern würde. In dem älteren Teil des Friedhofs mähen sie immer entlang der Pfade und fahren mit dem Rasenmäher so oft wie möglich den Raum zwischen den Grabsteinen ab. Reste von Grabschleifen und verdorrten Blumen sind dem Boden beigemischt. Im hintersten Winkel des Friedhofs türmt sich ein Komposthaufen. Dort werden die verdorrten Blumen entsorgt. Zwischen dem im Wind tanzenden Herzchen-Ballon und dem Komposthaufen steht ein Backhoe-Minibagger im Leerlauf. Ein junger Schwarzer sitzt am Lenkrad, ein anderer steht neben der Maschine und hält, geschützt gegen den Wind, ein Streichholz in seiner Hand, um sich eine Zigarette anzuzünden …

»Mr. Closter, ich wollte, daß Sie dabei sind, damit Sie sehen, womit wir es zu tun haben. Ich bin mir fast sicher, daß Sie dafür Sorge tragen werden, daß die Verwandten von einer Besichtigung Abstand nehmen«, sagte Mr. Greenlea, Direktor des Bestattungsinstituts von Hubbard. »Dieser Sarg – und ich darf Sie nochmals zu Ihrer geschmackvollen Wahl beglückwünschen –, dieser Sarg garantiert eine würdevolle Übergabe, und mehr müssen Sie nicht sehen. Ich schätze mich glücklich, Ihnen den Sarg zum Einkaufspreis anbieten zu können. Mein eigener Vater, Gott hab ihn selig, ruht in einem Sarg, der aufs Haar genau dem von Ihnen gewählten gleicht.« Er nickte dem Mann am Lenkrad des Minibaggers zu, woraufhin sich die Baggerschaufel in das von Unkraut überwucherte, eingefallene Grab senkte.

»Sie sind sich, was den Grabstein angeht, ganz sicher, Mr. Closter?«

»Ja«, sagte Dr. Lecter. »Die Kinder haben einen Stein für den Vater und die Mutter anfertigen lassen.«

Sie standen, ohne zu sprechen, nebeneinander im Wind, der an ihren Hosenaufschlägen zerrte, bis der Minibagger in einer Tiefe von etwa zwei Fuß mit der Arbeit innehielt.

»Ab hier sollten wir besser der Schaufel den Vorzug geben«, sagte Mr. Greenlea. Die zwei Arbeiter sprangen in das Loch und fingen an, mit leichtem, geübtem Schwung das Erdreich hochzuschaufeln.

»Vorsichtig«, sagte Mr. Greenlea. »Das war damals nicht gerade ein guter Sarg. Nichts im Vergleich zu dem, was er jetzt bekommt.«

Der billige Preßspan-Sarg war in der Tat über seinem Bewohner zusammengebrochen. Greenlea wies seine Totengräber an, die Erde um ihn herum beiseite zu räumen und ein Segeltuch unter den Kistenboden zu schieben, der immer noch intakt war. Der Sarg wurde in der Segeltuchschlinge herausgehoben und mit Schwung auf die Ladefläche eines Trucks geladen. Auf einem Zeichentisch in der Garage des Beerdigungsinstituts von Hubbard hob man die Stücke des eingefallenen Deckels ab. Ein ansehnliches Skelett kam zum Vorschein.

Dr. Lecter untersuchte es kurz. Eine Kugel hatte die falsche Rippe oberhalb der Leber durchschlagen, und es gab eine eingedrückte Stelle und ein Einschußloch in der oberen linken Stirnpartie. Der Schädel, moosbewachsen, verstopft und nur teilweise freiliegend, wies die ausgeprägten, hochangesetzten Wangenknochen auf, die er schon einmal gesehen hatte.

»Die Erde läßt nicht viel übrig«, sagte Mr. Greenlea.

Verrottete Hosenreste und die Fetzen eines Cowboyhemds hingen an den Knochen des Toten. Die Perlmuttknöpfe des Hemdes waren durch die Rippen gefallen. Ein Cowboyhut, ein Triple-X-Beaver im Fort-Worth-Stil, ruhte auf der Brust des Toten. Die Krempe wies eine Einkerbung, der Hut selbst ein Loch auf.

»Haben Sie den Verstorbenen gekannt?« fragte Dr. Lecter.

»Wir haben nur diese Leichenhalle gekauft und mit unserer Gruppe 1989 den Friedhof übernommen«, sagte Mr. Greenlea. »Ich lebe hier zwar vor Ort, aber die Zentrale unserer Firma ist in St. Louis. Sollen wir versuchen, die Kleidung zu retten? Ich kann Ihnen aber auch einen Anzug zur Verfügung stellen, ich glaube jedoch nicht –«

»Nein«, sagte Dr. Lecter. »Säubern Sie die Knochen, keine Kleidung mit Ausnahme des Hutes, der Gürtelschnalle und der Stiefel; packen Sie die kleinen Hand- und Fußknochen in eine Tüte, und bündeln Sie sie zusammen mit dem Schädel und den längeren Knochen in ihr bestes seidenes Leichentuch. Sie müssen sie nicht eigens auslegen, sorgen Sie nur dafür, daß sie vollzählig sind. Deckt der Stein, so ich Ihnen den überlasse, die Kosten der Graböffnung?«

»Ja. Wenn Sie bitte hier unterschreiben wollen, dann gebe ich Ihnen noch die Kopien der anderen Formulare hier«, sagte Mr. Greenlea, noch immer im Hochgefühl, daß er einen Sarg verkauft hatte. Die meisten Bestattungsunternehmer, die ihn wegen eines Leichnams aufsuchten, hätten die Knochen in einem Karton abtransportieren lassen und der Familie auf eigene Rechnung einen Sarg verkauft.

Dr. Lecters Exhumierungspapiere waren in perfekter Übereinstimmung mit dem Texas-Health-and-Safety-Gesetz, Sektion 711.004, was er nur zu genau wußte, da er doch selbst alle erforderlichen Formulare über die schnelle Suchhilfe der mit der Website der Texas Association of Counties vernetzten Strafrechtsbibliothek im Faksimile heruntergeladen hatte.

Die zwei Arbeiter, dankbar für die hydraulische Hebebühne des von Dr. Lecter gemieteten Trucks, rollten den neuen Sarg in Position und zurrten ihn neben dem einzigen anderen Gegenstand in dem Truck, einer Garderobe aus Pappe, am Anhängerblock fest.

»Was für eine ausgezeichnete Idee, einen eigenen Schrank mit sich zu führen. Verhindert, daß Ihre Kleidung für feierliche Anlässe in einem Koffer zerknittert wird, habe ich recht?« sagte Mr. Greenlea.

In Dallas entnahm der Doktor der Garderobe einen Bratschenkoffer und legte das in Seide geschlagene Knochenbündel hinein. Der Hut paßte hervorragend in die Ausbuchtung am unteren Ende, wo der Schädel gut gepolstert lag.

Er entledigte sich des Sarges auf dem Fish-Trap-Friedhof. Seinen Mietwagen gab er am Dallas-Fort Worth Airport zurück, wo er auch den Bratschenkoffer direkt nach Philadelphia eincheckte.

IV

DENKWÜRDIGE AUGENBLICKE IM KALENDER DES GRAUENS

69

Am Montag mußte Clarice Starling die am Wochenende gekauften Delikatessen und Spezialitäten überprüfen, und ihr Computersystem hatte Macken, so daß sie die Hilfe eines Computerspezialisten der Abteilung Technik in Anspruch nehmen mußte. Selbst wenn man die Liste auf das Wesentliche beschränkte und sich auf zwei oder drei ganz besondere Weinsorten bei fünf Winzern, auf die beiden einzigen amerikanischen Foie-gras-Lieferanten und auf fünf Feinkosthändler konzentrierte, war die Anzahl der Käufe enorm. Die Anrufe von einzelnen Spirituosenläden, die die im Rundschreiben angegebene Telefonnummer wählten, mußten per Hand eingegeben werden.

Gestützt auf die Identifikation Dr. Lecters als dem Mörder des Bogenjägers in Virginia, reduzierte sie die Liste nochmals auf die Käufe an der Ostküste, davon ausgenommen war nur die Firma Sonoma mit ihrer Foie gras.

Fauchon in Paris weigerte sich zu kooperieren. Aus dem, was man ihr bei »Vera dal 1926« am Telefon erläuterte, wurde Starling nicht schlau, und sie sandte deshalb ein Fax an die Questura mit der Bitte um Unterstützung, sollte Dr. Lecter weiße Trüffeln in Florenz ordern.

Am Ende des Arbeitstages, am Montag, dem 17. Dezember, hatte Starling zwölf Möglichkeiten, die sie weiterverfolgen konnte. Es gab Kombinationen von Einkäufen mit Kreditkarten. Ein Mann hatte eine Kiste Pétrus und einen Kompressor-XJR-Jaguar gekauft, beides mit derselben American-Express-Karte.

Ein anderer bestellte eine Kiste Bâtard-Montrachet und eine Kiste grüner Gironde-Austern.

Starling reichte jede der Möglichkeiten an die jeweils zuständige Außenstelle mit der Anweisung weiter, der Spur dort nachzugehen. Starling und Eric Pickford arbeiteten in unterschiedlichen, sich aber überschneidenden Schichten, um das Büro während der Ladenöffnungszeiten besetzt zu halten.

Es war Pickfords vierter Arbeitstag, und er verbrachte einen Teil seiner Zeit damit, die Kurzwahl seines Telefons zu programmieren. Er versah die Tasten nicht mit Aufklebern.

Als er auf einen Kaffee das Büro verließ, drückte Starling die oberste Taste seines Telefons. Paul Krendler persönlich meldete sich.

Sie legte auf und saß einen Augenblick lang vollkommen regungslos da. Es war an der Zeit, nach Hause zu gehen. Den Bürostuhl langsam um die eigene Achse drehend, betrachtete sie aufmerksam alle Gegenstände in »Hannibals Heim«. Die Röntgenbilder, die Bücher, das Gedeck für eine Person. Dann stieß sie die Vorhänge beiseite und ging.

Crawfords Büro war offen und leer. Der von seiner verstorbenen Frau gestrickte Pullover hing auf dem Kleiderständer in der Ecke. Starling streckte die Hand nach dem Pullover aus, berührte ihn aber nicht, schwang ihren Mantel über ihre Schultern und machte sich auf den weiten Weg zu ihrem Auto.

Sie würde Quantico niemals wiedersehen.

70

Am Abend des 17. Dezember läutete Starlings Türglocke. Sie konnte den Einsatzwagen eines Federal Marshal in der Auffahrt hinter ihrem Mustang stehen sehen.

Der Marshal war Bobby, der sie nach der Feliciana-Schießerei vom Krankenhaus nach Hause begleitet hatte.

»Hi, Starling.«

»Hi, Bobby. Kommen Sie rein.«

»Das würde ich gern, aber ich muß Ihnen erst etwas mitteilen. Ich habe hier einen Bescheid, den ich Ihnen zustellen muß.«

»Teufel auch! Stellen Sie ihn mir doch im Haus zu, dort ist es wenigstens warm«, sagte Starling mit einem leichten Druck in der Magengegend.

Der Bescheid unter dem Briefkopf des Inspector General vom Justizministerium forderte sie auf, zu einer Anhörung am nächsten Morgen, dem 18. Dezember, um 9.00 Uhr im J. Edgar Hoover Building zu erscheinen.

»Soll ich Sie morgen abholen kommen?« fragte der Marshal.

Starling schüttelte den Kopf. »Vielen Dank, Bobby, ich nehme meinen Wagen. Darf ich Ihnen einen Kaffee anbieten?«

»Nein, vielen Dank. Es tut mir leid, Starling.« Es war offenkundig, daß der Marshal gehen wollte. Eine verlegene Stille trat ein. »Ihr Ohr sieht ja wieder ganz gesund aus«, sagte er schließlich.

Sie winkte ihm, als er in der Einfahrt zurücksetzte.

Der Brief bestellte sie zum Rapport. Ein Grund wurde nicht genannt.

Ardelia Mapp, gestählt in zahllosen Schlammschlachten des Bureaus und ein ewiger Dorn im Fleisch der Good-Old-Boys-Seilschaften, brühte sofort den stärksten medizinischen Beruhigungstee ihrer Großmutter auf, der dafür berühmt war, jede noch so triste Stimmung zu heben.

Starling fürchtete sich wie immer vor dem Tee, aber es gab kein Entrinnen.

Mapp tippte mit dem Finger auf den Briefkopf. »Der Inspector General hat dir nichts, aber auch gar nichts zu sagen«, sagte Mapp zwischen zwei Schlückchen Tee. »Falls deine Dienstaufsichtsbehörde dir gegenüber Vorwürfe erhebt oder das OPR-DOJ etwas gegen dich in Händen hält, dann müssen sie dir das mitteilen, sie müssen dich schriftlich vorladen. Sie müssen dir ein gottverdammtes 645er oder 644er zustellen, wo die gegen dich erhobenen Vorwürfe fein säuberlich aufgeführt sind. Wenn sie glauben, daß du dich strafbar gemacht hast, hast du das Recht auf einen Anwalt, auf vollständige Offenlegung, eben alles, was selbst dem kleinsten Gauner zusteht, richtig?«

»Verdammt, wo du recht hast, hast du recht.«

»Hier, auf diese Weise, hast du vorab nicht die Bohne in der Hand. Inspector General, heißt das nicht Politik? Der kann doch nicht einfach irgendeinen x-beliebigen Fall an sich ziehen.«

»Den hier jedenfalls hat er an sich gezogen.«

»Weil Krendler ihm Feuer unterm Arsch macht oder den Ohrenbläser abgibt. Was auch immer es sein mag, falls du das Ganze über die Frage der Chancengleichheit laufen lassen willst, ich habe sämtliche Nummern gebunkert. Hör mir gut zu, Starling, sag ihnen, daß du alles selbst auf Band aufzeichnen willst. Der IG hat noch nichts von unterschriebenen eidesstattlichen Erklärungen gehört. Lonnie Gains haben sie damit reingeritten. Sie zeichnen zwar auf, was du sagst, doch hin und wieder ändert es sich, nachdem du es gesagt hast. Außerdem bekommst du niemals eine Abschrift zu Gesicht.«

Als Starling Jack Crawford anrief, klang er, als ob sie ihn gerade aus dem Schlaf gerissen hätte.

»Ich weiß nicht, was sich da zusammenbraut, Starling«, sagte er. »Ich hör' mich mal um. Aber eines weiß ich ganz bestimmt, daß ich morgen dasein werde.«

71

Es ist Morgen, und der gepanzerte Betonkäfig des Hoover Building brütet unter einem milchigtrüben Himmel.

Im Zeitalter der Autobomben sind der Fronteingang und der Hof an den meisten Tagen geschlossen. Zudem ist das Gebäude von einem Ring alter Bureau-Fahrzeuge umstellt, die eine improvisierte Crash-Barriere abgeben sollen.

Die Stadtpolizei, auf eine hirnlose Praxis eingeschworen, verpaßt manchen der Fahrzeuge Tag für Tag Strafzettel. Die Bündel wachsen und wachsen unter den Scheibenwischern. Hin und wieder reißt sie der Wind los und treibt sie die Straße hinunter.

Ein Obdachloser, der sich über dem Gitter eines Abluftkanals auf dem Bürgersteig wärmte, rief Starling etwas zu und hob die Hand, als sie vorbeiging. Eine Seite seines Gesichts war orange von dem in Notaufnahmen gebräuchlichen Betaisodona. Er streckte ihr einen ausgefransten Styroporbecher entgegen. Starling fischte in ihrem Portemonnaie nach einem Dollar und gab ihm, während sie sich in die warme, abgestandene Luft und den Dampf beugte, dann schließlich doch zwei.

»Alles Gute«, sagte er.

»Das kann ich brauchen«, sagte Starling. »Jede noch so kleine Ermutigung hilft.«

Starling holte sich einen großen Kaffee bei »Au Bon Pain« auf der zur Tenth Street hin gelegenen Seite des Hoover Building, wie sie das über die Jahre so viele Male getan hatte. Sie brauchte den Kaffee nach der unruhigen Nacht, wollte aber nicht während der Anhörung auf die Toilette gehen müssen. Sie beschloß, nur die Hälfte zu trinken. Sie sah Crawford durch die Scheibe des Cafés und holte ihn auf dem Bürgersteig ein. »Wollen wir uns den großen Kaffee teilen, Mr. Crawford? Die geben mir noch einen zweiten Becher.«

»Entkoffeiniert?«

»Nein.«

»Dann lieber nicht, ich bekomme sonst Herzrasen.« Er sah kränklich und alt aus. Ein Tropfen klarer Flüssigkeit hing ihm von der Nasenspitze. Sie traten aus dem Fußgängerstrom heraus, der auf den Seiteneingang der FBI-Zentrale zuströmte.

»Ich habe keine Ahnung, was es mit diesem Treffen auf sich hat, Starling. Soweit ich es herausfinden konnte, ist niemand sonst von der Feliciana-Schießerei vorgeladen. Ich werde bei Ihnen sein.«

Starling reichte ihm ein Papiertaschentuch, und dann tauchten sie in den stetig dahinfließenden Strom der Frühschicht ein. Starling hatte den Eindruck, daß das Büropersonal ungewöhnlich schick aussah.

»Neunzigjähriges Jubiläum des FBI, Bush läuft hier heute ein und hält eine Rede.«

Vier Übertragungswagen mit Satellitenschüssel parkten in der Seitenstraße.

Ein Kamerateam von WFUL-TV hatte sich auf dem Bürgersteig breitgemacht und filmte einen jungen Mann mit Messerhaarschnitt, der in ein Handmikrofon sprach. Ein Produktionsassistent, den man auf dem Dach eines Vans postiert hatte, sah Starling und Crawford in der Menge auf den Eingang zugehen.

»Da ist sie, die in dem marineblauen Regenmantel ist es«, rief er von oben herunter.

»Es geht los«, sagte der Messerhaarschnitt. *»Rolling.«*

Das Kamerateam verursachte in dem Menschenstrom eine Stockung, als sie versuchten, Starlings Gesicht vor die Kamera zu bekommen.

»Special Agent Starling, ein Kommentar zur Untersuchung des Feliciana-Fischmarkt-Massakers? Ist der Untersuchungsbericht schon draußen? Werden Sie wegen fünffacher Tötung angeklagt –?« Crawford nahm seinen Regenhut ab und gab vor, seine Augen vor dem grellen Licht der Strahler zu schützen, dabei gelang es ihm, für einen Augenblick die Linse der Kamera zu verdecken. Erst die Sicherheitsschleuse hielt die TV-Crew auf.

Die Hurensöhne haben einen Tip bekommen.

Als sie durch die Schleuse hindurch waren, hielten sie in der Halle inne. Der Nieselregen draußen hatte Starling und Crawford mit winzigen Wassertröpfchen benetzt.

Crawford schluckte eine Ginkgo-Biloba-Tablette ohne Flüssigkeit. »Starling, ich könnte mir vorstellen, daß sie sich den heutigen Tag ausgesucht haben, weil der Impeachment-Prozeß und das Jubiläum ziemlichen Staub aufwirbeln. Was immer sie zu tun beabsichtigen, könnte in dem Wirbel heute untergehen.«

»Warum dann der Presse einen Tip geben?«

»Weil nicht jeder bei dieser Anhörung vom selben Blatt singen wird. Sie haben noch zehn Minuten, wollen Sie sich nicht noch schnell das Näschen pudern?«

72

Starling war selten bis in die siebte, die Führungsetage des J. Edgar Hoover Building vorgestoßen. Sie und die anderen Angehörigen der Abschlußklasse hatten sich vor sieben Jahren dort versammelt, als der Direktor Ardelia Mapp gratulierte, die die Abschiedsrede gehalten hatte. Ein anderes Mal hatte der stellvertretende Direktor sie zu sich zitiert, um ihr die Medaille des »Combat Pistol Champion« zu überreichen.

Der Teppich im Büro des stellvertretenden Direktors war tiefer als jeder, über den Starling bisher gegangen war. In der Klubatmosphäre, mit den Ledersesseln im Konferenzzimmer, hing der Geruch von Zigaretten. Sie fragte sich, ob man vor ihrer Ankunft schnell die Kippen weggeräumt und den Raum gelüftet hatte.

Drei Männer erhoben sich von ihren Sesseln, als sie und Crawford den Raum betraten, einer blieb sitzen. Die Stehenden waren Starlings ehemaliger Boß, Clint Pearsall von der Außenstelle Washington, Buzzards Point; A/DIC Noonan vom FBI und ein großgewachsener rothaariger Mann in einem Anzug aus Rohseide. Sitzen geblieben war Deputy Assistant Inspector General Paul Krendler. Krendler drehte sich mit seinem langen Hals nach ihr um, als nähme er ihre Witterung auf. Als er sie anblickte, konnte sie seine beiden runden Ohren gleichzeitig sehen. Seltsamerweise stand ein Federal Marshal, den sie nicht kannte, in der Ecke des Raumes.

Angestellte des FBI und der Justizbehörde waren zwar für gewöhnlich auf ihr äußeres Erscheinungsbild bedacht, aber diese Männer waren fürs Fernsehen wie aus dem Ei gepellt. Starling begriff, daß sie später bei den Feierlichkeiten mit dem ehemaligen Präsidenten Bush ein paar Stockwerke tiefer auftauchen würden. Andernfalls hätte man sie ins Justizministerium und nicht in das Hoover Building zitiert.

Krendler runzelte beim Anblick von Jack Crawford an Starlings Seite die Stirn.

»Mr. Crawford, ich glaube nicht, daß Ihre Gegenwart bei dem Verfahren hier erforderlich ist.«

»Ich bin Special Agent Starlings unmittelbarer Vorgesetzter. Mein Platz ist hier.«

»Was Sie nicht sagen«, bemerkte Krendler. Er wandte sich an Noonan. »Auf dem Papier ist Clint Pearsall ihr Vorgesetzter. Sie ist von Crawford nur angefordert worden. Ich denke, die Befragung von Agent Starling sollte vertraulich sein«, sagte er. »Falls wir weitergehende Informationen benötigen, können wir Abteilungsleiter Crawford ja bitten, sich bereitzuhalten, damit wir ihn erreichen können.«

Noonan nickte. »Deine Ansicht ist uns natürlich willkommen, Jack, aber erst nachdem wir die unabhängige Aussage der – von Special Agent Starling gehört haben. Jack, ich möchte, daß du dich zur Verfügung hältst. Mach es dir im Lesesaal der Bibliothek bequem. Ich werde dich rufen lassen.«

Crawford trat einen Schritt vor. »Director Noonan, darf ich –«

»Sie *dürfen* den Raum verlassen, das ist es, was Sie *dürfen*«, sagte Krendler.

Noonan erhob sich rasch. »Ich darf doch bitten, Mr. Krendler, das hier ist so lange meine Sitzung, bis ich Ihnen das Wort erteile. Jack, wir beide kennen uns seit einer halben Ewigkeit. Der Herr hier aus dem Justizministerium ist einfach noch zu neu im Geschäft, um das zu verstehen. Du bekommst schon noch die Gelegenheit, deine Meinung zu sagen. Laß uns jetzt bitte allein. Starling kann für sich selbst sprechen«, sagte Noonan. Er beugte sich zu Krendler und flüsterte ihm etwas ins Ohr, was dessen Gesicht rot anlaufen ließ.

Crawford sah Starling an. Alles, was er tun konnte, war, sich in Rage zu reden.

»Danke, daß Sie gekommen sind, Sir«, sagte sie.

Der Federal Marshal geleitete Crawford hinaus.

Als sie die Tür hinter sich ins Schloß fallen hörte, richtete sich Starling auf. Sie war nun auf sich allein gestellt gegenüber dieser Männerriege.

Von da an nahm das Verfahren mit der Eile einer Amputation aus dem 18. Jahrhundert seinen Fortgang.

Noonan war der ranghöchste FBI-Mann im Raum, aber der Inspector General konnte ihn jederzeit überstimmen und hatte offensichtlich Krendler als seinen Generalbevollmächtigten geschickt.

Noonan griff nach der vor ihm liegenden Akte. »Würden Sie sich bitte für die Aufzeichnung identifizieren?«

»Special Agent Clarice Starling. *Gibt* es denn eine Aufzeichnung, Director Noonan? Ich wäre froh, wenn es eine gäbe.«

Als er nicht antwortete, sagte sie: »Haben Sie etwas dagegen, wenn ich meinerseits das Gespräch aufzeichne?« Sie zog einen kleinen, robusten Nagra-Taperecorder aus ihrer Handtasche.

Krendler ergriff das Wort. »Normalerweise würde diese Art von vorbereitendem Treffen im Büro des Inspector General im Justizministerium stattfinden. Wir machen es ausnahmsweise hier, weil es für alle Beteiligten wegen der heutigen Feierlichkeiten bequemer ist, aber die Regeln des IG behalten trotzdem ihre Gültigkeit. Die Angelegenheit bedarf eines gewissen diplomatischen Fingerspitzengefühls. Kein Tape.«

»Die Vorwürfe, Mr. Krendler«, sagte Noonan.

»Agent Starling, Sie sind der rechtswidrigen Weitergabe hochsensibler Daten an einen flüchtigen Verbrecher angeklagt«, sagte Krendler und hielt sein Gesicht sorgfältig unter Kontrolle. »Insbesondere werden Sie angeklagt, diese Anzeige hier in zwei italienischen Zeitungen aufgegeben zu haben, um den auf der Flucht befindlichen Hannibal Lecter davor zu warnen, daß seine Verhaftung unmittelbar bevorstand.«

Der Federal Marshal brachte Starling eine verschmierte Seite von *La Nazione*. Sie hielt sie zum Fenster hin, um die eingekreiste Stelle zu lesen: *A. A. Aaron – Stelle dich bitte den örtlichen Behörden, die Feinde sind ganz in deiner Nähe. Hannah.*

»Was sagen Sie dazu?«

»Das stammt nicht von mir. Ich habe es noch nie zuvor gesehen.«

»Wie erklären Sie sich den Umstand, daß der Brief das Codewort ›Hannah‹ verwendet, das lediglich Dr. Lecter und dem Bureau bekannt ist? Das Codewort, das Lecter Sie gebeten hat zu benutzen.«

»Ich habe keine Ahnung. Wer hat das entdeckt?«

»Der Dokumentationsdienst in Langley stieß bei der Übersetzung von *La Naziones* Berichterstattung über Lecter darauf.«

»Wenn der Code innerhalb des Bureaus so geheim gehalten wird, wie hat ihn dann der Dokumentationsdienst in Langley in der Zeitung erkennen können? Der Dokumentationsdienst gehört zum CIA. Fragen wir ihn doch, wer seine Aufmerksamkeit auf ›Hannah‹ gelenkt hat.«

»Ich bin mir sicher, daß der Übersetzer mit der Lecter-Akte vertraut war.«

»*So* vertraut? Das bezweifle ich. Fragen wir ihn doch, wer ihm nahelegte, danach Ausschau zu halten. Außerdem, wie hätte ich wissen sollen, daß Dr. Lecter in Florenz war?«

»Sie waren doch diejenige, die auf die Computeranfrage der Questura von Florenz bezüglich der VICAP-Files von Lecter stießen«, sagte Krendler. »Die Anfrage ging ein paar Tage vor Pazzis Tod ein. Wir wissen nicht, wann Sie sie entdeckt haben. Warum sonst sollte die Questura in Florenz nach Lecter fragen?«

»Aus welchem Grund hätte ich ihn warnen sollen? Director Noonan, warum ist diese Angelegenheit überhaupt Sache des IG? Ich bin jederzeit bereit, mich einem Lügendetektortest zu unterziehen. Rollen Sie ihn nur herein.«

»Die Italiener haben auf diplomatischem Weg gegen den Versuch protestiert, einem gesuchten Verbrecher in ihrem Land eine Warnung zukommen zu lassen«, sagte Noonan. Er wies auf den rothaarigen Mann neben sich. »Darf ich vorstellen? Mr. Montenegro von der italienischen Botschaft.«

»Guten Morgen, Sir. Und wie haben es die *Italiener* herausgefunden?« fragte Starling. »Nicht durch Langley, nehme ich an.«

»Diplomatische Meinungsverschiedenheiten haben den Ball in unser Spielfeld befördert«, sagte Krendler, noch bevor Montenegro zu einer Antwort ansetzen konnte. »Wir wollen die Angelegenheit zur Zufriedenheit der italienischen Behörden aus der Welt schaffen, und zu meiner und des IG. Wir wollen einen sauberen Schnitt. Es ist für alle Beteiligten besser, wenn sämtliche Fakten auf den Tisch kommen. Was ist das überhaupt zwischen Ihnen und Dr. Lecter, Miss Starling?«

»Ich habe Dr. Lecter verschiedentlich auf Anweisung von Abteilungsleiter Jack Crawford befragt. Seit Dr. Lecters Flucht habe ich über den Zeitraum von sieben Jahren zwei Briefe von ihm bekommen. Sie haben sie beide«, sagte Starling.

»Wir haben mehr«, sagte Krendler. »Das hier gelangte gestern in unsere Hände. Was Sie sonst noch von ihm bekommen haben, wissen wir nicht.« Er griff hinter sich, um eine mit vielen Briefmarken beklebte und von der Post ramponierte Pappschachtel hervorzuzaubern.

Krendler tat so, als erfreute er sich an dem Duft, der der Schachtel entströmte. Er wies mit dem Finger auf den Adreßaufkleber, wobei er sich keine große Mühe gab, ihn Starling zu zeigen. »An Sie in Arlington adressiert, Special Agent Starling. Mr. Montenegro, hätten Sie bitte die Freundlichkeit, uns zu erläutern, mit was für Gegenständen wir es hier zu tun haben?«

Der italienische Diplomat ging die in Seidenpapier eingeschlagenen Artikel durch, seine Manschettenknöpfe blitzten auf.

»Ja, das hier sind Lotionen, *sapone di mandorle*, die berühmte Mandelseife der Santa Maria Novella in Florenz, der Farmacia dort, und einige Parfüms. Die Art von Dingen, die sich Menschen schenken, die einander in Liebe zugetan sind.«

»Die sind doch hoffentlich auf Reiz- und Giftstoffe hin untersucht worden, Clint?« fragte Noonan Starlings ehemaligen Vorgesetzten.

Pearsall sah irgendwie beschämt aus. »Ja«, sagte er. »Es geht keine Gefahr von ihnen aus.«

»Ein Liebespräsent«, sagte Krendler mit einiger Befriedigung in der Stimme. »Und hier haben wir den dazugehörigen Liebesbrief.« Er entfaltete das Pergament, das der Schachtel beigelegt war, und hielt es hoch. Man sah das Bild von Starlings Gesicht aus der Boulevardpresse mit dem geflügelten Körper einer Löwin. Er wendete das Blatt, um Dr. Lecters gestochen scharfe Handschrift zu lesen: »*Haben Sie jemals darüber nachgedacht, Clarice, warum die Philister Sie nicht verstehen? Sie sind die Antwort auf Samsons Rätsel: Sie sind der Honig in der Löwin.*«

»*Il miele dentro la leonessa,* wie schön«, sagte Montenegro und prägte es sich für den eigenen Gebrauch zu einem späteren Zeitpunkt ein.

»Es ist *was?*« fragte Krendler.

Der Italiener winkte ab, wohl wissend, daß Krendler niemals die Schönheit der Sprachmelodie in Lecters Metapher begreifen noch deren taktile Anspielung irgendwo anders fühlen würde.

»Der Inspector General wünscht die Angelegenheit wegen der internationalen Folgen von hier ab zu übernehmen«, sagte Krendler. »Worauf es hinauslaufen wird, auf eine disziplinarrechtliche Anzeige oder eine Strafanzeige, hängt ganz davon ab, was wir im Zuge der Untersuchung noch zutage fördern werden. Sollte es zu einer Strafanzeige kommen, Special Agent Starling, wird die Angelegenheit der ›Abteilung zur Bekämpfung der Korruption in öffentlichen Ämtern‹ im Justizministerium übergeben. Die übernehmen dann alles Weitere vor Gericht. Sie werden rechtzeitig informiert, um sich vorbereiten zu können. Director Noonan ...«

Noonan holte tief Luft und schwang die Axt. »Clarice Starling, hiermit suspendiere ich Sie für die Zeit, bis in dieser Angelegenheit entschieden worden ist, vom Dienst. Sie werden Ihre Waffen und Ihren Dienstausweis aushändigen.

Ihr Zugang zu allen staatlichen Einrichtungen, ausgenommen den öffentlich zugänglichen, ist hiermit widerrufen. Sie werden aus dem Gebäude eskortiert. Bitte übergeben Sie Waffen und Dienstausweis an Special Agent Pearsall. Wenn ich Sie bitten dürfte?«

Während sie auf den Tisch zuging, sah Starling die Männer einen Augenblick lang wie Pappfiguren in einem Schießwettbewerb. Sie hätte die vier töten können, bevor einer von ihnen seine Hand an der Waffe hatte. Der Moment verstrich. Sie zog ihre .45er aus dem Holster und schaute Krendler ruhig in die Augen, als sie das Magazin in ihre Hand gleiten ließ, es auf den Tisch legte und die Patrone aus der Pistolenkammer springen ließ. Krendler fing die Patrone in der Luft auf und drückte sie, bis seine Knöchel weiß wurden.

Als nächstes waren ihre Marke und ihr Dienstausweis dran.

»Haben Sie nicht noch eine Zweitwaffe?« fragte Krendler. »Und eine Flinte?«

»Starling?« half Noonan nach.

»Eingeschlossen in meinem Wagen.«

»Andere Ausrüstungsgegenstände?«

»Ein Helm und eine kugelsichere Weste.«

»Mr. Marshal, Sie werden besagte Gegenstände an sich nehmen, nachdem Sie Miss Starling zu ihrem Fahrzeug begleitet haben«, sagte Krendler. »Sind Sie im Besitz eines abhörsicheren Handys?«

»Ja.«

Krendler hob gegenüber Noonan die Augenbrauen.

»Geben Sie es zurück«, sagte Noonan.

»Ich möchte etwas sagen. Ich denke, ich habe ein Recht darauf.«

Noonan schaute auf seine Uhr. »Schießen Sie los.«

»Das ist ein abgekartetes Spiel. Ich glaube, Mason Verger versucht aus persönlicher Rachsucht, Dr. Lecter auf eigene Faust zur Strecke zu bringen. Ich glaube, daß er ihn in Florenz nur um Haaresbreite verfehlt hat. Ich glaube, daß Mr. Krendler mit Verger unter einer Decke steckt und alles daransetzt, daß das FBI den Absichten Vergers in die Hände spielt. Ich glaube, daß Deputy Assistant Inspector General Paul Krendler einen finanziellen Vorteil für sich sucht, und ich glaube, daß er dabei bewußt mich und meine Karriere zerstört, nur um dieses Ziel zu erreichen. Bereits in der Vergangenheit hat sich Mr. Krendler mir gegenüber unangemessen verhalten, und er tut es heute wieder, aus reiner Bosheit wie auch aus finanziellem Eigennutz. Noch in dieser Woche hat er mich eine ›Maisbrot-Muschi‹ genannt. Ich fordere Mr. Krendler vor diesem Gremium auf, sich mit mir zusammen einem Lügendetektortest zu unterziehen. Wir können es sofort tun.«

»Special Agent Starling, seien Sie froh, daß Sie heute nicht unter Eid stehen –«, begann Krendler.

»*Vereidigen* Sie mich doch. Das gleiche gilt dann aber auch für Sie.«

»Es sei Ihnen versichert, sollte sich der Vorwurf nicht bewahrheiten, haben Sie Anspruch auf volle Rehabilitierung ohne juristische Nachteile«, sagte Krendler in freundlichstem Ton. »In der Zwischenzeit beziehen Sie Ihr Gehalt weiter, verbleiben in der Versicherung und sind krankenversichert. Die Suspendierung vom Dienst stellt an sich keine Bestrafung dar, Agent Starling, nutzen Sie sie zu Ihrem Vorteil«, sagte Krendler und gab seiner Stimme einen privat-vertraulichen Ton. »Im Grunde könnten Sie Ihre Auszeit dazu verwenden, endlich einmal diesen Dreck aus ihrer Wange entfernen zu lassen. Ich bin mir sicher, daß ärztliche –«

»Das ist kein Dreck«, sagte Starling. »Es ist Schießpulver. Kein Wunder, daß Sie es nicht erkannt haben.«

Der Federal Marshal hielt ihr die Hand entgegengestreckt und wartete.

»Es tut mir leid, Starling«, sagte Clint Pearsall, ihre Ausrüstung in seinen Händen.

Sie schaute ihn an und wandte sich ab. Paul Krendler pirschte sich an sie heran, als die anderen Männer warteten, um dem Diplomaten beim Verlassen des Raumes den Vortritt zu lassen. Krendler setzte gerade an, etwas Vorbereitetes zwischen den Zähnen zu murmeln: »Starling, du bist zu alt, um immer noch mit deinem Daddy zu vögeln, selbst –«

»Gestatten Sie.« Es war Montenegro. Der großgewachsene Diplomat hatte sich von der Tür abgewandt und war auf sie zugekommen. »Sie gestatten doch«, wiederholte Montenegro und schaute Krendler in die Augen, bis dieser mit einem verquälten Gesichtsausdruck von ihr abließ.

»Daß Ihnen das widerfahren mußte, tut mir sehr leid«, sagte er. »Ich hoffe, daß Sie unschuldig sind. Ich verspreche Ihnen, ich werde alles in meiner Macht Stehende tun, damit die Questura in Florenz herausfindet, wie diese *inserzione*, diese Anzeige, in *La Nazione* bezahlt wurde. Falls Sie daran denken, in ... innerhalb meines Einflußbereichs in Italien Nachforschungen anzustellen, geben Sie mir bitte Bescheid, und ich werde Sie unterstützen.« Montenegro reichte ihr seine Karte aus edlem Papier mit elegantem Aufdruck. Als er den Raum verließ, schien er Krendlers ausgestreckte Rechte nicht zu bemerken.

Reporter, denen man wegen der bevorstehenden Jubiläumsfeierlichkeiten den Zutritt durch den Haupteingang gestattet hatte, drängten sich im Hof. Ein paar von ihnen schienen zu wissen, nach wem sie Ausschau halten mußten.

»Müssen Sie mich am Ellbogen festhalten?« fragte Starling den Federal Marshal.

»Nein, Ma'am, das muß ich nicht«, antwortete er und bahnte ihr einen Weg durch den Wald aus Mikrofongalgen und das Gewirr hektisch zugerufener Fragen.

Diesmal schien Freund Messerhaarschnitt über das Thema bestens unterrichtet zu sein. Die Fragen, die er schrie, waren: »Stimmt es, daß man Ihnen den ›Hannibal-Lecter‹-Fall entzogen hat? Erwarten Sie, daß man Strafanzeige gegen sie erstatten wird? Was sagen Sie zu den von den Italienern erhobenen Anschuldigungen?«

In der Tiefgarage übergab Starling ihre kugelsichere Weste, ihren Helm, ihr Schrotgewehr und ihre Zweitwaffe. Der Federal Marshal wartete, während sie die kleine Pistole entlud und mit einem ölgetränkten Tuch abrieb.

»Ich habe Sie in Quantico schießen sehen, Agent Starling«, sagte er. »Ich selbst bin für unseren Dienst bis ins Viertelfinale gekommen. Ich werde mich um Ihre .45er kümmern, bevor wir sie unter Verschluß nehmen.«

»Vielen Dank, Marshal.«

Er blieb noch einen Moment lang stehen, als sie in den Wagen gestiegen war. Er sagte etwas, das vom Röhren des Mustangs übertönt wurde. Sie kurbelte ihr Fenster herunter, und er wiederholte es.

»Ich verabscheue das, was die mit Ihnen machen.«

»Vielen Dank, Sir. Ihre Anteilnahme ehrt mich.«

Die Verfolger von der Presse warteten bereits in einem Wagen vor der Ausfahrt der Tiefgarage auf sie. Starling drehte den Mustang auf, um sie abzuhängen, und fing sich drei Querstraßen vom J. Edgar Hoover Building entfernt einen Strafzettel wegen überhöhter Geschwindigkeit ein. Die Fotografen schossen Bilder, während der Streifenpolizist das Ticket ausstellte.

Director Noonan saß an seinem Schreibtisch, als das Meeting vorüber war, und rieb sich die Druckstellen, die die Brille auf seinem Nasenrücken hinterlassen hatte.

Daß sie Starling losgeworden waren, störte ihn nicht sonderlich – er glaubte sowieso, daß Frauen etwas Emotionales an sich hatten, das nicht zum Bureau paßte. Aber es schmerzte ihn, mit ansehen zu müssen, wie Jack Crawford heruntergeputzt wurde. Jack war einer der Ihren, einer der Boys gewesen. Möglicherweise war Jack, was das Starling-Mädchen anging, auf einem Auge blind, so etwas kam mitunter vor – Jacks Frau war tot, und überhaupt. Noonan selbst hatte einmal eine Woche lang seinen Blick nicht von einer bildhübschen Stenotypistin lassen können, hatte sie loswerden müssen, bevor sie ernsthafte Schwierigkeiten machte. Noonan setzte seine Brille wieder auf und nahm den Aufzug in die Bibliothek hinunter. Er fand Jack Crawford in einem Sessel im Lesesaal sitzend, den Kopf gegen die Wand gelehnt. Noonan dachte zunächst, er schliefe. Crawfords Gesicht sah grau und eingefallen aus, und er schwitzte. Er öffnete die Augen und schnappte nach Luft.

»Jack?« Noonan klopfte ihm auf die Schulter, berührte sein mit kaltem Schweiß bedecktes Gesicht. Noonans Stimme gellte laut in der Bibliothek: »Hey, Aufsicht, rufen Sie einen Krankenwagen!«

Man brachte Crawford zunächst auf die Krankenstation des FBI. Von dort wurde er auf die Herz-Intensivstation des Jefferson Memorial Hospital verlegt.

73

Krendler hätte sich keine bessere Presse wünschen können. Der neunzigste Geburtstag des FBI war für die Presseleute mit einer Tour in das neue Krisenzentrum verbunden. Die Fernsehnachrichten nutzten die Gunst der Stunde und den freien Zugang zum J. Edgar Hoover Building. C-SPAN brachte die Bemerkungen des ehemaligen Präsidenten Bush zusammen mit denen des Directors live in voller Länge, CNN sendete Ausschnitte der Reden während der laufenden Berichterstattung, und die großen Nachrichtenstationen brachten Kurzberichte in den Abendnachrichten. Als die Würdenträger vom Podium stiegen, kam Krendlers großer Augenblick. Unser junger Freund mit dem Messerhaarschnitt, der nahe der Bühne stand, gab das Stichwort. »Mr. Krendler, entspricht es der Wahrheit, daß Special Agent Clarice Starling die Untersuchung des Falles Hannibal Lecter entzogen wurde?«

»Ich denke, es ist noch verfrüht und wäre unfair gegenüber der Agentin, das zum gegenwärtigen Zeitpunkt zu kommentieren. Was ich bestätigen kann, ist, daß das Büro des Inspector General sich der Sache Lecter angenommen hat. Es wurde gegen niemanden Anzeige erstattet.«

CNN bekam auch Wind von der Geschichte. »Mr. Krendler, wie aus italienischen Nachrichtenquellen zu erfahren ist, soll Dr. Lecter von staatlicher Seite aus eine Warnung erhalten haben. Steht die Suspendierung von Special Agent Starling damit in Zusammenhang? Ist das der Grund, warum anstatt der Dienstaufsichtsbehörde das Büro des Inspector General involviert ist?«

»Ich kann und will ausländische Presseberichte nicht kommentieren, Jeff. Ich kann nur sagen: Unser Büro untersucht Anschuldigungen, die zum gegenwärtigen Zeitpunkt noch nicht bewiesen sind. Wir haben unseren eigenen Beamten gegenüber genauso eine Verantwortung zu tragen wie gegenüber unseren Freunden in Übersee«, sagte Krendler und stieß dabei den Finger in die Luft wie Kennedy. »Der Fall Hannibal Lecter ist in guten Händen, nicht nur in den Händen von Paul Krendler, sondern auch in denen von Experten aus allen Bereichen des FBI und des Justizministeriums. Wir haben ein Projekt initiiert, über das wir, sobald es Früchte getragen hat, die Öffentlichkeit unterrichten werden.«

Der deutsche Lobbyist, Dr. Lecters Vermieter, hatte sein Haus mit einem riesigen Grundig-Fernsehgerät ausgestattet und versucht, es in das Dekor einzubeziehen, indem er eine seiner kleineren Bronzen von Leda und dem Schwan auf das ultramoderne Gehäuse gestellt hatte.

Dr. Lecter schaute einen Film mit dem Titel »Eine kurze Geschichte der Zeit«, über den großen Astrophysiker Stephen Hawking und sein Werk. Er hatte ihn schon viele Male zuvor gesehen. Das hier war seine Lieblingsstelle, wo die Teetasse vom Tisch fiel und auf dem Boden zersprang.

Hawking, verkrümmt in seinem Rollstuhl sitzend, spricht mit seiner

Computergenerierten Stimme: »*Woher rührt der Unterschied zwischen Vergangenheit und Zukunft? Die Gesetze der Wissenschaft unterscheiden nicht zwischen Vergangenheit und Zukunft. Trotzdem existiert ein großer Unterschied zwischen Vergangenheit und Zukunft im alltäglichen Leben.*

Sie können eine Tasse Tee von einem Tisch fallen und auf dem Fußboden in Stücke springen sehen. Aber Sie werden niemals sehen, daß sich eine Tasse selbst wieder zusammensetzt und zurück auf den Tisch springt.«

Der rückwärts laufende Film zeigt eine Tasse, die sich selbst wieder zusammenfügt. Hawking fährt fort: »*Die Zu-*

nahme von Unordnung oder Entropie ist das, was die Vergangenheit von der Zukunft unterscheidet, indem sie der Zeit eine Richtung gibt.«

Dr. Lecter bewunderte Hawkings Arbeit sehr und verfolgte sie in Mathematikzeitschriften so genau wie möglich. Er wußte, daß Hawking früher geglaubt hatte, das Universum höre auf, sich auszudehnen, und schrumpfe wieder, die Entropie kehre sich selbst um. Später sagte Hawking, daß er sich geirrt habe.

Dr. Lecter war durchaus in der Lage, in die Gefilde der höheren Mathematik vorzustoßen. Stephen Hawking bewegt sich jedoch auf einer Ebene, die der unseren völlig entrückt ist. Über Jahre hinweg hatte sich Lecter mit dem Problem abgequält und gehofft, daß Hawking mit der ersten Theorie doch recht gehabt hätte, daß die Ausdehnung des Universums anhalten, die Entropie sich selbst in Ordnung bringen, daß Mischa, gefressen, wieder ganz sein würde.

Zeit. Dr. Lecter hielt sein Videoband an und schaltete zu den Nachrichten um.

Fernseh- und Nachrichtenereignisse, die das FBI betrafen, wurden täglich auf der öffentlich zugänglichen Website des FBI aufgelistet. Dr. Lecter suchte die Website jeden Tag auf, um sicherzugehen, daß das FBI unter den zehn »most wanted« noch immer sein altes Konterfei verwendete. So erfuhr er rechtzeitig vom Geburtstag des FBI, um die Nachrichten anzuschalten. Er saß, mit einer Hausjacke und Halstuch bekleidet, in einem großen Ohrensessel und sah Krendler lügen. Er beobachtete Krendler unter halbgeschlossenen Lidern, hielt sich das Cognacglas unter die Nase und schwenkte es langsam hin und her. Er hatte dieses bleiche Gesicht das letzte Mal vor sieben Jahren gesehen, als Krendler kurz vor seiner Flucht vor seinem Käfig in Memphis gestanden hatte.

In den Washingtoner Lokalnachrichten sah er, wie Starling einen Strafzettel bekam und die Pressemeute Mikrofone ins heruntergekurbelte Fenster des Mustangs hielt. Zu diesem Zeitpunkt war Starling laut Fernsehnachrichten bereits »des Bruchs US-amerikanischer Sicherheitsgesetze« im Lecter-Fall angeklagt.

Dr. Lecters kastanienbraune Augen öffneten sich weit bei Starlings Anblick. In den Tiefen seiner Pupillen wirbelten Funken um das Bild ihres Gesichts. Er behielt ihren Gesichtsausdruck noch lange, nachdem sie vom Bildschirm verschwunden war, vollständig und vollkommen im Gedächtnis und preßte ihr Bild mit einem anderen zusammen, preßte es mit Mischa zusammen, preßte die beiden zusammen, bis aus dem roten Plasmakern ihrer Verschmelzung Funken himmelwärts stoben, bis sie ein einziges Bild in den Nachthimmel gen Osten trugen, wo es sich über dem Meer mit den Sternen im Kreis drehte.

Falls sich aber das Universum zusammenziehen, die Zeit umkehren und Teetassen sich wieder zusammenfügen sollten, konnte für Mischa ein Platz in der Welt geschaffen werden. Der würdigste aller Orte, die Dr. Lecter kannte: Starlings Platz. Mischa könnte Starlings Platz in der Welt einnehmen. Falls es dazu kommen sollte, falls diese Zeit wiederkehrte, würde Starlings Abgang einen Ort für Mischa hinterlassen, der ebenso glänzend und rein war wie die kupferne Badewanne im Garten.

74

Dr. Lecter parkte seinen Pick-up einen Block vom Maryland Misericordia Hospital entfernt und wischte die Quarter ab, bevor er sie in die Parkuhr warf. Er trug einen wattierten Overall, wie ihn Arbeiter zum Schutz gegen Kälte trugen, und wegen der Überwachungskameras eine Baseballkappe mit großem Schild. So passierte er den Haupteingang.

Es war mehr als fünfzehn Jahre her, seit Dr. Lecter das letzte Mal das Maryland Misericordia Hospital betreten hatte, aber es schien baulich weitgehend unverändert. Es bedeutete ihm nichts, diesen Ort wiederzusehen, wo seine medizinische Laufbahn ihren Anfang genommen hatte. Die gesicherten Bereiche eine Treppe höher waren zwar renoviert worden, sollten aber eigentlich, den Plänen des Grundbuchamts zufolge, immer noch so sein, wie er sie aus seiner Zeit als praktizierender Arzt kannte.

Ein Besucherausweis von der Anmeldung verschaffte ihm Zutritt zu den Patientenstockwerken. Er lief, die Namen der Patienten und Ärzte von den Zimmertüren ablesend, den Gang hinunter. Das hier war der Aufwachraum. Dorthin brachte man die Patienten, die nach einer Herz- oder Gehirnoperation aus der Obhut der Intensivmedizin entlassen worden waren.

Wenn man Dr. Lecter dabei beobachtete, wie er den Gang entlangschritt, hätte man meinen können, daß er sehr langsam las, seine Lippen bewegten sich tonlos, und von Zeit zu Zeit kratzte er sich wie ein Bauer verlegen am Kopf. Dann nahm er im Warteraum Platz, von wo aus er den Gang einsehen konnte. Er wartete anderthalb Stunden zwischen alten

Frauen, die ihre Familientragödien erzählten, und ließ »Der Preis ist heiß« im Fernsehen über sich ergehen. Schließlich sah er, wonach er Ausschau gehalten hatte, einen Chirurgen in OP-Kleidung, der seine Runde allein machte. Das also wäre … der Chirurg schickte sich an, einen Patienten von … Dr. Silverman zu sehen. Dr. Lecter erhob sich und kratzte sich am Kopf. Er nahm sich eine abgegriffene Zeitschrift vom Tisch und verließ den Warteraum. Zwei Türen den Gang hinunter lag ein Zimmer mit einem weiteren Patienten von Dr. Silverman. Dr. Lecter huschte in den Raum, der in Halbdunkel getaucht war. Zufrieden stellte er fest, daß der Patient schlief und sein Kopf und eine Gesichtshälfte bandagiert war. Auf dem Monitor pulste gleichmäßig ein Lichtwurm. Dr. Lecter streifte schnell den schützenden Overall ab, er trug OP-Kleidung darunter. Er zog Schuhschützer, eine Kappe, Mundschutz und Handschuhe an. Seiner Tasche entnahm er eine weiße Mülltüte und entfaltete sie.

Dr. Silverman betrat, über die Schulter mit jemandem auf dem Gang sprechend, den Raum. *Kam er in Begleitung einer Krankenschwester? Nein.*

Dr. Lecter nahm den Abfalleimer und begann, mit dem Rücken zur Tür gewandt, den Inhalt in seine Mülltüte zu kippen.

»Entschuldigen Sie, Doktor, ich bin schon auf dem Weg«, sagte Dr. Lecter.

»Das geht schon in Ordnung«, sagte Dr. Silverman und nahm sich das Klemmbrett vom Ende des Bettes. »Tun Sie, was Sie tun müssen.«

»Vielen Dank«, sagte Dr. Lecter und ließ den Totschläger mit einer kleinen Schnalzbewegung aus dem Handgelenk auf den Hinterkopf des Chirurgen sausen. Als der in sich zusammensackte, fing er ihn mit einem Griff um die Brust auf. Es ist immer wieder überraschend zu sehen, wie Dr. Lecter einen Körper hochhebt; was seine Körperkraft angeht, hat er Ähnlichkeit mit einer Ameise. Dr. Lecter schleifte Dr. Silverman ins Badezimmer. Dort zog er ihm die Hosen herunter und setzte ihn auf die Toilette.

Der Chirurg saß bewußtlos da, sein Kopf hing vornüber

gebeugt über seinen Knien. Dr. Lecter richtete Dr. Silvermans Oberkörper kurz auf, um ihm in die Pupillen zu schauen und das Set von ID-Schildchen abzunehmen, das an seine OP-Kleidung geheftet war.

Er ersetzte den Ausweis des Doktors durch seinen Besucherausweis und umgekehrt. Er hängte das Stethoskop in der für Chirurgen so typischen Boa-Windung um seinen Hals. Die kunstvoll gearbeitete, vergrößernde Chirurgenbrille des Doktors wanderte auf seinen Kopf. Den Totschläger schob er wieder die Innenseite seines Ärmels hinauf.

Jetzt war er bereit, in das Zentrum des Maryland Misericordia Hospital vorzustoßen.

Das Hospital hält sich im Umgang mit Narkotika strikt an die staatlichen Richtlinien. Auf den Patientenstockwerken werden sie in den Giftschränken der Schwesternzimmer unter Verschluß gehalten. Zwei Schlüssel sind notwendig, um sie zu öffnen. Den einen hat die diensthabende Schwester, den anderen ihre erste Assistentin. Zudem wird streng Buch geführt. In den Operationssälen, den am meisten gesicherten Bereichen des Hospitals, wird jede Einheit vor der anstehenden Operation, wenige Minuten bevor der Patient eintrifft, mit Medikamenten versorgt. Die Arzneimittel für den Anästhesisten sind nahe dem Operationstisch in einem Laborschrank untergebracht, der einen gekühlten und einen Bereich mit Raumtemperatur hat.

Der Bestand an Rauschmitteln wird, getrennt davon, in einer der Chirurgie vorbehaltenen Krankenhausapotheke nahe dem Waschraum aufbewahrt. Sie enthält eine Reihe von Präparaten, die in der Krankenhausapotheke ein Stockwerk tiefer nicht zu finden sind, insbesondere die sehr starken Sedativa und die exotischen, sedierenden Hypnotika, die eine Operation am offenen Herzen oder Gehirn bei einem wachen und ansprechbaren Patienten erlauben.

Die Apotheke ist den ganzen Tag über besetzt, und die Schränke dort sind nicht verschlossen, solange sich der Apotheker im Raum aufhält. Tritt während einer Herzoperation ein Notfall ein, gibt es nicht die Zeit, lange nach dem

Schlüssel zu suchen. Dr. Lecter, der seinen Mundschutz trug, stieß die Schwingtüren zu den Operationssälen auf.

Um Fröhlichkeit bemüht, hatte man die Chirurgie mit einer Reihe leuchtender Farbkombinationen gestrichen, die sogar von Sterbenden als aufreizend empfunden wurden. Vor Dr. Lecter trugen sich ein paar Ärzte an der Anmeldung in eine Anwesenheitsliste ein und gingen weiter zum Waschraum. Dr. Lecter nahm das Klemmbrett mit der Liste in die Hand und tat so, als trüge er sich ein.

Der an der Wand aushängende Zeitplan zeigte die Entfernung eines Hirntumors, die erste dieses Tages, in Operationssaal B, Beginn in zwanzig Minuten, an. Im Waschraum zog Dr. Lecter seine Handschuhe aus und steckte sie in seine Tasche. Dann wusch er sich sorgfältig die Hände bis zu den Ellbogen, trocknete sie ab, puderte sie und streifte neue Handschuhe über. Raus in die Vorhalle jetzt. Die Apotheke sollte die nächste Tür auf der rechten Seite sein. Nein. Eine rotgelb gestrichene Tür mit der Aufschrift NOTSTROM-AGGREGATE und vor ihm die Flügeltüren zum Operationssaal B. Eine Schwester blieb neben ihm stehen.

»Guten Morgen, Doktor.«

Dr. Lecter hustete hinter seinem Mundschutz und murmelte: »Guten Morgen.« Vor sich hin brummend, machte er kehrt und ging, als ob er dort etwas vergessen hätte, zum Waschraum zurück. Die Schwester schaute ihm einen Moment lang nach und ging dann in den Operationssaal. Dr. Lecter streifte die Handschuhe ab und warf sie in den Abfalleimer. Niemand achtete auf ihn. Er nahm sich ein weiteres Paar. Sein Körper war im Waschraum, tatsächlich aber raste er durch die Vorhalle seines Gedächtnispalasts an der Büste von Plinius vorbei die Treppe zum Architektursaal hoch. In der hell erleuchteten Räumlichkeit, die von Christopher Wrens Modell der St. Paul's Cathedral beherrscht wurde, warteten die Baupläne des Krankenhauses, an ein Zeichenbrett geheftet, auf ihn. Die Grundrisse der Operationssäle des Maryland Misericordia Hospital aus dem Grundbuchamt. Da war er. Dort war die Apotheke. Nein. Die Pläne waren falsch. Es mußte Baumaßnahmen gegeben haben, nachdem die Pläne abgelegt worden waren. Die Generatoren waren spiegelverkehrt auf der anderen Seite des Ganges, hin zum Operationssaal A, zu erkennen. Vielleicht hatte jemand die Aufkleber vertauscht. So mußte es sein. Er konnte es sich nicht leisten herumzuschnüffeln.

Dr. Lecter kam aus dem Waschraum und wandte sich nach links zum Operationssaal A den Gang hinunter. Das Schild besagte MRI, Magnetresonanzbildgebung. Weitergehen. Die nächste Tür – die Apotheke. Sie hatten den auf dem Plan eingezeichneten Raum in ein MRI-Labor und einen Raum zur Unterbringung der Arzneimittel aufgeteilt.

Die schwere Tür zur Apotheke stand offen und war mit einem Anschlag festgeklemmt. Dr. Lecter duckte sich schnell in den Raum, löste die Arretierung und zog die Tür hinter sich zu.

Ein dicklicher Apotheker kauerte auf dem Boden und war gerade dabei, etwas in ein unteres Regal einzuräumen.

»Kann ich Ihnen helfen, Doktor?«

»Ja, bitte.«

Der junge Mann war im Aufstehen begriffen, kam aber nicht mehr dazu. Ein dumpfer Schlag mit dem Totschläger, und der Apotheker ließ einen Wind abgehen, als er auf dem Boden zusammenbrach.

Dr. Lecter hob das Vorderteil seines OP-Kittels hoch und stopfte es hinter die Gartenschürze, die er darunter trug.

Er bewegte sich schnell an den Regalen entlang auf und nieder, las buchstäblich mit Lichtgeschwindigkeit die Etiketten ab: *Ambien, Amobarbital, Amytal, Chloralhydrat, Dalmane, Dalmadorn, Halcion*. Dutzendweise ließ er Röhrchen in seinen Taschen verschwinden. Dann stand er vor dem Kühlschrank, las und entnahm: *Midazolam, Noctec, Scopolamin, Pentothal, Quazepam, Solzidem*. In weniger als vierzig Sekunden war Dr. Lecter wieder zurück auf dem Gang und zog die Tür der Apotheke hinter sich ins Schloß.

Er ging erneut durch den Waschraum und überprüfte sein Äußeres im Spiegel auf Ausbeulungen. Dann ohne Hast zurück durch die Schwingtüren, das Namensschildchen bewußt auf den Kopf gedreht, den Mundschutz auf und die

Brille über den Augen. Die beidäugigen Linsen waren hochgeklappt. Puls zweiundsiebzig. Ein paarmal ein schroffer Gruß an andere Ärzte. Mit dem Fahrstuhl hinunter. Nach unten, nach unten. Immer noch den Mundschutz auf. Auf das Klemmbrett schauen, das er sich wahllos gegriffen hatte.

Eintretende Besucher mochten es etwas seltsam finden, daß er seine Gesichtsmaske aufbehielt, bis er die Stufen hinunter und weg war von den Überwachungskameras. Passanten auf der Straße fragten sich vielleicht, warum ein Doktor einen so heruntergekommenen alten Pick-up fuhr.

Im Operationstrakt fand ein Anästhesist, nachdem er mehrmals ungeduldig an die Tür der Apotheke geklopft hatte, den noch immer bewußtlosen Apotheker. Es dauerte weitere fünfzehn Minuten, bevor das Fehlen der Arzneimittel festgestellt wurde.

Als Dr. Silverman wieder zu sich kam, lag er mit heruntergelassenen Hosen neben der Toilette zusammengesackt auf dem Boden. Er wußte nicht, wie er in das Zimmer gekommen war, und hatte keine Ahnung, wo er sich befand. Er dachte zunächst, daß er einen Filmriß gehabt hatte, möglicherweise einen kleinen Schlaganfall, der durch eine Überanstrengung beim Stuhlgang verursacht worden war. Er wagte kaum, sich zu bewegen, aus Angst, ein Blutgerinnsel herbeizuführen, und kroch über den Fußboden, bis er endlich in der Lage war, seine Hand auf den Gang hinauszustrecken. Eine Untersuchung ergab, daß er eine leichte Gehirnerschütterung hatte.

Dr. Lecter hielt noch zweimal an, bevor er sich auf den Weg nach Hause machte. Er legte einen Zwischenstopp bei einer Poststelle in einem der Vororte von Baltimore ein, um ein Paket abzuholen, das er per Internet von einer Firma für Trauerkleidung bestellt hatte. Es war ein hinten geteilter Smoking mit fixiertem Hemd und Krawatte.

Alles, was er jetzt noch benötigte, war der Wein, etwas wahrhaft, wahrhaft Festliches. Dafür mußte er nach Annapolis fahren. Es wäre schön gewesen, wenn er den Jaguar für die Fahrt gehabt hätte.

75

Krendler war gerade auf dem Weg hinaus in die Kälte zum Joggen, als Eric Pickford ihn in seiner Wohnung in Georgetown anrief. Er mußte den Reißverschluß seines Trainingsanzugs öffnen, um nicht zu überhitzen.

»Eric, gehen Sie in die Cafeteria, und rufen Sie mich von dem öffentlichen Münzfernsprecher dort an.«

»Wie bitte, Mr. Krendler?«

»Tun Sie, was ich Ihnen sage.«

Krendler streifte das Stirnband und die Handschuhe ab und warf sie auf das Klavier in seinem Wohnzimmer. Mit einem Finger trommelte er den Rhythmus der Titelmelodie von »Dragnet«, bis die Unterhaltung weitergehen konnte. »Starling ist Technikfreak, Eric. Wir wissen nicht, ob oder wie sie ihre Telefonapparate aufgerüstet hat. Wir bleiben mit den Regierungsgeschichten auf der sicheren Seite.«

»Jawohl, Sir. Starling hat mich angerufen, Mr. Krendler. Sie wollte ihre Pflanze und ihr Zeug haben – diesen dümmlichen Wettervogel, der aus einem Glas trinkt. Aber sie hat mir auch etwas erklärt, was wirklich funktioniert. Sie sagte, wir sollten bei verdächtigen Zeitschriftenabonnements die letzte Ziffer der Postleitzahl weglassen, wenn die Differenz drei oder weniger beträgt. Sie sagte, daß Dr. Lecter unter Umständen mehrere Poststellen benutzt, die nicht weit voneinander entfernt liegen.«

»Und?«

»Ich habe auf diese Weise einen Treffer gelandet. Das *Journal of Neurophysiology's* geht zu einer Postleitzahl, und *Physia Scripta* und *ICARUS* gehen zu einer anderen. Sie liegen ungefähr zehn Meilen auseinander. Die Abonnements laufen unter verschiedenen Namen und wurden per Geldanweisung bezahlt.«

»Was ist *ICARUS*?«

»Es ist das internationale Fachorgan für Studien zum Sonnensystem. Er war vor zwanzig Jahren ein Abonnent der ersten Stunde. Die Poststellen liegen in Baltimore. Normalerweise stellen sie die Zeitschriften um den Zehnten eines Monats herum zu. Ich hab' aber noch was, ist vor einer Minute reingekommen, den Verkauf einer Flasche Château, wie heißt das, *Yuckum*?«

»Yeah, es wird wie Jii-kem ausgesprochen. Was ist damit?«

»Ein unglaublich nobler Weinhändler in Annapolis. Ich hab' den Kauf in den Computer eingegeben, und er schlug in die Liste der exponierten Daten ein, die Starling angelegt hat. Das Programm warf Starlings Geburtsjahr aus. Das ist das Jahr, in dem sie diesen Wein gemacht haben, ihr Geburtsjahr. Die betreffende Person zahlte dreihundertfünfundzwanzig Dollar in bar für den Wein und –«

»War das, bevor oder nachdem Sie mit Starling gesprochen haben?«

»Unmittelbar danach, ist keine Minute her –«

»Sie weiß also nichts davon?«

»Nein. Ich sollte –«

»Wollen Sie ernsthaft behaupten, daß der Händler Sie wegen des Kaufs einer Flasche Wein angerufen hat?«

»Jawohl, Sir. Sie hat hier Notizen hängen. Es gibt davon nur drei Flaschen an der Ostküste. Sie hat alle drei verzeichnet. Eigentlich bewundernswert, meinen Sie nicht auch?«

»Wer hat sie gekauft – wie hat er ausgesehen?«

»Männlicher Weißer, mittlere Größe, hat einen Bart. Er muß regelrecht vermummt gewesen sein.«

»Hat die Weinhandlung eine Überwachungskamera?«

»Ja, Sir, das war das erste, wonach ich gefragt habe. Ich habe gesagt, daß wir jemanden wegen des Bandes vorbeischicken. Das habe ich aber noch nicht in die Wege geleitet. Der Angestellte in der Weinhandlung hatte zwar unser

Rundschreiben nicht gelesen, aber den Verkauf dem Inhaber erzählt, weil das ein so ungewöhnliches Ereignis war. Der Inhaber rannte nach draußen und sah die betreffende Person – er nimmt jedenfalls an, daß sie es war – in einem alten Pick-up davonfahren. Grau mit einem auf der Ladefläche montierten Schraubstock. Falls es wirklich Lecter ist, glauben Sie, daß er den Wein Starling schicken wird? Wir sollten sie besser warnen.«

»Nein«, sagte Krendler. »Sie erzählen ihr nichts.«

»Soll ich es ans Schwarze Brett der VICAP und an die Lecter-Akte hängen?«

»*Nein*«, sagte Krendler, fieberhaft nachdenkend. »Haben Sie eine Antwort von der Questura wegen des Computers von Lecter?«

»Nein, Sir.«

»Dann dürfen Sie es auf keinen Fall in die VICAP-Datenbank eingeben, solange wir nicht wissen, ob es dort nicht von Lecter gelesen wird. Er könnte über Pazzis Zugangscode verfügen. Oder Starling könnte es lesen und ihm wie schon in Florenz eine Nachricht zukommen lassen.«

»Oh, *richtig*, ich begreife. Die Außenstelle Annapolis kann ja das Band organisieren.«

»Am besten, Sie überlassen die Angelegenheit allein mir.«

Pickford gab ihm die Adresse des Weinhändlers durch.

»Überprüfen Sie aber auch weiterhin die Abonnements«, instruierte ihn Krendler. »Sie können Crawford über die Geschichte mit den Abonnements informieren, wenn er wieder an seinen Schreibtisch zurückkehrt. Er wird die Überwachung der Poststellen nach dem Zehnten des Monats organisieren.«

Krendler rief Masons Nummer an und lief von seiner Wohnung in Georgetown los. Er trabte leicht und locker in Richtung Rock Creek Park.

In der heraufdämmernden Nacht waren nur sein weißes Nike-Stirnband, seine weißen Nike-Schuhe und der weiße Streifen an der Seite seines Nike-Trainingsanzugs zu sehen, so als gäbe es keinen Mann unter den Markennamen.

Es war ein flotter halbstündiger Lauf. Er hörte das Knattern der Rotorblätter des Helikopters, gerade als er den Hubschrauberlandeplatz des nahegelegenen Zoos vor sich sah. Er tauchte unter den sich drehenden Rotorblättern hindurch und erreichte das Trittbrett, ohne sein Lauftempo zu verlangsamen. Das Abheben des Jet-Helikopters ließ ihn erschauern. Die Stadt und die erleuchteten Denkmäler fielen unter ihm zurück, als der Hubschrauber ihn in die Höhen trug, die er verdiente, nach Annapolis, dem Videoband entgegen und zu Mason.

76

»Wirst du das verfickte Ding endlich fokussieren, Cordell?«

In Masons tiefer Radiostimme mit ihren lippenlosen Konsonanten klangen die Worte eher nach »herhickte« und »hokussieren«.

Krendler stand in dem abgedunkelten Teil des Raumes neben Masons Bett, um den von der Decke hängenden Bildschirm besser sehen zu können. In der Wärme von Masons Raum hatte er sich das Oberteil seines Yuppie-Trainingsanzugs auf die Taille heruntergezogen, die Ärmel um die Hüfte geschlungen und stellte sein Princeton-T-Shirt zur Schau. Sein Stirnband und seine Schuhe schimmerten im Licht des Aquariums.

In Margots Augen hatte Krendler die Schultern eines Huhns. Sie hatten kaum voneinander Notiz genommen, als er angekommen war.

Die Überwachungskamera der Weinhandlung verfügte weder über ein Bandzählwerk noch über einen Timer, und das Weihnachtsgeschäft war lebhaft. Cordell spulte durch eine Vielzahl von Einkäufen von Kunde zu Kunde.

Mason überbrückte die Zeit damit, unausstehlich zu sein.

»Was haben Sie eigentlich gesagt, als Sie in dem Aufzug in der Weinhandlung eingelaufen sind und ihren Blechstern gezückt haben, Krendler? Daß Sie gerade an der Behinderten-Olympiade teilnehmen?« Mason zeigte zunehmend weniger Respekt, seitdem Krendler seine Schecks eingelöst hatte.

Aber Krendler war nicht zu beleidigen, wenn seine Interessen auf dem Spiel standen. »Ich sagte, ich sei *undercover*. Wie sieht die Überwachung von Starling aus?«

»Erzähl es ihm, Margot.« Mason schien sich seinen Atem für Wichtigeres aufsparen zu wollen.

»Wir haben zwölf unserer Sicherheitsleute aus Chicago eingeflogen. Sie sind in Washington. Drei Teams. Ein Mitglied in jedem Team stammt aus Illinois. Falls die Polizei sie bei dem Versuch erwischt, Lecter aufzugreifen, werden sie einfach sagen, daß sie ihn erkannt hätten und es sich um eine vorläufige Festnahme durch Bürger handle, bla bla bla. Das Team, das ihn erwischt, übergibt ihn Carlo. Sie kehren nach Chicago zurück, und das ist auch schon alles, was sie wissen.«

Das Band lief.

»Einen Augenblick – Cordell, spul es dreißig Sekunden zurück«, sagte Mason. »Schaut euch das an.«

Die Überwachungskamera filmte den Bereich zwischen Eingangstür und Kasse.

In dem stummen, verschwommenen Bilderreigen der Videokamera kam ein Mann zur Tür herein. Er trug eine Kappe mit spitzem Schild, ein Lumberjack und Fäustlinge. Er hatte einen Vollbart und eine Sonnenbrille auf der Nase. Er drehte sich mit dem Rücken zur Kamera und schloß bedächtig die Tür hinter sich.

Es dauerte einen Augenblick, bis der Kunde dem Angestellten erklärt hatte, was er wollte. Dann folgte er dem Mann aus dem Bild zu den Weinregalen nach.

Drei schier endlos lange Minuten verstrichen. Schließlich kamen beide wieder ins Blickfeld der Kamera. Der Angestellte wischte den Staub von der Flasche und umwickelte sie mit Verpackungsmaterial, bevor er sie in eine Tüte tat. Der Kunde zog seinen rechten Handschuh aus und bezahlte bar. Man konnte sehen, wie der Mund des Angestellten ein »Danke schön« in den Rücken des Mannes murmelte, als dieser die Weinhandlung verließ.

Ein paar Sekunden vergingen. Der Angestellte rief jemandem außerhalb der Kamera etwas zu. Ein schwergewichtiger Mann kam ins Bild gerannt und hastete zur Tür hinaus.

»Das ist der Inhaber, der Kerl, der den Pick-up gesehen hat«, sagte Krendler.

»Cordell, kannst du das Stück herauskopieren und den Kopf des Kunden vergrößern?«

»Eine Sekunde, Mr. Verger. Er wird allerdings etwas verschwommen sein.«

»Tu es ganz einfach.«

»Er hat den linken Handschuh anbehalten«, sagte Mason. »Vielleicht hat man mich mit dem Röntgenbild, das ich gekauft habe, doch beschissen.«

»Sagte nicht Pazzi, daß er seine Hand hat operieren lassen? Daß der Extrafinger entfernt wurde?« fragte Krendler.

»Pazzi könnte seinen Finger auch in seinem Arsch gehabt haben, was weiß ich, wem ich hier trauen kann. Du hast ihn doch mit eigenen Augen gesehen, Margot, was denkst du? War das Lecter?«

»Es ist immerhin achtzehn Jahre her«, sagte Margot. »Ich hatte nur drei Sitzungen bei ihm, und er stand immer hinter seinem Schreibtisch, als ich hereinkam. Er ging nicht im Raum herum. Er war die Ruhe selbst. Ich erinnere mich mehr an seine Stimme als an alles andere.«

Cordells Stimme kam krächzend über die Gegensprechanlage. »Mr. Verger, Carlo ist da.«

Carlo roch nach Schweinen und mehr. Den Hut vor der Brust, trat er in den Raum. Der ranzige Geruch von Wildschweinwurst, der seinem Kopf entströmte, ließ Krendler geräuschvoll durch die Nase ausatmen. Als Zeichen des Respekts ließ der sardische Kidnapper den Hirschzahn, auf dem er kaute, in seiner Backentasche verschwinden.

»Carlo, schau dir das an. Cordell, spul zurück und laß ihn wieder zur Tür hereinkommen.«

»Das ist der *stronzo*, der Hurensohn«, sagte Carlo. Die Person auf dem Bildschirm hatte keine vier Schritte getan. »Der Bart ist neu, aber so bewegt er sich.«

»Du hast seine Hände in *Firenze* gesehen, Carlo?«

»*Sì*.«

»Fünf oder sechs Finger an der Linken?«

»... fünf.«

»Du zögerst?«

»Nur weil ich darüber nachdenken mußte, was *cinque* auf englisch heißt. Es sind fünf, da bin ich mir ganz sicher.«

Masons Kiefer mit den entblößten Zähnen klappte nach unten, was bei ihm so etwas wie ein Lächeln bedeuten sollte. »*Super.* Er trägt den Fäustling, um die sechs Finger in seiner Beschreibung vorzutäuschen«, sagte er.

Vielleicht war der Carlo entströmende Geruch über die Wasserpumpe in das Aquarium gelangt. Die Muräne kam aus ihrer Höhle, um nachzusehen, ob es etwas für sie gab, und blieb draußen. Sie wand sich und wand sich in endlosen Möbius-Achten und zeigte ihre Zähne beim Atmen.

»Carlo, ich denke, wir können das hier schon bald zu einem guten Ende bringen«, sagte Mason. »Du und Piero und Tommaso, ihr seid mein erstes Team. Ich habe Zutrauen zu euch, obwohl er euch in Florenz geschlagen hat. Ich will, daß ihr Clarice Starling am Tag vor ihrem Geburtstag, an dem Tag selbst und dem Tag danach überwacht. Ihr könnt euch ausruhen, wenn sie zu Hause in ihrem Bett liegt. Ich gebe euch einen Fahrer und den Van.«

»*Padrone*«, sagte Carlo.

»Ja.«

»Ich möchte etwas Zeit für mich mit dem *dottore*, um meines Bruders Matteo willen. Sie haben mir versprochen, daß ich sie bekomme.« Carlo bekreuzigte sich, als er den Namen des Toten ausgesprochen hatte.

»Ich verstehe deine Gefühle nur zu gut, Carlo. Du hast mein tiefstes Mitgefühl. Carlo, ich will, daß Dr. Lecter in zwei Sitzungen verzehrt wird. Am ersten Abend will ich, daß die Schweine ihm die Füße abnagen und er dabei durch die Gitter zusieht. Ich will ihn dafür in guter körperlicher Verfassung haben. Du bringst ihn mir unversehrt. Keine Schläge auf den Kopf, keine gebrochenen Knochen, kein verletztes Auge. Dann darf er sich ohne Füße über Nacht darauf freuen, daß ihm die Schweine am nächsten Tag den Garaus machen. Ich werde mich ein wenig mit ihm unterhalten, und dann überlasse ich ihn dir für eine Stunde vor der letzten Sitzung. Ich verlange von dir, daß du ihm ein Auge läßt und daß er bei Bewußtsein ist, so daß er sie sieht, wenn sie sich auf ihn stürzen. Ich will, daß er ihre Fratzen sieht, wenn sie sein Gesicht fressen. Falls du, sagen wir, auf die Idee kommst, ihn zu entmannen, liegt das ganz bei dir, aber ich will, daß Cordell zur Stelle ist, um die Blutung unter Kontrolle zu halten. Ich will alles auf Film.«

»Was, wenn er bereits nach der ersten Runde im Pferch verblutet?«

»Sei unbesorgt, das wird er nicht. Er wird auch nicht während der Nacht sterben. Was er die Nacht über tun wird, ist, mit abgefressenen Füßen der Dinge harren, die da auf ihn zukommen. Cordell wird sich darum kümmern und für den Ersatz an Körperflüssigkeit sorgen. Ich nehme an, er wird die ganze Zeit am Tropf hängen, ein, zwei Infusionsflaschen werden ihn schon über die Runden bringen.«

»Können auch vier werden«, schaltete sich Cordell über die Sprechanlage mit geisterhafter Stimme ein.

»Am Ende kannst du in seine Infusion spucken oder pissen, bevor du ihn in den Pferch rollst«, teilte Mason Carlo in seiner allersympathischsten Stimme mit. »Oder du kannst hineinwichsen, wenn dir der Sinn danach steht.«

Carlos Gesicht hellte sich bei dem Gedanken auf, dann fiel ihm mit einem schuldbewußten Seitenblick wieder die muskulöse *Signorina* ein. »*Grazie mille, Padrone.* Werden Sie dabeisein, wenn er stirbt?«

»Das weiß ich noch nicht, Carlo. Der Staub in der Scheune macht mir zu schaffen. Vielleicht schaue ich es mir am Bildschirm an. Kannst du ein Schwein zu mir bringen? Ich will meine Hand auf ein Schwein legen.«

»In diesen Raum hier, *Padrone?*«

»Nein, sie können mich kurz nach unten bringen, per Elektromotor.«

»Ich müßte eines betäuben, *Padrone*«, sagte Carlo unsicher.

»Nimm eine von deinen Säuen. Bring sie auf die Wiese, draußen vor dem Aufzug. Du kannst mit dem Gabelstapler über den Rasen fahren.«

»Wollen Sie das Ganze mit einem Lieferwagen oder auch mit einem Crash-Auto durchziehen?« fragte Krendler.

»Carlo?«

»Der Lieferwagen reicht völlig aus. Geben Sie mir nur einen Mann, der fahren kann.«

»Ich habe noch etwas anderes für Sie«, sagte Krendler. »Können wir ein bißchen mehr Licht bekommen?«

Margot fuhr den Lichtregler hoch, und Krendler packte seinen Rucksack auf den Tisch neben die Schale mit den Früchten. Er zog sich Handschuhe über und holte etwas heraus, was wie ein kleiner Monitor mit einer Antenne und einem angeschraubten Halter aussah. Zusätzlich hatte er noch eine externe Festplatte und ein batteriebetriebenes, wiederaufladbares Netzteil dabei.

»Die Überwachung von Starling ist nicht ganz einfach, da sie am Ende einer Sackgasse wohnt, wo man sich nicht auf die Lauer legen kann. Aber sie muß rauskommen – Starling ist ein Fitneßfreak«, sagte Krendler. »Sie muß jetzt in ein privates Fitneßstudio gehen, seit sie nicht mehr die FBI-Einrichtungen benutzen darf. Wir haben sie am Donnerstag erwischt, als sie vor dem Fitneßstudio parkte, und ihrem Wagen einen Peilsender verpaßt. Er ist batteriebetrieben und lädt sich bei laufendem Motor von allein wieder auf, so daß sie ihn nicht über ein Nachlassen der Batterieleistung entdecken kann. Die Software deckt die fünf benachbarten Bundesstaaten ab. Wer wird dieses Ding bedienen?«

»Cordell, komm herein«, sagte Mason.

Cordell und Margot knieten neben Krendler, und Carlo stand über die beiden gebeugt. Sein Hut war in etwa auf deren Nasenhöhe.

»Paßt auf.« Krendler schaltete den Monitor an. »Das Ganze funktioniert wie ein Navigationssystem fürs Auto, einziger Unterschied, es zeigt an, wo sich Starlings Wagen gerade befindet.«

Eine Übersicht über das Stadtgebiet von Washington erschien auf dem Bildschirm. »Hiermit wird gezoomt, das Bewegen der Zielzone läuft über die Pfeiltasten, kapiert? Okay, es zeigt keine Erfassung. Ein Signal von Starlings Peilsender bringt das hier zum Leuchten, und ihr hört einen Pfeifton. Dann könnt ihr die Quelle auf der Übersichtskarte lokalisieren und zoomen. Der Pfeifton wird kürzer, je näher ihr an euer Ziel kommt. Hier habt ihr Starlings Nachbarschaft im Straßenkartenformat. Jetzt kommt kein Signal von Starlings Wagen rein, da wir außer Reichweite sind. Käme aber, wenn ihr irgendwo im Stadtgebiet von Washington oder in Arlington wärt. Ich hatte noch im Hubschrauber Empfang. Das hier ist der Konverter für den Stromanschluß in eurem Lieferwagen. Eines noch. Ihr müßt mir garantieren, daß dieses Ding nicht in falsche Hände gerät. Dafür könnte ich mächtig was aufs Dach kriegen, es ist noch nicht in den Läden zu haben. Entweder ich bekomme es wieder, oder es liegt auf dem Grund des Potomac. Habt ihr mich verstanden?«

»Hast du das begriffen, Margot?« fragte Mason. »Du, Cordell? Schafft Mogli herbei, er soll fahren, erklärt ihm alles.«

V

EIN PFUND FLEISCH

77

Das Tolle an einem Luftgewehr war, daß es mit der Mündung im Lieferwagen drinnen abgefeuert werden konnte, ohne daß jemand davon taub wurde – es war nicht nötig, die Gewehrmündung aus dem Wagenfenster zu halten, wo die Passanten sie sehen konnten.

Sie würden das verspiegelte Fenster einen Spaltbreit öffnen und das kleine, subkutan eindringende Projektil mit einer größeren Ladung Azepromazin in die Muskelmasse von Dr. Lecters Rücken oder Hintern fliegen lassen.

Es würde nur das für die Mündung des Gewehrs typische Krachen zu hören sein, vergleichbar einem grünen Zweig, der durchbricht, und kein Schußknall des mit Unterschallgeschwindigkeit fliegenden Geschosses, der die Aufmerksamkeit auf sich ziehen konnte.

Sie hatten geprobt, daß, sobald Dr. Lecter zusammenbrach, Piero und Tommaso, ganz in Weiß gekleidet, ihn zum Lieferwagen »geleiten« und jedem Zuschauer versichern sollten, daß sie ihn ins Hospital brächten. Tommaso sprach von den dreien am besten Englisch, er hatte es auf dem Priesterseminar gelernt, aber das *H* in Hospital brachte ihn zum Wahnsinn.

Mason hatte recht, den Italienern beim Zugriff auf Dr. Lecter den Vorzug zu geben. Trotz ihres Scheiterns in Florenz waren sie für die Menschenjagd am besten trainiert und am ehesten in der Lage, Dr. Lecter lebend in ihre Gewalt zu bekommen.

Mason erlaubte, abgesehen von dem Betäubungsgewehr, bei der Aktion nur eine einzige Waffe – die des Fahrers, Deputy Johnny Mogli, eines Hilfssheriffs aus Illinois, der dienstfrei hatte und schon lange eine Kreatur der Vergers war. Mogli war mit Italienisch als Muttersprache aufgewachsen. Er war jemand, der grundsätzlich mit allem übereinstimmte, was das Opfer sagte, bevor er es tötete.

Carlo und die Brüder Piero und Tommaso hatten ihr Netz, ihr Plastikschrot, ihr Tränengas und eine Auswahl von Fesseln. Es würde reichen.

Sie waren bei Tagesanbruch fünf Blocks von Starlings Haus in Arlington entfernt in Stellung gegangen. Sie parkten auf einem Behindertenparkplatz in einer Geschäftsstraße.

Heute trug der Lieferwagen selbstklebende Schilder mit der Aufschrift SENIOR CITIZEN MEDICAL TRANSPORT. Ein Behindertenausweis hing am Rückspiegel, und ein gefälschtes Behindertenzeichen klebte auf der Stoßstange. Im Handschuhfach lag ein Beleg von einer Karosseriewerkstatt über den erst kürzlich erfolgten Austausch der Stoßstange – so konnten sie immer behaupten, daß es in der Werkstatt zu einer Verwechslung gekommen sein mußte, und Verwirrung stiften, falls die Nummer des Behindertenausweises kontrolliert wurde. Das Nummernschild des Fahrzeugs und der Fahrzeugbrief waren sauber. Ebenso die Hundertdollarnoten, die säuberlich gefaltet für eine Bestechung bereitlagen. Der Monitor, der mit einem Klettverschluß auf dem Armaturenbrett befestigt und an den Zigarettenanzünder angeschlossen war, zeigte eine Straßenkarte von Starlings Nachbarschaft. Dasselbe satellitengestützte Navigationssystem GPS, das nun die Position des Vans registrierte, zeigte auch den Standort von Starlings Auto an, ein leuchtender Punkt vor ihrem Haus.

Um 9.00 Uhr erlaubte Carlo Piero, etwas zu essen. Um 10.30 Uhr durfte Tommaso essen. Für den Fall einer längeren Verfolgungsjagd zu Fuß wollte er nicht, daß beide zur gleichen Zeit einen vollen Magen hatten. Die Mahlzeiten am Nachmittag waren ebenfalls zeitlich gestaffelt. Tommaso kramte gerade am späten Mittag im Kühlfach nach einem Sandwich, als sie den Pfeifton hörten.

Carlos übelriechender Schädel schwang zum Monitor herum.

»Sie kommt aus ihrem Bau«, sagte Mogli. Er startete den Van. Tommaso legte den Deckel wieder auf das Kühlfach.

»Und da ist sie. Sie fährt los ... fährt die Tindal hoch in Richtung Hauptstraße.« Mogli fädelte sich in den Verkehr ein. Er hatte den unerhörten Luxus, in einem Abstand von drei Blöcken aufschließen zu können, so daß Starling ihn unmöglich bemerken konnte.

Dafür entging Mogli aber auch der graue Pickup, der sich einen Block hinter Starling in den Verkehr einfädelte und einen Weihnachtsbaum über der Ladefläche hängen hatte.

Den Mustang zu fahren war eines der wenigen Vergnügen, auf die Starling zählen konnte. Der PS-starke Wagen, ohne ABS und nicht heruntergeregelt, war auf den glatten Winterstraßen alles andere als leicht zu fahren. Waren die Straßen jedoch frei und trocken, tat es einfach gut, den V8 im zweiten Gang hochzudrehen und dem Röhren der Auspuffrohre zu lauschen.

Mapp, Weltmeisterin im Rabattmarkensammeln, hatte Starling mit einem dicken, an die Einkaufsliste gehefteten Bündel ihrer Coupons losgeschickt. Starling und sie hatten eine Keule, einen Schmorbraten und zwei Kasserollen in Arbeit. Die anderen würden den Truthahn mitbringen.

Ein Festessen an ihrem Geburtstag interessierte Starling eigentlich gar nicht. Sie mußte es über sich ergehen lassen, weil Mapp und überraschend viele Kolleginnen – einige von ihnen kannte sie nur flüchtig und mochte sie nicht sehr – sich vorgenommen hatten, ihr in ihrem Elend beizustehen.

Jack Crawford ging ihr nicht aus dem Kopf. Sie konnte ihn auf der Intensivstation weder besuchen noch ihn dort anrufen. Sie hinterließ für ihn Nachrichten im Schwesternzimmer, spaßige Hundebilder mit den fröhlichsten Sätzen, die sie zustande brachte.

Starling lenkte sich von ihrem Elend ab, indem sie mit dem Mustang spielte, mit Zwischengas schaltete und mit dem Motor bremste, als sie auf den Parkplatz des Safeway-Supermarkts einbog und nur kurz die Bremse antippte, um den hinter ihr fahrenden Wagen mit den Bremslichtern ein Zeichen zu geben.

Sie mußte vier Runden drehen, bevor sie eine Parklücke fand, die nur deshalb frei war, weil sie von einem verlassenen Einkaufswagen blockiert wurde. Sie stieg aus und schob ihn beiseite. Als sie eingeparkt hatte, hatte ein anderer Kunde ihn sich bereits geschnappt.

Sie trieb einen Einkaufswagen in der Nähe des Eingangs auf und machte sich auf den Weg in den Supermarkt.

Mogli konnte sie auf seinem Monitor abbiegen und anhalten sehen. In der Ferne tauchte auf der rechten Seite das große Safeway-Logo auf. »Sie geht in den Supermarkt.« Er fuhr auf den Parkplatz und brauchte ein paar Sekunden, um sich zu orientieren und ihren Wagen auszumachen. Er sah eine junge Frau einen Einkaufswagen auf den Eingang zuschieben.

Carlo richtete das Fernglas auf sie. »Das ist Starling. Sie sieht wie auf den Bildern aus.« Er reichte Piero das Fernglas.

»Ich würde gern ein Foto von ihr machen«, sagte Piero. »Ich habe mein Zoom zur Hand.«

Gegenüber von Starlings Auto war eine Parkfläche für Behinderte ausgewiesen. Mogli rauschte vor einem großen Lincoln mit Behindertenaufkleber in die letzte noch freie Parklücke. Der Fahrer hupte wütend.

Jetzt schauten sie aus dem Rückfenster des Lieferwagens auf das Heck von Starlings Wagen.

Vielleicht, weil er daran gewöhnt war, auf amerikanische Wagen zu achten, bemerkte Mogli den alten Truck zuerst, der in einiger Entfernung am Rand des Parkplatzes abgestellt war. Er konnte nur die graue Ladeklappe des Pick-up sehen.

Er machte Carlo darauf aufmerksam. »Der hat einen

Schraubstock auf der Ladefläche. Hat nicht der Schnapshändler was von einem Schraubstock gefaselt? Schau dir das mal mit dem Fernglas an, ich kann wegen des gottverdammten Baumes nichts erkennen. *Carlo, c'è una morsa sul camione?*«

»*Sì*. Ja, tatsächlich, ein Schraubstock. Keiner drin im Wagen.«

»Sollten wir sie nicht im Supermarkt überwachen?« Es kam selten vor, daß Tommaso Carlo in Frage stellte.

»Nein, wenn er was vorhat, wird er es hier draußen abziehen«, sagte Carlo.

Sie fing mit den Milchprodukten an. Starling blätterte ihre Coupons durch und entschied sich für Käse, der in die Kasserolle wandern sollte, und für ein paar Rollen »Knack-und-Back«. *So ein Mist, jetzt muß ich auch noch frische Brötchen für die Bande zaubern.* Sie stand vor der Fleischtheke, als ihr einfiel, daß sie die Butter vergessen hatte. Sie ließ den Einkaufswagen stehen und ging zurück.

Als sie wieder in die Fleischabteilung zurückkam, war ihr Einkaufswagen verschwunden. Irgend jemand hatte ihre paar Einkäufe aus dem Wagen genommen und in ein Regal gelegt. Die Coupons und die Einkaufsliste hatte er behalten.

»Verdammt noch mal«, fluchte Starling, laut genug, daß es die Kunden in ihrer Nähe hören mußten. Sie schaute sich um. Weit und breit war niemand mit einem dicken Bündel Coupons zu entdecken. Sie atmete ein paarmal tief durch. Sie könnte sich in der Nähe der Kassen auf die Lauer legen und versuchen, nach ihrer Einkaufsliste Ausschau zu halten, falls derjenige sie immer noch an den Coupons hängen hatte. *Scheiß drauf, die paar Dollar. Soll ich mir deswegen den Tag ruinieren?*

Es gab keine freien Wagen in der Nähe der Kassen. Starling ging nach draußen und machte sich auf dem Parkplatz auf die Suche nach einem Einkaufswagen.

»Ecco!« Carlo sah ihn zwischen den Fahrzeugen mit seinem schnellen, leichten Schritt herankommen. Dr. Hannibal Lecter, in einem Kamelhaarmantel und mit Filzhut, trug ein Geschenk in den Händen. »*Madonna!* Er geht zu ihrem Wagen.« Dann brach der Jäger wieder in Carlo durch, und er begann seinen Atem zu kontrollieren. Er bereitete sich auf den Schuß vor. Der Hirschzahn, auf dem er herumkaute, tauchte einen Augenblick lang zwischen seinen Lippen auf.

Das Rückfenster des Lieferwagens ließ sich nicht öffnen.

»*Metti in mòto!* Stoß den Wagen zurück. Ich brauche ihn längs der Fahrerseite«, sagte Carlo.

Dr. Lecter hielt auf der Beifahrerseite des Mustangs inne, besann sich anders und ging um den Wagen herum zur Fahrerseite, vielleicht wollte er am Lenkrad schnüffeln.

Er blickte sich um und ließ das Slim Jim aus seinem Ärmel gleiten.

Mogli hatte den Wagen mittlerweile in Position gefahren. Carlo hielt sich mit dem Gewehr bereit. Er drückte den Knopf für den elektrischen Fensterheber. Nichts rührte sich.

Carlos Stimme, plötzlich unnatürlich ruhig: »*Mogli, il finestrino!*«

Es mußte die Kindersicherung sein. Mogli tastete nach dem Schalter.

Dr. Lecter ließ sein Slim Jim in die Fensterritze gleiten und entriegelte die Tür von Starlings Wagen. Er machte sich daran einzusteigen.

Mit einem Fluch zog Carlo die Schiebetür einen Spaltbreit auf und legte das Gewehr an. Piero gab den Weg frei. Der Lieferwagen schaukelte kurz, als der Schuß krachte.

Der Pfeil blitzte im Sonnenlicht auf und drang mit einem leisen Tock durch Dr. Lecters steifen Mantelkragen in seinen Nacken. Die Droge wirkte schnell, eine hohe Dosis an einem kritischen Punkt. Er wollte sich aufrichten, aber die Knie brachen ihm weg. Das Paket fiel ihm aus der Hand und rollte unter den Wagen. Er brachte es noch fertig, sein Messer zu ziehen und es zu öffnen, als er zwischen Tür und Wagen zusammensackte. Der Tranquilizer raubte ihm jedes

Gefühl in den Gliedern. »Mischa«, sagte er noch, bevor er das Bewußtsein verlor.

Piero und Tommaso waren wie große Katzen über ihm und drückten ihn zwischen den geparkten Fahrzeugen auf den Boden, bis sie sicher waren, daß er bewußtlos war.

Starling, die gerade ihren zweiten Einkaufswagen dieses Tages über den Parkplatz schob, hörte das Krachen des Luftgewehrs und identifizierte es sofort als Mündungsgeräusch – sie duckte sich im Reflex, während die Leute um sie herum weiterschlurften, ohne etwas zu bemerken. Schwer zu sagen, von wo es kam. Sie schaute in Richtung ihres Wagens und sah die Füße eines Mannes in einem Lieferwagen verschwinden. Sie nahm an, es sei ein Raubüberfall.

Der Griff an die Seite, wo früher einmal ihre Waffe gewesen war, ging ins Leere. Sie lief los, hastete zwischen den geparkten Fahrzeugen auf den Lieferwagen zu.

Der Lincoln mit dem älteren Mann am Steuer war wieder zurück und veranstaltete ein Hupkonzert, um den Lieferwagen, der den Behindertenparkplatz blockierte, zu verscheuchen. Starlings Rufen ging in lautstarkem Hupen unter.

»Anhalten! Stopp! FBI! Bleiben Sie stehen, oder ich schieße!«

Vielleicht konnte sie ja einen Blick auf das Nummernschild erhaschen.

Piero sah sie kommen. Blitzschnell schnitt er mit Dr. Lecters Messer das Ventil des Vorderreifens auf der Fahrerseite des Mustangs ab und hechtete in den Lieferwagen. Das Fahrzeug rumpelte über den Mittelstreifen des Parkplatzes in Richtung Ausfahrt. Einen Moment lang war das Nummernschild zu erkennen. Mit dem Finger schrieb sie die Nummer auf die verdreckte Motorhaube eines Autos.

Starling hatte die Wagenschlüssel in der Hand. Als sie zu ihrem Auto kam, hörte sie, wie mit einem lauten Zischen die Luft aus dem Vorderreifen entwich. Sie konnte nur das Dach des Wagens sehen, der auf die Ausfahrt zufuhr.

Sie klopfte an die Scheibe des Lincoln, der mittlerweile sie anhupte. »Haben Sie ein Mobiltelefon? FBI, bitte, haben Sie ein Mobiltelefon dabei?«

»Fahr zu, Noel«, sagte die Frau im Wagen und bearbeitete das Bein ihres Mannes mit Schlägen und Stößen. »Das bedeutet Ärger. Bestimmt wieder nur so ein Trick. Laß dich bloß auf nichts ein.« Der Lincoln fuhr weg.

Starling rannte zu einem Münzfernsprecher und rief über 911 die Notrufzentrale an.

Deputy Mogli fuhr fünfzehn Blocks mit der zulässigen Höchstgeschwindigkeit.

Carlo zog den Pfeil aus Dr. Lecters Nacken und war erleichtert, als kein Blut aus dem Einstich spritzte. Unter der Haut hatte sich inzwischen ein Bluterguß von der Größe eines Vierteldollars gebildet. Die Injektion sollte eigentlich von einer größeren Muskelpartie aufgenommen werden. Womöglich starb der Hurensohn jetzt gerade, noch bevor ihn die Schweine umbringen konnten.

Niemand sprach. Nur das schwere Atmen der Männer und das Quäken des Polizeifunks unter dem Armaturenbrett waren zu hören. Dr. Lecter lag in seinem schönen Mantel, elegant wie ein Fasan in der Auslage eines Fleischers, auf dem Boden. Der Hut war ihm vom gepflegten Kopf gerollt, und ein Blutfleck schimmerte auf seinem Mantelkragen.

Mogli bog in ein Parkhaus ein und fuhr zur dritten Parketage hoch. Dort entfernte er in einer Blitzaktion die Aufkleber vom Wagen und wechselte die Nummernschilder.

Er hätte sich nicht zu beunruhigen brauchen. Er lachte in sich hinein, als über Polizeifunk die Suchmeldung durchkam. Der Beamte in der Notrufzentrale hatte offensichtlich Starlings Beschreibung eines »grauen Minibusses« falsch verstanden und gab eine Suchmeldung an alle Einheiten nach einem Greyhound-Bus heraus. Zu seiner Ehrenrettung sei gesagt, daß er, bis auf eine, alle Ziffern des falschen Nummernschilds richtig mitbekommen hatte.

»Wie in Illinois«, sagte Mogli.

»Ich sah das Messer. Ich hatte schon Angst, daß er sich selbst umbringen würde, um dem zu entgehen, was auf ihn zukommt«, sagte Carlo zu Piero und Tommaso. »Er wird sich noch wünschen, er hätte sich die Kehle durchgeschnitten.«

Als Starling die anderen Reifen ihres Wagens überprüfte, bemerkte sie das Päckchen, das unter ihrem Wagen auf dem Boden lag.

Eine dreihundert Dollar teure Flasche Château d'Yquem und eine Karte, auf der in der vertrauten Handschrift geschrieben stand: *Happy Birthday, Clarice.*

Da begriff sie mit einemmal, was sie eben gesehen hatte.

78

Starling hatte alle Nummern, die sie brauchte, im Kopf. Sollte sie die zehn Blocks nach Hause fahren und von dort aus anrufen? Nein, besser zurück zum Münzfernsprecher. Sie nahm einer jungen Frau den klebrigen Hörer aus der Hand, entschuldigte sich bei ihr und fütterte den Fernsprecher mit Kleingeld. Die Frau schrie nach einem Wachmann. Starling rief das Einsatzkommando der Außenstelle Washington, Buzzards Point, an.

Sie war dort lange im Dienst gewesen, und alle wußten über Starling Bescheid. Sie wurde zu Clint Pearsalls Büro durchgestellt. In der Zwischenzeit kramte sie nach Münzen und verhandelte mit einem Sicherheitsbeamten des Supermarkts. Der Wachmann fragte immer wieder nach ihrem Ausweis.

Endlich Pearsalls vertraute Stimme am anderen Ende der Leitung.

»Mr. Pearsall, ich habe drei Männer gesehen, vielleicht auch vier, die vor fünf Minuten Hannibal Lecter auf dem Parkplatz von Safeway gekidnappt haben. Sie haben mir den Reifen zerschnitten, ich konnte keine Verfolgung aufnehmen.«

»Ist das die Bus-Geschichte, die Fahndung, die gerade raus ist?«

»Ich weiß von keinem Bus. Es war ein grauer Lieferwagen mit einem Behindertenaufkleber.«

»Woher wissen Sie, daß es Lecter war?«

»Er … hat ein Geschenk für mich zurückgelassen, es lag unter meinem Wagen.«

»Ich verstehe ...« Pearsall machte eine Pause, und Starling nutzte die Stille.

»Mr. Pearsall, Sie wissen, daß Mason Verger dahintersteckt. Es muß ganz einfach er sein. Niemand sonst würde so etwas tun. Er ist ein Sadist, er wird Dr. Lecter zu Tode foltern und dabei zuschauen wollen. Wir müssen für den Fuhrpark der Vergers eine Fahndungsmeldung an alle Polizeidienststellen herausgeben. Und bringen Sie den Generalstaatsanwalt in Baltimore dazu, einen Durchsuchungsbefehl für Vergers Anwesen zu erwirken.«

»Starling ... um Himmels willen, Starling. Hören Sie, ich frage Sie nur ein einziges Mal. Sind Sie sich sicher? Denken Sie einen Augenblick nach. Denken Sie an all das Gute, das Sie jemals hier getan haben. Erinnern Sie sich an das, was Sie geschworen haben. Denken Sie daran, es gibt kein Zurück. Was haben Sie gesehen?«

Was soll ich sagen – ich bin doch nicht hysterisch? Das ist das erste, was Hysteriker sagen. Sie erkannte plötzlich, wie wenig Vertrauen ihr Pearsall nur noch entgegenbrachte und wie billig dieses Vertrauen zu haben war.

»Ich sah drei Männer, vielleicht auch vier, die einen Mann auf dem Parkplatz von Safeway gekidnappt haben. Am Tatort habe ich ein Geschenk von Dr. Hannibal Lecter gefunden, eine Flasche Château d'Yquem aus meinem Geburtsjahr und eine Karte, die seine Handschrift trägt. Das Fahrzeug habe ich bereits beschrieben. Hiermit melde ich Ihnen, Clint Pearsall, diensthabender Beamter in Buzzards Point, diesen Vorfall.«

»Ich nehme die Meldung als Kidnapping auf, Starling.«

»Ich komme zu euch rüber. Ihr könnt mich abordnen. Dann rücke ich mit der Bereitschaft aus.«

»Kommen Sie nicht hierher, ich dürfte Sie nicht hinzuziehen.«

Zu schade, daß Starling nicht wegkam, bevor die Polizei aus Arlington auf dem Parkplatz eintraf. Es kostete sie fünfzehn Minuten, den Fragenkatalog zu dem Fahrzeug zu korrigieren. Eine dicke Polizistin mit schweren Lederschuhen nahm Starlings Aussage auf. Der Block mit den Strafzetteln, das Sprechfunkgerät, Tränengas, Pistole und Handschellen standen der Frau in den unmöglichsten Winkeln von ihrem dicken Hinterteil ab. Die Knöpfe ihrer Uniformjacke hatten alle Mühe, ihrer Leibesfülle Herr zu werden. Die Polizeibeamtin konnte sich nicht entscheiden, ob sie im Fall Starlings in das Feld für Arbeitgeber FBI oder »nichts« eintragen sollte. Als Starling sie damit verärgerte, daß sie die Fragen auf dem Formular vorwegnahm, ging die Beamtin die ganze Geschichte absichtlich langsam an. Als Starling auf die Spuren von Schlamm- und Schneeketten hinwies, dort, wo der Van über den Mittelstreifen geholpert war, hatte keiner der Angesprochenen einen Fotoapparat bei sich. Sie zeigte den Polizeibeamten, wie ihr eigener funktionierte.

Immer wieder sagte sie sich, während sie ihre Antworten wiederholte: *Ich hätte die Verfolgung aufnehmen sollen, ich hätte die Verfolgung aufnehmen sollen. Ich hätte diesen Arsch aus seinem Lincoln zerren und die Verfolgung aufnehmen sollen.*

79

Krendler bekam sofort Wind von dem Kidnapping. Er hörte sich bei seinen Quellen um und rief dann Mason auf einer sicheren Leitung an.

»Starling hat die Entführung gesehen. Damit hatten wir nicht gerechnet. Sie macht einen Aufstand in der Außenstelle Washington. Schlägt die Durchsuchung Ihres Anwesens vor.«

»Krendler ...« Mason wartete auf seinen nächsten Atemschub, vielleicht war er auch wütend, Krendler konnte es nicht mit Gewißheit sagen. »Ich habe schon bei den örtlichen Stellen, dem Sheriff und dem Generalstaatsanwalt Beschwerde eingereicht, daß Starling mich ständig belästigt, mich spätnachts anruft und mir gegenüber unverständliche Drohungen ausstößt.«

»Hat sie das wirklich?«

»Natürlich nicht, aber das kann sie nicht beweisen. Außerdem wirbelt es Staub auf. Also, ich kann einem Durchsuchungsbefehl in diesem Bezirk und diesem Staat die Spitze nehmen. Aber ich will trotzdem, daß Sie den Generalstaatsanwalt hier anrufen und ihn daran erinnern, daß dieses hysterische Frauenzimmer hinter mir her ist. Mit den örtlichen Behörden werde ich schon allein fertig, glauben Sie mir.«

80

Endlich erlöst von der Polizei, wechselte Starling den Reifen und fuhr nach Hause zu ihrem eigenen Telefon und ihrem Computer. Sie vermißte ihr FBI-Handy bitter und hatte es bisher noch nicht ersetzt.

Auf dem Anrufbeantworter war eine Nachricht von Mapp. »Starling, würze schon mal den Schmorbraten und leg ihn in den Bräter. Bitte gib auf *gar keinen* Fall jetzt schon das Gemüse dazu. Erinnere dich daran, was beim letztenmal passiert ist. Ich sitze hier bis gegen fünf in einer gottverdammten Anhörung fest.«

Starling bootete ihren Laptop und versuchte sich in die Lecter-File der Violent-Crime-Apprehension-Datenbank einzuloggen. Ihr wurde nicht nur der Zugriff zur VICAP, sondern auch zum gesamten FBI-Netz verweigert. Sie hatte nicht einmal mehr den Zugang, über den jeder Dorfpolizist in Amerika verfügte.

Das Telefon klingelte.

Es war Clint Pearsall. »Starling, haben Sie Mason Verger mit Anrufen schikaniert?«

»Niemals, das schwöre ich.«

»Er behauptet es aber. Er hat den Sheriff dort oben eingeladen, seinen Besitz abzufahren, genaugenommen hat er von ihm gefordert, daß er bei ihm nach dem Rechten sieht. Sie sind gerade auf dem Weg, um sich dort umzuschauen. Es gibt keinen Durchsuchungsbefehl, und es wird auch in Zukunft keinen Durchsuchungsbefehl geben. Wir waren nicht in der Lage, abgesehen von Ihnen, einen anderen Augenzeugen für die Entführung aufzutreiben.«

»Ich erinnere mich an einen weißen Lincoln mit einem alten Pärchen. Mr. Pearsall, wie wäre es, Sie lassen die Kreditkartenkäufe bei Safeway für die Zeit unmittelbar vor der Entführung checken. Diese Verkäufe tragen einen Zeitstempel.«

»Dazu kommen wir noch, aber es wird …«

»… wird Zeit kosten«, vollendete Starling seinen Satz.

»Starling?«

»Ja, Sir?«

»Ganz unter uns, ich halte Sie, was die große Linie betrifft, auf dem laufenden. Aber lassen Sie die Finger davon. Sie sind während der Suspendierung kein Gesetzeshüter, und Sie dürften eigentlich nicht einmal Informationen bekommen. Sie sind Gerda Mustermann, kapiert?«

»Ja, Sir, ich weiß.«

Wir leben in einer Kultur, die sich keine Zeit zum Nachdenken nimmt. Wir heben nicht unseren Blick und schauen zu den Bergen hinauf. Meistens entscheiden wir wichtige Dinge, während wir auf den PVC-Boden irgendeines Ganges in irgendeiner Behörde starren oder während wir in irgendeinem Warteraum mit einem Unsinn plärrenden Fernsehgerät hastig vor uns hin flüstern.

Starling, die nach Halt, nach irgendeinem Halt suchte, ging durch die Küche in die Stille und die Ordnung von Mapps Haushälfte. Sie schaute auf die Fotografie von Mapps grimmiger kleiner Großmutter, der Erfinderin des Beruhigungstees. Sie schaute auf die Versicherungspolice von Großmutter Mapp, die gerahmt an der Wand hing. Mapps Wohnung sah man an, daß Mapp dort lebte.

Starling ging in ihre Wohnung zurück. Für sie sah es so aus, als lebte dort niemand. Was hatte sie eingerahmt? Ihr Diplom von der FBI-Akademie. Von ihren Eltern waren keine Fotografien erhalten. Sie lebte schon seit einer kleinen Ewigkeit ohne sie und trug ihr Bild nur im Gedächtnis. Manchmal ein Geschmack beim Frühstück oder ein Geruch, ein Gesprächsfetzen, ein vertrauter Begriff, den sie hörte, dann fühlte sie deren Hände auf sich ruhen: Am meisten fühlte sie ihre Eltern in ihrem Gespür für richtig und falsch. Wer, zum Teufel, war sie? Wer hatte sie jemals wahrgenommen?

Sie sind eine Kriegerin, Clarice. Sie können so stark sein, wie Sie es sich wünschen.

Starling konnte nachvollziehen, warum Mason Hannibal Lecter töten wollte. Wenn er es selbst getan oder es in Auftrag gegeben hätte, hätte sie es ertragen können; Mason hatte allen Grund zur Klage.

Aber sie konnte sich nicht mit dem Gedanken abfinden, daß Dr. Lecter zu Tode gefoltert wurde; sie hatte eine tiefe Abneigung dagegen, so wie damals, als die Lämmer und Pferde geschlachtet wurden.

Sie sind eine Kriegerin, Clarice.

Beinahe genauso schlimm wie der Akt selbst war die Tatsache, daß Mason es mit dem stillschweigenden Einverständnis von Männern tun würde, die geschworen hatten, Recht und Ordnung aufrechtzuerhalten. Das war der Lauf der Welt.

Mit diesem Gedanken im Hinterkopf traf sie eine einfache Entscheidung. *So weit, wie meine Arme reichen, wird dies nicht der Lauf der Welt sein.*

Sie fand sich in ihrem Wandschrank auf einem Stuhl wieder, suchte oben auf einem Regal nach etwas.

Sie holte die Kiste herunter, die ihr der Anwalt John Brighams im Herbst übergeben hatte. Es schien bereits eine Ewigkeit zurückzuliegen.

Das Vermächtnis der persönlichen Waffen an einen überlebenden Waffenbruder hat eine lange Tradition und ist von einem geheimnisvollen Nimbus umgeben. Es hat etwas mit dem Fortbestand von Wertvorstellungen über die eigene Sterblichkeit hinaus zu tun. Menschen, die in einer Zeit leben, in der ihre Sicherheit durch andere garantiert wird, mögen das schwer verständlich finden. Die Kiste, in der die Pistolen John Brighams lagen, war ein Geschenk für sich. Er mußte sie im Orient gekauft haben, damals, als er bei den Marines war. Eine Kiste aus Mahagoni, der Deckel mit Perlmuttintarsien verziert. Die Waffen atmeten den Geist John Brighams, oft getragen, gut in Schuß und makellos sauber. Eine M1911A1 Colt .45 Pistole und eine Safari Arms Version der .45er für den verdeckten Gebrauch, ein Stiefeldolch mit gezackter Klinge. Starling hatte ihre eigene Lederscheide. John Brighams alte FBI-Marke war auf einer Mahagonitafel befestigt. Seine DEA-Marke lag lose in der Kiste.

Starling löste die FBI-Marke von der Tafel und tat sie in ihre Tasche. Der .45er Colt wanderte in ihr Yaqui-Holster an ihrer Hüfte, das von ihrer Jacke verdeckt wurde.

Der kurzläufige .45er Colt kam auf die Innenseite des Stiefels an ihren Knöchel, das Messer auf die andere Seite. Sie nahm ihr Diplom aus dem Rahmen und faltete es, um es in die Tasche zu stecken. In der Dunkelheit konnte es als Durchsuchungsbefehl durchgehen. Als sie das steife Papier zusammenfaltete, wußte sie, daß sie nicht ganz sie selbst war. Sie war froh darüber.

Weitere drei Minuten an ihrem Laptop. Sie wählte die Mapquest-Website an und druckte eine Karte großen Maßstabs von der Muskrat Farm und den sie umgebenden Wäldern aus. Einen Moment lang beugte sie sich über das Hauptquartier von Masons Fleischimperium und zeichnete mit den Fingern dessen Grenzen nach.

Die großen Auspuffrohre des Mustangs legten das vertrocknete Gras flach, als sie aus der Auffahrt donnerte, um Mason Verger einen Besuch abzustatten.

81

Eine Stille wie die Ruhe eines Sabbats lag über der Muskrat Farm. Mason war aufgeregt und ungeheuer stolz, daß er es tatsächlich geschafft hatte. Für sich verglich er das Erreichte mit der Entdeckung von Radium.

Masons bebildertes Naturkundebuch war das Schulbuch, an das er sich am besten erinnern konnte; es war das einzige Buch gewesen, das groß genug war, um dahinter im Klassenzimmer zu masturbieren. Er hatte oft auf eine Abbildung von Madame Curie geblickt, während er sich befriedigte, und auch jetzt dachte er an sie und die Tonnen von Pechblende, die sie gekocht hatte, um an das Radium zu kommen. Ihre Anstrengungen glichen ganz den seinen, dachte er.

Mason stellte sich Dr. Lecter vor, das Ergebnis all seines Suchens und seiner finanziellen Verausgabung, im Dunkeln glühend wie die Phiole in Madame Curies Labor. Er stellte sich die Schweine vor, die ihn fressen und sich hinterher im Wald schlafen legen würden, stellte sich die Bäuche wie leuchtende Glühbirnen vor.

Es war Freitagabend und schon beinahe dunkel. Der Instandhaltungstrupp war gegangen. Keiner der Arbeiter hatte den Lieferwagen ankommen sehen, da er nicht durch das Haupttor, sondern über die Feuerwehrzufahrt, die Mason als Lieferantenstraße diente, durch den Wald gekommen war. Der Sheriff und seine Leute hatten ihre flüchtige Durchsuchung abgeschlossen und waren längst wieder abgefahren, als der Wagen vor der Scheune vorfuhr. Jetzt war nur noch der Haupteingang besetzt und eine kleine Gruppe von engsten Vertrauten auf der Muskrat Farm.

Cordell war auf seiner Station im Spielzimmer – seine Ablösung würde gegen Mitternacht auf der Farm eintreffen. Margot und Deputy Mogli, der noch immer sein Abzeichen trug, mit dem er den Sheriff eingelullt hatte, waren bei Mason. Die Crew der Kidnapper war in der Scheune beschäftigt.

Sonntagnacht wäre alles vorbei, die Beweise entweder verbrannt, oder sie würden in den Eingeweiden der sechzehn Schweine rumoren. Mason überlegte, ob er die Muräne nicht mit einer kleinen Delikatesse von Dr. Lecter füttern sollte. Die Nase vielleicht. Dann könnte er während all der Jahre, die vor ihm lagen, dem wilden Band bei seinen endlosen Achten zuschauen und sich ganz dem Wissen hingeben, daß das Zeichen für Unendlichkeit, das es abbildete, auf ewig für den Tod von Lecter stand, auf ewig tot.

Zur selben Zeit wußte Mason, daß es gefährlich war, das zu bekommen, was man sich wünschte. Was würde er tun, nachdem er Dr. Lecter umgebracht hatte? Er konnte ein paar Pflegefamilien zerstören und ein paar Kinder quälen. Er konnte Martinis trinken, mit Tränen gerührt. Aber woher sollte der wirkliche Spaß kommen?

Was für ein Narr wäre er doch, wenn er diese aufregende Zeit mit der Furcht vor der Zukunft verwässerte. Er wartete auf das kleine Zischen vor seinem Auge, wartete, daß die beschlagene Linse wieder aufklarte, und pustete in ein Röhrchen: Wann immer ihm der Sinn danach stand, konnte er den Videomonitor anschalten und seine Beute betrachten ...

82

Der Geruch von Kohlenfeuer in der Sattelkammer von Masons Scheune und die Ausdünstungen von Menschen und Tieren. Feuerschein auf dem langgezogenen Schädel des Trabers Fleet Shadow, leer wie die Vorsehung, die mit Scheuklappen über allem wacht.

Rotglühende Kohlen flackern in der Esse und leuchten im Seufzertakt des Blasebalgs, während Carlo ein Stück Eisenband erhitzt, das sich bereits hellrot zu verfärben beginnt.

Dr. Lecter hängt wie ein schauriges Altarbild unterhalb des Pferdeschädels an der Wand. Seine ausgebreiteten Arme sind mit einem Strick an eine Wagendeichsel gebunden, einen dicken Querbalken aus Eichenholz, der von einem Ponywagen-Geschirr stammt. Die Wagendeichsel läuft wie ein Joch über den Rücken des Doktors und ist ihrerseits mit einem Eisenbügel aus Carlos Schmiede an der Wand befestigt. Dr. Lecters Beine reichen nicht bis auf den Boden; sie sind über der Hose wie ein Rollbraten umwickelt und verschnürt. Jede einzelne der Wicklungen ist verknotet. Keine Ketten oder Handschellen – nichts aus Metall, was die Zähne der Schweine beschädigen oder sie abschrecken würde.

Als das Eisen in der Esse in Weißglut übergegangen ist, trägt Carlo es mit einer Zange zum Amboß. Er schwingt den Hammer und schmiedet das Eisenband zu einem Bügel. Funken stieben in das Halbdunkel, prallen von seiner Brust ab, sprühen zu der hängenden Gestalt von Dr. Hannibal Lecter empor.

Masons Fernsehkamera, die unter all dem alten Werkzeug irgendwie seltsam wirkt, starrt auf ihrem spinnenartigen

Dreifuß Dr. Lecter an. Auf der Werkbank steht ein Monitor, der im Augenblick dunkel ist.

Carlo erhitzt den Bügel erneut und eilt mit ihm aus der Sattelkammer, um ihn, solange er glüht und noch geschmeidig ist, an dem Gabelstapler anzubringen. Seine Hammerschläge hallen im weiten Rund der Scheune wider. Erst der Schlag, dann sein Echo, *BANG-bang, BANG-bang.*

Ein kratzendes Zirpen dringt vom Heuboden herunter, als Piero die Wiederholung eines Fußballspiels auf Kurzwelle hereinbekommt. Sein Team, Cagliari, spielt in Rom gegen den verhaßten Club Juventus Turin.

Tommaso sitzt, das Betäubungsgewehr neben sich gegen die Wand gelehnt, in einem Rohrstuhl. Seine dunklen Priesteraugen lösen sich auch nicht für eine Sekunde von Dr. Lecters Gesicht.

Tommaso nimmt eine Veränderung in der Stille des gefesselten Mannes wahr. Einen subtilen Wechsel von Bewußtlosigkeit hin zu unnatürlicher Selbstbeherrschung, möglicherweise kaum mehr als ein Unterschied im Klang seines Atmens.

Tommaso steht von seinem Stuhl auf und ruft in die Scheune: »*Si sta svegliando.*«

Carlo kommt in die Sattelkammer zurück, der Hirschzahn taucht zwischen seinen Zähnen auf und verschwindet wieder. Er hat eine Hose in der Hand, die mit Früchten, Gemüse und Hühnern ausgestopft ist. Er reibt sie an Dr. Lecters Körper und in dessen Achselhöhlen.

Sorgsam darauf bedacht, seine Hand von dem Gesicht des Doktors fernzuhalten, greift er in Lecters Haar und hebt dessen Kopf.

»*Buona sera, dottore.*«

Ein Knistern aus dem Lautsprecher des Bildschirms. Der Monitor wird hell, und das Gesicht von Mason erscheint …

»Schaltet das Licht über der Kamera ein«, sagte Mason. »Guten Abend, Dr. Lecter.«

Der Doktor öffnete zum erstenmal seine Augen.

Carlo hatte das Gefühl, die Augen des Unholds sprühten Funken, aber es hätte auch der Widerschein des Feuers gewesen sein können. Zur Sicherheit bekreuzigte er sich vor dem bösen Blick.

»Mason«, sagte der Doktor in die Kamera. Hinter Mason erkannte Lecter Margots schwarze Silhouette vor dem Aquarium. »Guten Abend, Margot.« Seine Stimme klang liebenswürdig. »Ich freue mich, Sie wiederzusehen.« Der Klarheit seiner Sprache nach zu urteilen, dürfte der Doktor schon seit geraumer Zeit wach gewesen sein.

»Dr. Lecter«, erklang Margots heisere Stimme.

Tommaso fand das Kameravorderlicht über dem Gerät und schaltete es ein.

Der grelle Schein blendete sie alle einen Moment lang.

Mason mit seiner wohlklingenden Radiostimme: »Doktor, in ungefähr zwanzig Minuten werden wir den Schweinen den ersten Gang servieren, der aus Ihren Füßen bestehen wird. Danach werden wir beide, Sie und ich, eine kleine Pyjamaparty veranstalten. Sie dürfen dann auch kurze Hosen tragen. Cordell wird dafür sorgen, daß Sie uns noch lange am Leben erhalten bleiben –«

Mason sagte noch etwas, während Margot sich nach vorne beugte, um die Szenerie in der Scheune sehen zu können.

Dr. Lecter schaute auf den Monitor und vergewisserte sich, daß Margot ihn beobachtete. Dann flüsterte er Carlo etwas zu, seine metallische Stimme bohrte sich förmlich in das Ohr des Kidnappers. *»Ihr Bruder Matteo müßte jetzt eigentlich noch schlimmer riechen als Sie. Er hat sich in die Hosen geschissen, als ich ihn aufgeschlitzt habe.«*

Carlo faßte in seine hintere Hosentasche und riß den elektrischen Viehtreiber heraus. Im hellen Licht der Fernsehkamera zog er ihn Lecter quer über die Schläfe. Er packte den Doktor mit einer Hand bei den Haaren, drückte mit der anderen den Knopf am Griff und hielt den Viehtreiber mit dem tückischen bläulichen Hochspannungsbogen zwischen den Elektroden Dr. Lecter direkt vors Gesicht.

»Fick doch deine Mutter«, sagte er und stieß den Viehtreiber in Dr. Lecters Auge, daß die Funken nur so sprühten.

Dr. Lecter gab keinen Laut von sich – das Geräusch kam

aus dem Lautsprecher. Mason schrie, wie es sein Atemgerät eben noch zuließ. Tommaso mußte all seine Kräfte aufbieten, um Carlo wegzuziehen. Piero kam vom Boden herunter, um ihm dabei zu helfen. Sie setzten Carlo in den Rohrstuhl und hielten ihn fest.

»Blende ihn, und es gibt kein Geld«, schrien sie ihm gleichzeitig von beiden Seiten ins Ohr.

Dr. Lecter justierte die Rouleaus in seinem Gedächtnispalast, um die Wirkung des schrecklichen Strahls zu lindern. Ahhhhh. Er lehnte sein Gesicht gegen die kühle marmorne Seite der Venus.

Dr. Lecter wandte sein Gesicht der Kamera zu und sagte mit klarer Stimme: »Ich nehme keine Schokolade von dir, Mason.«

»Der Hurensohn ist verrückt. Aber das wußten wir auch vorher schon«, sagte Deputy Sheriff Mogli. »Doch Carlo ist es auch.«

»Geh runter und trenne sie«, sagte Mason.

»Sind Sie auch sicher, daß die keine Knarren haben?« fragte Mogli.

»Habe ich Sie nicht angeheuert, weil Sie ein großer, starker Junge sind? Nein. Nur das Betäubungsgewehr.«

»Überlaß es mir«, sagte Margot, »die Jungs von dem Machoscheiß abzuhalten. Die Italiener respektieren ihre Mamas. Und Carlo weiß, daß ich die Geldgeschäfte abwickle.«

»Bringt die Kamera nach draußen und zeigt mir die Schweine«, sagte Mason. »Abendessen ist um acht!«

»Ich muß doch hoffentlich nicht bleiben«, sagte Margot.

»Oh, doch, meine Liebe, du bleibst«, sagte Mason.

83

Margot holte draußen vor der Scheune tief Luft. Wenn sie bereit war, ihn zu töten, sollte sie auch bereit sein, einen Blick auf ihn zu werfen. Sie konnte Carlo riechen, bevor sie die Tür zur Sattelkammer öffnete. Piero und Tommaso flankierten Dr. Lecter. Sie blickten Carlo an, der in dem Rohrstuhl saß.

»*Buona sera, signori*«, sagte Margot. »Ihre Freunde haben recht, Carlo. Wenn Sie ihn jetzt erledigen, gibt es kein Geld. Wo Sie so weit gekommen sind und es so gut hinbekommen haben.«

Carlo ließ Dr. Lecters Gesicht nicht aus den Augen.

Margot nahm ein Mobiltelefon aus ihrer Tasche. Sie tippte eine Nummernfolge auf der beleuchteten Tastatur ein und streckte das Telefon Carlo entgegen. »Nehmen Sie.« Sie hielt es ihm unter die Nase. »Lesen Sie.«

Auf dem Display war BANCO STEUBEN zu lesen. »Das ist Ihre Bank in Cagliari, Signor Deogracias. Morgen früh, wenn das hier über die Bühne gegangen ist, wenn Sie ihn für Ihren tapferen Bruder haben bezahlen lassen, werde ich diese Nummer anrufen, Ihrem Banker meinen Code durchgeben und sagen: ›Geben Sie Signor Deogracias den Rest des Geldes, das Sie für ihn bereithalten.‹ Ihr Banker wird es Ihnen per Telefon bestätigen. Morgen abend, wenn Sie im Flugzeug auf dem Weg nach Hause sitzen, werden Sie ein reicher Mann sein. Matteos Familie wird auch reich sein. Sie können denen die Eier des Doktors in einer Frischhaltebox mitnehmen, um sie zu trösten. Aber wenn Dr. Lecter seinem Tod nicht ins Auge sehen kann, falls er nicht sehen kann, wie die Schweine herankommen, um sein Gesicht zu fressen, gehen Sie leer aus. Seien Sie ein Mann, Carlo. Gehen Sie und holen Sie Ihre Schweine. Ich werde mich so lange zu dem Hurensohn setzen. In einer halben Stunde können Sie ihn schreien hören, wenn sie seine Füße fressen.«

Carlo warf den Kopf zurück und holte tief Luft. *»Piero, andiamo! Tu, Tommaso, rimani.«*

Tommaso setzte sich in den Rohrstuhl neben der Tür.

»Ich habe alles unter Kontrolle, Mason«, sagte Margot in Richtung Kamera.

»Ich will, daß du seine Nase mitbringst, wenn du wieder ins Haus zurückkommst. Sag es Carlo«, antwortete Mason. Der Bildschirm wurde dunkel. Mason aus seinem Raum zu transportieren stellte eine ziemliche Herausforderung für ihn und die Leute um ihn herum dar. Seine Röhren mußten in die Container seiner fahrbaren Krankentrage eingestöpselt und sein Atemgerät auf Batteriebetrieb umgeschaltet werden.

Margot schaute Dr. Lecter an.

Sein verletztes Auge war zwischen den schwarzverkrusteten Brandwunden zugeschwollen, die die Elektroden an beiden Enden seiner Augenbraue hinterlassen hatten.

Dr. Lecter öffnete sein gesundes Auge. Es gelang ihm auch weiterhin, sich die lindernde Kühle der marmornen Flanke der Venus auf seinem Gesicht vorzustellen.

»Ich mag den Geruch Ihres Liniments, es riecht kühl und nach Zitrone«, sagte Dr. Lecter. »Haben Sie vielen Dank, daß Sie gekommen sind, Margot.«

»Genau das gleiche haben Sie zu mir gesagt, als mich am ersten Tag die Wirtschafterin in Ihr Büro gebracht hat. Damals, als man Mason das erste Mal zum Sozialdienst verdonnert hat.«

»Habe ich das wirklich?« Soeben aus dem Gedächtnispalast zurückgekehrt, wo er seine Interviews mit Margot überflogen hatte, wußte er, daß dem so war.

»Ja. Ich habe geweint, mich davor gefürchtet, Ihnen über Mason und mich zu erzählen. Ich habe mich auch davor gefürchtet, mich hinzusetzen. Aber Sie haben mich nie aufgefordert, mich zu setzen. – Sie wußten, daß ich genäht worden war, habe ich recht? Wir gingen in den Garten. Erinnern Sie sich noch an das, was Sie mir dort gesagt haben?«

»Du bist genauso wenig schuld an dem, was dir widerfahren ist –«

»– ›wie ich, wenn ich von einem tollwütigen Hund in den Hintern gebissen worden wäre‹, waren Ihre Worte. Sie haben mir damals geholfen, auch bei den anderen Besuchen, und ich habe das eine Weile sehr geschätzt.«

»Was habe ich Ihnen noch erzählt?«

»Sie haben gesagt, daß Sie viel verrückter seien, als ich es jemals sein würde«, sagte sie. »Sie sagten, es gehe schon in Ordnung, verrückt zu sein.«

»Wenn Sie es versuchen, können Sie sich an alles erinnern, was wir damals gesprochen haben. Erinnern –«

»Bitte, betteln Sie mich jetzt nicht an.« Es entfuhr ihr einfach, sie wollte es nicht auf diese Weise sagen.

Dr. Lecter bewegte sich ein wenig, und die Stricke knarzten.

Tommaso stand auf und kam herüber, um die Fesseln des Doktors zu prüfen. »*Attenzione alla bocca, Signorina.* Hüten Sie sich vor seiner Zunge.«

Sie wußte nicht, ob Tommaso Dr. Lecters Mund oder seine Worte meinte.

»Margot, es ist lange her, seit ich Sie behandelt habe, ich will mit Ihnen kurz unter vier Augen über Ihre Krankengeschichte sprechen.« Er warf mit seinem gesunden Auge einen Blick auf Tommaso.

Margot dachte kurz nach. »Tommaso, könnten Sie uns bitte kurz allein lassen?«

»Nein, tut mir leid, Signorina, aber ich bleibe draußen in der Scheune bei geöffneter Tür stehen.« Tommaso ging mit dem Gewehr in die Scheune hinaus und beobachtete Dr. Lecter aus einiger Entfernung.

»Ich würde Sie niemals durch Betteln in Bedrängnis bringen, Margot. Mich interessiert, warum Sie das hier tun. Würden Sie mir das bitte erklären? Haben Sie, nachdem Sie ihn so lange bekämpft haben, angefangen, die Schokolade zu nehmen, wie Mason zu sagen pflegt? Wir brauchen uns nicht vorzumachen, daß Sie es aus Rache für Masons Gesicht tun.«

Da erklärte sie es ihm, erzählte von Judy, von dem Wunsch nach einem Baby. Es kostete sie keine drei Minuten; sie war überrascht, wie leicht sich ihre Probleme auflisten ließen.

In der Ferne war ein Geräusch zu hören, ein Kreischen und so etwas wie ein unterdrückter Schrei. Draußen am Zaun, den er über die volle Scheunenbreite errichtet hatte, bastelte Carlo an seinem Tapedeck herum und bereitete alles darauf vor, die Schweine mit Schmerzensschreien von Opfern, die schon lange tot oder freigekauft waren, aus der bewaldeten Wiese heranzuholen.

Falls Dr. Lecter das Geräusch gehört haben sollte, ließ er es sich nicht anmerken. »Margot, glauben Sie, daß Mason Ihnen das, was er Ihnen versprochen hat, einfach so geben wird? Sie betteln Mason an. Hat das Betteln denn geholfen, als er sie zerrissen hat? Es ist die gleiche Geschichte, wie seine Schokolade zu nehmen und ihm seinen Willen zu lassen. Aber er wird Judy den Käse schlucken lassen. Und daran ist sie nicht gewöhnt.«

Sie antwortete nicht, aber ihre Kiefer mahlten.

»Wissen Sie, was passieren würde, wenn Sie, anstatt zu Mason zu kriechen, seine Prostata mit Carlos Viehtreiber stimulierten? Er liegt dort drüben auf der Werkbank.«

Margot begann aufzustehen.

»*Hören Sie mir zu*«, zischte der Doktor. »Mason wird es Ihnen abschlagen. Sie wissen, daß Sie ihn töten müssen, das haben Sie schon vor zwanzig Jahren gewußt. Sie wissen es, seitdem er Ihnen gesagt hat, Sie sollten ins Kissen beißen und nicht so viel Lärm machen.«

»Wollen Sie damit sagen, daß Sie es *für mich* übernehmen würden? Ich könnte Ihnen niemals vertrauen.«

»Nein, natürlich nicht. *Aber Sie könnten sich darauf verlassen, daß ich niemals leugnen würde, es getan zu haben.* Es wäre genaugenommen unter therapeutischen Gesichtspunkten besser für Sie, wenn Sie ihn selbst umbrächten. Sie werden sich noch daran erinnern, daß ich Ihnen das vorgeschlagen habe, als Sie noch ein Kind waren.«

»›Warte, bis du es ungestraft tun kannst‹, haben Sie gesagt. Ich habe einigen Trost aus den Worten gezogen.«

»Fachlich gesehen, ist das genau die Art von Katharsis, die ich empfehlen mußte. Sie sind jetzt alt genug. Und was für einen Unterschied würde eine weitere Mordanklage in meinem Fall schon machen? Sie wissen, daß Sie ihn töten müssen. Und wenn Sie es tun, wird das Gesetz dem Geld folgen – direkt zu Ihnen und dem Baby. Margot, ich bin der einzige andere Verdächtige, den sie haben. *Falls ich vor Mason sterbe, wer wäre dann der Verdächtige?* Sie können es tun, wann immer es Ihnen beliebt, und ich schreibe Ihnen einen hämischen Brief, wie sehr ich es genossen habe, ihn umzubringen.«

»Nein, Dr. Lecter, es tut mir leid. Es ist zu spät. Ich habe meine Vorkehrungen bereits getroffen.« Sie schaute ihm mit ihren strahlendblauen Schlachteraugen ins Gesicht. »Ich kann das hier machen und danach ruhig schlafen gehen. Sie wissen, daß ich das tun kann.«

»Ja, ich weiß, daß Sie das können. Das habe ich schon immer an Ihnen gemocht. Sie sind viel interessanter ... zu viel mehr imstande als Ihr Bruder.«

Sie stand auf und wandte sich zum Gehen. »Es tut mir leid, Dr. Lecter, was auch immer das wert sein mag.«

Bevor sie die Tür erreichte, fragte er: »Margot, wann hat Judy ihren nächsten Eisprung?«

»Was? In zwei Tagen, denke ich.«

»Haben Sie alles andere, was Sie brauchen? Substanzen zur Amplifikation des DNS-Materials, eine Ausrüstung zum schnellen Einfrieren?«

»Ich habe all die Gerätschaften, die eine Befruchtungs-Klinik auch hat.«

»Tun Sie mir bitte einen Gefallen?«

»Ja?«

»Verfluchen Sie mich, und reißen Sie mir ein Büschel Haare aus, aber bitte, wenn es Ihnen nichts ausmacht, von weiter oben. Es darf ruhig auch ein wenig Haut mitgehen. Halten Sie es in Ihrer Hand, wenn Sie zum Haus zurückgehen. Überlegen Sie, ob Sie es nicht in Masons Hand legen wollen. Nachdem er tot ist.

Wenn Sie ins Haus kommen, bitten Sie Mason um das, was Sie sich wünschen. Sehen Sie selbst, was er Ihnen antwortet. Sie haben mich ihm ausgeliefert, Ihr Teil des Geschäfts ist damit erledigt. Halten Sie das Haar in Ihrer Hand, und bitten Sie ihn um das, was Sie sich wünschen. Sehen Sie selbst, was er Ihnen antwortet. Wenn er Ihnen ins Gesicht lacht, kommen Sie hierher zurück. Alles, was Sie tun müssen, ist, das Betäubungsgewehr nehmen und den Typen hinter Ihnen erledigen. Oder ziehen Sie ihm eins mit dem Hammer über. Er hat ein Taschenmesser. Schneiden Sie meine Fesseln an einem Arm durch, und geben Sie mir das Messer. Dann gehen Sie. Den Rest kann ich übernehmen.«

»Nein.«

»Margot?«

Sie legte ihre Hand an die Tür, versteifte sich gegen eine Bitte.

»Können Sie noch immer eine Walnuß knacken?«

Sie griff in die Tasche und brachte zwei zum Vorschein. Die Muskeln ihres Unterarms traten hervor. Die Nüsse zerbröselten.

Der Doktor gluckste. »Ausgezeichnet. Mit all der Kraft, Walnüsse. Sie können Judy Walnüsse anbieten. Vielleicht hilft es ihr ja, um über den Geschmack von Mason hinwegzukommen.«

Margot ging zu ihm zurück, die Miene unbewegt. Sie spuckte ihm ins Gesicht und riß ihm ein Büschel Haare aus. Schwer zu sagen, was sie damit zum Ausdruck bringen wollte.

Sie hörte ihn summen, als sie den Raum verließ.

Als Margot auf das erleuchtete Haus zuging, klebte das kleine, blutige Stück Skalp an ihrer Handinnenfläche, das Haar hing von ihrer Hand herunter, sie mußte es nicht einmal mit ihren Fingern umfassen.

Cordell kam ihr auf einem Golfkarren entgegen, beladen mit medizinischem Gerät, um den Patienten vorzubereiten.

84

Von der Überführung der Schnellstraße in Richtung Norden auf der Höhe der Abfahrt 30 konnte Starling in einer halben Meile Entfernung das erleuchtete Pförtnerhaus sehen, den Außenposten der Muskrat Farm. Starling hatte auf der Fahrt nach Maryland einen Entschluß gefaßt: Sie würde den Hintereingang nehmen. Wenn sie ohne Marke und Durchsuchungsbefehl zum Haupttor fuhr, erreichte sie höchstens, daß der Sheriff sie aus dem Bezirk eskortierte oder einbuchtete. Bis sie wieder freikäme, wäre alles gelaufen.

Vergiß die Erlaubnis. Sie fuhr weiter bis zur Abfahrt 29, ein gutes Stück hinter der Muskrat Farm, und kam über die Nebenstraße zurück. Der Asphalt wirkte sehr dunkel nach den Lichtern der Schnellstraße. Auf der rechten Seite verlief die Straße, auf der linken trennten sie ein Graben und ein hoher Gitterzaun vom düsteren Wald. Starlings Karte zeigte eine geschotterte Feuerwehrzufahrt an, die die asphaltierte Straße in etwa einer Meile kreuzen sollte und außer Sichtweite des Pförtnerhauses lag. Dort hatte sie fälschlicherweise bei ihrem ersten Besuch angehalten. Der Karte nach verlief die Zufahrt durch den Wald bis zur Muskrat Farm. Sie schätzte die Entfernung mit dem Kilometerzähler ab. Der Mustang tuckerte beinahe im Leerlauf vor sich hin, schien aber durch den Widerhall der Bäume lauter als gewöhnlich.

Da war es im Scheinwerferlicht, das schwere Tor aus verschweißten Stahlrohren mit den Stacheldrahtrollen oben auf dem Rahmen. Das Schild LIEFERANTENEINGANG, das sie bei ihrem ersten Besuch gesehen hatte, war verschwunden. Unkraut hatte angefangen, sich vor dem Tor und auf dem kiesbestreuten Übergang über den Graben breitzumachen.

Im Scheinwerferlicht konnte sie erkennen, daß es erst kürzlich nach unten gedrückt worden war. Wo der feine Kies und Sand von der Fahrbahn gespült worden waren und eine kleine Sandbank bildeten, konnte sie Spuren von Schlamm- und Schneeketten ausmachen. Waren es die gleichen, die der Lieferwagen auf dem Mittelstreifen vor Safeway hinterlassen hatte? Sie wußte nicht, ob es die exakt gleichen waren, aber die Möglichkeit bestand zumindest.

Ein verchromtes Vorhängeschloß und eine Kette sicherten das Tor. Kein Problem. Starling schaute die Straße nach rechts und links hinunter. Nichts. *Illegales Eindringen, wie schön.* Sie fühlte sich wie eine Einbrecherin. Sie suchte die Torpfosten nach Alarmdrähten ab. Nichts. Mit zwei Haken arbeitend und die Taschenlampe zwischen den Zähnen haltend, brauchte sie keine fünfzehn Sekunden, um das Vorhängeschloß zu knacken. Sie fuhr durch das Tor und noch ein Stück in den Wald hinein, bevor sie ausstieg und zurückging, um es wieder zu schließen. Sie drapierte die Kette mit dem Vorhängeschloß nach draußen um die Stahlrohre. Aus einiger Entfernung sah es normal aus. Die losen Enden ließ sie innen herunterhängen, so daß sie, wenn nötig, das Tor mit der Schnauze des Mustangs leicht aufstoßen konnte.

Mit dem Daumen schätzte sie auf der Karte die Entfernung ab. Ungefähr zwei Meilen durch den Wald bis zur Farm. Sie fuhr in den dunklen Tunnel der Feuerwehrzufahrt hinein. Von Zeit zu Zeit tauchte der Nachthimmel über ihr auf und verschwand wieder, wenn sich die Baumkronen über ihr schlossen. Praktisch ohne das Gaspedal zu berühren, schlich sie im zweiten Gang durch den Wald. Sie hatte nur die Parkleuchten eingeschaltet und versuchte alles, um den Mustang so leise wie möglich zu halten. Abgestorbene Äste strichen über das Fahrgestell. Als der Kilometerzähler 1,8 Meilen anzeigte, hielt sie an. Bei abgeschaltetem Motor konnte sie in der Dunkelheit eine Krähe schreien hören. *Die Krähe war über irgend etwas sauer.* Sie hoffte bei Gott, daß es wirklich eine Krähe war.

85

Cordell betrat wie ein Henker die Sattelkammer. Er hatte Infusionsflaschen unterm Arm, von denen Schläuche herunterbaumelten.

»*Der* Dr. Hannibal Lecter!« sagte er. »Wie sehr habe ich mir doch Ihre Maske für unseren Club in Baltimore gewünscht. Meine Freundin und ich haben jetzt eine mit *Kerkertouch* aus Metall und Leder.«

Er legte seine Utensilien auf den Amboß und schob einen Schürhaken ins Feuer.

»Gute und schlechte Nachrichten«, sagte Cordell mit seiner aufmunternden Pflegerstimme und dem leichten Schweizer Akzent. »Ist Mason schon mit Ihnen die Abfolge durchgegangen? Der Plan lautet: In Kürze, während ich Mason hier herunterbringe, werden Ihre Füße den Schweinen zum Fraß vorgesetzt. Danach dürfen Sie die Nacht mit Warten verbringen, und morgen früh werden Carlo und seine Brüder Sie mit dem Kopf voran durch die Gitterstäbe an die Schweine verfüttern. Auf diese Weise können die Schweine zuerst Ihr Gesicht fressen, wie die Hunde das bei Mason getan haben. Ich werde Sie an den Tropf hängen und mit Aderpressen bis zum Schluß bei Laune halten. Sie sind wirklich *fertig* mit der Welt, müssen Sie wissen. Das ist die schlechte Nachricht.«

Cordell warf einen flüchtigen Blick in Richtung Fernsehkamera, um sicherzugehen, daß sie auch wirklich ausgeschaltet war.

»Die gute Nachricht ist, daß es für Sie nicht schlimmer werden muß als ein Besuch beim Zahnarzt. Was haben wir denn da, *Doktor?*« Cordell wedelte ihm mit einer Spritze für subkutane Injektionen vor der Nase herum. »Lassen Sie uns wie zwei echte Medizinmänner darüber reden. Ich könnte einfach hinter Sie treten und Ihnen einen Schuß ins Rückenmark verpassen. Danach würden sie dort unten *rein gar nichts* mehr fühlen. Sie schließen einfach die Augen und versuchen wegzuhören. Allenfalls spüren Sie, daß etwas an Ihnen zieht und zerrt. Wenn Mason seinen Spaß für den Abend gehabt hat und wieder drüben im Haus ist, könnte ich Ihnen etwas geben, das Ihr Herz sofort stillstehen läßt. Wollen Sie mal einen Blick darauf werfen?« Cordell streichelte ein Fläschchen mit dem neuromuskulären Blocker Pavulon und hielt es dicht vor Dr. Lecters geöffnetes Auge, aber nicht dicht genug, um von ihm gebissen werden zu können.

Der Feuerschein strahlte Cordells gieriges Gesicht von der Seite an, seine Augen glänzten fiebrig und selig vor Glück. »Sie haben viel Geld, Dr. Lecter. Jedenfalls sagt das jeder. *Ich* weiß doch, wie der Hase läuft – ich verteile mein Geld ja auch auf mehr als einen Ort. Hole es hervor, transferiere es, veranstalte einen Mordswirbel. Ich kann mein Geld übers Telefon transferieren. Ich wette, daß Sie das auch können.«

Cordell holte ein Handy aus seiner Tasche. »Wir werden Ihren Bankmenschen anrufen, Sie geben ihm den Code durch, er wird ihn mir gegenüber bestätigen, und ich bringe Sie heil nach drüben.« Er hielt die Spritze fürs Rückenmark hoch. »Spritz, spritz. Sprechen Sie mit mir.«

Dr. Lecter murmelte etwas mit gesenktem Kopf. »Koffer« und »Schließfach« war alles, was Cordell hören konnte.

»Kommen Sie schon, Doktor, und dann dürfen Sie auch schlafen. Auf geht's!«

»Nichtmarkierte Hunderter«, sagte Dr. Lecter, und seine Stimme verlor sich.

Cordell neigte sich näher zu ihm hin. Dr. Lecter stieß mit dem Kopf nach vorn, bekam mit seinen kleinen, spitzen Zähnen Cordells Augenbraue zu fassen und riß ihm, als dieser zurücksprang, ein ziemlich großes Stück heraus. Dr. Lecter spuckte die Augenbraue wie die Haut einer Weintraube Cordell ins Gesicht.

Cordell desinfizierte die Wunde und klebte ein Heftpflaster darauf, was ihm einen leicht lächerlichen Gesichtsausdruck verlieh.

Er packte seine Spritze wieder ein. »All die Linderung einfach vergeudet«, sagte er. »Bei Tagesanbruch werden Sie das Ganze mit anderen Augen sehen. Wissen Sie, ich habe hier auch Stimulanzien, die Sie auf einen Horrortrip schicken können. Und ich werde Sie warten lassen.«

Er nahm den Schürhaken aus der Glut.

»Ich werde Sie jetzt an den Tropf hängen«, sagte Cordell. »Wann immer Sie Widerstand leisten, werde ich Sie hiermit versengen. Das fühlt sich in etwa so an.«

Er berührte mit der glühenden Spitze des Schürhakens Dr. Lecters Brust und röstete dessen Brustwarze durch das Hemd hindurch. Den sich auf der Hemdbrust des Doktors ausbreitenden Feuerkreis mußte er ersticken.

Dr. Lecter gab keinen Laut von sich.

Carlo fuhr mit dem Gabelstapler rückwärts in die Sattelkammer. Zusammen mit Piero und Carlo hob Cordell den Doktor hoch. Tommaso stand mit dem Betäubungsmittelgewehr allzeit bereit. Sie transportierten Lecter zur Gabel und ketteten ihn mit der Wagendeichsel an die Vorderseite der Maschine. Er wurde, die Beine ausgestreckt und die Arme an die Wagendeichsel gebunden, auf die Gabel gesetzt. Jedes Bein wurde einzeln an einem Zinken befestigt.

Cordell legte Dr. Lecter mit Butterfly-Nadeln auf beiden Handrücken eine Infusion. Er mußte sich auf einen Heuballen stellen, um die Plasma-Flaschen zu beiden Seiten der Maschine aufzuhängen. Cordell trat zurück und bewunderte sein Werk. Ein seltsamer Anblick, den Doktor mit ausgebreiteten Armen und einem Tropf an jeder Hand zu sehen, wie eine Parodie auf etwas, das Cordell schon lange aus seinem Gedächtnis verbannt hatte. Cordell machte die Aderpressen mit Fadenschlingen knapp oberhalb der Knie des Doktors mit Schnüren gebrauchsfertig, so daß sie durch den Zaun hindurch zusammengezogen werden konnten. Sie würden verhindern, daß der Doktor verblutete. Jetzt durften sie noch nicht zusammengezogen werden. Mason würde fuchsteufelswild werden, falls Dr. Lecters Füße taub wären.

Es war an der Zeit, Mason aus seinem Trakt herunterzuschaffen und in den Lieferwagen zu hieven. Das Fahrzeug, das hinter der Scheune parkte, war kalt. Die Sarden hatten ihr Essen darin zurückgelassen. Cordell verfluchte sie und warf ihre Kühlbox aus dem Wagen auf den Boden. Er würde das verdammte Ding vor dem Haus aussaugen müssen. Und er mußte es auslüften. Auch das noch, die verdammten Sarden hatten hier drin geraucht, obwohl er es ihnen ausdrücklich untersagt hatte. Der Zigarettenanzünder war wieder an seinem Platz. Das Stromkabel für den Monitor des Peilsenders baumelte noch vom Armaturenbrett.

86

Starling schaltete die Innenraumbeleuchtung des Mustangs aus und löste die Kofferraumverriegelung, bevor sie die Wagentür öffnete. Wenn Dr. Lecter hier war und sie ihn herausholen konnte, vielleicht konnte sie ihn ja dann, an Händen und Füßen gefesselt, in den Kofferraum verfrachten und mit ihm bis zum Bezirksgefängnis kommen. Sie hatte vier Paar Handschellen und genug Leine dabei, um ihm damit die Füße zusammenzubinden und vom Treten abzuhalten. Besser nicht daran denken, wie stark er war.

Der Schotter war mit Rauhreif überzogen, als sie die Füße aus dem Wagen schwang. Die Stoßdämpfer, von ihrem Gewicht entlastet, ließen den Mustang leise ächzen.

»Mußt du dich auch noch beschweren, du alter Hurensohn«, sagte sie mit leiser Stimme zu dem Wagen. Plötzlich erinnerte sie sich wieder, daß sie zu Hannah, ihrem Pferd, in der Nacht geredet hatte, als sie von dem Schlachten der Lämmer weggeritten war. Sie schloß die Tür nicht ganz. Die Wagenschlüssel wanderten in ihre enge Hosentasche, damit sie nicht klirrten.

Die Nacht war sternenklar, und ein Halbmond stand am Himmel. Sie kam ohne Taschenlampe zurecht, solange ein Streifen Nachthimmel über ihr war. Sie probierte, am Rand des Schotterwegs zu gehen. Er war zu locker und uneben. Es würde weniger Lärm machen, wenn sie in einer der ausgefahrenen Reifenspuren lief. Sie blickte mit leicht zur Seite gewandtem Kopf nach vorn, um aus den Augenwinkeln beurteilen zu können, wie der Weg beschaffen war. Ihr war, als watete sie in weicher Dunkelheit. Sie konnte zwar das Knirschen des Schotters unter ihren Füßen hören, nicht aber den Boden sehen. Der schwierigste Moment kam, als sie den Mustang aus der Sicht verlor, dessen Umrisse aber noch immer hinter sich spüren konnte. Sie wollte ihn nicht verlassen.

Plötzlich war sie eine dreiunddreißigjährige Frau, die mit einer ruinierten Karriere im öffentlichen Dienst und ohne Schrotflinte in der Nacht irgendwo allein in einem Wald stand. Sie sah sich selbst mit fremden Augen, sah die Fältchen in ihren Augenwinkeln, die ersten Anzeichen des Alters. Sie wünschte sich nichts sehnlicher, als zu ihrem Wagen zurückzukehren. Ihr nächster Schritt war langsamer, sie hielt inne und hörte ihren Atem.

Die Krähe rief, der Wind strich durch die nackten Zweige über ihr, und dann zerriß ein Schrei die Nacht. Ein Schrei, grauenerregend und ohne jede Hoffnung. Er schwoll an, verklang und ging mit einer Stimme, die so zerstört war, daß sie jede Persönlichkeit verloren hatte, in ein Flehen um Erlösung über. »*Uccidimi!*« Und dann nochmals der Schrei.

Der erste Schrei ließ Starling erstarren, der zweite ließ sie in einen Laufschritt verfallen und schneller durch die Dunkelheit waten. Die .45er noch geholstert, hielt sie die ausgeschaltete Taschenlampe in der einen Hand, während sie die andere in die Dunkelheit vor sich streckte. *Nein, du tust es nicht, Mason. Du tust es nicht. Schneller. Schneller.* Sie merkte, daß sie, ihrem Gehör folgend und den losen Schotter auf beiden Seiten spürend, in der Reifenspur bleiben konnte. Der Weg machte eine Biegung und verlief an einem Zaun entlang. Ein guter Zaun, Stahlrohrzaun, sechs Fuß hoch.

Schluchzer der Vorahnung und das Flehen, dann baute sich der Schrei wieder auf. Unmittelbar vor Starling, jenseits des Zaunes, bewegte sich etwas im Unterholz, verfiel in Trab, leichter als der Hufschlag eines Pferdes, schneller im Rhythmus. Sie hörte ein Grunzen, das sie erkannte.

Näher heran an die gequälten Geräusche, die eindeutig menschlich, aber verzerrt waren und für eine Sekunde von einem einzelnen Quietschen überlagert wurden. Starling begriff, daß sie entweder eine Aufnahme oder eine über Mikrofon verstärkte und vom Feedback verzerrte Stimme hörte. Durch die Bäume schimmerte Licht, und die Umrisse einer Scheune begannen sich vor ihr abzuzeichnen. Starling preßte ihren Kopf auf das kalte Metall, um durch den Zaun zu spähen. Dunkle Gestalten, lang und hüfthoch, rauschten durch das Gebüsch. In knapp vierzig Meter Entfernung war über eine offene Fläche hinweg eine Scheune mit weitgeöffneten großen Toren zu erkennen. Vor der Scheune verlief eine Barriere mit einem Gatter, das in der Mitte geteilt war und sich oben und unten getrennt öffnen ließ. Darüber hing ein großer Zierspiegel. Er reflektierte das aus der Scheune dringende Licht und zeichnete sich als heller Fleck auf dem Boden ab. Auf der Wiese vor der Scheune stand ein untersetzter Mann mit Hut und einem Gettoblaster. Als aus der Maschine eine Serie von Schreien und Schluchzern dröhnte, bedeckte er mit der Hand sein Ohr.

Dann brachen sie aus dem Gebüsch, die wilden Schweine mit ihren grimmigen Fratzen, Wölfen gleich in ihrer Geschwindigkeit, langbeinig und mit breiten Brustkästen, struppig, die grauen, stacheligen Borsten aufgestellt.

Carlo hastete zum Gatter zurück und schloß es hinter sich, als sie noch dreißig Meter von ihm entfernt waren. Sie hielten an, warteten ab, formierten einen Halbkreis. Durch die großen, geschwungenen Hauer schien es, als fletschten sie dauernd die Zähne. Wie die Abwehrreihe eines Football-Teams, bereit, sich den Ball zu erkämpfen, wogten sie vorwärts, stoppten ab, rempelten sich an, grunzten und knirschten mit den Zähnen.

Starling hatte einiges an Viehzeug in ihrem Leben gesehen, aber nichts, was diesen Schweinen hier gleichkam. Sie waren von einer schrecklichen Schönheit, Grazie und Geschwindigkeit. Sie beobachteten das Gatter, drängten sich aneinander, bewegten sich vor und zurück, immer der Barriere zugewandt, die vor der Scheune verlief.

Carlo sagte etwas über seine Schulter und verschwand in der Scheune.

Der Lieferwagen kam, in der Scheune zurücksetzend, ins Blickfeld. Starling erkannte das graue Fahrzeug sofort. Es hielt schräg vor der Barriere. Cordell stieg aus und öffnete die Schiebetür. Bevor er das Oberlicht ausschaltete, konnte Starling Mason und sein auf der Brust zusammengerolltes Haar mitsamt dem Atemgerät, auf Kissen gebettet, im Wageninneren erkennen.

Carlo bückte sich und hob einen Gegenstand auf, den Starling zunächst nicht erkannte. Er sah wie die Füße oder die untere Hälfte eines Körpers aus. Falls es eine Körperhälfte war, mußte Carlo sehr stark sein. Eine Sekunde lang fürchtete Starling, es wären die sterblichen Überreste von Dr. Lecter, aber die Beine wirkten seltsam verkrümmt, waren in einer Weise abgewinkelt, wie es die Gelenke niemals zugelassen hätten.

Das könnten nur dann Dr. Lecters Beine sein, wenn sie ihn aufs Rad geflochten hätten, dachte sie bang. Carlo rief etwas in die Scheune hinter sich. Starling hörte, wie ein Motor ansprang.

Der Gabelstapler mit Piero am Steuer kam in den Blick. Dr. Lecter war mit der Gabel nach oben gehoben worden. Man hatte ihn mit ausgebreiteten Armen an eine Wagendeichsel gefesselt. Infusionsflaschen schaukelten über seinen Händen im Takt des Fahrzeugs. Er thronte hoch oben, damit er die gierigen Schweine sehen konnte, sehen konnte, was ihn erwartete.

Der Gabelstapler kam erschreckend schnell herangefahren. Carlo ging neben ihm her. Auf der anderen Seite folgte Johnny Mogli, bewaffnet.

Starlings Aufmerksamkeit wurde einen Augenblick lang auf Moglis Marke gelenkt. Ein Stern, der keine Ähnlichkeit mit den ortsüblichen Marken hatte. Weißes Haar, weißes Hemd, wie der Fahrer der Kidnapper.

Aus dem Lieferwagen erklang Masons tiefe Stimme. Er summte »Pomp and Circumstance« und kicherte.

Die Schweine, mit Lärm groß geworden, hatten keine Angst vor der Maschine, sie schienen sie im Gegenteil sogar willkommen zu heißen.

Der Gabelstapler hielt in der Nähe der Barriere. Mason sagte etwas zu Dr. Lecter, was Starling nicht hören konnte. Dr. Lecter bewegte weder den Kopf, noch gab er ein Zeichen von sich, daß er verstanden hatte. Er hing sogar höher als Piero, der hinter dem Lenkrad saß. Schaute er in Starlings Richtung? Sie würde es niemals wissen, weil sie längs der Scheune den Zaun entlangrannte, bis sie die Flügeltür fand, durch die der Lieferwagen in die Scheune zurückgesetzt hatte.

Carlo ließ die ausgestopfte Hose in den Schweinepferch segeln. Die Schweine sprangen alle auf einmal vorwärts. An jedem Bein gab es nur Platz für zwei Schweine. Sie drängten die anderen mit der Schulter beiseite, fletschten die Zähne, zerrten, zogen und rissen an den Hosenbeinen. Die toten Hühner wurden in Stücke zerfetzt. Die Schweine schüttelten die Köpfe dermaßen heftig hin und her, daß die Hühnereingeweide nur so durch die Luft flogen. Ein Meer aus auf und nieder wogenden borstigen Rücken.

Carlo hatte ihnen lediglich ein kleines Appetithäppchen gegönnt, gerade mal drei Hühner und ein paar Salatköpfe. In Windeseile waren die Hosenbeine zerrissen, und die geifernden Schweine wandten ihre kleinen, gierigen Augen wieder dem Gatter zu.

Piero senkte die Gabel auf Bodenhöhe ab. Der obere Teil des Gatters würde die Schweine von den lebenswichtigen Organen Dr. Lecters vorläufig fernhalten. Carlo zog dem Doktor Schuhe und Strümpfe aus.

»Das kleine Schweinchen machte iii iii iii den ganzen Weg nach Hause«, rief Mason aus dem Lieferwagen.

Starling tauchte hinter dem Rücken der Männer in der Scheune auf. Sie blickten alle in die andere Richtung, auf die Schweine. Starling trat durch die Tür der Sattelkammer und bewegte sich auf die Mitte der Scheune zu.

»Aufgepaßt, laßt ihn nicht verbluten«, rief Cordell aus dem Van. »Haltet euch bereit, die Aderpressen auf Zuruf zusammenzuziehen.«

Er polierte die Schutzvorrichtung für Masons Auge mit einem Lappen.

»Haben Sie irgend etwas zu sagen, Dr. Lecter?« erklang Masons tiefe Stimme.

Die .45er dröhnte in der weiten Scheune, dann Starlings

Stimme: »*Hände hoch und keine Bewegung. Stellen Sie den Motor ab.*«

Piero schien nicht zu verstehen.

»*Fermate il motore*«, kam ihm Dr. Lecter zu Hilfe.

Nur das ungeduldige Quieken der Schweine war jetzt zu hören.

Sie konnte eine Waffe an der Hüfte des weißhaarigen Mannes mit dem Stern ausmachen. Ein Schnellziehholster. *Du mußt zuerst die Männer auf den Boden bringen.*

Cordell glitt blitzschnell hinter das Lenkrad des Lieferwagens. Das Auto setzte sich in Bewegung. Mason schrie ihn an. Starling folgte dem Lieferwagen mit der Waffe, registrierte aber in den Augenwinkeln eine Bewegung des weißhaarigen Mannes und schwang zurück, als er seine Waffe zog, um sie zu töten, und »Polizei« schrie, und sie schoß ihm zweimal durch die Brust, ein schneller Doppelschlag.

Aus seiner .357er schoß eine Zwei-Fuß-Stichflamme auf den Boden. Er wurde einen halben Schritt zurückgerissen und ging, an sich herunterblickend, in die Knie. Das schwere Geschoß der .45er hatte seine Marke durchschlagen, ein tulpenförmiges Einschußloch hinterlassen und war ihm dann seitlich durchs Herz gegangen. Mogli kippte nach hinten über und lag dann still.

In der Sattelkammer hörte Tommaso die Schüsse. Er griff sich das Betäubungsgewehr und kletterte auf den Heuboden. Oben angekommen, ließ er sich auf die Knie sinken und robbte auf die Seite des Bodens, von der aus er die Scheune überblicken konnte.

»Der nächste, bitte«, sagte Starling mit einer Stimme, die sie so nicht von sich kannte. *Drück aufs Tempo, solange sie der Tod Moglis noch lähmt.* »Auf den Boden, *du*, Kopf runter an die Wand. *Du*, auf den Boden, Kopf in meine Richtung. *In meine Richtung.*«

»*Girati dall' altra parte*«, übersetzte Dr. Lecter vom Gabelstapler herunter.

Carlo schaute zu Starling auf, sah, daß sie ihn töten würde, und blieb still liegen. Sie legte ihnen, deren Köpfe in die entgegengesetzte Richtung wiesen, mit einer Hand schnell

Handschellen an. Carlos Handgelenk an Pieros Knöchel und Carlos Knöchel an Pieros Handgelenk. Während der ganzen Zeit hielt sie ihnen die gespannte .45er hinters Ohr.

Dann zog sie ihr Messer aus dem Stiefel und ging um den Gabelstapler herum zu Dr. Lecter.

»Guten Abend, Clarice«, sagte er, als er sie sehen konnte.

»Können Sie gehen, sind Ihre Füße so weit okay?«

»Ja.«

»Können Sie einigermaßen gut sehen?«

»Ja.«

»Ich werde Ihnen jetzt die Fesseln durchschneiden. Bei allem Respekt, Doktor, falls Sie mich verarschen, blase ich Ihnen hier und heute das Hirn raus. Haben Sie mich verstanden?«

»Vollkommen.«

»Verhalten Sie sich so, wie es sich gehört, und Sie kommen mit dem Leben davon.«

»Gesprochen wie eine Protestantin.«

Sie arbeitete fieberhaft. Das Stiefelmesser war scharf. Sie stellte fest, daß die gezackte Klinge bei dem neuen, glatten Strick am schnellsten zum Erfolg führte.

Sein rechter Arm war frei.

»Ich kann den Rest übernehmen, wenn Sie mir das Messer geben.«

Sie zögerte. Sie trat auf Armeslänge zurück und gab ihm den kurzen Dolch. »Mein Wagen steht ein paar hundert Meter die Feuerwehrzufahrt hinunter.« Sie mußte ihn und die auf dem Boden liegenden Männer im Blick behalten.

Er hatte ein Bein frei. Er arbeitete an dem anderen, mußte jede Wicklung einzeln durchtrennen. Dr. Lecter konnte nicht hinter sich blicken, wo Carlo und Piero mit dem Gesicht nach unten auf dem Boden lagen.

»Wenn Sie frei sind, versuchen Sie nicht zu fliehen. Sie kommen niemals bis zur Tür. Ich werde ihnen zwei Paar Handschellen geben«, sagte Starling. »Hinter ihnen liegen zwei Kerle in Handschellen auf dem Boden. Lassen Sie sie zum Gabelstapler kriechen, und ketten Sie sie dort fest, so daß sie nicht zu einem Telefon gelangen können. Danach schließen Sie sich selbst an.«

»Zwei?« sagte er. *»Passen Sie auf, es sollten eigentlich drei sein.«*

Noch während er sprach, flog der Pfeil aus Tommasos Gewehr, ein silberner Blitz im Licht der Strahler, und drang zitternd in Starlings Rücken ein. Sie wirbelte herum, war sofort benommen, ihr Blick verdunkelte sich. Sie versuchte noch das Ziel auszumachen, sah den Gewehrlauf über die Kante des offenen Bodens ragen und feuerte, feuerte, feuerte, feuerte. Tommaso rollte von der Kante zurück, Splitter stachen ihn, blauer Pulverdampf wälzte sich nach oben in die Strahler. Sie feuerte noch einmal, als ihre Sicht verschwamm, und griff nach dem Magazin an ihrer Hüfte, während ihr die Knie schon den Dienst versagten.

Der Lärm schien die Tiere zusätzlich anzustacheln, und der Anblick der Männer, die in einladender Stellung auf dem Boden lagen, ließ sie quiekend und grunzend gegen die Barriere anrennen.

Starling stürzte kopfüber hin. Die leere Pistole kollerte mit offenem Verschluß zur Seite. Carlo und Piero hoben die Köpfe, um einen Blick zu riskieren. Unbeholfen krabbelten und krochen sie aneinandergekettet auf den Körper Moglis zu, auf dessen Pistole und die Schlüssel für die Handschellen. Sie hörten, wie Tommaso auf dem Heuboden das Betäubungsgewehr nachlud. Er hatte noch einen Pfeil. Er stand auf und trat an die Kante, schaute über den Gewehrlauf hinunter. Er hielt nach Dr. Lecter auf der anderen Seite des Gabelstaplers Ausschau. Langsam ging Tommaso die Kante des Bodens entlang. Es gab keinen Ort, wo man sich hätte verstecken können.

Dr. Lecter hob Starling in seine Arme und bewegte sich schnell rückwärts auf das Gatter zu, wobei er versuchte, den Gabelstapler zwischen sich und den sich vorsichtig an der Kante des Bodens vorarbeitenden Tommaso zu halten, der darauf achtete, wohin er seinen Fuß setzte. Tommaso feuerte, und der Pfeil, der auf Dr. Lecters Brust gezielt war, traf Starlings Schienbeinknochen. Dr. Lecter zog die Bolzen aus dem Gatter.

Piero griff hektisch nach Moglis Schlüsselkette, Carlo kroch auf die Pistole zu, und da kamen die Schweine auch schon auf ihre Mahlzeit zugestürzt, die verzweifelt versuchte, auf die Beine zu kommen. Carlo gelang es noch, einen Schuß mit der .357er abzugeben. Ein Schwein brach zusammen. Die anderen kletterten über den toten Artgenossen und rasten auf Carlo und Piero und den Leichnam Moglis zu. Immer mehr brandeten heran, stürmten durch die Scheune und dann in die Nacht hinaus.

Dr. Lecter, der Starling trug, stand hinter dem Gatter, als die Schweine in die Scheune stürmten.

Tommaso konnte von oben seinen Bruder mit dem Gesicht am Boden in der Rotte sehen, und dann war es nur noch eine einzige blutige Schlachtplatte. Er ließ das Betäubungsgewehr ins Heu fallen. Dr. Lecter kam, aufgerichtet wie ein Tänzer, mit Starling in den Armen hinter dem Gatter hervor und lief barfuß zwischen den Schweinen aus der Scheune hinaus. Dr. Lecter ging durch das Meer von auf und nieder wogenden Rücken und den blutigen Sprühregen in der Scheune. Ein paar der großen Tiere, eines von ihnen die schwangere Sau, scharten sich um ihn und senkten ihre Köpfe, um zum Angriff überzugehen.

Als er sie ansah und sie keine Furcht rochen, trotteten sie zu der leichten Beute auf dem Boden zurück.

Dr. Lecter sah keine Verstärkung vom Haus kommen. Sobald er unter den Bäumen der Feuerwehrzufahrt angekommen war, hielt er an, zog die Pfeile aus Starlings Körper und saugte die Wunden aus. Die Nadel in ihrem Schienbein hatte sich beim Aufprall auf den Knochen verbogen.

Schweine krachten durch das nahegelegene Buschwerk.

Er zog Starling die Stiefel aus und streifte sie über seine nackten Füße. Ein wenig eng waren sie schon. Den .45er Colt ließ er an ihrem Knöchel, so daß er, während er sie trug, leicht nach ihm greifen konnte.

Zehn Minuten später schaute die Wache am Haupteingang von ihrer Zeitung auf und lauschte einem in der Ferne die Stille zerreißenden Getöse, das Ähnlichkeit mit einem Jagdbomber im Tiefflug hatte. Es war ein 5,0-Liter-Mustang, der mit 5800 Umdrehungen über die Interstate-Überführung röhrte.

87

Mason wimmerte und greinte vor sich hin. Er wollte in sein Zimmer zurück. Er schluchzte wie damals, als ein paar der kleineren Jungen und Mädchen im Lager gegen ihn aufgestanden waren und es geschafft hatten, ihm ein paar Schläge beizubringen, bevor er sie mit seinem Gewicht unter sich begraben konnte. Margot und Cordell schafften ihn mit dem Aufzug in seinen Trakt zurück und sicherten ihn, angeschlossen an seine stationären Energiequellen, in seinem Bett.

Mason war so wütend, wie Margot ihn noch nie erlebt hatte. Seine Adern pulsten und schlängelten sich über die entblößten Knochen seines Gesichts.

»Ich gebe ihm besser etwas«, sagte Cordell, als sie wieder im Spielzimmer waren.

»Noch nicht. Er braucht noch ein Weilchen zum Nachdenken. Gib mir die Schlüssel zu deinem Honda.«

»Warum?«

»Irgend jemand muß dort hinunter, um zu sehen, ob noch jemand am Leben ist. Willst du etwa gehen?«

»Nein, aber –«

»Ich kann mit deinem Wagen in die Sattelkammer fahren. Mit dem Van komme ich nicht durch die Tür. Jetzt gib mir schon die gottverdammten Schlüssel.«

Die Treppe hinunter jetzt, draußen in der Einfahrt. Tommaso kam, sich immer wieder umschauend, aus den Wäldern über die Wiese gelaufen. *Streng dein Hirn an, Margot.* Sie schaute auf ihre Uhr. 8.20. *Gegen Mitternacht würde die Ablösung für Cordell kommen. Zeit genug, um die Männer aus Washing-*

ton per Helikopter zum Großreinemachen einfliegen zu lassen. Sie fuhr übers Gras zu Tommaso.

»Ich habe versucht, sie einzuholen. Ich bin mit einem Schwein zusammengeprallt. Er –«, Tommaso spielte vor, wie Dr. Lecter Starling trug, »– die Frau. Sie sind mit dem lauten Auto weggefahren. Sie hat *due* –«, er hielt zwei Finger hoch, »– *freccette.*« Er zeigte auf seinen Hintern und sein Bein. »*Freccette. Dardi.* Haben sie gestochen. Bam. *Due freccette.*« Er mimte Schießen.

»Pfeile«, sagte Margot.

»Pfeile, vielleicht zuviel *narcotico.* Vielleicht sie ist tot.«

»Steig ein«, sagte Margot. »Wir müssen uns das ansehen.«

Margot fuhr durch die doppelflügelige Seitentür, durch die auch Starling die Scheune betreten hatte. Quieken, Grunzer und wogende borstige Rücken. Margot fuhr hupend weiter und trieb die Schweine weit genug zurück, um die Überreste von drei menschlichen Wesen ausmachen zu können, keiner von den dreien hatte noch Ähnlichkeit mit einem Menschen.

Sie fuhren in die Sattelkammer und schlossen die Türen hinter sich. Margot dachte darüber nach, daß Tommaso der einzige war, der sie jemals in der Scheune gesehen hatte, abgesehen von Cordell.

Dies schien auch Tommaso aufgegangen zu sein. Er stand in sicherer Entfernung von ihr und blickte sie aus dunklen, intelligenten Augen an. Tränen liefen ihm über die Wangen.

Streng dein Hirn an, Margot. Du willst keinen Zoff mit den Sarden. Sie wissen ganz genau, daß du die Geldgeschäfte regelst. Sie werden dich sofort verpfeifen.

Tommasos Augen folgten ihrer Hand, als sie in ihre Tasche griff. Das Mobiltelefon. Sie rief Sardinien an, den Steuben-Banker zu Hause. Es war dort 2.30 Uhr in der Frühe. Sie sprach kurz mit ihm und reichte das Telefon Tommaso. Er nickte, antwortete, nickte wieder und gab ihr das Telefon zurück. Das Geld gehörte ihm. Er kletterte zum Heuboden hinauf und holte seine Aktentasche zusammen mit Dr. Lecters Mantel und dessen Hut. Während er seine Sachen holte, griff sich Margot den Viehtreiber, testete die Spannung und schob ihn sich in den Ärmel. Den Schmiedehammer nahm sie auch an sich.

88

Tommaso, der Cordells Wagen fuhr, setzte Margot vor dem Haus ab. Er würde den Honda auf einem Dauerparkplatz am Dulles International Airport abstellen. Margot versprach ihm, daß sie das, was von Piero und Carlo übriggeblieben war, nach bestem Wissen und Gewissen beerdigen würde.

Es gab etwas, von dem er glaubte, es ihr sagen zu müssen. Er nahm all seinen Mut und seine spärlichen Englischkenntnisse zusammen. »*Signorina*, die Schweine, müssen Sie wissen, die Schweine haben dem *dottore* geholfen. Sie sind vor ihm zurückgegangen, haben ihn umkreist. Sie haben meinen Bruder, sie haben Carlo getötet, aber sie sind vor Dr. Lecter zurückgegegangen. Ich glaube, daß sie ihn anbeten.« Tommaso bekreuzigte sich. »Sie sollten ihn nicht weiter verfolgen.«

Und während seines langen Lebens auf Sardinien würde Tommaso es stets auf diese Weise erzählen. Als Tommaso in den späten Sechzigern war, sagte er, die Schweine hätten Dr. Lecter und die Frau auf ihrem Rücken aus der Scheune getragen.

Nachdem der Wagen über die Feuerwehrzufahrt entschwunden war, stand Margot minutenlang da und blickte zu den erleuchteten Fenstern von Mason empor. Sie sah den Schatten Cordells über die Wände huschen, als er um Mason herumscharwenzelte und die Monitore für ihres Bruders Atem und Puls wieder installierte.

Sie ließ den Stiel des Schmiedehammers hinten in ihre Hose gleiten und bedeckte den Kopf des Hammers mit dem Saum ihres Jacketts.

Cordell kam gerade mit ein paar Kissen aus Masons Raum, als Margot aus dem Aufzug trat.

»Cordell, machen Sie ihm einen Martini.«

»Ich weiß nicht –«

»*Ich* weiß es aber. Machen Sie ihm einen Martini.«

Cordell legte die Kissen auf das Sofa und kniete vor dem Kühlschrank der Bar nieder.

»Gibt es vielleicht auch etwas Saft?« fragte Margot und trat dicht hinter ihn. Sie schwang den Schmiedehammer und ließ ihn auf den Schädelbasisknochen sausen. Ein häßliches Geräusch, als platzte etwas. Cordells Kopf krachte in den Kühlschrank, prallte zurück, und dann kippte er mit zur Decke verdrehten Augen auf seinen Hintern – dann nach hinten weg, eine seiner Pupillen weitete sich, die andere nicht. Sie drehte seinen Kopf auf dem Fußboden zur Seite und drückte mit dem Hammer Cordell die Schläfe ein. Blut schoß ihm aus dem Ohr.

Sie fühlte nichts.

Mason hörte, wie sich die Tür zu seinem Raum öffnete, und rollte mit seinem Glotzauge. Er war für einen Moment bei dem sanften Licht eingeschlummert. Die Muräne schlief ebenfalls unter ihren Steinen.

Margots breite Gestalt füllte den Türrahmen aus. Sie schloß die Tür hinter sich.

»Hi, Mason.«

»Was ist da unten passiert? Warum hat das bei dir so verdammt lange gedauert?«

»Sie sind alle tot, Mason.« Margot trat an sein Bett, zog das Telefonkabel aus seinem Apparat und ließ es auf den Boden fallen. »Piero und Carlo und Johnny Mogli, sie alle sind tot. Dr. Lecter ist geflohen und hat Starling mit sich genommen.«

Schaum bildete sich zwischen Masons Zähnen, als er fluchte.

»Ich habe Tommaso mit dem Geld nach Hause geschickt.«

»Du hast *was*???? Du gottverdammte blöde Kuh, hör mir gut zu, wir werden jetzt aufräumen und ganz von vorn anfangen. Wir haben das ganze Wochenende. Wir müssen uns keine Sorgen darüber machen, was Starling gesehen hat. Falls Lecter sie hat, ist sie ohnehin so gut wie tot.«

Margot zuckte die Achseln. »*Mich* hat sie nicht gesehen.«

»Häng dich an die Strippe, und laß vier von den Bastarden aus Washington kommen. Schick den Helikopter. Zeig ihnen den Minibagger – zeig ihnen – Cordell! Komm herein.« Mason blies in seine Röhrchen. Margot wischte die Röhrchen beiseite und beugte sich über ihn, so daß sie sein Gesicht sehen konnte.

»Cordell kommt nicht, Mason. Cordell ist tot.«

»Was?«

»Ich habe ihn im Spielzimmer getötet. Jetzt, Mason, wirst du mir das geben, was du mir schuldest.« Sie klappte die Gitter seines Bettes hoch und zog das Laken von seinem Körper. Seine kleinen Beine hatten den Umfang von Keksteigrollen. Seine Hand, das einzige Körperteil, das er bewegen konnte, tastete nach dem Telefon. Sein Atemgerät hob und senkte sich im gewohnten Rhythmus.

Margot fischte ein nicht spermizid beschichtetes Kondom aus der Tasche und hielt es ihm unter die Nase. Dann ließ sie den Viehtreiber aus ihrem Ärmel gleiten.

»Erinnerst du dich noch, Mason, wie du auf deinen Schwanz gespuckt hast, damit es besser flutschte? Was ist, glaubst du, du bringst etwas Spucke zusammen? Nein? Vielleicht kann ich das ja für dich übernehmen.«

Mason brüllte, sobald ihm sein Atem das gestattete, eine Reihe von eselähnlichen Schreien, aber es war in weniger als einer halben Minute vorbei und zudem überaus erfolgreich.

»Du bist tot, Margot.« Es klang mehr wie »Nargot«.

»Oh, Mason, das sind wir alle. Wußtest du das nicht? Aber die hier sind es nicht«, sagte sie und schlug schützend ihre Bluse über das warme Behältnis. »Sie winden sich schon durch. Ich zeig dir, wie. Ich zeig dir, wie sie sich durchwinden – zeig und erzähle es dir.«

Margot griff nach den stacheligen Kettenhandschuhen, die neben dem Aquarium lagen.

»Ich könnte Judy adoptieren«, sagte Mason. »Sie könnte meine Erbin sein, und wir könnten einen Trust einrichten.«

»Das könnten wir sicherlich«, sagte Margot und hob einen Karpfen aus dem Vorhaltebecken. Sie holte einen Stuhl von der Sitzgruppe und stieg darauf. Dann nahm sie den Deckel des großen Aquariums ab. »Aber das werden wir nicht.«

Sie beugte sich über das Aquarium, ihre riesigen Arme im Wasser. Sie hielt den Karpfen am Schwanz gepackt vor die künstliche Höhle, und als die Muräne herausglitt, griff sie sie mit der anderen Hand hinter dem Kopf und hob sie aus dem Wasser, über ihren Kopf. Die mächtige Muräne zappelte. Sie war dick und so lang wie Margot. Ihr prächtiges Schuppenkleid glänzte. Margot griff auch noch mit der anderen Hand zu, und als das Tier die Muskeln anspannte, konnte sie nicht mehr tun, als es mit ihren in den Schuppen vergrabenen Kettenhandschuhen festzuhalten.

Vorsichtig stieg sie vom Stuhl herunter und ging hinüber zu Mason. Das Tier spannte die Muskeln an und zuckte. Sein Kopf hatte die Form einer Bolzenschneidemaschine. Die aufeinanderschlagenden Zähne, diese Zähne, denen niemals ein Fisch entging, gaben ein Geräusch von sich, das an eine Morsetaste erinnerte. Sie packte die Muräne wieder mit einer Hand und ließ sie auf Masons Brust, auf sein Atemgerät plumpsen und wand seinen Zopf wieder und wieder um das Tier.

»Winden, winden, Mason«, sagte sie.

Mit dem eisernen Griff ihrer Hand hielt sie die Muräne fest, mit der anderen zog sie Masons Kiefer nach unten, zog ihn herunter, legte ihr ganzes Gewicht in den Druck auf sein Kinn, während er mit all seiner Kraft dagegenhielt, und dann, mit einem knirschenden, krachenden Laut, öffnete sich sein Mund.

»Du hättest die Schokolade nehmen sollen«, sagte Margot und stopfte das Maul der Muräne in Masons Mund. Das Tier packte mit seinen rasiermesserscharfen Zähnen seine Zunge, wie es einen Fisch packen und nicht mehr loslassen, niemals mehr loslassen würde. Der Leib des Tieres schlug, in Masons Zopf verheddert, um sich. Blut spritzte aus Masons Nasenlöchern, und er ertrank.

Margot verließ die beiden, Mason und die Muräne. Der

Karpfen kreiste mutterseelenallein im Aquarium. Sie setzte sich an Cordells Schreibtisch, faßte sich und beobachtete die Monitore, bis Masons Kurve in eine grüne, flache Linie übergegangen war.

Die Muräne bewegte sich noch, als sie in Masons Raum zurückkehrte. Das Atemgerät hob und senkte sich und füllte die Luftblase der Muräne mit blutigem Schaum, der aus Masons Lunge gepumpt wurde. Margot spülte den Viehtreiber im Aquarium ab und schob ihn in ihre Tasche.

Aus einem Tütchen entnahm sie das Stück von Dr. Lecters Kopfhaut und das Büschel Haare. Sie kratzte mit Masons Fingernägeln das Blut von dem Miniskalp, keine ganz leichte Aufgabe, da sich die Muräne noch immer bewegte, und schlang das Haar um Masons Finger. Zu guter Letzt stopfte sie ein einzelnes Haar in einen der beiden Kettenhandschuhe.

Margot verließ, ohne den toten Cordell anzusehen, den Trakt und ging nach Hause zu Judy, mit ihrer warmen Beute, die an einem Ort verstaut war, wo sie warm bleiben würde.

VI

EIN LANGER LÖFFEL

Man sagt, wer mit dem Teufel sitzt beim Schmaus,
der muß mit langem Löffel sich versehen.

Geoffrey Chaucer

Aus: »The Canterbury Tales«,
»The Squire's Tale«

89

Clarice Starling liegt bewußtlos in einem riesigen Bett unter einem Laken und einer Tagesdecke. Ihre Arme, die in den Ärmeln eines seidenen Pyjamas stecken, liegen auf der Decke und sind mit Seidenschals fixiert, die ihre Hände von ihrem Gesicht fernhalten und die Butterfly-Nadeln auf ihrem Handrücken schützen sollen.

Es gibt drei Lichtpunkte in dem Raum, die abgedunkelte, niedrige Lampe und die roten, stecknadelkopfgroßen Punkte im Zentrum von Dr. Lecters Pupillen, während er sie beobachtet.

Er sitzt in einem Sessel, die Finger unter dem Kinn verschränkt. Nach einer gewissen Zeit erhebt er sich und mißt ihr den Blutdruck. Mit einer kleinen Taschenlampe untersucht er ihre Pupillen. Er faßt unter das Laken und tastet nach ihrem Fuß, zieht ihn hervor und stimuliert die Sohle mit der Spitze seines Schlüssels, ohne sie dabei aus den Augen zu lassen. Einen Moment lang verharrt er gedankenverloren neben dem Bett und hält ihren Fuß, als sei dieser ein kleines Tier, sanft in seiner Hand.

Vom Hersteller des Betäubungspfeils hat er dessen Zusammensetzung in Erfahrung gebracht. Weil der zweite Pfeil, der Starling getroffen hat, von ihrem Schienbeinknochen abgeprallt ist, glaubt er nicht, daß sie die ganze doppelte Dosis abbekommen hat. Mit unendlicher Fürsorge verabreicht er ihr kreislaufstabilisierende Gegenmittel.

Zwischen seinen Diensten an Starling sitzt er in seinem Sessel, vor sich einen dicken Block Packpapier, und stellt Berechnungen an. Die Seiten sind bedeckt mit Symbolen aus der Astro- und der Quantenphysik. Es sind wiederholte Versuche mit den Symbolen der »String-Theorie«. Die wenigen Mathematiker, die ihm hierin folgen könnten, würden sagen, daß seine Gleichungen brillant beginnen und sich dann, von Wunschdenken zum Scheitern verurteilt, in Nichts auflösen: Dr. Lecter wünscht sich die Umkehr des Zeitpfeils – die Zunahme von Unordnung im Universum soll nicht länger die Richtung der Zeit bestimmen. Er möchte, daß in Zukunft die geordneten Zustände überwiegen. Er will, daß die Klärgrube Mischas Milchzähne wieder freigibt. Hinter seinen fieberhaften Kalkulationen steckt der verzweifelte Wunsch, für Mischa einen Ort in der Welt zu schaffen, vielleicht den Ort, der zur Zeit von Clarice Starling eingenommen wird.

90

Morgen und helles Sonnenlicht im Spielzimmer der Muskrat Farm. Die großen, ausgestopften Tiere mit ihren Knopfaugen betrachten aufmerksam den mit einem Laken abgedeckten Leichnam Cordells. Sogar mitten im Winter hat eine Schmeißfliege den Weg zu dem toten Körper gefunden und krabbelt auf dem blutgetränkten Laken herum.

Hätte Margot Verger die nervenzerreißende Spannung gekannt, unter der die Hauptakteure eines von den Medien hochgekochten Mordfalls zu leiden haben, hätte sie die Muräne vielleicht niemals in den Rachen ihres Bruders gestopft.

Ihre Entscheidung, das Chaos auf der Muskrat Farm nicht zu beseitigen und einfach abzutauchen, bis der Sturm sich gelegt hatte, stellte sich als weise heraus. Kein Lebender hatte sie auf Muskrat gesehen, als Mason und die anderen getötet worden waren.

Sie erzählte, daß der erste panische Anruf der um Mitternacht eintreffenden Ablösung für Cordell sie in dem Haus, in dem sie zusammen mit Judy lebte, geweckt hatte. Sie fuhr zum Tatort und traf kurz nach den ersten Beamten des Sheriffs ein.

Der Chefermittler der Polizei, Detective Clarence Franks, war ein ziemlich junger Mann, dessen Augen ein wenig zu nahe beieinanderstanden. Er war nicht so dumm, wie Margot es sich erhofft hatte.

»Kann nicht jeder in dem Aufzug hier hochgekommen sein? Man braucht doch bloß einen Schlüssel, um ihn in Betrieb zu nehmen, habe ich recht?« fragte Franks. Der Detective und Margot saßen etwas linkisch nebeneinander auf dem Sofa.

»Das nehme ich an, falls sie auf diese Weise hereingekommen sind.«

»›Sie‹, Miss Verger? Glauben Sie, daß es mehr als nur einer gewesen sein könnte?«

»Ich habe keine Ahnung, Mr. Franks.«

Sie hatte den Leichnam ihres Bruders gesehen, die Muräne war noch immer in ihn verkeilt. Er war jetzt von einem Laken bedeckt. Irgend jemand hatte das Atemgerät ausgeschaltet. Die Kriminalisten nahmen Proben vom Aquariumwasser und machten Abstriche von dem Blut auf dem Boden. Margot konnte das Stück Kopfhaut von Dr. Lecter in Masons Hand sehen. Sie hatten es noch nicht gefunden. Die Kriminalisten sahen für Margot aus wie Tweedledum und Tweedlede.

Detective Franks war eifrig damit beschäftigt, Bemerkungen in sein Notizbuch zu kritzeln.

»Wissen Sie denn schon, wer diese anderen Leute sind?« fragte Margot. »Haben sie Familien?«

»Wir arbeiten dran«, sagte Franks. »Es gab drei Waffen, soweit wir das bis jetzt haben feststellen können.«

Genaugenommen war die Polizei nicht sicher, wie viele Leute in der Scheune gestorben waren, da die Schweine in den Tiefen des Waldes verschwunden waren und einen Teil ihrer Beute für den späteren Verzehr mit sich geschleppt hatten.

»Im weiteren Verlauf dieser Untersuchung müssen wir unter Umständen Sie und Ihre – *langjährige Lebensgefährtin* bitten, sich einem Lügendetektortest zu unterziehen, würden Sie dem zustimmen, Miss Verger?«

»Mr. Franks, ich werde alles tun, damit diese Leute gefaßt werden. Um auf Ihre Frage präzise zu antworten, geben Sie mir und Judy Bescheid, wenn Sie uns brauchen. Sollte ich mit dem Anwalt der Familie sprechen?«

»Nicht, wenn Sie nicht irgend etwas zu verbergen haben, Miss Verger.«

»Verbergen?« Margot brachte es fertig, in Tränen auszubrechen.

»Bitte, ich tue doch nur meine Pflicht, Miss Verger.« Franks streckte seine Hand aus, um sie auf ihre mächtigen Schultern zu legen, besann sich dann aber eines Besseren.

91

Starling wachte in dem frisch duftenden Halbdunkel mit der instinktiven Gewißheit auf, daß sich in der Nähe das Meer befand. Sie bewegte sich ein bißchen in dem Bett. Ihr Körper schmerzte überall, und dann verlor sie wieder das Bewußtsein. Als sie wieder erwachte, sprach eine Stimme beruhigend auf sie ein und bot ihr eine Tasse mit etwas Warmem an. Sie trank einen Schluck. Der Geschmack ähnelte dem Kräutertee, den ihr Mapps Großmutter geschickt hatte. Tag und wieder Abend, der Geruch von frischen Blumen im Haus, einmal der schwache Einstich einer Nadel. Wie der dumpfe Schlag und das Krachen eines Feuerwerks zerplatzten die Überbleibsel von Furcht und Schmerz am Horizont, aber entfernt, niemals zu nahe. Sie war im Garten des Auges des Hurrikans.

»Sie wachen auf. Sie wachen auf, sanft. Wachen auf in einem angenehmen Raum«, sagte eine Stimme. Sie hörte leise Kammermusik.

Sie fühlte sich sehr sauber, und ihre Haut duftete nach Minze, irgendeine Salbe, die ihr eine tiefe, wohltuende Wärme verschaffte. Starling öffnete ihre Augen weit.

Dr. Lecter stand in einiger Entfernung von ihr, sehr ruhig, so ruhig, wie er damals in seiner Zelle vor ihr gestanden hatte, als sie ihn zum erstenmal sah. Wir sind nun daran gewöhnt, ihn ohne Fußfesseln zu sehen. Es ist nicht schockierend, ihn in einem offenen Raum mit einem anderen sterblichen Wesen zu sehen.

»Guten Abend, Clarice.«

»Guten Abend, Dr. Lecter«, sagte sie. Sie erwiderte seinen

Gruß, ohne daß sie wirklich eine Vorstellung von Zeit gehabt hätte.

»Falls Sie sich unwohl fühlen, liegt das an den Prellungen, die Sie sich durch den Sturz zugezogen haben. Sie werden wieder gesund. Ich möchte mich nur von etwas überzeugen, könnten Sie bitte in dieses Licht schauen?« Er näherte sich ihr mit einer kleinen Taschenlampe. Dr. Lecter roch nach frischer Wolle.

Sie zwang sich dazu, ihre Augen offen zu halten, als er ihre Pupillen untersuchte. Dann trat er wieder zurück.

»Vielen Dank. Hinter dieser Tür liegt ein höchst komfortables Badezimmer. Wie wäre es mit ein paar Gehversuchen? Slipper stehen neben Ihrem Bett. Ich fürchte, ich habe mir Ihre Stiefel ausleihen müssen.«

Sie war wach und doch nicht wach. Das Badezimmer war in der Tat komfortabel und mit jeder nur erdenklichen Annehmlichkeit ausgestattet. In den folgenden Tagen genoß sie es, dort lange in der Wanne zu liegen. Aber sie gab sich nicht mit ihrem Spiegelbild ab, so weit war sie von sich selbst entfernt.

92

Von Gesprächen erfüllte Tage. Manchmal hörte sie sich selbst zu und fragte sich, wer da mit so intimer Kenntnis ihrer Gedanken sprach. Tage mit viel Schlaf und kräftiger Bouillon und Omeletts. Und eines Tages sagte Dr. Lecter: »Clarice, Sie müssen doch Ihre Pyjamas und Bademäntel schon längst satt haben. Im Schrank hängen ein paar Dinge, die Ihnen gefallen könnten – natürlich nur, wenn Sie sie tragen wollen.« Und in demselben Ton: »Ich habe Ihre persönlichen Gegenstände, Ihre Handtasche, Ihre Waffe und Ihren Geldbeutel, in die oberste Schublade der Kommode gelegt, falls Sie irgend etwas davon benötigen.«

»Vielen Dank, Dr. Lecter.«

Im Schrank hing eine Auswahl an Kleidung, Kostüme, Hosenanzüge, ein langes, schimmerndes Abendkleid mit einem perlenverzierten Oberteil. Es gab Kaschmirhosen und Kaschmirpullover, die ihr zusagten. Sie wählte lohfarbenes Kaschmir und Mokassins. In der Schublade lagen ihr Gürtel und das Yaqui-Holster, leer, die .45er war in der Scheune zurückgeblieben, aber da war ja noch ihr Fußholster neben ihrer Handtasche, und darin steckte die kurzläufige .45er Automatik, der Ladestreifen voll mit Patronen, keine in der Kammer, ganz so, wie sie sie an ihrem Bein zu tragen pflegte. Auch ihr Stiefelmesser war da, in seiner Scheide. Ihre Wagenschlüssel fand sie in der Handtasche.

Starling war sie selbst und doch nicht sie selbst. Wenn sie über die Ereignisse nachdachte, kam es ihr vor, als sähe sie sie von der Seite, als sähe sie sich selbst aus der Entfernung.

Sie war glücklich, ihren Wagen in der Garage stehen zu

sehen, als Dr. Lecter sie dorthin mitnahm. Ihr Blick fiel auf die Scheibenwischer, und sie beschloß, sie auszutauschen.

»Clarice, wie glauben Sie wohl, sind Ihnen Masons Männer zum Supermarkt gefolgt?«

Sie blickte einen Moment lang an die Garagendecke und dachte nach. Sie brauchte keine zwei Minuten, dann hatte sie die Antenne entdeckt, die kreuzweise zwischen dem Rücksitz und der Gepäckablage verlief. Sie folgte dem Antennenkabel zu dem versteckten Peilsender.

Sie schaltete ihn aus und trug ihn, als hielte sie eine Ratte am Schwanz, an der Antenne ins Haus.

»Sehr schön«, sagte sie. »Sehr neu. Zudem noch ordentlich eingebaut. Ich bin mir sicher, daß Mr. Krendlers Fingerabdrücke darauf sind. Dürfte ich um eine Plastiktüte bitten?«

»Könnten sie aus der Luft danach suchen?«

»Er ist jetzt abgeschaltet. Sie können nicht mit dem Flugzeug nach ihm suchen, solange Krendler nicht zugibt, daß er ihn benutzt hat. Sie wissen, daß er das nicht tun wird. Mason könnte seinen Helikopter losschicken.«

»Mason ist tot.«

»Ummmm«, sagte Starling. »Würden Sie für mich spielen?«

93

Paul Krendler schwankte in den ersten Tagen nach den Morden zwischen Fahrigkeit und wachsender Furcht. Er forderte direkte Berichte der FBI-Außenstelle in Maryland an.

Was Masons Bücher anging, fühlte er sich einigermaßen sicher vor jeder Rechnungsprüfung, da der Geldtransfer von Mason zu seinem Nummernkonto auf den Cayman Islands narrensicher getarnt war. Nach Masons Abgang blieben ihm seine großen Pläne, aber er hatte keinen Förderer mehr. Margot Verger wußte von seinem Geld, und sie wußte auch, daß er die Sicherheitsbestimmungen des FBI im Zusammenhang mit der Lecter-Akte verletzt hatte. Margot mußte ganz einfach ihren Mund halten.

Der Monitor für den Peilsender bereitete ihm größere Sorge. Er hatte ihn aus der Technik von Quantico organisiert, ohne daß er dort ausgetragen worden war. Aber er war in das Dienstbuch der Technik an diesem Tag eingetragen.

Dr. Doemling und der große Krankenpfleger Barney hatten ihn auf der Muskrat Farm gesehen, aber nur im Rahmen des rechtlich Zulässigen. Sie hatten mitbekommen, wie er sich mit Mason Verger über die Möglichkeiten der Ergreifung von Hannibal Lecter austauschte.

Für Erleichterung bei allen Beteiligten sorgte, daß Margot Verger am vierten Tag nach den Morden den Ermittlern eine neu eingegangene Nachricht von ihrem Anrufbeantworter vorspielen konnte.

Die Polizisten standen leicht verloren in dem Schlafzimmer, starrten auf das Bett, das sie mit Judy teilte, und hörten die Stimme des Unholds. Dr. Lecter verbreitete sich hämisch über Masons Tod und versicherte Margot, daß er extrem schmerzhaft und quälend lang gewesen sei. Sie schluchzte hinter vorgehaltener Hand, und Judy stützte sie. Schließlich führte Franks sie mit den Worten aus dem Raum: »Es besteht keine Notwendigkeit für Sie, das noch einmal anzuhören.«

Auf Krendlers Drängen hin wurde das Tape des Anrufbeantworters nach Washington geflogen, wo ein Stimmenvergleich die Bestätigung brachte, daß der Anrufer tatsächlich Dr. Lecter war. Aber die größte Erleichterung für Krendler war ein Telefonat am Abend des vierten Tages.

Der Anrufer war niemand anders als der Kongreßabgeordnete Parton Vellmore aus Illinois.

Krendler hatte bisher kaum Gelegenheit gehabt, mit dem Kongreßabgeordneten ein paar Worte zu wechseln, aber ihm war die Stimme aus dem Fernsehen wohl vertraut. Schon die Tatsache des Anrufs war eine Beruhigung; Vellmore war Mitglied des Rechtsausschusses und ein denkwürdiger Wichser; er hätte Krendler wie eine heiße Kartoffel fallen gelassen, wenn etwas gegen ihn liefe.

»Mr. Krendler, ich weiß, daß Sie mit Mason Verger gut bekannt waren.«

»Ja, Sir.«

»Tja, was für eine Schande. Der sadistische Hurensohn hat wirklich alles getan, um Masons Leben zu ruinieren, zuerst hat er ihn verstümmelt, dann kam er zurück und hat ihn getötet. Ich weiß nicht, ob es Ihnen zu Ohren gekommen ist, aber auch einer meiner Wähler starb bei dieser Tragödie. Johnny Mogli, er hat über Jahre hinweg dem Volk von Illinois als Gesetzeshüter gedient.«

»Nein, Sir, ich hatte keine Kenntnis davon. Es tut mir leid.«

»Der Punkt ist, Krendler, wir müssen weitermachen. Vergers Vermächtnis, seine Menschenliebe und sein Interesse am Gemeinwohl werden weitergetragen. Es ist größer als der Tod eines Mannes. Ich habe mit verschiedenen Leuten im 27. Distrikt und mit Miss Verger gesprochen. Margot Verger hat mir Ihr Interesse am Staatsdienst zur Kenntnis gebracht. Außergewöhnliche Frau. Ausgesprochen praktisch veranlagt. Wir wollen uns in naher Zukunft zusammensetzen, wirklich ganz informell und in aller Stille, versteht sich, und darüber sprechen, was wir im nächsten November tun können. Wir wollen Sie an Bord haben. Glauben Sie, daß Sie an dem Treffen teilnehmen können?«

»Ja, Herr Kongreßabgeordneter. Absolut.«

»Margot wird Sie wegen der Details in den kommenden Tagen anrufen.«

Krendler legte den Hörer auf. Ihm fiel ein Stein vom Herzen.

Die Entdeckung des auf den verstorbenen John Brigham registrierten .45er Colts in der Scheune, bekanntlich im Besitz von Clarice Starling, brachte das Bureau in arge Verlegenheit.

Starling wurde als vermißt geführt, aber man handhabte den Fall nicht als Kidnapping, da keine lebende Person gesehen hatte, daß sie entführt worden war. Sie war nicht einmal eine Agentin, die nach einem Einsatz vermißt wurde. Starling war eine suspendierte Agentin, deren Aufenthaltsort unbekannt war. Es wurde eine Suchmeldung für ihr Fahrzeug mit Fahrgestellnummer und Nummernschild herausgegeben, aber ohne einen besonderen Hinweis auf die Identität der Eigentümerin.

Kidnapping verlangte von den Behörden erheblich mehr Einsatz als die Bearbeitung einer Vermißtenanzeige. Die Einstufung machte Ardelia Mapp so wütend, daß sie kurzerhand ihr Kündigungsschreiben an das Bureau aufsetzte, es dann aber doch für besser hielt, damit zu warten und innerhalb des Bureaus daran zu arbeiten. Wieder und wieder ertappte sich Mapp dabei, wie sie in Starlings Hälfte des Hauses ging, um nach ihr zu sehen.

Mapp fand Lecters VICAP-File und die National-Crime-Information-Center-Files, gelinde gesagt, etwas zu statisch, sie waren nur um triviale Zusätze ergänzt worden: Der italienischen Polizei war es schließlich doch noch gelungen,

Dr. Lecters Computer aufzutreiben – die Carabinieri spielten darauf Super Mario in ihrem Aufenthaltsraum. Die Festplatte hatte sich selbst gelöscht, als die Ermittlungsbeamten die erste Taste drückten.

Seit Starlings Verschwinden setzte Mapp jedem im Bureau zu, der über etwas Einfluß verfügte und den sie erreichen konnte.

Ihre wiederholten Anrufe bei Jack Crawford zu Hause blieben unbeantwortet.

Sie rief die Abteilung für Verhaltensforschung an. Dort teilte man ihr mit, daß Crawford aufgrund von Schmerzen in der Brust noch zur Beobachtung im Jefferson Memorial Hospital bleiben mußte.

Sie rief ihn dort nicht an. Im Bureau war er Starlings letzter Schutzengel.

94

Starling war jedes Gefühl für Zeit abhanden gekommen. Sie brachten die Tage und Nächte mit Gesprächen zu. Sie hörte sich selbst minutenlang ohne Pause reden, und dann wieder hörte sie nur zu. Manchmal lachte sie über sich, wenn sie ungeschminkte Wahrheiten über sich selbst erfuhr, die sie normalerweise gekränkt hätten. Die Dinge, die sie Dr. Lecter erzählte, überraschten sie oft selbst, waren manchmal geschmacklos für normale Ohren, aber das, was sie sagte, entsprach immer der Wahrheit. Und Dr. Lecter redete ebenfalls. Mit leiser, ruhiger Stimme. Er brachte Interesse und Ermutigung zum Ausdruck, aber niemals Überraschung oder Zensur.

Er erzählte ihr von seiner Kindheit, von Mischa. Zuweilen schauten sie zusammen auf einen einzelnen glänzenden Gegenstand, um das Gespräch zu eröffnen, meistens gab es nur eine einzige Lichtquelle im Zimmer. Der glänzende Gegenstand wechselte von Tag zu Tag.

Heute begannen sie mit einem Lichtflecken auf der bauchigen Teekanne, aber als das Gespräch seinen Fortgang nahm, schien Dr. Lecter zu spüren, daß sie in einem unerforschten Korridor ihrer Seele ankamen. Vielleicht hörte er Trolle auf der anderen Seite der Wand kämpfen. Er ersetzte die Teekanne durch eine silberne Gürtelschnalle.

»Die ist von meinem Daddy«, sagte Starling. Sie klatschte wie ein Kind in die Hände.

»Ja«, sagte Dr. Lecter. »Clarice, möchten Sie mit Ihrem Vater sprechen? Ihr Vater ist hier. Wollen Sie mit ihm sprechen?«

»Mein Daddy ist da! Hey! Alles klar!«

Dr. Lecter legte seine Hände auf Starlings Schläfen, über ihre Temporallappen, die sie mit all dem an Vater versorgen konnten, was sie jemals brauchte. Er schaute ihr tief, tief in die Augen.

»Ich weiß, daß Sie mit ihm unter vier Augen sprechen wollen. Ich werde jetzt gehen. Sie können auf die Gürtelschnalle schauen, und in ein paar Minuten werden Sie ihn anklopfen hören. Alles klar?«

»Ja! Super!«

»Gut. Sie müssen nur ein paar Minuten warten.«

Ein kaum fühlbarer Einstich einer feinen Nadel – Starling senkte nicht einmal den Blick –, und Dr. Lecter verließ den Raum.

Sie schaute auf die Gürtelschnalle, bis es klopfte, zwei kräftige Töne, und ihr Vater trat ein, so wie sie ihn erinnerte, groß in der Türfüllung, seinen Hut auf dem Kopf, das Haar mit Wasser nach hinten gekämmt, so, wie er immer zum Abendessen kam.

»Hey, Baby! Um welche Zeit eßt ihr hier?«

Er hatte sie seit fünfundzwanzig Jahren, seit seinem Tod, nicht mehr in den Armen gehalten. Aber als er sie an sich zog, fühlten sich die Druckknöpfe auf seinem Hemd wie damals an. Er roch intensiv nach Seife und Tabak. Sie schmiegte sich an ihn und fühlte sein großes Herz schlagen.

»Hey, Baby. Hey, Baby. Bist du hingefallen?« Es war das gleiche wie damals, als er sie nach ihrer Mutprobe im Hof aufhob, wo sie versucht hatte, auf einer großen Ziege zu reiten. »Du hast dich verdammt gut gehalten, bis sie blitzschnell die Richtung gewechselt hat. Komm mit rein in die Küche. Mal sehen, was wir da für dich finden.«

Zwei Dinge auf dem Tisch in der kleinen Küche ihrer Kindheit, eine Zellophantüte mit SNO BALLS und eine Tüte mit Orangen.

Starlings Vater klappte sein Barlow-Messer mit der rechtwinklig abgebrochenen Spitze auf und schälte ein paar Orangen. Die Schalen ringelten sich auf dem Öltuch. Sie saßen auf Küchenstühlen mit Leiterlehnen, und er teilte die

Orangen, wobei er abwechselnd eine Scheibe aß und eine Starling gab. Sie spuckte die Kerne in ihre Hand und hielt sie in ihrem Schoß. Er wirkte groß in dem Stuhl, wie John Brigham. Ihr Vater kaute mehr auf der einen als auf der anderen Seite, und einer seiner seitlichen Schneidezähne hatte eine Krone aus weißem Metall, wie sie in der Zahnmedizin der vierziger Jahre in der Armee häufig eingesetzt wurden. Sie schimmerte, wenn er lachte. Sie aßen jeder zwei Orangen und einen SNO BALL und erzählten sich Kalauer. Starling hatte das wunderbar nachgiebige Gefühl von elastischem Zuckerschaum unter der Kokosnuß vergessen. Die Küche löste sich auf, und sie sprachen wie Erwachsene miteinander.

»Wie geht es dir, Baby?« Es war eine ernstgemeinte Frage.

»Sie haben mich im Bureau ganz schön auf dem Kieker.«

»Ich weiß Bescheid. Das sind die Kläffer vom Gericht, Süße. Etwas Erbärmlicheres hat – hat die Welt noch nicht gesehen. Du hast doch niemanden erschossen, den du nicht erschießen mußtest?«

»Ich glaube nicht. Aber da ist noch etwas anderes.«

»Du hast niemals gelogen.«

»Nein, Sir.«

»Du hast das Baby gerettet.«

»Der Kleine hat es heil überstanden.«

»Darauf war ich sehr stolz.«

»Danke, Sir.«

»Süße, ich muß los. Wir sprechen uns.«

»Du kannst nicht bleiben?«

Er legte ihr seine Hand auf den Kopf. »Wir können niemals bleiben, Baby. Niemand kann bleiben, wie er möchte.«

Er küßte sie auf die Stirn und ging aus dem Raum. Sie konnte das Einschußloch in seinem Hut sehen, als er in voller Größe im Türrahmen stand und ihr zum Abschied winkte.

95

Starling liebte ihren Vater so, wie wir einen Menschen nur lieben können, und sie hätte jeden angegriffen, der es wagte, sein Andenken in den Dreck zu ziehen. Jetzt, in der Unterhaltung mit Dr. Lecter, unter dem Einfluß eines sehr starken Hypnotikums, sagte sie folgendes:

»Ich bin trotz allem stinksauer auf ihn. Ich meine, mal ehrlich, was hatte er hinter der gottverdammten Apotheke mitten in der Nacht zu suchen, und warum mußte er gegen diese beiden Taugenichtse antreten, die ihn umgelegt haben. Er murkste mit seiner alten Pumpgun herum, und auf einmal hatte sie Ladehemmung. Schon hatten sie ihn. Er wußte nicht, was er tat. Nichts hat er begriffen. Niemals.«

Jedem anderen, der das zu sagen gewagt hätte, hätte sie ins Gesicht geschlagen.

Das Ungeheuer lehnte sich ein wenig in seinem Stuhl zurück. *Ahh, endlich sind wir soweit. Diese Schulmädchenerinnerungen begannen langsam öde zu werden.*

Starling versuchte, wie ein Kind ihre Füße unter dem Stuhl baumeln zu lassen, aber ihre Beine waren zu lang. »Sehen Sie, er hatte diesen Job, er ging zur Arbeit und tat, was sie ihm sagten, ging mit dieser verdammten Nachtwächteruhr herum, und dann war er tot. Und Mama hat das Blut aus seinem Hut gewaschen, damit der mit ihm begraben werden konnte. Wer kam zu *uns* nach Hause? Niemand

Es gab verdammt wenig SNO BALLS danach, das kann ich Ihnen flüstern. Mama und ich haben Motelzimmer saubergemacht. Leute hatten gebrauchte Präser auf dem Nachttisch liegen. Er wurde getötet und ließ uns zurück, weil er so gottverdammt dumm war. Er hätte diesen Blödmännern aus der Stadtverwaltung sagen sollen, daß sie sich ihren Job sonstwohin stecken können.«

Dinge, die sie sonst nie gesagt haben würde, Dinge, die aus den höheren Bewußtseinsschichten verbannt waren.

Vom Beginn ihrer Bekanntschaft an hatte Dr. Lecter sie wegen ihres Vaters aufgezogen, ihn einen Nachtwächter genannt. Nun wurde er zu Lecter, dem Bewahrer der Erinnerung an ihren Vater.

»Clarice, er hat sich niemals etwas anderes gewünscht, als daß Sie glücklich werden und es Ihnen gutgeht.«

»Wünschen Sie sich was in die eine Hand, und scheißen Sie in die andere, und sehen Sie, welche Hand zuerst voll wird«, antwortete Starling. Das Sprichwort aus Waisenhaustagen hätte eigentlich aus einem so attraktiven Mund eine besonders unangenehme Wirkung haben müssen, aber Dr. Lecter schien erfreut, ja sogar ermutigt.

»Clarice, ich bitte Sie, mir in einen anderen Raum zu folgen«, sagte Dr. Lecter. »Ihr Vater hat Sie besucht, so gut Sie es bewältigen konnten. Sie haben das begriffen. Entgegen Ihrem sehnlichsten Wunsch, ihn bei sich zu behalten, konnte er nicht bleiben. Er hat Sie besucht. Nun ist es an der Zeit, daß Sie ihn besuchen.«

Einen Flur hinunter zu einem Schlafzimmer für Gäste. Die Tür war geschlossen.

»Warten Sie einen Moment, Clarice.« Er ging hinein.

Sie stand im Flur mit ihrer Hand auf der Türklinke und hörte, wie ein Streichholz entzündet wurde.

Dr. Lecter öffnete die Tür.

»Clarice, Sie wissen, Ihr Vater ist tot. Sie wissen das besser als jeder andere.«

»Ja.«

»Kommen Sie herein und sehen Sie ihn sich an.«

Die Knochen ihres Vaters waren sorgfältig auf einem Doppelbett arrangiert. Die großen Knochen und der Brustkorb wurden von einem weißen Laken bedeckt. Das Ganze glich einem Schnee-Engel, wie ihn Kinder, auf dem Rücken mit Armen und Beinen rudernd, so gern im strahlenden Weiß des Winters hinterlassen.

Der Schädel ihres Vaters ruhte, von dem winzigen Meeresgetier an Dr. Lecters Strand gesäubert, getrocknet und ausgebleicht auf dem Kopfkissen.

»Wo war sein Stern, Clarice?«

»Das Dorf hat ihn zurückverlangt. Sie sagten, er hätte sieben Dollar gekostet.«

»Das ist er, das ist alles, was von ihm übriggeblieben ist. Das ist das, was die Zeit ihn hat werden lassen.«

Starling blickte auf die Knochen. Sie wandte sich um und verließ schnell das Zimmer. Es war keine Flucht, und Dr. Lecter folgte ihr nicht. Er wartete im Halbdunkel. Er hatte keine Angst, aber er hörte sie, mit gespitzten Ohren wie eine Ziege, die spürt, daß sie belauert wird, zurückkommen. Sie hatte etwas metallisch Glänzendes in ihrer Hand, John Brighams Dienstmarke. Sie legte sie auf das Leinentuch.

»Was könnte Ihnen ein Abzeichen bedeuten, Clarice? Sie haben in der Scheune eines durchlöchert.«

»Ihm bedeutete es alles. Daran sieht man, wieviel er wuwuwußte.« Das letzte Wort zerfiel ihr im Mund, und ihre Mundwinkel verzogen sich nach unten. Sie nahm den Schädel ihres Vaters in die Hände und setzte sich auf das andere Bett. Tränen schossen ihr in die Augen und liefen ihr die Wangen herunter.

Wie ein Kleinkind griff sie sich den Zipfel ihres Pullovers, hielt ihn an die Wange und schluchzte. Bittere Tränen fielen mit einem hohlen *Tap Tap* auf die Stirn des in ihrem Schoß ruhenden Schädels. Die Zahnkrone schimmerte. »Ich *liebe* meinen Daddy, er war so gut zu mir. Er wußte es einfach nicht besser. Es war die schönste Zeit meines Lebens.« Und das war nicht weniger wahr als vorher, als sie ihrer Wut noch nicht Luft gemacht hatte.

Als Dr. Lecter ihr ein Papiertaschentuch gab, nahm sie es nur in die Hand, und er wischte ihr die Tränen selbst ab.

»Clarice, ich werde Sie jetzt allein lassen mit den sterblichen Überresten. Überreste, Clarice. Schreien Sie Ihre Not in seine Augenlöcher, es wird keine Antwort kommen.« Er legte seine Hände auf ihre Schläfen. »Was Sie von Ihrem Vater brauchen, ist hier, ist in Ihrem Kopf und allein Ihrem und nicht seinem Urteil überlassen. Ich werde Sie jetzt allein lassen. Wollen Sie die Kerzen?«

»Ja, bitte.«

»Wenn Sie aus dem Zimmer kommen, bringen Sie nur das mit, was Sie wirklich brauchen.«

Er wartete im Salon vor dem Kamin. Er vertrieb sich die Zeit damit, sein Theremin zu spielen, bewegte seine leeren Hände durch das elektrische Feld, um die Musik erklingen zu lassen, bewegte seine Hände, die er auf Starlings Schläfen gelegt hatte, als dirigierte er dort wie jetzt die Musik. Schon einige Zeit, bevor er das Stück beendet hatte, spürte er, daß Starling hinter ihm stand.

Als er sich nach ihr umdrehte, lächelte sie sanft und traurig. Ihre Hände waren leer.

Dr. Lecter suchte stets nach Mustern.

Er wußte, daß Starling, wie jedes fühlende Wesen, aus ihrer frühen Erfahrung Matrizen, Systeme, schuf, durch die ihre spätere Vorstellungswelt zu verstehen war.

Als er vor so vielen Jahren durch die Gitterstäbe der Zelle mit ihr gesprochen hatte, hatte er eine für Starling wichtige Matrix gefunden, das Schlachten der Pferde und Lämmer auf der Ranch ihrer Pflegeeltern. Sie war durch die Not der Tiere geprägt. Ihre ebenso obsessive wie erfolgreiche Jagd auf Jame Gumb war getrieben von der Not seines Opfers.

Sie hatte ihn selbst aus genau diesem Grund vor der Folter bewahrt.

Schön. Typisiertes Verhalten.

Da Dr. Lecter immer nach situativen Mustern suchte, glaubte er, daß Starling in John Brigham die guten Eigenschaften ihres Vaters erkannte – und zusammen mit den Tugenden ihres Vaters wurde dem unglückseligen Brigham auch das Inzesttabu auferlegt. Brigham, und wahrscheinlich auch Crawford, standen für die guten Eigenschaften ihres Vaters. Wer stand für dessen schlechte?

Dr. Lecter suchte nach den restlichen Teilen dieser zersprungenen Matrix. Unter Verwendung von Hypnotika und hypnotischer Techniken, die er, stark modifiziert, der klassischen Analyse entlehnt hatte, entdeckte er harte und widerspenstige Knoten in Starlings Persönlichkeit – wie Astknorren im Holz – und die wie Harz noch immer leicht entzündlichen, alten Ressentiments. Er stieß auf Tableaus von erbarmungsloser Helligkeit, Jahre alt, aber gut gepflegt und genau beschreibbar, die wie Blitze aus einer Gewitterwolke limbische Wut durch Starlings Gehirn zucken ließen. Die meisten von ihnen betrafen Paul Krendler. Ihr Groll über die sehr realen Ungerechtigkeiten, die sie durch Krendlers Hand hatte erleiden müssen, waren mit der Wut über ihren Vater aufgeladen, die sie niemals, unter gar keinen Umständen zugeben konnte. Sie konnte ihm nicht verzeihen, daß er gestorben war. Er hatte die Familie verlassen, hatte aufgehört, in der Küche Orangen zu schälen. Er hatte ihre Mutter zu einem Leben mit Staubtuch und Eimer verdammt. Er hatte aufgehört, Starling zu umarmen mit seinem großen Herzen, das wie Hannahs Herz schlug, als sie zusammen in die Nacht hinausritten.

Krendler war das Sinnbild des Scheiterns und der Frustration. Ihm konnte sie die Schuld zuschreiben. Konnte sie ihm aber auch die Stirn bieten? Oder war Krendler dazu fähig, wie jede andere Autorität und jedes andere Tabu auch, Starling in das einzusperren, was in Lecters Augen ihre enge, beschränkte Welt war?

Ein Zeichen schien ihm Hoffnung zu machen: Obwohl sie durch die Polizeimarke geprägt worden war, konnte sie noch immer ein Loch durch eine schießen und den Träger töten. Warum? Weil sie sich der Tat anvertraute, den Träger als Kriminellen identifizierte und ihre Entscheidung schneller getroffen hatte, als das festgefügte Sinnbild des Sterns greifen konnte. Latente Flexibilität. Der zerebrale Cortex herrschte. Bedeutete das Raum für Mischa *in* Starling? Oder war es einfach nur eine andere gute Eigenschaft des Ortes, den Starling aufgeben mußte?

96

Barney, wieder zurück in seinem Apartment in Baltimore und wieder zurück in der Tretmühle des Misericordia, hatte die Schicht von drei bis elf. Auf dem Heimweg aß er kurz eine Suppe im Coffee Shop. Es war kurz vor Mitternacht, als er seine Wohnung aufschloß und das Licht einschaltete.

Ardelia Mapp saß an seinem Küchentisch. Sie hielt ihm eine schwarze Halbautomatik ins Gesicht. Der Größe der Mündung nach, schätzte Barney, mußte es eine Kaliber .40 sein.

»Setz dich, Pfleger«, sagte Mapp. Ihre Stimme klang heiser, und um die dunklen Pupillen waren ihre Augen orange. »Schieb deinen Stuhl dort rüber und lehn dich gegen die Wand.«

Was ihm größere Angst als der Schießprügel in ihrer Hand einjagte, war die andere Pistole auf dem Tischset vor ihr. Es war ein Colt Woodsman .22 mit einem an den Lauf geklebten provisorischen Schalldämpfer.

Der Stuhl ächzte unter seinem Gewicht. »Falls die Stuhlbeine brechen, erschießen Sie mich bitte nicht, ich kann nichts dafür«, sagte er.

»Wissen Sie irgend etwas über Clarice Starling?«

»Nein.«

Mapp nahm die kleinkalibrige Waffe in die Hand. »Ich habe nicht vor, meine Zeit mit Ihnen zu vertrödeln, Barney. Sobald ich glaube, daß Sie lügen, Pfleger, knipse ich Ihnen das Licht aus. Glauben Sie mir?«

»Ja.« Barney wußte, daß sie die Wahrheit sagte.

»Ich frage Sie noch einmal. Wissen Sie etwas, das mir helfen könnte, Clarice Starling zu finden? Das Postamt sagt, Sie hätten sich einen Monat lang ihre Post zu Mason Verger nachsenden lassen. *Was, zum Teufel, hat das zu bedeuten, Barney?*«

»Ich habe dort oben gearbeitet. Ich habe mich um Mason Verger gekümmert, und er hat mich über Lecter ausgefragt. Mir hat es dort aber nicht gefallen, also habe ich wieder gekündigt. Mason war ein ziemlicher Bastard.«

»Starling ist verschwunden.«

»Ich weiß.«

»Vielleicht hat Lecter sie mit sich genommen, vielleicht haben sie die Schweine gefressen. Wenn er sie hat, was würde er mit ihr anstellen?«

»Um ganz ehrlich zu sein – ich weiß es nicht. Ich würde Starling helfen, wenn ich könnte. Warum sollte ich auch nicht? Ich mag sie irgendwie, und sie hat die Einträge in meiner Akte löschen lassen. Schauen Sie in ihre Berichte oder Notizen oder –«

»Das habe ich bereits. Ich möchte, daß Sie etwas begreifen, Barney. Das ist ein einmaliges Angebot. Wenn Sie etwas wissen, dann erzählen Sie es mir besser jetzt. Sollte ich jemals herausfinden, daß Sie mir etwas vorenthalten haben, das eine Hilfe gewesen wäre – es spielt keine Rolle, ob in naher oder ferner Zukunft –, werde ich zurückkommen, und dann wird diese Waffe hier das letzte sein, was Sie in Ihrem Leben sehen. Ich werde Ihren fetten, häßlichen Arsch ins Jenseits befördern. Glauben Sie mir?«

»Ja.«

»Wissen Sie irgend etwas?«

»Nein.« Die längste Stille trat ein, an die er sich erinnern konnte.

»Bleiben Sie einfach dort sitzen, bis ich gegangen bin.«

Barney brauchte anderthalb Stunden, um einzuschlafen. Er lag in seinem Bett und starrte an die Decke. Seine Stirn, breit wie die eines Delphins, war schweißbedeckt, dann wieder trocken. Barney dachte an andere potentielle Besucher.

Kurz bevor er das Licht löschte, ging er in sein Badezimmer und nahm aus seinem Kulturbeutel einen Rasierspiegel aus rostfreiem Stahl, Ausgabe Marine-Corps.

Er tappte in die Küche und klebte den Spiegel innen auf die Tür des Sicherungskastens.

Das war alles, was er tun konnte. Er zuckte im Schlaf wie ein Hund. Nach seiner nächsten Schicht brachte er aus dem Krankenhaus einen Erste-Hilfe-Kasten mit nach Hause.

97

Hinsichtlich der Inneneinrichtung des Deutschen waren Dr. Lecter praktisch die Hände gebunden. Blumen und Leinwände halfen etwas. Farbe wirkte interessant im Verhältnis zu den massiven Möbeln und den hohen, dunklen Decken; es war altertümlicher, ein das Auge herausfordernder Kontrast, vergleichbar einem Schmetterling auf einem Panzerhandschuh.

Sein Vermieter hatte offensichtlich eine Fixierung auf Leda und den Schwan. Das kopulierende Paar war nicht weniger als viermal in unterschiedlicher Qualität in Bronze gegossen, die beste Bronze eine Reproduktion von Donatello, und zudem in acht Bildern vertreten. Ein Bild entzückte Dr. Lecter, ein Anne Shingleton mit einem Anflug von Genialität in der anatomischen Gestaltung und wirklicher Hitze im Geschlechtsakt. Die anderen waren verhängt; ebenso die gräßliche Sammlung von Jagdszenen in Bronze.

Früh am Morgen deckte der Doktor sorgfältig den Tisch für drei Personen, wobei er immer wieder, den Finger an die Nase gelegt, aus verschiedenen Perspektiven sein Werk begutachtete. Er wechselte zweimal die Kerzen und ging von damastenen Platzdeckchen zu einem gefalteten Tischtuch über, um die ovale Tafel auf eine für das Auge angenehmere Fläche zu verkleinern.

Die dunkle und unmöglich aussehende Anrichte sah weniger nach einem Flugzeugträger aus, als hohes Vorlegeservice und glänzende Rechauds aus Kupfer auf ihr standen. Tatsächlich zog Dr. Lecter sogar einen Teil der Schubladen heraus und dekorierte die Öffnungen mit Blumen, was dem

Ganzen ein wenig den Eindruck eines hängenden Gartens verlieh.

Er bemerkte, daß er den Raum mit Blumen überfrachtet hatte und noch mehr hinzufügen mußte, um wieder die richtige Wirkung zu erzielen. Zuviel war zuviel, aber viel zuviel war genau richtig. Er entschied sich für zwei Blumenarrangements auf dem Tisch: ein kleines Pfingstrosengesteck in einer silbernen Schale, weiß wie SNO BALLS, und ein riesiges, hohes Gebilde aus Muschelblumen, Iris, Orchideen und Papageientulpen, das den Tisch begrenzte und einen etwas intimeren Rahmen schuf.

Ein kleiner Eissturm aus Kristall stand vor den Platztellern. Das Silberbesteck lag im Wärmer. Er würde es erst ganz zum Schluß auflegen. Der erste Gang würde am Tisch zubereitet werden, und entsprechend richtete er seinen Spirituskocher mit dem kupfernen *fait-tout*, die Kasserolle und die Sautierpfanne, seine Gewürze und seine Autopsiesäge.

Das Zimmer konnte noch mehr Blumen vertragen, aber dazu mußte er noch einmal aus dem Haus. Clarice Starling war nicht beunruhigt, als er ihr mitteilte, daß er wegging. Er schlug vor, sie solle sich noch ein wenig schlafen legen.

98

Am Nachmittag des fünften Tages nach den Morden war Barney gerade mit dem Rasieren fertig und klopfte sich Rasierwasser auf die Wangen, als er Schritte auf der Treppe hörte. Es war fast an der Zeit für ihn, zur Arbeit zu gehen.

Ein entschlossenes Klopfen. Margot Verger stand vor seiner Tür. Sie trug eine große Handtasche und eine kleine Aktentasche.

»Hi, Barney.« Sie sah müde aus.

»Hi, Margot. Komm doch herein.«

Er bot ihr einen Stuhl am Küchentisch an. »Wie wär's mit einer Coke?« Dann erinnerte er sich daran, daß irgend jemand Cordells Kopf in einen Kühlschrank gestoßen hatte, und bereute sein Angebot sofort wieder.

»Nein, danke«, sagte sie.

Er setzte sich ihr gegenüber an den Tisch. Sie schaute ihm mit dem Blick des rivalisierenden Bodybuilders auf die Arme und dann zurück in sein Gesicht.

»Bei dir alles in Ordnung, Margot?«

»Ich glaube, schon«, sagte sie.

»Sieht ganz danach aus, als ob du deine Sorgen los wärst, ich meine, nach dem, was man so in der Zeitung liest.«

»Manchmal denke ich an unsere Gespräche, Barney. Und irgendwie kam mir dabei der Gedanke, daß du dich vielleicht bei mir melden könntest.«

Er fragte sich, ob sie den Hammer in der Handtasche oder in der Aktentasche hatte.

»Das einzige, was du vielleicht von mir zu hören bekommst, ist die Frage, wie es bei dir läuft, aber nur, wenn das für dich klar geht. Ich würde dich niemals um irgend etwas bitten, Margot. Zwischen uns ist alles *cool.*«

»Es ist nur so, weißt du, man sorgt sich um lose Enden. Nicht, daß ich etwas zu verbergen hätte.«

Da wußte er, daß sie den Samen hatte. Die Bekanntgabe der Schwangerschaft, das war es, worüber sie sich Sorgen machte, wenn sie an Barney dachte.

»Ich meine, es war ein Geschenk des Himmels, sein Tod. Ich würde lügen, wenn ich etwas anderes behaupten würde.«

Das Tempo in ihrer Rede zeigte Barney an, daß sie Spannung aufbaute.

»Vielleicht nehme ich jetzt doch eine Coke«, sagte sie.

»Bevor ich eine Coke für dich hole, laß mich dir etwas zeigen, was ich für dich habe. Glaub mir, ich kann all deine Bedenken zerstreuen, und es wird dich nicht einmal etwas kosten. Es dauert nur eine Sekunde. Bin gleich wieder da.«

Er griff sich einen Schraubenzieher aus einer Werkzeugkiste auf der Ablage. Dafür brauchte er sich Margot gegenüber nur zur Seite zu drehen. An der Küchenwand hingen zwei Schaltkästen. In dem alten Gebäude war der neue neben den alten gesetzt worden, und nur der rechte funktionierte.

Vor den elektrischen Schaltkästen mußte er Margot den Rücken zukehren. Schnell öffnete er den linken. Nun konnte er sie im Spiegel beobachten, den er auf die Innenseite geklebt hatte. Sie griff mit ihrer Hand in die große Handtasche. Griff hinein, zog die Hand aber nicht heraus.

Er entfernte vier Schrauben und konnte dann die stillgelegte Schalttafel mit den Unterbrechern abheben. Hinter der Schalttafel gähnte ein Hohlraum in der Wand.

Barney griff vorsichtig hinein und holte eine Plastiktüte heraus. Er hörte, wie Margots Atem stockte, als er aus der Plastiktüte das Objekt nahm, das er in ihr aufbewahrt hatte. Es war das berühmte unmenschliche Antlitz – die Maske, die Dr. Lecter im Baltimore State Hospital für geistesgestörte Straftäter gezwungen gewesen war, zu tragen, um ihn vom Beißen abzuhalten. Das war das letzte und wertvollste Stück aus Barneys geheimem Lager an Lecter-Memorabilia.

»Whoa!« sagte Margot.

Unter dem hellen Küchenlicht legte Barney die Maske, das Gesicht nach unten, auf ein Stück Wachstuch, das er zuvor auf dem Tisch ausgebreitet hatte. Er wußte, daß es Dr. Lecter nie gestattet worden war, seine Maske zu reinigen. Getrockneter Speichel war auf der Innenseite der Mundöffnung verkrustet. Wo die Bänder an der Maske befestigt waren, fanden sich drei Haare, die beim Umschnallen eingeklemmt und dann mit der Wurzel ausgerissen worden waren. Ein kurzer Blick auf Margot zeigte ihm, daß sie für den Augenblick okay war.

Barney holte den Erste-Hilfe-Kasten aus dem Küchenschrank. Die kleine Plastikkiste enthielt Q-tips, destilliertes Wasser, Tupfer und saubere Medizinfläschchen.

Mit unendlicher Sorgfalt betupfte er die Speichelreste mit angefeuchteten Q-tips. Er ließ die Q-tips in ein Medizinfläschchen fallen. Er riß die Haare aus der Maske und tat sie in ein zweites Fläschchen. Er drückte seinen Daumen auf die Klebeseite von zwei Streifen Tesa, hinterließ jedesmal einen klaren Fingerabdruck und klebte damit die Deckel auf die beiden Fläschchen. Dann übergab er die beiden Behältnisse in einem Tütchen Margot.

»Nehmen wir mal für einen Augenblick an, ich komme in Schwierigkeiten und verliere den Verstand, will sagen, versuche dich ans Messer zu liefern – erzähle der Polizei irgendeine Geschichte über dich, um irgendwelche Anklagepunkte gegen mich aus der Welt zu schaffen. Damit hältst du einen Beweis in Händen, daß ich mindestens Komplize bei dem Tod von Mason Verger war, ja, vielleicht sogar das Ding allein durchgezogen habe. Mindestens habe ich dich mit der DNS versorgt.«

»Sie würden dir Immunität gewähren, wenn du mich verpfeifst.«

»Für die Verabredung zum Mord vielleicht, nicht aber für die direkte Beteiligung an einem so aufsehenerregenden Mord. Sie würden mir für die Verabredung zu einer Straftat die Kronzeugenregelung servieren und mich dann aufs Kreuz legen, sobald sie der Überzeugung sind, daß ich ihnen genug geholfen habe. Ich wäre auf immer und ewig angeschissen. Damit hast du mich in der Hand.«

Barney war sich dessen nicht wirklich sicher, fand aber, daß es alles in allem nicht schlecht klang.

Sie konnte, wann immer sie das für notwendig hielt, die Lecter-DNS auch Barneys Leichnam unterschieben. Sie wußten das beide.

Sie schaute ihn mit ihren blauen Schlachteraugen an. Barney kam es wie eine halbe Ewigkeit vor.

Sie legte die Aktentasche auf den Tisch. »Da ist ziemlich viel Geld drin«, sagte sie. »Genug jedenfalls, um alle Vermeers dieser Welt sehen zu können. Zumindest einmal.« Sie schien ein wenig aufgedreht und auf eine merkwürdige Art glücklich zu sein. »Ich habe Franklins Katze im Auto, ich muß gehen. Franklin und seine Stiefmutter und seine Schwester Shirley und ein Kerl namens Stringbean und Gott weiß wer noch alles kommen raus auf die Muskrat Farm, wenn Franklin aus dem Krankenhaus entlassen wird. Hat mich fünfzig Dollar gekostet, diese gottverdammte Katze zu bekommen. Sie hat in der Nachbarschaft von Franklins früherem Zuhause unter einem Decknamen gelebt.«

Sie steckte die Plastiktüte nicht in ihre Handtasche. Sie trug sie in der freien Hand. Barney nahm an, sie wollte nicht, daß er die andere Option in der Handtasche zu Gesicht bekam.

An der Tür sagte er: »Was denkst du, bekomme ich einen Kuß?«

Sie stellte sich auf die Zehenspitzen und gab ihm einen flüchtigen Kuß auf die Lippen.

»Das muß reichen«, sagte sie spröde. Die Stufen knarrten unter ihrem Gewicht, als sie nach unten ging.

Barney verschloß die Tür und stand für ein paar Minuten mit der Stirn gegen den kühlen Eisschrank gelehnt.

99

Starling erwachte von leiser Kammermusik und einem schmeichelnden Duft, der aus der Küche kam. Sie fühlte sich wunderbar erfrischt und sehr hungrig. Ein Klopfen an ihrer Tür, und Dr. Lecter trat ein, bekleidet mit einer dunklen Hose, einem weißen Hemd und einem Halstuch. Über dem einen Arm trug er einen langen Kleidersack. Mit der freien Hand servierte er ihr einen heißen Cappuccino.

»Haben Sie gut geschlafen?«

»Großartig, danke.«

»Der Küchenchef teilt mir mit, daß wir in anderthalb Stunden zu Abend essen können. Cocktails in einer Stunde, ist das in Ihrem Sinne? Ich dachte mir, daß Ihnen das hier vielleicht gefallen könnte – schauen Sie, ob es Ihnen paßt.« Er hängte den Kleidersack in den Schrank und verließ das Zimmer geräuschlos.

Sie schaute erst in ihren Schrank, nachdem sie ausgiebig gebadet hatte. Und was sie sah, gefiel ihr: ein langes cremefarbenes Abendkleid, schmal, aber tief dekolletiert unter einer kostbaren, perlenbesetzten Jacke.

Auf der Frisierkommode lag ein Paar Ohrringe mit *en cabochon* geschnittenen Smaragden als Anhänger. Die Steine hatten für einen nicht facettierten Schliff sehr viel Feuer.

Mit ihrem Haar hatte sie noch nie Schwierigkeiten gehabt.

Sie fühlte sich sehr wohl in den Kleidern. Obwohl sie an große Abendgarderobe keineswegs gewöhnt war, betrachtete sie sich nicht lange im Spiegel, schaute nur, ob alles richtig saß.

Der deutsche Vermieter hatte seine Kamine überdimensional gebaut. Im Salon fand Starling ein ansehnliches Holzscheit lodern. Sie näherte sich der warmen Feuerstelle mit einem Knistern von Seide.

Musik vom Cembalo aus der Ecke. Am Instrument saß Dr. Lecter im Frack.

Er schaute auf, erblickte sie, und es verschlug ihm den Atem. Seine Hände hielten ebenfalls in ihrem Spiel inne, schwebten über der Tastatur. Die Töne eines Cembalos tragen nicht, und in der plötzlichen Stille des Raumes hörten sie beide, wie er seinen nächsten Atemzug tat.

Zwei Drinks warteten vor dem Feuer auf sie. Er kümmerte sich darum. Lillet mit einer Orangenscheibe. Dr. Lecter reichte Clarice Starling ein Glas.

»Wenn ich Sie jeden Tag sähe, für alle Zeiten, ich würde mich an diesen Abend erinnern.« Seine dunklen Augen umfaßten sie.

»Wie viele Male haben Sie mich gesehen? Von denen ich nichts weiß?«

»Nur dreimal.«

»Aber hier –«

»Liegt außerhalb der Zeit, und was ich sehe, wenn ich mich um Sie kümmere, verletzt nicht Ihre Intimsphäre. Das hat seinen eigenen Ort, zusammen mit Ihrer Krankenakte. Ich gebe allerdings zu, es *ist* entzückend, Ihnen beim Schlafen zuzusehen. Sie sind eine Schönheit, Clarice.«

»Aussehen widerfährt einem, Dr. Lecter.«

»Wenn Schönheit zu verdienen wäre, Sie wären noch immer schön.«

»Danke.«

»Sagen Sie nicht *danke*.« Eine winzige Bewegung seines Kopfes reichte aus, um seinen Ärger zu zerschmettern, wie ein Glas, das man in den Kamin warf.

»Ich sage, was ich denke«, erwiderte Starling. »Wäre es mehr nach Ihrem Geschmack, wenn ich sagte: ›Ich bin entzückt darüber, daß ich Ihnen gefalle.‹? Das wäre ein wenig elaborierter und ebenso wahr.«

Sie hob ihr Glas bis knapp unter ihren entwaffnenden Blick und nahm nichts von dem Gesagten zurück.

In diesem Augenblick begriff Dr. Lecter, daß er mit all seinem Wissen und seiner Einmischung sie niemals vollständig in ihrem Tun würde voraussagen können, geschweige denn besitzen. Er konnte die Raupe füttern, er konnte durch die Schmetterlingspuppe flüstern; doch was ausschlüpfte, folgte seiner eigenen Natur und war jenseits seines Zugriffs. Er fragte sich, ob sie die .45er unter dem Abendkleid an ihrem Bein trug.

Clarice Starling lächelte ihn an, die Smaragde fingen das Kaminfeuer auf, und das Ungeheuer verlor sich in Selbstlob über seinen exquisiten Geschmack und seine Gerissenheit.

»Clarice, Essen spricht Geschmack und Geruch an, die ältesten und dem Zentrum unseres Gehirns am nächsten gelegenen Sinne. Geschmack und Geruch sind in den Teilen des Gehirns untergebracht, die dem Mitleid vorausgehen, und Mitleid hat keinen Platz an meiner Tafel. Zur gleichen Zeit finden in der Kuppel des Cortex, wie Wunder, die die Decke einer Kirche illuminieren, spielerisch die Zeremonien und die Anblicke und der Austausch während des Essens statt. Das kann weitaus einnehmender sein als Theater.« Er brachte sein Gesicht ganz nahe an das ihre heran und versuchte, in ihren Augen zu lesen. »Ich möchte, daß Sie begreifen, welche Reichtümer Sie in sich tragen, Clarice, und was ihre *berechtigten Ansprüche* sind. Clarice, haben Sie in jüngster Zeit Ihrem Spiegelbild Beachtung geschenkt? Kommen Sie mit in die Halle, stellen Sie sich vor den Wandspiegel.«

Dr. Lecter nahm einen Kandelaber vom Kaminsims.

Der hohe Spiegel war eine der guten Antiquitäten aus dem 18. Jahrhundert, aber an manchen Stellen schon leicht blind und zerkratzt. Er stammte aus dem Château Vaux-le-Vicomte, und Gott weiß, was er schon zu sehen bekommen hatte.

»Sehen Sie, Clarice. Dieser entzückende Anblick sind Sie. An diesem Abend werden Sie sich selbst für einige Zeit aus der Ferne sehen. Sie werden sehen, was gerecht ist, Sie werden sagen, was wahr ist. Es hat Ihnen nie an Courage gefehlt, um das zu sagen, was Sie denken, aber Sie sind durch

Zwänge gehemmt worden. Ich sage es Ihnen noch einmal, Mitleid hat keinen Platz an dieser Tafel.

Falls Bemerkungen fallen, die für den Moment wenig erfreulich sind, werden Sie erleben, daß der Kontext sie zu etwas macht, das zwischen drollig und unglaublich komisch changiert. Wenn Dinge gesagt werden, die schmerzhaft wahr sind, dann sind das nur vorübergehende Wahrheiten, die sich ändern werden.« Er nippte an seinem Drink. »Falls Sie Schmerz in sich knospen fühlen, wird er schnell als Trost Blüten treiben. Verstehen Sie mich?«

»Nein, Dr. Lecter, aber ich einnere mich an das, was Sie sagten. Zur Hölle mit der Besserung der eigenen Person. Ich will ein vergnügliches Abendessen.«

»Das verspreche ich Ihnen.« Er lächelte, ein Anblick, der manche in Angst versetzte.

Keiner von beiden schaute mehr auf Starlings Spiegelbild in dem umwölkten Glas; sie schauten sich gegenseitig durch das Licht der brennenden Kerzen des Kandelabers an, und der Spiegel beobachtete sie beide.

»Sehen Sie, Starling.«

Sie sah die roten Funken tief in seinen Augen sich wie Feuerrädchen drehen und spürte die Erregung eines Kindes in sich, das sich einem fernen Rummelplatz näherte.

Dr. Lecter entnahm seiner Jackentasche eine Spritze mit einer haarfeinen Nadel und ließ sie, ohne hinzuschauen, einfach dem Gefühl folgend, in ihren Arm gleiten. Als er sie herauszog, blutete die kleine Wunde nicht einmal.

»Was haben Sie eigentlich gespielt, als ich vorhin hereinkam?« fragte sie.

»›If Love Now Reigned‹.«

»Ist es sehr alt?«

»Heinrich VIII. hat es um das Jahr 1510 komponiert.«

»Würden Sie es für mich spielen?« sagte sie. »Würden Sie es jetzt für mich beenden?«

100

Der Luftzug bei ihrem Eintritt in das Eßzimmer ließ das Licht der Kerzen und der Rechauds flackern. Starling hatte das Eßzimmer nur im Vorübergehen gesehen, und es war wundervoll für sie, den Raum so verändert zu sehen. Strahlend, einladend. Hochgeschwungenes Kristall nahm das Kerzenlicht über dem cremefarbenen Tischleinen an ihren Plätzen auf, und die weite Tischfläche war durch einen Vorhang aus Blumen auf eine intimere Größe verringert und der Rest des Tisches abgeteilt. Dr. Lecter hatte das Silberbesteck in letzter Minute aus dem Wärmer geholt, und als Starling ihr Gedeck begutachtete, fühlte sie im Griff des Messers eine beinahe fiebrige Hitze.

Dr. Lecter schenkte den Wein ein und reichte ihr eine einzige Belon-Auster und ein kleines Stückchen Wurst als winziges *amuse-gueule* zum Auftakt, während er über einem halben Glas Wein saß und sie im Zusammenspiel mit seiner Tafel bewunderte.

Die Höhe der Kerzenleuchter war genau richtig gewählt. Das Kerzenlicht erhellte die Tiefen ihres Dekolletés, und er mußte sich keine Sorgen um ihre Ärmel machen.

»Was gibt es zu essen?«

Er legte seinen Finger auf die Lippen. »Das soll man nie fragen, es verdirbt einem die Überraschung.«

Sie unterhielten sich über das Zuschneiden von Krähenfedern und ihre Wirkung auf den Klang eines Cembalos, und einen Moment lang erinnerte sie sich an eine Krähe, die vor langer Zeit den Servicewagen ihrer Mutter auf dem Balkon eines Motels gefleddert hatte. In der Rückschau kam ihr die Erinnerung für den gegenwärtigen Augenblick unwichtig vor, also schob sie sie bewußt beiseite.

»Hungrig?«

»Ja!«

»Dann sollten wir mit dem ersten Gang beginnen.«

Dr. Lecter stellte ein Tablett von der Anrichte neben sein Gedeck auf den Tisch und rollte einen Servierwagen an die Tischkante. Darauf standen seine Pfannen, seine Kocher und seine Gewürze in kleinen Kristallschälchen.

Er nahm einen seiner Kocher in Betrieb und begann mit einer ansehnlichen Portion Charente-Butter in der kupfernen Kasserolle. Er schwenkte die zergehende Butter und ließ das Butterfett braun werden, um *beurre-noisette* zu zaubern. Als das Ganze haselnußbraun war, setzte er den Topf auf einen Dreifuß zur Seite.

Er lächelte Starling an, seine blendendweißen Zähne blitzten.

»Clarice, erinnern Sie sich noch daran, was wir über angenehme und weniger angenehme Bemerkungen gesagt haben und über Dinge, die im Kontext mitunter sehr komisch wirken?«

»Die Butter duftet wundervoll. Ja, ich erinnere mich.«

»Und erinnern Sie sich auch daran, wen Sie im Spiegel erblickt haben und wie schön diese Person gewesen war?«

»Dr. Lecter, nehmen Sie es mir bitte nicht übel, wenn ich das so sage, aber das geht mir zu sehr in Richtung *Dick and Jane*. Ich erinnere mich sehr genau.«

»Gut. Mr. Krendler wird sich für den ersten Gang zu uns gesellen.«

Dr. Lecter trug das riesige Blumenarrangement von der Tafel zur Anrichte hinüber.

Deputy Assistant Inspector General Paul Krendler, wie er leibt und lebt, saß in einem wuchtigen Eichensessel an der Tafel. Krendler riß die Augen auf und blickte sich um. Er trug sein Nike-Stirnband und einen sehr hübschen Beerdigungssmoking mit integriertem Hemd und Krawatte. Der Smoking war auf dem Rücken geteilt, was Dr. Lecter die Arbeit erleichtert hatte, weil er auf diese Weise bequem die

Meter an Klebeband verschwinden lassen konnte, die Krendler auf dem Sessel hielten.

Starlings Augenlider mochten sich für den Bruchteil einer Sekunde gesenkt und ihre Lippen sich leicht geschürzt haben, wie sie das manchmal auf dem Schießstand taten.

Dr. Lecter nahm nun eine silberne Zange von der Anrichte und zog das Band ab, das Krendlers Mund bedeckte.

»Nochmals guten Abend, Mr. Krendler.«

»Guten Abend.« Krendler schien nicht ganz auf dem Posten zu sein. Auf dem Platzdeckchen vor ihm stand eine kleine Terrine.

»Wollen Sie nicht Miss Starling guten Abend sagen?«

»Hallo, Starling.« Seine Gesichtszüge schienen sich aufzuhellen. »Ich wollte Ihnen schon immer mal beim Essen zusehen.«

Starling betrachtete ihn aus der Entfernung, als wäre sie der weise, alte Wandspiegel, der alles mit ansah. »Hallo, Mr. Krendler.« Sie blickte zu Dr. Lecter hoch, der geschäftig mit den Pfannen hantierte. »Wie ist der Ihnen denn ins Netz gegangen?«

»Mr. Krendler befindet sich auf dem Weg zu einer höchst bedeutsamen Konferenz, die seiner Zukunft in der Politik gilt«, sagte Dr. Lecter. »Margot Verger hat ihn dazu eingeladen, um mir damit einen Gefallen zu erweisen. So eine Art Quid pro quo. Mr. Krendler joggte zum Hubschrauberlandeplatz im Rock Creek Park hoch, um sich vom Verger-Helikopter abholen zu lassen. Kam aber statt dessen in den Genuß einer Fahrt mit mir. Wollen Sie nicht vor unserer Mahlzeit ein Tischgebet sprechen, Mr. Krendler? Mr. *Krendler?*«

»Tischgebet? Ja.« Krendler schloß die Augen. »Vater im Himmel, wir danken dir für die Wohltaten, die wir von dir empfangen werden, und weihen sie deiner Gnade. Starling ist ein zu großes Mädchen, um noch mit ihrem Daddy zu vögeln, selbst für eine Südstaatlerin. Bitte vergib ihr ihre Sünden, und laß sie mir zu Diensten sein. Gelobt sei Jesus Christus, amen.«

Starling registrierte, daß Dr. Lecter während des Gebets andächtig die Augen geschlossen hielt.

Sie fühlte sich schlagfertig und ruhig. »*Paul*, ganz im Vertrauen, der Apostel *Paulus* hätte es nicht besser machen können. Er hat die Frauen auch gehaßt. Eigentlich hätte man ihn *Appall* nennen müssen.«

»Diesmal haben Sie wirklich Scheiße gebaut, Starling. Sie werden niemals wieder eingestellt.«

»War das ein *Job*angebot, das Sie da in Ihr Gebet mit haben einfließen lassen? Ein derartiges Feingefühl ist mir noch nicht untergekommen.«

»Ich gehe in den Kongreß.« Krendler lächelte unfreundlich.

»Schauen Sie doch mal in meinem Wahlkampfbüro vorbei, vielleicht finde ich ja etwas für Sie. Sie könnten Bürogehilfin werden. Können Sie tippen und ablegen?«

»Aber gewiß doch.«

»Können Sie ein Diktat aufnehmen?«

»Ich benutze Spracherkennungs-Software«, sagte Starling und fuhr in wohlüberlegtem Ton fort. »Verzeihen Sie mir, wenn ich bei Tisch ins Fachsimpeln gerate, aber Sie sind nicht schnell genug, um sich in den Kongreß zu stehlen. Sie können Ihre zweitklassige Intelligenz nicht mit ein paar schmutzigen Tricks überspielen. Als Laufbursche eines großen Schurken dürften Sie sich da länger halten.«

»Warten Sie nicht auf uns, Mr. Krendler«, drängte Dr. Lecter. »Nehmen Sie doch etwas von Ihrer Bouillon, solange sie noch heiß ist.« Er hob die abgedeckte Suppenschale und den Strohhalm an Krendlers Lippen.

Krendler verzog das Gesicht. »Die Suppe schmeckt mir nicht.«

»Tatsächlich ist es mehr so etwas wie ein Aufguß aus Petersilie und Thymian«, sagte der Doktor, »und dient mehr unserem als Ihrem Wohl. Nehmen Sie noch ein paar Schlückchen, und lassen Sie ihn zirkulieren.«

Starling war anzumerken, daß sie einen für sich strittigen Punkt sorgsam abwog, wobei sie ihre Hände wie die Waage der Justitia benutzte. »Wissen Sie, Mr. Krendler, jedesmal, wenn Sie mich höhnisch angegrinst haben, hatte ich dieses bohrende Gefühl in mir, daß ich etwas getan haben mußte, dessentwegen ich diese Behandlung verdiente.« Sie bewegte ihre Handflächen auf und nieder, eine Bewegung, die Ähnlichkeit mit dem Hin- und Herschwingen eines Slinky hatte. »*Ich habe es nicht verdient.* Jedesmal, wenn Sie etwas Negatives in meiner Personalakte notierten, habe ich mich darüber geärgert, bin aber trotzdem in mich gegangen. Ich habe für einen Augenblick an mir selbst gezweifelt und versucht, mich an dieser winzigen juckenden Stelle zu kratzen, die sagt, Daddy wird schon wissen, was für dich am besten ist.

Sie wissen überhaupt nichts und schon gar nichts besser, Mr. Krendler.« Starling nippte an ihrem herrlichen weißen Burgunder und sagte zu Dr. Lecter: »Ich *liebe* diesen Wein. Aber ich denke, wir sollten ihn vom Eis nehmen.« Sie wandte sich wieder – ganz die höfliche Gastgeberin – ihrem Gast zu. »Sie sind und bleiben ein – ein *Dummkopf* und sind es nicht wert, daß man Ihnen Beachtung schenkt«, sagte sie in liebenswürdigem Ton. »Und damit soll es, was Sie angeht, an dieser wunderschönen Tafel sein Bewenden haben. Da Sie Dr. Lecters Gast sind, wünsche ich Ihnen einen guten Appetit.«

»*Wer sind Sie denn überhaupt?*« sagte Krendler. »Sie sind gar nicht Starling. Sie haben zwar den Fleck in Ihrem Gesicht, aber Sie sind nicht Starling.«

Dr. Lecter fügte der heißen, braun gewordenen Butter Schalotten hinzu. Als deren Duft aufstieg, gab er gehackte Kapern dazu, nahm die Kasserolle vom Feuer und setzte die Sautierpfanne auf die Flamme. Von der Anrichte holte er eine große Kristallschale mit eisgekühltem Wasser und ein Silbertablett und stellte beides neben Paul Krendler.

»Eigentlich hatte ich Pläne für dieses vorlaute Mundwerk«, sagte Krendler, »aber jetzt stelle ich Sie *auf gar keinen Fall* mehr ein. Wer hat Sie überhaupt jemals angestellt?«

»Ich erwarte von Ihnen nicht, daß Sie wie der andere Paul Ihre Haltung von Grund auf ändern, Mr. Krendler«, sagte Dr. Lecter. »Sie sind nicht auf dem Weg nach Damaskus, geschweige denn auf dem Weg zum Verger-Helikopter.«

Dr. Lecter nahm Krendlers Stirnband ab, so wie man das Gummiband von einer Dose Kaviar entfernte.

»Alles, worum wir bitten, ist Ihre Offenheit für das, was in der Welt vor sich geht.« Vorsichtig, mit beiden Händen, hob Dr. Lecter Krendlers Schädeldecke ab, legte sie auf das Silbertablett und trug sie zur Anrichte. Kaum ein Tropfen Blut lief von dem sauberen Einschnitt herunter. Die größeren Blutgefäße waren abgebunden und die übrigen fein säuberlich unter örtlicher Betäubung versiegelt worden. Den Schädel hatte Dr. Lecter eine halbe Stunde vor dem Essen in der Küche kreisrund aufgesägt.

Dr. Lecters Methode, Krendler die Schädeldecke zu entfernen, war so alt wie die ägyptische Medizin, sah man einmal davon ab, daß er sich der Vorteile einer Autopsiesäge mit Schädelsägeblättern, eines Schädelmeißels und besserer Narkotika bedienen konnte. Das Gehirn selbst fühlt keinen Schmerz.

Die rötlich-graue Wölbung von Krendlers Gehirn war nun oberhalb seines halbierten Schädels sichtbar.

Dr. Lecter beugte sich mit einem Instrument über Krendler, das an einen Grapefruit-Löffel erinnerte, und entfernte eine Scheibe von Krendlers Präfrontallappen, dann noch eine, bis er schließlich vier Scheiben hatte. Krendlers Augen waren nach oben gewandt, als ob er dem, was dort vor sich ging, folgte. Dr. Lecter legte die Scheiben in die Schale mit Eiswasser – das Wasser war mit dem Saft einer Zitrone gesäuert worden –, um ihre feste Konsistenz zu bewahren.

»Would you like to swing on a star«, sang Krendler unvermittelt. »Carry moonbeams home in a jar.«

In der klassischen Küche läßt man die Hirnscheiben sich vollsaugen, preßt sie und kühlt sie über Nacht, um ihnen die nötige Festigkeit zu verleihen. Wenn man mit dem Gegenstand absolut fangfrisch umgeht, besteht die Herausforderung darin, die Masse davon abzuhalten, sich in eine Handvoll klumpiger Gelatine aufzulösen.

Mit unübertrefflicher Geschicklichkeit legte der Doktor die bißfesten Scheiben auf einen Teller, wälzte sie leicht in einer Mehl-Gewürz-Mischung und dann in frischen Brioche-Bröseln.

Er hobelte frische schwarze Trüffel in die Soße und vollendete sie mit einem Spritzer Zitronensaft.

Dann sautierte er die Scheiben kurz, bis sie auf beiden Seiten gerade braun waren.

»Riecht ausgezeichnet!« sagte Krendler.

Dr. Lecter balancierte das gebräunte Hirn auf geröstete Weißbrotscheiben, die auf den vorgewärmten Tellern lagen, und richtete es mit Soße und Trüffelscheiben her. Eine Garnierung aus Petersilie und ganzen Kapern am Stiel und eine einzige Blüte Kapuzinerkresse auf Brunnenkresse, um der ganzen Angelegenheit ein wenig Höhe zu verleihen, krönte sein Ensemble.

»Wie ist es?« fragte Krendler, der wieder hinter dem Blumengebilde verschwunden war und nun übermäßig laut sprach, wie das Personen mit Lobotomien zu tun geneigt sind.

»Ganz ausgezeichnet«, sagte Starling, »ich habe noch nie zuvor Kapern gegessen.«

Dr. Lecter fand den Glanz der Buttersoße auf ihren Lippen ausgesprochen anrührend.

Krendler sang hinter dem Grün, überwiegend Kindergartenlieder, und nahm Musikwünsche entgegen.

Ohne ihn zu beachten, sprachen Dr. Lecter und Starling über Mischa.

Starling wußte von dem Schicksal der Schwester des Doktors aus ihren Gesprächen über Verlust, aber nun sprach der Doktor hoffnungsfroh über deren mögliche Rückkehr. Es erschien Starling an diesem Abend nicht unsinnig, daß eine Möglichkeit für Mischas Rückkehr bestand.

Sie brachte ihre Hoffnung zum Ausdruck, Mischa begegnen zu können.

»Sie dürften bei mir im Büro nicht einmal ans Telefon gehen. Sie klingen ja wie eine Maisbrot-Fotze«, gellte Krendler durch die Blumen.

»Lassen Sie uns doch mal sehen, ob ich nach Oliver Twist klinge, wenn ich MEHR haben will «, antwortete Starling, was bei Dr. Lecter eine Ausgelassenheit zur Folge hatte, die er kaum zügeln konnte.

Eine zweite Portion verschlang das meiste des Stirnlappens bis nahe an den prämotorischen Cortex. Krendler wurde hinter den Blumen auf irrelevante Beobachtungen in seinem unmittelbaren Gesichtsfeld und den unmelodischen Vortrag einer längeren obszönen Strophe reduziert.

Starling und Lecter waren ins Gespräch vertieft und kaum mehr gestört, als wenn in einem Restaurant am Nebentisch »Happy Birthday« gesungen würde. Als Krendlers Lautstärke aufdringlich zu werden begann, holte Dr. Lecter seine Armbrust aus der Ecke.

»Ich möchte, daß Sie dem Klang dieses Saiteninstruments lauschen, Clarice.«

Er wartete, bis Krendler einen Augenblick still war, und schoß einen Bolzen quer über den Tisch in das riesige Blumengebilde.

»Sollten Sie diese ganz spezielle Frequenz der Armbrustsaite jemals wieder in irgendeinem Zusammenhang hören, bedeutet sie einzig und allein Ihre vollständige Freiheit, Ihren Frieden und Ihre Unabhängigkeit«, sagte Dr. Lecter.

Die Federn und ein Teil des Schaftes blieben auf der sichtbaren Seite des Blumenarrangements und bewegten sich mehr oder weniger wie ein Taktstock, der ein Herz regierte. Krendlers Stimme brach sofort ab, und nach wenigen Schlägen verharrte auch der Taktstock.

»Ist das ein D unter einem eingestrichenen C?« fragte Starling.

»Exakt.«

Einen Augenblick später gab Krendler hinter seinen Blumen einen gurgelnden Laut von sich. Es war nur ein Krampf in seinem Kehlkopf, der durch den steigenden Säuregehalt in seinem Blut verursacht wurde, wie das bei einem gerade Verstorbenen nur natürlich war.

»Wir sollten zu unserem nächsten Gang übergehen«, sagte der Doktor, »ein wenig Sorbet, um unsere Gaumen vor den Wachteln zu erfrischen. Nein, nein, bleiben Sie ruhig sitzen. Mr. Krendler wird mir beim Abtragen behilflich sein. Wenn Sie mich bitte einen Augenblick entschuldigen wollen.«

Es war alles schnell geschehen. Hinter dem Blumenschirm

kratzte Dr. Lecter einfach die Reste von den Tellern in Krendlers Schädel hinein und stapelte sie in dessen Schoß. Dann setzte er Krendler wieder die Schädeldecke auf und zog ihn an einer Schnur, die er an einen Transportwagen unter dessen Stuhl befestigt hatte, in die Küche zurück.

Dort zog Dr. Lecter seine Armbrust wieder auf. Der Bequemlichkeit halber benutzte er den gleichen Satz Batterien, den er zuvor bei der Autopsiesäge benutzt hatte.

Die Haut der Wachteln war knusprig, und sie waren mit Foie fras gefüllt. Dr. Lecter sprach über Heinrich VIII. als Komponisten, und Starling erzählte ihm etwas über den Einsatz von computergestütztem Design bei Motorengeräuschen und der Nachbildung von angenehmen Frequenzen.

Das Dessert würde im Salon gereicht, kündigte Dr. Lecter an.

101

Ein Soufflé und Gläser mit Château d'Yquem vor dem Kamin im Salon, Kaffee stand auf einem Beistelltischchen neben Starlings Ellbogen bereit.

Der Feuerschein tanzte in dem goldenen Wein, sein Bouquet schwebte über dem würzigen Geruch der Holzscheite.

Sie sprachen über Teetassen und Zeit und die Herrschaft der Unordnung.

»Und so gelangte ich zu der Überzeugung«, sagte Dr. Lecter gerade, »daß es in der Welt einen Ort für Mischa geben muß, daß ein zentraler Ort für sie frei gemacht werden muß, und ich glaube inzwischen, Clarice, daß der beste Ort der Welt Ihr Platz ist.«

Der Feuerschein brachte die Tiefen ihres Oberteils nicht ganz so überzeugend zur Geltung, wie es das Kerzenlicht zuvor getan hatte, aber er umspielte wunderbar ihre Wangenknochen.

Sie dachte einen Augenblick lang nach. »Beantworten Sie mir bitte eine Frage, Dr. Lecter. Falls ein zentraler Ort für Mischa notwendig ist, und ich sage nicht, daß er das nicht ist, wie steht es um *Ihren* Ort? Er ist ein guter Ort, und ich weiß, Sie würden sie nie verleugnen. Mischa und ich könnten wie Schwestern sein. Und wenn, wie Sie sagen, es in mir Raum für meinen Vater gibt, warum gibt es keinen Raum in Ihnen für Mischa?«

Dr. Lecter schien entzückt zu sein; ob über die Idee als solche oder über Starlings Einfallsreichtum, ließ sich unmöglich sagen. Vielleicht fühlte er eine vage Sorge, daß ihm mehr gelungen war, als ihm eigentlich bewußt war.

Als sie ihr Glas wieder auf den Tisch neben sich stellte, stieß sie ihre Kaffeetasse herunter, und sie zersprang auf dem Kaminboden. Sie schaute nicht auf sie hinunter.

Dr. Lecter beobachtete die Scherben. Sie lagen ruhig da.

»Ich glaube nicht, daß Sie gezwungen sind, sich in dieser Minute zu entscheiden«, sagte Starling. Ihre Augen und die Smaragde glänzten im Feuerschein des Kamins. Ein Seufzer des Feuers, die Wärme des Feuers auf ihrem Abendkleid, eine flüchtige Erinnerung streifte Starling – *Dr. Lecter, vor langer Zeit, wie er Senatorin Martin fragte, ob sie ihrer Tochter die Brust gegeben hatte.* Eine juwelenglänzende Bewegung überformte Starlings unnatürliche Ruhe: Für einen Augenblick justierten sich viele Fenster ihres Geistes, und sie sah weit über die eigene Erfahrung hinaus. Sie fragte: »Hannibal Lecter, hat Ihnen Ihre Mutter die Brust gegeben?«

»Ja.«

»Haben Sie jemals das Gefühl gehabt, daß Sie die Brust Ihrer Schwester überlassen mußten?«

Einen Herzschlag lang hatte er ihr nichts entgegenzusetzen, dann: »Ich erinnere mich nicht, Starling. Falls ich sie aufgeben mußte, habe ich es gern getan.«

Clarice Starling griff mit der hohlen Hand in den tiefen Ausschnitt ihres Abendkleids und legte ihre Brust frei. Die Brustwarze richtete sich auf. »Diese hier brauchen Sie nicht aufzugeben«, sagte sie. Ohne ihn aus den Augen zu lassen, nahm sie mit ihrem Abzugsfinger etwas warmen Château d'Yquem aus ihrem Mund, und dann hing ein süßer, dicker Tropfen von ihrer Brustwarze wie ein goldener Smaragd. Er zitterte im Takt ihres Atems. Dr. Lecter stand rasch aus seinem Sessel auf, kniete vor dem ihren nieder und beugte im Feuerschein des Kamins seinen dunklen, gepflegten Kopf über ihre rosa Knospe und den cremefarbenen Vorhof.

102

Buenos Aires, Argentinien, drei Jahre später.

Barney und Lillian Hersh gingen am frühen Abend in der Nähe des Obelisken auf der Avenida 9 de Julio spazieren. Ms. Hersh ist Dozentin an der Londoner Universität und hat ein Forschungssemester. Sie und Barney trafen sich im anthropologischen Museum in Mexico City. Sie mochten sich auf Anhieb und reisten seit zwei Wochen zusammen, probierten es auf Tagesbasis miteinander. Es entwickelte sich mehr und mehr zu ihrer beider Vergnügen. Sie wurden einander nicht überdrüssig.

Sie waren am Nachmittag in Buenos Aires angekommen, zu spät, um noch ins Museo Nacional gehen zu können, wo ein Vermeer als Leihgabe hing. Barneys Mission, jeden Vermeer dieser Welt sehen zu müssen, amüsierte Lillian Hersh und kam dem Spaß, den sie miteinander hatten, nicht in die Quere. Er hatte bereits annähernd ein Viertel der Vermeers gesehen, also gab es noch genügend, die zur Auswahl standen. Sie hielten nach einem netten Café Ausschau, wo sie im Freien eine Kleinigkeit zu sich nehmen konnten.

Limousinen wurden vor dem Teatro Colón, dem spektakulären Opernhaus von Buenos Aires, zurückgesetzt. Die beiden hielten kurz inne, um die Opernliebhaber hineingehen zu sehen. Es wurde *Tamerlane* in einer aufsehenerregenden Besetzung gegeben. Und das Publikum an einem Premierenabend in Buenos Aires war einen Blick wert.

»Barney, bist du für die Oper zu haben? Ich glaube, es würde dir gefallen. Ich lasse was für Karten springen.«

Es amüsierte ihn, wenn sie versuchte, amerikanischen

Slang zu reden. »Wenn du mich denen da nicht zum Fraß vorwirfst, gebe *ich* die Karten aus«, sagte Barney. »Glaubst du denn, daß die uns hineinlassen?«

In diesem Augenblick näherte sich leise surrend ein Mercedes Maybach, tiefblau und silbern, dem Bürgersteig. Ein Türsteher beeilte sich, den Wagenschlag zu öffnen.

Ein Mann, schlank und elegant im Frack, entstieg dem Wagen und reichte einer Frau die Hand. Ihr Anblick ließ ein bewunderndes Raunen durch die Menge gehen, die sich um den Eingang scharte. Ihr Haar war zu einem platinblonden Helm frisiert. Sie trug ein weiches, matt korallenfarbenes Futteralkleid mit Spitzenbesatz. Smaragde funkelten grün an ihrem Hals. Barney sah sie nur kurz über die Köpfe der Menge hinweg, dann waren sie und ihr Begleiter schon im Eingang verschwunden.

Den Mann konnte Barney besser sehen. Sein Kopf war glatt wie ein Otterfell, und seine Nase war herrisch geschwungen wie die von Perón. Sein Auftreten ließ ihn größer erscheinen, als er in Wirklichkeit war.

»Barney? Oh, Barney«, sagte Lillian, »wenn du wieder zu dir gekommen bist, falls das jemals der Fall sein sollte, teile mir doch bitte mit, ob du in die Oper gehen willst. Falls sie uns *in mufti,* wie wir sind, überhaupt hineinlassen. Siehst du, jetzt habe ich es doch noch gesagt, auch wenn es nicht wirklich trifft – ich wollte schon immer mal sagen, ich bin *in mufti*.«

Als Barney nicht nachfragte, was *mufti* heißen sollte, schaute sie ihn von der Seite an. Er fragte doch sonst immer alles.

»Ja«, sagte Barney abwesend. »Ich gebe die Karten aus.« Barney hatte genug Geld. Er ging sorgsam damit um, war aber nicht knausrig. Trotzdem, die einzigen Karten, die noch zu ergattern waren, waren oben in dem Olymp, mitten unter den Studenten. Die Höhe und Entfernung ihrer Sitzplätze zur Bühne voraussehend, mietete Barney Operngläser im Foyer.

Das riesige Theater ist, architektonisch gesehen, eine Mischung aus italienischer Renaissance und griechischen und französischen Stilelementen und zudem verschwenderisch mit Bronze, Blattgold und rotem Plüsch ausgestattet. Juwelen blinkten in der Menge wie Blitzlichter bei einem Baseballspiel.

Lillian erläuterte ihm leise flüsternd die Handlung, bevor die Ouvertüre begann.

Unmittelbar bevor die Lichter im Zuschauerraum eindunkelten und das Publikum auf den billigen Rängen von den Sitzen aufsprang, fand Barney sie, die platinblonde Dame und ihre Begleitung. Sie waren gerade durch die goldenen Vorhänge in ihre prunkvolle Loge neben der Bühne getreten. Als sie ihren Platz einnahm, glitzerten die Smaragde an ihrem Hals im hellen Licht des Zuschauerraums.

Barney hatte nur einen Blick auf ihr rechtes Profil erhaschen können, als sie die Oper betreten hatte. Jetzt konnte er ihr linkes sehen.

Die Studenten um sie herum, Veteranen auf dem Olymp, hatten alle nur erdenklichen Sehhilfen mitgebracht. Ein Student hatte ein mächtiges Fernrohr dabei, das so lang war, daß es die Haare der vor ihm sitzenden Person durcheinanderbrachte. Barney tauschte die Gläser mit ihm, um die weit entfernte Loge in Augenschein zu nehmen. Es war nicht ganz einfach, mit dem begrenzten Sichtfeld des Fernrohrs die Loge wiederzufinden, aber als er sie schließlich doch fand, war das Paar mit einemmal beängstigend nah vor ihm.

Die Frau hatte einen Schönheitsfleck auf der Wange, an der Stelle, die die Franzosen »Courage« nennen. Ihr Blick wanderte über das Publikum, strich über seine Reihe und ging weiter. Sie schien aufgekratzt und ihr korallenfarbener Mund vollendet beherrscht. Sie lehnte sich zu ihrer Begleitung hinüber und sagte etwas, was beide zum Lachen brachte. Sie legte ihre Hand auf seine und hielt seinen Daumen.

»*Starling*«, sagte Barney leise.

»Was?« flüsterte Lillian.

Barney hatte erhebliche Mühe, dem ersten Akt der Oper zu folgen. Sobald die Lichter zur ersten Pause angingen, richtete er sein Glas wieder auf die Loge. Der Gentleman nahm ein Champagnerglas vom Tablett eines Kellners und reichte es der Dame, danach nahm er sich selbst ein Glas. Barney zoomte sein Profil, zoomte die Form seiner Ohren heran.

Er ließ seinen Blick über die entblößten Arme der Frau gleiten. Sie waren nackt, ohne besondere Kennzeichen, und machten auf sein erfahrenes Auge einen muskulösen Eindruck.

Als Barney die beiden beobachtete, drehte sich der Kopf des Gentleman, als finge er in der Entfernung einen Laut auf, in Barneys Richtung. Der Gentleman hob ein Opernglas an die Augen. Barney hätte schwören können, daß es auf ihn gerichtet war. Er hielt sein Programmheft vors Gesicht und kauerte sich in seinem Sitz zusammen, um so zu tun, als wäre er nur von durchschnittlicher Körpergröße.

»Lillian«, sagte er. »Ich möchte, daß du mir einen riesigen Gefallen tust.«

»Hm«, sagte sie. »Wenn es wieder einer von den etwas halbseideneren ist, laß es mich besser vorher wissen.«

»Wir verschwinden, sobald die Lichter verlöschen. Flieg mit mir noch heute nacht nach Rio. Keine Fragen bitte.«

Der Vermeer in Buenos Aires ist der einzige, den Barney nicht gesehen hat.

103

Diesem schönen Paar aus der Oper folgen? In Ordnung, aber sehr vorsichtig …

Zur Jahrtausendwende wird Buenos Aires vom Tango beherrscht, die Nacht scheint dort zu pulsieren. Der Mercedes schnurrt mit heruntergekurbelten Fenstern – man lauscht der Musik der Tanzclubs – durch den Recoleta-Distrikt in Richtung Avenida Alvear und verschwindet in dem Hof eines exquisiten Beaux-arts-Gebäudes in der Nähe der französischen Botschaft.

Die Luft ist mild, und auf der Terrasse des obersten Stockwerks ist für ein spätes Abendessen gedeckt. Aber die Bediensteten sind schon gegangen.

Die Moral unter den Bediensteten ist ausgezeichnet in diesem Haus, aber es gilt ein ehernes Gesetz. Es ist ihnen verboten, das oberste Stockwerk der Wohnung vor der Mittagszeit zu betreten. Oder nach dem Servieren des ersten Ganges beim Abendessen.

Dr. Lecter und Clarice Starling sprechen oft beim Essen in anderen Sprachen als in Starlings Muttersprache Englisch. Sie hatte im College Französisch und Spanisch, auf das sie aufbauen konnte, und sie hat über die Jahre herausgefunden, daß sie ein ausgezeichnetes Ohr für Sprachen hat. Oft sprechen die beiden Italienisch beim Essen; Starling hat in den visuellen Nuancen der Sprache eine seltsame Freiheit für sich entdeckt.

Manchmal tanzt unser Paar auch zur Tischzeit. Manchmal beenden sie ihr Abendessen nicht.

Ihre Beziehung hat sehr viel mit der Ergründung von Clarice Starlings Persönlichkeit zu tun, etwas, was sie leidenschaftlich begrüßt und immer wieder einfordert. Die Beziehung hat aber auch viel mit dem Panzer von Hannibal Lecter zu tun, mit dem, was jenseits der Grenzen seiner Erfahrung liegt. Gut möglich, daß ihm Clarice Starling den einen oder anderen Schrecken einjagt. Sex ist ein herrliches Gebilde, das sie jedem ihrer Tage als Bereicherung hinzufügen.

Clarice Starlings Gedächtnispalast ist ebenfalls im Aufbau begriffen. Er hat einige Räume mit Dr. Lecters Gedächtnispalast gemeinsam – er hat sie verschiedentlich dort entdeckt –, aber ihr Palast wächst aus eigener Kraft. Er ist voll mit neuen Dingen. Sie kann dort ihren Vater besuchen. Hannah weidet dort auf einer Wiese. Jack Crawford ist da, wenn sie ihn, über seinen Schreibtisch gebeugt, zu sehen wünscht – nachdem Crawford einen Monat aus dem Krankenhaus nach Hause entlassen worden war, kehrten eines Nachts die Schmerzen in seiner Brust zurück. Statt einen Krankenwagen zu rufen und alles noch einmal durchzumachen, suchte er einen Trost darin, daß er sich auf die Seite des Bettes rollte, wo früher seine Frau gelegen hatte.

Starling erfuhr von Crawfords Tod, als Dr. Lecter wieder einmal die Website des FBI anklickte, um sein Porträt unter den zehn meistgesuchten Verbrechern Amerikas zu bewundern. Das Bild, das das Bureau von Dr. Lecter in Gebrauch hat, bleibt komfortable zwei Gesichter hinter seinem derzeitigen zurück.

Nachdem Starling den Nachruf auf Jack Crawford gelesen hatte, ging sie den ganzen Tag über allein spazieren. Sie war froh, am Abend wieder nach Hause zu kommen.

Vor einem Jahr hat sie einen ihrer Smaragde in einen Ring fassen lassen. Er trägt auf der Innenseite die Gravur AM-CS. Ardelia Mapp bekam ihn in einem nicht zum Absender zurückverfolgbaren Umschlag zusammen mit einem Briefchen. *Liebe Ardelia, mir geht es gut, besser als gut. Suche nicht nach mir. Ich liebe dich. Es tut mir leid, daß ich dich erschreckt habe. Verbrenne das hier. Starling.*

Mapp ging mit dem Ring zum Shenandoah River, wo Starling früher immer gelaufen war. Sie wanderte lange am

Fluß entlang, die Hand um den Ring gekrampft, wütend, mit brennenden Augen, immer bereit, ihn ins Wasser zu schleudern. Dabei stellte sie sich sein Aufblitzen in der Luft und den kleinen Plop auf der Wasseroberfläche vor. Am Ende steckte sie ihn sich an den Finger und schob die zur Faust geballte Hand wieder in die Tasche. Mapp weint nicht sehr oft. Sie ging so lange, bis wieder Ruhe in sie eingekehrt war. Es war dunkel, als sie zu ihrem Wagen zurückkehrte.

Schwer zu sagen, an was sich Starling aus ihrem früheren Leben erinnert, was sie für bewahrenswert hält. Die Drogen, die ihr in der ersten Zeit eine Stütze gewesen sind, haben schon seit langem keinen Platz mehr in ihrem Leben. Desgleichen die langen Gespräche mit einer einzigen Lichtquelle im Raum.

Gelegentlich läßt Dr. Lecter eine Teetasse mit Absicht auf dem Fußboden zerspringen. Er ist zufrieden, wenn sie sich nicht selbst wieder zusammenfügt. Schon über viele Monate hinweg ist ihm Mischa nicht mehr in seinen Träumen erschienen.

Eines Tages wird sich vielleicht eine Tasse zusammenfügen. Oder Starling wird von irgendwoher die Saite einer Armbrust hören und zu einem ungewollten Erwachen kommen, wenn sie denn überhaupt je schlafen sollte.

Wir werden uns jetzt, während die beiden hier auf der Terrasse tanzen, zurückziehen – der weise Barney hat schon die Stadt verlassen, und wir müssen seinem Beispiel folgen. Sollte einer von ihnen uns entdecken, wäre das fatal.

Wenn wir am Leben bleiben wollen, müssen wir unsere Neugier bezähmen.

DANKSAGUNGEN

Bei dem Versuch, die Struktur von Dr. Lecters Gedächtnispalast zu verstehen, wurde ich sowohl von dem bemerkenswerten Buch von Francis A. Yates, *The Art of Memory* (deutsch: *Gedächtnis und Erinnern*), als auch von Jonathan D. Spences *The Memory Palace of Matteo Ricci* unterstützt.

Robert Pinskys Übersetzung von Dante Alighieris *Die Göttliche Komödie* war ein Segen und eine Freude im Gebrauch. Gleiches gilt für die Kommentare von Nicole Pinsky.

»Im Garten des Auges des Hurrikans« ist eine Wendung von John Ciardi und Titel eines seiner Gedichte.

Die ersten Zeilen des Gedichts, an das sich Clarice Starling in der Heilanstalt erinnert, entstammen T. S. Eliots »Burnt Norton« aus *Four Quartets*.

Mein Dank geht an Pace Barnes für ihre Ermutigung, Unterstützung und weisen Rat.

Carole Baron, meine Verlegerin, Lektorin und Freundin, hat mir dabei geholfen, aus dem Buch ein besseres Buch zu machen.

Athena Varounis und Bill Trible in den Vereinigten Staaten und Ruggero Perugini in Italien haben mir die besten und klügsten Beamten in der Strafverfolgung vorgestellt. Keiner von ihnen taucht in diesem Buch als Figur auf, genausowenig wie irgendeine andere lebende Person. Die Bösartigkeit hierin entstammt einzig und allein meinem Fundus.

Niccolo Capponi ließ mich an seinem umfassenden Wissen über Florenz und dessen Künste teilhaben und hat Dr. Lecter gestattet, in dem Palazzo seiner Familie zu logieren. Mein Dank geht auch an Robert Held für seine Gelehrsamkeit und an Caroline Michahelles für ihre intimen florentinischen Einblicke.

Das Personal der Carnegie Public Library in Coahoma County, Mississippi, stand mir über die Jahre hinweg hilfreich zur Seite. Meinen Dank auch an sie.

Ich verdanke Marguerite Schmitt sehr viel: Mit einer einzigen weißen Trüffel und dem Zauber ihres Herzens und ihrer Hände hat sie uns die Wunder von Florenz nahegebracht. Es ist zu spät, um ihr dafür zu danken; in diesem Augenblick der Vollendung möchte ich nur ihren Namen nennen.